# O HOMEM CIUMENTO
### E OUTRAS HISTÓRIAS

## OBRAS DO AUTOR PUBLICADAS PELA EDITORA RECORD

*Headhunters*
*Sangue na neve*
*O sol da meia-noite*
*Macbeth*
*O filho*
*O reino*
*O homem ciumento*

**Série *Harry Hole***
*O morcego*
*Baratas*
*Garganta vermelha*
*A Casa da Dor*
*A estrela do diabo*
*O redentor*
*Boneco de Neve*
*O leopardo*
*O fantasma*
*Polícia*
*A sede*
*Faca*

# JO NESBØ
## O HOMEM CIUMENTO
### E OUTRAS HISTÓRIAS

tradução de **Ângelo Lessa**

1ª EDIÇÃO

EDITORA RECORD
RIO DE JANEIRO • SÃO PAULO
2024

CIP-BRASIL. CATALOGAÇÃO NA PUBLICAÇÃO
SINDICATO NACIONAL DOS EDITORES DE LIVROS, RJ

N372h  Nesbø, Jo, 1960-
O homem ciumento / Jo Nesbø ; tradução Ângelo Lessa. - 1. ed. - Rio de Janeiro : Record, 2024.

Tradução de: The jealousy man and other stories
ISBN 978-65-5587-799-1

1. Ficção norueguesa. I. Lessa, Ângelo. II. Título.

24-87666
CDD: 839.823
CDU: 82-31(481)

Gabriela Faray Ferreira Lopes - Bibliotecária - CRB-7/6643

Títulos originais:
*Sjalusimannen og andre fortellinger* e *Rotteøya og andre fortellinger*

Traduzido a partir do inglês *The Jealousy Man*, por Robert Ferguson.
Copyright © Robert Ferguson 2021

Layout criado a partir do design original de Leonardo Iaccarino.

Foto de capa: Westend61/Getty Images

Copyright © Jo Nesbø 2021

Publicado mediante acordo com Salomonsson Agency.

Texto revisado segundo o Acordo Ortográfico da Língua Portuguesa de 1990.

Todos os direitos reservados. Proibida a reprodução, no todo ou em parte, através de quaisquer meios. Os direitos morais do autor foram assegurados.

Direitos exclusivos de publicação em língua portuguesa somente para o Brasil adquiridos pela
EDITORA RECORD LTDA.
Rua Argentina, 171 – Rio de Janeiro, RJ – 20921-380 – Tel.: (21) 2585-2000, que se reserva a propriedade literária desta tradução.

Impresso no Brasil

ISBN 978-65-5587-799-1

Seja um leitor preferencial Record. Cadastre-se no site www.record.com.br e receba informações sobre nossos lançamentos e nossas promoções.

Atendimento e venda direta ao leitor:
sac@record.com.br

# SUMÁRIO

**PARTE UM: Ciúme** 7

Londres 9

O homem ciumento 31

A fila 131

Lixo 137

A confissão 159

Odd 171

O brinco 205

**PARTE DOIS: Poder** 225

Ilha dos Ratos 227

O triturador 345

As cigarras 387

O antídoto 467

Cavalo preto 489

## PARTE UM

# Ciúme

# LONDRES

Não tenho medo de avião. O risco de um passageiro médio morrer numa queda é de um em onze milhões. Em outras palavras: suas chances de morrer de ataque cardíaco no assento são oito vezes maiores.

Esperei o avião decolar e nivelar antes de me inclinar para o lado e, num tom baixo e tranquilizador, contar essa estatística para a mulher que tremia e chorava no assento da janela.

— Mas é claro que estatísticas não significam nada quando se está com medo — acrescentei. — Digo isso porque sei exatamente como você se sente.

Você, que até então estava com o olhar fixo na janela, se virou lentamente e me encarou como se só agora tivesse percebido que havia alguém sentado ao seu lado. Uma coisa interessante sobre a classe executiva é que, com os centímetros a mais entre os assentos, não é preciso muito esforço para se convencer de que se está sozinho no avião. E entre os passageiros da classe executiva existe um acordo tácito de que não se deve quebrar essa ilusão com nada além de uma troca breve de cortesias e questões práticas necessárias ("Tudo bem se eu fechar a janela?"). E, como o espaço extra à frente do assento permite que os passageiros passem uns pelos outros sem exigir uma operação coordenada para usar o banheiro, abrir compartimentos de bagagem de mão e assim por diante, na prática é perfeitamente possível ignorarem uns aos outros por completo, mesmo num voo de doze horas.

Pela sua cara, percebi que você ficou um pouco surpresa por eu ter quebrado a primeira regra da classe executiva. Alguma coisa na elegância simples da sua roupa — calças e um pulôver de cores que eu não estava plenamente convencido de que combinavam, mas que ainda assim combinavam, talvez por causa da pessoa que os estava usando — me deu a impressão de que já fazia um bom tempo que você não viajava de classe econômica, se é que já o fez alguma vez na vida. No entanto, ali estava você, chorando. Será que não foi você quem de fato quebrou essa parede tácita? Em contrapartida, você estava de costas para mim, deixando claro que não queria compartilhar o choro com os companheiros de viagem.

Bom, não oferecer algumas palavras de acalento numa situação como essa seria um tanto sem coração da minha parte, então só me restava torcer para que você entendesse o meu dilema.

Seu rosto estava pálido e manchado de rímel por causa das lágrimas, mas ainda assim era extraordinário, tinha certa beleza élfica. Ou será que foram a palidez e as lágrimas que deixaram você tão bonita? Sempre tive uma queda por vulneráveis e sensíveis. Eu lhe ofereci o guardanapo que a comissária de bordo tinha colocado sob nossos copos de água antes da decolagem.

— Obrigada — você disse ao pegar o guardanapo, então conseguiu dar um sorriso e usou o guardanapo para limpar o rímel que escorria sob um olho. — Mas não acredito nisso — completou.

Então você voltou a atenção para a janela, encostou a testa no acrílico, como se estivesse tentando se esconder, e mais uma vez o choro fez o seu corpo tremer. Você não acredita no quê? Que eu sei como você se sente? Seja como for, eu tinha feito a minha parte e deste ponto em diante decidi deixá-la em paz. Meu plano era assistir à metade de um filme e depois tentar dormir, mesmo achando que o meu sono não ia durar mais de uma hora. É raro eu conseguir dormir durante um voo, por mais longo que seja, sobretudo quando sei que preciso. Eu iria passar apenas seis horas em Londres e depois voltaria para Nova York.

A luz que indica que os cintos de segurança devem se manter afivelados se apagou, uma comissária de bordo se aproximou e trocou os copos vazios que estavam no amplo e sólido apoio de braço entre nós. Antes da decolagem, o comandante informou que o voo desta noite, de Nova York com destino a Londres, levaria cinco horas e dez minutos. Alguns passageiros ao nosso redor já haviam reclinado o encosto do assento e se enrolado no cobertor; outros estavam sentados, o rosto iluminado pela tela nas costas do assento da frente, e esperavam a refeição. Tanto a mulher ao meu lado quanto eu dissemos "não, obrigado" quando a comissária de bordo apareceu com o cardápio antes da decolagem. Tive o prazer de encontrar um filme na seção de clássicos — *Pacto sinistro* — e estava prestes a colocar fones de ouvido quando ouvi sua voz.

— É o meu marido.

Ainda segurando os fones, me virei para ela.

O rímel tinha parado de escorrer e agora delineava seus olhos como maquiagem de teatro.

— Ele está me traindo com a minha melhor amiga.

Não sei se você percebeu que era estranho ainda se referir a essa pessoa como melhor amiga, mas vi que não era da minha conta apontar isso.

— Me desculpa — falei em vez disso. — Não queria me intrometer...

— Não precisa se desculpar, é bom quando alguém se importa. Pouca gente faz isso. Todo mundo morre de medo de tudo que é desconfortável e triste.

— Nisso você tem razão — falei sem saber se deveria deixar os fones de lado ou não.

— Imagino que eles estejam na cama agora. Robert vive com tesão. Melissa também. Eles estão trepando nos *meus* lençóis de seda nesse exato momento.

Meu cérebro imediatamente evocou a imagem de um casal na faixa dos trinta anos. O dinheiro vinha dele, muito dinheiro, e você escolhia a roupa de cama. Nosso cérebro é especialista em formular estereótipos. De vez em quando ele erra, mas, de vez em quando, acerta.

— Deve ser horrível — comentei, tentando não soar muito dramático.

— Eu só quero morrer. Por isso você está enganado sobre o avião. Tomara que ele *caia*.

— Mas eu ainda tenho muita coisa para fazer! — falei com cara de preocupado.

Por um instante você se limitou a me encarar. Talvez tenha sido uma piada de mau gosto, ou no mínimo não foi num bom momento, e talvez eu tenha sido insolente demais. Afinal, você tinha acabado de falar que queria morrer e até me deu uma razão crível para dizer isso. Talvez a piada pudesse ser considerada inadequada e insensível ou uma distração libertadora da tristeza inegável do momento. *Alívio cômico*, como chamam esse tipo de coisa. Pelo menos, quando funciona. Seja como for, eu me arrependi do comentário e estava prendendo a respiração de verdade. Mas então você sorriu. Nada além de uma leve ondulação numa poça de lama, que desapareceu no mesmo instante; mas pude voltar a respirar.

— Relaxa — você disse baixinho. — Só eu vou morrer.

Olhei para você intrigado, mas você evitou me encarar e olhou para além de mim, para a cabine.

— Tem um bebê ali na segunda fileira — você disse. — Na classe executiva. Um bebê que pode ser que passe a noite toda chorando. O que acha disso?

— O que *tem* para achar disso?

— Você poderia dizer que os pais deveriam entender que pessoas da classe executiva pagam mais caro para estar aqui porque precisam dormir. Talvez elas estejam indo direto para o trabalho ou tenham uma reunião logo pela manhã.

— Bom, talvez. Mas, se a companhia aérea não proíbe bebês na classe executiva, não dá para esperar que os pais não tirem proveito da situação.

— Então a companhia aérea deveria ser punida por nos enganar. — Você trocou o guardanapo que lhe dei por um lenço de papel e limpou o outro olho cuidadosamente. — Os anúncios da classe executiva têm fotos dos passageiros dormindo tranquilamente.

— No longo prazo a empresa vai receber o que merece. Ninguém gosta de pagar por uma coisa e não receber.

— Mas por que fazem isso?

— Os pais ou a companhia aérea?

— Entendo que os pais fazem isso porque têm mais dinheiro do que vergonha na cara. Mas a companhia aérea deve perder dinheiro com a oferta da classe executiva prejudicada.

— Mas a empresa também vai ser prejudicada se for publicamente criticada por proibir crianças na classe executiva.

— A criança não se importa se está chorando na classe executiva ou na econômica.

— Você tem razão; quero dizer, em não ser acolhedora com pais de crianças pequenas. — Sorri. — As companhias aéreas devem ter medo de isso acabar parecendo uma espécie de apartheid. Esse problema se resolveria se qualquer pessoa chorando na classe executiva fosse obrigada a se sentar na classe econômica e tivesse que ceder o lugar para uma pessoa sorridente e descontraída que tivesse comprado uma passagem barata.

Seu riso foi leve e atraente, e desta vez chegou aos olhos. É fácil achar — e eu achei — incompreensível alguém ser infiel a uma mulher tão bonita quanto você, mas a verdade é que beleza externa não importa nessa situação. Nem interna.

— Você trabalha com o quê? — você perguntou.

— Sou psicólogo e pesquisador.

— E o que está pesquisando?

— Pessoas.

— Claro. E quais são as suas descobertas?

— Descobri que Freud estava certo.

— Sobre o quê?

— Pessoas, salvo raras exceções, não valem praticamente nada.

Você riu.

— Nisso você tem razão, senhor...

— Pode me chamar de Shaun.

— O meu nome é Maria. Mas você não acredita mesmo nisso, acredita, Shaun?

— Que, salvo raras exceções, pessoas não valem nada? Por que não acreditaria?

— Você mostrou que tem compaixão, e, para um misantropo de verdade, compaixão não tem valor nenhum.

— Entendi. Mas então por que eu mentiria sobre isso?

— Pelo mesmo motivo: você sente compaixão. Você é simpático comigo quando diz que tem medo de avião, assim como eu. Quando digo que estou sendo traída, você me conforta dizendo que o mundo está cheio de gente ruim.

— Uau. E eu achando que o psicólogo aqui era eu...

— Viu só? Até a carreira que escolheu depõe contra a sua descoberta. Pode admitir: você mesmo é a maior prova de que a sua conclusão é falsa. Você tem valor.

— Quem me dera, Maria. Infelizmente, a minha aparente compaixão é só o resultado de uma educação burguesa direto da Inglaterra. No fundo, não valho muito para ninguém além de para mim mesmo.

Você se virou, alguns graus quase imperceptíveis, para mim.

— Então é a sua educação que te dá valor, Shaun. E daí? O seu valor está no que você faz, não no que pensa e sente.

— Acho que está exagerando. Minha educação só significa que não gosto de quebrar as regras do que é considerado um comportamento aceitável. Não estou fazendo nenhum sacrifício de verdade. Eu me adapto e evito aborrecimentos.

— Bom, pelo menos como psicólogo você tem valor.

— Infelizmente também sou uma decepção nesse campo. Não sou inteligente ou capaz o suficiente para descobrir a cura para a esquizofrenia. Se o avião caísse agora, o mundo só perderia um artigo bem chato sobre viés de confirmação publicado num periódico científico lido por meia dúzia de psicólogos e só.

— Isso é falsa modéstia?

— É, eu também finjo ser modesto. Outro defeito.

A essa altura você estava dando uma boa risada.

— Nem sua esposa e seus filhos sentiriam a sua falta se você desaparecesse?

— Não — respondi abruptamente, e, como estava no assento do corredor, não podia apenas terminar a conversa me virando para a janela e fingindo ter visto alguma coisa interessante no meio do Atlântico à noite. Pegar a revista de bordo nas costas do assento da frente pareceria óbvio demais.

— Desculpa — você disse baixinho.

— Não tem problema. O que você quis dizer quando falou que vai morrer?

Nossos olhares se encontraram, e, pela primeira vez, nós nos vimos *de verdade*. E, embora neste momento eu tenha o benefício de estar olhando em retrospecto, acho que naquele instante ambos vislumbramos algo que nos disse, lá atrás, que aquele encontro poderia mudar tudo. Na verdade, já havia mudado. Talvez você estivesse pensando a mesma coisa, mas então se distraiu quando se inclinou para perto de mim sobre o braço do assento e notou como fiquei tenso.

O cheiro do seu perfume me fez pensar nela. Que era o cheiro dela, que ela havia voltado. Então você recuou para o seu assento e olhou para mim.

— Eu vou me matar — você sussurrou, então se recostou no assento e me observou.

Não sei que cara eu fiz, mas sabia que você não estava mentindo.

— Como pretende fazer isso? — foi tudo em que consegui pensar.

— Posso te contar? — você perguntou com um sorriso impenetrável, quase entretido.

Refleti sobre a pergunta. Eu queria saber?

— Enfim, isso não é verdade — você continuou. — Em primeiro lugar, eu não *vou* me matar, eu já me matei. E, em segundo lugar, eu não vou *me* matar, são eles que vão.

— *Eles?*

— É. Assinei o acordo tem umas... — Você olhou o relógio, um Cartier. Imaginei que fosse presente desse tal de Robert. Antes ou depois de ser infiel? Depois. Essa Melissa não foi a primeira, ele sempre foi infiel. — ... quatro horas.

— *Eles?* — repeti.

— A agência de suicídio.

— Tipo... como na Suíça? Suicídio assistido?

— Isso, só que com mais assistência. A diferença é que eles matam você de um jeito que não parece suicídio.

— Sério?

— Parece que você não acredita em mim.

— Eu... ah, sim, sim, acredito. Só estou muito surpreso.

— Entendo essa reação. E que isso fique só entre nós, porque tem uma cláusula de confidencialidade no contrato, então eu não deveria falar disso com ninguém. Mas é que é tão... — Você sorriu, e ao mesmo tempo as lágrimas voltaram a brotar dos seus olhos. — ... solitário que é insuportável. E você é um estranho. E psicólogo. Você tem sigilo profissional, certo?

Tossi.

— Com os pacientes, sim.

— Bom, então eu sou sua paciente. Estou vendo que tem um horário vago agora. Quanto você cobra, doutor?

— Infelizmente não é assim que funciona, Maria.

— Claro que não, isso seria contra as regras da profissão. Mas tenho certeza de que você pode apenas ouvir como uma pessoa comum, não é?

— Você precisa entender que surgem problemas éticos para mim se alguém com tendências suicidas confia em mim e eu, como psicólogo, não fizer nada a respeito.

— Você não entendeu. É tarde demais para fazer qualquer coisa, eu já estou morta.

— Ah, é?

— O contrato é irreversível, eu vou ser morta dentro de três semanas. Eles explicam de antemão que, quando se assina o contrato, não tem mais volta, porque do contrário isso ia criar várias complicações legais depois. Você está sentado ao lado de um cadáver, Shaun. — Ela riu, mas agora era uma risada dura e amargurada. — Então você pode tomar uma bebida comigo e me ouvir um pouco, não pode?

Você levantou um braço longo e magro e apertou o botão de serviço, e o *ping* atravessou a escuridão da cabine.

— Justo — falei. — Mas não vou te dar nenhum conselho.

— Certo. E você promete não falar sobre isso no futuro, mesmo depois que eu morrer?

— Prometo, embora não consiga ver que diferença isso faria para você.

— Ah, mas faria, sim. Se eu quebrar a cláusula de confidencialidade do contrato, podem processar o meu espólio pedindo uma fortuna, e assim não ia restar quase nada para a organização que vai receber o meu dinheiro.

— Posso ajudar? — perguntou a comissária de bordo que se materializou silenciosamente ao nosso lado.

Você se inclinou por cima de mim e pediu gim-tônica para nós dois. A gola do seu pulôver caiu um pouco para a frente, e vi sua pele clara e me dei conta de que você não tinha o cheiro dela. Seu cheiro era levemente adocicado, aromático, como gasolina. Isso, gasolina. E de uma árvore cujo nome não me lembrava. Era um cheiro quase masculino.

Depois que a comissária de bordo apagou a luz de serviço e desapareceu, você tirou os sapatos e esticou um par de tornozelos finos cobertos por uma meia de náilon que me fizeram pensar em balé.

— A agência de suicídio tem escritórios impressionantes em Manhattan — você disse. — É um escritório de advocacia. Eles alegam que tudo é totalmente legal e honesto, e não duvido. Por exemplo, eles não tiram a vida de ninguém que tenha qualquer transtorno mental. É preciso se submeter a um exame psiquiátrico minucioso antes de assinar o contrato. Também é preciso cancelar qualquer apólice de seguro, para evitar que eles sejam processados pelas seguradoras. Tem muitas outras cláusulas condicionais também, mas a mais importante é a de confidencialidade. Nos Estados Unidos, os direitos de duas partes adultas que firmam contrato voluntariamente vão mais longe do que na maioria dos outros países. Para essa empresa o problema é ganhar notoriedade, se tornar conhecida. O medo é que, com isso, políticos deem um jeito de acabar com o negócio deles. Eles não anunciam os serviços, os clientes são exclusivamente gente rica que descobre a existência da empresa no boca a boca.

— Bom, dá para entender por que eles querem se manter na encolha.

— E os clientes obviamente exigem discrição; afinal, existe um quê de vergonhoso no suicídio. É como aborto. Clínicas de aborto não funcionam ilegalmente, mas também não anunciam seus serviços na entrada principal.

— É verdade.

— E é claro que a discrição e a vergonha estão por trás de todo o conceito do negócio. Os clientes deles estão dispostos a pagar grandes somas de dinheiro para serem eliminados da maneira mais inesperada e agradável possível, tanto física quanto psicologicamente. Mas o mais importante de tudo é que a empresa trabalha de tal maneira que nem família, nem amigos nem o mundo em geral têm qualquer motivo para suspeitar de suicídio.

— E como eles conseguem fazer isso?

— Eles nunca contam, é claro. Só falam que existem inúmeras formas, e que vai acontecer em até três semanas após a assinatura do contrato. Também não dão exemplos, porque assim a gente evitaria, conscientemente ou não, certas situações, e isso geraria um medo desnecessário. Tudo o que dizem é que vai ser totalmente indolor e inesperado.

— Entendo por que, para algumas pessoas, é importante esconder que tiraram a própria vida, mas por que isso é importante para você? Não seria uma espécie de vingança?

— De Robert e Melissa, você diz?

— Isso. Se você morresse de um jeito que fosse obviamente suicídio, não seria apenas vergonha. Robert e Melissa se culpariam e culpariam um ao outro de um jeito mais ou menos consciente. É um comportamento até comum. Você já viu, por exemplo, o índice de divórcio entre pais de crianças que tiram a própria vida? Ou os índices de suicídio entre esses mesmos pais?

Você ficou apenas me encarando.

— Desculpa — falei e me senti corar. — Estou imputando a você um desejo de vingança simplesmente porque tenho certeza de que eu teria me sentido assim no seu lugar.

— Você acha que se expôs, Shaun.

— Acho.

Você deu uma risada rápida e dura.

— Tudo bem, porque é claro que eu quero vingança. Mas você não conhece Robert e Melissa. Se eu me matasse e deixasse um bilhete dizendo que era porque Robert foi infiel, é claro que ele negaria. Ele ia dizer que eu vinha tratando uma depressão, o que é verdade, e que, mais para o fim, estava claro que eu também tinha desenvolvido paranoia. Ele e Melissa têm sido muito discretos, então é possível que ninguém saiba sobre eles. Eu diria que, para manter as aparências, durante uns seis meses após o enterro ela sairia com algum cara que trabalhasse com finanças do círculo de amigos de Robert. Todo mundo baba por ela, e ela sempre foi oferecida. Passado esse tempo, ela e Robert anunciariam que estão juntos e explicariam que o que os uniu foi a dor compartilhada da minha morte.

— Tá, você deve ser ainda mais misantropa do que eu.

— Não duvido. E o que me deixa mais enojada é que, no fundo, Robert ia sentir certo orgulho.

— Orgulho?

— Por existir uma mulher que preferiu deixar de viver a não tê-lo só para ela. É assim que ele encararia a situação. Melissa também. O meu suicídio ia valorizar as ações dele ainda mais, e no fim das contas ele ficaria ainda mais feliz.

— Você acredita nisso?

— Claro que acredito. Conhece a teoria de René Girard sobre desejos miméticos?

— Não.

— A teoria de Girard é que, fora satisfazer as próprias necessidades básicas, não sabemos o que queremos. Assim, imitamos o que está à nossa volta, valorizamos o que as outras pessoas valorizam. Se muitas pessoas ao seu redor disserem que Mick Jagger é lindo, você vai acabar sentindo desejo por ele, mesmo que antes o achasse horroroso. Se as ações de Robert valorizarem por causa do meu suicídio, o desejo de Melissa por ele vai aumentar ainda mais, e eles vão ser ainda mais felizes juntos.

— Compreendo. E se parecer que você morreu num acidente ou de causas naturais?

— Aí o efeito vai ser o contrário. Vou ser aquela que foi levada pelo acaso ou pelo destino. E Robert vai ter outra relação com a minha morte e comigo. Aos poucos vou ganhar uma aura de santa. E, quando chegar o dia em que Melissa começar a irritar Robert, coisa que certamente vai acontecer, ele vai se lembrar de todas as coisas boas ao meu respeito e sentir falta do que tivemos juntos. Anteontem escrevi uma carta terminando tudo com ele porque preciso ser livre.

— Isso significa que, para Robert, você não sabe que ele tem um caso com Melissa?

— Eu li no celular dele todas as mensagens que eles trocaram e nunca disse uma palavra a ninguém até agora, até encontrar você.

— Então por que a carta?

— No começo, Robert vai se sentir aliviado por não ter sido ele quem terminou a relação. Assim, vai economizar no acordo de divórcio e vai parecer o mocinho aos olhos das pessoas, mesmo que fique com Melissa logo depois. Mas após um tempo a semente plantada naquela carta vai começar a crescer. Porque eu o abandonei para ser livre, sim. Mas também porque, na cabeça de Robert, provavelmente eu pensei que poderia conhecer alguém melhor que ele. Talvez até já existisse alguém antes mesmo de eu ir embora. Alguém que me quisesse. E, quando Robert pensar isso...

— ... isso significa que é você quem tem desejos miméticos. Por isso foi à agência de suicídio.

Você deu de ombros.

— Mas e aí? Qual é o índice de divórcio entre pais de crianças que tiram a própria vida? — você perguntou.

— Hã?

— E qual dos dois comete suicídio? É a mãe, não é?

— Ah, com certeza — respondi, olhando fixo para as costas do assento da frente. Mas eu conseguia sentir seus olhos em mim enquanto você esperava uma resposta mais detalhada.

Fui salvo pela chegada de dois copos que apareceram como num passe de mágica na escuridão da cabine e pousaram no apoio de braço entre nós.

Tossi.

— Não é insuportável ter que esperar tanto? Acordar toda manhã e pensar: "Talvez hoje eu seja assassinada"?

Você hesitou; não queria me deixar escapar tão fácil da sua pergunta. Mas no fim deixou para lá e respondeu:

— Não se o pensamento de que talvez eu *não* seja assassinada hoje parecer pior. Mesmo que às vezes você seja naturalmente tomado pelo pânico da morte e pelo instinto de sobrevivência que nunca pediu para ter, o medo de morrer não é maior do que o medo de viver. Mas essa é uma ideia com a qual você, como psicólogo, está familiarizado. — Você deu uma ênfase um pouco exagerada em "psicólogo".

— Verdade — falei. — Mas já houve estudos em tribos nômades no Paraguai em que o conselho tribal decide que certos membros ficam tão velhos e fracos que se tornam um fardo para a tribo e precisam ser mortos. A pessoa em questão não sabe quando nem como vai acontecer, mas compreende que é assim que as coisas são. Afinal, a tribo conseguiu viver num ambiente com pouca comida e peregrinações longas e árduas porque sacrificou os fracos para que pudessem cuidar dos saudáveis e garantir a sobrevivência da tribo. Talvez, quando jovens, esses mesmos indígenas condenados à morte tivessem sido obrigados a dar uma porretada na cabeça de alguma tia-avó frágil numa noite escura do lado de fora da cabana. Mas estudos mostram que para os membros dessa tribo a incerteza cria um alto nível de estresse, que por si só é uma causa provável da curta expectativa de vida na tribo.

— É claro que existe um estresse — você disse, bocejando e esticando o pé com meia até tocar no meu joelho. — Eu preferiria que levasse menos de três semanas, mas imagino que eles precisem de tempo para descobrir um método melhor e mais seguro. Por exemplo, se for para parecer acidente e ao mesmo tempo ser indolor, provavelmente vão ter que fazer um planejamento cuidadoso.

— Você recebe o seu dinheiro de volta se esse avião cair? — perguntei e tomei um gole de gim-tônica.

— Não. Disseram que, como as despesas são muito altas para cada cliente, e, afinal, os clientes são suicidas, eles têm que se proteger contra a possibilidade de o cliente se adiantar, intencionalmente ou não.

— Hum... Então você tem, no máximo, vinte e um dias de vida.

— Daqui a pouco, só vinte e meio.

— Certo. E o que pretende fazer com eles?

— Fazer o que nunca fiz antes. Conversar e beber com estranhos.

Você esvaziou o copo num longo gole. E o meu coração começou a bater forte, como se já soubesse o que estava prestes a acontecer. Você pousou o copo e colocou a mão no meu braço.

— E eu quero transar com você.

Eu não fazia ideia de como responder.

— Vou ao banheiro agora — você continuou. — Se for atrás de mim daqui a dois minutos, ainda vou estar lá.

Senti uma coisa acontecer. Uma alegria interior que não era só desejo, mas algo que afetava todo o meu corpo, uma sensação de renascimento que não tinha havia muito, muito tempo e, para falar a verdade, imaginava que nunca mais sentiria outra vez. Você colocou as mãos no apoio de braço, como se estivesse prestes a se levantar, mas permaneceu sentada.

— Acho que não sou tão forte assim. — Você suspirou. — Preciso saber se você vai.

Tomei outro gole para ganhar uns segundos. Ela olhou para o meu copo enquanto esperava.

— E se eu for comprometido? — falei e percebi que estava rouco.

— Mas você não é.

— E se eu não achar você atraente? E se eu for gay?

— Está com medo?

— Estou. Mulheres que tomam a iniciativa me assustam.

Você observou o meu rosto como se estivesse procurando algo.

— Tá bom — você disse. — Vou acreditar. Desculpa, esse não é muito o meu estilo, mas não tenho tempo a perder. E aí? O que a gente vai fazer?

Senti que estava me acalmando. O meu coração ainda batia rápido demais, mas o pânico e o instinto de fuga haviam desaparecido. Segurei o copo e fiquei girando-o.

— Você tem conexão em Londres?

Você fez que sim com um aceno de cabeça.

— Reykjavik. Decola uma hora depois de a gente pousar. No que está pensando?

— Um hotel em Londres.

— Qual?

— O Langdon.

— O Langdon é bom. Os funcionários aprendem o seu nome quando se fica lá mais de vinte e quatro horas. A não ser que suspeitem que você está lá com uma amante. Nesse caso, a memória deles é revestida de teflon. Seja como for, não vamos passar mais de vinte e quatro horas lá.

— Você quer dizer...

— Que posso remarcar o voo de Reykjavik para amanhã.

— Tem certeza?

— Tenho. Funciona para você?

Pensei no caso. Não estava satisfeito.

— Mas e se... — comecei, então parei.

— Está com medo de chegarem enquanto você está comigo? — você perguntou, então fez tim-tim animadamente com seu copo no meu. — De acabar com um cadáver nas mãos?

— Não. — Sorri. — Quer dizer, e se a gente se apaixonar? E você assinou um contrato dizendo que quer morrer. Um contrato inviolável.

— É tarde demais — você disse e colocou a mão sobre a minha no apoio de braço.

— Pois é, é o que estou dizendo.

— Não, quero dizer que é tarde demais para a outra coisa. A gente já se apaixonou.

— É?

— Um pouco. Chega. — Você apertou a minha mão, se levantou e disse que voltaria em um instante. — Chega de ficar feliz por ter talvez três semanas de vida.

Enquanto você estava no banheiro, a comissária de bordo veio e pegou nossos copos, e perguntei se poderíamos ter dois travesseiros extras.

Quando voltou, você tinha se maquiado.

— Não é para você — você chegou dizendo, claramente lendo meus pensamentos. — Você estava gostando do jeito que estava antes, o rosto manchado de maquiagem, não é?

— Gosto dos dois jeitos. Então para quem é a maquiagem?

— Para quem você acha?

— Para eles? — perguntei e indiquei com a cabeça a cabine.

Você fez que não.

— Recentemente encomendei uma pesquisa em que a maioria das mulheres respondeu que usava maquiagem para se sentir bem. Mas o que elas querem dizer com "bem"? É não se sentir desconfortável? Desconfortável em serem vistas como realmente são? Será que a maquiagem não passa de uma versão da burca que nós mesmas nos impomos?

— Mas a maquiagem não é usada tanto para acentuar quanto para esconder? — perguntei.

— Você acentua uma coisa e esconde outra. É tudo edição: destaca ao mesmo tempo que esconde. A mulher que se maquia quer chamar a atenção para seus lindos olhos e evitar que alguém perceba que seu nariz é muito grande.

— Mas isso é uma burca? Não queremos todos ser vistos?

— De jeito nenhum. E ninguém quer ser visto como é de verdade. Aliás, sabia que, ao longo da vida, uma mulher passa tanto tempo se maquiando quanto dura o serviço militar obrigatório dos homens em países como Israel e Coreia do Sul?

— Não, mas me parece uma comparação de informações aleatórias.

— Exato. Só que não são informações aleatórias.

— Ah, não?

— A comparação foi escolhida por mim e é, por si só, uma observação válida. Notícias falsas não significam que os fatos são necessariamente falsos. Dados podem ser manipulados. O que essa comparação diz sobre a minha visão da política sexual? Estou dizendo que os homens têm que servir ao país e arriscar a vida enquanto as mulheres preferem se embelezar? Pode ser. Mas com um pouquinho de edição verbal essa mesma comparação poderia mostrar que as mulheres têm tanto medo de serem vistas como são de verdade quanto os países têm de serem conquistados por forças inimigas.

— Você é jornalista? — perguntei.

— Sou editora de uma revista que não vale o papel em que é impressa.

— É uma revista feminina?

— É, e no pior sentido possível. Você tem alguma bagagem?

Hesitei.

— Quero dizer, quando a gente pousar em Londres, vamos poder pegar um táxi imediatamente?

— Só bagagem de mão. Você ainda não me disse por que se maquiou.

Você ergueu a mão e fez carinho na minha bochecha com o indicador, logo abaixo do meu olho, como se eu também estivesse chorando.

— Aqui vai outra comparação envolvendo fatos aleatórios — você disse. — Todo ano, morre mais gente por suicídio do que por guerra, terrorismo, crimes passionais... na verdade, por todos os assassinatos somados. É muito mais provável que você seja seu próprio assassino. Por isso me maquiei. Eu me olhei no espelho e não suportei a visão do rosto da minha própria assassina. Ainda mais agora, que estou apaixonada.

Olhamos nos olhos um do outro. E, quando levantei a mão para pegar a dela, ela pegou a minha. Nossos dedos se entrelaçaram.

— Não tem nada que a gente possa fazer? — sussurrei, de repente sem ar, como se já estivesse correndo. — Não dá para pagar para quebrar esse contrato?

Você inclinou a cabeça, como se me observasse de outro ângulo.

25

— Se fosse possível, talvez a gente não se apaixonasse — você respondeu. — O fato de sermos inalcançáveis um para o outro é parte importante da atração, não acha? Ela também morreu?

— Hã?

— A outra. A mulher sobre quem você não falou quando perguntei se tinha esposa e filhos. O tipo de perda que deixa você com medo de se apaixonar de novo por alguém que vai perder. A coisa que te fez hesitar quando perguntei se você tem alguma bagagem. Quer falar sobre isso?

Olhei para você. Eu quero falar?

— Tem certeza de que quer...?

— Tenho, quero ouvir.

— Quanto tempo você tem?

— Ha-ha.

Pedimos outra rodada de bebidas e contei a minha história.

Quando terminei, já estava começando a clarear lá fora, porque estávamos voando em direção ao sol, em direção a um novo dia.

E você chorou de novo.

— Isso é tão triste... — você disse e deitou a cabeça no meu ombro.

— É.

— Ainda dói?

— Nem sempre. Digo a mim mesmo que, como ela não queria viver, a escolha que ela fez provavelmente foi a melhor.

— Você acredita nisso?

— Você também acredita, não é?

— Talvez — você disse. — Mas não sei mesmo. Sou como Hamlet, uma cética. Talvez o reino da morte seja ainda pior que o vale de lágrimas.

— Me fale de você.

— O que você quer saber?

— Tudo. Comece a falar, e eu vou perguntando nos pontos que quiser saber mais.

— Tá bom.

Você contou a sua história. E a imagem da garota que foi se revelando aos poucos era ainda mais clara do que a da pessoa sentada ao meu lado, encostada em mim, com a mão debaixo do meu braço. Em certo momento a aeronave passou por uma turbulência. Foi como atravessar uma sequência de ondas pequenas e abruptas que fez sua voz tremer de um jeito engraçado que nos fez rir.

— A gente pode fugir — falei quando você terminou.

— Como? — você perguntou, me encarando.

— Reserva um quarto de solteiro no Langdon. Essa noite você deixa um bilhete na recepção para o gerente do hotel dizendo que vai se afogar no Tâmisa. Você vai até o rio essa noite e encontra um lugar onde ninguém possa te ver. Tira os sapatos e larga no aterro. Eu busco você num carro alugado. Vamos dirigindo até a França e pegamos um avião de Paris para a Cidade do Cabo.

— Passaporte — foi tudo o que você disse.

— Posso providenciar.

— Pode? — Você continuou me encarando. — Que tipo de psicólogo você é exatamente?

— Não sou psicólogo.

— Não?

— Não.

— O que você é?

— O que você acha?

— Você é o homem que vai me matar.

— Sim.

— O seu assento ao meu lado estava reservado antes mesmo de eu ir para Nova York assinar o contrato.

— Sim.

— Mas você se apaixonou mesmo por mim?

— Sim.

Você fez que sim lentamente, segurando o meu braço com força, como se estivesse com medo de cair.

— E como ia ser?

— Na fila do passaporte. Uma agulha. O ingrediente ativo desaparece por completo ou se camufla no sangue em uma hora. A necropsia vai indicar que você morreu de um ataque cardíaco comum. Ataque cardíaco é a causa mais comum de morte na sua família, e os testes que fizemos indicam que você corre o mesmo risco.

Você fez que sim com um aceno de cabeça.

— E se a gente fugir? Também vão atrás de você?

— Sim. Tem muito dinheiro envolvido para todas as partes, incluindo quem executa os trabalhos. Isso significa que exigem que a gente também assine um contrato, com um prazo de três semanas.

— Um contrato de suicídio?

— É. Isso permite que nos matem a qualquer momento, sem correr nenhum risco legal. O que fica entendido é que eles ativam a cláusula se formos desleais.

— Mas vão encontrar a gente na Cidade do Cabo?

— São especialistas nisso. Vão encontrar o nosso rastro e vão até a Cidade do Cabo. Mas não vamos estar lá.

— E onde vamos estar então?

— Tudo bem se eu não responder essa pergunta agora? Prometo que é um lugar legal. Sol, chuva, nem muito frio nem muito quente. E a maioria das pessoas fala inglês.

— Por que você está fazendo isso?

— Pelo mesmo motivo que você.

— Mas você não é suicida, deve ganhar uma fortuna fazendo o que faz e agora está pronto para arriscar a própria vida.

Tentei sorrir.

— Que vida?

Você correu os olhos pelo avião, se inclinou e beijou meus lábios.

— E se você não gostar do sexo comigo?

— Aí eu jogo o seu corpo no Tâmisa.

Você gargalhou e me deu outro beijo. Um pouco mais demorado desta vez, os lábios um pouco mais abertos.

— Você vai gostar — você sussurrou no meu ouvido.

— É, acho que vou — respondi.

Você dormiu ali, com a cabeça no meu ombro. Reclinei seu assento para trás e coloquei um cobertor sobre o seu corpo. Então recostei o meu próprio assento, apaguei a luz sobre a nossa cabeça e tentei dormir.

Quando aterrissamos em Londres, coloquei seu assento na vertical e afivelei o cinto de segurança. Você parecia uma criança dormindo na véspera do Natal, com aquele sorrisinho no rosto. A comissária de bordo se aproximou e pegou os mesmos copos de água que estavam no apoio de braço compartilhado entre nós desde antes de decolarmos do JFK, quando você estava chorando com o rosto virado para a janela e éramos estranhos.

Eu estava diante do agente alfandegário na baia seis quando vi pessoas de jaqueta fluorescente com cruzes vermelhas correndo para os portões e empurrando uma maca. Olhei meu relógio. O pó que coloquei no seu copo antes de decolarmos do JFK demorou a funcionar, mas era confiável. A essa altura você já estava morta havia quase duas horas, e a necropsia indicaria apenas um ataque cardíaco. Senti vontade de chorar, como sinto quase toda vez. Ao mesmo tempo estava feliz. Foi um trabalho importante. Eu jamais esqueceria você, você foi especial.

— Por favor, olhe para a câmera — instruiu o agente alfandegário.

Tive que piscar para afastar as lágrimas primeiro.

— Bem-vindo a Londres — disse ele.

# O HOMEM CIUMENTO

OLHEI PARA A HÉLICE na asa do avião de quarenta lugares ATR-72. Abaixo de nós, banhada pelo mar e pelo sol, havia uma ilha cor de areia. Nenhuma vegetação à vista, apenas uma cor de giz branco-amarelado. Kalímnos.

O piloto avisou que poderia ser um pouso difícil. Fechei os olhos e me recostei no assento. Desde criança sabia que iria morrer numa queda — para ser mais preciso, que eu iria cair do céu no mar e morrer afogado. Me recordo até do dia em que tive essa certeza.

Meu pai era um dos vice-diretores da empresa da família, da qual seu irmão mais velho, tio Hector, era presidente. Nós, crianças, adorávamos o tio Hector porque ele sempre trazia presentes quando vinha nos visitar e nos deixava andar no seu carro, o único Rolls-Royce conversível de toda a cidade de Atenas. O meu pai em geral chegava do trabalho quando eu já estava na cama, mas naquela noite voltou cedo. Parecia exausto e, após o jantar, foi para o escritório, onde teve uma longa, longa conversa ao telefone com o meu avô. Pelo que pude ouvir, ele estava muito irritado. Quando fui para a cama, ele se sentou na beirada, e lhe pedi que contasse uma história. Ele refletiu um pouco, então contou a história sobre Ícaro e o pai. Eles moravam em Atenas, mas estavam na ilha de Creta quando o pai, um rico e célebre artesão, usou penas e cera para construir um par de asas com o qual conseguiu voar. As pessoas ficaram muito impressionadas com o feito, e o pai e toda a sua família passaram a ser respeitados em todo lugar. Quando deu as asas a Ícaro, o pai instruiu o filho de que fizesse exatamente como ele tinha feito, seguindo exatamente o mesmo caminho, para não haver problema. Mas Ícaro queria voar por novos lugares e ainda mais alto que o pai. Quando levantou voo, Ícaro ficou inebriado por estar tão acima do solo e dos espectadores e acabou esquecendo que não estava voando por ter uma habilidade sobrenatural, mas por causa das asas dadas pelo pai. Em sua autoconfiança arrogante, Ícaro voou mais alto que o pai e chegou muito perto do Sol, que derreteu a cera que prendia as asas no lugar. E com isso Ícaro caiu no mar, onde morreu afogado.

Conforme eu crescia, sentia que a versão do mito de Ícaro, levemente adaptada pelo meu pai, tinha um tom de advertência para seu filho mais velho. Hector não tinha filhos, e presumia-se que eu o sucederia quando chegasse a hora. Só depois de adulto soube que naquela época a firma quase faliu porque Hector, imprudente, resolveu jogar com o preço do ouro e acabou demitido pelo meu avô, mas que, para manter as aparências, permitiu que ele seguisse com o título e o cargo. Na prática, foi o meu pai quem comandou a empresa depois disso. Nunca descobri se a historinha que ele me contou naquela noite se referia a mim ou ao tio Hector, mas na época deve ter me deixado bastante impressionado, porque desde então tenho pesadelos de que estou caindo e me afogando. Na verdade, certas noites o sonho parece caloroso e agradável, um sono em que tudo que é doloroso deixa de existir. Quem disse que não se pode sonhar com a própria morte?

O avião balançou, e ouvi passageiros ofegarem enquanto perdíamos altitude nos bolsões de ar. Por um ou dois segundos tive aquela sensação estranha de ausência de peso e de que a minha hora havia chegado. Mas não havia, obviamente.

Quando saímos do avião, a bandeira da Grécia tremulava no mastro perto do prediozinho do terminal. Ao passar pela cabine, ouvi o piloto dizer à comissária de bordo que o aeroporto tinha acabado de fechar e que eles provavelmente não conseguiriam retornar a Atenas.

Segui a fila de passageiros até o terminal do aeroporto. Um homem de farda azul da polícia estava de braços cruzados em frente à esteira de bagagem e observava os passageiros. Enquanto eu ia até o sujeito, ele me lançou um olhar interrogativo e eu acenei com a cabeça para confirmar.

— George Kostopoulos — apresentou-se ele, estendendo a mão grande com o dorso coberto por longos pelos pretos. Seu aperto de mão foi firme, mas não exagerado, como às vezes acontece quando os colegas do interior acham que estão competindo com os da capital. — Obrigado por vir tão rápido, detetive Balli.

— Pode me chamar de Nikos — falei.

— Desculpe, não reconheci você, mas não existem muitas fotos suas, e achei que você fosse... hummm... mais velho.

Herdei — provavelmente da família da minha mãe — o tipo de aparência que não envelhece muito com o passar dos anos. Meu cabelo estava grisalho e sem cachos, e eu vinha mantendo o peso ideal de setenta e cinco quilos, embora hoje em dia uma parte menor desse total seja de músculos.

— Não acha que 59 anos é idade suficiente?

— Ah, sim, é claro.

Ele falou num tom que imaginei ser um pouco mais grave que o normal e abriu um sorriso irônico por baixo de um tipo de bigode que os homens em Atenas haviam parado de usar fazia uns vinte anos. Mas George Kostopoulos tinha um olhar tranquilo, e eu sabia que não teria problemas com ele.

— É que ouço falar de você desde que eu estava na Academia de Polícia, e parece que isso faz muito tempo. Trouxe mais alguma bagagem que eu possa ajudar a carregar?

Ele olhou de relance para a bolsa que eu estava segurando, mas tive a sensação de que estava perguntando sobre algo além do que eu estava de fato carregando, no sentido físico. Não que eu fosse capaz de responder. Nas minhas viagens levo mais do que a maioria dos homens, porém minha bagagem é do tipo que se carrega sozinho.

— Só bagagem de mão mesmo — respondi.

— Franz Schmid, irmão do desaparecido, está na delegacia de Pothia — avisou George depois de sairmos do terminal, atravessarmos a rua e chegarmos a um pequeno Fiat coberto de poeira com o para-brisa manchado. Imaginei que ele tivesse estacionado debaixo dos pinheiros-mansos para proteger o carro do sol, mas em vez disso ganhou uma dose daquela seiva pegajosa que só sai raspada com faca. É assim que funciona. Você levanta a guarda para proteger o rosto e deixa o coração exposto. E vice-versa.

— Li o relatório no avião — falei, colocando a bolsa no banco traseiro. — Ele disse mais alguma coisa?

— Não. Mantém a história. Disse que o irmão, Julian, saiu do quarto às seis da manhã e nunca mais voltou.

— No relatório diz que Julian foi nadar.

— É o que Franz diz.

— Mas você não acredita nele?

— Não.

— Mas afogamentos não são raros numa ilha turística como Kalímnos, certo?

— Não são. E eu teria acreditado em Franz, se não fosse o fato de Julian e ele terem brigado na noite anterior diante de testemunhas.

— É, notei isso.

Descemos por uma pista estreita e esburacada, ladeada por oliveiras e casinhas de pedra branca, que, no passado, deve ter sido a estrada principal.

— Acabaram de fechar o aeroporto — comentei. — Imagino que por causa do vento.

— Acontece o tempo todo. Esse é o problema de o aeroporto ficar no ponto mais alto de uma ilha.

Entendi o que ele queria dizer. Assim que o carro desceu a estradinha e chegou ao vale entre as montanhas, as bandeiras que vi pelo caminho pendiam dos mastros.

— Por sorte o meu voo noturno sai de Kos — comentei.

A secretária do Departamento de Homicídios tinha verificado o itinerário da viagem antes que o meu chefe me desse permissão para fazer a viagem. Apesar de darmos prioridade aos pouquíssimos casos envolvendo turistas estrangeiros, uma condição da permissão era que eu passasse apenas um dia útil neles. Em geral, eu tinha liberdade para trabalhar como quisesse, mas até o lendário detetive Balli estava sujeito a cortes no orçamento. E, como disse o meu chefe, esse era um caso sem corpo, sem interesse da mídia ou mesmo motivos razoáveis para se suspeitar de homicídio.

Não havia voos de volta partindo de Kalímnos à noite, mas havia um do aeroporto internacional na ilha de Kos, que fica a quarenta minutos de balsa de Kalímnos, então George soltou um grunhido de concordância, e isso me lembrou do corte nas despesas de viagem e de que eu deveria evitar restaurantes turísticos superfaturados, a menos que quisesse bancar do próprio bolso.

— Acho que as balsas para Kos também não vão sair com esse tempo — disse George.

— Esse tempo? Está sol e só está ventando lá em cima.

— Sei que olhando daqui não parece, mas no trajeto da balsa tem um trecho de mar aberto antes de chegar a Kos, e já houve vários acidentes em dias ensolarados exatamente assim. A gente reserva um quarto de hotel para você. Talvez o vento tenha diminuído até amanhã.

Quando ele disse "talvez o vento tenha diminuído até amanhã" — em vez de ser mais otimista e dizer que "até amanhã o vento vai ter diminuído" —, imaginei que a previsão do tempo não favorecia nem a mim nem ao meu chefe. Pensei desolado no conteúdo inadequado da minha bolsa e não tão desolado no meu chefe. Talvez aqui eu conseguisse um pouco de descanso merecido. Sou do tipo que precisa ser forçado a tirar férias, mesmo quando sei que estou precisando. Talvez o fato de não ter filhos e esposa explique o que me deixa tão mal nas férias. Elas parecem perda de tempo e só servem para reforçar uma solidão reconhecidamente voluntária.

— O que é aquilo? — perguntei, apontando para o outro lado do carro.

Cercado por declives íngremes, via-se o que parecia ser um vilarejo. Mas não havia sinal de vida. O lugar mais parecia uma maquete esculpida em rocha cinza, um aglomerado de casinhas que lembravam blocos de Lego cercados por uma muralha, tudo no mesmo cinza monótono.

— Palaiochora — respondeu George. — Século XII. Bizantino. Quando os habitantes de Kalímnos avistavam navios inimigos se aproximando, fugiam lá para cima e montavam uma barricada. As pessoas se esconderam lá quando os italianos invadiram a ilha em 1912 e quando os Aliados bombardearam Kalímnos, na época em que a ilha foi usada como base alemã na Segunda Guerra Mundial.

— Com certeza imperdível — comentei, sem acrescentar que nem as casas nem as fortificações pareciam bizantinas.

— Hummm... Na verdade, não. Parece mais bonito de longe. O último reparo que recebeu foi feito pelos cavaleiros hospitalários no século XVI. Está cheio de mato, lixo, cabras, e até as capelas são usadas como latrina. Daria para chegar lá se conseguisse subir a escadaria de pedra, mas teve um deslizamento de terra, e desde então a subida ficou ainda mais penosa. Mas, se estiver interessado mesmo, posso conseguir um guia. Garanto que vai ter o vilarejo de pedra todo só para você.

Balancei a cabeça. Mas, claro, fiquei tentado. Sempre fico tentado pelo que me rejeita, pelo que me exclui. Narradores não confiáveis. Mulheres. Problemas lógicos. Comportamento humano. Casos de homicídio. Tudo aquilo que não entendo. Sou um homem de intelecto limitado e curiosidade ilimitada. Infelizmente, é uma combinação frustrante.

Pothia acabou se revelando um empolgante labirinto de casas, ruelas de mão única e becos. Embora já fosse quase novembro e a temporada de turismo já tivesse terminado fazia tempo, as ruas estavam apinhadas de gente.

Estacionamos em frente a uma casa de dois andares na zona portuária, onde havia barcos de pesca e iates não muito luxuosos lado a lado. Uma pequena balsa para carros e uma lancha com assentos para passageiros nos dois andares estavam amarradas ao cais. Mais adiante, ainda no cais, havia um grupo de pessoas, obviamente turistas estrangeiros, discutindo alguma coisa com um homem numa espécie de farda de marinheiro. Alguns dos turistas estavam de mochila com um rolo de corda pendurado em cada lado da aba superior. No voo mais cedo, várias pessoas estavam equipadas da mesma forma. Montanhistas. Nos últimos quinze anos, Kalímnos deixou de ser uma ilha de sol e surfe para se tornar um destino para montanhistas de toda a Europa; mas isso aconteceu depois que pendurei as minhas botas de escalada. O homem fardado abriu os braços, como que dizendo que não podia fazer nada, e apontou para o mar. Havia cristas brancas, mas, até onde eu conseguia ver, as ondas não pareciam perigosas.

— Como falei, os problemas acontecem mais longe. Não dá para ver daqui — comentou George, que obviamente percebeu meu olhar.

— Isso é bem comum — falei com um suspiro, tentando aceitar o fato de que, pelo menos por ora, estava preso naquela ilhota que, por algum motivo, parecia ainda menor do que quando a sobrevoei.

George entrou na delegacia na minha frente, passou por um balcão, e eu acenei com a cabeça para todos os lados enquanto abríamos caminho por um escritório de plano aberto, um lugar abarrotado de coisa e superlotado em que não eram só os móveis que pareciam antiquados — também os enormes monitores de tubo, a cafeteira e a gigantesca máquina de xerox.

— George! — chamou uma mulher atrás de uma divisória. — Um jornalista do *Kathimerini* ligou. Quer saber se é verdade que a gente prendeu o irmão do desaparecido. Falei que ia pedir a você que ligasse.

— Pode ligar você mesma, Christine. Diga que não houve prisões nesse caso e que, por ora, não temos comentários a fazer.

Eu entendi, é claro. George queria trabalhar em paz, longe de jornalistas histéricos e de qualquer possível distração. Ou talvez ele só quisesse mostrar para mim — o cara da cidade grande — que aqui no interior eles também eram profissionais. Melhor para a nossa relação de trabalho se fosse esse o caso, porque o fato é que eu não queria ter que usar a minha experiência para explicar a ele que, via de regra, ser pedante com a imprensa é uma péssima estratégia. Além do mais, é claro que, como Franz Schmid se apresentou voluntariamente para ser interrogado, ele não estava tecnicamente preso — na verdade, nem sequer havia sido detido. Mas, quando vazasse a notícia — e note que não era "se" — de que Franz estava sendo mantido na delegacia havia horas e a polícia passasse a impressão de não querer tocar no assunto, abriria espaço para todo tipo de especulação, o que seria um prato cheio para os jornalistas. Nesse caso, é melhor dar uma resposta mais aberta e simpática, algo no sentido de que a polícia estava, é claro, conversando com qualquer um que pudesse elucidar o que poderia ter acontecido, o que incluía o irmão do desaparecido.

— Aceita uma xícara de café e alguma coisa para comer? — perguntou George.

— Obrigado, mas prefiro agilizar logo isso.

George fez que sim e parou em frente a uma porta.

— Franz Schmid está aqui dentro — sussurrou ele.

— Tá bom — falei, abaixando o tom, mas sem sussurrar. — A palavra "advogado" já foi mencionada?

George fez que não com a cabeça.

— A gente perguntou se ele queria ligar para a embaixada ou para o cônsul alemão em Kos, mas o que ele próprio disse foi: "O que eles podem fazer para ajudar a encontrar o meu irmão?"

— Então você não o confrontou com as suas suspeitas?

— Perguntei sobre a briga e mais nada. Mas ele deve saber que tem um motivo para termos pedido que esperasse até você chegar.

— E quem você disse que eu era?

— Um especialista de Atenas.

— Especialista em quê? Encontrar desaparecidos? Ou descobrir assassinos?

— Não especifiquei, e ele não perguntou.

Fiz que sim com a cabeça. George permaneceu ali por mais alguns segundos até perceber que eu só entraria na sala quando ele saísse.

A sala tinha cerca de três por três metros. A única luz vinha de duas janelas estreitas no alto de uma parede. A pessoa estava sentada a uma mesinha de tampo quadrado, sobre a qual havia uma jarra de água e um copo. Era um homem alto. Os antebraços estavam apoiados no tampo de madeira pintado de azul, os cotovelos formando ângulos de noventa graus. Qual a altura? Talvez um e noventa? Ele era magro e tinha um rosto envelhecido que parecia ter mais que os seus 28 anos e transmitia uma impressão natural de ser um sujeito sensível. Ou talvez fosse o fato de ele parecer calmo e tranquilo ali sentado, de costas eretas, como se estivesse com a cabeça tão cheia de pensamentos e sentimentos que não precisasse de estímulos externos. Usava um boné com listras horizontais nas cores do rastafári, com uma caveira discreta na aba. Cachos escuros se projetavam por baixo do boné, como os que eu já tive no passado. Os olhos eram tão fundos que não consegui observá-los de imediato. E no mesmo instante me dei conta de que havia algo familiar aqui. Levou um segundo para o meu cérebro desenterrar o que era. A capa de um disco de Monique que vi no dormitório em Oxford. Townes van Zandt. Ele estava sentado a uma mesa semelhante, quase na mesma posição e com um rosto igualmente inexpressivo e ao mesmo tempo tão nu e desprotegido que conseguia parecer sensível.

— *Kalimera* — cumprimentei.

— *Kalimera*.

— Nada mau, senhor... — Olhei para a pasta que havia tirado da bolsa e colocado na mesa diante de mim. — Franz Schmid. Isso significa que você fala grego? — perguntei com meu inglês excessivamente britânico, e ele deu a resposta esperada.

— Infelizmente, não.

Com a minha pergunta, eu esperava estabelecer nosso ponto de partida. Que eu era tábula rasa, não sabia nada sobre ele, não tinha motivo para ter qualquer noção preconcebida sobre ele e que ele poderia — se assim quisesse — mudar sua versão da história para esse novo ouvinte.

— O meu nome é Nikos Balli, sou detetive do Departamento de Homicídios de Atenas. Estou aqui com a esperança de eliminar qualquer suspeita de que o seu irmão tenha sido vítima de atividade criminosa.

— Você acha que foi isso que aconteceu?

A pergunta foi feita de forma neutra e direta. De imediato ele me pareceu um homem prático, que só queria se familiarizar com os fatos. Ou passar essa impressão.

— Não tenho ideia do que a polícia local pensa. Só posso falar por mim, e nesse momento não acredito em nada. O que eu sei é que homicídios são ocorrências raras. Mas qualquer homicídio é tão prejudicial para a imagem da Grécia como destino de férias que, quando ocorre, é nosso dever mostrar ao mundo que é algo que levamos muito a sério. É como nos acidentes de avião: temos que encontrar a causa e resolver o mistério, porque sabemos que companhias aéreas inteiras vão à falência por causa de um único acidente inexplicável. Estou dizendo isso para explicar por que talvez eu faça perguntas sobre detalhes que podem parecer irritantemente irrelevantes, sobretudo para alguém que acabou de perder o irmão. E é possível que pareça que estou convencido de que você ou outra pessoa qualquer seja responsável pelo homicídio. Mas pode ter certeza de que, como investigador de homicídios, a minha tarefa é testar a hipótese de que pode ter havido um homicídio, mas que, se eu puder eliminar essa hipótese, terei alcançado sucesso. E, independentemente do resultado, podemos estar um passo mais perto de encontrar o seu irmão. Tudo bem?

Franz Schmid abriu um sorrisinho que não chegou aos olhos.

— Parece o meu avô.

— Hã?

— Método científico. Programação orientada a objetos. Ele foi um dos cientistas alemães que fugiram de Hitler e ajudaram os Estados Unidos a desenvolver a bomba atômica. A gente... — Ele parou e passou a mão no rosto. — Me desculpa, estou desperdiçando o seu tempo, detetive. Manda ver.

O olhar de Franz Schmid encontrou o meu. Ele parecia cansado, mas alerta. Eu não sabia dizer até que ponto ele tinha entendido o que eu estava fazendo ali, mas o olhar dele era aguçado, um olhar que, até onde eu podia ver, indicava inteligência. Quando ele disse "programação orientada a objetos", claramente estava se referindo ao fato de eu ter deixado óbvia a motivação que ele teria para me ajudar, para que nos ajudasse a encontrar o irmão. Foi uma manipulação-padrão da minha parte, nada fora do esperado. Mas suspeitei de que Franz Schmid também tenha percebido a manipulação mais obscura, parte do método do interrogador para fazer com que a pessoa interrogada baixe a guarda. A razão pela qual quase pedi desculpas de antemão pelo tom agressivo do interrogatório que aconteceria e culpei o cinismo econômico das autoridades gregas. Meu objetivo era parecer um policial decente e honesto. Alguém em quem Franz Schmid pudesse confiar com segurança.

— Vamos começar pela manhã de ontem, quando o seu irmão desapareceu.

Enquanto ouvia a história de Franz Schmid, observei sua linguagem corporal. Ele parecia paciente, não se inclinava para a frente e falava rápido e alto, como as pessoas fazem inconscientemente quando acham que sua explicação é a chave para a solução de um caso que gostariam de ver resolvido — ou para provar a própria inocência. Mas o inverso também não aconteceu. Ele não ficou cauteloso, como se estivesse andando num campo minado, não hesitou. Deu a explicação num ritmo calmo e constante. Talvez por ter ensaiado ao conversar com outras pessoas. De qualquer forma, isso não me permitiu chegar a nenhuma conclusão — muitas vezes o desempenho do culpado é mais preciso e convincente que o do inocente. O motivo para isso pode ser o fato de que culpados chegam bem preparados e têm uma história pronta, enquanto inocentes contam a história conforme se lembram na hora. Então, embora eu observasse e analisasse a linguagem corporal dele, essa era uma questão secundária para mim. Histórias são minha área, minha especialidade.

Embora eu me concentrasse na história, o meu cérebro também tirava conclusões com base em outras observações. Como a de que, apesar de estar barbeado, Franz Schmid parecia ser meio hipster, do tipo que usa boné e camisa de flanela grossa dentro de casa mesmo no calor. Havia um casaco pendurado no gancho atrás de Franz, e, a julgar pelo tamanho, era dele. As mangas da camisa de flanela estavam arregaçadas, e os antebraços nus pareciam desproporcionalmente musculosos quando comparados ao restante do corpo. Enquanto falava, de vez em quando ele examinava as pontas dos dedos e estalava cuidadosamente as juntas, que pareciam mais grossas que a média.

O relógio no pulso esquerdo era um Tissot T-touch, que eu sei que tem barômetro e altímetro. Em outras palavras, Franz Schmid era montanhista.

De acordo com as anotações do caso, Franz e Julian Schmid eram cidadãos estadunidenses, residentes de São Francisco e solteiros. Franz era programador de uma firma de TI e Julian trabalhava com marketing para um conhecido fabricante de equipamentos de escalada. Enquanto ouvia Franz, pensei em como seu inglês dos Estados Unidos havia conquistado o mundo, em como a minha sobrinha de 14 anos parecia saída de um filme adolescente estadunidense quando conversava com os amigos estrangeiros na Escola Internacional de Atenas.

Franz Schmid me contou que acordou às seis da manhã no quarto que ele e o irmão Julian haviam alugado numa pousada perto da praia em Massouri, uma cidadezinha a quinze minutos de carro de Pothia. Julian já estava acordado e pronto para sair, e foi isso que acordou Franz. Como sempre, Julian pretendia nadar os oitocentos metros até a ilha vizinha de Telendos, coisa que fazia toda manhã, ida e volta. Ele ia tão cedo porque, em primeiro lugar, isso dava aos dois tempo suficiente para escalar as melhores faces rochosas antes que o sol ficasse forte, a partir do meio-dia. Em segundo lugar, Julian gostava de nadar pelado, e só começava a clarear por volta das seis e meia. Em terceiro lugar, Julian sentia que as perigosas subcorrentes no estreito eram mais fracas antes do nascer do sol e antes que o vento aumentasse. Normalmente Julian estaria de volta e pronto para o café da manhã às sete, mas nesse dia em particular ele nunca mais apareceu.

Franz desceu os degraus até o pequeno quebra-mar de pedra em ruínas que ficava numa baiazinha logo abaixo da casa. A toalha grande que o irmão costumava levar estava na ponta do quebra-mar, com uma pedra em cima para evitar que saísse voando. Franz apalpou a toalha. Seca. Correu os olhos pela água e gritou para um barco de pesca que ficava cada vez mais barulhento, mas ninguém a bordo pareceu ouvi-lo. Então correu de volta para casa e pediu ao proprietário que ligasse para a polícia em Pothia.

A equipe de resgate na montanha foi a primeira a chegar ao local, um grupo de homens de camisa laranja que, misturando seriedade profissional com um tom amigável e brincalhão, imediatamente colocou dois barcos na água e iniciou as buscas. Em seguida apareceram os mergulhadores. E por fim a polícia. A polícia fez Franz verificar se estava faltando alguma peça de roupa de Julian no armário, para eliminar a hipótese de Julian ter ido ao quarto sem ser visto por Franz — que estava tomando café da manhã no porão de casa —, se vestido e saído.

Após percorrer a praia do lado de Kalímnos, Franz e alguns amigos montanhistas alugaram um barco e atravessaram a baía para Telendos. A polícia usou o barco para fazer buscas ao longo da costa, onde as ondas quebravam nas rochas escarpadas, enquanto Franz e os amigos visitavam as casas espalhadas pela encosta da montanha, perguntando se alguém tinha visto um nadador nu na praia.

Depois de retornar da busca frustrada, Franz passou o resto da noite ligando para família e amigos, explicando a situação. Jornalistas o contataram por telefone, alguns deles alemães, e Franz falou brevemente com eles. Disse que ainda estavam esperançosos e assim por diante. Mal dormiu naquela noite, e ao raiar do dia seguinte a polícia ligou e perguntou se ele poderia ir à delegacia para ajudar. Naturalmente ele concordou, e isso foi — Franz Schmid olhou para o relógio Tissot — há oito horas e meia.

— A briga — falei. — Me fale da briga na noite anterior.

Franz balançou a cabeça.

— Foi só uma briguinha besta. A gente estava jogando sinuca num bar em Hemisphere e tinha bebido um pouco. Julian começou a falar umas bobagens, eu rebati, e depois disso só lembro que taquei uma bola de sinuca em Julian e dei uma porrada na cabeça dele. Ele caiu e, quando acordou, estava enjoado e vomitando. Pensei que tivesse tido uma concussão, então o coloquei no carro e o levei para o hospital em Pothia.

— Vocês costumam brigar?

— Quando a gente era criança, sim. Agora, não. — Ele esfregou a barba que crescia no queixo. — Mas a gente não costuma beber tanto quanto bebeu dessa vez.

— Entendi. Bom, você agiu como um irmão ao levá-lo para o hospital.

Franz bufou de leve.

— Foi egoísmo. Eu só queria que ele fosse examinado para saber se a gente ia poder manter os planos de fazer uma longa escalada de múltiplas enfiadas que tinha planejado para o dia seguinte.

— Então você levou o seu irmão de carro até o hospital.

— Sim. Quer dizer, não.

— Não?

— A gente já tinha saído de Massouri fazia um tempo, quando Julian começou a insistir que estava bem e que era melhor dar meia-volta. Eu disse que era melhor fazer um check-up, mas ele falou que em Pothia a gente corria o risco de ser parado pela polícia e iam suspeitar que eu estava dirigindo bêbado. Eu ia acabar numa cela e ele não teria com quem fazer a escalada. Não tive como discutir, então demos meia-volta e voltamos para casa em Massouri.

— Alguém viu vocês voltarem?

Franz coçou o queixo de novo.

— Alguém deve ter visto. Era tarde da noite, mas estacionamos na estrada principal, onde ficam todos os restaurantes, e sempre tem gente por lá.

— Ótimo. Você se encontrou com alguém que acha que pode nos ajudar a obter uma confirmação independente do que você disse?

Franz tirou a mão do queixo. Não sei se porque percebeu que o gesto poderia ser interpretado como nervosismo ou porque simplesmente não estava mais coçando.

— Acho que não nos encontramos com ninguém conhecido. E, pensando bem, o lugar estava bem tranquilo na hora. O bar no Hemisphere ainda devia estar aberto, mas, provavelmente, todos os restaurantes estavam fechados. Agora, no outono, Massouri quase que só recebe montanhistas, e montanhista vai para a cama cedo.

— Então ninguém viu vocês.

Franz se endireitou na cadeira.

— Tenho certeza de que o senhor sabe o que está fazendo, deteti-ve, mas pode me dizer o que isso tem a ver com o desaparecimento do meu irmão? — perguntou Franz. Sua voz permanecia calma e controlada, mas pela primeira vez vi uma coisa, talvez uma leve tensão, no olhar.

— Posso, sim. Mas tenho certeza de que você pode deduzir por conta própria. — Apontei para a pasta diante de mim na mesa. — Diz aqui que o senhorio afirma que foi acordado pelo som de uma ou várias vozes altas vindas do quarto de vocês e que ouviu cadeiras sendo arrastadas. Vocês ainda estavam brigando?

Notei uma leve contração no rosto de Franz Schmid. Foi porque o fiz lembrar que as últimas palavras entre os irmãos foram ríspidas?

— Como eu disse, a gente não estava exatamente sóbrio — res-pondeu ele em voz baixa. — Mas, quando fomos dormir, já tínhamos feito as pazes.

— Qual foi o motivo da briga?

— Uma bobagem.

— Fale.

Ele segurou o copo de água à frente como se fosse um bote salva--vidas. Bebeu. Ganhou tempo para calcular o que contar e o que es-conder. Cruzei os braços e esperei. Claro que eu sabia o que ele estava pensando, mas ele parecia inteligente o bastante para saber que, se eu não conseguisse a informação dele, conseguiria das testemunhas da briga. O que ele não sabia era que George Kostopoulos já tinha a informação, obtida com uma das testemunhas. Essa informação foi o que motivou George a ligar para o Departamento de Homicídios de Atenas. E o motivo de esse caso ter parado na minha mesa. A mesa do Homem do Ciúme.

— Uma dama — disse Franz.

Tentei descobrir o motivo — se é que havia — de ele usar precisa-mente essa palavra. Na Inglaterra, "dama" é mais uma forma honorí-fica de tratamento, um título aristocrático. Mas nos Estados Unidos, "dama" é gíria, como garota, gata... não é bem um termo depreciativo, mas também não é cem por cento respeitoso. Se refere a uma mulher que pode despertar o interesse de um homem, ou a uma mulher com a qual se deveria tomar cuidado. Mas na língua materna de Franz, "dama" tem um significado totalmente neutro, como a maneira como interpreto em *Gruppenbild mit Dame*, de Heinrich Böll.

— E de quem era a dama? — perguntei para chegar ao cerne da questão o mais rápido possível.

De novo um sorriso leve, rápido, que sumiu logo em seguida.

— Foi exatamente esse o motivo da discussão.

— Compreendo, Franz. Pode me dar os detalhes dessa situação também?

Franz me encarou. Hesitou. Eu já havia usado o nome dele, que é uma forma óbvia e surpreendentemente eficiente de criar intimidade com alguém que se está interrogando. Então lancei um olhar na direção dele e adotei uma linguagem corporal que faz com que suspeitos de homicídio abram o coração para o Homem do Ciúme, Ftono.

O índice de homicídios na Grécia é baixo. Tão baixo que muita gente se pergunta como isso é possível num país em crise, com altas taxas de desemprego, corrupção e distúrbios sociais. A resposta inteligente é que, em vez de matar quem odeia, o grego permite que a vítima continue morando na Grécia. Outra resposta é que não temos crime organizado porque somos incapazes de alcançar o nível de organização necessário. Mas é claro que o nosso sangue é capaz de ferver. Temos *crime passionnel*. E eu sou o homem que chamam quando há indícios de que o ciúme foi a motivação de um homicídio. Dizem que sou capaz de sentir o cheiro do ciúme. Isso não é verdade, claro. Ciúme não tem cheiro, cor ou som. Mas tem história. É ouvindo essa história, o que é contado e o que é escondido, que sei se estou sentado diante de um animal desesperado e ferido. Eu escuto e sei. Sei porque sou eu, Nikos Balli, que estou ouvindo. Sei porque eu mesmo sou um animal ferido.

E Franz me contou sua história. Contou porque isso — esse pedacinho da verdade — é sempre bom contar. Colocar para fora, expor a derrota injusta e o ódio, que são as consequências naturais da história. Pois o fato é que não há nada de perverso em querer matar o que quer que possa atrapalhar nossa função primária como criações biológicas; acasalar para propagar os nossos genes únicos. Na verdade, perversidade é o contrário: permitir que sejamos impedidos disso por uma moral que, segundo fomos doutrinados a acreditar, tem origem natural ou divina, mas que é, em última análise, apenas uma questão de regras práticas ditadas por quais são, em dado momento, as necessidades da comunidade em geral.

Num dia de descanso, sem escalada, Franz alugou uma moto e foi até o lado norte de Kalímnos. No vilarejo rural de Emporio conheceu Helena, que servia às mesas no restaurante do pai. Ele se apaixonou por ela, superou a timidez e pediu seu número de telefone. Três encontros e seis dias depois se tornaram amantes nas ruínas do claustro de Palaiochora. Como tinha ordens de casa para não se envolver com clientes — e turistas estrangeiros em particular —, Helena insistiu em que os encontros fossem mantidos em segredo e envolvessem apenas os dois, porque no lado norte de Kalímnos todo mundo conhecia seu pai. Então eles mantiveram a discrição; mas é claro que Franz manteve o irmão informado de tudo o que aconteceu desde aquele primeiro encontro no restaurante; cada palavra que trocaram, cada olhar, cada toque, o primeiro beijo. Franz mostrou a Julian fotos de Helena, um vídeo dela sentada na muralha do castelo olhando para o pôr do sol.

Eles faziam isso desde a infância, compartilhavam cada detalhe, de modo que toda experiência era uma experiência compartilhada. Por exemplo, Julian — que, segundo Franz, era o mais extrovertido — havia mostrado a Franz um vídeo que tinha gravado em segredo dias antes transando com uma garota no apartamento dela em Pothia.

— Julian sugeriu brincando que eu fosse lá, fingisse ser ele e visse se ela notaria alguma diferença entre nós dois na cama. Uma ideia empolgante, claro, mas...

— Mas você disse não.

— Bom, eu já conhecia Helena, já estava tão apaixonado que não conseguia pensar ou falar sobre mais nada. Por isso, não seria uma surpresa se Julian também se sentisse atraído por ela. E foi o que aconteceu: ele se apaixonou.

— Sem sequer conhecê-la pessoalmente?

Franz fez que sim lentamente.

— Pelo menos acho que ele não chegou a conhecer Helena. Eu tinha falado para ela que tinha um irmão, mas não que éramos gêmeos idênticos, cópias físicas exatas um do outro. Em geral não falamos.

— Por que não?

Franz deu de ombros.

— Certas pessoas acham estranho você ter uma cópia idêntica. Então a gente costuma esperar um pouco antes de mencionar ou apresentar o outro.

— Compreendo. Por favor, continue.

— Três dias atrás o meu celular desapareceu de repente. Procurei em todo canto. Era o único lugar onde eu tinha o número de Helena, e a gente trocava mensagem o tempo todo. Ela ia acabar pensando que eu tinha terminado tudo. Resolvi ir de carro até Emporio, mas na manhã seguinte ouvi o celular vibrando no bolso do casaco de Julian enquanto ele nadava. Era uma mensagem de Helena agradecendo pela noite maravilhosa e dizendo que queria um novo encontro em breve. Foi então que percebi o que havia acontecido.

Ele notou a minha cara de confuso — no que provavelmente foi uma interpretação canastrona.

— Julian tinha pegado o meu celular — explicou ele, meio irritado ao concluir que eu ainda não havia entendido a situação. — Ele encontrou o número dela nos meus contatos e ligou do meu telefone, então ela presumiu que fosse uma ligação minha. Eles combinaram de se encontrar e, mesmo depois de se conhecerem, não ocorreu a Helena que a pessoa era Julian e não eu.

— Sei.

— Confrontei Julian depois que ele voltou da natação matinal, e ele admitiu tudo. Fiquei furioso, então saí para escalar com amigos. A gente só se encontrou de novo à noite, no bar. Foi quando Julian disse que tinha ligado para Helena e explicado tudo. Ele disse também que ela lhe havia perdoado e que eles estavam apaixonados. É claro que eu fiquei furioso, e... e, sim, voltamos a discutir.

Fiz que sim com a cabeça. Havia várias maneiras de interpretar o relato honesto de Franz. Talvez a pressão criada pelo ciúme fosse tão forte que a verdade humilhante simplesmente tivesse que ser dita, mesmo que com isso ele se tornasse suspeito do desaparecimento do próprio irmão. Se fosse esse o caso — e se ele tivesse matado o irmão —, a combinação da pressão da culpa com a falta de autocontrole produziria o mesmo resultado: ele confessaria.

Mas também tem a interpretação mais intrincada: a de que Franz imaginou que eu interpretaria a franqueza exatamente desse jeito, de que eu iria supor que ele não suportou a pressão interna, de modo que, se, depois dessas confissões, ele não admitisse o homicídio, eu estaria mais inclinado a acreditar na sua inocência.

E, por fim, a interpretação mais provável. De que ele era inocente e, portanto, não precisava refletir sobre as consequências de contar tudo.

Um riff de guitarra. Reconheci de imediato. "Black Dog". Led Zeppelin.

Sem se levantar da cadeira, Franz Schmid virou para trás e tirou um celular do bolso do casaco pendurado. Assisti à cena enquanto o riff variava após a terceira repetição, aquela em que a bateria de Bonham e a guitarra de Jimmy Page simplesmente não combinam, e ainda assim combinam perfeitamente. Trevor, um amigo vizinho de quarto em Oxford, escreveu um artigo de matemática sobre as intrincadas figuras rítmicas de "Black Dog", sobre o paradoxo que era John Bonham, baterista do Led Zeppelin, mais conhecido pela capacidade de beber e destruir quartos de hotel do que pela inteligência. No artigo, Trevor o comparava ao gênio do xadrez semianalfabeto e aparentemente simplório de *O livro do xadrez*, de Stefan Zweig. Franz Schmid era esse tipo de baterista, esse tipo de enxadrista? Franz Schmid tocou na tela do celular, o riff parou, e ele aproximou o telefone do ouvido.

— Sim? — disse ele. Escutou. — Um instante.

Ele me ofereceu o telefone. Eu peguei.

— Detetive Balli.

— Aqui é Arnold Schmid, tio de Frank e Julian — disse um homem de voz gutural naquele inglês com sotaque alemão tão parodiado. —

Sou advogado. Quero saber sob qual alegação vocês estão mantendo Franz detido.

— Não estamos detendo ninguém, Sr. Schmid. Ele se voluntariou para ajudar na busca pelo irmão, e estamos aproveitando a oferta enquanto ela permanece válida.

— Coloque Franz de volta na linha.

Franz escutou por um tempo. Então, tocou na tela e colocou o telefone na mesa entre nós com a mão por cima dele. Eu estava olhando para o aparelho quando ele me disse que estava cansado, que queria voltar para casa, mas que era para ligarmos se surgisse alguma novidade.

*Como uma dúvida?*, eu me perguntei. *Ou um corpo?*

— O telefone — falei. — Se importa se a gente der uma olhada?

— Dei para o policial com quem estava falando. Junto com a senha.

— Não falei do celular do seu irmão, mas do seu.

— O meu? — A mão musculosa apertou o objeto preto na mesa feito uma garra. — Hummm... Vai demorar muito?

— Não estou pedindo o seu telefone físico. Sei que nas atuais circunstâncias você deve estar com o celular do lado o tempo todo. Então, o que estou pedindo é permissão formal para acessar o registro de chamadas e mensagens de texto registradas no seu telefone nos últimos dez dias. Só precisamos da sua assinatura num formulário padrão de mandado para permitir que a gente obtenha as informações da companhia telefônica. — Sorri como se fosse uma necessidade lamentável. — Vai me ajudar a riscar o seu nome da lista de possíveis pistas que precisamos seguir.

Franz Schmid me encarou. E, à luz que vinha das janelas acima, vi suas pupilas se dilatarem. A dilatação das pupilas permite a entrada de mais luz e pode ter várias causas, como medo ou tesão. Nesta ocasião específica me pareceu indicar apenas que ele estava concentrado. Como quando seu adversário no xadrez faz um movimento inesperado.

Eu quase conseguia sentir os pensamentos dele a mil.

Franz tinha se preparado para a possibilidade de pedirmos para verificar seu telefone, então apagou as chamadas e as mensagens que não queria que víssemos. Mas talvez nada tivesse sido apagado da operadora, pensou ele, ou — merda! — como isso funciona? Claro que ele poderia recusar. Poderia ligar para o tio naquele mesmo instante e confirmar que não havia diferença entre as leis grega, estadunidense e alemã e que só era obrigado a entregar à polícia aquilo que ela tivesse direito legal de exigir. Mas que impressão passaria se dificultasse as coisas? Nesse caso, pensaria Franz, eu dificilmente riscaria o nome dele da lista. Vi o que parecia ser um princípio de pânico nos seus olhos.

— Claro — respondeu ele. — Onde assino?

Suas pupilas já estavam se contraindo. O cérebro repassou as mensagens. Provavelmente não tinha nada de crucial. Ele não me mostrou as cartas que tinha na mão, mas por um instante revelador pelo menos perdeu aquele semblante inexpressivo.

Saímos da sala juntos e estávamos a caminho do escritório olhando para George quando um cachorro, um golden retriever simpático, escapou do vão entre duas divisórias e pulou latindo alegremente para Franz Schmid.

— Ah, e aí rapaz! — disse Franz num cumprimento espontâneo, e se agachou para coçar atrás da orelha do cachorro, como todo mundo que sente um amor genuíno por animais, algo que o animal parece perceber instintivamente. Provavelmente foi por isso que o cachorro escolheu Franz e não a mim. A cauda do cachorro girava como um helicóptero enquanto o animal tentava lamber o rosto de Franz.

— Animais são melhores que gente, não acha? — disse ele olhando para mim.

Seu rosto estava radiante. De repente, ele parecia uma pessoa diferente do homem que estava sentado à minha frente.

— Odin! — gritou uma voz aguda por entre as paredes da divisória, a mesma voz que tinha avisado a George que um jornalista havia ligado. Ela se levantou e agarrou o cachorro pela coleira.

— Me desculpa — disse ela em grego. — Ele sabe que não pode fazer isso.

A mulher parecia ter uns trinta anos. Era baixinha e forte, parecia em forma numa farda com a fita branca dos agentes da Delegacia de Polícia de Turismo. Ela levantou a cabeça. A área ao redor dos olhos estava avermelhada, e, quando nos viu, as bochechas ficaram da mesma cor. As garras de Odin arranhavam o chão enquanto ela arrastava o cachorro de volta para trás das divisórias. Ouvi uma fungada.

— Preciso de ajuda para imprimir um mandado para verificar o conteúdo de um celular — falei, dirigindo-me à baia. — Está na página principal da...

A voz dela me interrompeu.

— É só ir até a impressora no fim do corredor, detetive Balli.

— E aí? — disse George Kostopoulos quando apareci por sobre a divisória da sua baia.

— Nesse momento, o suspeito está numa motocicleta voltando para Massouri — falei, entregando a folha com a assinatura de Franz Schmid. — Acho que Franz suspeita que estamos de olho nele e poderia tentar escapar.

— Não existe o menor perigo de isso acontecer. A gente está numa ilha, e a previsão é de que o vento aumente. Está dizendo que você...?

— É. Acho que ele matou o irmão. Pode encaminhar para mim as impressões assim que a companhia telefônica enviar?

— Claro. Também devo pedir que enviem as mensagens de texto e os registros de chamada de Julian Schmid?

— Infelizmente, enquanto ele não for oficialmente dado como morto, isso requer uma ordem judicial. Mas você está com o celular dele, certo?

— Estou — respondeu George e abriu uma gaveta.

Peguei o telefone, me sentei numa cadeira diante da baia dele e digitei o PIN anotado no Post-it no verso. Passei os olhos no registro de ligações e nas mensagens de texto.

Não vi nada de relevância imediata para o caso. Só uma mensagem sobre uma rota de escalada que havia sido "enviada", o que no jargão montanhista significa que foi escalada e que automaticamente fez as minhas mãos começarem a suar. Trocas de parabenizações. Jantares organizados, o nome do restaurante onde "a turma" se reuniria e a hora. Tudo, ao que parece, sem conflito e sem romance.

Quase caí para trás quando o telefone começou a vibrar na minha mão ao mesmo tempo que um vocalista começou a cantar num falsete apaixonado e enérgico que mostra que você é fã de música pop dos anos 2000. Hesitei. Se atendesse, provavelmente teria que explicar a um amigo, colega ou parente que Julian estava desaparecido e presumidamente morto afogado durante uma viagem de férias para escalar na Grécia. Respirei fundo e pressionei "Atender".

— Julian? — sussurrou uma voz de mulher antes de eu ter tempo de dizer alguma coisa.

— Aqui é a polícia — falei em inglês e então parei. Queria causar impacto. Deixar claro que algo tinha acontecido.

— Me desculpa — disse a voz feminina, resignada. — Estava torcendo para Julian atender, mas... alguma notícia?

— Quem está falando?

— Victoria Hässel. Amiga de escalada. Eu não queria incomodar Franz e... enfim. Obrigada.

Ela desligou e eu anotei o número.

— Esse toque... — falei. — De onde é?

— Não faço ideia — disse George.

— Ed Sheeran — disse a dona do cachorro do outro lado da divisória. — "Happier".

— Obrigado.

— Mais alguma coisa que a gente possa fazer? — perguntou George. Cruzei os braços e pensei.

— Não. Aliás, na verdade, sim. Ele estava bebendo água num copo lá dentro. Pode pegar as impressões digitais? E o DNA, se tiver saliva na borda?

George pigarreou. Eu sabia o que ele iria dizer. Que isso exigiria a permissão da pessoa envolvida ou uma ordem judicial.

— Suspeito que o copo tenha feito parte da cena do crime — comentei.

— Hã?

— Se no resultado do exame você não vincular o DNA a um indivíduo específico, mas apenas ao copo, à data e ao local, sem problema.

Talvez a prova não seja aceita num tribunal, mas pode ser útil para nós dois.

George ergueu uma das sobrancelhas caóticas.

— É assim que a gente faz em Atenas — menti; a verdade é que, às vezes, é assim que *eu* faço em Atenas.

— Christine — chamou George.

— Sim?

Ouvi a cadeira correr no chão, e a garota de farda da polícia turística espiou por cima da divisória.

— Pode enviar o copo na sala de interrogatório para análise? — perguntou George.

— Sério? Temos permissão para...

— É a cena de um crime — afirmou ele.

— Cena de um crime?

— Isso — disse George, sem tirar os olhos de mim. — Parece que é assim que a gente faz as coisas por aqui agora.

Eram sete da noite, e eu estava deitado na cama do quarto de hotel em Massouri. Os hotéis em Pothia estavam todos lotados, provavelmente por causa das condições climáticas. Tudo bem por mim, no hotel em que fiquei eu estava mais perto das coisas. Bem acima de mim, nos morros do outro lado da estrada, erguia-se um rochedo de calcário branco-amarelado. De uma beleza misteriosa e convidativa ao luar. Houve um acidente fatal na ilha durante o verão, os jornais tinham noticiado o ocorrido. Me lembro de não querer ler sobre o assunto, mas acabei lendo mesmo assim.

Do outro lado do hotel, a encosta da montanha mergulhava direto no mar.

Terminado o segundo dia de buscas, as águas no estreito entre Kalímnos e Telendos pareciam mais calmas ao longe. Mas, dada a previsão para o dia seguinte, não haveria um terceiro dia de buscas, pelo que me disseram. De qualquer modo, quando se acredita que alguém está perdido no mar, a busca é limitada a dois dias, seja a vítima estadunidense, seja de qualquer outra nacionalidade. O vento fazia as vidraças tremerem, e eu conseguia ouvir o som das ondas quebrando nas rochas lá fora.

Minha tarefa — fazer um diagnóstico e decidir se havia um ciúme de natureza homicida no caso — havia terminado. O passo seguinte — a investigação tática e técnica — não era o meu forte. Os meus colegas de Atenas cuidariam disso. Só que o tempo havia adiado a troca da guarda, enfatizando e até expondo as minhas inadequações como detetive de homicídios. Sou simplesmente incapaz de imaginar como um assassino poderia ter matado alguém e depois escondido os rastros. O meu chefe dizia que era porque o que me sobrava em inteligência emocional me faltava em imaginação prática. Era por isso que ele me chamava de investigador do ciúme, e por isso eu era enviado como batedor e retirado do caso logo após acender a luz vermelha ou verde.

Em casos de homicídio existe uma coisa chamada regra dos oitenta por cento. Em oitenta por cento dos casos, o culpado está intimamente relacionado com a vítima; em oitenta por cento desses casos, o culpado é o marido ou o namorado; e, em oitenta por cento dos casos em que o culpado é o marido ou o namorado, o motivo é ciúme. Isso significa que, quando atendemos a uma ligação no Departamento de Homicídios e ouvimos a palavra "homicídio" do outro lado da linha, sabemos que há cinquenta e um por cento de chance de o motivo ser ciúme. É isso que me torna, apesar das minhas limitações, um homem importante.

Sei o momento exato em que aprendi a ler o ciúme dos outros. Foi quando percebi que Monique estava apaixonada por outra pessoa. Passei por todas as agonias do ciúme, desde a descrença, passando pelo desespero e chegando à raiva, ao desprezo a si mesmo e, por fim, à depressão. E, talvez por nunca antes ter sido exposto a tamanha tortura emocional, descobri que, ao mesmo tempo que a dor me consumia, era como se observar de fora do corpo. Eu era ao mesmo tempo um paciente deitado sem anestesia na mesa de operação e um espectador na galeria, um jovem estudante de medicina recebendo as primeiras lições sobre o que acontece quando uma pessoa tem o coração arrancado do peito. Pode parecer estranho que a subjetividade extrema por trás do ciúme possa andar de mãos dadas com esse tipo de objetividade fria e observacional. A única explicação que posso dar é que eu, o ciumento da situação, fiz coisas que me transformaram num estranho aos meus próprios olhos, a ponto de me forçar a assumir a posição de um observador assustado de mim mesmo. Eu tinha vivido o suficiente para ver a autodestruição nos outros, mas nunca pensei que o veneno pudesse estar dentro de mim também. Estava enganado. E o surpreendente foi que a curiosidade e o fascínio eram quase tão fortes quanto o ódio, a dor e o desprezo que sentia por mim mesmo. Como um leproso que vê o próprio rosto se dissolver, vê sua carne doente, seu interior podre se manifestar em todo o seu horror grotesco, repugnante e aterrorizante. Saí da minha própria lepra danificado para o resto da vida — isso está claro —, mas ao mesmo tempo ela me imunizou. Nunca mais conseguirei sentir ciúmes, não do jeito tradicional. Mas não sei se isso também significa que nunca mais vou conseguir amar alguém do jeito tradicional. Talvez houvesse outras coisas na minha vida, além do ciúme, que me levaram a nunca ter sentido por ninguém o mesmo que senti por Monique. Por sua vez, ela me fez ser o que sou na vida profissional. O Homem do Ciúme.

Desde pequeno, tenho uma capacidade impressionante de me envolver profundamente com histórias. Família e amigos descreviam esse meu traço de todas as formas: de notável e comovente a patético e afeminado. Para mim, foi um presente. Eu não fazia parte das aventuras de Huckleberry Finn — eu *era* Huckleberry Finn. E Tom Sawyer. E, quando entrei na escola e aprendi a ser grego, a *Odisseia*, claro. E é óbvio que não precisam ser grandes histórias da literatura mundial. Uma história bem simples, mesmo que mal contada, sobre infidelidade — seja real, seja imaginária — já serve. Eu entro na história. Desde a primeira frase faço parte dela. É como ligar um interruptor. Isso também significa que sou capaz de identificar rapidamente quaisquer notas falsas. Não porque eu tenha um talento único para ler a linguagem corporal, o timbre de uma voz ou as estratégias retóricas automáticas de autodefesa. É a história. Mesmo num personagem nitidamente mal concebido, construído sem nenhum cuidado, sou capaz de ler os temas principais, a motivação provável e o lugar da pessoa na história, e, com base nisso, sei, nesse personagem, o que inexoravelmente leva a quê. Porque eu já estive lá. Porque o nosso ciúme iguala as nossas diferenças, algo além das barreiras de classe, sexo, religião, educação, QI, cultura, formação. Nosso comportamento começa a se assemelhar um ao do outro, tal como viciados em drogas têm comportamentos semelhantes. Somos todos mortos-vivos que ocupam as ruas movidos por uma única necessidade: preencher o enorme buraco negro dentro de nós.

Mais uma coisa. O poder da projeção imaginativa não é o mesmo que empatia. "O fato de eu entender não significa que eu me importo", como diz não Homero, mas seu quase homônimo, Homer Simpson. No meu caso, infelizmente, as duas coisas são uma só. Eu sofro, sofro junto com o ciumento. E é por isso que odeio o meu trabalho.

O vento empurrou o caixilho da janela, tentando abri-la. Querendo me mostrar algo.

Adormeci e sonhei que estava caindo de uma grande altura. Acordei uma hora depois quando o homem caindo se espatifou no chão, por assim dizer.

Eu tinha recebido um e-mail no celular. Eram os SMSs e os registros de chamadas excluídos de Franz Schmid. Na noite anterior ao desaparecimento do irmão, segundo o registro, ele havia ligado oito vezes para uma tal Victoria Hässel, sem resposta. Verifiquei o número e confirmei que era a mesma Victoria com quem tinha falado brevemente no telefone de Julian. Mas a sensação de bater no chão ao cair de uma grande altura, o calafrio distinto, o som de carne na pedra que nunca, nunca se esquece... tudo isso só me veio quando li a mensagem de texto que Franz tinha enviado para um número de celular grego registrado em nome de Helena Ambrosia.

*Eu matei Julian.*

Emporio era um vilarejo no extremo norte de Kalímnos, onde a estrada principal simplesmente chegava ao fim. A garota que se aproximou da minha mesa no restaurante lembrava Monique. Por um tempo, alguns anos, vi Monique em todo lugar, nas feições e nos olhos de todas as mulheres, nas costas macias de todas as garotas. Eu a ouvi em cada palavra dita por qualquer estranha. Mas com o tempo o fantasma foi desbotando sob a constante luz solar do tempo. E depois de alguns anos consegui me levantar e andar pelas ruas de Atenas e saber que o fantasma me deixaria em paz. Até a escuridão cair novamente.

Essa garota também era bonita, embora não tão bonita. Mas na verdade sim, ela era. Magra, pernas compridas, movimentos naturalmente graciosos. Olhos castanhos e meigos. A pele dela, contudo, estava castigada por impurezas e ela não tinha queixo. O que faltava a Monique? Eu não conseguia mais lembrar. Decência, talvez.

— Como posso servi-lo, senhor?

A cortesia um pouco exagerada da frase — que eu estava tão acostumado a ouvir com uma pitada de condescendência irônica dos garçons na Inglaterra — soou comovente e honesta saída da boca dessa jovem grega pura. Eu e ela éramos as únicas pessoas no charmoso restaurante familiar.

— Você é Helena Ambrosia?

Ela corou quando me ouviu falando grego e respondeu fazendo que sim com a cabeça. Eu me apresentei e expliquei que estava lá por causa do desaparecimento de Julian Schmid, e vi a consternação tomar conta do seu rosto quando contei que sabia do seu romance com Franz Schmid. De vez em quando ela olhava por cima do ombro, como se quisesse ter certeza de que não havia ninguém saindo da cozinha e nos ouvindo.

— Sim, sim, mas o que isso tem a ver com essa pessoa desaparecida? — sussurrou ela rápido, zangada e corada de vergonha.

— Você esteve com os dois.

— Hã? Não! — Ela se empolgou e ergueu a voz, depois baixou de volta para um sussurro raivoso. — Quem disse isso?

— Franz. Quando você conheceu o irmão gêmeo dele, Julian, na cidade murada, Julian fingiu que era Franz.

— Gêmeo?

— Idêntico.

A confusão era evidente no seu rosto.

— Mas... — Vi Helena repassar mentalmente a sequência de acontecimentos, vi a confusão dela mudar para descrença e depois para indignação. — Eu... Eu estive com dois irmãos? — perguntou ela, gaguejando.

— Você não sabia?

— Como eu ia saber? Se são dois mesmo, eles são exatamente iguais.

Helena pressionou as têmporas como se tentasse evitar que a cabeça explodisse.

— Então era mentira de Julian quando ele disse para o irmão que ligou para você na noite posterior ao dia em que vocês dois se conheceram na cidade murada, explicou tudo e você o perdoou?

— Eu não falei com nenhum deles desde então!

— E aquela mensagem que você recebeu de Franz? "Eu matei Julian."

Ela ficou piscando.

— Não entendi essa mensagem. Franz me disse que tinha um irmão, mas não que eram gêmeos ou que se chamava Julian. Quando li a mensagem, achei que talvez Julian fosse o nome de uma via de escalada que ele tinha subido ou um nome que ele tinha dado para uma barata no quarto, algo assim. Alguma coisa que ele me explicaria depois. Mas a gente tinha acabado de fechar o restaurante e eu estava muito ocupada faxinando, então só respondi com um sorriso.

— Li as mensagens que você mandou para Franz. Todas as respostas bem curtas para mensagens longas. A mensagem que você enviou na manhã seguinte ao encontro com Julian é a única em que você toma a iniciativa, a única em que noto do seu lado certo... carinho?

Ela mordeu o lábio inferior. Fez que sim. Seus olhos se encheram de lágrimas.

— Então, ainda que Julian tenha mentido sobre ter dito que não era Franz, você só se apaixonou mesmo depois que conheceu Julian?

— Eu... — A impressão foi de que toda a energia foi drenada do seu corpo, e ela se prostrou na cadeira diante da minha. — Quando conheci... aquele que se chama Franz, fiquei muito empolgada. E lisonjeada, acho. A gente se encontrou em Palaiochora, onde quase nunca tem gente, e, quando tem, certamente não é ninguém dessa ilha que conheça a minha família. Foi tudo muito inocente, mas da última vez deixei que ele me desse um beijo de boa-noite. Mesmo sem estar apaixonada de verdade. Então, quando ele... quer dizer, deve ter sido Julian, me mandou uma mensagem e pediu para me ver, eu disse não. Tinha decidido parar enquanto estava tudo bem. Mas ele insistiu de um jeito que... como nunca tinha feito antes. Ele era engraçado. Tinha um humor autodepreciativo. No fim concordei com um último encontro, seria coisa rápida. E, quando a gente se encontrou em Palaiochora, foi como se tudo tivesse mudado. Ele, eu, a conversa, o jeito como ele me segurava. Ele estava muito mais relaxado e brincalhão. E era contagiante. Demos muito mais risadas. E eu achei que era porque a gente estava se conhecendo melhor, porque a gente estava mais relaxado.

— Você e Julian fizeram sexo?

— A gente... — Ela ficou tensa, o rosto corou. — Sou obrigada a responder?

— Você não é obrigada a responder nada, Helena, mas, quanto mais eu souber, mais fácil vai ser resolver o caso.

— E encontrar Julian?

— Isso.

Ela fechou os olhos. Parecia estar se concentrando muito.

— Ã-hã, ã-hã, a gente fez. E foi... muito bom. Quando voltei para casa naquela noite, sabia que tinha me enganado, que estava apaixonada mesmo e precisava me encontrar com ele de novo. E agora ele está...

Helena escondeu o rosto nas mãos. Veio um choro por trás dos dedos. Dedos longos e finos, como os de Monique, que costumava esticá-los e dizer que pareciam patas de aranha.

Fiz mais algumas perguntas, Helena deu respostas honestas e diretas.

Ela não tinha visto Franz nem ninguém fingindo ser ele depois daquele último encontro em Palaiochora; confirmou que enviou uma mensagem para o número de Franz na manhã seguinte ao encontro com Julian dizendo que esperava que eles pudessem se encontrar de novo em breve, mas não recebeu resposta. Não até a noite em que recebeu aquela mensagem curta e enigmática — "Eu matei Julian" —, à qual respondeu com um sorriso. Estava óbvio que ela não havia tentado fazer mais nenhum contato, tendo em vista que a última mensagem tinha sido dela.

Fiz que sim com a cabeça, levemente surpreso ao saber que as regras do jogo eram as mesmas desde quando eu era jovem, e, pela maneira como Helena me respondeu, tive certeza de que ela não tinha nada a esconder. Ou, para ser mais preciso, que ela não estava escondendo nada. Ela demonstrava a ausência de vergonha típica de quem ama, a crença de que o amor está acima de tudo. O amor é de fato a mais doce psicose, mas no caso dela tinha se transformado na pior forma de tortura. O amor foi oferecido a Helena e rapidamente tirado dela.

Dei o meu número de celular, e ela prometeu ligar caso se lembrasse de algo que quisesse me contar ou se um dos irmãos entrasse em contato. Percebi a empolgação no seu rosto quando lhe dei a esperança de que Julian talvez ainda estivesse vivo; mas, quando saí, ela já estava chorando de novo.

— Victoria falando. — A voz parecia sem fôlego, como a de alguém que acabou de descer de rapel depois de uma subida e correu para a mochila onde o telefone está tocando.

— Nikos Balli, detetive da polícia — apresentei-me enquanto desviava cuidadosamente o carro alugado de um rebanho de cabras que havia tomado conta do asfalto em frente ao restaurante em Emporio.

— Conversamos brevemente pelo telefone de Julian Schmid. Quero lhe fazer algumas perguntas.

— Infelizmente estou no pico agora. Pode esperar até...

— Qual pico?

— Odisseu.

— Eu vou até aí, se não tiver problema.

Ela me explicou o caminho. Entre Arginonta e Massouri, pegue um desvio à esquerda pouco antes da curva fechada. Estacione no fim da pista de cascalho junto às mobiletes dos montanhistas. Siga a trilha — ou os outros montanhistas — subindo a encosta da montanha, uns oito ou dez minutos a pé até a parte inferior da face. Então vou vê-la junto com o parceiro de escalada dela numa saliência larga cinco ou seis metros acima do solo. Os pontos de apoio naturais da montanha vão me levar até lá.

Vinte minutos depois eu estava subindo uma trilha na encosta de uma montanha árida — a única vegetação ao redor eram alguns pés de tomilho —, secando o suor da testa, de cabeça erguida e olhando para uma face rochosa de calcário com uns cem metros de largura e uns quarenta ou cinquenta de altura que cortava diagonalmente a encosta como um paredão. Espalhadas ao longo da base do paredão, vi pelo menos vinte cordas que iam das âncoras no chão aos montanhistas que escalavam. É um tipo de escalada esportiva que, resumindo, funciona mais ou menos assim: antes de a dupla começar, a pessoa que está subindo primeiro amarra uma ponta da corda à respectiva cadeirinha, que também contém o número de mosquetões que ela vai precisar usar ao longo da escalada, em geral, cerca de uma dúzia. Parafusos de metal foram fixados na face rochosa ao longo da via. Quando o montanhista chega a um desses, prende um mosquetão ao parafuso e depois prende a corda ao mosquetão. O segundo membro da equipe — a âncora no chão — tem um trava-quedas preso à cadeirinha, e a corda passa por dentro do trava-quedas, da mesma maneira que o cinto de segurança de um carro passa entre as bobinas. A âncora dá corda cuidadosamente à medida que o montanhista sobe, da mesma forma que se puxa o cinto de segurança do carro de leve, evitando que trave. Se o montanhista cair, a corda é puxada tão rápido que a trava prende a corda, a menos que a âncora a tenha desengatado. Então, se o montanhista cair, não cairá muito além do último mosquetão ao qual prendeu a corda e vai ficar parado ali, preso pela trava e pelo peso do corpo da âncora. Em outras palavras, o modo mais comum de escalada esportiva é relativamente seguro, em comparação, por exemplo, com a escalada livre, na qual o montanhista escala sem cordas ou qualquer proteção. Ao contrário do montanhista esportivo, o montanhista de escalada livre tem uma expectativa de vida menor que a de um viciado em heroína, o que, aliás, é uma comparação bastante adequada. Mesmo assim, enquanto estava ali, senti o corpo tremer. Porque a verdade é que nada é cem por cento seguro e, mais cedo ou mais tarde, tudo o que pode dar errado vai dar. Algumas pessoas pensam que é uma piada estilo Lei de Murphy, mas não é. É uma questão simples de matemática e lógica. Absolutamente tudo o que pode acontecer de acordo com as leis da física cedo ou tarde vai acontecer. É só questão de tempo.

Andei os últimos metros até o paredão e localizei a saliência onde havia uma mulher segurando uma corda que subia o paredão até um montanhista dez metros acima. Fui até ela quase engatinhando.

— Victoria Hässel? — perguntei, ofegante.

— Bem-vindo a bordo — respondeu ela sem tirar os olhos do montanhista.

— Obrigado por me dar um momento do seu tempo.

Segurei firme numa rachadura profunda no paredão, me inclinei com toda a cautela e olhei para baixo. Eram só seis metros, mas ainda assim senti vertigem.

— Medo de altura? — perguntou Victoria Hässel, que, até onde pude perceber, não tinha olhado para mim.

— E todo mundo não tem? — retruquei.

— Alguns mais, outros menos.

Olhei para o parceiro de escalada. Um garoto que parecia um pouco mais novo que ela. E, a julgar pela insegurança dele no jogo de pés e a firmeza com que Victoria segurava o freio e a corda, ele tinha muito mais a aprender com ela sobre escalada do que o contrário. Era difícil precisar a idade de Victoria Hässel — algo entre 35 e 45 anos. Ela certamente parecia forte. Quase magra, membros longos, com costas musculosas debaixo do top de treino esticado. Axilas fortes, resina nas mãos e calça de escalada. Ela se virou para mim e lançou um olhar reprovador para as minhas roupas: terno e sapatos de couro marrom. Eu sentia o vento soprando o cabelo. O dela estava preso debaixo de um gorro de tricô.

— Muito montanhista — comentei indicando o paredão com um aceno de cabeça.

— Costuma ter mais — disse Victoria, e voltou a focar o olhar em seu montanhista. — Mas hoje está ventando bem, então muita gente prefere ficar nos cafés. — Ela indicou com um aceno de cabeça o mar cheio de espuma branca.

Dali dava para avistar praticamente tudo. A estrada principal, os carros, o centro de Massouri, as pessoas como formiguinhas pretas lá embaixo. Montanhistas subiam a trilha da encosta na nossa direção.

— Acredite se quiser: quando o vento está assim, às vezes as cordas são sopradas para cima e acabam indo parar no alto da montanha e ficam presas por lá — disse Victoria.

— Se você diz, então acredito.

— Acredite. O que você quer comigo, Sr. Balli?

— Ah, posso esperar até o seu montanhista descer.

— É uma passagem fácil, vá em frente, fale.

— Me lembro de ter ouvido que existe uma regra segundo a qual você tem que se concentrar no seu montanhista quando estiver segurando a corda.

— Obrigada pelo conselho — disse ela com um sorriso torto. — Mas por que não deixa isso comigo?

— Justo. Mas posso fazer só um comentário? O seu montanhista acabou de encaixar o lado errado no último mosquetão.

Victoria Hässel me lançou um olhar fulminante. Ela olhou para o mosquetão ao qual me referi e percebeu que eu estava certo, a corda corria na direção contrária. Se ele caísse e desse azar, a corda poderia sair do mosquetão, e ele continuaria caindo.

— Eu notei — mentiu ela. — Mas já, já ele vai enganchar a corda no próximo mosquetão e então vai ficar em segurança.

Eu tossi.

— Parece que ele vai chegar no *crux* agora, e, se quer a minha opinião, é possível que ele tenha alguma dificuldade. Se ele cair e o mosquetão não evitar a queda, o próximo mosquetão vai estar tão baixo que ele vai acabar batendo no chão. Não acha?

— Alex!

— Oi!

— Você colocou a corda ao contrário no outro mosquetão. Para de subir. Volta lá e prende direito!

— Melhor continuar até o próximo parafuso e encaixar certo lá.

— Não, Alex, não...

Mas Alex já havia se afastado das agarras boas e estava subindo, a caminho de uma grande agarra inclinada para baixo que devia parecer boa do ponto de vista dele, mas que, para o olho treinado, parecia ter muita resina, sinal de que montanhistas antes dele tentaram e não conseguiram se segurar. E de onde ele estava pendurado não havia como recuar. As pernas começaram a tremer. Não por causa do vento, mas como resultado da reação ao estresse que os montanhistas chamam de "perna de máquina de costura", que cedo ou tarde afeta a todos. Victoria puxou o máximo de corda que dava para deixá-la o mais curta possível para a queda, mas não conseguiu puxar muito, e Alex iria cair no nosso platô.

— Alex, você tem um ponto de apoio à direita! — gritou Victoria, que também percebeu o que estava prestes a acontecer. Mas era tarde demais. Alex estava prestes a ficar com asinhas de frango, os cotovelos se levantaram, sinal claro de que não tinha mais forças.

— Ele vai cair, você tem que pular — falei com calma.

— Alex! — gritou ela, sem prestar atenção em mim. — Levanta o pé! Você vai conseguir.

Agarrei a cadeirinha dela com as duas mãos.

— O que você está... — disse ela com raiva, meio que se virando para mim.

Mas o meu olhar estava fixo em Alex. Ele deu um grito. E caiu. Arrastei Victoria para trás, girei o corpo dela à minha volta como um lançador de martelos e a joguei para fora do platô. O grito curto e agudo de Victoria abafou o gemido longo de Alex. A lógica era simples: eu tinha que colocá-la em algum lugar mais baixo quanto antes para que o peso do corpo dela evitasse que a queda dele só parasse na rocha.

Tanto a parte da corda subindo quanto a parte descendo se retesaram e, de repente, tudo ficou em silêncio. Os berros, os gritos dos outros montanhistas — até o vento pareceu prender a respiração.

Olhei para cima.

Alex estava pendurado na corda no meio da face. No fim das contas, o gancho ao contrário o segurou. Bom, então hoje não salvei a vida de ninguém. Dei um passo até a beira da saliência e olhei para Victoria Hässel. Ela estava pendurada na cadeirinha na corda abaixo do mecanismo de trava, dois metros abaixo de mim, olhando para cima, um olhar sombrio de alguém em estado de choque.

— Foi mal — falei.

— Obrigado — eu disse a Victoria enquanto ela servia café de uma garrafa térmica em duas canecas de plástico e me entregava uma.

Ela havia mandado Alex para se juntar a uma equipe no alto da montanha enquanto eu e ela permanecemos sentados na saliência.

— Eu é que agradeço.

— Por quê? O gancho segurou a corda, então teria dado tudo certo. E você bateu o joelho.

— Mas você fez a coisa certa.

Dei de ombros.

— Bom, que esse seja o nosso consolo, certo?

Ela deu um sorriso torto e soprou o café.

— Então você é montanhista?

— Fui. Não toco numa rocha tem quase quarenta anos.

— Quarenta anos é muito tempo. O que houve?

— Pois é... o que houve? A propósito, o que houve aqui? Li que teve um acidente fatal.

Por mais desagradável que o assunto fosse, Victoria Hässel aproveitou a chance para falar de algo que ela sabia que não era o motivo da minha ida até lá.

— Foi um erro clássico. Esqueceram de conferir o comprimento da via de escalada em relação ao comprimento da corda e nem mesmo deram um nó na ponta. Na descida, o cara que estava cuidando da segurança do montanhista percebeu tarde demais que não tinha mais corda. Sem o nó na ponta, ela escapou do freio, e o montanhista sofreu uma queda livre. Oito metros, daria para imaginar que ele sobreviveria. Só que ele caiu de cabeça na pedra e, nesse caso, até dois metros bastam.

— Erro humano.

— Mas é sempre erro humano, não é? Quando foi a última vez que você ouviu que a corda arrebentou ou os parafusos se soltaram da rocha?

— Verdade.

— É uma merda do caralho. — Ela balançou a cabeça. — Por outro lado, li, não lembro onde, que, quando ocorre um acidente fatal numa escalada, muitas vezes o lugar passa a receber mais montanhistas.

— Sério?

— Pouca gente fala disso abertamente. Mas o fato é que, se não tem certo risco, não atrai a atenção de muitos montanhistas.

— Viciados em adrenalina?

— Sim e não. Acho que o vício não é no medo, mas, sim, no controle. A sensação de dominar o perigo, dominar o próprio destino. De exercer um controle que não se tem sobre as outras áreas da vida. Nos sentimos um pouco heroicos por não cometermos erros em situações críticas.

— Até o dia em que perdemos o controle e cometemos esse erro — falei e tomei um gole de café. Estava bom. — Isso se for um erro.

— Pois é — concordou ela.

— Franz ligou para você oito vezes naquela noite, depois que ele e Julian brigaram. No dia seguinte, Julian estava desaparecido. O que Franz queria?

— Não sei. Organizar uma escalada, talvez. Talvez ele não tivesse mais um parceiro depois da briga.

— Segundo o registro de chamadas de Franz, você nunca retornou a ligação. Mas você ligou para o telefone de Julian. Por quê?

Ela vestiu um casaco de lã e aqueceu as mãos na caneca de café. Fez que sim lentamente.

— Eles são parecidos, Franz e Julian. Mas ao mesmo tempo são diferentes. É mais fácil conversar com Julian. Eu só liguei para ter certeza de que as pessoas não tinham se esquecido da possibilidade mais óbvia: de que Julian estava em algum lugar com o celular.

— Claro. E, sim, eles são parecidos, mas ao mesmo tempo diferentes. Eles obviamente têm gostos musicais diferentes. Led Zeppelin e...
— Eu já havia esquecido o nome daquele cantor. — Mas eles gostam da mesma garota.
— Acho que sim.
Olhei para ela. O meu radar de ciúmes não estava detectando nada. Então não era questão de relacionamento — ela não estava apaixonada por Julian nem tinha nada com ele. Franz não estava tentando entrar em contato com Victoria para pedir ajuda e tentar estragar as coisas entre Julian e Helena. Qual era a questão, então?
— O que você acha que aconteceu? — perguntou ela. — Julian foi nadar e teve problemas? Talvez por causa da concussão que sofreu no bar.
Percebi que ela estava me testando. Que a minha resposta determinaria seu próximo movimento.
— Acho que não — respondi. — Acho que Franz matou Julian.
Olhei para ela. E, como eu já meio que esperava, pareceu menos chocada do que ficaria se não soubesse de nada. Tomou uma golada de café, como que para esconder o fato de que iria engolir em seco.
— E aí? — falei.
Ela correu os olhos pela rocha. Os quatro membros da outra equipe de corda estavam bem longe, o vento não levaria a voz dela até lá.
— Vi Franz voltar para casa naquela noite.
Pronto.
— Eu não estava conseguindo dormir, por isso estava sentada na varanda do meu quarto, que fica do outro lado da rua. Vi Franz estacionar e sair do carro sozinho. Julian não estava com ele. Franz estava carregando alguma coisa, pareciam roupas. Quando destrancou a porta, olhou em volta e acho que me viu. E acho que ele percebeu que eu o vi. Acho que por isso ele ligou. Ele queria se explicar.
— E você não queria ouvir a explicação?
— Eu não queria me envolver. Pelo menos não até saber mais, não até Julian ser encontrado.
— E aí?

Ela suspirou.

— Pensei que, se Julian não fosse encontrado, ou se fosse encontrado morto, eu iria até você contar tudo. Se fosse antes, só ia complicar as coisas. Ia dar a impressão de que estou acusando Franz de um crime. Somos um grupo de montanhistas amigos, confiamos uns nos outros, todo dia confiamos a nossa vida uns aos outros. Eu poderia ter arruinado tudo se agisse por impulso. Compreende?

— Compreendo.

— Puta merda.

Segui seu olhar pela encosta da montanha. Havia uma pessoa subindo a trilha a partir da estrada lá embaixo.

— É Franz — disse ela, levantando-se e acenando.

Olhei para baixo.

— Certeza?

— Eu sei por causa do boné dos direitos LGBTs.

Olhei de novo. Direitos LGBTs. A bandeira era um arco-íris, não rastafári.

— Achei que ele fosse hétero — comentei.

— Sabia que dá para apoiar os direitos de outras pessoas além dos seus?

— Franz Schmid sabe disso?

— Sei lá. Mas ele torce para o St. Pauli.

— Hã?

— Futebol. Os avós dele são da minha cidade, Hamburgo, na Alemanha, e lá tem dois clubes rivais. Tem o Hamburgo, que é um time grande, simpático e rico, e eu e Julian torcemos para ele. E tem o St. Pauli, um clube pequeno, punk, esquerdista e furioso, que usa uma caveira com ossos cruzados como símbolo e apoia abertamente os direitos LGBTs e tudo mais que irrita a burguesia de Hamburgo. Acho que isso atraiu Franz.

A figura lá embaixo parou e ficou olhando para nós. Eu me levantei, como que para deixar claro que não era uma emboscada. Ele permaneceu imóvel e parecia estar nos observando. Imaginei que tivesse notado que a pessoa que estava acenando era Victoria, sua companheira de escalada, e estava se perguntando quem era a outra pessoa. Talvez tenha reconhecido o terno. Provavelmente imaginava que eu apareceria de novo após ler a mensagem de texto que dizia que ele tinha matado Julian. Ele havia tido tempo suficiente para encontrar uma explicação. Eu já estava imaginando que ele iria dizer que só queria despertar a curiosidade de Helena antes de dizer que era exagero, que na verdade só havia acertado uma bola de sinuca na cabeça do irmão. Mas, ao me ver com Victoria, talvez Franz tenha percebido que essa explicação não seria suficiente.

Ele voltou a andar, mas agora descendo.

— Deve ter achado que está ventando demais — disse Victoria.

— É.

Vi Franz entrar no carro alugado e a poeira subir da pista de cascalho enquanto o carro se afastava. Me sentei de volta e olhei para o mar. A espuma branca das ondas parecia rosas congeladas nas janelas de Oxford. Mesmo ali do alto dava para sentir o gosto do sal nas rajadas de vento. Deixei Franz correr, ele não iria a lugar nenhum.

Eu ainda estava na delegacia quando Franz Schmid me ligou pouco antes da meia-noite.

— Onde você está? — perguntei, fui até a divisória e sinalizei para George que estava na linha com Franz. — Você não atendeu as minhas ligações.

— O sinal aqui é ruim — disse Franz.

— É, me falaram isso.

Eu tinha ligado para o promotor público em Atenas, que havia emitido um mandado de prisão para Franz Schmid, mas não encontramos Franz em seu quarto alugado, nem na praia, nem em algum restaurante — ninguém sabia onde ele estava. George tinha apenas duas viaturas de patrulha e quatro policiais à disposição, e, enquanto o tempo não melhorasse, não receberíamos reforços da polícia de Kos, então sugeri que usássemos estações-base de dados móveis para localizar o celular de Franz. Mas, como George explicou, havia tão poucas estações-base em Kalímnos que elas não restringiriam muito a área de busca.

— Estive no restaurante de Helena — disse Franz. — Mas o pai dela estava lá e disse que eu não podia me encontrar com ela. Você tem alguma coisa a ver com isso?

— Tenho. Eu disse para Helena e a família dela que ficassem longe de você até isso acabar.

— Eu disse para o pai de Helena que tenho as melhores intenções, que quero me casar com ela.

— A gente sabe. Ele ligou depois que você esteve lá.

— Ele te contou que me deu uma carta escrita por Helena?

— Contou isso também, sim.

— Quer ouvir o que diz? — Franz começou a ler sem esperar minha resposta: — "Querido Franz. Talvez exista na vida de todos nós uma pessoa que está destinada a ser nossa, e só a encontramos uma vez. Você e eu nunca fomos feitos um para o outro, Franz, mas peço a Deus que não tenha matado Julian. Agora que sei que ele é a pessoa certa para mim. Então, peço de joelhos: se estiver ao seu alcance, salve Julian. Helena." Pelo jeito você convenceu Helena de que eu estou por trás do desaparecimento dele, Balli. De que talvez eu tenha matado Julian. Você percebe que está arruinando a minha vida? Eu amo Helena mais do que já amei qualquer pessoa, mais do que a mim mesmo. Simplesmente não consigo imaginar uma vida sem ela.

Eu escutei. Embora não conseguisse ouvir bem por causa do vento onde Franz estava, dava para escutar as ondas. Ele podia estar em qualquer lugar da ilha.

— O melhor agora seria você se entregar a nós em Pothia, Franz. Se você for inocente, seria do seu interesse.

— E se eu for culpado?

— Ainda assim vai ser do seu interesse. Não importa o que aconteça, você não pode fugir, está numa ilha.

Escutei as ondas no silêncio que se seguiu. Soavam diferentes das ondas abaixo do meu quarto de hotel — mas diferentes como?

— Julian também não é inocente — disse Franz.

Troquei um olhar com George. Nós dois ouvimos. Ele usou o verbo no presente, "é", e não "era". Mas uma pista como essa não é confiável.

Já ouvi vários assassinos se referirem a suas vítimas como se ainda estivessem vivas, e para eles talvez ainda estivessem mesmo. Ou, para ser mais preciso, sei que um morto pode acompanhar constantemente seu assassino.

— Julian mentiu — continuou Franz. — Disse que entrou em contato com Helena no início da noite usando o próprio telefone, que contou tudo para ela e que os dois estavam apaixonados. Ele queria que eu desistisse dela sem lutar. É claro que sei que Julian é um mentiroso e um mulherengo, que ele apunhala pelas costas para conseguir o que quer, mas dessa vez ele me deixou com muita raiva. Com tanta raiva, você não faz ideia da sensação...

Não respondi.

— Julian roubou a melhor coisa que eu já tive na vida. Porque eu nunca tive nada como isso, Sr. Balli. Julian sempre ficava com elas. Não me pergunte por quê. A gente nasceu idêntico, mas ao mesmo tempo ele tinha alguma coisa que eu não tinha. Alguma coisa que ele pegou no caminho, uma encruzilhada em que ele foi em direção à luz e eu, às trevas, e a partir de então seguimos caminhos separados. E ele tinha que ter até ela...

As ondas quebravam da mesma forma brutal que quebravam nas rochas do lado de fora do meu hotel. A diferença era que o som era mais prolongado. Do outro lado da linha as ondas demoravam mais a acabar. Franz Schmid estava numa praia.

— Por isso eu condenei Julian — continuou Franz. — Mas eu sou da Califórnia, então não condenei à morte, mas à prisão perpétua. Esse é um castigo adequado para quem arruína a sua vida, não acha? Esse não seria o castigo que você mesmo teria aplicado, Balli? Sim? Não? Ou você não é contra a pena de morte?

Não respondi. Percebi que George estava me olhando.

— Estou deixando Julian apodrecer em sua própria prisão do amor — continuou Franz. — E joguei a chave fora. Embora essa sentença de prisão perpétua não vá durar muito... não com o tipo de vida que ele está tendo agora.

— Cadê ele?

— Quanto ao que você disse sobre eu não poder fugir...

— Cadê ele, Franz?

— ... não é bem verdade. Estou prestes a sair daqui no voo nove-dezenove. Então, adeus, Nikos Balli.

— Franz, nos diz cadê... Franz? Franz!

— Ele desligou? — perguntou George, de pé.

Balancei a cabeça. Escutei. Nada além de vento e ondas.

— O aeroporto continua fechado? — perguntei.

— Claro.

— Já ouviu falar do voo nove-dezenove?

George Kostopoulos fez que não com a cabeça.

— Ele está sozinho na praia — falei.

— Kalímnos tem um monte de praia. E à noite, durante uma tempestade, não se encontra uma alma viva em nenhuma delas.

— Uma praia longa e rasa. A impressão é de que as ondas quebram longe e rolam por uma boa distância.

— Vou ligar para Christine e perguntar se ela sabe. Ela é surfista.

O carro alugado em nome de Franz Schmid foi encontrado na manhã seguinte.

Estava estacionado num retorno perto de uma praia a meio caminho entre Pothia e Massouri. Um rastro de pegadas, ainda visível apesar do vento, ia da porta do motorista direto para o mar. George e eu ficamos parados no vento forte observando os mergulhadores lutarem contra as ondas. Na parte sul da praia as ondas quebravam nas rochas inclinadas e escorregadias que, mais para dentro, erguiam-se num paredão vertical de calcário num tom bege que ia até o topo, onde ficava o aeroporto. Mais adiante na praia, Christine tentava encontrar um rastro com seu golden retriever. Ela me contou durante uma pausa para um café que o cachorro nasceu cego de um olho, por isso o batizou de Odin. Quando perguntei por que ela havia escolhido Odin, em vez de algum caolho da nossa mitologia, como Polifemo, ela me encarou e disse:

— Odin é mais baixo.

Segundo George, Odin era um bom rastreador. Christine o levou ao quarto de Franz e Julian para ensiná-lo qual cheiro seguir, e, quando chegamos à praia, ele correu direto para o carro e ficou ali, latindo, até George conseguir abrir a porta. Dentro do carro encontramos as roupas de Franz Schmid: sapatos, calças, cueca, um boné do St. Pauli com estampa de arco-íris e um casaco com o telefone e a carteira.

— Então ele estava certo — disse George. — Ele conseguiu fugir.

— Pois é — falei enquanto o meu olhar corria sobre as ondas de espuma. George tinha conseguido dois mergulhadores do clube local. Um deles sinalizava com a mão para o outro e tentava dizer alguma coisa, mas o som das ondas abafava.

— Acha que foi aqui que Franz jogou o corpo de Julian? — perguntou George.

— Pode ser. Se é que ele matou o irmão.

— Está pensando no que ele disse sobre deixar o irmão preso pelo resto da vida?

— Talvez ele tenha feito isso. Ou talvez não. Talvez ele tenha exposto Julian a uma situação em que sabia que Julian sofreria antes de morrer.

— Por exemplo...?

— Sei lá. A raiva do ciúme é como o amor. É uma loucura que instiga as pessoas a fazerem coisas que normalmente nunca sonhariam em fazer.

Meu olhar mudou para as rochas, inclinadas e polidas pelas ondas. Franz poderia ter ido até lá, voltado à terra firme por algum ponto onde não deixasse pegadas e fugido. No voo nove-dezenove? O que isso significava? Para chegar ao aeroporto, ele teria que voltar para a estrada ou subir direto dali.

Sem corda.

Escalada livre.

Não consegui evitar; fechei os olhos e vi Trevor cair.

Abri os olhos rapidamente para não vê-lo bater no chão.

Concentrado.

Talvez Franz Schmid tivesse estado exatamente aqui também, parado, olhando e pensando o mesmo que eu. Que o aeroporto está fechado. Que todas as rotas de saída estão bloqueadas. Além desta. A última. Mas é difícil simplesmente nadar mar adentro e se afogar. Leva tempo, é preciso força de vontade para não se submeter ao instinto de sobrevivência e voltar para a areia.

— Encontramos isso na parte rasa.

George e eu nos viramos. Era um dos mergulhadores. Estava segurando uma arma.

George pegou a arma, virou-a algumas vezes na mão.

— Parece velha — disse ele, cutucando a parte de baixo onde estava o carregador.

— Luger, Segunda Guerra Mundial — falei e peguei a arma dele. Não estava enferrujada e brilhava, sinal de que estava bem lubrificada, então não estava há muito tempo no mar. Pressionei a trava na lateral do guarda-mato, tirei o pente e o entreguei a George.

— Oito, se estiver cheio.

George tirou as balas.

— Sete — falou ele.

Fiz que sim com um aceno de cabeça. Senti uma onda de tristeza tomar conta de mim. A previsão era de que o vento diminuiria até amanhã à noite e o sol continuaria brilhando, mas dentro de mim estava nublado. Costumo ser capaz de dizer se era algo passageiro ou se um novo período de tempo fechado estava a caminho. Mas naquele momento não consegui saber.

— Voo nove-dezenove — falei.

— Hã?

— Esse é o calibre dessas balas na sua mão.

Quando liguei para o meu chefe do Departamento de Homicídios a fim de passar o meu relatório, ele avisou que a imprensa de Atenas estava em cima do caso. Vários jornalistas e fotógrafos estavam em Kos só esperando o tempo melhorar para ir de barco até Kalímnos.

Voltei para o hotel em Massouri e pedi uma garrafa de ouzo no quarto. Eu bebo de qualquer marca, menos a Ouzo 12, que é diluída em água, mas fiquei satisfeito quando vi que tinham minha marca favorita: Pitsiladi.

Enquanto bebia, refleti sobre como tudo havia sido estranho. Um caso de homicídio com dois mortos, mas nenhum corpo. Sem imprensa invasiva, sem chefe sendo assediado e sem grupos de investigação estressados. Nenhum patologista ou técnico de laboratório incerto, nenhum parente nervoso. Apenas tempestade e silêncio. Eu torcia para que a tempestade durasse para sempre.

Após tomar quase meia garrafa, desci até o bar para evitar beber o restante. Vi Victoria Hässel sentada a uma mesa com algumas pessoas do outro grupo de escalada que eu tinha visto no dia anterior. Me sentei ao bar e pedi uma cerveja.

— Com licença.

Sotaque britânico. Me virei. Um homem sorridente, camisa xadrez, cabelo grisalho, mas em forma para a idade, por volta dos 60 anos. Tinha visto várias pessoas parecidas com ele ali, montanhistas ingleses da velha-guarda. Cresceram escalando do jeito tradicional — vias sem parafusos fixos na montanha, tendo que usar rachaduras e buracos para se segurar. Em arenito no Lake District, onde as rotas eram classificadas não só pela dificuldade mas também pelo nível de risco de morte. Onde chovia, fazia muito frio, ou estava tão quente que os ovos de um tipo de mosquito particularmente sanguinário chocavam na hora e comiam você vivo. Os ingleses adoravam.

— Se lembra de mim? — perguntou o sujeito. — A gente estava na mesma equipe de corda perto de Sheffield. Deve ter sido em oitenta e cinco ou oitenta e seis.

Balancei a cabeça.

— Ah, qual é? — Ele deu risada. — Não consigo lembrar o seu nome, mas lembro que você estava escalando com Trevor Biggs, um cara que morava na região. E com aquela garota francesa que escalava com a mão nas costas enquanto o restante de nós sofria para subir. — Seu rosto de repente ficou sério, como se tivesse se lembrado de algo. — Aliás, que azar teve o Trevor, hein?

— Acho que está me confundindo com outra pessoa, senhor.

Por um instante, o inglês ficou ali, boquiaberto, uma expressão de leve surpresa estampada no rosto. Dava para ver o cérebro dele revirando o livro de memórias a mil procurando o erro. Então, como se tivesse encontrado, fez que sim lentamente.

— Me desculpa.

Virei de volta para o bar e pelo espelho vi que ele se sentou de volta com os companheiros de escalada e as esposas de escalada. Disse algo e acenou com a cabeça para mim. Retomaram a conversa e abriram o guia local com as rotas de escalada marcadas. Parecia uma vida boa.

O meu olhar seguiu para outra mesa e encontrou o de Victoria Hässel.

Ela estava sentada com a roupa de gala dos montanhistas: roupas de escalada limpas. O cabelo, que mais cedo estava escondido debaixo do gorro de tricô, era loiro, longo e esvoaçante. Estava sentada de frente para mim, parecia ter se afastado da conversa em sua mesa. Continuou me encarando. Não sei se estava esperando algo. Um sinal. Informações sobre o caso Schmid. Ou apenas um aceno de reconhecimento.

Vi que ela estava prestes a se levantar, mas eu estava um passo à frente e já tinha deixado o dinheiro no balcão. Deslizei do banco e saí do bar. De volta ao quarto, tranquei a porta.

No meio da noite fui acordado por um estrondo que pareceu um tiro. Me sentei na cama, o coração a mil. Era o caixilho da janela; pelo jeito uma rajada de vento finalmente a soltou. Fiquei acordado e pensei em Monique. Monique e Trevor. Só consegui voltar a dormir depois de amanhecer.

— A previsão é de que o vento diminua — disse George enquanto me servia café. — Você deve conseguir chegar a Kos amanhã.

Fiz que sim com a cabeça e olhei pela janela da delegacia. A vida no porto parecia estranhamente igual, considerando que, para todos os efeitos, a ilha estava isolada pelo terceiro dia consecutivo. É assim, a vida continua, mesmo quando se pensa que não dá para viver — ou talvez especialmente nesse caso.

Christine e um policial local entraram e se juntaram a nós.

— Você estava certo, George — disse Christine. — Schmid comprou a Luger de Marinetti. Ele reconheceu Franz pela foto e disse que tinha passado na loja na tarde do dia anterior ao desaparecimento de Julian. Na hora, teve a impressão de que Franz era um colecionador. Franz comprou a Luger e um par de algemas italianas da época da guerra. Marinetti jura que achava que a Luger tinha sido cravada.

George fez que sim e pareceu mais satisfeito do que irritado. Quando me perguntei como e — não menos importante — por que Franz levou uma arma com ele no avião partindo da Califórnia para a Grécia, George sugeriu que fôssemos à loja de antiguidades de Marinetti em Pothia. De acordo com George, Marinetti tinha um porão tão cheio de antiguidades datadas dos longos anos da ocupação italiana de Ka-límnos — e, depois, da ocupação alemã — que ele nem sequer sabia exatamente o que tinha.

— Dá para dizer agora que o caso está resolvido? — perguntou Christine.

George se virou para mim como se estivesse me encaminhando a pergunta.

— Caso encerrado — respondi. — Mas não resolvido.

— Não?

Dei de ombros.

— Não temos, por exemplo, um corpo que sirva de prova cabal para confirmar o que acreditamos que aconteceu. Talvez os dois irmãos estejam sentados num avião voltando para os Estados Unidos, rindo de nós após a maior pegadinha de todos os tempos.

— Você não acredita nisso — disse George.

— Claro que não. Mas, enquanto houver outras possibilidades, sempre vai haver dúvida. O físico Richard Feynman diz que não se pode ter certeza absoluta de nada e que o melhor que dá para fazer é presumir com variados graus de certeza.

— Mas, se existe dúvida, o que fazer? — perguntou Christine, que parecia bem chateada.

— Nada — respondi. — A gente se contenta com esse grau razoável de certeza e começa a trabalhar no próximo caso.

— Isso não te deixa... — Christine parou, como se estivesse com medo de ir longe demais.

— Frustrado? — perguntei, completando.

— Ã-hã.

Tive que sorrir.

— Lembra, eu sou o Homem do Ciúme. Em geral apareço no primeiro ou segundo dia da investigação de homicídio. Sou o cara com a vara de rabdomante, aquela que indica se tem água no solo e depois deixa a escavação para os outros. Tive muito treinamento para deixar casos para trás sem obter todas as respostas.

Christine parecia estar me avaliando. Dava para ver que ela não acreditava em mim.

— Eu sou ciumenta? — perguntou ela, colocando as mãos nos quadris, numa expressão provocativa.

— Não sei. Você teria que me dizer alguma coisa primeiro.

— Tipo o quê?

— O que acha que pode ter transformado você numa pessoa ciumenta, por exemplo.

— E se eu não quiser? E se for muito doloroso para mim?

— Então eu não teria como saber — respondi, bati palmas e mudei de assunto. — E agora, pessoal, que tal comermos alguma coisa?

— Certo! — disse George.

Mas Christine continuou me olhando. Ela provavelmente sabia que eu sabia. A história por trás daqueles olhos vermelhos. Ela era ciumenta.

Passei o restante do dia perambulando por ruas e vielas estreitas na montanha do lado sul da praia, onde encontramos o carro e a arma de Franz Schmid. Os paredões altos e inacessíveis de calcário lembravam os tetos abobadados da Catedral de Oxford, que, em sua sobriedade escura e inglesa, eram tão diferentes, por exemplo, do brilho exuberante da Catedral Metropolitana de Atenas. Talvez por isso, apesar de ser ateu, eu tenha me sentido mais em casa na Catedral de Oxford. Falei com o meu chefe ao telefone. Ele disse que enviariam um detetive e dois técnicos no dia seguinte se o vento diminuísse e que me queria de volta, porque uma mulher havia sido assassinada em Tzitzifies e o marido dela não tinha álibi. Eu o aconselhei a colocar outra pessoa no caso.

— **A** família da vítima diz que quer você — disse o meu chefe.

— Mas isso somos nós que decidimos.

Ele disse o sobrenome da família. Uma das dinastias da marinha mercante. Dei um suspiro e desliguei. Amo o meu país, mas certas coisas nunca mudam.

Meu olhar captou uma agarra com inclinação negativa extraordinariamente ampla. Ou, para ser mais preciso, foi ela que captou o meu olhar. Vi uma corda saindo de uma corrente de segurança em direção à face rochosa. Em alguns pontos, parafusos adesivos de metal refletiam a luz do sol. Por causa da agarra, não consegui localizar a âncora e, como as montanhas davam direto para o mar, bem junto da trilha e das correntes, não consegui avançar mais. Mas com certeza a via era longa, pelo menos quarenta metros.

Olhei cinquenta ou sessenta metros abaixo, onde as ondas quebravam nas rochas. Quando o montanhista ficasse abaixo da âncora, teria que balançar o corpo para a frente e para trás a fim de alcançar as correntes e não cair direto no mar. Mas que via de escalada linda! À medida que o meu olhar subia, o meu cérebro começou automaticamente a analisar, a visualizar os movimentos de escalada que as agarras e as curvas de nível exigiriam. Era como ligar a ignição de um carro que havia passado anos sob escombros. Ainda funcionava? Virei a chave, pisei no acelerador. Relutante, o motor de escalada gemeu, tossiu, reclamou. Mas então deu partida. E as reclamações pararam. Agora os músculos se lembravam e ardiam de prazer enquanto o cérebro relembrava como era escalar. Não enxerguei outras vias por perto e imaginei que a maioria dos montanhistas achava que era um caminho muito longo para escalar apenas uma via, por mais espetacular que fosse. Apesar disso, eu a teria escalado, mesmo que essa fosse a última via da minha vida.

À noite, a escalada imaginária ainda era uma presença no meu corpo. Eu tinha pedido outra garrafa de Pitsiladi no quarto. O vento havia diminuído um pouco, as ondas não batiam tão ferozes no calcário, e nos poucos momentos de silêncio completo eu conseguia ouvir a música do bar ali embaixo. Imaginei que Victoria Hässel estivesse lá. Permaneci sentado. Eram dez da noite, e eu tinha bebido o suficiente para conseguir ir para a cama.

Quando acordei no dia seguinte, não ouvia mais o vento e os sons de flauta desarmônicos vindos de rachaduras, canos e chaminés aos quais eu já estava acostumado.

Abri a janela. O mar estava azul, nenhum vestígio de branco, e já não estava furioso, mas ainda chiava. Lançava ondas pesadas e preguiçosas que invadiam a terra, como amantes após o orgasmo. O mar estava cansado. Como eu.

Voltei para a cama e liguei para a recepção.

A balsa tinha voltado a rodar, contou o recepcionista. A próxima partida seria em uma hora, e isso me daria tempo suficiente para pegar o próximo avião para Atenas, que saía às três. Ele deveria pedir um táxi para mim?

Fechei os olhos.

— Gostaria de... — comecei.

— Para que horas?

— Nada de táxi. Duas garrafas de Pitsiladi.

Um breve silêncio.

— Infelizmente estamos sem essa marca, Sr. Balli. Mas temos Ouzo 12.

— Não, obrigado — falei e desliguei.

Fiquei ali por um tempo ouvindo o mar antes de ligar de novo.

— Pode mandar — pedi.

Bebi devagar, mas sem parar. Meus olhos acompanharam as sombras da ilha de Telendos, como elas se moveram, encurtaram, e então — ao cair da tarde — se estenderam novamente no que parecia quase um gesto de triunfo. Pensei em todas as histórias que tinha ouvido ao longo da carreira. Era verdade o que diziam: uma confissão é uma história que está apenas esperando uma audiência.

Quando escureceu, desci para o bar. Como esperava, encontrei Victoria Hässel sentada lá.

* * *

Conheci Monique em Oxford. Ela estava estudando literatura e história, como eu, mas tinha começado no ano anterior, então não fazíamos as mesmas disciplinas. Mas em lugares como esse estrangeiros se reúnem e se atraem, e em pouco tempo nos encontramos tantas vezes socialmente que criei coragem e a convidei para tomar uma cerveja.

Ela fez careta.

— Bom, vai ter que ser Guinness — disse ela.

— Você gosta de Guinness?

— Acho que não, odeio cerveja. Mas, se temos que beber cerveja, então tem que ser Guinness. Pelo que dizem é a pior de todas, mas prometo que vou ser mais animada do que pareço.

O princípio de Monique era de que tudo deve ser experimentado de mente aberta, porque dessa forma pode-se descartar depois, com um ponto de vista novo e de consciência tranquila. Valia para tudo: ideias, literatura, música, comida e bebida. E para mim, concluí, olhando em retrospecto. Pois éramos totalmente diferentes. Monique foi a garota mais fofa e cativante que já conheci. Era animada e bem-humorada, tão gentil com todo mundo que só me restou aceitar o papel de policial mau. Sua origem de família rica, sua inteligência incomparável e sua beleza que era quase irritante de tão impecável em nada influenciavam suas atitudes — era impossível não gostar dela. E, quando ela olhava para você, ela *olhava* para você, não havia alternativa senão desistir. Não resistir e ficar perdidamente apaixonado. Ela tratava os inúmeros pretendentes com uma doce mistura — tinha tato na hora de ouvir os homens, mas ao mesmo tempo os rejeitava de forma tão tranquila que os fazia sentir que, por trás desse princípio de tentar de tudo, havia algo mais, algo que era natural e não tinha nenhuma base em princípios. Monique estava se guardando para o homem certo; era virgem não por convicção, mas por preferência.

Comigo era o contrário. Eu desprezava as minhas tendências promíscuas, mas era incapaz de resistir a elas. Apesar de ser tímido — esquisito, na opinião de alguns — e de a minha formalidade me fazer parecer mais inglês que grego, minha aparência obviamente atraía o sexo oposto. As inglesas, em especial, se apaixonavam pelo que chamavam de minha aparência de Cat Stevens — cachos escuros e olhos castanhos. E além disso havia o fato de que eu era um bom ouvinte — aliás, acho que mais que a minha aparência, era isso que as fazia abrir o coração e a porta do quarto para mim. Para ser mais preciso, eu tinha interesse em ouvir. Eu, que vivia e respirava todas as histórias, menos a minha, não enxergava como um grande sacrifício ouvir os longos monólogos das garotas, falando sobre a criação privilegiada, a relação difícil com a mãe, as dúvidas sobre a própria sexualidade, a última história de amor infeliz, o apartamento em Londres que não dava mais para usar agora que papai tinha colocado uma amante jovem lá dentro, os falsos dilemas e aqueles amigos traidores horríveis que foram para Saint-Tropez sem avisar. Ou então — se eu tivesse um pouco mais de sorte — sobre o desejo de cometer suicídio, os pensamentos obsessivo-compulsivos existenciais e as ambições secretas de escrever. Depois, muitas delas queriam transar comigo, sobretudo se eu mal tivesse aberto a boca. Era como se o silêncio sempre funcionasse a meu favor, fosse interpretado da maneira mais favorável possível. Mas esses *intermezzos* sexuais em nada melhoraram a minha autoconfiança. Pelo contrário: só aumentaram o desprezo que eu sentia por mim mesmo. Essas garotas iam para a cama comigo porque eu ficava em silêncio, e com isso elas podiam me imaginar como quisessem. Eu tinha tudo a perder revelando quem era: um libertino tímido sem autoconfiança, firmeza ou força de vontade, apenas um par de olhos castanhos e orelhas grandes. E em pouco tempo elas percebiam como a minha melancolia, o meu jeito naturalmente sombrio, extinguia a luz do quarto, de modo que não lhes restava o que fazer a não ser sair, ir embora. Não posso culpá-las.

Com Monique, tudo isso mudou. Eu estava mudado. Por exemplo, comecei a falar. A partir do momento em que nos ajudamos a beber aquela primeira Guinness de sabor desagradável, nós tivemos conversas — com ênfase no "nós" —, e não aqueles monólogos aos quais eu tinha me acostumado. E os temas variavam. Falávamos de assuntos que iam além de nós mesmos, como os mecanismos de autopreservação criados pela pobreza e a crença humana de que a moralidade — mais especificamente a moralidade individual — representava algum tipo de qualidade permanente. Ou de como evitamos, de modo mais ou menos consciente, aprender qualquer coisa que possa ir de encontro a nossas convicções políticas e religiosas. Livros que tínhamos lido, que não tínhamos lido, que devíamos ler porque eram bons. Ou que eram superestimados. Ou que eram simplesmente ruins, mas úteis.

Quando falávamos de nós mesmos e de nossa vida, era sempre fazendo referência ao geral, a uma ideia ou concepção, a *la condition humaine*, como chamava Monique, referindo-se não ao meu escritor francês favorito, André Malraux, mas à filósofa política Hannah Arendt. Nós atirávamos esses e outros escritores um no outro não para competir, mas para testar o pensamento original de uma pessoa em quem se confiava o suficiente a ponto de ousar estar enganado e admitir. Às vezes as conversas soltavam faíscas, e foi depois de um desentendimento furioso que, tarde da noite e depois de algumas taças de vinho em seu quarto, ela me deu um tapa, depois me abraçou, e, pela primeira vez, nos beijamos.

No dia seguinte ela me deu um ultimato. Se eu não fosse o namorado dela, não poderíamos continuar nos encontrando. Não porque ela estava desesperada ou apaixonada por mim, mas porque um arranjo como esse envolvia uma exclusividade sexual mútua, algo que era, para ela, uma exigência inegociável, por causa do seu medo patológico de ISTs — aliás, o medo era tão grande que havia um grande risco de estragar e encurtar sua vida mais do que qualquer IST. Eu ri, ela riu, e aceitei o ultimato.

Foi Monique quem me apresentou à escalada. Desde nova seu pai a levava a pontos clássicos de escalada esportiva moderna em Verdon e Céüse.

A verdade é que na Inglaterra não há muita escalada, sobretudo em Oxford e nos arredores, mas meu colega fã do Led Zeppelin, Trevor Biggs, o filho ruivo, gordinho e bem-humorado de um operário de Sheffield, me falou que tinha amigos que escalavam no Peak District, perto da sua cidade natal. Trevor se transformou numa espécie de companheiro regular para mim. Com seu jeito extrovertido e senso de humor caloroso, ele atraía pessoas — rapazes e garotas —, que se juntavam a nós à nossa mesa. Muitas vezes eram essas garotas que, depois de um tempo, voltavam a atenção para mim. Trevor tinha uma van Toyota HiAce caindo aos pedaços, mas que ainda rodava, cuja maior virtude era o fato de ter aquecedores de banco. Quando sugeri que ele combinasse a escalada com as visitas aos pais e, além disso, dividisse os custos da gasolina com mais duas pessoas, ele topou de imediato.

Esse foi o início de três anos de viagens e escaladas de fim de semana. A viagem não levava mais de duas horas e meia, mas, para aproveitar ao máximo os fins de semana, passávamos as noites numa barraca, na van ou — se o tempo estivesse muito ruim — na casa dos pais de Trevor.

Ao longo daquele primeiro ano, logo me tornei melhor que Trevor na escalada, talvez por ser mais dedicado e estar mais preocupado em impressionar Monique — ou pelo menos em não decepcioná-la. Ela era e continuou sendo muito superior a nós. Não porque fosse particularmente forte, mas o fato é que aquele corpo pequeno e em forma subia os paredões a mil, com a técnica, o equilíbrio e o jogo de pés de uma bailarina. Ela entendia a escalada de uma forma que Trevor e eu nem sonhávamos. Eu, e depois Trevor, só começamos a melhorar mesmo quando encontramos locais em que a escalada era feita em bordas e agarras, em que o necessário era força física. Mas eram os conselhos de Monique, seu encorajamento e sua capacidade de compartilhar nossas alegrias e pequenas vitórias que fizeram com que eu e Trevor seguíssemos em frente. Isso e o som da sua risada feliz e empolgante ecoando pelas rochas, porque mais de uma vez Trevor ou eu caímos e ficamos pendurados na corda, xingando de frustração e pedindo que fôssemos baixados. Não porque quiséssemos desistir, mas para tentar tudo de novo, de baixo para cima.

Às vezes — talvez por sentir que ele precisava mais do que eu —, parecia que Monique se empolgava um pouco nos elogios quando era Trevor quem conseguia fazer algo novo em vez de mim. Mas tudo bem. O fato de ela ser assim era uma das razões pelas quais eu a amava tanto.

Foi no nosso terceiro ano que percebi que Trevor tinha começado a levar a escalada a sério. Eu tinha montado uma fingerboard acima da porta para fortalecer os dedos. Trevor nunca tocou nela. Mas agora, com frequência, passei a vê-lo pendurado lá. Às vezes, a sensação era de que eu o pegava no flagra, como se ele não quisesse que eu soubesse que ele estava treinando tanto. O corpo dele, porém, o traiu. Quando o sol esquentou nos rochedos do Peak District e Trevor e eu tiramos as camisetas, vi como seu tronco, antes gordinho, ainda era branco como leite, mas toda a gordura havia sumido. Músculos definidos ondulavam sob sua pele como cabos de aço quando ele, em movimentos quase robóticos, escalava usando agarras inclinadas para baixo em vias onde até Monique tinha desistido. Eu ainda levava vantagem sobre Trevor nas subidas verticais porque tive o cuidado de estudar a técnica de Monique, mas não restava dúvida de que a competição entre mim e Trevor tinha ficado muito mais equilibrada. Porque foi isso que se tornou: uma competição.

Também foi mais ou menos nessa época que comecei a farrear um pouco além da conta. Passei a beber socialmente com muita frequência. O meu pai era um alcoólatra em recuperação. Eu sabia do problema desde criança, e ele tentou me alertar sobre isso. Mas o aviso dele foi para eu evitar beber quando estivesse me sentindo mal, não feliz, como estava na época. De qualquer modo, a combinação de muita escalada, muita Monique e muita "festa" começou a afetar os estudos. Monique foi a primeira a apontar isso, e esse foi o motivo da nossa primeira briga. Que eu ganhei. Ou pelo menos ela estava chorando quando foi embora, porque no fim das contas eu tive a palavra final.

No dia seguinte pedi desculpas, culpei as normas sociais gregas pelo uso de palavras exageradamente duras e prometi farrear menos e estudar mais.

Por um tempo mantive a promessa. Para colocar os estudos em dia, até deixei de ir um fim de semana ao Peak District. Foi difícil, mas necessário — as provas estavam chegando, e eu sabia que o meu pai esperava notas no mínimo iguais às do meu irmão mais velho, que ele tinha colocado em Yale e que agora era diretor da empresa da família.

Mesmo assim, os estudos forçados me fizeram quase odiar as coisas que eu realmente amava — em especial, literatura. Senti inveja dos dias de folga que Monique e Trevor tiraram e fiquei quase aliviado quando eles voltaram mais cedo, na noite de sábado, por causa da chuva, dizendo que mal tinham escalado um metro sequer.

Continuei priorizando os estudos, tanto que em certo momento Monique reclamou. Fiquei satisfeito, mas foi um prazer estranho, e teve um efeito colateral ainda mais esquisito. Desde o início sentia que Monique tinha mais poder sobre mim do que eu sobre ela. Era algo que eu simplesmente aceitava e atribuía ao fato de que ela era muita areia para o meu caminhãozinho. Então também saí por cima nisso. Mas o interessante foi que, a partir de então, quanto menos tempo eu passava com ela, menor era a diferença no equilíbrio de poder entre nós. Então voltei a me matar de estudar, até que chegou o dia da grande prova. Quando saí da sala, após cinco horas, eu sabia que havia entregado uma prova que deixaria não apenas o meu professor e o meu pai orgulhosos mas Monique também. Comprei uma garrafa barata de champanhe e corri para o quarto dela, no primeiro andar do dormitório. Quando bati à porta, "Whole Lotta Love", do Led Zeppelin, estava tocando tão alto que ela não me ouviu. Em êxtase — porque fui eu quem tinha lhe dado aquele disco, e, se havia algo que eu estava sentindo naquele momento, era muito amor!, como diz a música —, corri para o lado de fora do dormitório e, segurando a garrafa de champanhe, subi com facilidade na árvore que ficava em frente à janela dela. Quando alcancei altura suficiente para ver dentro do quarto, balancei a garrafa e estive prestes a gritar seu nome e dizer que a amava, mas as palavras ficaram presas na garganta.

Monique sempre foi barulhenta quando a gente transava, e as paredes dos quartos do dormitório eram tão finas que costumávamos botar música alta para encobrir os sons.

Eu vi Monique, mas ela não me viu, seus olhos estavam fechados.

Trevor também não me viu porque estava de costas para mim. Aquelas costas brancas como leite, agora musculosas. Os quadris se moviam, avançando quase em sincronia com "Whole Lotta Love".

Fiquei em transe até que ouvi um estrondo. Quando olhei para baixo, vi que a garrafa de champanhe tinha se espatifado nos paralelepípedos. Cacos de vidro se projetavam numa poça branca e borbulhante. Não sei por que o pensamento de alguém me ver ali me deixou em pânico, mas escorreguei, em vez de descer da árvore normalmente, e, assim que os meus pés tocaram o chão, corri, fugi.

Corri todo o caminho de volta até a loja onde tinha comprado o champanhe, comprei duas garrafas de Johnnie Walker com o restante do dinheiro que a minha mãe tinha me enviado e corri para o meu quarto. Me tranquei e comecei a beber.

Estava escuro lá fora quando Monique bateu à minha porta. Não abri, falei que estava de cama e perguntei se podia esperar até o dia seguinte. Ela disse que precisava conversar comigo, mas falei que não queria correr o risco de ela pegar o que eu tinha. Monique sempre morreu de medo de doenças, então foi embora ao ouvir isso, mas não sem antes me perguntar, pela porta, como eu tinha me saído na prova.

Trevor também bateu à porta. Falei que estava doente, e ele perguntou se eu precisava de alguma coisa. Sussurrei "um amigo" para mim mesmo, mas, em voz alta, respondi:

— Não, obrigado.

— Espero que você esteja melhor para a nossa viagem de escalada na sexta — disse Trevor.

Sexta. Isso me dava três dias. Três dias para mergulhar numa escuridão que eu nem sabia que existia. Três dias nas garras do ciúme. Cada vez que eu respirava, ele me apertava um pouco mais, dificultando a respiração. Porque o ciúme é isso, uma jiboia. Quando eu era criança e o meu pai me levou ao cinema para ver a versão da Disney de *Mogli, o menino lobo*, fiquei muito confuso, porque, no livro de Rudyard Kipling que a minha mãe tinha lido para mim tantas e tantas vezes, Kaa, a cobra, era um personagem legal! Meu pai me explicou que todas as criaturas têm dois lados, só que nem sempre podemos ver o outro, nem mesmo em nós. E naquele momento a verdade é que eu tinha começado a ver o meu outro lado. Porque, como a falta de oxigênio nesses três dias destruiu meu cérebro, comecei a ter pensamentos que não fazia ideia de que estavam dentro de mim, mas deviam estar ali o tempo todo, nas profundezas da minha personalidade. E vi o outro lado da cobra Kaa. O ciúme que tentava, manipulava, hipnotizava com fantasias selvagens de vingança que faziam o meu corpo arrepiar de emoção e só precisavam de mais um gole de uísque para continuar.

Quando a sexta chegou e eu me livrei da depressão, me declarei recuperado e ressuscitei como que dos mortos, eu já não era mais o mesmo Nikos Balli. Ninguém percebeu, nem Trevor e Monique quando os cumprimentei no almoço como se nada tivesse acontecido e disse que a previsão do tempo para o fim de semana estava ótima, que teríamos um fim de semana fantástico. Enquanto comíamos, não prestei atenção em Trevor e Monique, que estavam falando em códigos que eles achavam que eu não conseguia entender. Em vez disso, fiquei escutando duas garotas do outro lado da mesa falando sobre o namorado novo de uma terceira amiga, que não estava ali. Prestei atenção nas palavras que elas escolhiam, o adjetivo um pouco forte demais, a resposta um pouco feliz demais quando uma falava com desaprovação para a outra da amiga em comum, a raiva que tornava as frases mais curtas, mais mordazes, que tirava delas o fluxo que vem com o pensamento calmo. Elas estavam com ciúme. Era muito simples. E eu não estava baseando o meu novo instinto na psicanálise, mas na análise verbal pura e concreta. Não, eu não era mais o mesmo. Eu havia estado em outro lugar. Tinha visto coisas. Visto e aprendido. Eu tinha me transformado no Homem do Ciúme.

— Que história triste — disse Victoria Hässel enquanto colocava a calcinha e começava a procurar o restante das roupas. — Os dois viraram um casal?

— Não — respondi, rolei na cama e peguei primeiro uma garrafa vazia, depois outra quase vazia de Ouzo 12 da mesa de cabeceira e por fim enchi o copo. — Era o último ano de Monique, e a última prova era dali a poucos dias. Ela não foi muito bem, mas depois disso voltou para casa, na França, e nem Trevor nem eu a vimos mais. Ela se casou com um francês, teve filhos e, pelo que sei, mora na Bretanha.

— E você, que estudou literatura e história, entrou para a polícia? Dei de ombros.

— Eu ainda tinha um ano em Oxford, mas, quando voltei para a faculdade, a coisa da festa fugiu do controle de novo.

— Coração partido?

— Pode ser. Talvez fosse apenas o fato de que as memórias estavam muito vivas. Seja como for, a única coisa que parecia importante era ficar de porre o tempo todo. Uma vez até pensei no voo nove-dezenove.

— Hã?

— Nos momentos mais difíceis, eu segurava uma pedra que tinha catado do chão no Peak District e apertava com força. — Ergui o punho cerrado para demonstrar. — Ficava concentrado, tentando transferir a dor para a pedra, fazendo com que ela sugasse tudo.

— E isso ajudava?

— Pelo menos não peguei o voo nove-dezenove. — Esvaziei o copo. — Em vez disso, larguei o curso no meio do penúltimo semestre e peguei um voo para Atenas. Trabalhei por um tempo na firma do meu pai e depois me matriculei na Academia de Polícia. O meu pai e o restante da família acharam que era algum tipo de revolta adolescente tardia. Mas eu sabia que tinha recebido uma coisa, um dom ou uma maldição, uma coisa que poderia ser útil para mim. E a disciplina e o treinamento da polícia me ajudaram a ficar longe da... — Indiquei com a cabeça a garrafa de ouzo. — Mas chega de falar de mim. Me fale de você.

Victoria Hässel se endireitou na ponta da cama, abotoou uma calça de escalada recém-lavada e me encarou incrédula.

— Em primeiro lugar, estou indo escalar agora. Em segundo lugar, ontem você me fez falar de mim o tempo todo por mais de quatro horas no bar. Esqueceu?

Balancei a cabeça, sorrindo enquanto tentava, em vão, me lembrar.

— Só queria saber mais — menti, e vi que ela sacou a mentira.

— Fofo — disse ela, deu a volta na cama e me deu um beijo na testa. — Talvez depois. Ah, só para saber: você está com o cheiro do meu perfume.

— O meu olfato é terrível.

— E o meu é ótimo. Mas não se preocupe, eu saio fácil se lavada. Te vejo mais tarde? *Adio.*

Me perguntei se deveria revelar que finalmente, dois dias depois que a balsa e os aviões voltaram a partir de Kalímnos, eu havia reservado um assento num voo para Atenas. Mas isso não mudaria nada, significaria apenas um pouco mais de atuação da minha parte.

— *Addio*, Victoria.

Conforme o combinado, George foi me buscar uma hora antes da partida do meu voo. Era um trajeto de dez ou doze minutos até o aeroporto, e eu só tinha bagagem de mão.

— Está melhor? — perguntou ele quando entrei no carro.

Eu tinha ligado para Atenas e explicado que estava doente, falei que era melhor colocar outra pessoa no caso de Tzitzifies. Esfreguei o rosto.

— Estou — respondi, e era verdade, não estava me sentindo nem um pouco mal. A Ouzo 12 pode até ter um gosto de merda, mas reconheço que a ressaca dela não é tão ruim quanto a da Pitsiladi. E eu tinha bebido até a minha mente desanuviar. Por um tempo, as nuvens se foram.

Pedi a ele que dirigisse devagar. Queria aproveitar a minha última vista de Kalímnos. O lugar é lindo mesmo.

— Você tem que vir na primavera, quando as flores desabrocham e as montanhas ganham vida e cor.

— Gosto do jeito que está agora.

Quando chegamos ao aeroporto, George avisou que o avião vindo de Atenas estava atrasado, pois não havia sinal dele na pista. Ele estacionou e sugeriu que ficássemos sentados no seu carro até vermos o avião pousar.

Sentamos em silêncio e olhamos para Palaiochora, a cidade feita de pedra.

— Antigamente, as pessoas de Kalímnos costumavam se esconder lá em cima — disse George. — De piratas. Os cercos duravam semanas, meses. Elas tinham que sair à noite para buscar água em poços escondidos. Dizem que crianças foram concebidas e nasceram lá em cima. Mas era uma prisão, sem dúvida.

Um zunido acima de nós. Um zunido na minha cabeça.

O ATR-72 e o pensamento chegaram ao mesmo tempo.

— A prisão do amor — falei.

— Hã?

— Tanto Franz quanto Julian se encontraram com Helena numa das construções de Palaiochora. Franz disse que tinha condenado o irmão à prisão perpétua em sua própria prisão do amor. Isso pode significar...

O breve zumbido das hélices abafou as minhas palavras quando o avião pousou, mas pela cara de George percebi que ele já havia entendido o que eu queria dizer.

— Acho que isso significa que você não vai embarcar no avião para Atenas, certo?

— Liga para Christine. Pede para ela trazer Odin.

De longe, Palaiochora parecia uma verdadeira cidade-fantasma. Acinzentada, sem vida e petrificada, como se a própria Medusa tivesse olhado para lá. Mas, de perto — como acontece também nos casos de homicídio —, os detalhes, as nuances e as cores começaram a aparecer. E os cheiros.

George e eu corremos pelas ruínas em direção a uma casa que ainda estava mais ou menos intacta. Christine estava parada na porta segurando Odin, que latia, ansioso para entrar. Ela havia sido a primeira a chegar, junto com dois membros da equipe de resgate na montanha, com os quais estávamos nos comunicando por walkie-talkie. Aceleramos o passo depois que ela relatou a descoberta, mas ainda tínhamos que encarar uma subida de cem metros até chegar ao local. Eles descobriram algo no que provavelmente era o único porão de Palaiochora. Mais tarde descobri que o porão era usado para guardar cadáveres durante os cercos, já que o solo dentro das muralhas da fortaleza não era profundo o suficiente para enterrá-los.

A primeira coisa que chamou a minha atenção quando George e eu nos abaixamos e entramos no porão de pé-direito baixo, antes de os meus olhos se adaptarem à escuridão, foi o fedor.

Talvez meus velhos olhos demorem um pouco mais para se adaptar ao escuro do que quando eu era novo, e vai ver foi por isso que consegui controlar os sentimentos quando a visão de Julian Schmid gradualmente ganhou forma diante de mim, o corpo nu, meio coberto por um cobertor de lã imundo. Um dos homens da equipe de resgate na montanha estava agachado ao lado dele, mas não havia muito o que pudesse fazer. Os braços de Julian estavam rígidos, esticados acima da cabeça, as mãos entrelaçadas como se ele estivesse rezando, presas por algemas a um parafuso de ferro na parede de pedra.

— Estamos esperando Teodore — sussurrou George, como se aquilo fosse uma necropsia ou um serviço fúnebre. — Ele está trazendo alguma ferramenta para cortar as algemas.

Olhei para o chão. Uma poça de fezes, vômito e urina. Era de onde vinha o fedor.

A figura no chão tossiu.

— Água — sussurrou.

Alguém da equipe de resgate, obviamente, já tinha dado a Julian toda a água que havia levado, então dei um passo à frente e pressionei minha garrafa nos lábios secos dele. Era como ver uma imagem espelhada moribunda de Franz. Ou melhor: Julian Schmid parecia mais magro que o irmão gêmeo, tinha uma grande marca azulada na testa, talvez da bola de sinuca, e sua voz soava diferente. Será que Franz não conseguiu matar Julian porque seu irmão era uma cópia exata dele? Teria sido mais fácil para Franz tirar a própria vida? Eu tinha minhas razões para pensar assim.

— E Franz? — sussurrou Julian.

— Se foi — respondi.

— Se foi?

— Desaparecido.

— E Helena?

— Está em algum lugar seguro.

— Será que... um de vocês pode avisar a ela que estou bem?

George e eu trocamos olhares. Fiz que sim para Julian.

— Obrigado — disse ele e bebeu mais água. E, como se a água tivesse ido direto para a cabeça, lágrimas começaram a escorrer. — Ele não fez por mal.

— Hã?

— Franz. Ele... Ele simplesmente enlouqueceu. Eu sei. Às vezes isso acontece com ele.

— Talvez — falei.

O walkie-talkie de George chiou, e ele saiu.

Um instante depois, colocou a cabeça de volta dentro do porão.

— A ambulância chegou. Está esperando lá embaixo, na estrada.

Ele desapareceu de novo. O fedor era realmente insuportável.

— Acho que no fundo Franz queria que você fosse encontrado — falei baixinho.

— Você acha? — disse Julian.

Foi quando eu soube que ele sabia que Franz estava morto. E a sensação foi de que essa era a oração que ele estava fazendo ali, naquela posição. Julian estava orando para que eu lhe dissesse o que ele precisava ouvir. O que ele tinha que ouvir se quisesse voltar a viver uma vida normal. Então falei:

— Ele se arrependeu. Ele de fato me disse que você estava aqui. Queria que eu resgatasse você. Só não tinha como saber que eu ia demorar tanto a compreender.

— Dói tanto.

— Eu sei.

— Pode fazer alguma coisa?

Olhei em volta. Peguei uma pedra cinzenta do chão e a coloquei nas mãos dele.

— Aperte essa pedra. Imagine que ela está tirando toda a sua dor.

Os alicates chegaram, e Julian foi levado.

Liguei para Helena e dei a notícia de que Julian havia sido encontrado com vida. Enquanto conversávamos, me ocorreu que nunca antes eu, como detetive, tinha dado a alguém a notícia de que um ente querido havia sido encontrado vivo. Mas a reação de Helena não foi diferente do que em geral acontecia quando eu dava a notícia de uma morte: alguns segundos de silêncio enquanto o cérebro provavelmente procurava o motivo desse mal-entendido, o motivo pelo qual isso não podia ser verdade. E, então — sem encontrar nenhuma razão —, as lágrimas começavam a cair quando a realidade se instalava. Mesmo as pessoas que, depois de um tempo, descobria-se serem as culpadas ciumentas começavam a chorar, muitas vezes mais desconsoladas do que os inocentes em estado de choque. Mas as lágrimas de Helena eram diferentes. Eram de alegria. Um aguaceiro ensolarado. Isso mexeu com alguma coisa dentro de mim, alguma vaga lembrança, e senti um nó na garganta. E, enquanto ela chorava e agradecia, me vi obrigado a tossir para manter a voz firme.

À tarde, quando cheguei ao hospital de Pothia, Helena estava ao lado do leito, segurando a mão de Julian, que já parecia melhor. Helena parecia presumir que a responsável pelo salvamento tinha sido a minha inteligência aguçada. Não mencionei que provavelmente a minha falta de imaginação foi a culpada por ele quase ter morrido.

Pedi uns instantes a sós com Julian, e Helena segurou e beijou minha mão antes de sair.

O relato de Julian sobre a sequência de acontecimentos foi mais ou menos o que eu já esperava.

No caminho para o hospital, depois da briga no bar, o entrevero com Franz se acirrou novamente.

— Eu menti — disse Julian. — Falei que tinha conversado com Helena e contado tudo para ela e que ela havia me perdoado e dito que me amava. Falei que ele devia desistir e esquecer Helena quanto antes. Era mentira, mas pensei em ligar para Helena depois, e o resultado teria sido igual. Mas Franz gritou que era mentira, parou na beira da estrada, abriu o porta-luvas e pegou a pistola que tinha comprado em Pothia.

— Você já tinha visto o seu irmão assim antes?

— Eu já tinha visto Franz furioso, e a gente já tinha brigado antes, mas nunca havia visto o meu irmão daquele jeito, nunca tão... fora de si. — Os olhos de Julian brilhavam. — Mas a culpa não é dele. Eu me apaixonei por Helena porque ele me falou dela, mostrou fotos, elogiou e colocou num pedestal. E eu roubei dele. Não tem outro jeito de dizer. Eu traí os dois, ele e ela. Eu teria feito o mesmo que ele. Não, eu teria atirado, eu teria matado. Mas, em vez disso, ele me forçou a dirigir até Chora e de lá até Palaiochora, com o cano da arma pressionado nas minhas costas. Ele obviamente tinha dado uma olhada na área antes e encontrado o porão. E me acorrentou lá com as algemas que tinha comprado em Pothia.

— E então ele largou você para morrer?

— Ele disse que eu podia apodrecer lá, então foi embora. Claro que eu estava apavorado, mas naquele momento estava com mais medo por Helena do que por mim mesmo. Porque ele sempre voltou.

— Como assim?

— Quando a gente brigava na infância, ele era um pouco mais forte do que eu. Às vezes ele me trancava no quarto ou num armário. Uma vez foi num baú. Dizia que eu ia morrer lá dentro. Mas sempre voltava. Tinha se arrependido, mas claro que nunca demonstrava. E eu tinha certeza de que ia acontecer a mesma coisa dessa vez. Até uns dois ou três dias atrás. Acordei de repente e... — Ele olhou nos meus olhos. — Bom, não acredito em espiritismo, mas, pelo que eu e Franz vivenciamos, adoraria saber em que pé vai estar a ciência sobre telepatia entre gêmeos daqui a cem anos. Enfim... eu simplesmente sabia que tinha acontecido alguma coisa com Franz. E, conforme horas e dias iam passando e ele não voltava, comecei a achar que ia mesmo morrer lá. Você me salvou, Sr. Balli. Tenho uma dívida eterna com o senhor.

Julian esticou o braço por baixo do edredom, segurou a minha mão e pressionou a pedra que eu tinha lhe dado em Palaiochora na minha palma.

— Caso o senhor também sinta dor — disse ele.

Eu estava no corredor do hospital, já de saída, quando Helena me parou e me perguntou se poderia me convidar para jantar no restaurante deles. Agradeci, mas expliquei que iria pegar o último voo noturno partindo de Kos.

96

Me restavam algumas horas antes de pegar a balsa, então acompanhei Christine até o quarto de Julian em Massouri para pegar as roupas dele.

Fiquei na rua ao lado da viatura e assisti ao lindo pôr do sol atrás de Telendos enquanto Christine estava dentro da casa. Uma senhora idosa de vestido florido carregando sacolas de compras passou mancando, parou perto de mim e disse:

— Me contaram que o senhor encontrou um dos gêmeos. O bonzinho.

— Bonzinho?

— Eu faço a limpeza e arrumo as camas toda manhã às nove. — Ela indicou a casa com um aceno de cabeça. — A essa hora a maioria dos montanhistas já foi escalar, mas às vezes eu acordava os dois. Um estava sempre mal-humorado, o outro apenas sorria e dizia para eu voltar no dia seguinte. Julian! Esse era o nome do bonzinho. Nunca soube o nome do outro.

— Franz.

— Franz. — Ela saboreou o nome.

— É alemão.

— Bem, tirando esse Julian, não gosto de alemães. Eles ferraram a gente na guerra e estão ferrando a gente de novo agora. Tratam a gente como se fosse um inquilino ruim na Europa deles, como se a gente estivesse devendo o aluguel há um tempo.

— Não é uma imagem imprecisa — falei, pensando tanto no meu país natal quanto na Alemanha.

— Eles agem como se tivessem mudado — zombou ela. — Uma líder mulher e essa coisa toda. Mas eles são nazistas e sempre vão ser. — Ela balançou a cabeça. — Teve uma manhã que vi algemas na mesinha de cabeceira. Não imagino como Franz usou aquilo, mas imagino que tenha sido alguma coisa fascista. Ele morreu?

— Talvez. Provável. Quase certo.

— Quase? — Ela olhou para mim, ainda com um traço de desprezo por todos os alemães no rosto. — O trabalho da polícia não é saber?

— É, sim. E a gente não sabe nada.

Ela seguiu seu caminho, e ouvi risadas do outro lado da rua.

Me virei para o som, e ali, sentada na varanda sob um cipreste, estava Victoria, com os pés na grade e um cigarro no canto da boca.

— Você se ferrou? — perguntou ela com uma risada, baforando a fumaça no crepúsculo imóvel.

— Você entende grego?

— Não, mas entendo de linguagem corporal. — Com um gesto lento e lânguido, ela bateu as cinzas do cigarro. — Você não?

Pensei na noite anterior. Fiquei sóbrio no decorrer dessas horas. Foi bom. Fomos bons um para o outro. Um pouco maus, mas, no geral, bons.

— Sim, entendo, entendo.

— Te vejo mais tarde no bar?

Balancei a cabeça.

— Tenho um voo para Atenas essa noite.

— Vai visitar a cidade?

Pelo olhar de Victoria, percebi que ela soltou a pergunta sem querer. E ela entendeu bem — ou mal — a minha hesitação em responder.

— Esquece. — Ela riu de novo e deu uma tragada forte no cigarro. — Você é casado e tem filhos e um cachorro em Atenas. Não quer arranjar problema, e não é comigo que vai arranjar.

Percebi que ela não havia perguntado nada sobre como era minha vida naquele momento e que eu só tinha falado da única coisa que me importava: o passado.

— Não tenho tanto medo de problemas — falei. — Mas estou velho. Você, por sua vez, tem a vida inteira pela frente.

— Pois é, sou muita areia para o seu caminhãozinho.

— Eu terminaria com você em algum momento — falei e sorri.

— *Addio* de novo, Nikos.

— *Addio* de novo, Monique.

Só percebi o meu lapso quando entrei no carro.

Já era meia-noite quando entrei no meu apartamento.

— Cheguei! — falei em voz alta no escuro, larguei a bolsa no chão, fui até a cozinha da grande sala de plano aberto com paredes de vidro e vista para Kolonaki, um dos bairros mais elegantes do centro de Atenas.

Peguei a caixinha que estava no meu bolso, abri e olhei para a pedra que estava dentro dela, como uma joia em uma caixa de ourivesaria.

Peguei um copo, abri a geladeira, e a lâmpada iluminou o piso de parquete e alcançou as estantes e a escrivaninha pesada de teca com o grande monitor da Apple.

Dinheiro herdado.

Enchi o copo com o suco recém-espremido que a minha empregada faz, fui até o computador e toquei no teclado. No monitor surgiu uma foto de três jovens em frente a uma rocha no Lake District.

Cliquei nos ícones e verifiquei os sites dos maiores jornais. Todos tinham extensa cobertura do caso de Kalímnos. Meu nome não apareceu em nenhuma matéria. Ótimo.

Beijei o dedo indicador e o encostei na bochecha da garota entre os dois rapazes na tela e disse em voz alta que estava indo para a cama.

No quarto, coloquei a caixinha com a pedra na prateleira acima da cama, ao lado da outra pedra que estava ali. A cama era tão grande e vazia, e os lençóis de seda pareciam tão frios, que, quando me deitei, tive a sensação de que estava prestes a nadar mar adentro.

Duas semanas depois, recebi uma ligação de George Kostopoulos.

— Um corpo foi encontrado no mar, não muito longe da praia onde Franz desapareceu — disse ele. — Na verdade, foi encontrado em terra, espetado numa rocha onde as ondas quebram. Está exposto, e as pessoas não vão muito lá, mas a impressão é de que alguém começou a subir por uma via de escalada cinquenta ou sessenta metros acima das rochas e caiu. Um montanhista ligou para cá.

— Acho que sei onde fica. O corpo foi identificado?

— Ainda não. Está tão destruído que estou surpreso de o montanhista ter sido capaz de reconhecer que era um corpo humano. A minha primeira impressão foi de que era um golfinho morto. Pele, rosto, orelhas, órgãos genitais, tudo sumiu. Mas tem um furo no crânio que dificilmente pode ser outra coisa além de um buraco de bala.

— Pode ser um refugiado de um barco.

— Eu sei, a gente teve alguns problemas aqui no ano passado, mas duvido. Enviei uma amostra de DNA do corpo, então vamos ter a resposta dentro de alguns dias. Eu só estava me perguntando...

— Sim...

— Se bater com o DNA da amostra de saliva que a gente tirou do copo de Franz Schmid, o que vamos dizer?

— Vamos dizer que fizemos uma identificação positiva.

— Mas lembre-se: nós pegamos aquele primeiro DNA... sem autorização.

— Ah, é? Puxa, até onde me lembro, pedimos autorização a Franz Schmid, e ele deu autorização de livre e espontânea vontade.

Silêncio do outro lado da linha.

— É assim que... — começou ele.

— É assim que a gente faz em Atenas — completei.

Os resultados chegaram três dias depois.

Segundo o relatório, o DNA dos restos humanos nas rochas correspondia ao dado voluntariamente por Franz Schmid aos detetives em Pothia. Meu nome não foi mencionado.

Segurei meu celular escondido embaixo da toalha de mesa enquanto lia as notícias para não distrair a mulher que dizia que o marido provavelmente tinha sofrido uma overdose porque havia misturado remédios para o coração com outros medicamentos, talvez porque tenha se confundido de tanto babar pela jovem estagiária no trabalho, por quem estava planejando largar a família.

Prendi um bocejo e pensei naquela via de escalada ao sul da praia. Eu tinha comprado um guia de montanhismo para Kalímnos e descobri que ela se chamava Onde as Águias Ousam, grau 11b. Até na foto o lugar era fantástico. Para entrar em forma e escalar essa via, eu precisaria treinar e perder alguns quilos. E, para ter tempo para isso, as pessoas teriam que dar uma pausa nessa coisa de matar umas às outras, ou então eu teria que dar uma pausa. Uma longa pausa.

## Cinco anos depois

Olhei pela janela do avião. A ilha abaixo permanecia inalterada. Um bloco amarelo de calcário jogado no mar por Poseidon para fazer a terra tremer.

Mas o céu estava nublado.

O tempo era menos estável na primavera, disse o taxista a caminho de Emporio. Era melhor ir no outono. Sorri enquanto olhava para os arbustos de oleandro em plena floração nas encostas e respirei o aroma de tomilho.

Helena e Julian estavam nos degraus do restaurante com o pequeno Ferdinand quando saí do táxi. Julian abriu um sorriso de orelha a orelha, e Helena me abraçou como se nunca mais fosse me soltar. Vínhamos trocando e-mails com regularidade — ela me contava como as coisas estavam indo, e eu lia as mensagens. Lia do jeito que escutava, depois enviava respostas curtas, acima de tudo perguntas para saber como as coisas estavam indo, como costumava fazer quando conversava.

No começo não foi fácil, escreveu Helena. Julian foi mais afetado pelo que havia acontecido do que pareceu de início. Depois que a euforia de ser resgatado e estar de volta com Helena passou, Julian se tornou um homem sombrio, fechado e difícil, diferente daquele por quem tinha se apaixonado. E falava muito do irmão. Ele perdoou Franz. Para Julian parecia importante que Helena, e também os pais dela, entendessem que Franz não era mau — ele só estava muito, muito apaixonado.

Na verdade, a situação ficou tão ruim que ela estava pensando em deixá-lo, até que aconteceu uma coisa que mudou tudo: ela engravidou.

E daquele dia em diante foi como se Julian tivesse acordado e se tornado novamente o Julian de que ela mal conseguia se lembrar da única noite que passaram juntos antes de ele desaparecer. Feliz, bondoso, gentil, caloroso, amoroso. Talvez ele nunca tenha voltado a ser tão cheio de vida e louco como parecia naquela noite, mas e daí? Toda mulher acha o marido um pouco mais empolgante nos primeiros dias, não acha? E o que mais se pode pedir a um homem além de fidelidade, amor e trabalho duro pela família? Até o pai de Helena teve que admitir que ela havia se casado com um homem trabalhador e confiável, alguém a quem ele poderia entregar o restaurante de olhos fechados quando chegasse a hora.

Segundo Helena, Julian chorou como uma criança quando Ferdinand nasceu. Assim como o pai, o menino irradiava amor. "É como um aquecedor", escreveu ela. "E não existe nada melhor quando as tempestades de inverno atingem Kalímnos."

— Então você acha que está pronto para Onde as Águias Ousam — disse Julian, sorrindo, logo depois de eu me instalar no meu quarto e nos sentarmos para almoçar no restaurante. Polvo grelhado. Era a especialidade deles, e o prato era mesmo delicioso. Percebi que Julian não comeu e me perguntei se poderia ter algo a ver com o mito de que polvos se alimentam de cadáveres. Não é um mito, claro. Toda criatura do mar se alimenta de pessoas afogadas quando tem chance.

— Não sei — respondi. — Mas pelo menos passei um tempinho escalando os penhascos em volta de Atenas.

— Então vamos amanhã cedo — disse ele.

— É uma via bem longa. Quarenta metros.

— Não tem problema, eu tenho uma corda de oitenta em algum lugar.

— Ótimo.

Seu celular tocou. Julian estava prestes a atender quando parou e olhou para mim.

— Você está tão pálido, Nikos... Está tudo bem?

— Claro — menti e consegui retribuir o sorriso. Meu estômago estava se revirando, e sentia suor brotando pelo corpo todo. — Pode atender.

Ele me lançou um olhar longo e inquisitivo, talvez achando que a minha reação tivesse sido causada pela altura da via.

Ele pegou o telefone e finalmente a música parou de tocar.

"Whole Lotta Love".

A mesma coisa de sempre. A música não só me fez voltar quarenta anos no tempo, para uma árvore num gramado de Oxford, como também me deixou fisicamente enjoado.

Julian deve ter percebido que eu não estava assim por causa da escalada.

— Não gosta da música? — perguntou ele depois de encerrar a ligação.

— Longa história — respondi e ri após me recompor. — Mas pensei que você não gostasse de Led Zeppelin. Se não me engano o toque do seu celular era um pouco mais leve.

— É?

— Ã-hã, uma música de um tal Ed qualquer coisa. Ed Sheeta. Ed Shara...

— Ed Sheeran! — gritou Helena.

— Isso! — falei e olhei para Julian.

— Eu amo Ed Sheeran — disse Helena.

— E você, Julian?

Julian Schmid ergueu o copo de água.

— Dá para gostar de Zeppelin e Ed Sheeran ao mesmo tempo.

Ele bebeu por um longo tempo sem tirar os olhos de mim.

— Acabei de pensar numa coisa — disse ele quando enfim pousou o copo. — A previsão do tempo para amanhã diz que tem chance de chuva, e na verdade é impossível saber se as frentes de ar vão atingir a ilha ou não. Apesar de a via ser negativa, o vento vai trazer tanta chuva que o paredão vai ficar molhado, então por que a gente não vai lá agora? Você vai ficar tão pouco tempo aqui... Pelo menos indo agora a gente tem certeza de que você vai ter a chance de escalar Onde as Águias Ousam antes de ir embora.

— Pois é, seria muito chato você vir de tão longe só para ver a gente — disse Helena.

Sorri.

Terminamos a refeição e subi até o quarto para me arrumar. Enquanto organizava o meu equipamento de escalada, pela janela vi Julian brincando com Ferdinand. O menino gargalhava e corria em volta do pai, e, cada vez que Julian o agarrava e o girava até o gorro azul e branco de Ferdinand cair, o menino gargalhava de alegria. Era como uma dança. Uma dança que nunca dancei com meu pai. Ou será que dancei? Se dancei, não me lembro mais.

— Animado? — perguntou Julian enquanto estacionávamos após a viagem silenciosa até o local onde tínhamos encontrado o carro de Franz anos antes.

Fiz que sim com a cabeça enquanto olhava para a praia. Parecia diferente. Sem sol. As ondas sussurravam pacificamente enquanto rolavam pela areia, sem quebrar.

Após uma breve caminhada de vinte minutos, chegamos ao local e olhamos para cima, para Onde as Águias Ousam. A via parecia mais intimidadora com as nuvens cor de chumbo pairando acima. Colocamos nossas cadeirinhas, e Julian me entregou dois jogos de costuras com mosquetões.

— Imagino que você queira escalar de primeira e indo na frente — disse ele.

— Obrigado, você está me superestimando, mas vou ver até onde chego. — Prendi as costuras na cadeirinha, me prendi à corda, calcei as velhas, mas confortáveis, sapatilhas de escalada que tinha usado em Lake District e mergulhei as mãos no saco de resina preso num cordão em volta da cintura. Em vez de dar os dois passos em direção ao paredão, fui até a beira da via e olhei para baixo.

— Foi aqui que ele foi encontrado — falei, indicando com a cabeça a arrebentação. O mar estava mais calmo, mas o som ainda chegava a nós com um pequeno atraso. — Mas isso você já sabia.

— É, sabia — disse a voz atrás de mim. — Há quanto tempo você sabe?

— Sei o quê?

Eu me virei para encará-lo. Ele estava pálido. Talvez fosse só a luz, mas por um instante aquela palidez quase fantasmagórica me fez pensar em Trevor. Por outro lado, hoje em dia penso em Trevor com bastante frequência.

— Nada — respondeu ele, o rosto inexpressivo, enquanto enfiava a corda no freio ATC manual preso à cadeirinha e executava o checklist dos equipamentos. — Você está na cadeirinha, o mosquetão está preso, a corda é longa o suficiente e seu nó parece bom.

Fiz que sim com a cabeça.

Coloquei um pé na parede negativa e agarrei o primeiro apoio óbvio. Tensionei o corpo e ergui o outro pé.

Os primeiros dez metros da subida foram tranquilos. Escalei sem dificuldade. Perder aqueles quilos e recuperar os músculos fez toda a diferença. E a minha psique montanhista também estava em boa forma. No ano anterior eu tinha caído várias vezes em vias com poucos parafusos, e, quando a corda parava a minha queda depois de uns oito ou dez metros, eu nem sentia alívio, só uma leve decepção por não ter conseguido fazer a escalada perfeita, sem cair. Aqui, porém, os parafusos permanentes estavam próximos, e uma possível queda seria curta. Na verdade, comecei a me perguntar se havia levado costuras suficientes conforme as prendia nos parafusos e depois as prendia à corda.

Ouvi o guincho de uma gaivota no exato instante em que a minha agarra frágil de pedra calcária se esfarelou. Caí. Durou apenas um segundo, aquele estado que com tanta frequência é incorretamente descrito como ausência de peso. Então a corda e a cadeirinha se tensionaram e apertaram a cintura e as coxas. Uma queda curta e forte. Olhei para Julian, que estava de pé no chão com a corda presa ao freio da cadeirinha, totalmente esticada.

— Foi mal! — gritou ele. — Você caiu tão rápido que não tive tempo de segurar a queda.

— Sem problema! — gritei em resposta, e, como não conseguia me aproximar o suficiente da face rochosa, comecei a subir a corda usando só a força dos braços. Mesmo que mal chegasse a três metros e com Julian usando o peso do corpo para puxar a corda, ela estava tão fina e escorregadia que, quando cheguei ao parafuso no qual estava presa, eu estava totalmente exausto. Olhei para as mãos. Já tinha desgastado muita pele.

Parei para descansar um pouco e depois continuei subindo. Tive que me agarrar numa das costuras no *crux*, o ponto mais difícil da via, mas fora isso senti o *flow*, quando não é preciso pensar, quando as mãos e os pés parecem resolver sozinhos as equações com uma e duas incógnitas. Quando cheguei ao topo quinze metros depois, prendi a corda na âncora com uma sensação profunda e calma de contentamento. Não tinha conseguido chegar ao topo sem cair, mas mesmo assim a escalada foi mágica. Me virei e apreciei a vista. Segundo George, num dia claro, dá para ver a costa da Turquia, mas nesse dia vi apenas: o mar, eu mesmo, a via. E a corda que descia até o homem que eu tinha salvado e que me salvaria.

— Pronto! — gritei. — Pode me abaixar!

Afundei no ar parado e pesado da tarde. A luz do dia já estava desaparecendo; depois que Julian tentasse escalar a via, teríamos que voltar rápido para evitar andar no escuro por uma trilha íngreme e pedregosa. Mas algo me disse que Julian não faria a escalada quando, após descer alguns metros, vi de repente a parte escura da corda amarela passar por mim em direção à âncora.

O marcador do meio da corda.

— A corda é muito curta! — gritei.

Não estava ventando, mas mesmo assim, ou por causa da arrebentação, ou do som das gaivotas ou de uma simples distração, ele não me ouviu e continuou me descendo.

— Julian!

Mas ele continuou dando corda, agora mais rápido.

Olhei para o mar abaixo, depois para a corda que subia como uma serpente dançando ao som de uma flauta. Foi quando vi que não havia nó na ponta solta da corda.

— Julian! — gritei de novo.

Estava tão perto dele que percebi o torpor em sua expressão facial. Ele ia me matar, faltavam segundos até a ponta da corda sair do freio e eu cair.

— Franz!

A corda elástica foi esticada e tensionada comigo acima da queda. Minha cadeirinha estava pressionando a minha lombar. Eu não estava mais caindo em queda livre — subia e descia em pleno ar. Estava a dois ou três metros de Julian, mas, como estava pendurado verticalmente na âncora no topo, fiquei balançando acima da beirada. Se a corda atravessasse o freio, eu passaria direto por Julian e cairia todos os cinquenta ou sessenta metros até as rochas onde as ondas espumavam feito uma garrafa de champanhe quebrada.

— Parece que a corda não tem oitenta metros — disse Julian. — Foi mal, errar é humano.

Pela cara, ele não parecia arrependido.

Julian estava no limite. A ponta da corda que ele segurava estava apenas vinte centímetros abaixo do freio e da sua mão. Era a única coisa que me segurava. Por um lado, com base no ângulo e no atrito provocado pelo freio, Julian não teria dificuldade para me segurar ali. Por outro, ele não poderia ficar naquela posição para sempre. E, quando soltasse, não pareceria um assassinato, mas um tipo muito comum de acidente de escalada: a corda era curta demais.

Fiz que sim com a cabeça.

— Você tem razão, Franz...

Ele não disse nada.

— ... errar é humano — completei.

Nos encaramos. Ele meio de pé, meio sentado, sobre a cadeirinha e a corda e eu, pendurado diretamente sobre ele, acima do abismo.

— Paradoxo — disse ele por fim. — É uma palavra de origem grega, não é? Acontece com Ferdinand, que tem medo do escuro na hora de dormir e quer que o papai conte historinhas até ele cair no sono. Mas ele pede histórias de terror. Não é um paradoxo?

— Talvez sim. Talvez não.

— Seja como for, nesse momento você consegue ver a escuridão chegando, então talvez devesse contar uma história assustadora, Nikos. E aí, quem sabe, talvez você e eu não tenhamos tanto medo.

— Que tal a gente resolver essa situação aqui primeiro?

Ele soltou um pouco a corda, deixou-a deslizar alguns centímetros mais para perto do freio.

— Acho que a resolução vai estar na história que você contar.

Engoli em seco. Olhei para baixo. Uma queda de sessenta metros não demora muito. Mas dá para pensar em muita coisa nesse meio-tempo. Infelizmente também se tem tempo para atingir uma velocidade de cento e vinte quilômetros por hora. Eu cairia na água, sobreviveria à queda e me afogaria? Ou iria bater na pedra e ter uma morte instantânea e indolor? Eu já tinha visto essa segunda situação acontecer de perto. A tranquilidade e a ausência de drama foram as coisas que mais me impressionaram, mesmo nos segundos logo depois que ele bateu no chão, antes de todos começarem a gritar e correr desnorteados. Fazia frio, mas ainda assim eu sentia o suor escorrendo como cera derretida. Eu não tinha planejado expor o falso Julian dessa maneira, com a minha vida literalmente nas mãos dele. No entanto, era lógico. Na verdade, de certa forma, tudo ficou mais fácil. O ultimato seria mais claro.

— Tá bom — falei. — Está pronto?

— Estou.

— Era uma vez... — Respirei fundo. — Era uma vez um homem chamado Franz que ficou tão louco de ciúme que matou o irmão gêmeo Julian para ter a adorável Helena só para si. Ele levou o irmão para a praia, deu um tiro na cabeça dele e jogou o corpo no mar. Mas, quando Franz percebeu que Helena amava Julian, só Julian, e que ela não queria Franz, Franz deu um jeito de parecer que ele, e não Julian, tinha acabado no mar com uma bala na cabeça. Depois, ele se acorrentou num porão e, quando foi encontrado, fingiu ser Julian e deu um jeito de parecer que estava lá desde que Julian foi dado como desaparecido. Todo mundo acreditou em Franz. Todo mundo acreditou que ele era Julian. Assim, Franz conseguiu sua Helena e todos viveram felizes para sempre. Satisfeito?

Ele balançou a cabeça, mas segurou a corda.

— Você não nasceu para ser contador de histórias, Nikos.

— Isso é verdade.

— Você não tem nenhuma prova, por exemplo.

— O que faz você pensar isso?

— Com provas, você não teria vindo aqui sozinho, e eu teria sido preso há muito tempo. E por acaso eu sei que você deixou a polícia. Hoje em dia você passa o tempo na Biblioteca Nacional lendo livros, certo?

— Não. Vou à Biblioteca Gennadius.

— Então por que essa visita? É uma daquelas histórias do velho que persegue um caso que não o deixa em paz porque não tem mais certeza de ter descoberto a verdade?

— É verdade que não me sinto em paz, embora isso não tenha a ver com esse caso. Mas não é verdade que estou aqui em busca de provas, porque já tenho.

— Mentira.

Os nós dos dedos da mão que segurava a corda embranqueceram.

— Não. Quando o DNA do corpo no mar bateu com o que pegamos de Franz no interrogatório, todo mundo pensou que o caso estava encerrado. Mas é claro que havia mais uma possibilidade. Como gêmeos idênticos vêm do mesmo óvulo e compartilham uma herança genética, eles também têm o mesmo perfil de DNA. Então, em tese, o corpo encontrado poderia ser tanto de Julian quanto de Franz.

— E daí? Isso não prova que o corpo não era de Franz.

— Correto. Só consegui a minha prova quando recebi as impressões digitais que você, Franz, deixou no copo em que bebeu água durante aquela conversa na delegacia de Pothia. Comparei aquelas impressões com as imagens que tinha em casa em Atenas.

— Atenas?

— Mais precisamente, numa caixa numa prateleira acima da minha cama. Na pedra que você me deu no hospital. Sim, paradoxo é uma palavra de origem grega, e o paradoxo aqui é que, embora gêmeos tenham perfis de DNA idênticos, as impressões digitais não são iguais.

— Não é verdade. Comparamos as impressões digitais, e elas são iguais.

— Quase iguais.

— Se a gente tem o mesmo DNA, como é possível?

— As impressões digitais não são decididas cem por cento pela genética. Também são afetadas pelo ambiente no útero. A posição em que um feto se encontra em relação ao outro. A diferença no comprimento do cordão umbilical que, por sua vez, cria uma diferença na corrente sanguínea e o acesso à nutrição, que, por sua vez, determina a velocidade de crescimento dos dedos. No momento em que as impressões digitais estão totalmente formadas, mais ou menos entre a décima terceira e a décima nona semana de gravidez, surgem pequenas diferenças, detectáveis num exame minucioso. Eu fiz um exame minucioso. E adivinha só? As impressões digitais na pedra que você me deu no hospital, quando dizia ser Julian, e no copo em que você, Franz, bebeu na delegacia, eram idênticas. Em poucas palavras, as duas pessoas eram...

— ... uma só.

— Isso, Franz.

Talvez tenha sido apenas o fato de que estava começando a escurecer — ou talvez o nosso olhar, sempre tendencioso, ajuste seu viés com base em cada nova informação recebida, mas a sensação que tive na hora foi de ver Franz emergir na pessoa que estava abaixo de mim, como se ele tivesse jogado fora a máscara que estava usando e parado de interpretar o papel que vinha desempenhando ao longo daqueles anos.

— E você é a única pessoa que sabe disso? — perguntou ele em voz baixa.

— Correto.

Do mar veio o único e doloroso guincho de uma gaivota.

E era verdade mesmo, o trabalho que fiz na reconstrução do crime e na troca de identidade foi realizado de forma isolada, sem outras ferramentas além das impressões digitais, da minha lógica hesitante e da minha vívida capacidade de imaginação.

Ele matou Julian na noite em que foram ao hospital, provavelmente enquanto ainda estavam brigando, num momento de fúria ciumenta. Presumi que, para fazer Franz desistir de Helena, Julian tivesse de fato dito que conversou com ela no mesmo dia para revelar que era o irmão gêmeo, que a havia enganado e que ainda assim Helena disse que era ele, Julian, que ela queria. Julian mentiu para Franz; Helena só soube que tinha estado com os dois gêmeos quando eu lhe contei. No entanto, Julian sabia que o irmão estava certo, que ela o preferiria, porque, quando o assunto era conquistar o coração de uma mulher, ele sempre venceria o irmão melancólico. Imaginei que Franz, ensandecido de ciúmes, sacou a Luger e atirou no irmão na mesma hora. E que nessa mesma fúria cega, sem pensar nas consequências, enviou a mensagem para Helena dizendo que tinha matado Julian, a quem Franz achava que Helena havia prometido seu amor. Mas então Franz se acalmou e ficou claro para ele que, se fizesse tudo certo, ainda poderia ter Helena. Encontrou um lugar onde poderia dirigir até a beira do mar, despiu o irmão e jogou o corpo na água. Depois, voltou para Massouri, colocou as roupas, o celular e outros objetos pessoais de Julian no quarto e relatou o desaparecimento na manhã seguinte, dizendo que ele havia saído antes do amanhecer para nadar. Embora fosse crível Julian ter se afogado, Franz sabia que, se descobríssemos a briga na noite anterior, talvez passássemos a olhar para ele com outros olhos, por isso apagou a mensagem que havia mandado para Helena. Também apagou o registro que mostrava que havia tentado ligar oito vezes para Victoria, que o viu voltar para casa sozinho naquela noite. Era provável que Franz quisesse falar com Victoria para explicar a situação e convencê-la a não complicar as coisas contando isso à polícia. Mas, depois de falar comigo na delegacia de Pothia, ele percebeu que teríamos acesso a todo o registro e às mensagens de texto diretamente com a companhia telefônica. Ele também soube que eu havia falado com Helena e, enquanto ia para a face rochosa em Odisseu, me viu conversando com Victoria. Franz percebeu que o cerco estava se fechando.

E ficou desesperado.

A única carta que ainda tinha na manga era o fato de o corpo de Julian ainda não ter sido encontrado. E que ele e Julian tinham o mesmo DNA, de modo que, se o corpo de Julian fosse encontrado, ele poderia nos enganar e nos fazer acreditar que o corpo era de Franz.

A única esperança de Franz Schmid era desaparecer, deixar de existir. Então ele encenou o próprio suicídio. Me ligou da praia e falou de forma a não deixar dúvidas. Plantou a ideia de que talvez Julian não estivesse morto, de que ainda poderia ser encontrado na "prisão do amor". Teve que se expressar assim para ter tempo de chegar a Palaiochora antes de resolvermos o enigma, mas provavelmente não imaginava que eu levaria vários dias para isso. Depois da conversa por telefone comigo, ele deixou as roupas e o celular no carro, foi descalço até as ondas e jogou fora a Luger, para que, se a encontrássemos, aumentasse a probabilidade de pensarmos que foi suicídio. Voltou à terra firme pelas rochas e de lá foi para Palaiochora, o que não deve ter levado muito mais de uma hora. Era noite e estava caindo uma tempestade, então ele sabia que o risco de encontrar alguém — pelo menos alguém que o reconhecesse — era remoto.

— Você estava com um cobertor de lã, mas devia estar usando roupas e sapatilhas para chegar a Palaiochora — falei. — Onde se livrou das coisas?

Vi Franz afrouxando o aperto da corda, vi a ponta da fita amarela deslizar em direção à sua mão.

— Em Chora — respondeu. — Numa lata de lixo ao pé das muralhas da fortaleza. Junto com a embalagem do emético e dos laxantes que eu levei para parecer que estava acorrentado lá havia muito tempo antes de você me encontrar. Cheguei ao porão, caguei e vomitei feito um porco. Achei mesmo que não ia demorar muito para você me encontrar.

— Você ficou o tempo todo no porão?

— Durante o dia sim, senão corria o risco de ser visto de Chora ou por turistas. Mas saía à noite para respirar ar fresco.

— E, claro, você só se acorrentou à parede quando soube que o "resgate" estava chegando. A chave das algemas... onde as escondeu?

— Engoli.

— E isso foi tudo o que você comeu enquanto esteve lá? Não à toa parecia bem mais magro.

Franz Schmid riu.

— Quatro quilos. Essa diferença aparece mais quando já se era magro antes. Fiquei meio desesperado quando me dei conta de que você não tinha entendido a dica. Comecei a gritar por socorro.

E, quando finalmente ouvi pessoas andando do lado de fora, gritei até ficar rouco e quase perdi a voz.

— Por isso a sua voz estava diferente. Você tinha se acabado de gritar até ficar rouco.

— Ninguém me ouviu — disse Franz.

— Ninguém ouviu você — repeti.

Respirei fundo. A cadeirinha apertava, prendendo a circulação, e os meus pés já estavam começando a se contrair. Eu sabia que ele poderia ter duas razões para confessar. Uma era que, não importava o que acontecesse, ele pretendia me deixar cair no abismo. A outra, que a sensação de confessar é boa. Transferir o fardo para outra pessoa. É por isso que a confissão é uma das atrações mais populares da Igreja.

— E aí você assumiu a vida do seu irmão — falei.

Franz Schmid deu de ombros.

— Julian e eu conhecíamos a vida um do outro, então foi mais fácil do que você imagina. Prometi a Helena que voltaria logo, então viajei para casa. Me mantive afastado de pessoas que nos conheciam muito bem, como família, amigos e colegas de trabalho de Julian. A perda de memória, resultado do trauma pelo qual passei, serviram de justificativa para o meu isolamento e algumas outras situações esquisitas. O mais difícil foi o velório, quando a minha mãe disse que tinha certeza de que eu era Franz. Essa dor deve ter deixado ela enlouquecida. E os discursos, quando percebi quantas pessoas me amavam. Após o enterro pedi demissão do trabalho, ou melhor, do trabalho de Julian, e voltei para Kalímnos. Helena e eu nos casamos numa cerimônia simples. Do meu lado, só minha mãe foi convidada. Mas ela não veio. Ela acha que eu roubei Helena de Franz e que Helena traiu Franz. Não tivemos contato quase nenhum até Ferdinand nascer. Mas, desde que enviei algumas fotos de Ferdinand, conversamos por telefone. Então vamos ver como isso se desenrola.

— E Helena... ela sabe de alguma coisa?

Franz Schmid balançou a cabeça.

— Por que você está fazendo isso? — perguntou ele. — Você me dá uma corda, se amarra na outra ponta e me diz que, se eu te matar, ninguém vai saber de nada.

— Me deixa perguntar uma coisa, Franz: não é terrível ter que suportar o peso disso sozinho?

Ele não respondeu.

— Se você me matar agora, vai continuar sozinho — prossegui. — Com não só um homicídio cometido num momento de fúria cega mas também um assassinato a sangue-frio. É isso que você quer?

— Você me deixa sem escolha, Nikos.

— Sempre existe uma escolha.

— Quando se trata só da própria vida, talvez. Mas agora tenho uma família a considerar. Eu amo a minha família, ela me ama, e estou disposto a fazer qualquer sacrifício por ela. Paz para a minha alma. Sua vida. Acha mesmo tão estranho?

Eu caí. De relance vi a ponta da corda desaparecendo na mão de Franz e sabia que estava tudo acabado. Mas então a cadeirinha apertou as minhas coxas e voltei a balançar de leve na corda elástica.

— Não é estranho de forma nenhuma — falei. Meu pulso desacelerou. O pior já havia passado, eu não estava mais com tanto medo de morrer. — Porque foi isso que eu vim aqui oferecer. Paz para a sua alma.

— Impossível.

— Sei que não tenho como te dar uma paz plena. Afinal, você matou o seu irmão. Mas posso oferecer paz do medo de ser exposto, de ter que ficar de olho na retaguarda o tempo todo.

Ele deu uma risada rápida.

— Porque agora tudo acabou e vou ser preso?

— Você não vai ser preso. Pelo menos não por mim.

Franz Schmid se inclinou para trás. Estava segurando a ponta da corda, então era apenas questão de quanto tempo ele conseguiria segurar. E tudo bem, eu estava preparado para esse fim. Era uma das duas únicas saídas aceitáveis para mim.

— E por que você não vai me prender?

— Porque eu quero a mesma coisa em troca.

— A mesma coisa?

— Paz para a minha alma. Significa que não posso prender você sem fazer o mesmo comigo.

Vi os tendões e as veias se mexendo sob a pele das costas da sua mão. Os músculos do pescoço dele ficaram tensos, e ele respirou pesado. Entendi que só tinha alguns segundos. Segundos, uma frase ou duas para contar a história do dia que moldou o resto da minha vida.

— E aí? Quais são os seus planos para o verão? — perguntei a Trevor enquanto bebia água da garrafa térmica.

Trevor, Monique e eu estávamos sentados em pedras separadas, um de frente para o outro. Atrás de nós havia um paredão de uns vinte metros de altura, e, diante de nós, campinas verdejantes até o horizonte. A maior parte não era cultivada, e havia uma vaca ou outra. Em dias claros como aquele, do alto do paredão dava para ver a fumaça que saía das chaminés das fábricas pairando sobre Sheffield. Tínhamos acabado de escalar, o sol já estava baixo, e estávamos fazendo uma breve pausa para comer alguma coisa antes de voltar. A caneca quente queimou as pontas dos meus dedos e as deixou em carne viva, além de ficar escorregando, porque eu tinha acabado de passar creme hidratante Eight Hour da Elizabeth Arden nos dedos — um cosmético feminino criado na década de trinta que, como eu e centenas de outros montanhistas descobrimos, era muito melhor para reconstruir a pele do que qualquer creme específico para montanhistas.

— Sei lá — respondeu Trevor.

Estava difícil fazê-lo falar naquele dia. O mesmo com Monique. No caminho de carro partindo de Oxford, e também enquanto escalávamos, fui eu — aquele que estava de coração partido — quem falou. Brincou. Manteve o ânimo. Claro que vi os dois trocando olhares como se dissessem: "Quem vai contar, você ou eu?" Mas, com habilidade, evitei dar abertura. Preenchi todos os momentos de silêncio no carro com um bate-papo sem sentido que certamente teria parecido frenético se não fosse sobre escalada — que faz toda conversa soar frenética. Seria uma viagem de um dia, já que Monique precisava do restante do fim de semana para se preparar para as provas finais, então talvez eles pretendessem esperar até estarmos perto de casa para não terem que passar horas no carro comigo após soltarem a bomba. Não obstante, eles provavelmente estavam desesperados para acabar logo com aquilo, confessar os pecados, jurar que nunca mais aconteceria, aceitar a minha decepção, e até, talvez, as minhas lágrimas. E também estavam prontos para aceitar meu perdão, minha jura magnânima de que sim, poderíamos fingir que aquilo nunca tinha acontecido e continuar como antes. E talvez ficássemos ainda mais próximos, agora que sabíamos o que podíamos perder: um ao outro.

Ao longo do dia subimos apenas vias tradicionais, o que significava que tínhamos que colocar nossos parafusos nos lugares que a montanha permitia. Naturalmente, é uma forma muito mais arriscada de escalar do que usar parafusos permanentes, tendo em vista que uma cunha recém-cravada numa fenda pode ser facilmente arrancada numa queda. Mas, por incrível que pareça, dado o meu estado mental perturbado, eu tinha escalado bem. E estava muito relaxado, quase alheio ao perigo, conforme ficava cada vez mais difícil encontrar agarras boas e seguras. Para Trevor e Monique — especialmente Trevor —, parecia o contrário. De repente ele queria que tivesse parafuso em todo canto, mesmo nos trechos mais fáceis. Com isso, a escalada levou um tempo irritantemente longo.

— E os seus planos para o verão? — perguntou Trevor e deu uma mordida no sanduíche.

— Trabalhar um pouco para o meu pai em Atenas — respondi. — Ganhar o suficiente para visitar Monique na França e, finalmente, poder conhecer a família dela.

Sorri para Monique, que retribuiu meio sem jeito. Provavelmente tinha se esquecido, embora três meses antes nós dois tivéssemos nos debruçado sobre um mapa, escolhendo vinhedos e picos, repassando com alegria alguns detalhes práticos como se estivéssemos planejando uma expedição aos Himalaias.

— É melhor a gente contar, então — disse Trevor em voz baixa, olhando para o chão.

Senti o corpo gelar, senti o coração afundar no peito.

— Também estou planejando uma viagem para a França esse verão — finalizou ele e continuou mastigando.

O que ele quis dizer com isso? Eles não iam me contar o que tinha acontecido? Do deslize que já tinha ficado no passado? Monique não ia dizer que vinha se sentindo sozinha porque eu andava deixando-a de lado? Trevor não ia confessar que tinha sucumbido a um momento de fraqueza? Claro que não seriam desculpas, mas eles não iam falar do remorso que estavam sentindo, não iam prometer que isso nunca mais se repetiria? Eles não iam falar nada disso? Trevor estava indo para a França. Será que os dois... Será que os dois iam fazer o caminho que Monique e eu tínhamos planejado?

Me virei para Monique, mas ela estava olhando fixo para o chão. Foi quando me ocorreu. Percebi que eu estava cego. Mas estava cego porque os dois tinham arrancado meus olhos. Uma coisa grande, maligna e obscura surgiu dentro de mim. Era algo imparável, como se o meu estômago se revirasse e um vômito verde-musgo e fedorento estivesse tentando forçar a saída. E não havia saída — boca, nariz, orelhas, as órbitas dos meus olhos... todos os orifícios estavam costurados. Então o vômito encheu a minha cabeça, expulsou todos os pensamentos sensatos, ganhou força e explodiu dentro de mim.

Percebi que Trevor estava se preparando. Para o *crux*. Ele respirou fundo, os novos ombros largos e as costas dele se estufaram. Aquelas costas brancas que eu tinha visto pela janela. Ele abriu a boca.

— Sabe de uma coisa? — falei apressado. — Queria escalar mais uma via antes de a gente ir embora.

Trevor e Monique trocaram olhares confusos.

— Eu... — começou Monique.

— Não vai demorar — continuei. — Só a Êxodo.

— Por quê? — perguntou Monique. — Você já escalou a Êxodo hoje.

— Porque eu quero escalar solo livre — falei.

Os dois me encararam. O silêncio era tão absoluto que podíamos acompanhar a conversa entre o montanhista e sua âncora a cem metros de nós, na face rochosa. Calcei as sapatilhas.

— Para de palhaçada — disse Trevor com uma risada tensa.

Pelo olhar de Monique, vi que ela sabia que eu não estava de palhaçada.

Sequei os dedos escorregadios e gordurosos na calça de escalada, me levantei e fui até a face. A Êxodo era uma via que conhecíamos como a palma da mão. Nós a havíamos escalado dezenas de vezes com cordas. Era fácil subir até o *crux* perto do fim, quando é preciso se comprometer por completo, deixar o equilíbrio de lado e jogar a mão esquerda para uma pequena agarra levemente inclinada para baixo, o que significa que a única coisa que impede a pessoa de cair é o atrito com a rocha. E, como é uma questão de fricção, dava para ver do chão que a agarra estava branca, cheia de resina de montanhistas que mergulhavam as mãos nas bolsas logo antes do movimento para deixar a pele o mais seca possível.

Caso se ficasse pendurado, a única opção era usar a mão direita para se segurar numa agarra, levar os pés à borda e subir os poucos metros restantes. Ao chegar ao topo havia uma descida simples sem cordas, por uma encosta na parte de trás do rochedo.

— Nikos... — disse Monique, mas eu já tinha começado a escalar.

Dez segundos depois eu já estava no rochedo. Percebi que a conversa parou de repente e soube que eles tinham se dado conta de que eu estava fazendo uma escalada solo livre — ou seja, escalando sem corda, sem nenhum tipo de segurança. Ouvi um deles xingar baixinho. Mas continuei subindo. Passei do ponto em que poderia ter repensado e descido de volta. Porque foi fantástico. A rocha. A morte. Era melhor do que todo o uísque do mundo, realmente me fez bloquear todo o resto, esquecer tudo. Pela primeira vez desde que subi naquela árvore e vi Trevor e Monique transando, eu não sentia dor. Já estava tão alto que, se cometesse um único erro, se escorregasse, cansasse ou uma agarra quebrasse, eu não cairia e apenas me machucaria. Eu morreria. Ouvi dizer que quem faz escalada solo livre se programa para não pensar na morte, porque, se fizer isso, todos os músculos enrijecem, o suprimento de oxigênio é bloqueado, o ácido lático se acumula e a queda é certa. Para mim foi o contrário naquele dia. Quanto mais eu pensava na morte, mais fácil a escalada parecia.

Cheguei ao *crux*. Só tinha que deixar o corpo cair para a esquerda e segurar a queda com a mão esquerda naquela única e pequena agarra. Parei. Não porque hesitei, mas para saborear o momento. Saborear o medo deles.

Me apoiei no dedão do pé esquerdo, deixei o pé direito livre como contrapeso e me inclinei para a esquerda. Ouvi um gritinho de Monique e senti um delicioso vazio no corpo quando perdi o equilíbrio, perdi o controle e me abandonei à gravidade. Ergui a mão esquerda. Encontrei a agarra e me segurei com força. A queda foi interrompida quase antes de começar. Ergui a mão direita, me segurei na agarra grande e firme e apoiei os pés. Estava seguro. E quase imediatamente senti uma estranha decepção. Os outros dois montanhistas, dois ingleses idosos, foram até Trevor e Monique, e, ao verem que eu não corria mais o risco de cair, começaram a expressar a raiva em voz alta. Disseram o de sempre — que escalada solo livre deveria ser proibida, que escalar é sobre gerenciamento de riscos, não sobre desafiar a morte, que pessoas como eu dão um mau exemplo para os montanhistas mais jovens. Ouvi Monique me defendendo, dizendo que não havia nenhum montanhista jovem ali naquele dia, se não se importassem com o comentário. Trevor não falou nada.

E então, parado de pé para poder descansar e livrar os músculos do ácido lático para encarar os últimos metros, usei uma técnica famosa entre montanhistas: fiquei virando alternadamente o quadril direito e o esquerdo em direção à rocha, segurando com a mão esquerda e com a direita ao fazer isso. Quando o quadril esquerdo roçou na rocha, senti uma picada na coxa. Era o tubo de hidratante Elizabeth Arden que estava no bolso da calça.

Nos últimos anos, tentei reconstruir esse momento, tentei rebobinar minha mente, mas não consegui. Só me resta concluir que somos, num grau bastante surpreendente, incapazes de recordar o que pensamos; que, assim como acontece com os sonhos, as lembranças nos escapam; e que apenas imaginamos o que provavelmente pensamos com base naquilo que de fato fizemos e nada mais.

E o que eu fiz naquela tarde de sexta no Peak District, na Inglaterra, mantendo-me firme e me segurando na rocha com a mão direita, foi enfiar a mão esquerda no bolso da calça. Como eu estava de pé com o lado esquerdo do corpo e o quadril torcido em direção à rocha, quem estava lá embaixo não conseguia ver a minha mão esquerda e o bolso, e, além do mais, eles estavam preocupados em discutir os dilemas éticos da escalada suicida. Assim, enfiei a mão no bolso, desenrosquei a tampa, apertei o tubo e segurei o hidratante pastoso e gorduroso entre dois dedos. Ainda me segurando com a mão direita, coloquei a mão esquerda de volta na agarra do *crux*, aparentemente tentando ajustar um pouco a posição dos pés, e espalhei o creme na rocha. Me certifiquei de que era impossível distinguir o creme da resina branca que havia ali antes. Sequei a mão na parte interna da coxa, onde sabia que as manchas de creme não seriam vistas se eu ficasse de pernas juntas. Então, terminei a subida e cheguei ao cume.

Quando desci pela parte de trás do rochedo e dei a volta para a parte da frente, os outros dois montanhistas já tinham ido embora. Dava para vê-los andando pela trilha que atravessava o campo. Nuvens se aproximavam pelo oeste.

— Seu idiota! — brigou Monique irritada, com a mochila nas costas, pronta para ir embora.

— Também te amo — falei e tirei as sapatilhas. — Sua vez, Trevor. Ele me encarou incrédulo.

Na ficção, o grande poder narrativo muitas vezes se baseia num único olhar. Na literatura, essa convenção ajuda o escritor a contar bem sua história e, às vezes, os resultados são ótimos. Mas, como eu disse, não sou especialista em linguagem corporal, tampouco sou mais sensível ao clima do que outras pessoas, portanto, com base no que ele fez, só me resta concluir que ele sabia. Ele sabia que eu sabia. E que esta seria sua penitência: desafiar a morte, da mesma forma que eu tinha acabado de fazer. Ele sabia que aquela era a única maneira de demonstrar respeito por mim e ter alguma esperança de receber o meu perdão.

— O que você fez não fica menos idiota se você convencer ele a fazer uma coisa tão idiota quanto! — reclamou Monique, com lágrimas nos olhos.

Talvez por isso eu não tenha ouvido o restante do que Monique falou. Olhei para aquelas lágrimas e me perguntei se eram para mim. Para nós. Ou se eram para a armadilha moral em que ela e Trevor tinham caído, que era tão contrária a tudo o que ela acreditava defender. Ou se eram pela faca que ela estava prestes a enfiar em mim e que parecia exigir mais coragem do que eles tinham. Mas depois de um tempo parei de pensar nisso também.

E, quando percebeu que eu não estava mais ouvindo nem olhando para ela — que na verdade eu estava olhando para algo atrás e acima dela —, Monique se virou e viu Trevor subindo o penhasco. Gritou com ele. Mas Trevor já tinha passado do ponto em que poderia se arrepender e descer. Além do ponto em que eu poderia me arrepender.

Não, isso é mentira. Eu poderia ter avisado. Poderia ter tentado convencê-lo a encontrar outra via, procurar outras agarras que o levassem além do *crux*. Poderia. Eu considerei essa hipótese? Não lembro. Sei que isso me ocorreu, mas foi na hora ou depois? Por quais obstáculos a minha memória saltou para, se não me exonerar do que aconteceu, pelo menos me oferecer atenuantes? Repito, não sei. E qual dor seria maior? Aquela com a qual eu teria que viver se Trevor tivesse viajado para a França naquele verão e talvez passado o resto da vida com Monique? Ou aquela com a qual eu estava destinado a viver: a dor de perder os dois de qualquer maneira? E será que alguma dessas dores teria sido pior que ter vivido com Monique, vivido uma mentira, vivido em negação, sabendo que nosso casamento era uma mentira, baseado não no amor recíproco, mas na culpa mútua? Que a pedra fundamental da relação seria a lápide do homem que ela amava mais que a mim?

Eu poderia ter avisado Trevor, mas não avisei.

Porque na época eu teria escolhido o mesmo que hoje — viver uma vida de mentiras, negação e culpa com ela. E, se eu soubesse naquele momento que isso não seria possível, teria desejado que fosse eu quem tivesse caído. Mas não caí. Eu tinha que viver. Até hoje.

Me lembro pouco do resto daquele dia. O que significa que tudo o que aconteceu está arquivado em algum lugar, mas numa gaveta que nunca abri.

O que me lembro é de alguma coisa da viagem de volta a Oxford. Era noite, e já haviam se passado várias horas desde que o corpo de Trevor tinha sido removido do local, desde que Monique e eu tínhamos dado nossos depoimentos à polícia e tentado explicar o ocorrido à desconsolada mãe de Trevor enquanto o choro de dor do pai dele cortava o ar.

Estou dirigindo, Monique está em silêncio, estamos na M1, em algum lugar entre Nottingham e Leicester. A temperatura despencou com a chuva, então liguei os aquecedores de banco e os limpadores de para-brisa, pensando que tudo teria sido lavado, a prova contra mim no *crux*. E no interior aquecido do automóvel Monique diz de repente que sente cheiro de perfume. E de canto de olho vejo ela se virando para mim e olhando para o meu colo.

— Tem uma coisa branca na sua coxa.

— Resina — digo rapidamente, sem tirar os olhos da estrada, já com a explicação na ponta da língua, como se soubesse que ela iria apontar para o hidratante.

Fizemos o restante do caminho em silêncio total.

— Você matou o seu melhor amigo — disse Franz Schmid.

O tom não era de choque nem de acusação. Ele estava apenas afirmando um fato.

— E agora você sabe tanto sobre mim quanto eu sei sobre você — falei.

Ele me encarou. Um sopro de vento levantou seu topete.

— E você acha que isso significa que não tenho nada a temer de você. Mas o seu crime já prescreveu. Você não pode ser punido por ele.

— E você não acha que fui punido, Franz?

Fechei os olhos. Não importava se ele soltasse a corda ou não, eu tinha me confessado. Claro que ele não poderia me dar algum tipo de absolvição. Mas ele poderia... *nós* poderíamos contar um ao outro uma história que dizia que não estávamos sozinhos, que não éramos os únicos pecadores. Não torna o que aconteceu perdoável, mas torna humano. Transforma o que aconteceu numa falha humana. O fracasso é sempre humano. E isso pelo menos me torna humano. E a Franz também. Ele entendeu isso? Entendeu que eu fui até lá para transformá-lo num ser humano? E eu? Entendi que era o salvador dele e ele o meu? Abri os olhos. Olhei para a mão dele.

Quando descemos estava tão escuro que Franz teve que ir na frente, comigo logo atrás. Enquanto me concentrava em seguir os passos dele por uma trilha estreita e íngreme, ouvi as ondas grunhindo e bufando abaixo de nós, como um animal de rapina desapontado por sua presa ter escapado.

— Cuidado aqui — disse Franz, mas mesmo assim tropecei na enorme pedra solta pela qual ele havia passado. Ouvi a pedra rolar pela encosta da montanha, mas não falei nada. Um oculista me disse certa vez que entre as estatísticas mais previsíveis sobre o corpo humano está o fato de que, quando nos aproximamos dos 60 anos, nossos olhos já perderam cerca de vinte e cinco por cento da sensibilidade à luz. Então a minha visão estava pior. Mas também pode ser que a minha visão estivesse melhor. Pelo menos entendi melhor minha própria história. Seguimos em frente, e, após contornarmos o ponto da escalada, vi as luzes das casas de praia.

Franz me tirou de Onde as Águias Ousam usando os pés e a face rochosa para se aproximar um pouco mais do primeiro parafuso e, ao mesmo tempo, puxando corda suficiente para dar um nó na ponta. Me debati e balancei o corpo até escalar a saliência, quando a última luz do dia desapareceu.

Assim que chegamos ao carro, Franz ligou para Helena.

— Estamos bem, meu amor. A escalada demorou um pouco mais do que o esperado — disse ele. Pausa. Um sorriso tomou conta do seu rosto. — Diz que o papai vai chegar em casa logo, logo e vai ler para ele. Diz que amo vocês dois.

Olhei para o mar. Às vezes parece que a vida é cheia de escolhas impossíveis. Mas talvez seja porque não reconhecemos as escolhas fáceis como escolhas. São os dilemas, as encruzilhadas não marcadas que ocupam nossos pensamentos. Em Oxford, numa discussão sobre o famoso poema de Robert Frost "The Road Not Taken", certa vez afirmei, com certa arrogância juvenil, que o poema era claramente um elogio ao individualismo, um conselho para nós, jovens, pegarmos a "estrada menos escolhida", porque "isso fez toda a diferença", como diz o poeta nos dois últimos versos. Mas nosso professor, um homem na casa dos 60 anos, sorriu e disse que foi exatamente esse tipo de mal-entendido ingênuo e otimista que arrastou o poema de Robert Frost ao nível de Khalil Gibran e Paulo Coelho e o tornou tão amado pelas massas. Que o ponto fraco do poema é o verso final, que é dúbio e pode ser lido como uma tentativa fracassada de resumir o tema do restante do poema — o fato de que você deve escolher. De que você não sabe nada do caminho, nem mesmo qual deles é "menos percorrido", já que, segundo o poema, ambos parecem iguais até onde a vista alcança. E de que você nunca saberá para onde leva o caminho que não escolheu. Porque — como diz o poeta — o caminho que você escolhe leva a novos caminhos e nunca mais voltará a essa primeira encruzilhada. E aí está a poesia, disse o nosso professor. A melancolia. O poema não é sobre o caminho que você escolheu, mas sobre o que não escolheu.

— O título deixa isso bem claro — disse o professor. — Mas o mundo e nós, como indivíduos, interpretamos tudo de acordo com as nossas necessidades. Vitoriosos escrevem a história da guerra e se apresentam como donos da razão. Teólogos leem a Bíblia de forma a dar à Igreja o maior poder possível, e usamos um poema para dizer a nós mesmos que não precisamos sentir que fracassamos, mesmo que nunca tenhamos cumprido as expectativas ou seguido os passos dos nossos pais. O progresso real da guerra, o texto bíblico real, as intenções reais do poeta são secundários. Estou certo ou estou certo?

Franz colocou o telefone de volta no console central. Mas não deu a partida no carro. Em vez disso, ficou sentado olhando para o mar, como eu.

— Ainda não entendi — disse. — Quer dizer, você é policial.

— Não. Não sou policial pelo simples motivo de que nunca fui policial, só trabalhei na polícia. Você tem que entender que, na minha história, eu sou você, Franz. Julian traiu você do jeito que Trevor me traiu. E a doença do ciúme fez de nós dois assassinos. Prisão perpétua na Grécia significa que você pode ser solto em liberdade condicional depois de dezesseis anos de cumprimento da pena. Já cumpri mais que o dobro disso. Não quero que a mesma coisa aconteça com você.

— Você nem sabe se estou arrependido ou não. Talvez eu não precisasse confessar para encontrar a minha paz. E você poderia ter ido se confessar com um padre.

— Eu tinha outro motivo para vir aqui — falei.

— Qual?

— Você é o caminho que eu nunca tomei. Eu tinha que ver.

— Como assim?

— Você escolheu ela, você escolheu aquela que, inocentemente ou não, foi a razão pela qual você matou o seu irmão. É possível viver com isso? Isso é o que eu queria saber. Você pode viver feliz à sombra da lápide com aquela por quem matou? Para mim, isso sempre foi impossível.

— E, agora que você viu a outra estrada e sabe que é possível, o que vai fazer?

— Essa é outra história, Franz.

— Será que vou ouvir um dia?

— Pode ser.

Franz me levou ao aeroporto dois dias depois. Não conversamos muito durante esse meio-tempo; era como se estivéssemos vazios. A maior parte da minha conversa tinha sido com Helena e Ferdinand, e na minha última noite Ferdinand insistiu que eu lhe contasse uma história de ninar. Não vi nenhum sinal de ciúme em Franz, que estava parado à porta, sorrindo satisfeito, provavelmente se divertindo ao ver o pequeno Ferdinand mandando em mim. Então, assim que Ferdinand deu um beijo de boa-noite nos pais, eu me sentei ao lado da caminha dele e contei a história de Ícaro e seu pai. Mas, assim como o meu pai havia feito, contei a minha versão da história, desta vez com um final feliz em que ambos escaparam da prisão de Creta.

Caía um pé-d'água quando paramos em frente ao terminal e ficamos sentados no carro esperando a chuva passar. Palaiochora estava encoberta de nuvens carregadas. Franz estava usando a mesma camisa de flanela de quando o vi pela primeira vez, na delegacia, cinco anos antes. Talvez tenha sido a camisa que me fez notar, mas nesse momento percebi que ele estava envelhecendo também. Ele estava sentado com as duas mãos no volante, olhando pelo para-brisa como que reunindo coragem para dizer alguma coisa. Estava torcendo para que não fosse nada muito bombástico e obscuro. Quando ele enfim começou, falou sem me encarar.

— Hoje de manhã Ferdinand me perguntou onde estavam os seus filhos e a mãe deles — disse Franz. — Quando falei que você não tinha, ele me pediu para te dar isso.

Franz tirou um ursinho de pelúcia do bolso do casaco e me entregou. Seu olhar encontrou o meu. Nós dois rimos.

— E isso — acrescentou.

Era uma foto que eles haviam imprimido em papel fotográfico. Na imagem, eu estava balançando Ferdinand do mesmo jeito que tinha visto o pai dele fazer.

— Obrigado.

— Acho que você vai ser um bom vovô.

Olhei para a foto. Foi Helena quem tirou.

— Você pretende um dia contar para ela o que realmente aconteceu? — perguntei.

— Para Helena? — Franz balançou a cabeça. — No começo eu poderia ter contado, até deveria. Mas agora não tenho mais o direito de estragar a história em que ela acredita. Porque ela baseou uma vida e uma família nisso.

Fiz que sim com a cabeça, concordando.

— A história — repeti.

— Mas... — começou ele, então parou.

— Mas?

126

Ele suspirou.

— Às vezes tenho a sensação de que ela sabe.

— Sério?

— Uma vez ela disse uma coisa. Disse que me amava, e eu disse o mesmo, e então ela perguntou se eu a amava tanto que seria capaz de matar alguém que eu amasse um pouco menos só para ficar com ela. A questão foi o jeito como ela falou. Então, antes que eu pudesse responder, ela me deu um beijo e começou a falar de outra coisa.

— Quem sabe? — falei. — E quem precisa saber?

Parou de chover.

Quando embarquei no avião, as nuvens já tinham ido embora.

Quando fui para a cama no meu apartamento em Atenas naquela noite, coloquei o ursinho de pelúcia na prateleira acima dela e peguei um envelope aberto que estava lá. Foi carimbado em Paris e tinha data de dois meses antes. Peguei a carta e li mais uma vez. A caligrafia não tinha mudado nada depois de todos esses anos.

Já era tarde da noite quando finalmente peguei no sono.

## Três meses depois

— Obrigada por um dia perfeito — disse Victoria Hässel e ergueu a taça de vinho. — Quem teria pensado que havia uma escalada tão boa em Atenas. E que você seria tão vigoroso.

Ela piscou para ter certeza de que eu havia entendido o duplo sentido.

Victoria tinha entrado em contato comigo dias depois da minha volta de Kalímnos para casa, e passamos a nos corresponder uma vez por semana a partir de então. Talvez tenham sido a distância e o fato de não termos amigos em comum e não nos conhecermos muito bem que me fizeram confiar nela com tanta facilidade. Não quanto a homicídio, mas quanto a amor. E da minha parte isso significava apenas Monique. A vida amorosa de Victoria era um pouco mais rica e variada que a minha, e, quando ela escreveu dizendo que iria se encontrar com sua mais recente paixão, um montanhista francês, na Sardenha, e planejava passar por Atenas, eu realmente não tinha certeza se era uma boa ideia. Escrevi dizendo que gostava da distância, da sensação de conversar com um confessor que não podia ver o meu rosto.

"Posso usar um saco de papel na cabeça", escreveu ela em resposta. "Mas não vou usar muito mais do que isso."

— O apartamento do seu irmão é tão chique quanto o seu? — perguntou Victoria enquanto eu limpava a mesa e levava os pratos para a bancada.

— Mais chique e maior.

— Você sente inveja?

— Não. Fico...

— Feliz?

— Eu ia dizer contente.

— Eu também. Tão contente que é quase uma pena que eu tenha que viajar para a Sardenha amanhã.

— Tem alguém esperando por você, e ouvi dizer que a escalada lá também é fantástica...

— Não está com ciúme?

— Da escalada ou do seu namorado? Nesse caso, quem tem que ter ciúme é ele.

— Eu estava solteira naquela época em Kalímnos.

— Você me disse. E eu sou um homem de sorte que conseguiu pegar você emprestada por um tempo.

Levamos nossas taças de vinho para a varanda.

— Você tomou alguma decisão sobre Monique? — perguntou ela enquanto observávamos o bairro de Kolonaki, com os sons dos clientes nos restaurantes nas calçadas subindo e chegando a nós como uma música monótona, mas feliz.

Eu tinha contado a Victoria sobre a carta que recebi logo depois que voltei de Kalímnos. Revelando que Monique estava viúva e havia se mudado para Paris. E que ela havia escrito que pensava muito em mim e queria que fosse lá encontrá-la.

— Tomei — falei. — Eu vou.

— Vai ser fantástico — disse ela enquanto erguia a taça.

— Bom, não tenho muita certeza disso — falei enquanto colocava a minha taça na mesinha.

— Por que não?

— Porque deve ser muito tarde. Somos pessoas diferentes do que éramos lá atrás.

— Mas, se você é tão pessimista, por que vai?

— Porque eu preciso saber.

— Saber o quê?

— Para onde leva a outra estrada, a estrada que não pegamos. Saber se a felicidade teria sido possível à sombra de uma lápide.

— Não faço ideia do que você está falando. Mas *é* possível?

Refleti sobre a pergunta por um instante.

— Quero mostrar uma coisa para você — falei.

Entrei no quarto e voltei com o ursinho de pelúcia e a minha foto com Ferdinand.

— Lindo — disse ela. — Quem é o menino?

— Filho de... — respirei fundo para ter certeza de que não iria errar — ... Julian Schmid.

— Claro.

— Ah, então você vê a semelhança?

— Não, mas vejo o boné.

— O boné?

Ela apontou para o boné azul e branco de Ferdinand.

— As cores do time. E esse quadrado na frente é o escudo do Hamburgo. O time para o qual eu e Julian torcemos.

Fiz que sim com a cabeça. Um pensamento repentino me ocorreu, mas o rejeitei e ele desapareceu. Em vez disso, pensei no fato de que Franz provavelmente já havia mudado o toque do Led Zeppelin no celular e passado a usar alguma coisa mais descontraída, que não revelasse sua identidade. Da mesma forma que havia jogado fora seu boné de arco-íris do St. Pauli, colocou as roupas e os acessórios do irmão e mentiu para todo mundo ao seu redor, o dia todo, todos os dias. Eu não seria capaz de fazer isso. Não que tivesse escrúpulos morais. O fato é que eu simplesmente não tinha talento nem paciência para isso. Se eu fosse a Paris, teria que contar para Monique o que fiz naquele dia no Peak District.

Acompanhei Victoria a pé de volta ao hotel, ela partiria logo cedo na manhã seguinte. Então voltei para casa. Atenas é o que os ingleses chamam de gosto adquirido. Mas fiz um longo desvio por bairros mais agitados que Kolonaki, porque sabia que não conseguiria dormir.

Talvez Monique suspeitasse desde sempre. Talvez seu comentário sobre a mancha na coxa quando os aquecedores de banco fizeram o hidratante Elizabeth Arden cheirar tão forte fosse apenas sua maneira de me avisar. Avisar que ela sabia, e que também sabia que, por causa da sua traição, de alguma forma ela compartilhava a culpa, e que nossos caminhos deviam se separar ali.

Mas agora, no fim da vida, talvez tivéssemos realmente encontrado o caminho de volta para aquela encruzilhada onde nos despedimos. Agora — se quiséssemos, se ousássemos — poderíamos escolher o outro caminho. Eu, um assassino. Mas eu tinha cumprido a minha pena, não tinha? Consegui me sentir bem com Franz e com sua felicidade. Também sou capaz de me sentir bem comigo mesmo?

Numa esquina em que eu não me lembrava de já ter passado antes, um vira-lata atravessou a rua sem olhar para os dois lados. Parecia ter sentido o cheiro de alguma coisa.

# A FILA

ODEIO GENTE QUE FURA FILA.

Deve ser porque passei grande parte dos meus 39 anos em filas.

Então, embora haja apenas duas pessoas no 7-Eleven em que trabalho, e a senhora na fila esteja com dificuldade para encontrar a carteira, encaro com frieza o cara que acabou de passar na frente dela. Ele está usando um casaco acolchoado que reconheci ser da Moncler porque eu mesma fui ver um na loja e me dei conta de que jamais conseguiria comprar. O casaco que comprei no Exército de Salvação, pouco antes do começo do inverno, está bom. Só não consigo me livrar do cheiro da dona anterior. A mulher que estava na minha frente na fila.

Não é comum as pessoas furarem fila aqui, a menos que seja noite e estejam bêbadas. No geral, as pessoas neste país são educadas. A última vez que alguém fez isso de forma tão descarada foi há dois meses. Uma mulher em roupas elegantes que negou quando a acusei de furar a fila e ameaçou pedir minha demissão ao meu chefe.

O sujeito me encara. Noto um leve sorriso. Ele não sente vergonha. E não está de máscara.

— Só quero uma lata de fumo de mascar General — diz ele, como se o "só" justificasse furar a fila.

— Vai ter que esperar a sua vez — afirmo, de máscara.

— A lata está logo atrás de você. Só vai levar cinco segundinhos.

Ele aponta.

— Vai ter que esperar a sua vez — repito.

— Se tivesse me dado, eu já teria ido embora.

— Vai ter que esperar a sua vez.

— "Vai ter que esperar a sua vez" — imita ele, exagerando no meu sotaque. — Anda logo, piranha.

Ele abre um sorriso, como se tivesse contado uma piada. Talvez pense que pode falar assim comigo porque sou mulher, estou num trabalho mal pago, sou imigrante e a cor da minha pele é diferente da pele branca feito giz dele. Talvez ele esteja usando um idioma tribal que acha que eu falo. Ou talvez esteja sendo irônico e essa seja a sua paródia de bad boy. Mas, depois de prestar mais atenção nele, descarto essa última possibilidade. É muito complexa para ele.

— Afaste-se — digo.

— Tenho um trem para pegar. Vamos.

— Talvez se você tivesse perguntado à pessoa na sua frente se não teria problema.

— O meu trem...

— Os trens funcionam o dia todo — digo ao som do estrondo constante do metrô, dois lances de escada abaixo da loja.

Quando comecei a trabalhar aqui, a minha irmã mais nova perguntou se eu não ficava preocupada com terroristas e gás sarin. Na guerra civil, antes de fugirmos, todo mundo morria de medo de gás sarin. Nosso medo era de que os combatentes liberassem o gás venenoso do mesmo jeito que uma seita japonesa havia feito no metrô de Tóquio nos anos noventa. Minha irmã tinha 9 anos e toda noite sofria com pesadelos com gás venenoso e estações de metrô.

— Na linha que eu pego, o metrô só passa de quinze em quinze minutos — resmunga ele. — Tenho uma reunião, tá bom?

— Mais um motivo para pedir a ela com jeitinho — digo, indicando com a cabeça a senhora atrás dele, que enfim encontrou o cartão de crédito e está pronta para pagar os três itens no balcão à minha frente. O jovem, que devia ter uns vinte e poucos anos e parecia viver na academia, sobretudo para levantar peso e fazer exercícios de

132

explosão muscular, perde a paciência que claramente acha que está demonstrando ter.

— Olha aqui, sua neguinha!

O meu coração começa a bater mais rápido, mas não tanto porque ele está tentando me ofender. Não sei se o cara é racista ou se está só tentando me atingir do jeito que acha que vai me machucar e me provocar mais, assim como me chamaria de anã se eu fosse baixinha ou de bolota se fosse gorda. Não me importa quais são os preconceitos dele; meu coração está batendo mais rápido porque estou com medo. Porque em questão de segundos essa criança crescida em pé dentro da minha loja cruzou uma linha, o que significa que provavelmente tem problemas de autocontrole. Não vejo nada em suas pupilas ou em sua linguagem corporal que indique que ele está drogado, como os soldados costumavam estar — embora talvez esteroides anabolizantes estejam provocando esse efeito. O meu ex-marido diz que, por eu ser química, estou sempre tentando explicar o mundo fazendo referências à química. É como aquele provérbio: "Para quem só sabe usar martelo, todo problema é prego."

Então, sim, estou com medo, mas já senti mais medo. E estou com raiva, mas já senti mais raiva.

— Não — digo calmamente.

— Tem certeza?

Ele enfia a mão no bolso do seu belo casaco quentinho da Moncler e tira alguma coisa.

Um canivete suíço vermelho. Abre a lâmina. Não, é a lixa de unha. Ergue a mão, levanta o dedo médio no ar e começa a lixar a unha, rindo para mim. Um de seus dentes da frente tem uma grande mancha escura. Pode ser metanfetamina, que contém substâncias químicas como amônia anidra e fósforo vermelho, que acabam com o esmalte do dente. Mas também pode ser apenas má higiene dental.

Ele se vira para a mulher atrás dele e pergunta:

— Opa, senhora, tudo bem se eu passar na sua frente?

A mulher olha boquiaberta para o canivete como se estivesse tentando dizer alguma coisa, mas não sai som algum. Em vez disso, ela faz que sim com a cabeça, rápida como um pica-pau, e faz barulhos como se estivesse com dificuldade para respirar. Seus óculos se embaçam acima da máscara.

— Aí, viu? Vamos lá — diz o rapaz, virando para mim.

Respiro fundo. Talvez eu o tenha subestimado. Pelo menos ele é esperto o suficiente para saber que as câmeras do circuito interno dos 7-Eleven gravam imagens, mas não o som, de modo que, se ele fosse indiciado, não haveria prova irrefutável de que ele realmente disse "neguinha" ou algo do tipo, que pudesse ser enquadrado como discurso de ódio. A menos que a idosa atrás dele tenha uma audição melhor do que me parece. E não existe lei contra lixar unhas.

Me viro lentamente para trás e pego a latinha de fumo de mascar, pensando na situação.

Como eu disse, vivo em filas desde que nasci e me lembro de todas elas. As filas para conseguir comida em que entrei com a minha mãe quando era pequena. A fila em torno dos caminhões da ONU, quando os combates começaram. A fila do posto de saúde onde minha irmã foi diagnosticada com tuberculose. A fila de funcionários nos banheiros da universidade porque o Departamento de Química não tinha banheiros separados para estudantes do sexo feminino. A fila de refugiados deixando a cidade quando a guerra começou. Eu e minha irmã na fila para subir no barco e nos sentarmos nos bancos pelos quais mamãe havia vendido tudo o que a gente tinha. Mais filas para pegar comida num campo de refugiados em que probabilidade de ser estuprada era quase tão alta quanto na zona de guerra. A fila e a espera para ser enviada para outro país, para um centro de refugiados que trazia esperança de uma vida melhor. A fila para poder sair do centro, conseguir emprego e contribuir para esse país que nos acolheu e que eu amo. Amo tanto que uma das três fotos penduradas acima da cama no pequeno apartamento que eu e a minha irmã dividimos era do rei e da rainha, junto com as fotos de mamãe e de Madame Curie, minhas duas outras heroínas.

Coloco a latinha de fumo de mascar no balcão, e o garoto aproxima o cartão de crédito da máquina.

Enquanto esperamos a máquina aprovar a compra, abro uma gaveta do meu lado do balcão. Dentro tem uma caixa de máscaras novas. Abro a garrafinha ao lado da caixa, tiro uma máscara e pingo uma gota do líquido no tecido da máscara. Enquanto faço isso, penso na minha irmã. Ela tirou a foto do casal real da parede ontem. Disse que eles furaram fila. Um jornal escreveu que o rei e a rainha já tinham tomado a vacina que o restante do país esperava. Sem divulgar, o governo havia oferecido ao casal real o primeiro lugar nos botes salva-vidas, antes que fosse a vez deles, de acordo com as regras que se aplicavam ao restante da população.

E os dois na foto aceitaram. Duas pessoas cujo único dever real era o de serem símbolos, unir o país em tempos de guerra e crise, tiveram a oportunidade de cumprir esse dever de maneira realmente significativa, dando um bom exemplo ao povo na hora de seguir o apelo das autoridades, mostrar solidariedade e disciplina e esperar pacientemente na fila. Mas a realeza, a realeza privilegiada, não aproveitou a oportunidade. Em vez disso, aproveitou a oportunidade para furar fila. Perguntei à minha irmã se ela não teria feito a mesma coisa. Ela respondeu que sim, mas acrescentou que não era a capitã do navio. Eu disse que talvez a realeza tenha feito isso para dar um bom exemplo, para mostrar às pessoas que a vacina era segura. Minha irmã afirmou que eu era ingênua, que essa foi a mesma desculpa que o capitão argelino usou quando o barco cheio de refugiados virou e ele foi o primeiro a entrar no bote salva-vidas.

A máquina de cartão aprova a compra.

Tiro a máscara da gaveta e ofereço a ele.

Ele me olha sem entender enquanto enfia a latinha no bolso do casaco.

— Você vai precisar no metrô — digo. — É obrigatório agora.

— Não tenho tempo para...

— É grátis.

135

Com um sorriso de escárnio, o rapaz pega a máscara e sai correndo.

— Agora é a sua vez — digo com um sorriso para a senhora de idade.

São quase onze da noite quando entro em casa, no nosso apartamento de um cômodo. Está frio, porque só ligo os aquecedores à noite, quando estou em casa e quando a eletricidade é mais barata.

Estou exausta e não acendo lâmpada nenhuma, só ligo a TV pequena no volume baixo. Não vejo a minha irmã, mas ela está sentada em algum lugar no escuro e sua voz toma conta da sala. Ela diz que onde eu trabalho é perigoso. Que há dois meses uma mulher morreu no trem e no sangue dela encontraram vestígios de um composto organofosforado usado em inseticidas, não muito diferente de gás sarin. E agora a mesma coisa aconteceu com um rapaz. Minha irmã aponta para a TV, onde um âncora de telejornal olha sério para a câmera.

Enquanto escuto os seus pensamentos desconexos, preparo alguma coisa para comer — quer dizer, esquento as sobras de ontem. Não faço nada para ela. Minha irmã não come desde os 10 anos e morreu de tuberculose enquanto esperava numa fila de pacientes aos quais havia sido prometido tratamento. Ano passado, o número de pessoas que morreram de tuberculose no mundo foi o mesmo desta nova infecção. Mas é claro que não passa nada sobre tuberculose no noticiário, porque isso não é um problema aqui, no mundo rico.

— Tadinho — diz a minha irmã chorando enquanto a TV exibe uma foto do rapaz tirada num dia de verão a bordo de um veleiro com amigos. Ele está sorrindo, e noto que o dente da frente não tem mancha.

— Olha para ele. — Ela funga. — É tão sem sentido quando alguém morre tão jovem...

— Pois é — digo enquanto desabotoo os botões de cima do casaco.

— Até nisso ele está furando fila.

# LIXO

Alguém tem que fazer a limpeza.

Tirando o fato de eu ser lixeiro aqui na cidade, não consigo imaginar por que essa frase me ocorreu naquela manhã em particular. Tive a sensação de que foi algo que me ocorreu durante a noite, mas às vezes eu apago quando bebo demais, e ontem foi uma dessas noites.

O caminhão de lixo parou com um chiado, e eu desci pulando da escada traseira. Vi um dos olhos de Pijus no espelho retrovisor antes de ir até a lixeira em frente ao condomínio do outro lado da rua. Antigamente eu costumava correr. Era quando os chefes não se importavam se a gente terminasse o itinerário muito antes do estipulado — nosso turno era das seis da manhã à uma e meia da tarde — e voltasse para casa uma ou duas horas mais cedo. Ou se conseguíssemos fazer o itinerário semanal em quatro dias para folgar na sexta. Mas isso foi antes. Agora a gente tinha que seguir as regras criadas pela Câmara de Vereadores de Oslo para o horário regular de trabalho, então, se terminasse mais cedo, tinha que esperar no trabalho, tomando uma xícara de café ou mexendo no celular — não dá mais para simplesmente voltar para casa e comer a esposa ou aparar a grama do quintal, se é que você me entende.

Então não corri, nem mesmo trotei — eu andei. Caminhei trêmulo naquele amanhecer de verão em direção à lixeira verde, que tinha duas rodinhas, a empurrei até o caminhão, engatei na máquina e observei a lixeira de plástico ser erguida acompanhada pelo barulho repetitivo da parte hidráulica e da eletricidade, seguido pelo baque de quando o contêiner é esvaziado e o lixo bate no assoalho de metal e começa a ser comprimido pela máquina compactadora. Então, coloquei a lixeira de volta no lugar, tomando cuidado para deixá-la bem longe da porta da garagem — moradores já haviam reclamado disso antes. Por mim, que se fodam, mas recentemente o número de reclamações extrapolou. Não que seja fácil ser demitido do cargo que eles chamam de *oficial de descarte de lixo*, mas algumas pessoas dizem que tenho problema em controlar a raiva. Tudo bem, então tenho problema em controlar a raiva. Por isso fico receoso de o chefe aparecer de novo no refeitório para me dar uma bronca na frente dos outros caras (tá, tem *uma* mulher entre cento e cinquenta funcionários) e eu dar um belo de um soco na cara dele. Isso custaria o meu emprego, sem sombra de dúvida.

Me sentei no banco do carona ao lado de Pijus. Esfreguei as mãos em frente ao aquecedor. Mesmo sendo julho, época das férias de verão, a cidade de Oslo às seis da manhã ainda estava tão fria que eu só viajava na escada do lado de fora quando me sentia mais aquecido. Além do mais, Pijus era um cara com quem dava para conversar, o que nem sempre é o caso dos outros motoristas. Em geral eles falam estoniano, letão, romeno, sérvio, húngaro e às vezes só um pouquinho de inglês. Mas Pijus falava norueguês. Dizia que já havia trabalhado como psicólogo antes de se mudar para a Noruega, mas já ouvimos essa história antes. Enfim, não importa o que ele costumava fazer: a verdade é que ele era mais esperto do que o restante de nós (Pijus dizia que tinha um *nível de ambição intelectual mais alto*) e seu vocabulário em norueguês era tão amplo que mais parecia um dicionário, provável motivo pelo qual o chefe nos colocava para trabalhar juntos no mesmo caminhão. Não que tenha muito a se falar num caminhão de lixo, os dois sabem o que é para fazer no trabalho, mas o chefe achava que haveria menos discussões e mal-entendidos se a dupla pelo menos falasse a mesma língua. E provavelmente ele também achava que Pijus seria capaz de me manter longe de encrenca.

— O que foi esse seu machucado aí na testa? — perguntou Pijus com seu norueguês empolado, mas, de alguma forma, irrepreensível.

Me olhei no espelho. O talho descia como uma rachadura no gelo e parava bem acima de uma sobrancelha.

— Sei lá — respondi, e era verdade. Como falei, às vezes tenho uns apagões e não consigo me lembrar de nada da noite anterior, só que acordei na cama com a minha mulher deitada de costas para mim. Devo ter me esquecido de ligar o alarme e acabei acordando por hábito, mas um pouco mais tarde que o normal, e percebi que ainda estava bêbado demais para dirigir até o trabalho, então me vesti e saí de casa para pegar o ônibus. Obviamente, não tive tempo de examinar a minha cara feia no espelho do banheiro.

— Andou brigando de novo, Ivar?

— Não, passei a noite em casa com a patroa — respondi, correndo o dedo pelo corte. Úmido. Fresco. Me lembrei de ter bebido alguma coisa com a patroa. Ou não, porque Lisa decidiu que iria parar de beber de vez. Então *eu* que tinha bebido um bocado. E depois mais um bocado, ao que parece.

Pijus parou o caminhão, e então saímos. Nesse endereço havia duas lixeiras grandes de quatro rodinhas, então nós dois tínhamos que trabalhar. Caso contrário, o chefe é o motorista — ele pode ficar sentado e relaxar ao volante com a carteira de motorista de caminhão e o salário três níveis acima do salário do colega que vai pegar o lixo. Mas Pijus está bem ciente do fato de que, quando ele veio para cá saído de seu país de merda, era eu quem dirigia, e ele era o companheiro do motorista. Perdi a carteira, mas essa é outra história longa e chata sobre bebida e um guarda de trânsito falastrão com um bafômetro que apareceu no tribunal com um olho roxo e alegou que o soco não foi provocado.

Peguei o enorme molho de chaves e encontrei a certa. Parece que no depósito existem cerca de sete mil chaves que cobrem toda a cidade de Oslo. Espero que cuidem bem delas.

— Então você estava brigando com a sua esposinha — disse Pijus.

— Hã?

— Por que você estava brigando? Infidelidade? Mulheres traídas podem ser tão agressivas quanto homens. Principalmente se tiverem filhos. Mas, nesse caso, geralmente elas atacam a intrusa. É assim que funciona a oxitocina. A mulher engravida e a química as deixa mais monogâmicas, empáticas e gentis. Mas ao mesmo tempo elas ficam mais hostis diante de possíveis ameaças.

— Errado, errado e errado de novo — falei e comecei a empurrar para o portão uma das lixeiras do quintal. — Não temos filhos nem comi ninguém. E mulheres não são monogâmicas.

— A-há, então foi ela quem foi infiel.

— De onde você tirou isso? — Larguei a lixeira bem na frente do portão, e Pijus teve que parar a dele para evitar bater em mim.

Ele encolheu os ombros.

— Foi por isso que você brigou. Você sentiu sua posição ameaçada. Sua amígdala foi ativada. Lute, fuja ou trave. Sua mulher é pequena, então você escolheu lutar. É natural.

Eu já conseguia sentir o sangue meio que pressionando a cabeça. É uma sensação muito familiar. A pressão sobe, e, para evitar que a minha cabeça exploda, preciso abrir uma válvula, encontrar outra saída. Do contrário, ela estoura e pedacinhos amarelados de cérebro saem voando e se espatifam em paredes e bicicletas, carrinhos e caixas de correio, e também num carinha tentando enganar as pessoas dizendo que é psicólogo.

Via de regra, a solução é abrir a boca e equilibrar a pressão, como quando se está num avião. Só preciso rugir. Rugir alguma coisa.

— A minha amagda... — comecei.

Eu estava calmo. Bem calmo. Tá bom... eu levantei um pouco a voz.

— Amígdala — disse Pijus com um sorrisinho irritante. — Pense como se fosse nome de mulher. Amy G...

Foi a gota d'água.

— Não fala assim comigo, seu puto nazista do caralho! — Empurrei a lixeira o mais forte que pude para imprensar o maldito letão entre os dois contêineres e já estava contornando o lixo para enfiar a porrada nele quando uma voz cortou o ar da manhã naquele quintal.

140

— Tem gente tentando dormir aqui!

Olhei para cima. Vi uma mulher na varanda do segundo andar. Devia ter só uns quarenta e poucos anos, mas era daquelas que não se cuidavam, então parecia ter mais de cinquenta. Posso afirmar isso porque ela estava totalmente nua.

— Cala a boca e coloca uma roupa, sua piranha velha de merda! — gritei. — Tá bom?

A mulher deu risada — um gemido penetrante —, ergueu os braços, levantou um joelho e girou o quadril numa pose grotesca de modelo glamorosa.

— Vou ligar para o seu chefe! — gritou ela. — Amanhã, a essa hora, cavalheiros, vocês dois vão estar no olho da rua!

E através da cortina vermelha da minha raiva eu vi tudo. O meu chefe me dando a notícia que havia tanto tempo esperava pela oportunidade de me dar: "Svendsen, você está no olho da rua!"

Senti a lixeira pressionando a minha barriga. Pijus estava empurrando do outro lado, acenando para o portão, sinalizando que tínhamos que sair dali.

— Você acha que ela vai fazer isso? — perguntei enquanto as rodas chacoalhavam no asfalto do lado de fora.

— Acho.

— Vai ser um inconveniente do caralho.

— Vai?

— O Corolla já, já vai ter que passar por uma vistoria na União Europeia, e além de tudo prometi para a patroa que a gente ia passar o Natal nas Ilhas Canárias. E você?

Pijus deu de ombros.

— Eu envio dinheiro para os meus pais. Eles sobrevivem, mas sem o dinheiro não vão comer bem e não têm como pagar a conta de luz.

Ajudei Pijus a prender o contêiner no sistema hidráulico.

— Está querendo dizer que eu não deveria ficar reclamando?

— Não, só estou dizendo que todos nós temos nossos problemas, Ivar.

Pode ser. Meu problema era que, quando eu ficava com raiva, não conseguia mais separar as coisas. Eu deveria ter detectores ópticos para fazer isso por mim, como eles têm no lixão de Klementsrud. A gente simplesmente esvazia o caminhão nessa fábrica automatizada e sem funcionários. Todo o lixo sai numa esteira rolante, com robôs separando os pedaços grandes dos pequenos e enviando o material orgânico para os incineradores; vidros, plásticos e metais para reciclagem; e assim por diante. Queria eu aprender a deixar algumas coisas minhas irem embora assim.

Eu me acalmei e, enquanto esvaziávamos os contêineres, tentei me lembrar de novo. O que de fato aconteceu na noite passada? Só sabia que provavelmente muita coisa tinha acontecido, porque quando acordei não estava com uma simples ressaca — parecia que tinha acabado de correr duas maratonas. Eu briguei com Lisa? Será que eu — que em trinta anos de casamento nunca encostei a mão nela — fiz alguma coisa com a minha mulher? Ela estava deitada de lado na cama de costas para mim quando acordamos. Isso já foi meio esquisito, porque ela costuma dormir de barriga para cima. Mas uma briga, uma briga física? Não podia ser. Mas agora, pensando bem, acho que brigamos. Era como se o eco de palavras ríspidas e feias da noite anterior só agora me alcançasse. E eu usei uma dessas palavras minutos atrás. Piranha. Chamei Lisa de algumas coisas ao longo dos anos, mas nunca de "piranha".

Empurramos as lixeiras de volta para o quintal. A senhora na varanda tinha sumido.

— Ela está ligando para o chefe — falei.

— Ele não está acordado — disse Pijus. — Pelo menos não ainda. — Ele olhou para a fachada, fazendo que sim com a cabeça, os lábios se movendo como se estivesse contando alguma coisa. — Vamos, Ivar.

Segui Pijus até a entrada do prédio, onde ele parou e leu a lista de nomes dos moradores.

— Segundo andar, segunda porta à direita — murmurou ele e tocou o interfone. Aguardou, olhando para mim com aquele sorrisinho, mas não foi tão irritante dessa vez.

— Alô? — disse uma voz penetrante pelo interfone.

— Bom dia, *Fru* Malvik — disse Pijus, num tom de voz de quem parecia estar imitando alguém. Alguém que falava norueguês melhor do que ele. — Meu nome é Iversen, e sou da polícia de Oslo. Acabamos de receber uma ligação dos serviços de saneamento da cidade de Oslo. Foi relatado um incidente de atentado ao pudor feito por alguém que mora no segundo andar desse prédio. Como estávamos em patrulha na área, solicitaram que investigássemos. Sei que muita gente mora no segundo andar do prédio, mas permita-me perguntar primeiro à senhora: ficou sabendo de algo do tipo, *Fru* Malvik?

Uma longa pausa.

— *Fru* Malvik?

— Não. Não fiquei sabendo de nada.

— Não? Bom, nesse caso não vou mais incomodá-la por enquanto.

Ouvimos a mulher raspar o interfone na base ao desligá-lo, e Pijus olhou para mim. Corremos até o caminhão para que a mulher não tivesse tempo de olhar pela janela e ver que éramos nós. Só caímos na gargalhada quando já estávamos em movimento. Chorei de rir.

— Algo errado, Ivar? — perguntou Pijus, que já tinha parado de rir havia muito tempo.

— Só de ressaca — respondi enquanto limpava o nariz na manga. — Sem chance de ela ligar para o chefe agora.

— É mesmo — disse Pijus, parando em frente ao 7-Eleven, onde costumávamos comprar um café e fazer a primeira pausa para fumar um cigarro.

— Uma pergunta — falei depois de comprar um café grande, colocar metade no copo descartável extra que peguei e entregar a Pijus. — Se você consegue imitar alguém que fala norueguês melhor do que você, por que não faz isso o tempo todo?

Pijus soprou o café, mas ainda assim fez careta quando tomou o primeiro gole.

— Porque se eu fizer isso vou estar apenas imitando.

— Bom, todos nós fazemos isso. É assim que a gente aprende a falar.

— Verdade — disse Pijus. — Então não sei. Talvez seja porque parece falso. Como se eu estivesse enganando alguém. Sou um letão que aprendeu norueguês, e é assim que quero soar, não como um impostor. Se eu falar tão bem a ponto de você acreditar que sou norueguês, mas depois cometer um pequeno erro fonético ou gramatical, então, conscientemente ou não, as pessoas vão sentir que foram enganadas e não vão mais confiar em mim. Entende? É melhor simplesmente relaxar e falar a minha versão do novo norueguês.

Fiz que sim com a cabeça. Novo norueguês era como eles chamavam o idioma no trabalho. Não deve ser confundido com o que os novos noruegueses falam nas áreas rurais da Noruega. O novo norueguês é um termo amplo que abrange todo o kebab-norueguês, o noruinglês, o russo-norueguês e todo aquele monte de esquisitices que os trabalhadores imigrantes falam aqui.

— O que de fato fez você vir para a Noruega? — perguntei.

Trabalhávamos juntos havia quase um ano, e era a primeira vez que eu perguntava. Bem, eu tinha perguntado antes, mas a diferença é que dessa vez foi pra valer. Eu estava pedindo algo além da resposta-padrão, da questão financeira, da dificuldade de encontrar emprego de onde ele vinha. O que provavelmente era verdade, mas não necessariamente toda a verdade. Então, essa foi a primeira vez que perguntei por interesse genuíno.

Ele não respondeu de imediato.

— Tive casos com pacientes. — Pijus respirou fundo e, como se quisesse evitar me alarmar, acrescentou: — Pacientes do sexo *feminino*. Elas se abriam para o psicólogo, estavam vulneráveis, e eu tirava vantagem disso.

— Nada bom.

— Pois é. Algumas eram solitárias e infelizes. Mas eu também era. A minha esposa tinha acabado de morrer de câncer. Não consegui resistir aos convites dessas mulheres. Precisávamos um do outro.

— Então qual foi o problema?

— Em primeiro lugar, um psicólogo não pode ter relações amorosas com pacientes, independentemente do estado civil dele. E, em segundo lugar, algumas das mulheres eram casadas.

— Ah, *entendi...* — falei lentamente.

Ele olhou para mim.

144

— Alguém abriu o bico — disse ele. — A notícia se espalhou e fui demitido. Claro que eu poderia arranjar outro emprego. Por exemplo, poderia lecionar na universidade de Riga. Mas alguns dos maridos acharam que não tinham se vingado o suficiente e contrataram siberianos para me colocar numa cadeira de rodas. Uma das mulheres me avisou e eu não tive escolha a não ser sair do país. A Letônia é um país pequeno.

— Então você é do tipo que chuta o balde e depois coloca a culpa de tudo na desgraça.

— É. Sou a versão ruim de uma pessoa ruim, o tipo de pessoa que dá desculpas para o próprio comportamento desprezível. Olhando desse ângulo, você é uma pessoa melhor que eu, Ivar.

— Hã?

— O desprezo que você sente por si mesmo é mais honesto que o meu.

Eu não fazia ideia do que ele estava falando. Resolvi me concentrar no meu café.

— Então, com quem a sua esposa está te traindo? — perguntou ele, e cuspi café no painel. A pressão na cabeça voltou nas alturas. — Calma — prosseguiu. — Use o lobo frontal. Fazendo isso você vai perceber que estou aqui para ajudar. E que o melhor que pode fazer é me contar. Lembre-se: fiz um juramento de sigilo.

— Sigilo! — exclamei, o copo de café tremendo na mão.

— Todo psicólogo tem que fazer.

— Sei disso, mas você não é meu psicólogo.

— Verdade, não sou — disse Pijus enquanto me entregava o rolo de papel que sempre mantínhamos entre os bancos.

Limpei o café das mãos, do queixo, do painel. Amassei o papel numa bola e bufei.

— O chefe dela no trabalho. Desgraçado de merda. Além de tudo, o cara é horroroso. O sujeito é um lixo de cabo a rabo.

— Então você o conhece?

— Não.

O que eu tinha acabado de dizer? Que Lisa estava me traindo com o chefe do centro de triagem dos Correios? Estava mesmo? Por isso a gente havia brigado?

— Nunca esteve com ele? — perguntou Pijus.

— Não. Quer dizer, na verdade, sim. Ou...

Pensei nisso. Lisa tinha falado muito sobre Ludvigsen, tanto que talvez eu só tivesse a sensação de tê-lo conhecido. Seu novo chefe a elogiava pelo seu trabalho, algo que o antigo nunca fez. E Lisa desabrochou. Ela sempre foi suscetível à bajulação, tão desesperada por elogios que era preciso de moderação ao oferecê-los para evitar que ela se acostumasse a tal ponto de ser impossível para um marido ou para um chefe manter. Mas Ludvigsen fazia elogio atrás de elogio, e eu devo ter pensado que ele não estava fazendo isso só para inspirar os outros funcionários. Além de ter se tornado mais boazinha do que nunca, Lisa havia cortado o cabelo e mudado de penteado, perdido alguns quilos e vinha voltando para casa tarde da noite, indo a todo tipo de evento cultural com amigos que eu nem sabia que existiam. Era como se de repente ela tivesse uma vida da qual eu não fazia parte, e provavelmente foi por isso que mexi no celular dela. E encontrei uma mensagem desse Ludvigsen. Ou Stefan, que foi como Lisa o cadastrou na lista de contatos.

E então, ali, sentado, contei isso a Pijus.

— O que dizia a mensagem? — perguntou Pijus.

— Eu PRECISO ver você de novo.

— Com ênfase no preciso?

— Letras maiúsculas.

— Outras mensagens?

— Não.

— Não?

— Ela deve ter deletado. A que eu encontrei tinha só um dia.

— E a resposta dela?

— Nada. Ou então ela respondeu e apagou.

— Se estivesse com medo de alguém ver a resposta, provavelmente teria deletado a mensagem dele também.

— Talvez não tenha tido tempo de responder.

— Em um dia? Hummm. Ou talvez ela não tivesse motivos para se sentir culpada, talvez por isso não tenha apagado nada. Talvez ele tenha dado em cima dela, mas ela não se interessou e também não respondeu à mensagem dele.

— Foi exatamente isso que ela disse, aquela... — Respirei fundo. Piranha. É o tipo de palavra que, quando você diz uma vez, não tem mais volta.

— Você está com medo.

— Medo?

— Talvez devesse me contar o que aconteceu ontem à noite.

— Bom, agora você parece mais um detetive da polícia que psicólogo.

Pijus sorriu.

— Então não conte.

— Mesmo que eu quisesse contar, não consigo me lembrar. Por causa da bebida.

— Ou porque está reprimindo. Tente.

Olhei meu relógio. Estávamos bem adiantados e, como falei, não tínhamos mais motivos para correr e terminar antes de uma e meia.

Então, tentei. Porque, na verdade, Pijus estava certo, eu tinha medo. Era porque Lisa estava deitada de lado quando acordei? Sei lá, mas havia algo de errado, eu simplesmente sabia. Alguma coisa que tinha que sair, como quando a pressão aumentava dentro da minha cabeça. Comecei a contar a história, mas logo parei.

— Acalme-se e comece do início — disse Pijus. — Conte todos os detalhes. A memória é como desenrolar um novelo de lã: uma associação leva a outra.

Fiz como ele sugeriu, e o desgraçado estava certo.

— Como eu disse, estávamos bebendo, e Lisa de repente falou que iria sair no fim de semana. Foi quando explodi e a confrontei sobre a mensagem de texto. Na verdade, eu pretendia deixar para lá e ver o que acontecia, mas perdi o controle e comecei a gritar, dizendo que sabia que ela e Ludvigsen estavam tendo um caso. Ela negou, mas tinha tão pouca prática em mentir que foi patético. Pressionei, e ela abriu o bico: chorando de soluçar, admitiu que no passeio da empresa para Helsinque meses antes eles beberam muito e coisas aconteceram. Lisa alegou que foi por isso que ela decidiu parar de beber de vez, para que nada parecido voltasse a acontecer. E eu perguntei se isso não era uma coisa meio Movimento MeToo. Se não era Ludvigsen, que, afinal, era o chefe, quem deveria levar toda a culpa, e não só metade. E Lisa disse que sim, talvez ele fosse um pouco mais culpado, porque, de acordo com um colega dela, ele passou a noite toda entupindo-a de bebida. Àquela altura eu estava furioso mesmo. Porque a verdade é que ninguém recusa uma bebida paga pelo chefe, não é? Aceitar e beber meio que faz parte do trabalho.

— E depois disso? — perguntei.

— Ludvigsen me convidou para a casa dele — respondeu Lisa.

— E onde fica?

— Kjelsåsveien, seiscentos e doze.

— Então você foi lá!

— Não!

— Então como sabe o endereço?

— Porque ele me falou, claro.

— Mas lembrar que o número é seiscentos e doze, quer dizer, isso é realmente... é muito suspeito.

— Lisa começou a rir, e foi aí que eu a chamei de piranha, peguei as chaves do carro e saí às pressas, antes de fazer algo pior.

— Pior que dirigir embriagado? — perguntou Pijus.

— Sim, pior que isso.

— Por favor, continue.

— Eu dirigi por aí, e, sim, pensei em voltar para casa e matar Lisa.

— Mas você não fez isso?

— É exatamente isso que... — Levei a mão ao queixo, belisquei a bochecha. A minha voz estava rouca e vacilante. — É exatamente isso que não sei, Pijus.

Não sei se já tinha chamado Pijus pelo nome antes. Havia pensado no seu nome várias vezes, mas falar em voz alta? Não, tenho certeza de que jamais tinha feito isso.

— Mas você acha que pode ter feito isso?

As dores de estômago surgiram de forma tão repentina e violenta que instintivamente me inclinei para a frente.

Fiquei ali, com o corpo curvado por um tempo, até que senti a mão de Pijus nas minhas costas.

— Vamos, Ivar, vai ficar tudo bem.

— Será? — Engasguei. Estava totalmente fora de controle.

— Quando você veio trabalhar hoje percebi que alguma coisa tinha acontecido. Mas não acredito que você tenha matado a sua esposinha.

— Você não tem como saber — berrei com a cabeça entre as pernas.

— Você se afastou dela porque não queria fazer nada precipitado. E isso foi depois que você recebeu a confirmação de uma suspeita antiga. Você saiu para dar ao seu lobo frontal a chance de processar uma coisa que sabia que a sua amígdala não seria capaz de processar de maneira apropriada. Foi uma atitude madura, Ivar. Mostra que você está começando a entender como lidar com a raiva. Acho que talvez você devesse ligar para casa e ver se a sua esposa está bem.

Levantei a cabeça e olhei para ele.

— Por que você se importa?

— Porque você se importou.

— Hã?

— Eu tinha acabado de começar na empresa e era assistente de motorista no seu caminhão. Você me ajudou, me disse em inglês o que fazer, mesmo dando para perceber que você odiava falar inglês.

— Não odeio falar inglês, só não falo direito.

Pijus sorriu.

— Exato, Ivar. Você estava disposto a parecer um pouco idiota para me ajudar a ser um pouco menos idiota.

— Calma lá, tudo que eu queria era um assistente que soubesse o que fazer, porque do contrário eu ia acabar tendo que ralar mais e trabalhar mais tempo, entendeu?

— Compreendo. Talvez mais do que você imagine. Você percebe quando as pessoas estão dispostas a ajudar. Não está percebendo agora?

Ou acha que só quero ajudar porque não quero que o meu assistente de motorista ferre tudo para mim?

Balancei a cabeça. Claro, eu sabia que Pijus estava me ajudando. Do jeito que sempre fazia. Mais cedo, com aquela velha maluca na sacada, não foi a primeira vez que ele me deu cobertura. É só que é muito chato quando um estrangeiro vem e não apenas pega o seu emprego mas acaba se tornando o seu chefe. Não parece certo, simples assim. Um cara não pode chegar e meter a mão numa coisa à qual não tem direito. E que é um direito meu. Isso significa guerra. Alguém tem que morrer. Tá bom, tá bom, não é assim que eu deveria pensar, esse é o tipo de pensamento que me mete em furada, eu sei, eu sei. Mas que merda.

— Tenho testerona demais — falei.

— Testosterona — corrigiu Pijus com aquele sorrisinho irritante.

— Deixa a pessoa agressiva.

— Não necessariamente.

— Seja como for, você fica mais agressivo do que com tesão. Talvez não seja surpresa Lisa ter ido atrás de outro.

— Errado, errado e errado de novo — disse Pijus, me imitando. — Quando os testes feitos em animais parecem mostrar que a testosterona promove exclusivamente agressividade, é porque os animais que receberam testosterona são os que recorrem à agressão em momentos de crise. Mas isso acontece porque o cérebro animal não vê necessariamente nenhuma outra solução. Pesquisas mais recentes mostram que a testosterona tem funções mais gerais. Ela prepara você para fazer o que for necessário em situações críticas, seja agredir alguém, sentir raiva, seja o oposto.

— O oposto?

— Imagine que surja uma crise diplomática que ameace a paz mundial. Nesse momento, não é a agressividade que é necessária, mas uma mudança rápida para a generosidade e a empatia direcionadas a alguém que você realmente odeia. É uma reação contrária à que se teria naturalmente. Ou vamos dizer que o seu trabalho seja controlar o pouso de um foguete na Lua. O computador falha, e você tem que calcular a velocidade, o ângulo de aproximação e a distância, tudo de cabeça. Nesse momento você não precisa sentir raiva, mas mesmo assim é a testosterona que ajuda nessa situação.

— Ah, calma lá, você está inventando isso.

Pijus deu de ombros.

— Lembra o que aconteceu em Storo?

— Storo?

— Aquela chuva de granizo. A gente tinha dado ré quase até a parede e ia esvaziar as lixeiras.

Ele olhou para mim. Balancei a cabeça.

— Vamos lá, Ivar. Não lembra? O caminhão estava numa ladeira e começou a escorregar...

Balancei a cabeça de novo.

— Ivar, eu estava de costas para o caminhão e teria morrido esmagado se você não tivesse posicionado a lixeira entre o caminhão e a parede num piscar de olhos.

— Ah, tá. Bom, você não teria exatamente morrido esmagado.

— A questão é que você mostrou que é capaz de reagir de forma espontânea e racional ao mesmo tempo. Você não *tem* que perder a cabeça quando sente a adrenalina e a testosterona. Não se preocupe, você é mais esperto do que pensa, Ivar. Então, ligue para ela. Use a testosterona para mostrar empatia. E capacidade de cálculo.

Bem, lá vamos nós. Liguei.

Não atendeu.

— Deve estar dormindo — disse Pijus.

Olhei para o relógio. Oito. Claro que ela poderia estar no ônibus a caminho do trabalho, então não atenderia. Enviei uma mensagem de texto. Meus pés batiam como baquetas no assoalho enquanto eu esperava. O sol nasceu e estava brilhando através do para-brisa. Seria um dia quente. Um dia quente no inferno, pensei enquanto tirava o casaco.

— Melhor a gente ir andando — disse Pijus e girou a chave na ignição.

Conheci Lisa numa festa na casa de um amigo quando estava na faculdade.

Eu estava batendo boca com um cara de Ljan que achava que podia me ensinar alguma coisa sobre respeito. Eu sabia que ele estava me provocando porque tinha ficado sabendo que era fácil me irritar, e eu também sabia que ele estava fazendo aquilo porque ele era bom de briga e queria se exibir na frente das garotas. Mas saber tudo isso não ajuda em nada, não quando o cara em questão me vem com um papo de quem merece um direto no queixo. Para encurtar ainda mais uma história já curta, o cara me deu uma surra. Lisa limpou o sangue do meu nariz com um rolo de papel higiênico, me ajudou a ficar de pé e foi comigo até o alojamento estudantil onde eu morava, em Sogn. E passou a noite comigo. E o dia seguinte também. E a semana seguinte. Resumindo, ela ficou.

Nunca tivemos tempo para nos apaixonar, nunca tivemos tempo para a dolorosa, mas ao mesmo tempo maravilhosa, incerteza sobre se o outro realmente está a fim de você ou não. O jogo, a dúvida, os êxtases — perdemos tudo isso. Nós éramos um casal. Simples assim. Alguns achavam que ela era boa demais para mim, ou pelo menos foi o que pensaram com o passar do tempo, porque Lisa era bem calada e tímida naqueles primeiros dias, não tinha o corpo que passou a ter mais tarde, quando ganhou alguns quilinhos, nem o brilho que os outros passaram a enxergar quando ela venceu parte da timidez.

Diziam que ela me fazia bem, que eu tinha me acalmado, que não parecia mais tão *volátil*, como dizia o psiquiatra infantil, já que ele não ousava me chamar de instável. E é verdade: Lisa sabia me acalmar, as coisas fugiam do controle quando ela não estava por perto ou eu bebia demais. Fui condenado uma ou duas vezes por lesão corporal grave, mas passei pouco tempo detido. E, como eu disse, nunca encostei a mão em Lisa. Nunca tive motivos para isso. Até agora. Acho que ela nunca teve medo de mim, nem uma vez sequer na vida. Medo pelos outros, talvez, por amigos e parentes, se eles me dissessem a coisa errada. E suspeito que ela tenha ficado meio aliviada quando o médico nos disse que não poderíamos ter filhos. Porra, eu fiquei aliviado, mas é claro que não falei nada. Só que Lisa nunca temeu pela própria segurança, e provavelmente foi por isso que ela se atreveu a admitir essas coisas sobre Ludvigsen. Mas como ela poderia imaginar que conhecia os meus limites quando eu mesmo não conhecia e estava sentado ali, me perguntando exatamente o que caralhos eu tinha feito?

Quando eu tinha 10 anos, o meu irmão mais velho e eu ganhamos um copo de limonada, cada, antes de os nossos pais saírem num sábado à noite. Mas, no momento em que eles saíram pela porta, o meu irmão mais velho cuspiu nos dois copos, duas bolas de catarro grandes e viscosas, provavelmente imaginando que com isso as duas limonadas seriam dele. O problema é que não dá para beber num copo com o maxilar quebrado, e no hospital tudo o que ele pôde beber pelo canudo foi água.

De qualquer forma, o que aconteceu dessa vez foi que Lisa era como um dos copos de limonada. Cuspida, estragada. Não existia outra forma de enxergar a situação. Eu havia perdido o que me tinha sido dado, e tudo o que restou depois disso foi uma retaliação inútil, o alívio da pressão. Que se foda. Eu que me foda.

E eu estava sentindo aquilo voltar. O latejar nas têmporas.

Talvez porque estávamos na Kjelsåsveien e havíamos acabado de passar do número seiscentos.

Conforme passávamos por casas e lixeiras, eu alternava entre ficar dentro da cabine e na escada na traseira do caminhão. Verificava o celular a toda hora.

Talvez ela estivesse em reunião.

Com Ludvigsen.

Tá bom, eu não devia pensar assim. Além do mais, não era isso que ela estava fazendo. Não sei como eu tinha tanta certeza disso, mas tinha.

E lá estávamos nós, Kjelsåsveien, seiscentos e doze.

Era uma mansão que em nada se destacava das outras do bairro. Do tipo em que não é preciso ser rico para morar se herdou dos pais, e eles também não precisavam ser ricos. Mas do tipo que, se quisesse comprar agora, custaria algumas centenas de milhares de coroas. Pomares custam uma nota, mesmo na zona leste da cidade, onde moro.

Percebi que a luz da varanda estava acesa. Ou Stefan Ludvigsen não ligava para a conta de luz ou era do tipo esquecido. Ou talvez não estivesse no trabalho, mas ainda em casa. Era isso que estava fazendo o meu pulso acelerar enquanto eu ia até a garagem? A possibilidade de ele sair e dizer que não conseguiu falar com Lisa pelo telefone, que chamou a polícia e que eles estavam a caminho da nossa casa? E não eram só as batidas rápidas do meu coração que me diziam isso — eu sabia com uma certeza repentina e absoluta: tinha cometido um assassinato na noite passada. Sentia isso não só nos antebraços doloridos, nas pontas dos dedos, nos polegares que pressionaram a pequena laringe mas também bem dentro de mim. Eu era um assassino. Vi os olhos esbugalhados, o olhar suplicante e moribundo carregado de resignação e desespero antes de se apagar, como as luzes vermelhas de alerta quando a corrente de energia é desligada.

Será que Ludvigsen sabia? Será que estava sentado atrás de uma janela em algum lugar ali, olhando para mim? Talvez ele não ousasse sair e estivesse apenas sentado esperando a polícia chegar. No silêncio daquela manhã de verão escutei o som das sirenes antes de abrir a porta destrancada da garagem onde estava sua lixeira de quatro rodinhas. E havia um carro. Um BMW preto, novinho em folha. Vilões dirigem BMWs, não é? Só que eu era o vilão ali. Empurrei a lixeira para fora; estava tão pesada que as rodas afundaram no cascalho, e tive que empurrar com força. Prendi a lixeira ao sistema hidráulico e vi o olhar de Pijus no espelho retrovisor. Ele gritou alguma coisa, mas foi abafado pelo zumbido do elevador.

— Hã? — gritei em resposta.

— Esse não é o seu carro? — ouvi-o dizer.

— Não tenho BMW.

— Esse não! — gritou Pijus. — Aquele.

Vi que ele estava apontando mais adiante na rua. E ali, cinquenta metros à frente, havia um Corolla branco. Um carro que em breve teria que passar por uma vistoria na União Europeia. Um carro com uma grande mossa no capô onde um punho cerrado tinha batido para enfatizar um argumento numa discussão com um guarda de trânsito.

Foi quando lentamente me ocorreu. E "lentamente" é a palavra certa, porque não foi num estalo. Foi lentamente porque era muito difícil, para mim, entender que Lisa faria algo assim comigo. Ali estavam o BMW em que Ludvigsen deveria ter ido trabalhar e o Corolla que deveria estar na minha garagem. Em outras palavras, Lisa se levantou, viu que o carro estava na garagem e foi com ele até Ludvigsen, que a esperava.

Encarei a casa. Eles estavam lá dentro. O que estavam fazendo? Tentei apagar as imagens da cabeça, mas não consegui. Queria matar alguém. Tipo, assassinar mesmo. Tipo, tirar a vida de alguém e ser punido por isso. E não era a raiva que estava falando agora. Ou melhor, era. Mas era o tipo de raiva da qual eu tinha certeza de que nunca conseguiria me livrar. Isso tinha que sair de mim. Não havia alternativa. Eu tinha que me livrar de Ludvigsen. Lisa... não consegui terminar o pensamento. Porque, mesmo com a imagem deles no meu cérebro, ambos deitados numa cama de dossel enorme e horrorosa, existia algo na imagem que não fazia sentido. Algo que não faz sentido. Como quando você sabe que esqueceu alguma coisa em algum lugar, mas não consegue lembrar onde.

Seja como for, assim que terminasse de esvaziar a lixeira, eu iria pegar o macaco do kit de ferramentas, marchar até a casa dele, entrar e me tornar um assassino. Com a decisão tomada, senti uma estranha leveza na cabeça, como se a tensão tivesse se dissipado. Eu estava vendo a lixeira subir quando o telefone tocou. Atendi.

— Oi — disse Lisa.

Congelei. Reconheci os sons ao fundo. Ela estava no centro de triagem. Estava no trabalho.

— Vi que você tentou me ligar várias vezes — disse ela. — Foi mal, mas está meio caótico hoje, ninguém sabe onde Ludvigsen se meteu. A gente pode se falar depois?

— Claro — falei, observando a lixeira chegar ao topo do arco. — Te amo.

No silêncio que se seguiu, pude sentir a confusão dela.

— Você não está... — começou ela.

— Ah, sim — falei. — Estou magoado e chateado. — A lixeira começou a esvaziar. — Mas te amo.

Desliguei e olhei para o Corolla. Estava parado à sombra e ainda tinha orvalho no para-brisa. Provavelmente passou a noite toda ali.

O conteúdo desceu deslizando pela parede interna da lixeira **verde**, e houve um baque quando alguma coisa bateu no fundo de metal da calha. Olhei. Ali, entre os sacos plásticos cheios e fechados com nós e as caixas de pizza vazias, jazia um corpo pálido e inchado de pijama azul. E a verdade é que provavelmente já estive com Stefan Ludvigsen antes, porque o reconheci. Os olhos esbugalhados me encaravam. As marcas no pescoço estavam pretas. E foi como quando a neblina começa a sumir e o sol aparece, e de repente ele parece duas vezes mais intenso. Como gelo derretendo nos polos, a paisagem de lembranças emergiu em velocidade acelerada.

Me lembrei da confissão dele, enquanto chorava convulsivamente, sem ar. Da desculpa era que ele havia se divorciado recentemente e cometeu um erro. Da faca de cozinha que ele pegou e começou a balançar perto da minha cara, achando que eu devia estar bêbado demais para reagir rápido o suficiente. Ele desferiu um corte na minha testa antes que eu derrubasse a faca. A faca era boa, e foi isso que me animou. Me deu uma desculpa. Autodefesa, porra. Então o asfixiei até tirar a vida dele. Nem muito rápido nem muito devagar. Não estou dizendo que gostei — seria exagero —, mas pelo menos deu a ele tempo de entender. Tempo de se arrepender. Tempo de sofrer. Assim como eu tinha sofrido.

Fiquei vendo o compressor esmagar o corpo seminu até parecer estar em posição fetal.

Da escada nos fundos do caminhão, virei e olhei para a trilha de cascalho que ia até a porta da casa. Sem marcas de que alguma coisa tinha sido arrastada. Eu havia feito um trabalho limpo, me livrado de todos os possíveis rastros.

Se eu estava bêbado quando entrei no Corolla e dirigi até ali no meio da noite e toquei a campainha, fiquei sóbrio imediatamente no instante em que o vi morto no chão da cozinha. E sóbrio o suficiente para saber que, se fosse parado por dirigir alcoolizado no caminho de volta para casa, ficaria registrado, e mais tarde isso poderia ser relacionado ao desaparecimento de Ludvigsen. Porque ele tinha que desaparecer, sumir. Eu havia planejado tudo antes mesmo de tocar a campainha dele? Porque Pijus... Pijus estava certo. Eu era *mesmo* capaz de agir rápido e ao mesmo tempo ser racional.

Subi na cabine.

— E aí? — disse Pijus, me encarando.

— E aí o quê?

— Alguma coisa que queira me dizer? Como falei, fiz um juramento de confidencialidade.

O que eu deveria responder? Olhei para o leste, para o sol, que havia nascido sobre o cume de uma montanha. O turno terminaria em breve, e iríamos nessa direção, rumo ao centro de descarte de lixo em Klementsrud, onde os robôs separariam Ludvigsen como o lixo orgânico que ele era e a esteira transportadora o levaria para o inferno que ele merecia, onde cada traço, cada lembrança, tudo o que ficou para trás de nós é aniquilado e nada do que perdemos é reciclado.

E foi então que encontrei as palavras, aquelas que em geral ficam presas em algum lugar na saída, dessa vez elas fluíram pela língua, como música.

— Alguém tem que fazer a limpeza — falei.

— Amém — concordou Pijus.

E o caminhão de lixo ganhou vida e partiu pela rua.

# A CONFISSÃO

— ESTOU SENDO ÚTIL, detetive?

Coloquei a xícara de café de Simone na toalha da mesa de centro dela. A xícara de café dela. A toalha de mesa dela. A mesa de centro dela. Até o prato de chocolatinhos no meio da mesa é dela. Coisas. Estranho como as coisas perdem o significado quando se está morto. De uma forma ou de outra.

Não que as coisas fossem tão importantes para ela quando estava viva. Acabei de explicar tudo isso para o detetive. Que ela me disse que eu poderia pegar o que quisesse quando me expulsou — o aparelho de som, a TV, livros, equipamentos de cozinha, *tudo*. Estava pronta para isso. Tinha decidido que seria uma separação civilizada.

— Na nossa família não se discute por mixaria — disse ela.

Também não discuti. Apenas a encarei, tentando descobrir o verdadeiro motivo por trás daqueles clichês insossos que ela vinha soltando: "é o melhor para nós dois", "estamos seguindo por caminhos diferentes", "hora de seguir em frente" e assim por diante.

Então ela colocou uma folha de papel na mesa e pediu que eu marcasse o que quisesse.

— Isso é só um inventário que fiz. Não permita que os seus sentimentos atrapalhem o seu bom senso, Arne. Tente enxergar isso como uma liquidação controlada.

Foi o que ela disse, como se estivesse falando de uma das empresas subsidiárias do pai e não de um casamento. Claro que o meu orgulho estava ferido demais para ao menos olhar a lista. Eu estava magoado demais para tirar qualquer coisa da casa de campo cercada de mato em Vinderen, onde havíamos compartilhado dias bons e — pelo menos na minha lembrança — pouquíssimos dias ruins.

Talvez tenha sido um pouco precipitado da minha parte abrir mão de tudo assim. Afinal, ela era uma jovem rica, dona de uma fortuna estimada em quatorze milhões, enquanto eu sou um fotógrafo endividado com fé demais nas próprias habilidades. Simone apoiou minha ideia de montar um estúdio próprio com outros seis fotógrafos. Se não financeiramente, pelo menos moralmente.

— Meu pai não vê os benefícios econômicos — disse ela. — Acho que você deveria investir do próprio bolso, Arne. Mostre a ele o que é capaz de fazer, que com certeza ele vai investir no projeto.

No papel o dinheiro era dela, mas era o pai quem comandava tudo. A insistência num acordo pré-nupcial quando nos casamos foi ideia dele, claro. Provavelmente ele antevidu tudo, percebeu de antemão que em pouco tempo ela se cansaria do jovem fotógrafo de cabelo comprido com sonhos grandiosos e "ambições artísticas".

Então fui em frente, magoado e determinado a mostrar quanto ele estava errado ao meu respeito. Ganhei medalha de ouro por tomar empréstimos numa época em que os bancos despejavam um caminhão de dinheiro em quem tivesse qualquer coisa parecida com uma ideia de negócio. Demorei seis meses para provar que o pai de Simone estava certo. Via de regra é difícil identificar o momento exato em que uma mulher deixa de te amar. Com Simone foi fácil. Aconteceu quando ela abriu a porta de casa e o homem na soleira disse que era da vara de execuções com um pedido de apreensão dos meus bens. Ela o tratou com uma cortesia gélida, preencheu um cheque e ficamos com o carro. Usou a mesma cortesia gélida quando pediu a mim que pegasse o que quisesse e fosse embora. Saí dali com as minhas roupas, algumas roupas de cama e uma dívida pessoal de pouco mais de um milhão de coroas.

Eu devia ter levado a mesa de centro. Porque gosto da mesa de centro. Gosto das pequenas mossas no tampo — lembranças das nossas festas animadas —, dos respingos de tinta da época em que decidi pintar tudo de verde na sala e da perna que ficou levemente torta desde a primeira e única vez em que transamos em cima dela.

O detetive está sentado na poltrona de frente para mim, o caderno intocado na mesa diante dele.

— Li que ela foi encontrada nesse sofá — digo enquanto levanto a xícara de café.

Um detalhe desnecessário, claro. Estava em toda capa de jornal. A polícia não descartou circunstâncias suspeitas, e o sobrenome dela foi suficiente para despertar o interesse da mídia. Segundo o legista, a *causa mortis* foi envenenamento por cianeto. Certa vez Simone fez um curso de ourivesaria com a ideia de assumir a cadeia de lojas do pai, mas, como já havia acontecido tantas vezes antes, em pouco tempo se cansou. As garrafas de cianeto que ela havia roubado da oficina ainda estavam no porão. E ela ficou com as garrafas, só pela emoção de ter um veneno desses em casa. Mas, como não havia nada que sugerisse que o cianeto veio das suas próprias garrafas, ou que indicasse como ela havia ingerido o veneno, a polícia não se mostrou disposta a concluir que foi suicídio sem fazer mais investigações.

— Sei no que você está pensando, detetive.

Sinto as molas do sofá nas minhas coxas. Um velho sofá rococó, estilo dela. Será que o cara novo, o arquiteto, comeu ela nesse sofá? Ele se mudou poucas semanas depois que eu saí. Vai ver já estava transando com ela no mesmo sofá enquanto eu ainda morava na casa. O detetive não pede que eu explique o que quero dizer quando digo que sei no que estão pensando, então sigo em frente por iniciativa própria.

— A polícia está pensando que ela não era o tipo de pessoa que tira a própria vida. E tem toda a razão. Não me pergunte como, detetive, mas sei que ela foi assassinada.

Ele não parece muito interessado nos meus comentários.

— Também sei que o assassinato vai pegar mal para mim, o marido desprezado. Porque parece que tenho um motivo. Eu poderia ter vindo aqui falar com Simone, e, sabendo onde ela guardava o cianeto, poderia ter colocado o veneno no café dela e ido embora. Imagino que foi por isso que o senhor esteve na minha casa, para ver se as fibras de roupa que encontrou aqui na casa de Simone são as mesmas das roupas que eu uso.

O detetive não responde. Suspiro.

— Mas como nem as fibras, nem as pegadas, nem as impressões digitais são minhas, vocês não têm provas cabais contra mim. Então, algum gênio sugeriu me trazer aqui à casa de campo para ver como eu me comporto ao voltar à cena do crime. É tipo uma guerra psicológica, certo?

Ainda nada de resposta.

— O senhor não encontrou nada por um motivo simples. Eu não estive aqui, detetive. Pelo menos não no último ano. E a empregada faz um trabalho completo com o aspirador de pó.

Pouso a xícara de café na mesa e pego um Twist do prato. Recheio de coco. Não é o meu favorito, mas é perfeitamente aceitável.

— É quase triste, detetive. A forma como todos os vestígios de uma pessoa podem ser removidos com tanta rapidez e facilidade. Como se ela nunca tivesse existido.

O chocolate gira quatro vezes quando puxo as pontas da embalagem. Retiro a folha prateada, dobro quatro vezes, passo a unha sobre as dobras e a coloco na mesa de centro. Então, fecho os olhos e coloco o chocolate na boca. Comunhão. A absolvição dos pecados.

Simone adorava chocolate. Especialmente Twist. Todo sábado, quando fazia compras na Kiwi, eu comprava um sacão de bombons para ela. Era uma das nossas poucas rotinas. Funcionava como uma espécie de âncora numa vida baseada no oportunismo, nos caprichos, em jantares ocasionais juntos e, via de regra, em acordar na mesma cama. Culpávamos nossos empregos, e eu acreditava que tudo seria diferente quando tivéssemos um filho. Isso nos uniria. Uma criança. Me lembro de como ela ficou abalada quando toquei no assunto pela primeira vez.

Abro os olhos de novo.

— Nós éramos o casal Twist perfeito, Simone e eu — digo, e meio que espero que o detetive levante a sobrancelha e lance um olhar perplexo para mim. — Não estou me referindo a dançar o twist, mas ao chocolate — explico. O detetive evidentemente não tem o menor senso de humor. — Gosto de bombom com recheio de alcaçuz e nugá e odeio os de banana. Acontece que ela adorava os de banana. Sabe? Aqueles com a embalagem verde e amarela. Ah, claro, o senhor já... Quando a gente recebia visita, eu tinha que separar os bombons com recheio de banana antes de colocar no prato para ela comer no dia seguinte.

Penso em acrescentar uma risadinha, mas em vez disso — e inesperadamente — a anedota dá origem a uma avalanche emocional. Sinto a garganta fechar. Não quero falar nada, mas então ouço o meu sussurro atormentado:

— A gente se amava. A gente mais do que se amava. Nós éramos o ar que o outro respirava, nós nos mantínhamos vivos, entende? Não, claro que não entende, por que entenderia?

Sinto uma coisa parecida com raiva. Cá estou eu, expondo os meus pensamentos mais íntimos e dolorosos, me esforçando para não chorar, e o detetive ali, parado, com cara de paisagem. Poderia pelo menos acenar com a cabeça por compaixão ou fingir que está anotando alguma coisa.

— Até me conhecer, a vida de Simone não tinha sentido nem direção, ela estava patinhando. Na superfície parecia tudo bem, a aparência, o dinheiro, os ditos amigos, mas não havia substância, direção, entende? Chamo isso de "maldição das coisas". Porque coisas podem ser perdidas, e, quanto mais coisas se possui, mais medo se tem de perdê-las. Ela estava se afogando na própria riqueza, não conseguia respirar. Eu apareci e dei a Simone espaço. Dei ar.

Paro. O detetive está com cara de zonzo.

— Ar. O oposto de cianeto, detetive. Cianeto paralisa as células dos órgãos respiratórios, não dá para respirar e em questão de segundos se morre sufocado. Mas tenho certeza de que o senhor sabe disso, não é?

Melhor assim. Falar de qualquer outra coisa. Engulo em seco, me recomponho e continuo:

— Esse arquiteto, Henrik Bakke, não sei como ela o conheceu. Ela sempre disse que foi depois que me mudei, e no começo acreditei nisso. Mas uns amigos me disseram que eu era muito ingênuo, apontando que o cara se mudou para cá quase imediatamente depois de eu sair. Antes mesmo de o meu lado da cama esfriar, como disse um amigo meu. Mesmo assim, detetive, e sei que pode parecer estranho, de certa forma é reconfortante saber que foram os sentimentos dela por outra pessoa que arruinaram o nosso casamento. Que o que Simone e eu tínhamos não era o tipo de coisa que simplesmente morre sozinha. Que era preciso um amor para vencer outro amor.

Olhei de relance para o detetive, mas desviei quando ele me encarou. Costumo ser cuidadoso ao falar de sentimentos, especialmente dos meus. Mas nesse momento tem uma coisa dentro de mim tomando impulso, e não consigo parar. Talvez nem queira parar.

— Acho que sou um cara ciumento dentro da normalidade. Talvez Simone não tivesse uma beleza clássica, mas tinha uma qualidade animalesca que a tornava bonita de uma forma perigosa. Simone tinha um jeito de olhar que fazia você se sentir um peixinho dourado sozinho em casa com o gato. Era rodeada por homens. Como aqueles pássaros que vivem ao redor da boca do crocodilo. Simone fazia alguma coisa com a cabeça deles, ela... Bom, o senhor mesmo a viu. Eu a chamava de anjo da morte. Brincava dizendo que ela seria a responsável pela minha morte, que um belo dia um admirador fanático dela iria me matar. Mas no fundo esse pensamento não me assustava tanto quanto a ideia de que um dia ela se apaixonaria por um pretendente insistente. Como falei, o meu ciúme é o de uma pessoa normal.

O detetive afundou ainda mais na poltrona. Não surpreende; até agora não falei nada interessante para a investigação. Mas ele também não mostra nenhum sinal de querer me impedir de falar.

— Mesmo assim, nunca senti ciúmes de Henrik Bakke. Engraçado, não é? Pelo menos não no sentido de odiá-lo ou guardar rancor. Acho que ele era só mais um cara igual a mim, amava Simone mais do que qualquer outra pessoa no mundo. Na verdade, eu o enxergava mais como alguém no mesmo barco que eu do que como um rival.

Uso a língua para tirar um pedacinho de coco ralado preso no canto da boca e sinto uma pontada momentânea de desconforto. O silêncio do detetive é ensurdecedor.

— Tá bom. Isso não é exatamente verdade. Eu *senti* ciúmes de Henrik Bakke. Pelo menos na primeira vez em que a gente se falou pessoalmente. Explico: certo dia ele ligou para o meu escritório e perguntou se a gente podia se encontrar, porque ele tinha alguns documentos de Simone para mim. Eu sabia que ele provavelmente ia me entregar os papéis do divórcio, e, ainda que fosse um movimento horrível da parte dela usar o novo amante para isso, eu estava curioso para saber quem era o sujeito, então concordei e marquei com ele num restaurante. Imagino que ele estava igualmente curioso a meu respeito.

"De qualquer forma, ele acabou se mostrando um sujeito muito legal. Educado sem ser servil, inteligente mas discreto, e enxergava a nossa situação com bom humor. Bebemos umas cervejas e, depois de um tempo, quando ele começou a falar de Simone, ficou claro que estava tendo com ela exatamente o mesmo problema que eu havia tido. Ela parecia um gato. Fazia o que queria, era mimada e mal-humorada e não era lá a pessoa mais leal do mundo. Ele reclamou de todos os amigos homens dela e se perguntou por que ela não podia ser como as outras mulheres e ter amigas. Falou das noites em que ela voltou para casa bêbada depois de ele já ter ido para a cama e de todas as pessoas novas e empolgantes que ela conhecia e sobre quem estava ansiosa para contar a ele. Em certo momento, Henrik fez um aparte e perguntou se eu havia estado com ela desde que a gente se separou e eu saí de casa, e com um sorriso no rosto tive que dizer que não. Sorri porque havia percebido que ele devia ter mais ciúmes de mim do que eu dele. Não é um paradoxo, detetive?"

O detetive abre a boca, mas muda de ideia e deixa a mandíbula entreaberta. Uma visão ridícula. Na verdade, eu estava decidido a não falar muito, mas é engraçado como o silêncio de outra pessoa pode afetar você. De início me senti ameaçado pelo silêncio, mas agora vejo que não é o que se pode descrever como silêncio *eloquente*. O detetive não parece especialmente interessado ou atento; na verdade exala uma espécie de nada carregado de neutralidade. É uma ausência de fala, um espaço vago que funciona como um vácuo que suga as minhas palavras.

— Continuamos tomando cerveja e demos boas risadas enquanto trocávamos histórias sobre defeitos de Simone. Por exemplo, como ela sempre mudava de ideia depois de pedir a comida, então era preciso chamar o garçom e mudar o pedido. Ou como ela sempre tinha que ir ao banheiro depois de apagar a luz e dar boa-noite. E, claro, a expedição de compras de sábado, e que catástrofe era se você se esquecesse de comprar Twists.

"Por isso não fiquei surpreso quando encontrei Bakke outra vez na Kiwi sábado de manhã semanas depois. Nós dois rimos quando fiz uma cena e olhei para o saco de Twists no carrinho de compras dele. Ele perguntou sobre os papéis do divórcio, disse que o advogado de Simone estava esperando por eles. Falei que estava atolado, mas que cuidaria do assunto na semana seguinte. Acho que na hora fiquei meio irritado por ele trazer isso à tona. Quer dizer, por que a pressa? Ele tinha tomado o meu lugar na cama dela, já não era suficiente? A impressão era de que ele mal podia esperar para se casar com ela. E com os milhões dela. Então perguntei, na lata, se eles estavam planejando se casar. Ele pareceu confuso, então repeti a pergunta. Por fim ele abriu um sorriso amarelo e fez que não com a cabeça. E foi então que entendi a situação toda."

Estico a embalagem de alcaçuz entre os dedos. Está escrito "Lakris — lakrits — lakrids". Dinamarquês, sueco e norueguês. Fácil de entender, de todo modo. É bom quando os vizinhos falam quase a mesma língua que você.

— Havia alguma coisa no olhar dele, uma dor que reconheci do meu reflexo no espelho naquela época. Bakke estava de saída. Simone estava entediada. Era apenas questão de tempo, e ele sabia disso, já era capaz de saborear os frutos amargos da derrota. O senhor investigou isso, detetive? Perguntou às amigas de Simone se ela estava fazendo planos do tipo? Pois deveria perguntar, porque nesse caso ele teria um motivo, não acha? *Crime passionnel*, não é assim que vocês chamam?

166

É um sorriso que vejo se formando nos lábios do detetive? Ele não responde à pergunta. Claro que não responde, não pode revelar qualquer informação relacionada à investigação. Mesmo assim, ao pensar em Henrik Bakke como suspeito, não consigo deixar de sorrir também. Nem tento esconder. Nós sorrimos.

— Um paradoxo e tanto, não é? Nunca consegui enviar os papéis do divórcio, então Simone e eu ainda éramos marido e mulher quando ela morreu. Isso faz de mim o único herdeiro. Então, se foi Henrik Bakke mesmo quem a matou, significa que o homem que roubou o amor da minha vida me tornou milionário. A mim. Que tal essa pequena ironia da vida?

Minha risada bate no papel de parede intrincado e no piso de parquete de carvalho e ecoa de volta para mim. Exagero um pouco, dou um tapa nas coxas e jogo a cabeça para trás. Então olho nos olhos do detetive. Frios como os de um tubarão. Eles me pregam no sofá. Paro de imediato. Será que ele se deu conta? Pego uma barra de chocolate Daim já aberta, mas mudo de ideia e escolho uma barra de Nougat Bali. Devolvo o Daim à embalagem. Preciso pensar. Não, não preciso. Um olhar para o detetive basta.

— O melhor do Twist é a embalagem — comento. — O fato de que se pode mudar de ideia, embrulhar de volta, e ninguém tem como saber que já foi aberto. Ao contrário da maioria das outras coisas. Confissões, por exemplo. Uma vez que uma confissão é, por assim dizer, desembrulhada, já era, é tarde demais.

O detetive acena com a cabeça. Mais como uma reverência.

— Certo — digo. — Chega de joguetes.

Digo isso como se tivesse acabado de me decidir, mas óbvio que não é o caso. Há minutos estou esperando o momento certo. E o momento certo é agora.

— O senhor encontrou as garrafinhas de solução de cianeto no porão, não foi? — O chocolate derrete na minha língua, e sinto o recheio duro no meu palato mole. — Estava faltando uma. Levei comigo quando fui expulso de casa. Não sei bem o motivo. Eu estava muito para baixo, talvez estivesse pensando em tirar a própria vida. Dá para fazer ácido cianídrico a partir de cianeto, mas o senhor provavelmente sabe disso, certo?

Os meus dedos remexem a tigela de chocolate, e encontro um com recheio de banana, mas o coloco de volta. Velhos hábitos.

— Dias depois de conhecer Bakke na Kiwi, comprei um saco de Twists. Depois fui a uma farmácia, comprei uma seringa descartável e a enchi com cianeto quando cheguei em casa. Então, abri o saco de bombons, tirei os de banana, abri todos com cuidado, injetei o veneno, embalei de volta e os devolvi ao saco. O resto foi simples. No sábado seguinte, esperei do lado de fora da Kiwi, até que Bakke estacionou o Porsche de Simone. Entrei na loja na frente dele com o saco de bombons debaixo do casaco, coloquei o saco na frente dos outros na prateleira e me escondi atrás das outras prateleiras, de onde vi que ele tinha escolhido o saco certo.

O detetive baixa a cabeça como se fosse ele quem estivesse confessando o homicídio por envenenamento, e não eu.

— Li que, quando Henrik Bakke a encontrou, a princípio pensou que estivesse dormindo. Pena que ele não estava lá quando ela morreu. Talvez tivesse aprendido alguma coisa. Deve ser fascinante observar um ser humano em trânsito entre a vida e a morte, não acha?

O detetive parece estar preparando uma resposta, uma resposta longa e complexa que exigiria muita reflexão. Sigo em frente.

— Eu contava que vocês fossem prender Henrik Bakke assim que recebessem o resultado da necropsia. Imaginei que seria fácil descobrir que o cianeto tinha saído dos chocolates que Bakke indiscutivelmente trouxe para casa. Mas vocês não descobriram. Não conseguiram fazer a conexão entre o veneno e os restos de chocolate que encontraram no estômago dela porque o chocolate já havia derretido e se dissolvido. Então comecei a temer que Henrik Bakke pudesse se safar.

Bebi o restante do café. A xícara do detetive continuava ali, intocada.

— Mas, assim que um segundo corpo chegar à mesa do legista, tenho certeza de que ele vai resolver o caso, não acha? Ele vai descobrir que a arma do crime estava bem debaixo do nariz de vocês o tempo todo, não é?

Aponto para o prato de chocolatinhos e encaro o detetive com um sorriso. Nenhuma resposta.

— Aceita um último Twist antes de eu soar o alarme, detetive?

No silêncio que se seguiu, ouço o leve estalar de uma embalagem de bombom com recheio de banana, que lentamente começa a se desdobrar, desabrochando como uma rosa verde e amarela na mesa de centro diante do detetive. Aquela mesa de centro maravilhosa.

# ODD

ODD ESTAVA — DO PONTO de vista do auditório — nos bastidores do lado direito do palco.

Tentava respirar normalmente.

Quantas vezes tinha ficado assim, temendo a perspectiva de fazer sua entrada diante de uma multidão enquanto ouvia a pessoa que iria entrevistá-lo tecer elogios, aumentar as expectativas? E esta noite as expectativas já estavam nas alturas, tendo em vista que os ingressos custavam vinte e cinco libras, mais do que qualquer um de seus livros finos. Com a possível exceção das primeiras edições inglesas do seu livro de estreia, que já não eram mais encontradas em sebos e custavam trezentas libras na internet.

Era isso que tornava tão difícil respirar? O medo de que o verdadeiro Odd Rimmen, em carne e osso, não correspondesse ao hype? De que não *seria capaz* de corresponder ao hype? Afinal, eles o transformaram numa espécie de super-homem, um intelectual conhecedor da mente humana, que não apenas analisava nossa condição mas também previa tendências socioculturais e diagnosticava os problemas do homem moderno. Será que as pessoas não entendiam que ele estava apenas *escrevendo*?

E, sim, é natural que o pensamento de um escritor tenha sempre um subtexto que o próprio escritor nem sempre entende ou enxerga.

Isso vale até para os autores que o próprio Odd admirava. Camus, Saramago — ele suspeitava que nem Sartre havia sondado as próprias profundezas, preocupando-se mais com o *sex appeal* da formulação.

Cara a cara com a superfície neutra da página — do computador — e a opção de recuo que ela oferecia, Odd Rimmen podia ser ele próprio, o homem que o crítico do *Boston Globe* tinha, com o maior respeito, chamado de "Odd Dreamin', um sonho de escritor". Mas, pessoalmente, ele era apenas Odd, um sujeito só esperando para ser exposto como um homem de inteligência mediana com um dom ligeiramente acima da média para a linguagem e um controle nitidamente abaixo da média de sua autocrítica e seus impulsos. E ele achava que era essa falta de controle sobre os impulsos que o havia levado a expor sua vida emocional de forma tão imprudente diante de milhares — na verdade, centenas de milhares (não milhões) — de leitores. Porque, mesmo que a página/tela oferecesse a opção de recuar, a oportunidade de se arrepender e fazer mudanças, ele nunca a aceitava se via que estava *bom*. Sua vocação literária tinha prioridade sobre seu conforto pessoal. Ele era capaz de desafiar o ponto fraco da própria personalidade e sair da zona de conforto, desde que tudo acontecesse na página, na imaginação, nos sonhos e na escrita, que, qualquer que fosse o tema ou o grau de intimidade, funcionavam como uma zona de conforto, desconectada da segurança da vida lá fora. Odd era capaz de escrever qualquer coisa e dizer a si mesmo que ia colocar na última gaveta da mesa e nunca publicar. Mas então, quando Sophie, sua editora, lia e massageava o ego de escritor de Odd a ponto de fazê-lo acreditar que seria um crime literário privar os leitores daquele texto, era apenas questão de fechar os olhos, tremer e beber sozinho e deixar tudo acontecer.

Mas isso não é possível com uma entrevista num palco.

A voz de Esther Abbot chegou a Odd como um estrondo distante, uma tempestade se aproximando conforme ele atravessa o palco. Ela estava num púlpito em frente às poltronas onde eles se sentariam. Como se a criação de um ambiente que se parecesse vagamente com uma sala de estar pudesse deixá-lo mais relaxado. Uma cadeira elétrica colocada num prado florido. Eles que se fodam.

— Ele deu aos leitores um novo ponto de vista com o qual podemos nos enxergar, enxergar nossa vida, a vida de quem amamos, o mundo ao nosso redor — disse a voz.

Odd tinha dificuldade para entender as palavras em inglês, mas preferia ser entrevistado em inglês a ser em seu idioma materno, exagerando no sotaque para fazer o público achar que sua incapacidade de se expressar com clareza era resultado óbvio do fato de ele ter que falar numa língua estrangeira, e não do fato de que em cada conversa cara a cara, mesmo em sua língua materna, ele se transformava num palhaço que tropeçava até nas frases mais simples.

— Ele é um dos observadores mais perspicazes e inflexíveis do nosso tempo, da nossa sociedade e de nós mesmos como indivíduos.

Que besteira, pensou Odd Rimmen, secando a palma das mãos na coxa do jeans G-Star. Como escritor, ele havia alcançado sucesso comercial inteiramente por causa das descrições que fazia de fantasias sexuais que alcançavam um equilíbrio delicado no limite do aceitável que foram descritas como controversas e corajosas, mas que não estavam *tão* no limite a ponto de chocar ou incomodar o leitor, ao mesmo tempo que funcionavam como terapia para combater o constrangimento dos leitores que compartilhavam fantasias iguais. O próprio Odd sabia que tudo o mais que escrevia era baseado nessas descrições de sexo. E Odd sabia também — assim como sua editora, embora nunca tivessem conversado sobre isso — que nos livros seguintes ele passou a oferecer variações dessas fantasias sexuais, apesar de serem, tematicamente falando, elementos estranhos às histórias. Eram como solos de guitarra longos na música errada, sem qualquer outra relevância além do fato de serem algo que o público esperava — e até exigia — dele. Uma provocação que havia se tornado tão normal que deveria causar bocejos em vez de suspiros, uma rotina que quase o fazia vomitar, mas que ele justificava dizendo a si mesmo que eram "as rodas" necessárias ao restante do texto, o elemento capaz de entregar sua verdadeira mensagem a um público maior do que alcançaria se não utilizasse esse artifício. Mas Odd estava enganado. Ele tinha vendido a alma e, como artista, havia sido prejudicado por isso. Bom, então que tudo isso tenha um fim.

No romance em que estava trabalhando naquele momento e que ainda não tinha mostrado à editora, Odd havia extirpado tudo o que tivesse cheiro de comercial e cultivado apenas o poético, a visão onírica, o real. O doloroso. Chega de concessões.

E ali estava ele, a segundos de ser levado ao palco sob os aplausos ensurdecedores do Charles Dickens Theatre lotado; um público que, antes mesmo que ele abrisse a boca, já havia decidido que o amava, assim como amava seus livros, como se os dois fossem a mesma coisa, como se sua escrita e suas mentiras tivessem dito ao público tudo o que era preciso saber sobre Odd muito tempo atrás.

O pior de tudo era que ele precisava daquilo. Ele realmente precisava da admiração infundada e do amor incondicional do público. Ele se tornou viciado nisso, porque o que via nos olhos das pessoas, tudo aquilo que ele roubava delas, era como heroína. Ele sabia que isso o destruía, o corrompia como artista, mas ainda assim *precisava* daquilo.

— ... traduzido para quarenta idiomas, lido no mundo todo, atravessando barreiras culturais...

O próprio Charles Dickens deve ter sido um tipo igual de viciado em heroína. Não só publicou muitos dos seus romances capítulo por capítulo, analisando de perto a resposta do público antes de começar o próximo, como também fez turnês nas quais lia os próprios livros, e não com a distância tímida do próprio texto, como um autor intelectual, com aquela adorável desconfiança do homem humilde, mas com uma paixão desavergonhada que expunha não apenas suas ambições teatrais e seu talento como ator mas também sua avidez por seduzir as massas — tanto da classe alta quanto da baixa, independentemente de posição social e nível intelectual. E será que esse mesmo Charles Dickens — o reformador social, o defensor dos pobres — não estava tão interessado em dinheiro e status social quanto alguns dos seus personagens menos simpáticos? No entanto, não era essa a crítica de Odd Rimmen a Charles Dickens. A crítica estava no fato de que Dickens havia *representado* a própria arte. E representado aqui no pior sentido da palavra. Uma combinação de vendedor ambulante e urso dançarino acorrentado pelo dono para parecer perigoso, quando na realidade os testículos, as garras e os dentes do animal tinham sido arrancados. Charles Dickens dava ao público o que ele queria, e o que o público queria naquele momento específico era a crítica social.

A escrita de Charles Dickens teria sido melhor — ou, digamos, ainda melhor — se ele tivesse se mantido no caminho estreito e reto da arte?

Odd Rimmen havia lido *David Copperfield* e pensado, na época, que ele mesmo poderia ter feito um trabalho melhor. Não muito melhor, mas melhor. Será que isso ainda era verdade? Ou será que, como resultado da submissão a esse circo, a caneta, as garras e os dentes dele perderam o fio necessário para criar uma arte capaz de ser legada à posteridade? E, se fosse esse o caso, haveria caminho de volta?

Sim, respondeu ele para si mesmo. Porque o novo romance em que estava trabalhando era exatamente isso, não era?

No entanto, ali estava ele, a segundos de subir no palco, prestes a se deleitar com olhares admirados e holofotes, ordenhando aplausos enquanto falava mecanicamente seus truísmos — em suma, recebendo a dose noturna de sua droga.

— Senhoras e senhores, agora no palco o homem que vocês estavam esperando...

*Just do it*. Esse não é só o melhor slogan de tênis da história — ou de qualquer produto: era também a resposta que ele sempre dava aos jovens que lhe pediam conselhos sobre como começar a escrever. Odd dizia que não havia razão para adiar, que não era preciso se preparar, bastava colocar a caneta no papel, e não de forma metafórica, mas literal. Ele dizia aos aspirantes a escritor que deveriam começar a escrever naquela noite. Qualquer coisa, qualquer coisa mesmo, mas tinha que ser de imediato, naquela mesma noite.

Havia sido assim com Aurora, quando ele enfim conseguiu deixá-la após intermináveis discussões, lágrimas e reencontros que sempre terminavam com ele de volta à estaca zero. No fim, porém, ele só tinha que agir de acordo com o slogan: *Just do it*. Sair fisicamente pela porta e nunca mais voltar. Tão simples e ao mesmo tempo tão difícil. Quando se está viciado, não dá para simplesmente pisar no freio e usar só *um pouco* de heroína. Odd tinha visto o próprio irmão tentar isso, e o resultado havia sido letal. Só existia uma saída: cortar o uso, direto para a abstinência. Esta noite. Agora. Porque não vai ser melhor ou mais fácil amanhã. Vai ser mais difícil. Quem adia acaba afundando na merda. Que diferença faz adiar para amanhã?

Dos bastidores, Odd Rimmen olhou para a retroiluminação ofuscante no palco. Não conseguia ver o público, apenas uma parede de escuridão. Talvez não houvesse ninguém lá. Talvez nem existisse público. E vai ver eles próprios achavam que Odd também não existia.

Foi quando chegou o pensamento libertador, redentor. Seu cavalo. Estava ali, na sua frente. Tudo o que ele tinha que fazer era colocar um pé no estribo e montar. *Just do it*. A outra opção era ignorar o slogan e não fazê-lo. Essas eram, de fato, suas únicas alternativas. Ou melhor, sua alternativa, para ser gramaticalmente correto. E a partir de agora ele seria. Rigoroso. Verdadeiro. Inflexível.

Odd Rimmen virou as costas e foi embora. Tirou o microfone e o transmissor do pescoço e os entregou a um técnico que o encarou, perplexo, enquanto passava por ele. Odd Rimmen desceu as escadas até o camarim onde ele, a entrevistadora, Esther Abbot, e o assessor de imprensa da editora haviam repassado algumas perguntas. Agora o lugar estava vazio, e o único som que se ouvia era a voz de Esther lá em cima, um estrondo oco e sem palavras que ecoava pelo teto. Odd pegou o casaco que havia pendurado na cadeira e uma maçã da fruteira e seguiu para a porta de saída dos artistas. Abriu e respirou o ar londrino do beco estreito, uma combinação de fumaça de escapamento, metal queimado e queijo do exaustor do restaurante. Odd Rimmen nunca havia respirado um ar mais livre e fresco.

Odd Rimmen não tinha aonde ir.

Odd Rimmen podia ir a qualquer lugar.

Pode-se dizer que tudo começou com Odd Rimmen deixando o Charles Dickens Theatre alguns segundos antes de subir ao palco para falar sobre seu mais novo livro, *A colina*.

Ou que começou com o *Guardian* escrevendo sobre o caso, dizendo que ele havia decepcionado o público pagante, os organizadores do

Festival de Literatura de Camden e Esther Abbot, a jovem jornalista que havia organizado a entrevista e revelado quanto estava ansiosa para o momento. Ou pode-se alegar que começou quando a *New Yorker* entrou em contato com a editora de Odd Rimmen e pediu uma entrevista. Quando a assessoria de imprensa da editora lhes disse que, infelizmente, Odd Rimmen não dava mais entrevistas, a revista pediu o número de telefone dele, na esperança de fazê-lo mudar de ideia, mas descobriu que ele não tinha mais telefone. Na verdade, descobriu que a editora não sabia sequer onde Odd Rimmen estava. Ninguém teve notícias dele depois que deixou o Charles Dickens Theatre aquela noite.

Isso não era totalmente verdade, mas a *New Yorker* escreveu um artigo sobre Odd Rimmen *in absentia* no qual outros escritores, críticos literários e personalidades culturais falavam sobre o autor em geral e sobre *A colina* em particular. Morando na casa de veraneio dos pais na França, Odd Rimmen só pôde reagir com espanto à lista de nomes famosos que de repente pareciam não apenas ter lido seus livros como também conhecê-lo pessoalmente. Talvez não surpreendesse que eles mentissem sobre o fato de conhecer sua obra para ter seus nomes nas páginas da prestigiosa *New Yorker*. E, com alguns dias de sobreaviso, naturalmente tiveram tempo de passar os olhos em alguns livros para ter uma ideia deles, ou entrar num site de resumos. Mas o que o surpreendeu de verdade foi o fato de eles também falarem de sua "personalidade enigmática" e seu "carisma muito especial", já que ele mal se lembrava de ter conhecido essas pessoas num ambiente profissional — em festivais, feiras de livros, entregas de prêmios — e trocado cortesias profissionais, num ramo em que a cortesia beira a paranoia. (A teoria de Odd Rimmen era de que escritores têm pavor de ofender outros escritores porque sabem melhor do que ninguém que uma mente sensível armada com uma caneta é como uma criança segurando uma metralhadora.)

Mas, à luz da promessa que tinha feito a si mesmo de ser asceta e puro e de se abster de qualquer coisa que pudesse ser (corrigindo: que seria) interpretada como se vender, fazer trapaça intelectual ou se engrandecer, Odd Rimmen havia negado a si mesmo o direito de corrigir a impressão que os leitores da *New Yorker* poderiam formar dele como uma figura cult da literatura.

Não importa como começou — o fato foi que continuou. E foi isso que sua editora lhe disse quando ligou para sua remota casa de veraneio no vilarejo.

— Alguma coisa aconteceu, Odd. E não está parando, só faz crescer.

Sophie Hall estava se referindo não só aos números de vendas mas também a todos os pedidos de entrevistas, convites para festivais, pedidos de editoras estrangeiras para que ele fizesse uma turnê de lançamento da tradução de *A colina*.

— É uma loucura — continuou ela. — Depois de tudo aquilo na *New Yorker*...

— Vai passar. Um artigo de revista não muda o mundo.

— Você se isolou, então não sabe o que está acontecendo. Todo mundo está falando de você, Odd. *Todo mundo.*

— Ah, sério? E o que estão dizendo?

— Que você... — Ela deu uma risadinha. — Que você é meio louco.

— Louco? De um jeito bom?

— De um jeito muito bom.

Ele sabia exatamente o que Sophie queria dizer. Eles tinham conversado sobre isso. Escritores que fascinam são aqueles que descrevem um mundo que é fácil de reconhecer, mas visto através de lentes um pouco diferentes das que usamos. Ou que eles usam, pensou Odd Rimmen, já que o que sua editora estava lhe dizendo era que ele havia sido promovido ao nível daqueles que enxergam as coisas de forma diferente, os intelectualmente excêntricos. Será que ele de fato pertencia a esse grupo? Será que sempre pertenceu? Ou será que ele era uma enganação, um aspirante convencional que agia de forma esquisita só para causar rebuliço? Enquanto ouvia a editora descrevendo o interesse em Odd Rimmen, ele se perguntou se o respeito dela por ele havia crescido. Era como se nem ela, que o tinha acompanhado tão de perto — frase por frase, por assim dizer —, estivesse imune a essa súbita mudança de humor provocada por um único acontecimento: quando, quase que por impulso, ele fugiu de uma entrevista pouco antes de subir para o palco. E agora ali estava ela, dizendo que tinha acabado de reler *A colina* e estava impressionada, que o livro em que tinham trabalhado juntos era de fato maravilhoso. E, mesmo suspeitando de que ela tivesse apenas lido o livro sob outra luz — a luz da admiração dos outros —, ele não disse nada.

— O que está acontecendo, Sophie? — perguntou ele quando ela parou para respirar.

— A Warner Brothers entrou em contato. Querem transformar *A colina* em filme.

— Você está brincando.

— Querem Terrence Malick ou Paul Thomas Anderson na direção.

— Eles *querem*?

— Estão se perguntando se você ficaria feliz com qualquer um deles.

Eu ficaria feliz com Malick ou Anderson? *Além da linha vermelha*. *Magnólia*. Dois diretores de extrema qualidade que haviam conseguido a façanha quase impossível de fazer com que o grande público assistisse a filmes de arte.

— O que me diz? — perguntou Sophie, naquele tom exagerado e lamuriento de uma garota de 14 anos, como se ela mesma mal pudesse acreditar no que estava dizendo.

— Eu ficaria muito feliz com qualquer um deles — afirmou ele.

— Ótimo, vou ligar para a Warner Brothers e... — Ela parou. Provavelmente percebeu.

Uma oração com o verbo no futuro do pretérito. *Ficaria muito feliz*. Uma expressão de incerteza, dúvida, algo que poderia ter acontecido no passado, mas não se concretizou. Por isso agora Sophie se perguntava por que não se tornaria real. Então Rimmen lhe disse.

— Se eu quisesse vender os direitos para o cinema.

— Você... Você *não* quer? — O tom de lamúria havia sumido. Agora ela definitivamente parecia incrédula.

— Gosto de *A colina* do jeito que é. Como livro. Como você mesma disse, ultimamente parece que o livro se tornou *realmente* muito bom.

Ele não sabia se Sophie havia percebido o tom irônico. Normalmente ela perceberia. Sophie era boa de ouvido, mas naquele momento estava tão abalada com tudo o que estava acontecendo que ele não teve certeza.

— Você refletiu direito sobre isso, Odd?

— Refleti.

E isso foi o mais estranho. Menos de um minuto antes, ele foi informado de que uma das maiores empresas cinematográficas do mundo queria pedir a um dos dois dos melhores diretores do mundo que dirigisse a adaptação cinematográfica de *A colina*, algo que impulsionaria não apenas esse livro como também todos os outros com o nome de Odd Rimmen na capa, passado e presente, e o transformaria num astro mundial. O fato, porém, é que ele já havia refletido sobre a possibilidade de conseguir uma grande oferta de adaptação para o cinema. "Sonhar acordado" seria uma descrição mais precisa. Porque, além das cenas de sexo mencionadas, não havia nada cinematográfico nos romances de Odd Rimmen. Muito pelo contrário, eram, em grande parte, monólogos interiores com poucos acontecimentos externos e pouca estrutura dramatúrgica convencional. Mas mesmo assim ele havia pensado nessa possibilidade. Apenas como uma hipótese, naturalmente, como um experimento mental, no qual ele pesava os argumentos prós e contras enquanto contemplava o golfo da Biscaia. Charles Dickens não teria apenas gritado um jubiloso "Sim!". O velho insistiria em interpretar pelo menos um dos protagonistas.

O antigo Odd Rimmen, pré-Charles Dickens Theatre, também diria sim, mas ficaria com um gosto ruim na boca. Ele se justificaria dizendo que, num mundo ideal, diria "não, obrigado" e manteria o livro intacto, reservado ao leitor paciente, ao leitor que não aceitava simplificações, que absorveria cada frase de acordo com seu ritmo, guiado pela velocidade do olho, pelo amadurecimento da contemplação. Mas num mundo governado pelo dinheiro e pelo entretenimento vazio ele não podia dizer não ao tipo de atenção que seu tipo de livro (sério, literário) estava recebendo, pois tinha a obrigação de espalhar a palavra (literária), não só por si próprio mas também por todos que tentavam dizer algo por meio de sua escrita.

Sim, isso é o que ele diria, e em segredo saborearia toda a atenção recebida pelo filme, pelo livro e por seu próprio dilema aparente.

Contudo, o novo Odd Rimmen rejeitava esse tipo de hipocrisia. E, como já havia refletido sobre o assunto — e a realidade estava se revelando não muito distante do devaneio —, ele foi específico sobre isso para sua incrédula editora.

— Já refleti bem sobre isso, Sophie, e a resposta é não, não vou deixar *A colina* ser reduzido a uma sinopse de duas horas.

— Mas já é um livro tão curto... Você assistiu a *Onde os fracos não têm vez?*

Claro que Odd Rimmen tinha assistido, e claro que Sophie mencionaria esse filme, pensou ele. Sophie sabia que Odd adorava Cormac McCarthy, sabia que ele sabia que os irmãos Coen haviam conseguido *filmar* aquela história numa correlação direta, diferente de qualquer outro filme que ele pudesse imaginar. E Sophie também sabia que Odd Rimmen também sabia o que aquele filme significou para a divulgação dos livros de um escritor que até então era uma figura cult literária — e isso sem causar (muitos) danos aparentes à sua reputação entre a elite literária.

— Cormac escreveu *Onde os fracos não têm vez* originalmente como roteiro — disse ele. — Os próprios irmãos Coen afirmaram que, enquanto escreviam o roteiro, um deles segurava o livro aberto enquanto o outro copiava. Isso não vai funcionar com *A colina*. E, seja como for, estou no meio de algo no livro novo, então agora vou ter que desligar e voltar a escrever.

— O quê? Odd, não...

Odd Rimmen estava na fila para o Louvre, em Paris, quando a viu saindo. A impressão era de que Esther Abbot queria fingir que não o tinha visto, mas devia saber que sua cara de surpresa a havia entregado.

— Então, nos encontramos de novo — disse Esther de braços dados com um homem que puxou para mais perto, como se a mera visão de Odd Rimmen fosse um lembrete de que os homens podem desaparecer a qualquer momento se não ficar de olho.

— Sinto muito — disse Odd Rimmen. — Nunca tive a chance de me desculpar.

— *Nunca?* Tinha alguém ou alguma coisa impedindo você esse tempo todo?

— Não. Na verdade, não. Peço desculpas.

— Talvez você devesse ter guardado as desculpas para todas aquelas pessoas que apareceram para ouvir você naquele dia.

— Com certeza. Você tem toda a razão.

Ele achou que ela parecia bem. Melhor do que se lembrava dela do teatro. Imaginou que na época talvez estivesse concentrada demais no trabalho. Daquela vez Esther o bajulou demais, a ponto de não ter despertado o lado sedutor dele, do mesmo jeito que a presa se finge de morta até o predador perder o interesse. Mas, ali, parada, a pele bronzeada, meio zangada, o vento soprando seus cabelos e de braços dados com um homem, o fato é que Esther estava simplesmente muito atraente. Tão atraente que, para Rimmen, parecia estranho que ela tivesse automaticamente puxado o homem com quem estava para perto assim que o viu. Deveria ter sido o contrário — o macho discretamente marcando território quando confrontado por outro macho da mesma idade, um homem de status social presumivelmente mais alto, após aquele artigo na *New Yorker*.

— Posso oferecer uma taça de vinho a vocês para mostrar que estou falando de coração? — perguntou Odd Rimmen e lançou um olhar inquisidor para o homem, que parecia procurar uma forma educada de recusar a oferta, mas então Esther Abbot aceitou.

O companheiro dela sorriu como se tivesse um alfinete no sapato.

— Em outra oportunidade, talvez — disse ele. — Você está entrando, e o Louvre é tão grande.

Odd Rimmen analisou o casal desigual: ela leve e brilhante com o sol nos olhos; ele tão sombrio e pesado como uma frente fria. Como uma mulher tão atraente pode se apaixonar por uma coisa tão sem charme? Esther não tinha ideia do próprio valor de mercado? Na verdade, tinha. Rimmen enxergou isso e lhe ocorreu que Esther havia puxado o namorado/marido/amante para perto com o intuito de mostrar a ele que esse tal Rimmen não era algo que ele deveria considerar uma ameaça. Mas por que o sujeito precisava desse tipo de garantia? Ela tinha um histórico de promiscuidade, de infidelidade? Ou será que eles tinham falado sobre Rimmen, esse autor imprevisível? Será que, de alguma forma, Esther indicou ao homem ao lado dela que ele tinha motivos para temer a competição com Odd Rimmen? Era isso que estava por trás da expressão de ódio e medo que Rimmen viu no olhar do outro homem?

— Vou ao Louvre com frequência, já vi quase tudo que vale a pena ser visto — disse Odd, respondendo ao olhar com uma calma amigável. — Vamos, conheço um lugar onde servem um ótimo borgonha.

— Perfeito — disse Esther.

Eles encontraram o restaurante, e, antes mesmo de chegar a primeira taça, Esther começou a fazer perguntas que Odd suspeitava de que faziam parte da entrevista que nunca havia acontecido. De onde Odd tirava inspiração? Até que ponto os protagonistas eram baseados nele mesmo? As cenas de sexo foram baseadas em experiências pessoais ou eram fantasias? Nesta última pergunta, Odd viu o homem fazer uma leve careta. (O nome dele era Ryan, e ele trabalhava na embaixada em Paris.) Odd respondia, mas não fazia nenhuma tentativa de improvisar ou ser divertido, como costumava fazer (muitas vezes com sucesso) quando "atuava". Quando ele *de fato* atuava. Com o tempo, porém, ele mudou o foco da conversa para Esther e Ryan.

Ryan parecia fazer questão de não revelar a função que exercia na embaixada, apenas insinuando que era algo secreto e importante. Em vez disso, falava de como as técnicas da diplomacia internacional vinham sendo influenciadas pelas pesquisas do psicólogo Daniel Kahneman sobre "priming" — a ideia de que, utilizando meios simples, pode-se inserir um pensamento ou uma ideia na cabeça de um concorrente sem que ele perceba. Que, se você mostrar às pessoas um cartaz com as letras B E B A em seguida S O _ A e pedir que preencham a lacuna, a grande maioria vai escrever SODA em vez de SOPA em comparação com um grupo de pessoas que não leram a palavra B E B A antes de S O _ A.

Odd percebia que Ryan estava se esforçando para parecer interessante, mas, como aquela psicologia pop já era notícia velha, Odd logo voltou a atenção para Esther. Ela disse que morava em Londres, onde trabalhava como jornalista freelancer cobrindo cultura, mas que ela e Ryan viajavam para se ver "sempre que possível". Odd notou que Esther parecia estar direcionando o comentário mais para Ryan do que para ele, talvez com o seguinte subtexto: ouviu isso, Ryan? Estou descrevendo as coisas como se a gente ainda tivesse um relacionamento apaixonado, como se a gente quisesse, mais que tudo na vida, passar mais tempo junto. Feliz agora, seu falso do caralho?

Odd imaginou que devia estar viajando. Mas talvez não estivesse tão errado.

— Por que você simplesmente parou? — perguntou Esther enquanto o garçom servia uma terceira taça.

— Não parei. Estou escrevendo mais do que nunca. E melhor, espero.

— Você sabe o que eu quero dizer.

Ele deu de ombros.

— Tudo o que tenho a dizer está nas páginas dos livros. O resto não passa de distração e blefe. Sou um palhaço triste e patético. Ao me expor como pessoa, não faço nenhum bem ao meu trabalho.

— Não, pelo contrário — disse Esther e ergueu a taça. — Parece que, quanto menos as pessoas veem você, mais você é assunto.

— Espero que esteja falando dos meus livros.

— Não, estou falando de você mesmo. — Os olhos dela se demoraram um pouco nos dele. — E, como resultado, seus livros são mais comentados. Você está no processo de se transformar de um escritor cult nichado num escritor cult popular.

Odd Rimmen saboreou o vinho. E a descrição. Passou a língua nos lábios. Hummm... Já sentia que queria mais. Mais de tudo.

Quando Ryan saiu para ir ao banheiro, Odd se inclinou para a frente, colocou a mão sobre a de Esther e disse:

— Estou um pouco apaixonado por você.

— Eu sei — disse Esther, e ele pensou que ela não teria como saber, porque até então ele não estava apaixonado. Ou será que, ao contrário dela, Odd simplesmente não tinha percebido?

— Mas e se for só efeito do vinho? — perguntou ele. — Ou o fato de que, com Ryan sentado ao seu lado, você é inalcançável?

— Faz diferença? Se é porque você está solitário ou porque nasci com um rosto simétrico? Nossas razões para nos apaixonarmos são banais. Isso não torna a sensação menos agradável, não é?

— Talvez não. Você está apaixonada por mim?

— Por que estaria?

— Sou um escritor famoso. Isso não é banal o suficiente?

— Você é um escritor *quase* famoso, Odd Rimmen. Você não é rico. Você me deixou na mão justamente quando eu mais precisava de você. E tenho a sensação de que você seria capaz de fazer isso de novo se tivesse a chance.

— Então você *está* apaixonada por mim?

— Eu estava apaixonada por você antes de te conhecer.

Ambos ergueram as taças e beberam sem tirar os olhos um do outro.

— É simplesmente incrível! — Sophie quase gritava ao telefone. — Stephen Colbert!

— Isso é importante? — perguntou Odd Rimmen, inclinando-se para trás, e a cadeira bamba de madeira soltou um gemido de advertência. Ele olhou para as velhas macieiras que, segundo lhe dizia sua mãe, costumavam dar frutos no passado. O ar tinha um aroma de jardim selvagem e negligenciado e de mar, trazido pela brisa atlântica agradável e refrescante vinda do golfo da Biscaia.

— "Importante"? — repetiu a editora de Odd Rimmen, quase sem fôlego. — Ele deixou Jimmy Fallon para trás! Você foi convidado para o maior talk show do mundo, Odd!

— Porque...?

— Por causa das filmagens de *A colina*.

— Não entendi. Eu disse não ao filme.

— É *exatamente* por isso! Todo mundo está falando sobre isso nas redes sociais, Odd. Todos estão elogiando quanto você é íntegro. O homem que mora numa casa velha e decadente na França e escreve um livro sobre nada, que não vende nenhum exemplar, diz não à fama mundana e às riquezas desprezíveis em nome da arte de escrever. No momento, você é o escritor mais *cool* do mundo, sabia?

— Não — mentiu Odd Rimmen, porque o fato é que, obviamente, ele estava bem ciente de que as escolhas inflexíveis e aparentemente puritanas que vinha fazendo desde aquela noite no Charles Dickens Theatre não necessariamente, mas muito provavelmente, poderiam resultar naquilo que estava acontecendo naquele exato momento.

— Vou pensar no caso.

— A gravação é semana que vem, mas eles precisam de uma resposta hoje. Reservei o seu voo para Nova York.

— Mais tarde falo com você.

— Excelente. A propósito, você parece muito feliz, Odd.

Houve uma pausa, um instante em que Odd se perguntou se por acaso Sophie teria identificado, mesmo que sem querer, o que ele realmente estava sentindo. Triunfo. Não, não triunfo, pois isso sugeriria um objetivo que ele conscientemente almejava. E tudo o que ele pretendia era organizar as coisas de tal maneira que pudesse escrever com veracidade, sem se preocupar com nada nem ninguém, muito menos com a própria popularidade.

Dava na mesma. Ele tinha acabado de ler a descrição do neuroendocrinologista Robert Sapolsky sobre como o sistema de recompensas no cérebro de um alcoólatra em recuperação pode ser ativado simplesmente ao andar pela rua onde fica seu bar favorito dos velhos tempos; mesmo que ele não tenha intenção de beber, a expectativa adquirida pelos dias de bebedeira libera dopamina. Era isso que estava acontecendo com ele agora? Foi a mera perspectiva de uma atenção mundial focada nele próprio que deixou sua nuca arrepiada? Odd não tinha certeza, mas talvez o pânico que sentiu após pensar na simples possibilidade de acabar na mesma bagunça de antes o tenha feito segurar o telefone com mais força e dizer um "não" frio e duro.

— Não? — repetiu Sophie, e pelo leve tom de confusão na voz dela Odd percebeu que ela achava que ele estava respondendo ao comentário sobre parecer feliz.

— Não, não vou ao talk show — especificou.

— Mas... o seu livro. Odd, sinceramente, essa é uma oportunidade fantástica para dizer ao mundo que ele existe. De dizer ao mundo que a literatura de verdade existe. Você tem que fazer isso!

— Se aceitasse, eu trairia o meu voto de silêncio. Trairia todos aqueles que, segundo você, elogiam a minha integridade. Eu voltaria a ser o palhaço. — (Odd percebeu que estava usando o pretérito imperfeito.)

— Em primeiro lugar, não há ninguém para trair, Odd. Você é o único que está comprometido com o seu silêncio. E, quanto a ser um palhaço, é a sua vaidade falando, não o homem para quem a literatura é uma *vocação*.

Havia um tom mais agressivo nas palavras da editora, que Odd Rimmen nunca tinha ouvido antes. Como se ela tivesse chegado ao limite. Como se já tivesse ultrapassado o limite. Simplesmente não acreditava que Odd estava falando de coração. Que ele, com sua atitude anti-Charles Dickens, tivesse ultrapassado o próprio Charles Dickens na escala Charles Dickens. Era isso? Ele estava apenas fazendo o papel do artista cheio de princípios? Bom, sim e não. Seu lobo frontal, a parte do cérebro que, segundo Sapolsky, é responsável por decisões ponderadas, provavelmente estava sendo honesta. E quanto ao núcleo accumbens, o centro de prazer que exige prazer e recompensa imediata? Se os dois eram o anjinho e o diabinho, um em cada ombro sussurrando em seus ouvidos, não era fácil saber a qual estava dando ouvidos, qual era o verdadeiro mestre. Tudo o que Odd Rimmen podia dizer, com certeza, era que havia sido honesto na noite em que deixou o teatro. Mas o fato é que aconteceu alguma coisa quando descobriu que sua resistência a ser promovido publicamente resultou exatamente no contrário; ele se tornou o padre que fez voto de castidade; paradoxalmente, se transformou num símbolo sexual; e, em segredo até para si mesmo, gostou disso.

— Odd — disse Sophie —, você tem que ir em direção à luz. Está me escutando? Siga para a luz! Não para a escuridão.

Odd tossiu.

— Tenho um livro para escrever. Diga isso a eles, Sophie. E, sim, você está certa, estou feliz.

Ele encerrou a ligação. Sentiu uma mão quente tocar seu pescoço.

— Estou tão orgulhosa de você — disse Esther, sentando-se na cadeira de jardim ao lado dele.

— Está? — Odd se virou e deu um beijo em Esther.

— Numa época em que tudo que as pessoas fazem é correr atrás de cliques e curtidas? Pode apostar que sim. — Ela esticou os braços e bocejou, flexível como um gato. — Prefere ir à cidade para jantar ou vamos ficar em casa mesmo?

Odd se perguntou quem havia vazado a notícia de que ele recusou a adaptação cinematográfica de *A colina*. Se tinha sido a própria Sophie. Ou se, indiretamente, ele mesmo era o responsável, já que, afinal, havia mencionado isso para várias pessoas que poderiam ter espalhado a notícia.

Ao se deitar naquela noite, Odd pensou no que Sophie tinha dito sobre ir em direção à luz. Não é isso que se diz às pessoas que estão prestes a morrer? Que, quando chegarem ao outro lado, verão uma luz brilhante e que devem andar nessa direção? Como uma mariposa voando rumo à lâmpada do jardim que lhe queimaria as asas, pensou Odd. Mas ele também pensou em outra coisa: será que, com esse comentário, Sophie quis dizer que ele estava morrendo como escritor?

O outono chegou, e com ele a criatividade de Odd Rimmen perdeu força.

Odd tinha ouvido outros escritores falando sobre bloqueio criativo, mas nunca acreditou nessa história. Pelo menos, não para ele. Ele era Odd Dreamin'. A galinha dos ovos de ouro. As histórias simplesmente fluíam dele, gostando ou não. Então, ele presumiu que essa fase passaria e aproveitou para ficar mais tempo com Esther. Eles faziam longas caminhadas juntos, discutiam literatura e filmes. Algumas vezes foram a Paris no velho Mercedes de Odd e visitaram o Louvre.

Mas as semanas se passaram, e ele ainda não conseguia escrever. Sua cabeça estava vazia. Ou melhor, estava cheia de coisas que não davam boa literatura: sexo bom, comida boa, bebidas boas, conversas boas, intimidade real. Foi quando surgiu a suspeita: a culpa era de toda essa felicidade? Será que a felicidade o fez perder a coragem desesperada que antes o levava a explorar aqueles cantos obscuros da mente que ele usava para escrever? Pior do que a felicidade eufórica era a segurança serena. A sensação diária de que nada era muito importante, desde que ele e Esther tivessem um ao outro.

Odd e Esther tiveram as primeiras brigas. A forma como ela fazia o trabalho doméstico. Onde os objetos eram guardados. Ninharias, coisas com as quais ele normalmente não se incomodava. Mas o suficiente para, certo dia, ela fazer as malas e dizer que estava de partida para Londres, onde iria passar alguns dias com os pais.

Odd achou ótimo. Poderia descobrir se isso era suficiente para ressuscitar Odd Dreamin'.

No domingo de manhã Odd saiu do escritório e foi para a mesa do jardim sob as macieiras mortas, depois voltou para dentro de casa e se sentou à mesa da sala de jantar. Não ajudou. Por mais que tentasse, não conseguia escrever nada além de algumas frases sem sentido.

Pensou em ligar para Esther e dizer que a amava, mas não o fez. Em vez disso, perguntou-se se estaria disposto a trocar a felicidade e Esther pela capacidade de poder voltar a escrever.

Talvez a resposta não o tenha surpreendido, apenas a rapidez com que veio: sim, ele faria essa troca.

Amava Esther e agora odiava escrever. Por um lado, poderia viver sem Esther. Por outro, sem escrever, ele morreria, murcharia e apodreceria.

Ouviu a porta ser aberta.

Esther. Deve ter mudado de ideia e pegado um trem mais cedo.

Mas, pelo som dos passos, Odd sabia que não poderia ser ela.

Havia alguém parado à porta da sala. Capa de chuva longa e aberta por cima de um terno. Cabelo escuro e um topete suado colado na testa. Ofegante.

— Você roubou Esther de mim — disse Ryan, a voz rouca e trêmula. Ele deu um passo à frente e levantou a mão direita. Odd viu que Ryan estava segurando uma arma.

— E por isso você quer me matar? — perguntou Odd, um pouco surpreso ao perceber como falava com naturalidade, mas o fato é que apenas disse o que lhe veio à mente. Ele de fato estava mais curioso que amedrontado.

— Não — respondeu Ryan, virando a pistola e a oferecendo a Odd. — Quero que você faça isso sozinho.

Ainda sentado, Odd pegou a arma e olhou para ela. Havia longas sequências de números — lembravam números de telefone — gravadas ao longo do cilindro de aço preto. E agora que estava seguro teve uma sensação ainda mais estranha. Uma leve decepção pelo fato de a ameaça ter ido embora tão rápido quanto surgiu.

— Assim, você quer dizer? — perguntou Odd e encostou o cano da arma na têmpora.

— Exatamente assim — respondeu Ryan, a voz ainda trêmula, os olhos tão vidrados que Odd se perguntou se ele não estaria sob efeito de alguma substância química.

— Você sabe que ela não vai voltar para você mesmo que eu vá embora, certo? — disse Odd.

— Sei.

— Então por que se livrar de mim? Não tem lógica.

— Insisto que você tire a própria vida. Tudo bem?

— E se eu me recusar?

— Aí você vai ter que me matar — respondeu Ryan, a voz não mais apenas rouca como também chorosa.

Odd fez que sim lentamente enquanto refletia sobre a situação.

— Então um de nós tem que ir. Isso significa que você não suporta viver num mundo em que eu existo?

— Atira em um de nós agora e acaba logo com isso.

— Ou você quer que eu te mate para que, quando Esther descobrir, ela me deixe e sonhe com você, a única pessoa que não pode ter de volta?

— Cala a boca e atira!

— E se eu ainda me recusar?

— Aí eu te mato.

Ryan enfiou a mão no casaco e tirou uma segunda arma preta. Uma cor fosca, estranha. Ele apertou o cabo com tanta força que Odd ouviu o plástico rachar. Ryan apontou o cano para Odd, que ergueu a arma que estava segurando e puxou o gatilho.

Aconteceu rápido. Muito rápido. Tão rápido que depois o advogado de defesa de Odd Rimmen seria (futuro do pretérito) capaz de convencer um júri de que só a amígdala — com seu instinto de luta, fuga ou paralisação — teve tempo de reagir. Que o lobo frontal, aquele que lhe diz "ei, espera um segundo, pensa bem" não teve tempo de atuar.

Odd Rimmen se levantou da cadeira, foi até Ryan e olhou para ele. Para o ex-namorado de Esther. Para aquele ser humano que não estava mais vivo. Para o buraco de bala no lado direito da testa. E para a pistola de brinquedo ao lado do corpo.

Odd se abaixou e pegou a arma. Não pesava quase nada, e o cabo estava rachado.

Ele seria capaz de explicar a um júri. Mas o júri acreditaria? Acreditaria que o morto lhe deu sua própria arma de verdade e depois o ameaçou com um brinquedo quebrado e inofensivo? Talvez sim. Talvez não. É claro que a dor do amor pode enlouquecer um homem, mas um membro de confiança do serviço diplomático britânico dificilmente teria um histórico de problemas comportamentais ou psiquiátricos anormais. Não, uma defesa baseada na alegação de que Ryan havia deliberadamente solicitado a própria morte como uma vingança sublime parecia extravagante demais para o jurado médio masculino ou feminino aceitar.

Mas então outra coisa chamou a atenção de Odd: que, quando isso fosse parar na imprensa, haveria um frenesi. E daria à luz mil mitos. Autor mata rival em drama amoroso. Esse pensamento, contudo, teve tempo para ser processado pelo lobo frontal. Onde, claro, foi desconsiderado.

Odd foi até a porta de casa e olhou para fora. Havia um Peugeot estacionado em frente ao portão. O vizinho mais próximo morava tão longe que era pouco provável que o som do tiro dentro da sala de jantar tivesse chegado lá. Ele voltou até o cadáver, revirou os bolsos do casaco e encontrou as chaves do carro, um celular, a carteira, o passaporte e óculos escuros.

Odd passou as horas seguintes enterrando o corpo de Ryan no jardim. O túmulo ficou logo abaixo da maior macieira, onde Odd costumava colocar a mesa para trabalhar ou comer com Esther. Não escolheu o local porque fosse mórbido, mas porque o solo já estava bem batido e ninguém acharia estranho ver um pedaço de solo sem grama. E, nas poucas vezes em que tinha visto cachorros dentro da propriedade, não tinha sido no jardim — eles nunca se aventuravam tão perto da casa.

Começou a garoar, e, quando Odd terminou, suas roupas estavam molhadas e sujas. Tomou banho, colocou as roupas na máquina de lavar, limpou o chão da sala e esperou a noite cair.

Quando escureceu o suficiente, colocou o casaco e os óculos escuros de Ryan, as próprias luvas e um gorro preto que encontrou numa das gavetas de Esther. Enfiou uma capa de chuva no bolso do casaco e saiu.

Estranhamente eufórico, dirigiu o Peugeot de Ryan os seis quilômetros até o topo do penhasco em Vellet. Costuma haver pessoas por lá durante o dia, em especial nos fins de semana, mas raramente depois de escurecer, e Odd nunca tinha visto ninguém lá quando chovia. Deixou o carro no estacionamento e andou os cem metros que levavam até o mirante. Parou na beira do penhasco e olhou para as ondas lá embaixo, chocando-se com as rochas e formando a espuma branca da rebentação. Tirou o celular de Ryan do bolso, deixou cair penhasco abaixo e assistiu ao telefone desaparecer silenciosamente na escuridão. Em seguida, tirou o casaco e se certificou de que as chaves do carro, o passaporte e a carteira ainda estavam no outro bolso antes de dobrar a peça de roupa, colocá-la no chão num local claramente visível e botar uma pedra em cima para impedir que ela voasse.

Por fim, Odd vestiu a capa de chuva e foi andando de volta para casa. A cabeça estava a mil. Ele sabia desde o início que a segunda arma de Ryan era de brinquedo? Se sim, por que puxou o gatilho mesmo assim? Seu cérebro teve tempo de considerar as alternativas? O que teria acontecido se ele *não* tivesse atirado? Qual seria o próximo passo de Ryan? Será que Ryan o atacaria fisicamente, para que Odd ainda assim tivesse que atirar, mas sem poder dar a desculpa de que sentiu a vida ameaçada?

Eram dez da noite quando Odd voltou para casa e passou um café. Então, sentou-se diante do computador e escreveu. E escreveu. Só voltou a este mundo depois da meia-noite, quando ouviu a porta se abrir.

— Oi — disse ela e ficou ali parada, meio que esperando.

— Oi — respondeu ele, foi até a mulher que amava e a beijou.

— Nossa, olá! — disse ela animada ao colocar a mão na virilha dele. — Você estava sentindo *mesmo* a minha falta.

A polícia não tentou esconder o fato de que considerava o desaparecimento de Ryan Bloomberg um suicídio. Não só porque todos os achados e evidências circunstanciais apontavam nessa direção mas também porque os amigos próximos e a família de Ryan falaram do seu desespero após o término do relacionamento com Esther e de como ele falava em suicídio. A hipótese de suicídio foi reforçada pelo fato de que recentemente ele havia comprado uma pistola Heckler & Koch e tinha escolhido se matar perto de onde Esther estava morando com seu novo amor, Odd Rimmen.

No domingo em questão, Esther estava em Londres e só voltou para casa tarde da noite, mas Odd Rimmen estava em casa e foi capaz de dizer à polícia que tinha visto um Peugeot estacionado no portão, que teve a impressão de ver um homem sentado dentro do automóvel e presumiu que estivesse esperando por alguém. O depoimento batia com o rastreamento no celular de Ryan Bloomberg, disse a polícia. Sinais das estações-base de dados móveis permitiram que a polícia visse como Ryan e o celular dele começaram a se mover para oeste de Paris logo no início da manhã, chegando às proximidades da casa de Rimmen e passando algumas horas por ali, antes de o último sinal ser enviado de perto do alto do penhasco em Vellet.

Assim, a polícia se limitou a fazer uma busca curta e intensa, e ninguém se surpreendeu — dadas as fortes correntes oceânicas na região — com o fato de o corpo não ter sido encontrado.

Esther pensou bem, mas por fim decidiu não ir à cerimônia em Londres, temendo incomodar amigos e parentes de Ryan que a culpavam pela morte. Revelou sua decisão à família Bloomberg, acrescentando que prestaria homenagens depois.

Odd Rimmen escrevia com entusiasmo renovado. E transava com entusiasmo renovado também.

— Vamos comemorar esse dia glorioso com uma bebida — dizia quando o sol se punha em mais uma chama em tons vermelhos, laranja e lilás. Em seguida, descia até a adega e pegava uma das garrafas empoeiradas de sidra. Então, de vez em quando, ia até o pequeno fogão a lenha que não era usado e ficava escondido no canto mais escuro e remoto do porão, abria o forno, enfiava a mão dentro dele e sentia o aço frio da Heckler & Koch, passava a ponta dos dedos nos números do cano.

— Estou grávida — contou Esther.

Ela estava junto à janela da cozinha, segurando uma maçã, olhando para o golfo da Biscaia, onde o céu claro e as ondas brancas mostravam que mais uma tempestade de inverno se aproximava.

Odd largou a caneta. Estava escrevendo desde a manhã. Já havia estourado o prazo de entrega do livro fazia várias semanas. Não obstante, estava escrevendo de novo, isso era o mais importante. E escrevendo bem. Na verdade, muito bem.

— Tem certeza?

— Absoluta. — Ela colocou a mão na barriga como se já pudesse senti-la crescendo.

— Bom, isso é...

Ele procurou a palavra. E de repente foi como se o bloqueio tivesse voltado. Sabia que havia apenas uma palavra absolutamente correta. As situações eram como parafusos. Havia uma, e apenas uma, porca que se encaixava. Era apenas questão de revirar a gaveta até encontrá-la. Nas últimas semanas as palavras tinham simplesmente chegado a Odd, apresentado-se sem que ele precisasse procurar; agora, de repente, estava escuro como breu. "Fantástico" era a palavra certa?

194

Não, engravidar é trivial, quase todo ser humano saudável é capaz de fazer isso. "Bom"? Soaria como um eufemismo proposital, irônico e, portanto, duplamente desonesto. Ao longo dos nove meses em que viveram juntos, ele explicou a ela que seu trabalho era tudo; que nada poderia ficar no caminho. Nem mesmo ela, a mulher que ele amava mais que tudo (para ser mais preciso: que ele amava mais que qualquer outra mulher). "Catastrófico"? Não. Ele sabia que ela queria ter filhos. Se ela nunca tivesse deixado isso claro, seria possível supor que eles não passariam o resto da vida juntos, que em algum momento ela teria que encontrar alguém para ser o pai dos seus filhos. E agora ela conseguiu sem precisar fazer isso, e ela era uma mulher independente que seria totalmente capaz de se virar como mãe solo. Então "inconveniente" talvez fosse a palavra, mas "catastrófico" não.

— Bom, isso é... — repetiu ele.

Odd suspeitava que Esther tinha feito isso de propósito? Que ela havia sido descuidada com as pílulas anticoncepcionais para testá-lo? E, se foi esse o caso, funcionou? Isso com certeza. Para sua surpresa, Odd Rimmen percebeu que estava, se não feliz, pelo menos satisfeito. Uma criança.

— Isso é o quê? — perguntou ela por fim.

Ficou claro que ele estourou o prazo desta vez também. Odd se levantou e foi até Esther, perto da janela, e a abraçou enquanto olhava para o jardim. Para a grande macieira que após doze anos estéreis de repente voltou a dar frutos. Certa vez, enquanto colhiam as grandes maçãs vermelhas e as levavam para a cozinha, Esther perguntou o que poderia ter causado isso. Ele respondeu que as raízes deviam estar recebendo mais nutrientes que o normal. Ele percebeu que ela estava prestes a perguntar o que ele queria dizer com isso, e, honestamente, ele não saberia o que dizer se ela tivesse questionado. No entanto, ela deixou passar.

— Isso é um milagre — respondeu Odd Rimmen. — Grávida. Uma criança. É de fato um milagre!

A notícia de que Odd Rimmen tinha recusado o convite para aparecer no maior talk show do mundo circulou por um tempo, mas, pelo que

Odd pôde perceber, não teve o mesmo impacto do artigo da *New Yorker* nem da recusa ao projeto do filme. Era como se a história de "Odd Rimmen: o recluso" já tivesse sido aceita, e isso fosse apenas mais do mesmo.

A razão para Odd ter conseguido chegar a essa conclusão foi ele ter voltado a usar mídias sociais e estar acompanhando as notícias. Disse a si mesmo que era porque, como futuro pai, precisava sair do autoisolamento e se "reconectar com o mundo", conforme disse a Esther.

Ele viajou com ela para Londres, onde Esther aceitou um convite para participar de um projeto que visava mapear e entrevistar as vozes femininas mais importantes da literatura, do cinema e da música. Eles moravam num apartamentozinho apertado, e Odd estava louco para retornar à França.

Todo dia, depois que Esther saía para o trabalho, ele se sentava diante do laptop e procurava o que havia sido escrito sobre ele na internet. No começo ficou chocado com o interesse do público, ou quanto tempo sobrando as pessoas obviamente tinham. Elas não apenas analisavam sua escrita nos mínimos detalhes como também compartilhavam notícias de onde e com quem ele havia sido visto recentemente (Odd percebeu que em noventa por cento dos casos essas notícias eram totalmente falsas). Eram histórias de filhos secretos com mães secretas, sobre que tipo de drogas usava, sua provável sexualidade e qual dos seus personagens Odd *realmente* era. Tinha que admitir que ficava contente de ver tanta coisa escrita a seu respeito. Sim, mesmo os textos que o criticavam ou o consideravam um aspirante a artista arrogante e fora da realidade o faziam sentir... qual era a palavra? Vivo? Não. Relevante? Pode ser. Visto? Sim, provavelmente era isso. Odd se viu forçado a admitir que era banal, até mesmo deprimente, o fato de ele próprio ser tão simples, descomplicado. E também o fato de desejar tanto algo que desprezava nos outros, o grito insistente e irritante da criança mimada "Olhe para mim, olhe para mim!", quando não havia nada para ver além de um profundo egocentrismo.

Entretanto, essas reflexões e esse autoconhecimento (podemos chamar assim?) não o impediam de fazer essas buscas. Odd dizia a si mesmo que era importante saber seu status no mundo, tendo em vista que seu novo livro estava prestes a ser publicado. Porque não só aquele era seu melhor livro até então — ele sabia disso havia muito tempo — como também era sua obra-prima — e isso ele só tinha percebido recentemente. O único romance que ele escreveu que poderia vir a ser de valor duradouro. E, por ser uma obra-prima, o problema óbvio era que o livro também havia lhe exigido muito. Tinha lhe custado muito trabalho duro, e os leitores teriam que se esforçar também. Não que o escritor Odd Rimmen ignorasse o fato de que a grande literatura pode ser exaustiva, pois ele quase desistiu de ler *Ulisses*, de James Joyce, e *Graça infinita*, de David Foster Wallace. Mas, assim como *Graça infinita* havia se tornado seu romance preferido, ele sabia que teria que fazer a mesma coisa: mirar o objetivo sem permitir o menor desvio que fosse. O problema é que, para ser uma obra-prima, a obra--prima deve ser apresentada no contexto correto. Só Deus sabe quantas obras-primas o mundo perdeu, esqueceu ou nem sequer esqueceu, mas nunca descobriu, desaparecendo na avalanche das centenas de milhares de livros publicados todos os dias em todo o mundo. Então, para ter uma ideia de qual era seu status contextual, Odd Rimmen começou a ler tudo o que se falava dele nas mídias sociais cronologicamente ao longo dos últimos anos. Notou que o número de tuítes, referências ao seu nome e notícias na imprensa tinha caído no ano anterior, e que, em sua maior parte, os que continuavam escrevendo sobre ele eram os mesmos de sempre. E ainda assim a maioria não escrevia com tanta frequência.

O livro só ficaria pronto dali a quatro meses (o prazo era de cinco), e, numa reunião com os editores na Vauxhall Bridge Road, Odd Rimmen discutiu o lançamento com Sophie e sua colega muito jovem (Jane qualquer coisa, Odd não conseguia lembrar o sobrenome).

— A má notícia é que é óbvio que esse é um livro difícil de divulgar — disse Jane, como se fosse algo de conhecimento geral. Ela ajustou os óculos enormes e presumivelmente na moda e abriu um sorriso largo, exibindo bastante gengiva.

— O que você quer dizer com isso? — perguntou Odd, torcendo para não parecer tão irritado quanto estava.

— Em primeiro lugar, é quase impossível descrever do que se trata em duas ou três frases. Em segundo lugar, é difícil encontrar um público-alvo além dos muito interessados em literatura e dos seus próprios leitores fiéis. E no fim das contas esses públicos são um só. Público esse que... hummm... — Ela trocou olhares com Sophie. — ... é bem pequeno e exclusivo.

Jane respirou fundo, e Odd percebeu que havia um terceiro ponto.

— Em terceiro lugar, é um romance muito sombrio e vazio.

— Vazio?! — exclamou Odd Rimmen, que não tinha nenhum problema com o fato de seu livro ser sombrio.

— Distópico — acrescentou Sophie.

— E quase não tem personagens — acrescentou Jane. — Pelo menos, não personagens com os quais o leitor possa se identificar.

Odd Rimmen percebeu que as duas haviam conversado e acertado os ponteiros antes da reunião. Pelo menos ele estava satisfeito pelo fato de não terem reclamado que o novo livro (intitulado *Nada*) não tinha as cenas de sexo que haviam se tornado sua marca registrada. Ele deu de ombros.

— O livro é o que é. É pegar ou largar.

— Tá bom, mas nós estamos aqui tentando descobrir como fazer os leitores pegarem — disse Sophie, e Odd percebeu um tom de indireta.

— A boa notícia — disse Jane — é que temos você. *Você* é o que interessa à mídia. A única questão é se está preparado para ajudar o seu livro fazendo aparições públicas.

— Sophie ainda não explicou para vocês? — perguntou Odd Rimmen. — Que eu ajudo o livro *não* fazendo aparições públicas? Essa é a minha *imagem*. — Ele cuspiu a palavra "imagem" com todo o desprezo que conseguiu reunir. — Tenho certeza de que o departamento comercial não quer estragar isso e arruinar o *argumento de venda* do autor, não é?

— Silêncio pode funcionar — afirmou Jane. — Mas só por um tempo, e a partir de então fica chato e contraproducente. Veja da seguinte

198

maneira: o que o silêncio *semeou* lá atrás nós devemos *colher* agora. Tudo que é jornal e revista vai se estapear para a primeira entrevista exclusiva com o homem que parou de falar.

Odd Rimmen refletiu sobre o que Jane disse. Havia algo de estranho nas palavras, uma espécie de contradição oculta.

— Se eu vou me prostituir de qualquer maneira, por que fazer exclusiva? — perguntou ele. — Por que não a suruba completa, cobertura total?

— Porque com isso as matérias sobre o livro vão ter menos espaço — disse Sophie calmamente. Sem dúvida ela e Jane qualquer coisa tinham conversado e combinado tudo antes da reunião.

— E por que não um talk show? — perguntou ele.

Jane suspirou.

— Todo mundo quer ir a um talk show, mas, a menos que você seja uma estrela de cinema, um atleta famoso ou um astro de reality show, é muito, muito difícil.

— Mas Stephen Colbert... — Agora não era mais a irritação que Odd Rimmen queria que não notassem, mas o *páthos*.

— Isso foi lá atrás — disse Sophie. — Portas se abrem, portas se fecham, e é assim que o mundo funciona.

Odd Rimmen se endireitou na cadeira, ergueu o queixo e encarou Sophie.

— Tenho certeza de que você sabe que estou perguntando por curiosidade, não porque exista alguma chance de eu bancar o palhaço da mídia novamente. Deixe o livro falar por si mesmo.

— Não se pode ter tudo — disse Jane. — Você não pode ser, *ao mesmo tempo*, um ícone *cool* e ser lido pelas massas. Antes de decidir sobre um orçamento de marketing para o livro, precisamos saber o que é mais importante para você.

Odd Rimmen se virou lentamente, quase relutante, e a encarou.

— Mais uma coisa — acrescentou Jane qualquer coisa. — *Nada* é um título ruim. Ninguém compra um livro sobre nada. Ainda dá tempo de mudar. O marketing sugeriu *Solidão*. Não deixa de ser sombrio, mas pelo menos é um título com o qual o leitor consegue se identificar.

Odd Rimmen se virou para Sophie. O olhar no rosto da editora parecia dizer que ela lamentava por ele, mas que Jane estava certa.

— O título fica — disse Odd Rimmen e ficou de pé. A raiva reprimida fez sua voz falhar, o que o deixou ainda mais irritado, e ele decidiu gritar para superar o problema. — E o título também diz quanto pretendo contribuir para esse maldito circo da mídia comercial. Que se fodam eles. E que se foda...

Odd não terminou a frase. Simplesmente saiu da sala com passos pesados, desceu pela escadaria interna — ficar esperando o elevador poderia estragar sua saída —, passou pela recepção do prédio e chegou à Vauxhall Bridge Road, onde, claro, estava chovendo. Editora de merda. Cidade de merda. Vida de merda.

Ele atravessou a pista no sinal verde.

Vida de merda?

Estava prestes a publicar o melhor livro que já havia escrito, prestes a se tornar pai, tinha uma mulher que o amava (talvez ela não expressasse isso tão abertamente quanto nos primeiros dias, mas todo mundo conhece o estranho efeito do caos hormonal que toma conta de uma mulher grávida e afeta seus humores e desejos) e tinha o melhor trabalho que uma pessoa poderia ter: expressar algo que é importante para ela, ser ouvida, ser vista — ser lida, pelo amor de Deus!

E era exatamente isso que queriam tirar dele. A única coisa que ele tinha na vida. Porque essa era a única coisa. Podia fingir que todo o resto era importante: Esther, o filho, a vida que tinham juntos. E claro que era importante mesmo. Só que não era importante o suficiente. Não, no fundo não era. Ele queria ter tudo. Queria comer bolo hoje e amanhã. Queria uma overdose de overdoses, precisava matar essa vida de merda. Agora.

Odd Rimmen parou abruptamente. Ficou ali até ver o sinal de pedestre mudar para o vermelho e os carros de ambos os lados começarem a acelerar os motores, como bestas prontas para atacar.

E foi então que lhe ocorreu que ele poderia parar ali, simples assim. Que não seria uma forma ruim de terminar a história. Claro. Grandes escritores antes dele escolheram esse fim. David Foster Wallace,

Édouard Levé, Ernest Hemingway, Virginia Woolf, Richard Brautigan, Sylvia Plath. A lista continuava. Era longa. E forte. Morte vende. Gore Vidal chamou de "boa decisão de carreira" quando seu colega escritor Truman Capote morreu; mas o suicídio vende melhor. Quem ainda estaria baixando músicas de Nick Drake e Kurt Cobain se eles não tivessem se matado? E será que esse pensamento realmente nunca tinha lhe ocorrido antes? Não lhe passou pela cabeça quando Ryan Bloomberg o mandou atirar num deles? Se ao menos o livro estivesse terminado...

Odd Rimmen foi para o meio da pista.

Teve tempo de ouvir um grito da pessoa que estava ao lado dele na calçada, mas logo o som foi engolido pelo barulho do trânsito. Viu uma muralha de carros avançando em sua direção. Sim, pensou ele. Mas não aqui, não assim, num acidente de trânsito banal que poderia ser considerado apenas um lance de azar.

A amígdala decidiu pela reação de fuga, e Odd chegou a tempo à calçada do outro lado antes de os carros passarem rápido por ele. Não parou, seguiu correndo no meio da multidão nas calçadas superlotadas de Londres, esbarrando nas pessoas. Uma ou outra o xingava em inglês, e ele retrucava em francês, com ofensas melhores. Atravessou ruas, pontes e praças abertas, subiu escadarias. Depois de uma hora correndo, enfim entrou no apartamento úmido e apertado. Suas roupas, até o casaco, estavam empapadas de suor.

Odd se sentou à mesa da cozinha com papel e caneta e escreveu um bilhete de despedida.

Levou apenas alguns minutos. Era um discurso que já tinha feito a si mesmo tantas vezes que não precisou pesar as palavras, não precisou editar nada. E foi neste instante que ela voltou — a faísca. A faísca que ele havia perdido quando Esther entrou na sua vida. A faísca que redescobriu quando matou Ryan, a faísca que quase perdeu novamente quando Esther engravidou. E, quando Odd colocou a carta de suicídio na bancada da cozinha, lhe ocorreu que aquela era a única coisa absolutamente perfeita que já havia escrito.

Odd Rimmen fez uma mala pequena e pegou um táxi para St. Pancras, de onde partia um trem expresso em direção a Paris de hora em hora.

A casa estava escura e silenciosa e esperava por ele.

Ele entrou.

O silêncio era sepulcral.

Ele subiu, tirou a roupa e tomou banho. Pensou em Ryan morrendo no chão da sala e foi ao banheiro. Não queria ser encontrado com as calças cheias de excremento e mijo. Então, colocou seu melhor terno, o que estava usando naquela noite no Charles Dickens Theatre.

Desceu para o porão. Cheirava a maçãs, e ele ficou parado no centro do piso, a lâmpada fluorescente no teto piscando como se fosse incapaz de se decidir.

Quando a luz se acendeu e se estabilizou de vez, Odd foi até o fogão, abriu o forno e pegou a pistola.

Tinha visto em filmes, lido em livros e até mesmo declamado os pensamentos de Hamlet sobre suicídio (*ser ou não ser*) quando estudante do ensino médio, quando fez uma leitura extremamente malsucedida da peça. A hesitação, a dúvida, o monólogo interior que te arrasta de um lado para outro. Mas Odd Rimmen não sentia mais essa dúvida. De um jeito ou de outro, todas as estradas levavam até ali, e esse era o único jeito de acabar com tudo, o jeito certo. Tão certo que nem era triste — muito pelo contrário. O triunfo derradeiro de um contador de histórias. *Troque a caneta pela arma.* E deixe outros supostos escritores se sentarem no palco e se banharem no amor barato do público, mentindo para si mesmos e para todo mundo.

Odd Rimmen soltou a trava de segurança e pressionou o cano da pistola na têmpora.

Já conseguia ver as manchetes.

E depois disso: seu lugar nos livros de história.

Não, *Nada*. O lugar do romance.

Simples assim.

Fechou os olhos e usou o indicador para pressionar o gatilho.

\* \* \*

— Odd Rimmen!

Era a voz de Esther.

Ele não tinha ouvido Esther chegar, mas ali estava ela, chamando seu nome. Não estava longe. Talvez ali em cima, na sala de estar. E curiosamente o chamava pelo nome completo, como se quisesse que ele *inteiro* desse um passo à frente e se apresentasse.

Odd disparou. Ouviu um som crepitante, parecido com o de uma fogueira. Como se seus sentidos tivessem estendido o tempo e ele conseguisse ouvir a pólvora acender e queimar em câmera superlenta, num crescendo de aplausos.

Odd Rimmen abriu os olhos. Pelo menos, pensou ter aberto os olhos. Seja como for, ele viu.

A luz.

*Siga para a luz.* Palavras de Sophie. A editora que ele tinha ouvido e em quem havia confiado durante toda a vida de escritor.

E então Odd seguiu em direção à luz, que o cegou. Não viu ninguém na escuridão atrás da luz, ouviu apenas os aplausos cada vez mais altos.

Ele se curvou de leve para cumprimentar a plateia e se sentou na cadeira ao lado de Esther Abbot, a jornalista que, apesar dos modos rudes e quase masculinos, tinha suavidade nos olhos, algo que Odd havia notado no camarim minutos antes.

— Vamos direto ao assunto, Sr. Rimmen — disse Esther Abbot. — Estou aqui com um exemplar de *A colina* e vamos falar sobre esse livro. Mas primeiro: você acha que um dia será capaz de escrever outro livro tão bom?

Odd Rimmen observou o auditório. Reconheceu alguns rostos nas primeiras filas. Eles o encaravam, alguns meio que sorrindo, como se já tivessem descartado qualquer possibilidade de ele dizer algo engraçado ou brilhante. E Odd sabia que não importava o que dissesse, sempre receberia o benefício da dúvida. Era como tocar um instrumento que em parte já se toca sozinho. Bastava pressionar as teclas, abrir a boca.

— São vocês que decidem o que é bom e o que não é — respondeu ele. — Tudo o que posso fazer é escrever.

Algo parecido com um suspiro percorreu a plateia. Como se estivessem se concentrando para penetrar as *verdadeiras profundezas* do significado de cada palavra. Meu Deus.

— E é exatamente isso que você faz, você é Odd Dreamin' — comentou Esther Abbot enquanto folheava seus papéis. — Você escreve o tempo todo, inventa coisas o tempo todo?

— O tempo todo. Cada momento livre que tenho. Estava escrevendo agora mesmo. Pouco antes de entrar no palco.

— Sério? E você está escrevendo tudo isso aqui agora?

A risada do público diminuiu e se transformou num silêncio carregado de expectativa, até que Odd Rimmen se virou e olhou para a plateia. Abriu um leve sorriso. Esperou. Esses momentos hesitantes, tensos, sagrados...

— Espero que não.

Uma sonora onda de gargalhadas. Odd Rimmen tentou não sorrir muito. Óbvio que é difícil evitar, quando se sente o amor incondicional sendo injetado diretamente no coração.

# O BRINCO

— Ai!

Olhei pelo retrovisor.

— Algum problema?

— Isso aqui — respondeu a senhora gorda no banco traseiro e mostrou alguma coisa entre o polegar e o indicador.

— O que é? — perguntei enquanto voltava o olhar para a pista.

— Não está vendo? Um brinco. Sentei nele.

— Sinto muito. Alguma passageira deve ter perdido.

— Bom, isso é óbvio. Mas como assim?

— Hã?

— Brincos não caem se a pessoa estiver simplesmente sentada.

— Não sei — respondi, freando num sinal vermelho no único cruzamento do bairro. — Você é a minha primeira passageira hoje, acabei de pegar o carro com outro taxista.

Com o táxi parado, olhei outra vez pelo espelho. A senhora estava observando o brinco. Provavelmente estava na fenda entre os bancos e foi espremido quando sua bunda enorme pressionou as almofadas de ambos os lados.

Olhei para o brinco. E foi quando me dei conta. Tentei ignorar, sem pensar duas vezes, porque devia haver pelo menos mil variedades de um brinco simples como aquele.

A senhora ergueu a cabeça e me encarou pelo espelho.

— É de verdade — disse ela e me entregou o brinco. — É melhor você tentar descobrir quem é a dona.

Segurei o brinco contra a luz cinzenta da manhã. O alfinete era de ouro. Meu Deus. Olhei do outro lado e não vi nenhum logotipo gravado ou nome de fabricante. Disse a mim mesmo que não tirasse conclusões precipitadas — um brinco de pérola se parece muito com qualquer outro brinco de pérola.

— É verde — comentou a senhora.

Palle — que era dono do táxi — tinha pegado o turno da noite, então esperei até as dez, quando o táxi estaria estacionado no ponto próximo ao quiosque, para ligar para ele. Vinte anos antes, Palle, na época jogador de um time da segunda divisão da Groenlândia, tinha vindo para cá ajudar a tirar o nosso time da terceira divisão. Não conseguiu fazer isso, mas conseguiu — pelo menos é o que diz — transar com toda mulher disponível na cidade com idade entre 18 e 30 anos.

— Acho que podemos afirmar com segurança que fui o artilheiro do time — disse ele certa vez no pub, alisando seu magnífico bigode loiro entre o polegar e o indicador.

Pode até ser. Na época em que Palle colocava o time em campo eu era apenas uma criança e só sabia que ele tinha se casado com uma das mulheres mais disponíveis: a filha do capataz do sindicato dos taxistas. Quando Palle se aposentou do futebol, tirou a carteira de taxista sem o período de espera pelo qual os outros tinham que passar. Como motorista subcontratado de Palle, fazia cinco anos que eu estava esperando algum sinal do bilhete dourado.

— O que foi? — perguntou Palle naquele tom ameaçador que sempre usava quando eu ligava durante o meu turno. Ele morria de medo de eu sofrer um acidente ou de haver um problema com o carro. Eu sabia que ele colocaria a culpa em mim pelo que quer que fosse, mesmo que outro motorista tivesse batido no carro ou que tivesse havido alguma falha mecânica no velho Mercedes que Palle era mesquinho demais para mandar para a revisão.

— Alguém ligou para falar de um brinco? — perguntei.

— Brinco?

— Estava no banco traseiro. Na fenda entre as almofadas.

— Não, mas aviso se souber de alguma coisa.

— Será que...

— Fala.

Palle parecia impaciente, como se tivesse sido acordado com a ligação. O turno da noite costumava acabar por volta das duas da manhã, ou seja, uma hora após os dois bares da região fecharem. Depois disso, rodava apenas um carro no turno da noite, turno este que era revezado entre os taxistas.

— Wenche pegou o nosso táxi ontem?

Eu sabia que Palle não gostava quando eu chamava o táxi de nosso porque na verdade era dele, mas de vez em quando esquecia.

— É o brinco dela? — perguntou Palle e bocejou.

— É isso que estou me perguntando. Parece.

— Então, por que você não liga para ela em vez de me acordar?

— Bom...

— Bom...?

— Brincos não caem assim. Não se a pessoa estiver simplesmente sentada.

— Não?

— É o que dizem. Ela esteve no carro ontem?

— Deixa eu pensar... — Ouvi o clique do isqueiro de Palle do outro lado da linha antes que ele continuasse. — Não no meu carro, mas acho que a vi numa fila de táxi por volta de uma da manhã em frente ao Fritt Fall. Posso perguntar para o pessoal.

— Não estou me perguntando que táxi Wenche pegou, mas, sim, quem é a dona do brinco.

— Bom, nisso eu não posso ajudar, obviamente.

— Você estava dirigindo.

— E daí? Se estava na fenda entre os assentos, podia estar lá havia dias. E não dá para esperar que eu me lembre do nome de cada porra de passageiro que pego. Se o brinco vale alguma coisa, então a dona vai entrar em contato. Trocou o fluido de freio? Quase fui parar no mar quando comecei a trabalhar ontem.

— Vou fazer isso quando as coisas se acalmarem um pouco — respondi.

Era típico daquele desgraçado do Palle me mandar para a oficina em vez de ir ele mesmo. Como taxista auxiliar, eu não recebia um salário-base por hora trabalhada, apenas quarenta por cento do valor total das corridas.

— Lembra que tem uma corrida agendada para o hospital às duas — disse ele.

— Pode deixar — falei e desliguei. Analisei o brinco de novo. Estava torcendo para estar errado.

Abriram a porta traseira, e reconheci o cheiro antes de ouvir a voz. As pessoas podem até achar que taxistas acabam se acostumando ao cheiro rançoso e adocicado da combinação de bebida velha com bebida nova do dia de pagamento da pensão dos aposentados, quando os bebuns saem e compram garrafas e mais garrafas e se reúnem para beber de manhã na casa de algum dos pinguços aposentados, mas na verdade é o contrário. O cheiro piora a cada ano que passa, e hoje em dia fico de estômago revirado. Ouvi um tilintar vindo da bolsa de bebidas compradas na loja e uma voz arrastada:

— Nergardveien, 12. Bora.

Virei a chave na ignição. A luz de aviso do fluido de freio estava piscando havia mais de uma semana, e eu tinha que pisar no pedal com um pouco mais de força que o normal, mas é claro que Palle estava exagerando quando disse que quase caiu no mar, embora o ângulo de inclinação de sua garagem até a beira do cais fosse íngreme e perigoso no inverno. E, sim, quando eu ficava cansado de Palle me dar todos os turnos do dia nos fins de semana e os turnos da noite nos dias de semana enquanto ele pegava todos os turnos em que era possível ganhar um bom dinheiro, eu estacionava o carro em frente à sua garagem nas noites de inverno e pegava meu carro particular de volta para casa e fazia uma oração silenciosa pedindo que ele derrapasse no gelo e eu pudesse ganhar um lugar na fila para receber a licença de taxista.

— Não fume no carro, por favor — falei.

— Cala a boca! — veio um latido do banco traseiro. — Quem está pagando? Você ou eu?

Sou eu, pensei. Trabalho para receber só quarenta por cento do total que consigo, e desse valor ainda perco quarenta por cento, que pagam para você beber até morrer, e só me resta torcer para que isso aconteça quanto antes.

— O que você disse? — perguntou a voz do banco traseiro.

— Proibido fumar — repeti e apontei para a placa no painel. — Multa de quinhentas coroas.

— Fica calmo, meu filho. — A fumaça do cigarro veio para a frente do carro. — Eu te dou esse dinheiro.

Abaixei as janelas da frente e de trás e pensei em como aquelas quinhentas coroas não estariam no taxímetro e iriam direto para o meu bolso, porque o fato é que Palle fumava tanto que nunca notaria o cheiro. E ao mesmo tempo eu sabia que seria correto, entregaria as quinhentas coroas e não ficaria com nada. Porque Palle alegava que era ele quem limpava o interior do carro, algo que nós dois sabíamos que ele nunca fez e que era eu quem fazia quando o táxi ficava tão imundo por dentro que eu não aguentava.

O taxímetro mostrava cento e noventa e cinco quando parei na Nergardveien.

O bêbado me entregou uma nota de duzentas coroas.

— Fica com o troco — disse ele já de saída.

— Opa! Eu quero seiscentos e noventa e cinco.

— Ali diz cento e noventa e cinco.

— Você fumou no meu táxi.

— Fumei? Não lembro. Só me lembro daquela merda de vento gelado.

— Você fumou.

— Prove.

Ele bateu a porta ao sair e foi andando para o prédio ao som alegre das garrafas na bolsa.

Verifiquei o relógio. Faltavam seis horas do que já era um dia de trabalho de merda. Depois vou jantar com os meus sogros. Não sei o que era pior. Tirei o brinco do bolso e o analisei de novo. Um alfinete saindo da pérola cinza arredondada, feito um balão preso por um barbante. Me lembrei da época em que era novo demais para participar do desfile do Dia Nacional em 17 de maio e fiquei assistindo com o meu avô. Ele tinha comprado um balão para mim, e por apenas um segundo eu provavelmente me distraí e larguei o barbante, porque de repente o balão estava flutuando lá no alto e, claro, eu caí no choro. Vovô deixou que eu me acabasse de chorar e depois explicou por que não compraria outro. "É para te ensinar que, quando se tem a sorte de conseguir alguma coisa que se queria, quando se tem a chance, é preciso segurar com força, porque a vida não dá segundas chances."

Talvez ele estivesse certo. Quando comecei a sair com Wenche, senti como se tivesse ganhado um balão que tanto queria e pelo qual não podia pagar, mas que de algum modo tinha recebido. Uma chance. Então segurei firme. Não afrouxei o aperto nem por um segundo. Talvez tenha até apertado um pouco demais. De vez em quando parecia que eu sentia o barbante sendo puxado. Aqueles brincos foram um presente de Natal um tanto caro demais, pelo menos em comparação com as cuecas que ela havia comprado para mim. Esse seria um daqueles brincos? Parecia. Na verdade, era idêntico, mas nem esse brinco nem os que eu havia comprado como presente de Natal tinham quaisquer marcas específicas que me indicassem uma coisa ou outra. Eu já estava dormindo quando Wenche voltou para casa ontem à noite. Ela estava num pub com duas amigas, jovens mães que finalmente, após muito planejamento, conseguiram organizar uma noite sem os filhos.

Aproveitei para comentar que isso mostra que é possível ter vida mesmo com filhos, mas Wenche resmungou e pediu que eu parasse por ali mesmo, ela ainda não estava pronta. Não especificou para quem não estava pronta, se para mim ou para ter filhos. E ficou por isso mesmo. Wenche precisava de espaço para respirar, mais espaço do que a maioria. Eu sabia disso. Sim, eu compreendia. E eu queria mesmo dar esse espaço, mas de alguma forma simplesmente não conseguia. Não conseguia afrouxar meu aperto naquele barbante.

Brincos não caem assim, não se a pessoa estiver simplesmente sentada.

Se Wenche estava de sacanagem com um cara no banco traseiro enquanto Palle dirigia, ela devia estar muito puta, porque sabia que ele era o meu chefe. Mas ao mesmo tempo ela era capaz de fazer qualquer maluquice quando bebia. Como na primeira vez em que a gente trepou, nós dois de porre, duas da manhã, e ela insistiu em que a gente transasse no campo de futebol, contra uma das traves. Só mais tarde descobri que Wenche havia tido um caso com o goleiro, que tinha acabado de terminar com ela.

Coloquei o número dela na tela do celular, encarei por um instante, mas depois deixei o aparelho cair no console entre os bancos e liguei o rádio.

Estacionei em frente à garagem de Palle às cinco da tarde. Às cinco e meia já tinha tomado banho, me trocado e estava no hall esperando Wenche, que estava no banheiro se maquiando e falando ao telefone.

— Tá, tá, tá! — dizia ela irritada quando saiu e me viu. — Se ficar me enchendo, a gente vai acabar chegando ainda mais tarde.

Eu não disse uma palavra sequer e sabia que a única coisa a fazer no momento era continuar assim. Ficar de boca fechada e segurar o barbante do balão.

— Você tem que ficar aí parado desse jeito? — perguntou ela em tom de reclamação enquanto tentava calçar as botas pretas de cano longo.

— Desse jeito como?

— De braços cruzados.

Descruzei os braços.

— E não olhe para o relógio — disse ela.

— Não estou olhan...

— *Nem* pense nisso! Eu disse para eles que a gente não tem hora para chegar. Meu Deus, você me dá nos nervos.

211

Saí e me sentei no carro. Ela chegou logo em seguida, verificou o batom no espelho e, por um tempo, ficamos em silêncio.

— Com quem você estava falando ao telefone? — perguntei.

— Mamãe — respondeu Wenche, passando o indicador sob o lábio inferior.

— Por tanto tempo e só cinco minutos antes de vocês se encontrarem?

— Existe uma lei que proíbe isso?

— Alguém mais vai hoje?

— Alguém mais?

— Além dos seus pais e nós. É que você está toda emperiquitada.

— Não custa nada se esforçar para ficar bem se você recebe um convite para jantar. Você, por exemplo, poderia ter colocado aquele blazer preto em vez de parecer alguém de férias num chalé.

— O seu pai vai estar de suéter de tricô, então vou fazer o mesmo.

— Ele é mais velho que você. Não custa nada mostrar um pouco de respeito.

— Respeito, é.

— Hã?

Balancei a cabeça para dizer que não era nada. Segurei o barbante.

— Belos brincos — falei sem tirar os olhos da estrada.

— Obrigada — disse Wenche num tom quase de surpresa, e de canto do olho vi que ela automaticamente levou a mão à orelha.

— Mas por que não está usando os que eu dei de Natal? — perguntei.

— Eu uso o tempo todo.

— Pois é, então, por que não agora?

— Meu Deus, você não para.

Reparei que ela ainda estava mexendo nos brincos. Coisinhas prateadas.

— Ganhei esses de mamãe, então talvez ela goste de me ver usando, tá bom?

— Claro, claro. Só queria saber.

Ela suspirou, balançou a cabeça e não precisou repetir: eu estava dando nos nervos.

\* \* \*

— Ouvi dizer que em breve vai ser a sua vez de receber a licença de taxista — comentou o pai de Wenche enquanto enfiava o garfo enorme de três pontas numa fatia seca de rosbife e a colocava no próprio prato. Eu ainda não tinha provado, mas sabia que o rosbife estava seco, porque eles sempre serviam rosbife quando eu ia lá e estava sempre seco. Às vezes eu me perguntava se aquilo era uma espécie de teste, se eles estavam apenas esperando o dia em que eu tacaria o prato na parede e berraria que não aguentava nenhum deles, o rosbife e a filha deles. E nesse momento eles dariam um grande suspiro de alívio.

— Pois é — falei. — Borson vai herdar a licença quando o tio dele se aposentar daqui a uns meses, e eu sou o próximo da fila.

— E quanto tempo acha que isso pode levar?

— Depende de quando o próximo proprietário de táxi se aposentar.

— Eu sei, mas o que estou perguntando é: quando isso vai acontecer?

— Bom, Ruud é o mais velho, e acho que ele tem uns 55 anos.

— Bom, então ele pode continuar dirigindo por pelo menos mais uns dez.

— É. — Levei o copo de água aos lábios, sabendo que precisava umedecer a boca para o trabalho de mastigação que teria pela frente.

— Li que a Noruega tem os táxis mais caros do mundo — disse o meu sogro. — Não é uma surpresa, tendo em vista que também temos o ramo de táxi mais disfuncional do mundo. Políticos idiotas que deixam os bandidos que comandam o negócio roubar pessoas que não têm formas alternativas de transporte e que em qualquer outro país teriam um serviço de táxi minimamente decente.

— Você deve estar pensando em Oslo — falei. — E não esqueça também que os custos de funcionamento são muito altos aqui.

— Tem vários países com custo de vida mais alto que a Noruega — disse o pai de Wenche. — Mas os táxis da Noruega não são só os mais caros do mundo... eles estão em primeiro por uma margem enorme. Li que em Oslo cinco quilômetros rodados no turno do dia custam vinte por cento a mais que em Zurique, a segunda cidade mais cara, e cinquenta por cento a mais que em Luxemburgo, que é a terceira colocada. Oslo vence todas as outras cidades na lista de longe. Sabia que em Kiev, que está longe de ser a cidade mais barata do mundo, pelo preço de um táxi em Oslo dá para alugar não dois, nem três, nem cinco, nem dez, mas vinte táxis?! Em Kiev eu poderia transportar uma turma inteira de crianças em idade escolar pelo que custa levar um pobre coitado até a estação ferroviária aqui.

— Isso em Oslo — falei e me ajeitei na cadeira. O brinco no bolso da calça estava me machucando. — Aqui não.

— Então, o que me surpreende — disse o pai de Wenche limpando os lábios finos com um guardanapo enquanto a mãe dela enchia o copo dele de água — é por que um taxista nesse país, mesmo não tendo o próprio carro, não consegue ter uma renda decente?

— Pois é, nem me fala.

— Mas eu falo! Em Oslo, emitem tanta licença que precisam foder com a tarifa para manter o alto padrão de vida ao qual se acostumaram. Com isso os taxistas têm menos clientes, e aí os preços precisam subir ainda mais, até que no fim só resta um punhado de pessoas sem alternativa de transporte sendo roubadas para manter um exército inteiro de taxistas estacionados nos pontos de táxi sem fazer nada, coçando a bunda o dia todo e reclamando das pessoas que vivem de seguro-desemprego. Só que na verdade são eles que vivem de seguro-desemprego, e os passageiros é que estão pagando por isso. Então, quando a Uber aparece e agita as coisas num negócio já um tanto instável, o Sindicato dos Taxistas e todos os seus membros sonegadores de impostos ficam furiosos e insistem em manter o direito exclusivo de receber para ficarem sentados num táxi parado. E o único vencedor nessa situação toda é a Mercedes, que vende carros que não vão servir para nada.

Ele não elevou o tom de voz, apenas falou com mais ênfase, e eu sabia que Wenche estava me olhando com cara de quem estava se divertindo. Ela gostava quando o pai dela falava o que pensava para mim daquele jeito autoritário. Chegou a dizer que a maneira como ele agia e falava era como um homem de verdade deveria agir e falar, e eu deveria tentar aprender com ele.

— Esse é o plano — falei.

— Qual?

— Esperar para tirar a licença e comprar um Mercedes que não vai servir para nada.

Dei uma risadinha, mas ninguém mais à mesa sorriu.

— Amund é igual aos taxistas de Oslo — disse Wenche. — Gosta de esperar na fila e torcer para que, mais cedo ou mais tarde, alguma coisa boa aconteça. Ele não é alguém que faz acontecer, que bota a mão na massa, ao contrário de algumas pessoas que conheço.

A mãe resolveu mudar para um assunto do qual não me lembro, só sei que fiquei ali sentado mastigando e mastigando uma fatia de rosbife que, pelo gosto, também tinha tido uma vida difícil. E me perguntando o que Wenche quis dizer com "algumas pessoas que eu conheço".

— Pode me deixar no pub — disse Wenche enquanto voltávamos para casa.

— Agora? São nove da noite.

— As meninas já estão lá. Combinamos de nos encontrar para curar a ressaca.

— Parece uma boa ideia. Talvez eu devesse ir junto...

— O objetivo é ficar longe do marido e dos filhos.

— Eu me sento em outra mesa.

— Amund!

Não segure com tanta força, pensei. Evite ficar com cãibra, senão você vai perder a sensibilidade na mão e não vai conseguir segurar o barbante.

Fui para casa sozinho, subi para o quarto e comecei a revirar a gaveta onde Wenche guardava as bugigangas. Abri caixas de joias e vi anéis e correntes de ouro. Uma delas parecia nova, e eu não conseguia me lembrar de tê-la visto antes. Então, fui para os brincos. Primeiro tinha uma caixinha vazia — provavelmente era onde ela guardava aquelas coisinhas de prata que estava usando naquela noite. Depois, um par de brincos de pérolas estranho com uma argola azul que circundava as pérolas como a linha do equador. Presente do pai, e ela os chamou de brincos de Saturno. Mas não encontrei os brincos que eu tinha dado de presente de Natal nem a caixa em que vieram. Procurei nas outras gavetas. No guarda-roupa. No nécessaire, nas bolsinhas de mão, nos bolsos de casacos e calças. Nada. O que isso poderia significar?

Fui até a cozinha, peguei uma cerveja na geladeira e me sentei à mesa da cozinha. Eu não tinha provas. Não podia ter certeza, mas mesmo assim sabia que não havia como contornar a situação. Eu teria que fuçar todos aqueles pensamentos incompletos que vinha tendo, mas descartando e adiando até encontrar a caixa com o outro brinco. Até ter certeza.

O que mais me incomodava na situação toda não era a suspeita de que Wenche estivesse de sacanagem no banco traseiro do táxi. Era Palle negar que Wenche tivesse entrado no carro na noite anterior. Por que ele mentiria? Só havia duas respostas possíveis: ele não queria fazer fofoca, e talvez ela até tivesse pedido que ele ficasse de bico calado, ou o próprio Palle fosse o outro ocupante do banco traseiro. E, a partir do instante em que visualizei essa possibilidade, não tinha mais como bloquear o restante do pensamento. Visualizei a bundinha de Palle subindo e descendo sobre Wenche, que por sua vez gritava o nome dele do jeito que tinha gritado o meu no campo de futebol — e continuou gritando naquele primeiro ano, até nos casarmos. A imagem mental me deixou enjoado. De verdade. Wenche foi a melhor e a pior coisa que me aconteceu, mas — e isso era o mais importante — ela foi a *única* coisa que já aconteceu na minha vida. Não que eu fosse virgem quando a conheci, mas as outras tinham sido aquelas que qualquer um poderia ter. Wenche foi a única mulher que melhorou a minha autoimagem só de me permitir comê-la. À medida que o tempo passava e ficava cada vez mais claro para ela que poderia ter arranjado alguém melhor que eu, naturalmente ela fez questão de me obrigar a piorar a minha autoimagem de novo. Mas o fato é que nunca voltei ao nível em que estava antes de conhecê-la. Wenche era, e continuou sendo, o meu balão de hélio. Enquanto segurava firme o barbante eu me sentia *um pouco* mais leve, tinha *um pouco* mais de sustentação.

Do meu ponto de vista eu tinha duas opções: confrontá-la com as descobertas e os fatos ou manter a boca fechada e deixar tudo seguir como antes. A primeira opção trazia o risco de perder tanto ela quanto o emprego — pelo menos se fosse Palle quem estivesse transando com ela.

A segunda envolvia o risco de perda de amor-próprio.

A minha escolha imediata foi a segunda opção.

Mas claro que a primeira opção, o confronto, também incluía a possibilidade de ela inventar uma explicação completamente diferente para a história do brinco. Uma explicação na qual eu conseguiria me convencer a acreditar. Uma explicação que significava que eu não teria que passar o resto da vida imaginando a bunda de jogador de futebol de Palle, envelhecida, mas ainda firme. E talvez o fato de eu confrontá-la, mostrar que estava disposto a arriscar tudo, faria com que ela entendesse que eu não era apenas alguém que esperava as coisas acontecerem, mas, sim, que eu era capaz de agir, de comandar o meu destino. Com isso talvez eu mostrasse que não era culpa minha que a emissão de licenças para taxista fosse do jeito que era.

Certo. Eu teria que confrontá-la.

Abri outra cerveja e esperei. Suei e esperei.

Tinha uma foto na geladeira de nós dois com nossa turma. Foi tirada há oito anos, no casamento, e todos parecíamos tão jovens, mais jovens do que aqueles oito anos de diferença sugeriam. Meu Deus, como eu estava orgulhoso naquele dia. E feliz. Acho que posso dizer isso: feliz. Porque eu ainda estava na idade em que se pensa que tudo de bom que acontece com você é o começo de algo, não o fim. Nunca lhe ocorre que esse dia, esses meses, talvez esse único ano, é toda a felicidade que a vida tem para lhe oferecer. Eu não tinha a menor ideia de que estava no auge, então não parei para saborear a vista, apenas continuei acreditando que iria subir mais e mais. Eu tinha visto aquela foto pendurada ali por alguns milhares de dias, mas essa noite ela me fez chorar. Sim, fez. Chorei.

Olhei a hora. Onze da noite. Abri outra cerveja. Aliviou a dor, mas só um pouco.

Eu estava prestes a abrir uma quarta cerveja quando o telefone tocou.

Atendi num piscar de olhos. Só podia ser Wenche.

— Desculpe incomodar tão tarde — disse uma voz feminina. — O meu nome é Eirin Hansen. Falo com Amund Stenseth, taxista?

— Isso.

— Peguei o seu número com Palle Ibsen. Acho que você pode ter encontrado o brinco que perdi no táxi dele ontem à noite.

— Que tipo...?

— Um brinco comum de pérola — respondeu Eirin Hansen. E, se ela estivesse ali, na minha cozinha, eu teria dado um abraço nela. Meu júbilo interno foi tão grande que achei que ela conseguiria ouvir do outro lado da linha.

— Estou com ele.

— Ah, que alívio! Foi presente da minha mãe.

— Bom, então estou muito feliz por ter encontrado — falei e pensei em como era fantástico poder compartilhar, por telefone, tanta alegria e tanto alívio com Eirin Hansen, uma completa desconhecida.

— Não é estranho quando você recebe uma má notícia, essa má notícia na verdade está errada e o dia acaba ficando ainda melhor do que estava *antes* de você receber a má notícia?

— Nunca parei para pensar nisso, mas, sim, talvez você tenha razão — disse ela e deu risada.

Sei que foi efeito da minha euforia, mas achei a risada de Eirin Hansen tão gostosa, e ela parecia ser uma pessoa legal. Na verdade, até soava como se fosse muito bonita.

— Então onde e quando eu posso, hummm... pegar o brinco?

Por um instante quase sugeri levar o brinco para ela na hora, onde quer que ela estivesse, mas então recuperei o controle dos pensamentos e sentimentos que tomavam conta de mim.

— Amanhã trabalho no turno do dia — respondi. — Me liga, e eu te aviso quando estiver no ponto de táxi perto do quiosque ao lado da escadaria, ou pelo menos quando estiver perto.

— Maravilha! Muito obrigada, Amund!

— De nada, Eirin.

Encerramos a ligação. E, com a alegria ainda cantando dentro de mim, bebi o restante da cerveja.

Já era meia-noite quando Wenche foi para a cama. Devia saber que eu não estava dormindo, mas fez silêncio e se mexeu com todo o cuidado. Eu a ouvi se deitar às minhas costas e meio que prender a respiração, como se estivesse escutando a minha. Então, adormeci.

No dia seguinte, acordei animado e ansioso para sair de casa.

— O que deu em você? — perguntou Wenche no café da manhã.

— Nada. — Sorri. — Você ainda não está usando os brincos que eu te dei.

— Quer parar de ficar falando disso a toda hora? — reclamou ela.
— Emprestei os brincos para Torill. Ela achou que eles ficaram muito bem em mim e perguntou se eu podia emprestar para a festa do escritório. Mais tarde eu vou me encontrar com ela e pegar de volta, tá bom?

— Que legal que outras pessoas pensem que os brincos combinam com você.

Wenche me lançou um olhar esquisito enquanto eu terminava de beber café e saía rapidamente da sala.

Eu me sentia como um adolescente no primeiro encontro, animado e com medo ao mesmo tempo.

Depois de estacionar o carro na casa de Palle, entrei no táxi e desci a ladeira. Senti que o pedal do freio estava ainda mais frouxo, então liguei para a oficina e perguntei a Todd se ele poderia consertar no dia seguinte.

— Posso, mas se você trouxer hoje vamos ter mais tempo — disse Todd.

Não respondi.

— Já saquei — disse Todd, e deu para ouvir o sorriso dele. — Palle vai dirigir amanhã no turno do dia e você está puto porque é sempre você que tem que passar o turno com o carro parado.

— Obrigado.

Às dez, o telefone tocou.

Vi na tela que era Eirin.

— Oi — foi tudo o que eu disse.

— Oi — respondeu ela, como se soubesse que não precisava se apresentar, que eu reconheceria o número dela. A voz dela parecia um pouco tensa, quase nervosa? Talvez não, talvez fosse só impressão minha, porque eu queria que ela estivesse assim.

Combinamos de nos encontrar no ponto de táxi às dez e meia. Peguei uma corrida rápida, depois estacionei no ponto e acenei para Gelbert e Axelson passarem na minha frente na fila. Enquanto esperava, tentei não pensar. Porque àquela altura todas as fantasias, todas as expectativas que lutavam por um lugar no meu cérebro não significavam nada; em breve eu saberia.

A porta do carona se abriu, e senti o perfume antes de ouvir a voz. Um campo florido e um chalé em junho, auge do verão. Maçãs em agosto. O vento leste do mar em outubro, já no outono. Sei que estou exagerando, mas foram essas as associações que fiz na hora.

— Oi de novo.

Ela parecia meio sem fôlego, como se tivesse andado rápido. Era um pouco mais velha do que eu tinha imaginado. A voz era mais jovem que o rosto, por assim dizer. Talvez ela tenha pensado algo parecido sobre mim, que eu parecia mais atraente ao telefone, sei lá. Mas Eirin tinha sido bonita no passado, disso não restava dúvida. Disponível, pensei. Sim, realmente pensei, pensei nessa palavra, a palavra de Palle. Comível. Eu queria? Sim, queria.

— Muito obrigada por cuidar do meu brinco para mim, Amund.

Então ela foi direto ao ponto, como se quisesse acabar logo com aquilo. Não sei se por timidez, nervosismo ou porque se decepcionou comigo.

— Aqui está — falei e entreguei o brinco. — Pelo menos, espero que seja esse.

Ela examinou o brinco.

— Ah, sim — disse ela lentamente. — Você encontrou o brinco certo.

— Ótimo. Ele é tão diferente que acho que você teria tido dificuldade para encontrar um par para o outro brinco.

— Verdade, verdade.

Ela fez que sim enquanto olhava fixamente para o brinco, como se não ousasse me encarar. Como se algo indesejado fosse acontecer caso ela olhasse para mim.

Não falei nada, apenas senti o martelar da pulsação na garganta, batendo tão forte que eu sabia que, se tentasse falar, ela perceberia minha voz trêmula.

— Bom, muito obrigada de novo — agradeceu Eirin enquanto procurava a maçaneta da porta. Provavelmente, como eu, por um instante ela se sentiu em pânico. Claro. Estava sentada ali com uma aliança no dedo. Estava usando maquiagem, mas a luz da manhã era impiedosa. Era pelo menos cinco, talvez dez anos mais velha que eu. Apesar disso, ainda era bem comível. E certamente era comível quando eu era jovem.

— Conhece Palle? — perguntei, sem tremor na voz.

Ela hesitou.

— Bem, conheço e "conheço".

Isso era tudo de que eu precisava. "Brincos não caem se a pessoa estiver simplesmente sentada." Olhei de relance para o retrovisor lateral. Parecia ter levado uma pancada e precisava ser ajustado.

— Parece que eu tenho uma corrida — falei.

— Ah, sim — disse ela. — Mas obrigada de novo.

— De nada.

Eirin saiu do carro, e eu a observei atravessar a praça.

Ela não sabia, ninguém sabia, mas eu tinha acabado de sair da prisão. Estava do lado de fora agora, respirando aquele ar diferente, saboreando a nova e assustadora liberdade. Agora era só questão de seguir em frente, explorar, evitar retomar velhos hábitos e acabar atrás das grades de novo. Eu provavelmente seria capaz disso. E, com o que fiz em seguida, demonstraria isso a mim mesmo.

Quando o relógio deu cinco horas, eu tinha tido um bom dia. Havia até recebido algumas gorjetas, o que raramente acontecia. Foi por causa do meu bom humor incomum? Do novo eu, por assim dizer?

Estacionei o táxi na garagem de Palle. Ele mantinha as ferramentas penduradas na parede, e levei vinte minutos para fazer o trabalho que precisava ser feito.

Entrei no meu carro particular, liguei para Wenche e disse que havia comprado uma garrafa de vinho branco para o jantar, o tipo favorito dela.

— O que deu em você? — perguntou ela de novo, dessa vez sem o tom irritado do café da manhã. Quase curioso. E por que não? Agora eu era um novo eu, então talvez pudesse ser um novo eu para ela também.

Eu cantarolava enquanto dirigia com apenas uma das mãos no volante. Conduzindo o carro com leveza. Eu gostava disso. A outra mão estava no bolso da calça, e eu estava pensando no fluido de freio que havia tirado do táxi na garagem de Palle. Me perguntei o que Palle sabia sobre Eirin, ou se os dois tinham um caso. Imaginei quanto tempo fazia que os dois estavam juntos. Tempo suficiente, pelo menos, para que Palle pedisse a Eirin que interviesse quando percebeu que eu acabaria fazendo a conexão entre ele, o brinco e Wenche. Ele deve ter ligado para Wenche imediatamente depois que liguei para ele e perguntei sobre o brinco. E ela imediatamente escondeu a caixa com o brinco que sobrou. Foi esperta ao dizer que o tinha emprestado para uma amiga. Ela iria sair àquela noite, sim, mas não para se encontrar com Torill ou outra amiga — ela iria se encontrar com Palle, que, conforme o plano, estaria com o brinco que eu dei para Eirin. Mas Wenche jamais conseguiria pegar o brinco com Palle. E não porque Palle tivesse prestado atenção nos brincos que Wenche estava usando quando os dois se deitaram no banco traseiro. Não há como ele ter notado que o brinco que Eirin lhe entregou tinha um aro estreito ao redor, como uma linha do equador azul. Sem chance.

Não, Palle não daria a Wenche o brinco de Saturno. Na verdade, não daria brinco perdido nenhum a Wenche. E ela nunca saberia que os dois tinham sido enganados. Porque a partir dessa tarde Palle não estará mais entre nós, como dizem. E ela terá que se contentar com o que tem: eu. Mas acho que ela passaria a gostar de mim. Do novo eu.

O primeiro da fila para uma licença de taxista após a morte inesperada de Palle. Sorri para mim mesmo no espelho retrovisor, conduzindo com uma das mãos, a outra no bolso, na qual segurava o brinco de pérola que certa vez dei a Wenche. Segurei com suavidade, mas ao mesmo tempo com firmeza. Do jeito que se segura o barbante de um balão.

O manuscrito Homero uma forma de ensaio, uma visão mais minuciosa de Palla Ícom para unir, ng[...]no equilibrio, uma confraternidade com uma de santos, e un ma tovra que quese antigo o língua, de palia, qiiu, una, que [...] Winehir, seguro[...] que se ratehe, uma, ao nossso ricpto colabraças, lon puxtos u[...] segun o b[...]hasra, de uma habla.

PARTE DOIS
# Poder

# ILHA DOS RATOS

I

UMA ADRIÇA SE AGITA ao vento preguiçosamente contra o mastro de bandeira. Olho para a cidade. Parece estranhamente pacífica. Mas a verdade é que do topo de um arranha-céu de noventa andares não dá para ver as formigas humanas fugindo ou caçando pelas ruas. Não se ouvem os gritos dos que levaram uma surra, os pedidos de misericórdia, o clique do fuzil engatilhado. Mas dá para ouvir o tiro. O ronco de uma moto solitária. E agora que a noite caiu é possível ver os focos de incêndio.

Embora daqui de cima a maioria deles pareça pequena. Os carros pegando fogo parecem lanternas alegres, lançando um pouco de luz numa cidade em que há mais de um ano os postes de iluminação pararam de funcionar.

Ouvi uma rajada de tiros de submetralhadora, não muito longa. Eles são jovens, mas aprenderam quando parar para evitar que a arma superaqueça. Aprenderam o que precisam saber para sobreviver nesses tempos. Ou, para ser mais preciso: sobreviver um pouco mais do que uma pessoa que tem as mesmas necessidades deles: comida, armas, abrigo, gasolina, roupas, remédios e pelo menos uma mulher capaz de carregar os genes de um homem para a próxima geração. Usando um clichê, é uma selva. E a selva se aproxima cada dia que passa... não, cada hora. Imagino que o prédio em que estamos agora se tornará parte da selva à primeira luz do amanhecer.

Aqui em cima, quem pode evacuar está fazendo isso. A elite, os mais ricos entre os ricos, os que podiam pagar a passagem. Fico parado, observando essa gente, o último grupo de quatorze pessoas olhando impacientemente para a baía, de onde esperam vê-lo se aproximar: o helicóptero militar que fica indo e voltando daqui até o porta-aviões *Nova Fronteira*. O navio tem espaço para três mil e quinhentas pessoas, comida, remédios e tudo o mais que for necessário para quatro anos em mar aberto, sem a necessidade de atracar em porto nenhum. Ele parte hoje à noite e ficará no mar por tempo indeterminado. Não sei quanto custam as passagens, só sei que para mulheres é um pouco mais barato, já que foi decidido que deve haver um número igual de pessoas dos dois sexos a bordo. Ninguém vai dizer isso em voz alta, com todas as letras, mas na prática estão indo para uma Arca de Noé da elite.

Meu amigo de infância Colin Lowe está diante de mim. Sua esposa, Liza, e sua filha, Beth, estão mais perto do heliponto, de olhos atentos para ver o helicóptero. Colin é um dos empresários mais ricos do país. É dono de sites e tem propriedades ao redor do mundo, entre as quais o arranha-céu em que estamos. Entretanto, conforme o próprio Colin acabou de me dizer, eles levaram menos de trinta minutos para fazer as malas.

— Você tem tudo de que precisa — garanto a ele.

O clima é de nervosismo, agitação, mas ao mesmo tempo estranhamente animado. Fardados e fortemente armados, os homens da milícia privada contratada pela Colin Lowe Ltda. tomam conta do heliponto e da porta que dá acesso ao topo. Tem mais homens no térreo e perto dos elevadores. O trabalho deles é impedir que alguém invada o prédio e tente se proteger ali antes da chegada das gangues. Ou melhor, de embarcar no helicóptero rumo ao *Nova Fronteira*. Não dá para culpar quem tenta, mas também não dá para culpar quem está ali para impedir. Lutamos por nós mesmos e pelos nossos entes queridos, é disso que somos feitos.

Quando cheguei ao prédio no começo da noite, havia um cheiro de medo e desespero perto dos portões. Vi um homem num terno caro oferecer uma maleta cheia de cédulas a um dos guardas, que recusou o dinheiro. Ou porque havia testemunhas por perto ou porque ninguém sabe se esse dinheiro vai valer alguma coisa amanhã. Atrás dele havia uma mulher linda de meia-idade, na hora tive a impressão de reconhecê-la. Ela se ofereceu ao chefe dos guardas enquanto citava os filmes em que havia atuado.

— Estamos nos aproximando da entropia — diz Colin.

— Você sabe muito bem que eu não sei o que palavras como essa significam — digo.

— A Segunda Lei da Termodinâmica.

— Dá na mesma.

— Vocês, advogados, não sabem de nada?

— Só limpar cagadas de engenheiros.

Colin dá risada. Eu tinha acabado de resumir a natureza simbiótica de nossa parceria na Lowe Ltda. nos últimos quinze anos.

— Entropia — repete Colin e olha para o contorno dos prédio da cidade, uma silhueta irregular contra um sol prestes a sumir no mar. — Entropia significa que, num sistema fechado, ao longo do tempo tudo será destruído. Quando se deixa um castelo de areia na praia, no dia seguinte ele terá sido alterado pelo clima e pelo vento. Não vai ser substituído por alguma coisa ainda mais fantástica, mas por alguma coisa sem cor, sem forma. Sem vida, sem alma. Nada. Isso é entropia, Will. É a lei natural mais universal de todas.

— A lei da ilegalidade — comento.

— Palavras do advogado.

— Palavras dos filósofos. Segundo Hobbes, sem leis, sem um contrato social, seremos jogados num caos pior que a pior ditadura. E, do jeito que as coisas estão agora, parece que ele estava certo.

— O Leviatã está aqui — concorda Colin.

— O que é Leviatã? — pergunta a filha dele, Beth, que se aproximou de nós sem percebermos. Ela tem 17 anos, é três anos mais nova que o irmão, Brad, que está por aí, em algum lugar. Ela é a cara da minha filha, Amy, mas esse não é o único motivo das lágrimas que brotam nos meus olhos quando encaro Beth.

— É a história de um monstro marinho que não existe — respondo, ao perceber que Colin não iria responder.

— Então, como ele pode estar aqui?

— É só uma metáfora, meu bem — diz Colin, puxando a filha para perto. — Um filósofo famoso usou essa figura de linguagem para descrever uma sociedade sem lei e ordem.

— Como a nossa? — pergunta ela.

Um homem fardado se aproxima. Colin tosse.

— Vai fazer companhia para a sua mãe, Beth. Daqui a pouco vou para lá também.

Obediente, ela se afasta.

— Diga, tenente — diz Colin.

— Sr. Lowe... — O homem tem cabelo curto e grisalho e carrega um walkie-talkie chiando do qual sai uma voz agitada que parece tentar fazer contato com ele. — Meu homem no térreo me disse que eles estão tendo dificuldade para manter as pessoas afastadas. Devem usar munição letal se...?

— São gangues?

— A maioria é gente comum tentando embarcar no helicóptero, Sr. Lowe.

— Coitados... Só atire se não restar alternativa.

— Entendido, senhor.

— Quanto tempo até o helicóptero chegar?

— O piloto me disse que em cerca de vinte minutos, senhor.

— Certo. Nos mantenha informados, para que todos estejam prontos para embarcar assim que o helicóptero chegar.

— Perfeito, Sr. Lowe.

Quando o tenente se afasta, ouço-o responder no walkie-talkie:

— Eu sei, sargento, mas as ordens que recebemos são para não usar força além do necessário. Entendido? Sim, mantenha a posição e...

Sua voz se afasta até desaparecer, deixando para trás as batidas suaves da adriça e a sirene de uma viatura da polícia que sobe até onde estamos vindo das ruas escuras abaixo de nós. Colin e eu sabemos que não é a polícia de verdade — faz mais de um ano desde a última vez em que ousaram patrulhar as ruas depois do anoitecer —, mas provavelmente quatro jovens armados com fuzis e sob o efeito de drogas, apenas o suficiente para manter os reflexos intactos, talvez até mais aguçados que o normal, e ao mesmo tempo diminuir as inibições. Se bem que as inibições não estão só menores, elas meio que morreram. E não só entre esses predadores, mas entre a população em geral.

E talvez essa seja a única desculpa para o que fiz.

Ainda consigo ouvir a moto. Deve ter um buraco no silenciador, ou seja lá como isso é chamado.

*Acelero pela rua vazia, atravessando a cidade rumo ao sul, em direção ao matadouro. O silenciador está fazendo barulho por causa do buraco de bala, tenho que consertar isso. E preciso de gasolina. O ponteiro já está no vermelho, não dá para saber se tenho combustível suficiente para chegar lá. E ninguém quer ficar preso no centro da cidade no meio da noite sem sua gangue, porque de repente você vira a presa. Mas tudo bem: contanto que eu tenha gasolina, enquanto o motor estiver ligado, estou pelo menos na metade superior da cadeia alimentar. Isso porque encontrei o que procurava na encosta atrás de mim. A abertura. O buraco na fortaleza. Talvez todos que moram na mansão estejam mortos daqui a algumas horas, talvez não. Não sou a juíza aqui, só a mensageira. O som da moto ecoa pelos prédios comerciais altos e vazios. Se eu pisar muito fundo posso ficar sem gasolina, mas, quanto mais tempo passar aqui no centro, maiores serão os riscos de arrumar problema. Por exemplo, quando reduzi um pouco a velocidade para passar pela multidão na porta do edifício de Lowe, um deles tentou me agarrar para roubar a moto. As pessoas são animais, estão desesperadas, estão com raiva e com medo. Caralho. O que aconteceu com essa cidade? O que aconteceu com esse grande país?*

## II

— Chegada do helicóptero em dezoito minutos! — grita o tenente.

— Mil e oitenta segundos — diz Colin, sempre mais rápido do que eu para fazer contas de cabeça.

Não demorou muito desde a descoberta do vírus até a eclosão da pandemia e a súbita dissolução de tudo. As pessoas caíam feito moscas. Primeiro pela doença, depois pelo colapso da economia e das instituições sociais e políticas. Naturalmente, os pobres foram os mais atingidos pela pandemia; as más notícias sempre funcionam assim. Mas foi só quando começou a haver escassez de alimentos que a situação mudou de algo que as sociedades tentavam enfrentar juntas para uma luta entre favorecidos e desfavorecidos. Primeiro colocando pobres contra ricos e, depois, pobres contra pobres, até chegar ao ponto de que os únicos que não eram inimigos fossem familiares e amigos. Os supermercados estavam desabastecidos, e tempos depois foi a vez das lojas de armas, embora a produção de pistolas e fuzis tenha sido a última a parar. As forças da lei e da ordem, que já estavam enfraquecidas, entraram em colapso de vez. Os mais ricos se entrincheiraram atrás dos muros de suas fazendas e mansões no interior, de preferência em locais elevados e mais fáceis de defender. Alguns dos mais ricos, como Colin Lowe — que já imaginava o colapso muito antes da pandemia —, tomaram a precaução de adquirir propriedades particulares e ilhas autossuficientes protegidas por milícias privadas equipadas com o que há de mais moderno em tecnologia armamentista. Paradoxalmente, o vírus ajudou os ricos na luta contra aqueles que representavam maior ameaça: hordas de pobres e desesperados. Isso porque o vírus se espalhou descontroladamente nas famílias que viviam em condições de superlotação, sem plano de saúde e incapazes de seguir as regras de quarentena do governo. Mas, quando a pandemia se estabilizou e se tornou uma ameaça menor do que a pilhagem, acho que os mais atingidos foram os que, de início, estavam no meio desses dois extremos. Aqueles que tinham algo a perder e não tinham como proteger e defender suas posses. E, quando essas pessoas perderam tudo, também se transformaram em saqueadores. Pobreza, desespero, violência — tudo era contagioso.

Quando a pandemia começou eu era chefe do departamento jurídico da empresa de TI de Colin. O vírus veio do leste, do outro lado do país, mas se espalhou por nós — a maioria, a classe média segura — sem sequer termos tempo de reagir.

Cinco anos antes, quando Colin mostrou para mim pela primeira vez a ilha dos Ratos — uma pequena ilha-prisão de no máximo cem hectares não muito longe do aeroporto —, eu o provoquei, falei que ele estava se preparando para o Dia do Juízo Final, que ele era um desses malucos paranoicos que passam o tempo todo se preparando para o pior, para o dia em que só vão poder confiar em si mesmos e em mais ninguém. O provável motivo para ter tanta gente assim no nosso país é a nossa cultura da liberdade individual. Você faz a sua própria sorte e ninguém vai te impedir, mas também ninguém vai te ajudar.

— É uma simples questão de bom senso — foi a resposta de Colin quando sugeri que ele estava ficando paranoico. — Eu sou engenheiro e programador, e pessoas como nós não são como os histéricos que andam por aí achando que o fim está próximo. Apenas calculamos a probabilidade de algo improvável acontecer, o que, aliás, é o que fazemos no nosso trabalho. Porque pode ter certeza de uma coisa: com o passar do tempo, tudo, absolutamente tudo que pode acontecer, acontecerá. A probabilidade de eu estar vivo para ver a sociedade entrar em colapso não é grande, mas também não é desprezível. Quando multiplico essa probabilidade pelo que me custaria, tanto financeiramente quanto em qualidade de vida, estou calculando o preço que eu deveria estar disposto a pagar pelo meu seguro. Isso aqui — ele gesticulou na direção da ilha árida e rochosa com os edifícios de concreto vazios originalmente construídos para manter assassinos dentro, não fora — é um pequeno preço a pagar se eu quiser dormir melhor à noite.

Na época, eu não sabia que ele já tinha armários lotados de armas na ilha. Nem que ele e vários dos seus amigos diretores tinham feito cirurgia a laser para corrigir a miopia não por uma questão de estética, mas por saberem que, num mundo sem lei e ordem, seria difícil conseguir óculos

233

ou lentes de contato, e uma visão perfeita seria fundamental numa luta pela sobrevivência que iria nos aproximar da Idade da Pedra.

— Não há por que não se preparar, Will. Mesmo que só pelo bem da sua família.

Acontece que eu não estava preparado.

Os saques não começaram quando as autoridades decidiram abrir os presídios — que, na verdade, se tornaram câmaras da morte nas quais o isolamento era impossível e o vírus se espalhava desenfreadamente. O número de detentos libertados não era suficiente, por si só, para explicar o caos. Foi a sensação que isso criou. A sensação de que as autoridades estavam perdendo o controle, de que a lei e a ordem estavam suspensas, de que em breve teríamos que pegar tudo o que pudéssemos antes que outros pegassem primeiro. Também não deixamos de enxergar ou entender o que estava acontecendo. Não era um medo irracional. Sabíamos que, se fôssemos capazes de superar a pandemia — e em alguns países ela já estava enfraquecendo —, poderíamos voltar à vida normal. Mas também vimos que o medo tinha se tornado mais forte do que o bom senso coletivo. Não era histeria coletiva, mas falta de um bom senso compartilhado. Assim, as pessoas fizeram escolhas individuais que eram racionais e sensatas para si mesmas e para os que amavam, mas catastróficas para o restante da sociedade.

Alguns se tornaram saqueadores e recorreram à violência por pura necessidade.

Outros — como Brad, filho de Colin — fizeram isso porque queriam.

O relacionamento de Brad Lowe com o pai era complicado. Brad era o primogênito do casal, e Colin imaginava que o filho assumiria o comando da empresa depois dele. Mas a verdade é que Brad não era feito para essa função. Faltavam nele o intelecto e a capacidade de trabalho do pai. Além disso, Brad não tinha a visão de Colin, nem seu desejo de mudar o mundo, além de não ser capaz de encantar e empolgar as pessoas. O que ele herdou do pai foi um egoísmo por vezes infinito e a vontade de sacrificar tudo e todos em busca do próprio objetivo. Foi o que ficou claro quando Brad usou o dinheiro do pai para subornar o técnico do time de futebol americano da faculdade com o intuito de ser escolhido para entrar na equipe, em vez de outros atletas com mais talento. Ou quando convenceu o pai a lhe dar dinheiro para um projeto que ele e os amigos tinham criado para ajudar estudantes menos afortunados — dinheiro esse que, como foi descoberto tempos depois, foi gasto com drogas, mulheres e festas libertinas numa casa alugada por eles fora do campus universitário. A gota d'água que fez Colin tirar o filho da faculdade foi quando o reitor o informou de que tinha sido ameaçado por Brad após ser descoberto que ele havia falsificado documentos para fazer parecer que havia passado em certas provas que nem sequer tinha feito.

No fim daquele período da faculdade, Brad voltou para casa com uma aura de tremenda falha. E a verdade é que não consegui não sentir pena dele. Durante anos, nossas famílias passaram férias nas montanhas, num chalé enorme de dois andares que alugávamos juntos até que Colin comprou o imóvel. Por causa do relacionamento ruim entre pai e filho, para nós era difícil ficar perto de Brad. Porque a verdade é que ele não era um rapaz totalmente desprovido de sentimentos. Muito pelo contrário: ele os tinha de sobra. Amava e admirava o pai. Sempre foi assim, e qualquer pessoa enxergava com clareza. Com muito mais clareza do que o amor de Colin pelo filho. Mas as emoções de Brad oscilavam descontroladamente entre o desespero, a raiva, uma indiferença apática e uma agressividade dirigida a todo mundo que não fazia o que ele queria, fosse alguém da família dele, fosse minha família ou mesmo um empregado do chalé. E foi aí que descobri o outro Colin dentro de Brad. Aquele que surgia quando a inteligência sedutora e o entusiasmo contagiante de Colin não conseguiam persuadir as pessoas: a pessoa ameaçadora. O Colin que podia, quase que por capricho, comprar uma pequena empresa concorrente problemática, se desfazer dos ativos e demitir os empregados. Nas duas vezes em que destruí os planos de Colin por motivos legais, ele ficou tão furioso que sei que não fui demitido por um triz. Sei disso porque reconheci o olhar maligno de quando ele não conseguia o que queria quando éramos crianças.

E esse olhar se mantinha até ele conseguir.

E acho que foi isso que Brad descobriu. Que ao deixar certas inibições de lado é possível conseguir o que se quer se valendo de violência, ameaças e força bruta. A forma como ele convenceu os irmãos Winston, do chalé vizinho, a se juntarem a ele para tacar fogo na velha garagem de Ferguson. Conforme os irmãos explicaram à polícia depois, Brad havia ameaçado atear fogo no chalé dos Winston enquanto a família dormia se eles não tivessem concordado em incendiar a garagem de Ferguson.

A tentativa desastrada de Brad de conquistar a minha filha, Amy, demonstrou ainda mais que ele era um garoto de sentimentos fortes. Brad era apaixonado por ela desde que os dois eram criancinhas, mas, em vez de arrefecer, como costuma acontecer com as paixões da infância, quando eles se encontravam o sentimento parecia cada vez mais forte. Claro que talvez fosse porque Amy ficava mais amável cada ano que passava, mas provavelmente era porque o sentimento dela não era recíproco, e essa rejeição persistente servia apenas para estimulá-lo. A impressão era de que Brad achava que tinha direito a ela.

Certa noite, fui acordado pelo som da voz de Brad no corredor, diante da porta do quarto de Amy. Ele estava tentando convencê-la a abrir, e ela obviamente estava se recusando. Eu o ouvi dizer:

— Esse chalé é nosso! Tudo aqui é meu, então me deixa entrar, senão a gente vai te expulsar e o seu pai vai ser demitido.

Nunca contei isso a Colin — eu mesmo já fiz e falei algumas besteiras ao ser rejeitado por uma mulher —, pois suspeitava de que ele seria muito rígido com o filho para mostrar que não toleraria esse tipo de comportamento. Portanto, a gota d'água para Colin não foram as ameaças de Brad a Amy, mas o incêndio da garagem de Ferguson. Brad se livrou dessa com uma sentença condicional e uma indenização pesada para Ferguson, paga por Colin, que colocou o filho em prisão domiciliar. Dois dias depois, Brad subiu na moto que havia ganhado de presente de aniversário de 18 anos e foi para a cidade. Tinha pegado uma grande quantia em dinheiro do cofre do pai e as chaves de um apartamento no Centro.

— Bom, pelo menos eu sei onde ele está — disse Colin, desanimado, durante um café da manhã.

Três meses depois, Colin me disse que a polícia o havia informado de que o apartamento tinha sido completamente destruído num dos inúmeros incêndios no Centro, mas que não havia nenhum corpo no imóvel e nenhum sinal de Brad. Colin, então, comunicou o desaparecimento de Brad e tentou pressionar a polícia a procurá-lo, mas àquela altura a polícia só estava investigando violência nas ruas, incêndios criminosos e homicídios. Ficamos sabendo que em algumas cidades da Costa Leste a polícia teve que se entrincheirar nas delegacias, que haviam se tornado os alvos prediletos das gangues, por causa do grande número de armas estocadas. Também existiam rumores de que em alguns estados a polícia havia parado de trabalhar e estava roubando nas estradas para sobreviver.

Depois que o governo federal enfim declarou estado de emergência nacional e Colin se mudou para a prisão abandonada na ilha dos Ratos com a mulher e Beth, ele me disse que tinha recebido notícias de Brad vindas de outras fontes. Aparentemente, o filho de Colin Lowe agora era líder de uma gangue de saqueadores que se autodenominava Caos.

— Por que ser saqueador? — disse Colin balançando a cabeça. — Se ele simplesmente viesse a mim teria tudo de que precisa.

— Talvez seja disso que ele precise — falei. — Mostrar que sabe se virar sozinho. Não só sobreviver sem a sua ajuda em tempos difíceis como esses mas ser um líder. Como você.

— Hummm... — Colin me encarou. — Então você não acha que é só porque ele gosta?

— Gosta do quê?

— Do caos, de saquear. De... destruição.

— Não sei — respondi.

E era verdade.

Enquanto o mundo desmoronava ao nosso redor, Heidi, Amy e eu tentávamos levar a vida o mais normal possível no Centro.

Heidi e eu nos conhecemos quando fazíamos faculdade de direito, e tudo aconteceu com a maior naturalidade. Levamos apenas duas noites para nos dar conta de que éramos feitos um para o outro e dois anos para saber que estávamos certos. Então não havia o que discutir. Nos casamos, e Amy chegou três anos depois. Queríamos ter mais filhos, mas levou mais catorze anos até que o pequeno Sam — agora com quase 4 anos — aparecesse.

Quando o vírus surgiu e a cidade foi colocada em lockdown, a empresa de Heidi faliu. Ela sabia que seria difícil encontrar trabalho num mercado em que o índice de desemprego tinha subido de cinco para trinta por cento e a recessão econômica havia atingido o que os especialistas chamam de massa crítica, estado em que uma espiral descendente se torna sua própria catalisadora. Então, depois da pandemia, quando as pessoas puderam voltar a se movimentar livremente sem medo de serem infectadas, Heidi começou a oferecer assistência jurídica aos mais pobres. Trabalhava da nossa cozinha e, claro, raramente recebia pelo trabalho que fazia. Felizmente, para a nossa família, dinheiro não era o maior problema. Imediatamente antes do início da pandemia, o conselho da Lowe Ltda. havia aceitado uma oferta de compra da maior empresa de TI do país. Para mim e para os outros acionistas internos, isso significava, em princípio, que nunca mais precisaríamos trabalhar. Larguei o emprego e passei as semanas seguintes pensando no que fazer da vida. E no decorrer daquelas semanas o vírus voltou a atacar e decidiu o que faria não só com a minha vida mas também com a vida de todos no planeta.

Então cheguei à conclusão de que o mais importante que eu poderia fazer era ajudar Heidi a ajudar os outros.

E a partir daquele dia não só a cozinha como a sala de estar e a biblioteca passaram a funcionar como uma espécie de centro para almas perdidas e todo tipo de gente esquisita. Mas então até o sistema legal começou a ruir. Embora o governo, o Congresso e os tribunais continuassem funcionando até certo ponto, a verdadeira questão era por quanto tempo mais teríamos uma força policial funcional e capaz de fazer cumprir a lei e os veredites dos tribunais, um sistema carcerário capaz de executar o cumprimento de sentenças e até mesmo um Exército em cuja lealdade fosse possível confiar. O Congresso havia ampliado o poder dos comandantes militares para proteger a propriedade — pelo menos, a propriedade pública —, e em outras circunstâncias esse poderia ter sido um primeiro passo para permitir que um grupo de militares de alta patente assumisse o comando do país. Afinal, uma junta seria — de acordo com a filosofia social em *Leviatã* — melhor que a anarquia total. Mas não foi o que aconteceu. Em vez disso, soldados e oficiais foram recrutados por milícias privadas criadas pelos ricos e passariam a ganhar cinco vezes mais que no Exército.

E aqueles de nós que não éramos tão ricos também começamos a tomar medidas para garantir o que era nosso. O que pensávamos ser nosso. Começamos a nos preparar para o pior.

Contudo, nada poderia ter me preparado para o que realmente aconteceu.

E neste momento, aqui no alto do arranha-céu, tentando escutar o som do helicóptero se aproximando, ainda sinto o gosto da corda na boca e o cheiro da gasolina na garagem, e ainda ouço os gritos das pessoas que amo dentro de casa. E a certeza amarga de que perderia tudo. Absolutamente tudo.

— Dezesseis minutos! — grita o tenente.

Colin se aproxima da beirada do telhado e olha para as ruas escuras. Ouço o som baixo de uma moto solitária. Apenas um mês antes, a cidade estava cheia de gangues de motoqueiros por todo lado, mas agora, sem combustível, a maioria dos ladrões está a pé.

— Então você não acha que Justitia esteja morta, ela só tem um buraco na testa? — pergunta Colin.

Olho para ele. É difícil acompanhar uma mente como a dele, mas, como estou acostumado a seguir sua linha de raciocínio desde que nos conhecemos na escola, às vezes consigo. Ele ouve o som da moto e automaticamente pensa em Brad e na gangue que o filho comanda, Caos. Eles usam capacetes com um logotipo marcante: Justitia, a deusa romana da justiça, a mulher vendada segurando a balança. Só que na versão do capacete ela tem um buraco de bala grande e sangrento no meio da testa.

— Ela respira por aparelhos — respondo. — Mas ainda acho que o Estado de direito vai se recuperar.

— E eu sempre achei esse pensamento ingênuo. Sempre achei que cedo ou tarde os únicos em quem se pode confiar são os próprios familiares próximos. Qual de nós estava certo, Will?

— As pessoas vão lutar contra a sua entropia, Colin. Elas querem uma coisa melhor, querem uma sociedade civilizada, querem o Estado de direito.

— O que as pessoas querem é vingança pelas injustiças cometidas. Era sobre isso que o Estado de direito se tratava. E, quando ele deixa de funcionar, as pessoas se organizam para buscar a própria vingança. Olhe para a história, Will. Brigas familiares, vinganças contra filhos, irmãos vingando pais e irmãos. É daí que viemos e é para lá que estamos voltando. Porque é assim que nos sentimos. É assim que somos, como seres humanos. Até você, Will.

— Entendo o que você está dizendo, mas não concordo. Coloco o bom senso e o humanismo acima da vingança.

— Porra nenhuma. Você pode até gostar de fingir que sim, mas sei o que você está sentindo por dentro. E você sabe tão bem quanto eu que os sentimentos sempre, sempre prevalecem sobre o bom senso.

Não respondo. Em vez disso, olho para a rua lá embaixo e tento localizar a moto. O ronco desapareceu, mas vejo um cone de luz se movendo e espero que seja a moto. Nesse momento, precisamos de luz e esperança. Porque Colin está certo. Ele sempre está certo.

III

*Reduzo a velocidade. Mais à frente na avenida não vejo ninguém, nem qualquer sinal de outro veículo em movimento, mas, como estou apenas com as lanternas laterais acesas para chamar o mínimo de atenção possível, preciso ficar atenta a buracos na pista. É uma loucura, mas, mesmo que as pessoas não tenham mais gasolina há muito tempo, claramente ainda têm muitas granadas guardadas — cada dia que passa as explosões são mais frequentes.*

Freio. Não por causa de um buraco, mas por causa da luz de uma tocha. Tem uma gangue na encruzilhada à frente. Um carro queima silenciosamente atrás deles.

Merda. Eles espalharam dilaceradores de pneus por toda a pista.

Olho o retrovisor. E com a ajuda das luzes de freio vejo que eles estão atrás de mim também. Saem de prédios de ambos os lados da pista arrastando outro dilacerador para impedir minha fuga por ali. Levo dois segundos para calcular que no total são doze pessoas — seis na frente e seis atrás —, que só quatro estão visivelmente armadas, se movimentam como crianças e não estão usando símbolos ou peças de roupa que permitam que eu saiba a qual gangue pertencem. A má notícia para mim é que, a julgar pelos dilaceradores, provavelmente eles invadiram uma delegacia de polícia, o que significa que são corajosos. O que é outra maneira de dizer que estão desesperados. A boa notícia é que eles estão posicionados numa formação meio aleatória e não muito prática, o que me diz que eles ou não têm muita experiência ou são burros, ou acham que a superioridade numérica é suficiente.

Ainda estou a cinquenta metros deles quando paro a moto, tiro o capacete e o levanto, para que possam ver.

— Caos! — grito, torcendo para que eles vejam a insígnia no capacete.

— Porra, é uma garota! — ouço alguém dizer.

— Melhor ainda — diz outro e solta uma risada.

— Tirem os dilaceradores da frente, me deixem passar e ninguém vai arranjar problemas! — grito.

Como eu já esperava, eles respondem com risadas. Acendo o farol dianteiro e agora os enxergo melhor. Pessoas de várias etnias e com roupas de várias gangues. Parecem o refugo de outras gangues. Então pego o fuzil Remington preso à lateral da moto e aponto para o maior deles, que está cego por causa da luz do meu farol e por acaso está bem na frente do dilacerador. Me lembro da última vez que usei o fuzil — formei um triângulo perfeito dos olhos com o buraco de bala. Mas daquela vez o alvo estava pendurado num gancho bem na minha frente. Puxo o gatilho, e o som ecoa nas paredes das casas. O cara cai do jeito certo — de costas no dilacerador —, e eu acelero na direção das suas pernas abertas, consigo enfiar o fuzil de volta no coldre e colocar as duas mãos no guidão novamente a tempo de a roda dianteira acertá-lo e eu passar por cima do corpo.

Nenhum tiro atrás de mim.

Hoje em dia ninguém desperdiça munição em causas perdidas.

Não sei se passar pela casa dos Adams foi uma decisão consciente, mas o fato é que não tenho gasolina suficiente para seguir qualquer outro caminho. Talvez eu precise voltar à cena do crime, para lembrar por que estou fazendo o que estou prestes a fazer. Seja como for, de repente chego à casa dele.

Silêncio. Trevas. Não paro, só reduzo a velocidade.

O buraco no portão ainda está lá. O buraco que eu fiz.

Apertei os cabos do alicate, e os dentes cortaram os arames do portão com um estalo.

Sentia os olhos dos doze atrás de mim, o cheiro de testosterona, o arrastar nervoso de botas incapazes de ficar paradas no asfalto.

— Mais rápido! — sussurrou Brad, empolgado.

Eu poderia ter perguntado por que a pressa, visto que não havia a menor chance de a polícia aparecer.

Eu poderia ter perguntado se ele queria continuar cortando no meu lugar, visto que eu trabalhava na velocidade que melhor me convinha.

Ou poderia ter perguntado se não deveríamos simplesmente dar para trás e falar o que realmente estava pensando: aquilo era uma péssima ideia.

Como segunda em comando, logo depois de Brad, era meu dever contar a ele e tentar fazê-lo desistir. Desde então tenho pensado muito nisso. Se poderia ter feito algo diferente. Provavelmente não. Porque foi ideia de Brad, e isso era mais importante que o fato de aquela ser uma péssima ideia. Antes de mais nada, ele não iria querer passar vergonha diante da gangue admitindo que eu estava certa. Mas eu poderia ter feito o que sempre fazia, que era apresentar os meus argumentos como se fossem apenas uma interpretação dele, para que, quando percebesse que eu estava certa — e, do jeito que as coisas transcorreram, ele sabia que eu estava —, pudesse receber o crédito. Eu não ligava. Um líder idiota consegue ser um comandante bom o suficiente se for capaz de distinguir os bons dos maus conselheiros. E Brad tinha essa habilidade. Embora não fosse muito inteligente, Brad parecia ter um instinto para enxergar a inteligência nos outros. Ele não precisava entender o raciocínio; era como se a inteligência simplesmente estivesse ali, estampada na testa da pessoa. E foi isso, e não minha carreira no kickboxing, que o levou a nomear uma garota como segunda em comando da Caos.

O motivo pelo qual não tentei me opor a ele ou manipulá-lo foi que eu sabia que aquele roubo era mais que uma tentativa de arranjar comida, armas, gasolina e um gerador que talvez nem estivesse na garagem. Brad conhecia aquelas pessoas. Sabia que elas tinham algo que ele precisava ter, e nada o faria mudar de ideia. Então fiquei de bico fechado. Porque admito: não arrisco a minha posição na gangue, que é a única coisa que me mantém viva, por um bando de branquelos ricos que nem conheço direito.

— Pronto! — falei, dobrando o arame e passando pela cerca, sentindo as pontas dos fios de metal rasparem na pele e na jaqueta de couro.

Os outros entraram em seguida. Brad ficou lá, olhando para a casa escura, iluminada apenas pelo luar. Eram duas da manhã. Se havia uma hora em que as pessoas dormiam nesses dias, a hora era essa.

Sacamos as armas. Claro que havia gangues mais fortemente armadas do que a nossa, especialmente as gangues separatistas de ex-policiais ou soldados, ou de ex-membros do cartel que cruzaram a fronteira. Ainda assim, em comparação com as gangues normais de jovens, éramos uma milícia peso-pesado; cada um de nós com um AK-47, uma Glock 17 e uma faca de combate. As balas de bazuca haviam acabado, mas Brad e eu ainda tínhamos duas granadas de mão, cada.

Os olhos de Brad brilhavam como os de um homem apaixonado. Ele era quase bonito. Talvez até fosse enquanto dormia. Mas, quando estava acordado, havia algo perturbador na sua expressão e na sua vibe, *algo que irradiava medo, como se ele estivesse a todo momento esperando ser atacado, como se odiasse a pessoa antes mesmo de ser atacado por ela. E esse ódio e esse medo gélidos e implacáveis se alternavam tão rápido com um comportamento caloroso, gentil e sensível que só restava imaginar como ele devia ser por dentro. Era impossível não sentir pena de Brad e não querer ajudá-lo. E naquela noite específica, com o luar sobre o cabelo comprido e loiro-escuro, Brad parecia o Kurt qualquer coisa, um astro do rock cujos discos meu pai adotivo costumava colocar para tocar quando ficava bêbado e começava a gritar que todo mundo devia fazer igual ao Kurt, escrever umas músicas incríveis e depois estourar os próprios miolos. Meu pai, porém, não conseguiu criar nada, então só copiou a parte de estourar os miolos.*

*— Pronta, Yvonne? — perguntou Brad, me encarando.*

*O plano era eu ir com Dumbo tocar a campainha enquanto o restante entrava pelos fundos da casa. Eu realmente não havia entendido por que tínhamos que acordar uma família que provavelmente estava dormindo em vez de usar o elemento surpresa, mas Brad tinha dito que a visão de uma garota colombiana e um rapaz baixo e retardado faria os moradores da casa baixarem a guarda, que eles eram esse tipo de pessoa. "Gente prestativa", disse ele num tom depreciativo.*

*Fiz que sim com a cabeça, e Brad baixou a balaclava para cobrir o rosto.*

*Toquei a campainha. Esperei mais ou menos um minuto até ver a luzinha da câmera acima da porta se acender.*

*— Sim? — disse pelo interfone um homem com voz sonolenta.*

*— O meu nome é Grace. Eu estudava na turma de Amy na escola — falei com voz de choro.* Brad tinha me passado os nomes, e o talento para atuação quem me passou foram um homem e uma mulher colombianos que nunca conheci. *— Esse aqui é o meu irmão caçula.*

*— O que vocês estão fazendo aí fora a essa hora da noite? E como entraram aqui?*

*— A gente estava levando comida para a minha avó, mas tem uma gangue na rua aqui embaixo, então me lembrei da casa da Amy. A gente escalou o arame farpado. Olhe só para o Sergio.*

244

Apontei para os rasgos que tínhamos feito na camisa de Dumbo — embora estivesse nítido que ele não tinha uma gota de sangue latino nas veias.

Houve uma pausa. Ele provavelmente estava pensando. Não era tão incomum ver famílias levando comida e outras coisas de uma casa para outra na escuridão.

— Só um instante — disse ele.

Escutei com atenção. Passos nas escadas do lado de dentro. Pelo som, eram de um homem adulto.

A porta foi aberta. De início só uma fresta, depois totalmente.

— Entrem, eu sou o Will. Pai de Amy.

O homem tinha olhos azuis com pés de galinha, cavanhaque e um cabelo ruivo cacheado que o fazia parecer mais jovem do que eu imaginava. Brad devia estar certo. O tipo de pessoa que ajuda os outros. Estava descalço, mas usava uma calça jeans surrada e uma camiseta com um nome, provavelmente da universidade onde tinha estudado. Entrei com calma e fiquei atrás dele, que segurava a porta para Dumbo, então saquei a pistola e acertei o cano na sua têmpora. Não para machucá-lo ou nocauteá-lo — com a altura que tenho, um chute com o calcanhar na cabeça dele teria sido suficiente para derrubá-lo —, mas para mostrar que a garota e o carinha ali estavam dispostos a usar violência.

Ele gritou alguma coisa e levou a mão ao sangramento na lateral da testa. Apontei a arma para ele.

— Não machuca a minha família — disse. — Peguem o que quiserem, mas não...

— Se você fizer exatamente o que a gente mandar, ninguém da casa vai se machucar — falei. E na hora achei que estivesse dizendo a verdade.

## IV

O sangue escorria do ferimento na testa e descia até a minha camiseta enquanto eles me levavam para a garagem e me amarravam a uma cadeira, que depois foi amarrada ao torno mecânico. A garota que

245

disse ter sido colega de turma de Amy — e poderia muito bem ter sido mesmo — examinou o gerador a diesel. Tem rodas, mas pesa cento e cinquenta quilos, então ela devia estar tentando imaginar um jeito de levá-lo.

Na hora eu estava pensando no que Heidi faria. Ela também acordou com a campainha e deve ter percebido o que aconteceu. Será que conseguiu colocar Amy e Sam em segurança no porão, que chamávamos de quarto do pânico, mas que na verdade era um depósito sem janelas e com paredes de pedra, uma porta de metal sólida que trancava por dentro e com comida e água suficientes para uma semana? Se a garota alta de cabelo castanho-escuro fosse tão racional quanto parecia, eles pegariam exatamente o que precisavam e pudessem carregar e iriam embora. O garoto que a acompanhava não dizia uma palavra, só obedecia ao menor sinal dela, e parecia inofensivo demais para ser do tipo que gosta de machucar pessoas.

Foi quando ouvi o grito de Heidi vindo de outra parte da casa e me dei conta de que havia mais deles.

— Você disse... — comecei.

— Cala a boca — ordenou a garota e deu outra pancada com a pistola em mim.

O garoto a encarou, mas ela não disse nada, apenas me encarou com um olhar que parecia de quem queria pedir desculpas.

E foi então que um cara de capacete branco de hóquei no gelo parou diante da porta da garagem, o logotipo de Justitia na frente do capacete.

— Ele quer que vocês entrem — disse o sujeito num tom de quem estava prendendo o riso.

Quem era "ele"? O líder, provavelmente.

O rapaz e a garota saíram, e o cara de capacete parou na minha frente. Estava segurando uma arma automática russa do tipo que, de repente, todo mundo parece ter e que dizem ser muito confiável. Um Kalashnikov. Faz parte da bandeira de alguns países — é visto como um símbolo da luta pela liberdade. Mas isso só me faz estremecer. Aquele carregador curvo, há um quê de perverso nele.

— Te dou cinco mil se você soltar a minha família e a mim — falei.

246

— E eu vou gastar esse dinheiro onde? — perguntou o cara, rindo.

— Na lojinha de conveniência da esquina?

— Eu posso te dar...

— Você não precisa me dar nada, vovô. Eu pego o que quiser.

Ele foi até uma prateleira e pegou meu velho capacete de moto. Tirou o capacete de hóquei e o experimentou. Levantou e baixou a viseira algumas vezes. Pareceu satisfeito, tirou a mochila das costas e enfiou o capacete dentro dela.

Ouvi mais gritos vindos de dentro da casa e não conseguia respirar. Eu era o idiota que tinha aberto a porta e deixado o Leviatã entrar. Não queria respirar, queria morrer. Mas não podia morrer, não agora — eles precisavam de mim. Eu tinha que me libertar. Forcei as tiras de plástico que a garota havia usado para me prender na cadeira, senti a pele rasgar e o sangue quente e pegajoso escorrer pelas palmas das mãos.

Heidi gritou de novo, tão alto que consegui distinguir uma palavra. Apenas uma. "Não." Como um protesto desesperado e desesperançado contra algo que ela sabia que estava prestes a acontecer.

O cara me olhou, segurou o cano do AK e começou a subir e descer a mão, como se estivesse se masturbando. Sorriu.

E acho que foi nesse exato momento que tudo começou. Quando tudo aquilo que sempre pensei que fazia parte de mim começou a desmoronar.


*Eu e Dumbo paramos no vão da porta e olhamos para a mesa de jantar, de tábuas de madeira marrom grossas e irregulares. Meio que um estilo rústico, mas que com certeza custa uma fortuna. Como a que Maria me mostrou numa revista de casa e decoração e disse que queria uma igual. Mas não havia como eu levar aquela coisa na moto. Dirigi os olhos para a mulher. Estava deitada na mesa, amarrada. Provavelmente eles encontraram a corda na casa e amarraram a mulher, prendendo-a pelo pescoço, pelo peito e pela barriga. As pernas dela estavam amarradas às pernas da mesa, e a camisola estava levantada na altura da barriga e baixada, expondo os seios.*

*Diante dela, vi as costas de uma jaqueta de couro vermelha com um dragão bordado emergindo do mar. A jaqueta de Ragnar. Ele se virou para nós.*

*— Aí estão vocês!*

*Emoldurados por uma cabeleira castanha e lisa que ele perderia antes de completar 30 anos, os olhos de Ragnar tinham um ar de predador, brilhavam de um jeito maligno e perigoso, mesmo quando ele sorria. Em especial quando ele sorria. Talvez não por acaso ele se referia à cidade como "a savana" e levava uma longa corrente de metal com um gancho na ponta presa à moto e a usava quando queria "isolar o animal mais fraco do rebanho", como ele gostava de dizer.*

*— Sério? — perguntei.*

*— Sério — respondeu ele e abriu um sorriso mais largo. — Algo contra?*

*Notei que ele percebeu como eu os aturava. É o preço que se paga por fazer parte de uma gangue. Existem regras a seguir. Entre outras coisas. Mas o que veio a seguir não estava no livro de regras.*

*— Chegou a hora, Dumbo — disse Ragnar. — É a sua vez.*

*— Hã?*

*— Vamos lá. Não precisa ter medo de nada.*

*Dumbo me encarou, os olhos arregalados.*

*— Ele não precisa fazer isso — falei e percebi a tensão na minha voz.*

*— Precisa, sim.*

*Ragnar lançou para mim aquele olhar hostil e desafiador, aquele que dava a entender que ele deveria ser o segundo em comando de Brad, não eu. Ele só estava esperando que eu me opusesse para poder lançar a carta que tinha na manga, mas eu já sabia que carta era essa.*

*— Ordens de Brad — acrescentou ele por fim.*

*— E cadê ele? — perguntei, olhando em volta. Todos, inclusive Dumbo, estavam com os olhos fixos na mulher amarrada à mesa. Pela primeira vez, vi o menino de olhos grandes e redondos na poltrona de frente para a mesa. Devia ter uns 3 ou 4 anos, no máximo, e estava ali, sentado, olhando para a mãe.*

— Brad está lá em cima — respondeu Ragnar, então se virou para Dumbo e acrescentou: — Está pronto, baixinho?

Um dos gêmeos O'Leary chegou de fininho por trás de Dumbo e abaixou as calças dele. Todo mundo caiu na gargalhada. Dumbo também, mas ele sempre ri quando os outros riem para ninguém suspeitar de que ele não entendeu a piada.

— Ora, ora! — disse Ragnar. — E não é que o anãozinho está pronto mesmo?

Mais risadas, Dumbo gargalhando mais alto que todos.

— Diz para a Yvonne que você está pronto, Dumbo! — ordenou Ragnar, me encarando.

— Estou pronto! — disse Dumbo, rindo, empolgado por ser o centro das atenções, o olhar fixo na mulher amarrada à mesa.

— Meu Deus, Dumbo! — falei. — Não...

— Está sendo insubordinada, Yvonne? — provocou Ragnar em tom de risada. — Está incitando insubordinação?

— Estou pronto! — gritou Dumbo, que gostava de repetir frases que achava que tinha entendido.

O restante do pessoal o colocou de pé em cima de uma cadeira, aumentou o volume da música e começou a incentivá-lo.

Senti o sangue ferver. E é nesse momento que se perde a luta de kickboxing — quando você deixa a temperatura do sangue falar mais alto. Então me limitei a falar, baixinho, mas alto o suficiente para ele me ouvir muito claramente:

— Você vai pagar muito caro por isso, Ragnar.

Os pés da cadeira rasparam no chão. A mulher estava deitada com a cabeça virada de lado, olhando para o menino. Lágrimas escorriam pelo seu rosto, e ela estava sussurrando alguma coisa. Não pude evitar: me aproximei para ouvir. Apesar do esforço que fazia para se controlar, a voz dela estava trêmula:

— Vai ficar tudo bem, Sam. Vai ficar tudo bem. Agora fecha os olhos. Pensa em alguma coisa legal. Alguma coisa para a gente fazer amanhã.

Fui até Sam e o tirei da poltrona.

— Solta ele! — gritou a mulher. — Solta o meu filho!

Olhei para ela e disse:

— Ele não precisa ver isso.

Então o coloquei nos ombros, segurando com força porque ele estava esperneando e gritando feito um leitão indo para o abate. Fui em direção à porta da cozinha, mas então Ragnar apareceu na minha frente e bloqueou a passagem. Nos encaramos. Não sei o que Ragnar viu nos meus olhos, mas depois de alguns segundos ele abriu passagem.

Ouvi a mãe gritar "Não!" quando me abaixei para passar pelo umbral, atravessar a cozinha e sair por outra porta que dava para um corredor. Segui em frente até encontrar um banheiro. Coloquei o menino no chão e disse que a mãe dele iria pegá-lo se ficasse quieto e tapasse os ouvidos. Então peguei a chave da porta e a tranquei por fora.

Subi uma escada, atravessei duas portas abertas e depois outra que estava fechada. Abri com cuidado.

A luz do corredor entrou no quarto. Brad estava sentado ao lado de uma cama na qual havia uma garota loira mais ou menos da minha idade dormindo com fones de ouvido. Reconheci o tipo de fone — tem um cancelamento de ruído tão bom que dá para dormir mesmo com granadas explodindo na frente de casa.

Ou com a própria família sendo torturada a poucos metros de distância.

Brad parecia estar sentado ali, olhando para ela, havia um bom tempo. E a garota era bonita, de um jeito meio romântico à moda antiga, não exatamente o meu tipo. Mas obviamente era o tipo de Brad — eu nunca o tinha visto daquele jeito, com ar leve e sonhador, um sorrisinho nos lábios. Então me dei conta de que era a primeira vez que o via feliz.

A garota na cama virou as costas para a luz, mas não acordou.

— A gente tem que sair daqui — sussurrei. — Deu para ouvir os gritos lá de fora, da garagem. Os vizinhos podem ter chamado a polícia.

— A gente tem tempo — disse Brad. — E ela vem com a gente.

— Hein?

— Ela é minha.

— Ficou maluco?

Não sei se foi porque falei muito alto, mas de repente a garota deitada na cama abriu os olhos. Brad tirou os fones dela.

— Oi, Amy — sussurrou ele num tom de voz suave, aveludado, que eu nunca tinha ouvido.

— Brad? — disse a garota, arregalando os olhos enquanto meio que subia na cama e se afastava dele.

— Shhh... Eu vim te salvar — disse ele. — Tem uma gangue lá embaixo, pegaram os seus pais e Sam. Enfia umas roupas numa sacola e vem comigo, eu coloquei uma escada do lado de fora da janela.

Mas a garota, Amy, tinha me visto.

— O que você está fazendo, Brad?

— Resgatando você — repetiu ele baixinho. — Os outros estão na sala de estar.

Amy piscava os olhos com força. Entendeu o que estava acontecendo. E entendeu rápido, do jeito que todos nós tivemos que aprender a fazer.

— Não vou abandonar o Sam! — disse ela em voz alta. — Não sei o que está acontecendo, mas você pode me ajudar ou ir embora. — Então ela me encarou. — E quem é você?

— Faz o que ele está mandando — falei e mostrei a minha arma.

Não sei se era a coisa certa ou errada a fazer — Brad não tinha dado nenhuma instrução sobre sequestros —, mas, quando ela estava prestes a se sentar na cama, ele agarrou Amy pelo cabelo, puxou a cabeça da garota para trás e pressionou um pano na boca e no nariz dela. Ela se debateu por alguns segundos, até que o corpo estremeceu e tombou nos braços dele. Clorofórmio. E eu achando que o nosso clorofórmio tinha acabado...

— Me ajuda a carregar aqui — disse ele enfiando o pano no bolso.

— Mas o que você vai fazer com ela?

— Casar e ter filhos — disse Brad.

Na hora, achei que ele tinha enlouquecido por completo.

— Vamos — disse ele segurando o corpo inerte pelas axilas, então me encarou de sobrancelhas erguidas.

Eu não tinha me mexido. Nem sabia se conseguiria me mexer. Olhei para o pôster colado na parede acima da cama. Uma banda que eu também gostava de ouvir.

— Isso é uma ordem — disse Brad. — Então decide o que vai fazer.

Decidir. Eu sabia o que isso significava, é claro. Decida se você ainda quer ser membro da única família que tem. Com a única proteção que vai ter. Decida agora.

Então consegui me mexer, depois de tudo. Me agachei e a segurei pelas pernas.

Ouvi o som de várias motos se afastando quando Heidi entrou cambaleando na garagem com um casaco meu em volta do corpo. Ela encontrou uma faca na bancada e me soltou. Eu a abracei. Ela afundou o rosto no meu pescoço, o corpo inteiro tremendo, chorando de soluçar, como se as lágrimas a sufocassem.

— Levaram ela — disse Heidi, as lágrimas escorrendo quentes na minha camiseta. — Ele levou Amy.

— Ele?

— Brad.

— Brad?

— Ele não mostrou o rosto, mas era Brad Lowe.

— Tem certeza?

— Era o único de balaclava e não falava nada. Mas estava no comando e subiu até o quarto de Amy. E um deles disse que eram ordens de Brad quando a garota e o garoto entraram na sala.

— E quais eram as ordens de Brad?

Heidi não respondeu.

Segurei Heidi com força. Não precisava saber. Ainda não.

A garota morena sabia que o nome da nossa filha era Amy e que elas tinham a mesma idade. Brad era líder de uma gangue. Tudo se encaixava. Fazia sentido ele esconder o rosto para não ser reconhecido. Mas o fato de não ser esperto o suficiente para se safar ileso, de ter sido reconhecido, também era típico de Brad Lowe.

Era Brad Lowe mesmo, com certeza. Fazendo tudo errado. Mas apaixonado.

Portanto, havia ao menos uma leve esperança.

## V

— Nove minutos para o helicóptero! — grita o tenente. A adriça está sacudindo mais rápido, o vento ficou mais forte.

Colin faz um sinal para um sujeito, que entra num apartamento de cobertura e ressurge com um cooler de champanhe com o gargalo de uma garrafa verde aparecendo.

— Vamos nos despedir em grande estilo. — Colin sorri. — Os decadentes costumavam dizer *"après moi, le déluge"*, mas, no nosso caso, tendo em vista que o dilúvio já está caindo sobre nós, o champanhe vintage deve ser aberto e bebido por aqueles com paladar e garganta capazes de apreciar a bebida. Antes que essas mesmas gargantas sejam cortadas.

— Bom — digo ao pegar uma taça oferecida pelo homem que segura o cooler —, eu devo ser um pouco mais otimista que isso, Colin.

— Sempre foi, Will. Depois de tudo o que aconteceu, só me resta admirar o fato de sua fé na raça humana permanecer intacta. Eu adoraria ter um milésimo da sua capacidade de confiança. E do seu coração. Pelo menos você tem isso para se consolar. Eu, por outro lado, só tenho esse cérebro frio e racional. É como passar o auge do inverno morando sozinho num enorme castelo de pedras.

— Como a sua prisão na ilha dos Ratos.

— Isso. Aliás, ouvi uma nova explicação para ter tanto rato lá. No século XIX, antes da construção da prisão, havia um hospital de isolamento para pessoas com febre tifoide. Quem era enviado para lá sabia que ia morrer, e ninguém na cidade queria contato com um cadáver com febre tifoide, mesmo que fosse um parente. E os ratos também sabiam. Depois de escurecer, eles se sentavam perto da porta dos fundos do hospital e ficavam lá, guinchando, esperando os cadáveres frescos serem atirados. Quando alguém morria na ilha, o corpo era consumido antes do nascer do sol. Um arranjo satisfatório para todos os envolvidos.

— Você acredita nessa história? Ou ainda acha que eles fugiram para lá, assim como você?

Colin faz que sim com um aceno de cabeça.

— Tifoide humana não infecta ratos, mas até ratos podem ser infectados pelo nosso medo. E ratos assustados são agressivos, então temos medo deles e os matamos a torto e a direito. Não é o vírus que vai acabar com a gente, Will, mas nosso medo um do outro.

Penso no medo. No medo que senti na noite em que a Caos invadiu a nossa casa. O medo que senti e que tentei, em vão, comunicar na noite em que Heidi e eu denunciamos o caso à polícia, e no dia seguinte, quando conversamos com os policiais na delegacia.

Os dois detetives sentados à mesa já não nos olhavam mais nos olhos, apenas para os blocos de anotações diante deles. De início, presumi que o motivo era a história horrível que tínhamos acabado de contar: que a nossa filha havia sido sequestrada e a minha esposa, estuprada, enquanto eu estava amarrado na garagem. Só mais tarde me dei conta de que eles não estavam nos encarando porque havíamos acabado de lhes dizer que tínhamos certeza de que o líder da gangue era Brad Lowe, filho de Colin Lowe, empresário do ramo de tecnologia.

— Vamos investigar o caso — disse a policial que havia se apresentado como detetive-chefe Gardell. — Mas não criem muita expectativa.

— "Não criem muita expectativa?" Como acha que a gente não vai criar expectativa?

Só percebi que estava gritando quando senti a mão de Heidi no meu braço.

— Me desculpe — continuei. — Mas a nossa filha está lá fora e nós estamos sentados aqui e... e...

— Nós entendemos — disse Gardell. — Me expressei mal. O que quis dizer era que poderia levar um tempo. Na situação atual, a polícia simplesmente não tem recursos para investigar todos os crimes violentos.

— Sei que os senhores devem ter suas prioridades — interveio Heidi —, mas estamos falando de um sequestro recente, envolvendo uma jovem, com um autor que estamos praticamente entregando aos senhores de bandeja. Se alguma coisa deve ter prioridade...

— Prometemos fazer o melhor possível — disse Gardell, trocando olhares com o colega. — Agora nós vamos à cena de um homicídio, mas os senhores vão receber notícias nossas.

Eles se levantaram e eu fiz o mesmo.

— Os senhores não vão lá coletar impressões digitais? — perguntei.

— Coletar amostras de DNA, falar com os vizinhos...

— Como eu falei... — disse Gardell.

Passei o restante do dia tentando entrar em contato com Colin, em vão.

Também fui de carro até o apartamento de cujas chaves seu filho havia se apossado, e, quando cheguei lá, só confirmei o que Colin tinha me contado: o apartamento havia se reduzido a uma casca carbonizada.

Dirigi pelas ruas, quase torcendo para que a gangue dele tentasse me pegar, não sei bem por quê. Contudo, não foi o que aconteceu; a minha impressão foi de que não existia nenhuma atividade nas ruas. Era como se uma trégua tivesse sido declarada.

Voltei para casa, e Heidi e eu nos deitamos na cama, com Sam entre nós, talvez para dar a ele a sensação de total segurança que não conseguimos dar a Amy.

Quando amanheceu, vi que Sam estava num sono profundo e perguntei a Heidi se ela poderia me contar o restante do que havia acontecido, os detalhes que ela não tinha revelado na descrição concisa que havia fornecido à polícia.

— Não — foi a resposta dela, curta e seca.

Olhei para Heidi e me perguntei como ela conseguia permanecer tão fria e calma. Eu sabia que o choque psicológico podia se manifestar como apatia, mas não era esse o caso. Parecia que ela havia assumido controle total de mente e corpo e se forçou a manter essa frieza, assim como certos animais são capazes de baixar a temperatura do próprio corpo.

— Eu te amo — falei.

Ela não respondeu. E eu entendi. Ela havia bloqueado todas as emoções, congelado o coração para que ele não saísse de dentro dela, atravessasse a mesa e caísse no chão. Porque, se isso acontecesse, ela não teria qualquer utilidade para nenhum de nós. Por amor, agora ela nos amava um pouco menos. A explicação só podia ser essa.

*— Eu te amo — disse ele.*

*Ela não respondeu.*

*Fiquei observando os dois pelo buraco da fechadura. Vi Brad se inclinar para a frente e se aproximar da garota, Amy. Ela estava sentada cabisbaixa na cama dele. Usava uma calça de golfe xadrez que chegava a ser engraçada de tão grande, além de uma camisa masculina que Brad devia ter pegado do guarda-roupa das pessoas que moravam na mansão antes; não levaram muita coisa quando partiram.*

*Corri os olhos em volta atentamente, escutei os outros falando na cozinha; não queria ser pega espionando o nosso líder.*

*Então, coloquei o olho de volta no buraco da fechadura.*

*Ela era linda, mesmo com o cabelo bagunçado escondendo a maior parte do rosto.*

*Era por isso que eu estava espiando os dois?*

*Após o assalto, fomos direto para casa. Subi na minha moto e segui a de Brad por um dos vales estreitos e profundos que cortam os morros no limite norte da cidade. No passado — quando essa era a terra dos coiotes —, artistas e hippies viviam aqui, pessoas que não podiam se dar ao luxo de morar no Centro. Agora era o contrário: os pobres moravam no Centro e os ricos, em casarões com vista para a baía e para os arranha-céus lá embaixo. Mas muita coisa estava voltando a ser como antes. Havia muitas casas vazias, e vimos mais coiotes e cães selvagens vagando pelas estradas em busca de comida.*

*A nova sede da Caos ficava bem de frente para uma casa onde uma gangue havia matado seis pessoas, entre elas, a esposa de um diretor de cinema ricaço. Isso foi há muito tempo. A gente se mudou para cá depois do incêndio no apartamento de Brad no Centro. Era uma* mansão de um sócio da empresa do pai de Brad, e, quando a pandemia começou, Brad ouviu o pai mencionar que o cara tinha se mudado para a Nova Zelândia e levado a família. Ao que parece, era muito comum ricos que se preparavam para o fim do mundo comprarem casas por lá, um lugar longe o suficiente onde pudessem se proteger de toda a miséria do resto do mundo. Bem, não dá para ter sorte o tempo todo, e, antes de fecharem, os canais de notícias estavam relatando que a Nova Zelândia era um dos países mais atingidos pelo vírus. Assim, Brad disse que, quer o dono estivesse vivo, quer estivesse morto, a mansão estava ali, totalmente vazia, quase nos convidando a entrar.

Durante todo o trajeto Brad segurou a garota sentada na moto enquanto subíamos pela estrada sinuosa. Eu nunca tinha visto Brad conduzir com tanto cuidado.

E agora ali estava ele, sentado, no quarto grande, dizendo a ela que a amava.

O que sem dúvida era um lado novo e desconhecido dele.

Eu era a única pessoa com um quarto só para mim; o restante do pessoal dividia os outros cinco quartos. Em pouco tempo, a mansão já estava se tornando um chiqueiro inabitável. Assim, consegui permissão de Brad para dar tarefas domésticas a todos, o que deixou Ragnar muito irritado.

— Está me ouvindo, Amy? — Brad inclinou a cabeça para olhar nos olhos da garota. — Eu te amo.

Amy levantou a cabeça.

— Mas eu não te amo, Brad. Nem vou com a sua cara, nunca fui. Agora pode me fazer o favor de me levar de volta para casa?

— Entendo que você esteja com medo, Amy, mas...

— Mas eu não estou com medo — interrompeu ela, firme. — Você é quem está, Brad.

Ele deu uma risada tensa.

— Do que eu teria medo? Você luta kickboxing, por acaso?

— Do que você sempre teve medo, Bradzinho. Do seu papai. Você tem medo de que o seu papaizinho castigue o filhote catarrento e vergonhoso dele.

O rosto de Brad ficou branco.

— Não tenho que me preocupar com o meu pai. Ele não está aqui.

— Ah, está, sim. Ele está sempre aí, no seu ombro. Quando você diz — Amy inclinou a cabeça e imitou a declaração sincera de Brad — "Eu te amo", é com o seu pai que está falando.

Não havia como isso terminar bem. Mas ela continuou:

— Mas, como você pode ouvir, o seu pai está dizendo que não te a...

Brad a acertou. Foi só um tapa no rosto, mas forte o bastante para fazer Amy virar a cabeça sobre o pescoço fino e esbelto. Ela levou a mão ao rosto. Uma narina estava sangrando. Eu conhecia Brad, o havia visto perder o controle inúmeras vezes e tinha certeza de que a partir dali as coisas só poderiam piorar para Amy.

— Não fala assim — disse ele baixinho. — Tira a roupa.

— Hã? — Ela fungou com desprezo. — Vai me estuprar?

— Entende uma coisa, Amy. Eu sou a única pessoa que pode proteger você do mundo lá fora. E o mundo lá fora começa na cozinha aqui no andar de baixo. Se eu não estiver aqui para impedir, eles vão te estraçalhar. Eles são uma matilha de lobos, é isso que nós somos.

— Prefiro dez deles a você, Brad.

Ele bateu nela de novo, dessa vez com o punho cerrado. Amy tentou revidar, mas ele bloqueou o braço dela. Brad tem reflexos rápidos, é forte e mantém a forma. Se fosse capaz de controlar as emoções seria um bom lutador.

Brad agarrou a blusa de Amy e puxou, e os botões saíram voando e se espalharam pelo piso de parquete. Em seguida ele se levantou e tirou as calças. Amy tentou pular da cama e correr para a porta, mas Brad a deteve sem dificuldade com um braço e a empurrou de volta.

— Pelo seu próprio bem, espero que você não seja virgem — comentou Brad, sentando-se no peito de Amy e usando as pernas para prender os braços dela.

— Não sou — disse ela num tom desafiador, embora com uma voz trêmula agora. — Mas você é. Porque estupro não conta. E além de tudo você nem vai conseguir...

A voz de Amy sumiu quando Brad apertou seu pescoço. Com a outra mão ele abaixou a calça larga e a calcinha dela. Ele deve ter afrouxado o aperto porque ela conseguiu balbuciar "... porque eu sou o seu pai, você também tem medo de mim, espera só..." antes que ele voltasse a sufocá-la.

Brad se encaixou à força entre as coxas de Amy. Vi a musculatura das nádegas dele tensionar e relaxar, mas pelos palavrões ansiosos e pelos movimentos bruscos percebi que não estava conseguindo. Ou ela amaldiçoou a ereção dele ou ele simplesmente não conseguia lidar com a situação. Ou então — e essa me pareceu ser uma terceira possibilidade — ele realmente amava a garota.

— Merda! — gritou ele e pulou da cama, depois subiu e abotoou as calças enquanto ia até o guarda-roupa e pegava alguma coisa dentro. Levei um segundo para entender que era um taco de golfe. Brad segurou o taco com as duas mãos por cima do ombro enquanto se aproximava de Amy.

Coloquei a mão na maçaneta e girei. Será que girei mesmo? Talvez eu não tivesse tempo, talvez a porta estivesse trancada por dentro. Talvez eu tenha mudado de ideia. Porque, de uma forma ou de outra, o que eu poderia ter feito? Ouvi um baque seco, como um martelo de carne batendo num bife, quando a cabeça do taco afundou no tronco de Amy. E um som de estalo e trituração — parecido com o de uma casca de ovo —, quando o golpe seguinte a atingiu na testa. Ela desabou em silêncio na cama.

Brad virou de costas e foi direto a mim. Eu estava a poucos metros de distância no corredor quando a porta se abriu, mas tive tempo de dar meia-volta e parecer que estava indo para o quarto dele, e não me afastando, quando ele saiu.

— Ah, você! — disse ele. — Pede a alguém para te ajudar a carregar Amy para o porão. Coloca ela num dos quartos com parede grossa e uma fechadura que funcione.

— Mas...

— Agora!

Ele passou por mim e desceu a escada.

# VI

Já se passaram três dias desde que Amy foi sequestrada. Após tentar, em vão, entrar em contato com Colin por telefone, correio e intermediários, desci até o porto. Os bordéis continuavam abertos, como se nada tivesse acontecido, ou talvez exatamente porque tudo aconteceu. Num deles conheci um pescador meio bêbado que se dispôs a me levar à ilha dos Ratos e pediu um valor exorbitante para um trajeto tão curto. A stripper no palco me lançou um olhar de reprovação enquanto eu saía com um terço do seu público.

Ao nos aproximarmos da ilha, uma lancha do mesmo tipo usado pela Guarda Costeira se aproximou de nós. Pensando bem, provavelmente era um barco da Guarda Costeira. Havia uma metralhadora montada na coberta de proa. A lancha nos abordou pelo lado. Aos gritos, contei o motivo da minha visita para um sujeito fardado; ele ligou o rádio e minutos depois acenou para seguirmos em frente. Colin estava no cais com um sorriso de orelha a orelha quando chegamos.

— Que surpresa agradável — disse enquanto me abraçava.

— Estou tentando entrar em contato com você.

— Sério? O sinal aqui é ainda menos confiável do que na cidade. Vem comigo!

Ele andou a passos largos na minha frente em direção ao edifício enorme no centro da ilha.

— E aí? Você e a família estão bem? — perguntou ele.

Engoli em seco e respondi:

— Não.

— Não? — repetiu Colin, tentando fazer cara de confuso.

— Daqui a pouco eu falo. Então essa é a sua casa agora?

— Bom, por enquanto é. Liza odeia e acha que eu deveria ter comprado uma ilha grande e linda em vez de esse pedregulho estéril. Ela não entende que, no momento, visão panorâmica é mais importante que aparência.

Paramos em frente ao edifício. Inclinei a cabeça para trás e observei a parede de concreto alta e desgastada pelo tempo.

— Você se sente seguro na sua casa? — perguntei.

— Aqui, sim — respondeu Colin, batendo o punho no concreto. — Essas paredes teriam impedido a Revolução Francesa. E meus atiradores de elite podem pegar qualquer coisa que se aproxime, mesmo à noite.

Bem lá em cima vi a linha de janelas estreitas com vista livre em todas as direções. O mar brilhava, cintilava convidativo ao nosso redor, como se aquele fosse apenas mais um dia normal. Mas não havia um veleiro por perto. O que se via, em vez disso, era uma fumaça espessa que pairava acima da água, causada pelos incêndios da cidade. Em compensação, talvez o mar não tenha achado esse dia mais especial do que um com iatistas velejando e surfistas felizes — um dia qualquer com a raça humana vagando pela superfície do planeta Terra.

— Vamos comer alguma coisa. Pedi à cozinha que preparasse uns...

— Não — interrompi, enquanto via um rato marrom correndo por uma rocha inclinada. — Me deixe falar o motivo por que vim aqui. Brad atacou a gente na nossa casa.

— Como é?

— Ele levou Amy.

— O quê? — perguntou ele, tentando parecer chocado.

— E a polícia não vai, ou não pode, fazer nada.

— Quando...?

— Há três dias.

— Por que você não me contou antes? Ah, certo, problemas com a rede.

Colin tem muitos talentos, mas atuar não é um deles. Balançava a cabeça espalhafatosamente enquanto eu lhe contava sobre a noite de pesadelo, com todos os detalhes que Heidi se dispôs a compartilhar comigo. E depois disso ele não precisou mais fingir estar horrorizado.

— Contamos a mesma história para a polícia — falei. — Mas, quando perceberam que o homem de quem estávamos falando era filho de Colin Lowe, eles pararam de fazer anotações. — Respirei fundo. — Me parece que você já sabe disso tudo, então presumo que tenham entrado em contato com você imediatamente depois disso.

— A polícia entrou em contato comigo?

— Qual é, Colin? Eu te conheço bem demais. E, como seu advogado, sei das suas conexões com a polícia.

Colin me encarou por alguns segundos. E, como sempre, fez a avaliação correta.

— O que você precisa entender, Will, é que você é meu amigo, mas Brad é meu filho.

— Eu sei, e você está perdoado, mas ele tem que soltar Amy. E você precisa fazer com que eles prendam Brad.

— Espera aí. Tem mais uma coisa. A polícia me disse que a única evidência que eles têm de que Brad é o culpado é que, ao longo da noite, parece que alguém mencionou o nome dele. Mas vocês mesmos não o reconheceram. Vocês não reconhecem um garoto que praticamente cresceu com vocês? Não reconhecem a linguagem corporal, os olhos, a voz?

— O que você está querendo dizer, Colin?

— Estou dizendo que quando a sua filha é sequestrada você fica desesperado. Você procura até encontrar alguma coisa, qualquer coisa. E o que encontrou foi o som de um dos nomes mais comuns da cidade, *en passant*. Porque com isso você tem algo em que se agarrar. Mas eu conheço Brad. Deus sabe que ele não é um anjo, mas ele não fez isso, Will.

— Então encontra o seu filho. Fala com ele!

— Ninguém sabe onde ele está, ninguém tem contato com ele. Escuta, estou tão preocupado com Brad quanto você com...

— Então deixa a polícia ir atrás dele — interrompi antes que ele pudesse terminar a frase sem sentido.

— Mas não há provas, nem mesmo uma suspeita. E é a polícia que diz isso, não eu. Nenhum de nós pode forçar a polícia a usar recursos num caso que ela própria acredita que não existe.

— Você pode!

— Não posso, meu caro Will. Nem que eu quisesse.

— Pode, sim, mas não quer. Você tem medo de Brad ser culpado.

— Ele não é culpado.

— Então você tem medo de ele ser considerado culpado.

— Talvez tenha alguma coisa a ver com isso, sim.

Desesperado, soquei a parede de concreto.

— Os tribunais ainda estão funcionando, Colin. E juro pela minha vida que Brad vai ter um julgamento justo, mesmo que ele tenha matado Amy. Entendeu?

— E eu juro pela minha vida que o meu filho não é sequestrador nem assassino, Will. Pela minha vida. Entendeu?

Olhei para o mar novamente. O mar silencioso que testemunhou destinos como o nosso se desenrolando cada segundo de cada dia. Brilhando, cintilando do mesmo jeito.

— Ã-hã, entendi — respondi. — Você jura pela sua vida.

Outro rato correu pela rocha úmida e inclinada, o sol batendo em sua cauda longa.

Então — sem dizer uma palavra sequer ou fazer um gesto de despedida — desci até o cais e entrei de volta no barco que me esperava.

Naquela noite, dirigi novamente pelas ruas da cidade, procurando Amy ou alguém que pudesse me dizer alguma coisa. No dia seguinte voltei à delegacia do Centro e pedi notícias, pedi que investigassem, tentei convencê-los de que Brad Lowe estava por trás de tudo. E mais uma vez só o que encontrei foram portas fechadas e ouvidos moucos, até que por fim pediram que eu fosse embora.

Enquanto atravessava o amplo estacionamento externo do shopping, vi uma pessoa encostada no meu carro. Era a detetive-chefe Gardell.

— Como vai a busca? — perguntou ela.

Balancei a cabeça.

— Quer uma dica que você não recebeu de mim?

Olhei para ela. Fiz que sim.

Ela tirou uma folha de papel de uma pasta e me entregou.

Li a folha. Tinha um endereço com um nome que reconheci.

— Esse é o endereço da mansão de um dos sócios de Lowe — falei. — Acha que Amy pode estar lá?

Gardell deu de ombros.

— Recebemos reclamações dos vizinhos. Drogas, tiros e festas até tarde da noite. Parece que Brad Lowe e sua gangue se mudaram para lá.

— Mas vocês não fizeram nada?

— Queixas de barulho não são prioridade para nós no momento.

— Mas tiroteio e ocupação ilegal não são coisa séria?

— O dono não reclamou. E até onde sabemos as pessoas que moram na casa dele têm porte de arma de fogo.

Balancei a cabeça.

— Vou subir lá e verificar.

— Não sei se eu faria isso no seu lugar — comentou Gardell.

— Não?

— Vai ter tanta arma por lá que não aconselho simplesmente aparecer lá e tocar a campainha. Pelo menos não sozinho.

— Mas vocês não vão me ajudar? — falei, olhando para ela.

Gardell tirou os óculos escuros e semicerrou os olhos, o sol batendo em um deles.

— Você não é o único a dizer isso nos últimos meses.

— Não?

— Não.

Ela me entregou a pasta. Abri e folheei os documentos. Eram boletins de ocorrência. Assalto à mão armada. Lesão corporal. Lesão corporal grave. Estupro. Vinte, talvez trinta.

— E qual é a ligação desses casos com o meu?

— A gangue de Brad Lowe. Isso aí é só uma seleção que fiz, mas acho que pode ser interessante para você.

Olhei nos olhos dela novamente.

— Imagino o risco que você corre ao fazer isso, detetive-chefe. Por quê?

Ela suspirou. Colocou os óculos de sol de volta.

— Por que fazemos alguma coisa nesse mundo todo fodido?

Ela foi embora.


Passei aquela tarde conversando com a maioria das pessoas que fizeram aquelas queixas que constavam na pasta.

Contatei primeiro as que foram estupradas, pressupondo que elas, ou os pais, ou os irmãos, seriam as mais motivadas e mais fáceis de persuadir. Mas em pouco tempo percebi que o que Gardell tinha me dado já era uma espécie de lista pré-selecionada de pessoas que não só tinham boas razões para querer vingança como eram física e mentalmente capazes de consegui-la. Ao menos se não agissem sozinhas.

— A gente vai agir como justiceiros? — perguntou uma das pessoas com quem falei.

Refleti sobre a palavra. Ia contra tudo em que eu acreditava — pelo menos numa sociedade com um sistema judicial funcional. Mas, como não era esse o caso, então o meu objetivo não era agir como justiceiro, mas alcançar o melhor meio alternativo de obter justiça. Eu enxergava a situação não como uma violação da lei, mas como uma espécie de suplemento emergencial à lei.

Tentei explicar isso para o cara, mas os termos legais que utilizei podem ter dificultado a compreensão do meu raciocínio.

— Me parece coisa de justiceiro — falou. — Tô dentro.

Na mesma noite pude contar a Heidi que tinha o apoio de quinze homens adultos. E que um deles se comprometeu a nos fornecer armas.

Eu esperava que ela ficasse satisfeita — ou pelo menos que saísse daquele estado de espírito sombrio e apático em que tinha se afundado desde o ataque —, mas em vez disso ela apenas me encarou como se eu fosse um desconhecido.

— Encontre Amy — foi tudo o que falou, em seguida fechou a porta do nosso quarto.

Dormi na sala de estar e ouvi um animal uivando lá fora no meio da noite, além dos baques secos de granadas explodindo, que poderiam estar a um ou dez quarteirões de distância — impossível dizer com certeza. Não sei que animal era, mas pelo uivo parecia de grande porte. Eu tinha ouvido falar sobre o incêndio no jardim zoológico na noite anterior e que os funcionários tiveram que soltar os animais para salvá-los. Grande ideia, pensei. Mas se aquele animal em particular fosse comestível... não tive tempo de completar o pensamento, pois ouvi um tiro e o uivo parou abruptamente.

— O que você está vendo aqui representa os meus direitos mais fundamentais — disse o sujeito careca apontando para algo que me parecia, mais que qualquer coisa, uma coleção de insetos presos em alfinetes, só que ampliados e mais grotescos. A parede estava coberta de armas de fogo. Pistolas, fuzis, armas automáticas, submetralhadoras e até uma metralhadora grande montada num tripé que mais parecia uma pessoa ajoelhada. — A liberdade de me defender.

O homem abriu um sorriso satisfeito para nós. Queria permanecer anônimo e pediu a nós que o chamássemos apenas de Gordo. Dos quinze que toparam dois dias antes, três desistiram. Não era surpresa. O entusiasmo inicial com a oportunidade de conseguir vingança deu lugar a considerações mais racionais: além da satisfação emocional de curta duração, como isso me beneficiaria pessoalmente? E que riscos vou correr? Quando os tribunais punem os criminosos, utilizam seu poder opressor, e com isso correm pouco risco; mas e quanto a nós? O que acontece quando partimos para o olho por olho?

— Eles sabiam que a gente tinha armas, por isso vieram aqui — comentou Gordo. — Mas não encontraram essa sala secreta, então tudo o que conseguiram levar foram os AKs e as granadas. Sirvam-se, cavalheiros.

— O que eles fizeram com vocês? — perguntou Larsen, um professor de música afro-americano que usava uma camisa azul recém-passada, enquanto Gordo lhe mostrava como carregar e trocar o pente da arma que Larsen havia escolhido.

— Acabei de contar — respondeu Gordo.

— Eles... hummm, roubaram alguns fuzis?

— E granadas.

— Granadas, certo. E isso foi o suficiente para fazer você querer vingança?

— Quem falou em vingança? Eu só quero meter bala em bandido, e agora tenho um bom motivo, certo?

— Ótimo — disse Larsen num tom tranquilo.

Gordo ruborizou.

— E você? — perguntou e bufou. — Roubaram o seu Volvo?

Soltei um palavrão internamente e fechei os olhos. Precisava que esses homens trabalhassem em equipe, não isso. Li com atenção os relatórios e sabia o que estava por vir.

— Mataram a minha mulher — respondeu Larsen.

Fez-se um silêncio sepulcral naquele porão úmido. Quando abri os olhos, vi que todos estavam com o olhar fixo no homem de camisa azul e calça de terno. No relatório, Larsen tinha escrito que ele e a esposa estavam na calçada em frente a um depósito secreto de alimentos com a comida que haviam comprado. Tinha ido até lá com oito parentes adultos — andar em grupo era algo normal, considerado mais seguro. De repente, uma gangue de motoqueiros se aproximou, e os homens do grupo de Larsen sacaram as poucas armas que tinham — facas e um fuzil velho. Mas as motos passaram por eles sem diminuir a velocidade. Então pensaram que o perigo havia acabado, até que o último motoqueiro jogou uma corrente com um gancho que cravou na coxa da esposa de Larsen e a arrastou pela rua. Enquanto os homens corriam para ajudá-la, a gangue parou e pegou a comida que os parentes de Larsen tinham deixado no chão.

— Perfurou uma artéria da coxa — explicou Larsen. — Ela sangrou até a morte no meio da rua enquanto aqueles bandidos roubavam os presuntos e as latas de comida.

Os únicos sons no porão eram de Larsen, com a respiração rouca e quando engoliu em seco.

— E eles estavam...? — começou um deles num tom de voz cauteloso.

— Ã-hã — completou Larsen, recuperando o controle da voz. — Usando capacetes com Justitia morta.

Os homens na sala fizeram que sim.

Um deles tossiu.

— Me diz uma coisa: essa metralhadora aí... ela funciona mesmo?

Dois dias depois estávamos prontos.

Tínhamos feito treinamento com armas num campo de tiro sob o comando de Pete Downing, ex-fuzileiro naval que participou de combates urbanos em Basra, no Iraque. Ele, eu e Chung, um engenheiro civil, revisamos as plantas do local, que Chung obteve com um contato no Departamento de Serviços de Planejamento e Construção. Downing havia esboçado um plano de ataque e o repassou conosco numa sala que alugamos no porão do campo de tiro. Salientou que poderia haver várias vítimas de sequestro dentro da casa, minimizando o fato de que o foco da ação estava principalmente em mim e Amy. O engraçado foi que, assim que terminou, ele se virou para mim e perguntou:

— Bom, Will Adams, gostou do plano?

Fiz que sim com a cabeça.

— Obrigado — disse Downing, enquanto enrolava as grandes folhas de papel nas quais tinha desenhado.

Eu me levantei.

— Então nos encontramos aqui à meia-noite — falei. — E lembrem-se: venham de roupa escura.

Os homens se levantaram e saíram em fila. Muitos fizeram que sim com um aceno de cabeça ao passar por mim, o que me fez perceber que eles me consideravam o líder da operação. Era só porque eu tinha tomado a iniciativa? Ou havia algo mais envolvido? Foi por causa da maneira como descrevi não só o lado prático da operação mas também o lado moral e o de responsabilidade social? Será que os meus comentários rasos sobre justiça não ser algo que se recebe, mas de que se corre atrás, deram a eles uma sede de luta que não sentiram quando estavam sozinhos, mas que agora, ao ter uma motivação aceitável, perceberam que estava faltando? Pode ser. Porque talvez eles tenham notado que falei cada palavra de coração. Que é responsabilidade de todos cortar a cabeça do Leviatã, o monstro marinho, antes que ele cresça a ponto de conseguir devorar todos nós.

Mas acho que isso não passou pela cabeça de nenhum deles enquanto nossa coluna de três carros se arrastava pela pista estreita e sinuosa em direção à mansão no alto da colina. Me sentei espremido entre dois outros caras no banco traseiro e só pensei no que tinha que fazer, no meu papel nessa operação planejada. E que eu não queria morrer. O cheiro que reconheci no suor dos outros caras no carro era provavelmente o mesmo que eu mesmo exalava. Medo.

# VII

Acordo com o som de tiros, de gente gritando, de pessoas atravessando a toda o corredor.

Meu primeiro pensamento foi que era só mais uma festa que tinha saído do controle, que alguém havia começado uma briga, provavelmente com Ragnar.

Ouvi alguém tentar abrir a porta do meu quarto. Estava trancada, como sempre. Não por medo de alguém entrar e me estuprar. Em primeiro lugar, porque sei que posso derrubar qualquer um deles; em segundo lugar, porque Brad cortaria a cabeça de quem tentasse; e, em terceiro lugar, porque você meio que perde o magnetismo como objeto sexual para homens quando eles percebem que você gosta da mesma coisa que eles: mulher. Em contrapartida, vendo como o consumo de drogas aumentou, para dizer o mínimo, nos dias de hoje, é apenas questão de tempo até alguém tentar. E isso vai gerar tantos problemas que não existe razão para eu não trancar a porta. Mas, do meu ponto de vista, são eles que estão presos, não eu.

Joguei as pernas para o lado da cama e peguei o AK que estava embaixo dela. Porque as vozes no corredor não eram de nenhum dos caras, e agora ouvi dois estrondos de granada de atordoamento. Oscar está de plantão essa noite; o que estava acontecendo? Ele tinha dormido em serviço?

Ninguém mais tentava girar a maçaneta — será que eles seguiram em frente? Mas logo depois ouvi o baque seco de um tiro do outro lado da porta e o som agudo quando a bala passou raspando pela minha cabeça e atingiu a parede.

Ergui o fuzil, coloquei no automático e abri fogo. Mesmo no breu vi os tiros perfurarem a porta e as lascas brancas de madeira voarem. Lá fora, alguém caiu com um estrondo e começou a gritar. Coloquei tênis, calça e jaqueta e fui até a janela. Lá embaixo, no gramado, Oscar estava deitado de costas, braços e pernas formando um X, o AK ao lado, como se estivesse tomando banho de sol ao luar. Fiz um cálculo rápido. Não sabia quantos eram, mas eles tinham matado

*Oscar antes de ele ter a chance de soar o alarme, e além disso tinham granadas de atordoamento. Portanto, não se tratava de um bando de amadores. E nós, o que éramos? Uma gangue de jovens drogados que sabia atacar, mas não fazia ideia de como se defender. Se eu não tomasse uma decisão rápido, o grupo invasor tomaria essa decisão por mim.*

*Estava com a chave da minha moto no bolso.*

*Porra, eu tinha até para onde ir: Maria tinha me chamado para morar com ela. E eu havia considerado a ideia, independentemente dessa invasão. Tudo bem, a Caos me salvou uma vez, mas a verdade era que todos nós nos salvamos uns aos outros, certo? Na verdade, era o bando, nós doze juntos, que nos protegia, não é? E não a lealdade ou algum código de honra. Que se foda. Alguém aqui já sacrificou alguma coisa por mim? Porra nenhuma.*

*Abri a janela e saí, me pendurei no parapeito e soltei. As rosas do canteiro tinham morrido havia muito tempo, mas os espinheiros continuavam ali, grandes e horrendos. Foi como rolar em arame farpado.*

Respirei fundo, puxei o pino da granada de atordoamento e acenei a cabeça para Downing. Ele acenou em resposta, girou a maçaneta da porta que eu tinha apontado nos planos como sendo a entrada do quarto principal e a abriu de leve.

Fiz exatamente o que ele havia ensinado: me abaixei e rolei a granada pelo piso de parquete para fazer o mínimo de barulho possível. Então, Downing fechou a porta e contou até quatro.

Mesmo com a porta fechada, o barulho foi ensurdecedor, e um clarão atravessou o buraco da fechadura.

Logo em seguida Downing abriu a porta com um chute e entramos, cada um se posicionando de um lado da porta, como ele havia ensinado.

Meu coração estava a mil enquanto o facho de luz da minha lanterna procurava Amy no quarto. Apontei para a janela que dava para o gramado lá fora e vi uma pessoa correndo para uma moto estacionada. Segui mexendo a lanterna, até que vi uma coisa que, de cara, pensei ser uma escultura: um rapaz de pele pálida sentado na cama, olhando para o nada, como se estivesse paralisado. Esse era o efeito da granada de atordoamento, tinha explicado Downing.

Era Brad.

Aos berros Downing ordenou que ele erguesse os braços, mas Brad provavelmente ainda estava surdo por causa do estrondo e apenas olhou para nós, perplexo. Downing deu uma coronhada na cara de Brad, e vi um jorro viscoso de sangue e saliva voando através do cone de luz.

Empurrei Brad para trás na cama e me sentei em cima dele. Ele não tentou escapar.

— Sou eu — falei. — Will. Cadê a Amy?

Ele olhava para mim e piscava, sem reação.

Repeti a pergunta e pressionei o cano da pistola na testa dele.

— A gente sabe que foi você — continuei. — O seu vigia lá embaixo está morto. Quer ser o próximo, Brad?

— Ela... — começou ele, então parou por dois longos segundos, tempo suficiente para eu começar a tremer feito vara verde, até que continuou: — Ela não está aqui. A gente soltou ela assim que saiu do Centro. Ela não apareceu?

Não sei se foi porque herdou o repertório de expressões faciais do pai, mas eu sabia que Brad estava mentindo.

Dei uma coronhada nele. E depois outras, ao que parece. Porque, quando Downing me parou e eu voltei a mim, olhei para baixo e vi o rosto de Brad: uma máscara grotesca de sangue.

— Ela está morta — falei.

— Não tem como você ter certeza disso.

Fechei os olhos.

— Ele não teria mentido se ela não estivesse morta.

*Subi na moto, que estava estacionada debaixo do beiral da garagem. Dali, sentada, olhei para o outro lado do gramado, para o quarto de Brad, e vi o movimento frenético do facho de luz da lanterna.*

*Pegaram ele.*

*Eu estava prestes a dar a partida no motor. Teria saído dali em segundos, mas um pensamento me fez parar. O pensamento de deixar*

Dumbo para trás, de simplesmente abandoná-lo. Olhei de relance para o quarto que ele dividia com Herbert, o único negro da gangue. A luz estava acesa. Talvez ainda não tivessem sido pegos. Desci da moto e atravessei o gramado correndo até a janela deles. Fiquei na ponta dos pés e espiei. Dumbo estava sentado na cama de cueca e camiseta, os pés balançando, enquanto olhava para a porta. Herbert não estava lá dentro. Bati no vidro e Dumbo levou um susto, mas abriu um sorriso ao ver meu rosto pressionado na janela.

Ele a abriu.

— Herbert foi lá fora ver o que está acontecendo — disse ele. — Você sabe...

— Coloca o tênis! — sussurrei. — Vamos sair daqui!

— Mas...

— Agora!

Dumbo pulou da cama desesperado. Contei os segundos enquanto ele amarrava os cadarços. Eu deveria ter arrumado tênis com velcro para ele.

— Parada aí! — disse alguém logo atrás de mim.

Virei a cabeça para trás. Um sujeito careca com um fuzil com mira telescópica. Me virei.

— Você não escutou... — começou a dizer ele, mas largou o fuzil e parou de falar e respirar quando meu chute o atingiu entre as pernas. Vi o sujeito cair no chão e me virei de volta para a janela. Dumbo estava parado no parapeito.

— Pula! — falei.

Amorteci a queda de Dumbo, mas ele era tão pesado que nós dois caímos rolando na grama. Mas logo depois já estávamos de pé, e ele estava correndo atrás de mim em direção às motos estacionadas.

Ouvi a voz de Gordo lá fora e olhei pela janela.

Uma garota de pernas compridas e um rapaz baixinho de pernas arqueadas estavam correndo pelo gramado. Foram eles. Eu tinha certeza. Tudo neles — os rostos, os corpos, o jeito de correr — ficou gravado na minha memória desde que fui amarrado na minha garagem. Eles alcançaram as motos, e a garota se sentou numa delas e o rapaz subiu na garupa. Ela revirou os bolsos procurando alguma coisa, provavelmente a chave. Vi um ponto vermelho se mexendo na camiseta branca por baixo da jaqueta dela.

Mira a laser.

Abri a janela. Gordo estava deitado no gramado, a coronha do rifle encostada na bochecha.

— Não atira! — gritei. — Não somos assassinos.

— Cala a boca — resmungou ele sem olhar para cima.

— Isso é uma ordem!

— Foi mal, mas aquela ali é a minha algoz.

— Se você atirar, eu também atiro — falei num tom tranquilo. Provavelmente foi por isso que Gordo parou e olhou para cima. Viu a pistola apontada para ele. Me encarou enquanto ouvíamos o ronco da moto aumentar, diminuir e depois desaparecer após passar pelo portão e descer em direção ao vale.

Abaixei a pistola. Não sei por quê, mas uma pequena parte de mim queria que Gordo atirasse nos dois. Porque aí eu poderia ter atirado nele.

— O helicóptero chega em quatro minutos! — grita o tenente. — Todos que vão embarcar, preparem-se agora!

Mal escuto o que ele está falando. Porque nesse momento, aqui, parado no alto do arranha-céu, esperando para me despedir, estou pensando em outra coisa: que eu queria atirar em alguém. Que eu queria que as circunstâncias me dessem uma desculpa para me tornar uma pessoa que não acredito ser. Que talvez eu não saiba mais quem sou. Olho para os sortudos, parados ali, tentando ouvir o som do helicóptero se aproximando. Procuro algum sinal de culpa entre eles. Não enxergo nada.

Estávamos todos reunidos na sala de estar enquanto Downing e Larsen davam uma batida no restante da casa.

Tivemos um homem gravemente ferido e eles, um morto — o vigia — e quatro feridos.

— Temos que levar o cara para o hospital — disse Chung, se referindo ao homem que foi ferido pelos tiros que atravessaram a porta.

— De jeito nenhum. O acordo não foi esse — disse Gordo, que parecia estar com dor nas partes baixas.

— Mas... — disse Chung.

— Esquece. Ninguém aqui vai querer a polícia no nosso cangote — interrompeu Gordo com firmeza.

— Leva o cara para o hospital — falei.

Gordo se virou para mim, o rosto vermelho de raiva.

— Olha quem fala: o cara que deixou um dos desgraçados fugir.

— Não tinha nenhum motivo para matar a garota, ela estava fugindo.

— A gente está aqui para punir, Adams. Você só está aqui para encontrar a sua filha e está usando a gente para isso. Sem problema, mas não vem bancar o bom samaritano à nossa custa. Tenta dizer para Simon aqui que aquela garota não merecia uma bala.

Olhei para Simon. Um chef de cozinha gordinho, de fala mansa, com um olhar suave e uma risada contagiante. Sim, nós também rimos juntos. Simon e a família foram visitados por uma gangue que usava capacetes com imagens de Justitia morta. Eles usaram uma bazuca, e em questão de segundos a casa dele se transformou num inferno em chamas. A esposa e o filho de Simon ainda estavam no hospital — as queimaduras eram tão graves que não dava para saber se eles sobreviveriam.

— O que acha, Simon? — perguntei. — Eu deveria ter deixado Gordo matar a garota?

Simon me encarou por um bom tempo.

— Não sei — respondeu, por fim.

— Pode ajudar Chung a levar Ruben para o hospital? — perguntei. Ele fez que sim.

Downing e Larsen apareceram.

— Encontraram alguma coisa? — perguntou Gordo.

Eles não responderam. Não conseguiam olhar nos meus olhos, e qualquer esperança que eu ainda pudesse ter desapareceu.

Amy estava no porão, deitada num colchão imundo dentro de um cômodo trancado. Não para impedir que ela fugisse, mas para esconder o corpo. Olhei para ela. Meu coração desligou. Meu cérebro simplesmente registrou o que vi. A menos que outra coisa a tivesse matado antes, a causa da morte era óbvia. A testa da minha filha tinha sido afundada.

Atravessei o corredor do porão até Larsen e Downing, que me esperavam.

— Vamos interrogar esses caras — falei, indicando para cima com a cabeça, em direção à sala, onde os membros da gangue capturados estavam sentados de mãos amarradas.

— Você não acha que primeiro a gente devia... — começou a dizer Larsen.

— Não — interrompi. — Vamos começar.

Em pouco tempo a culpa foi estabelecida. Usamos um truque antigo, simples, mas eficaz. Como advogado, muitas vezes critiquei a polícia por usá-lo.

Colocamos os membros da gangue em quartos separados e os deixamos lá por um tempo até dois de nós entrarmos e fingirmos que já tínhamos falado com os outros. Eu falava, e começava sempre do mesmo jeito.

— Não vou dizer quem foi, mas um cara da sua gangue acabou de identificar você como o assassino da minha filha, Amy. Tenho certeza de que você é capaz de adivinhar quem fez essa acusação. Por isso, eu mesmo vou atirar em você, com as minhas próprias mãos e com enorme prazer, a menos que nos próximos cinco minutos você consiga me convencer de que foi outra pessoa.

O blefe é tão óbvio que alguns deles vão perceber de cara. Mas eles nunca vão ter certeza absoluta de que de fato é um blefe. Além disso, eles nunca vão ter certeza absoluta de que os outros caras também vão perceber que é um blefe. Então a matemática funciona assim: por que eu vou ficar em silêncio e correr o risco de não ser um blefe sabendo que outra pessoa vai apontar o verdadeiro culpado?

Após quatro interrogatórios, dois caras identificaram Brad. Após seis, sabíamos que tinha sido com um taco de golfe no quarto. Fui a um dos dois escritórios da mansão, onde Brad estava sentado amarrado, e o confrontei com o que tínhamos descoberto.

Ele se recostou na cadeira de couro, com as mãos nas costas presas pelas braçadeiras de plástico, e bocejou.

— Bom, então é melhor você atirar em mim.

Engoli em seco e esperei. E esperei. E então vieram as lágrimas. Não minhas — dele. Pingavam na teca cinzenta envelhecida da escrivaninha. Vi a madeira absorver as lágrimas.

— Eu não queria fazer isso, Sr. Adams. — Ele fungou. — Eu amava Amy. Sempre amei. Mas ela... — Respirou fundo, o corpo tremendo. — Ela me desprezava, não me achava bom o suficiente. — Ele deu uma risada rápida. — Eu, filho e herdeiro do segundo homem mais rico da cidade. O que acha?

Não falei nada. Ele ergueu a cabeça e me encarou.

— Ela disse que me odiava, Sr. Adams. E quer saber? É um sentimento que eu compartilho com ela. Eu também me odeio.

— Posso considerar isso uma confissão, Brad?

Ele olhou para mim. Fez que sim com a cabeça. Olhei para Larsen, que assentiu de leve com a cabeça para indicar que tinha entendido o mesmo que eu. Nos levantamos e saímos do escritório. Downing estava nos esperando.

— Confissão — falei.

— O que você vai fazer? — perguntou Larsen.

Respirei fundo.

— Colocar ele na cadeia.

— Cadeia? — Downing bufou. — Ele tem que ser enforcado!

— Está decidido, Will? — perguntou Larsen. — Você sabe tão bem quanto eu que, se entregar o garoto para a polícia, ele vai estar de volta às ruas na manhã seguinte.

— Eu sei, mas vou prender Brad na prisão que ele mesmo criou.

— Como assim?

— Ele vai ficar trancado no mesmo lugar em que trancou Amy. Ele pode ficar sob custódia até eu preparar o caso para condená-lo.

— Você vai... colocar o filho de Colin Lowe diante de um juiz e um júri?

— É claro. Todos são iguais perante a lei. É sobre essa base que a nossa nação foi construída.

— Lamento dizer que você está enganado, Adams — disse Downing.

— Hã?

— A nossa nação foi construída sobre o princípio da lei do mais forte. É assim agora e sempre foi assim. O resto é demagogia.

— Bem, talvez dessa vez não funcione assim — falei.

Nesse momento ouvimos gritos vindos dos fundos da casa.

Corremos para fora a tempo de ver que estávamos atrasados.

— O cara negro confessou — disse Gordo, segurando uma lanterna acesa, o facho de luz fazendo o suor em sua testa brilhar. Assim como nós, Gordo estava olhando para o carvalho alto. Os outros se juntaram a nós, todos em silêncio.

Havia um garoto pendurado no galho mais baixo. Uma corda em volta do pescoço. Ele era alto e magro, tinha talvez uns 16 anos e usava uma camiseta com a palavra Caos.

— Herbert! — gritou alguém com voz rouca de uma janela da casa. Virei, mas não vi ninguém.

— Conseguimos uma confissão — falei. — Você enforcou a pessoa errada.

— Não essa confissão — disse Gordo. — Ele confessou ter começado aquele incêndio. E não fui eu que enforquei o cara, foi ele.

Gordo apontou para um homem parado logo abaixo do jovem enforcado. Simon, o cozinheiro. Estava com as mãos entrelaçadas enquanto olhava para o cadáver e murmurava alguma coisa. Uma oração, talvez. Para a família dele. Para os mortos. Para ele mesmo. Para todos nós.

Como grupo, nunca discutimos o que faríamos com os membros da Caos. Toda a nossa atenção estava voltada para libertar Amy, e era bastante óbvio que os membros da gangue não poderiam esperar nenhuma misericórdia se tentassem resistir. Eles seriam feridos ou mortos. Para a maioria de nós, isso provavelmente seria vingança suficiente. Mas não havíamos discutido o que fazer se eles se rendessem, que era o que havia acontecido.

Basicamente havia apenas três opções. Executá-los. Mutilá-los. Ou deixá-los ir embora.

Gordo foi o único a votar pela execução.

Alguns defenderam algum tipo de amputação — como cortar a mão direita —, mas ninguém se voluntariou para realizar as amputações. Imagino que o pensamento de nove jovens mutilados, mas ainda totalmente funcionais, vagando pela cidade com sede de vingança não era particularmente atraente.

A sugestão que pareceu obter maior apoio foi a de Downing: açoitá-los com uma corda. Essa punição provavelmente seria vista como um perdão, e não como um motivo para vingança posterior.

Defendi que não deveríamos aplicar qualquer punição, a menos que pudéssemos dar um julgamento justo aos "réus". Isso, argumentei, era o que nos distinguia deles. Ao rejeitar a vingança, não só seríamos fiéis aos princípios de justiça sobre os quais nossos antepassados construíram esse país como também estaríamos dando um bom exemplo para esses jovens, mostrando a eles que era possível se comportar de maneira civilizada nesses tempos caóticos, que havia um caminho de volta à decência. Prometi que eu pessoalmente me certificaria de que, na medida do possível, Brad Lowe fosse tratado de acordo com os princípios mais básicos da nossa justiça.

Não sei se o que os convenceu foram as minhas palavras, se foi o fato de Larsen — o único de nós, além de mim, com um parente próximo assassinado — dizer algumas palavras em apoio a mim ou se foi o vento que fazia o jovem negro pendurado na árvore balançar, os galhos emitindo um gemido que a todo momento chamava nossa atenção.

Sem mais discussão, libertamos todos eles, exceto Brad.

— A gente vai se arrepender — disse Gordo, enquanto observávamos as lanternas traseiras das motos desaparecerem na escuridão cada vez mais profunda da noite da cidade.

# VIII

Amy foi enterrada ao fim de uma cerimônia numa igreja no Centro. O lugar tinha pouca mobília e poucos objetos, mas tudo parecia estranhamente intocado, como se a casa de Deus ainda fosse sagrada até para saqueadores. Não anunciamos a missa nem convidamos ninguém, e, além de Heidi, Sam e eu, os únicos outros presentes foram Downing, Larsen e Chung.

Passei o restante da tarde tentando convencer Heidi a se mudar para a mansão de Colin junto com as famílias de Chung, Larsen e Downing. Lembrei a ela como a gangue teve facilidade para entrar na nossa casa e que isso não só poderia acontecer como aconteceria de novo. E argumentei que a proteção estava em sermos muitos. Mas Heidi disse que não podíamos fazer isso, que aquela era a casa de outra pessoa, a propriedade de outra pessoa, mesmo que estivesse vazia no momento. Eu disse que, embora tivesse o maior respeito pelos direitos de propriedade, no momento esses direitos estavam fazendo uma pequena pausa. E argumentei que precisávamos de um lugar para manter Brad sob custódia privada até o início da ação judicial contra ele.

No dia seguinte, levamos as poucas coisas de que precisávamos para o alto da colina e começamos a trabalhar para transformar o local numa fortaleza.

Localizado no Centro, o grande edifício branco do Ministério Público tinha o equilíbrio certo entre o *páthos* arquitetônico que inspira respeito e o pedantismo maçante que não provoca, tendo em vista que ele é financiado por contribuintes.

Adele Matheson, a procuradora-geral de justiça, tinha o tipo de escritório que era usado para trabalhar, não para passar a imagem de autoridade e status para visitantes e colegas. Uma escrivaninha simples repleta de documentos empilhados, um computador um pouco antigo com cabos correndo em todas as direções, prateleiras de textos jurídicos e uma janela que oferecia luz, mas não uma vista que distraía. E absolutamente nenhuma foto de família que pudesse lembrá-la de coisas mais importantes do que o trabalho e instigá-la a parar de trabalhar e voltar para casa.

Matheson estava sentada numa cadeira de couro de espaldar alto atrás das pilhas de documentos e me olhava por cima dos óculos. Embora não fosse badalada como alguns dos colegas, o respeito de que ela desfrutava entre seus pares era ainda maior. Se era famosa por uma coisa, era pela integridade e pela tenacidade em caçar poderosos e aqueles avessos à exposição na mídia. Certa vez um jornalista escreveu que qualquer entrevista ou coletiva de imprensa com Matheson se limitava a um repertório de quatro respostas: "Sim", "Não", a resposta um pouco mais longa "Não sabemos" e a resposta muito longa "Não podemos comentar isso".

— O senhor é advogado, Sr. Adams — disse ela após me ouvir. — Se acredita que tem provas de que essa pessoa matou sua filha, por que o senhor veio aqui? Por que não levou o caso à polícia?

— Porque não confio mais na polícia.

— Vivemos tempos estranhos, sem dúvida. E ainda assim o senhor parece confiar no Ministério Público.

— Passar antes pela procuradora-geral de justiça significa, no mínimo, um passo a menos no processo até que o caso chegue ao tribunal.

— O senhor está preocupado com corrupção. É isso?

— O pai do rapaz é Colin Lowe.

— O Colin Lowe?

— Isso.

Ela levou um dedo ao lábio superior. Em seguida, fez uma anotação.

— O senhor sabe onde o garoto está agora?

— Sei.

— Onde?

— Se eu dissesse que ele está sob custódia particular, a senhora teria que me processar, e isso colocaria o caso contra o garoto em risco, não acha?

— Detenção privada é, obviamente, assunto sério e, se a confissão dele tiver ocorrido como resultado disso, o tribunal pode muito bem extinguir o caso.

— A doutrina dos frutos da árvore envenenada.

— Ã-hã, claro que o senhor está familiarizado com os princípios jurídicos envolvidos. Mas, se o que disse é verdade, e o senhor tem testemunhas que podem confirmar que houve uma confissão e que ela não foi obtida mediante coação, então nós temos um caso mais forte.

Notei que agora ela estava dizendo "nós" em vez de "o senhor". Era por causa do nome de Colin Lowe?

— O senhor também vai precisar encontrar pelo menos um dos membros da gangue que identificou Brad como o assassino — continuou ela.

— Isso pode ser difícil. Mas vários de nós os ouvimos dizer que Brad tinha cometido o crime.

— Essa é uma informação indireta, e, como advogado, o senhor deve saber que ela não se sustentaria num tribunal. Para levar o caso a um juiz, preciso me sentir pelo menos tão certa de obter uma condenação quanto o júri de chegar ao veredito de culpado aquém da dúvida razoável acerca da culpa.

Fiz que sim com a cabeça.

— Vou encontrar um dos caras que identificaram Brad.

— Ótimo. — Adele Matheson juntou as mãos. — Vamos manter contato. Essa pode ser uma boa oportunidade para mostrar ao mundo que o Estado de direito não foi completamente destruído.

— É o que espero também — falei, olhando para o único quadro na sala. Era pequeno e pendia ligeiramente para o lado. De Justitia. Cega, imparcial. Sem buraco de bala na testa.

Do escritório da procuradora de justiça fui até a delegacia no Centro, onde pedi para falar com a detetive-chefe Gardell. Ela me acompanhou até o estacionamento perto do shopping e lá contei que poderia colocar Brad Lowe diante de um júri se conseguisse encontrar um dos membros da gangue que o identificaram como o assassino.

— Você está com o desgraçado nas mãos, mas vai dar a ele a chance de ir para o tribunal? — perguntou ela com o mesmo sentimento de espanto de um ateu que pergunta a um cristão se ele realmente acredita naquela história de andar sobre as águas.

— Preciso encontrar alguém da gangue — repeti. — Pode me ajudar?

Ela balançou a cabeça. Pensei que era um não, até que ela disse:

— Claro que posso ficar atenta, mas — eu sabia o que viria a seguir — não conte com isso.

Agradeci e, enquanto me afastava, tive a sensação de que ela estava me observando e ainda balançava a cabeça.

Chung, o engenheiro civil, ficou encarregado de tornar a mansão um lugar impenetrável.

O muro ao redor da propriedade foi aumentado; os dois portões, reforçados; e tudo o que havia entre a casa e o muro que pudesse servir de esconderijo ou abrigo foi removido. As janelas foram equipadas com placas de metal à prova de balas com saída para armas, e as paredes, as portas e o teto, reforçados para resistir a granadas. Minas e armadilhas com sensores de movimento foram espalhadas pela área externa. Criamos uma sala de controle no porão, de onde era possível vigiar toda a propriedade, com instalações para operar metralhadoras controladas remotamente e lança-granadas instalados no térreo. Também tínhamos dois drones com câmeras controladas remotamente do porão — ou da Sala de Guerra, como Downing insistia em chamar.

Em resumo: quem quisesse conquistar a mansão precisaria de artilharia e bombas.

E, se mesmo assim alguém conseguisse entrar na mansão, Downing tinha óculos de visão noturna. Certa vez comentou que ele e os colegas soldados transformaram a noite do Iraque numa aliada ao cortar a energia em bairros hostis de Basra para depois começar a caçada noturna por terroristas. Quando nossas famílias iam para a cama e todas as luzes se apagavam, Larsen, Chung e eu treinávamos com os óculos de visão noturna, mas a verdade é que eu ficava zonzo e enjoado. E certa vez, quando Chung acendeu a luz sem avisar, foi como olhar direto para o sol. Passei horas meio cego.

Chung também sugeriu cavarmos um túnel para o caso de precisarmos fugir. Eu pensei na sugestão por um bom tempo antes de dizer que sairia muito caro. Era mentira.

Conversando com ex-colegas fuzileiros navais, Downing tinha ouvido falar de um depósito de munição no qual podíamos trocar armas por comida e remédios, e assim fizemos. Larsen e eu guardamos a munição num banheiro sem uso com paredes grossas de pedra no porão. Quando Chung se juntou a nós, mostrou o buraco na parede por onde passava o encanamento de esgoto que ele havia feito. Se estivéssemos sitiados e cortassem nossa água e nosso esgoto, então teríamos um cano de esgoto que dava para uma encosta íngreme e coberta de vegetação abaixo da propriedade, além de um cano de água que Chung havia conectado à rede de encanamento lá embaixo, no vale. No caso improvável de forças externas sitiarem a casa e encontrarem o cano de esgoto, havia, claro, a possibilidade de se disparar uma granada através dele para dentro da nossa casa, mas, de acordo com Chung, a explosão não causaria muitos danos — as paredes do porão eram muito grossas. A menos que estivéssemos armazenando explosivos bem potentes ali.

Chung disse isso do jeito seco e prático de sempre, sem nenhuma expressão facial que indicasse se estava sendo irônico ou brincando. E foi por isso que Larsen e eu caímos na gargalhada enquanto Chung nos encarava com aquele olhar triste, o que nos fez rir ainda mais.

Decidimos transferir a munição para a lavanderia que estava sendo usada como cela de Brad. Eu o havia colocado lá porque era onde eles tinham guardado o corpo de Amy. Minha ideia era lembrá-lo constantemente do que havia feito, atormentá-lo e deixá-lo com peso na consciência.

Quando terminamos, eu parei à porta da nova cela de Brad. Ele estava deitado no colchão lendo um dos livros que eu havia colocado lá. Brad já estava magro e pálido no pouco tempo de detenção, apesar de o alimentarmos bem e o levarmos para passear no jardim todo dia.

— O que é isso? — perguntou ele, apontando para o buraco na parede ao lado da sua cabeça.

— É para o esgoto — respondi.

— Como eu? — Ele largou o livro, cerrou o punho e enfiou o braço até o ombro.

— Pessoas não são esgoto — retruquei.

— Se eu emagrecesse o suficiente para entrar aqui, onde iria parar?

— Na encosta abaixo da casa da família Polanski.

Não sei por que eu disse isso a ele. Ou será que sabia, mesmo naquela época? Peguei uma abraçadeira de plástico que havia caído de uma das caixas de munição e a coloquei no bolso.

Brad sorriu.

— Pegou para eu não me enforcar?

Não respondi.

Ele se apoiou no cotovelo.

— Por que vocês não podem simplesmente me executar e acabar com isso de uma vez?

Foi estranho. Mesmo estando ali, deitado, e eu de pé, ele trancafiado e sob o meu poder, era como se Brad me olhasse de cima para baixo, e não o contrário.

— Porque não somos como você — respondi e o encarei.

— Mas logo vão ser. Isso se quiserem viver.

— O que eu espero, na verdade, é que você se torne alguém como nós. Ou melhor do que nós.

— E que importância isso vai ter se eu passar o resto da vida preso?

— Sempre é possível que um dia você precise fazer uma escolha que tenha consequências para os seus semelhantes, Brad.

— Bom, então me dá essa chance. Me deixa ir embora. Prometo, o meu pai vai pagar o que você pedir. Ou melhor, ele vai fazer o que *eu* pedir!

Balancei a cabeça.

— Isso tem a ver com algo maior do que você, Brad.

— Ah, qual é?! O que pode ser maior do que a porra do dinheiro do meu pai?

— Escolher o bem em vez do mal. Isso é maior.

Brad riu e empurrou o livro, que veio deslizando pelo chão de pedra na minha direção.

— É o que diz aqui. Se quer saber, acho isso tudo uma tremenda baboseira de esquerda liberal.

Olhei para o livro. Tom Bingham, *O Estado de direito*. "Baboseira de esquerda liberal"? Isso significava que pelo menos ele tinha lido para formar uma opinião. Talvez o que eu tanto queria fosse verdade: que todos nós, inclusive eu, tivéssemos subestimado a capacidade intelectual de Brad.

— Você está me dizendo que não quer vingança? — perguntou ele. — Mentira!

— Talvez queira — respondi. — Mas, seja como for, executar você não seria uma vingança boa o suficiente. Porque sim, quero que você sinta remorso. Quero que você sinta a mesma dor que eu sinto por perder alguém que você ama mais que todo mundo. E, sim, quero que você sinta a mesma culpa que eu por não ter conseguido proteger a sua família. Como ser humano, não estou acima desses sentimentos. Mas nós, humanos, temos a capacidade única de renunciar a uma satisfação de curto prazo em troca de algo com um objetivo mais elevado.

— Agora você está falando como o autor do livro.

— Então leia e depois a gente conversa mais um pouco.

Saí e tranquei a porta por fora.

Entrei no quarto em que ela e Sam estavam brincando com dois bonecos dos Transformers que ele tinha ganhado de Natal do "tio Colin", como dizia na etiqueta do presente. Pela reação ao desembrulhar os presentes, Heidi e eu percebemos que partiríamos o coraçãozinho de Sam se tirássemos os bonecos dele e os trocássemos por brinquedos que não glorificavam a violência.

— Pelo jeito você está se divertindo — comentou Heidi.

Havia um tom duro na voz de Heidi, e me dei conta de que tinha me ouvido rir junto com Larsen.

— Bem, estou tentando — falei, ouvindo o mesmo tom duro na minha voz.

— Já falou com ele?

"Ele" era Brad. Heidi não falava mais o nome dele.

— Fui lá ver como ele estava — menti.

Como se rir alto não fosse ruim o suficiente, eu também deveria dizer à minha mulher que tinha acabado de ter uma conversa interessante com o assassino da nossa filha? Pois é, eu disse que tínhamos a obrigação de superar a morte de Amy e tentar olhar para a frente, pelo nosso bem e pelo bem de Sam. Mas, para Heidi, pessoas sensíveis permitem que o luto siga seu curso natural; o luto era o que vinha depois do amor, e se eu não sentisse isso era porque nunca havia amado Amy tão profundamente quanto dizia. As palavras dela me machucaram, claro que machucaram. Ela percebeu e se desculpou. Na época, eu disse que cada um vive o luto à sua maneira, e talvez o jeito dela fosse o melhor, talvez ela estivesse lidando com algo que eu estava apenas adiando. Mesmo vendo que ela não acreditava que eu estava falando de coração, notei que gostou do jeito como eu estava tentando entrar num acordo com ela.

— Pai, olha! — disse Sam, correndo e pulando no meu colo. Ele segurou o Transformer diante do meu rosto e grunhiu: — Eu sou o Devastator! Consigo me transformar!

Ele mexeu em partes do boneco e apareceu uma arma que parecia um garfo; então, de repente, pareceu perder o interesse no brinquedo, olhou no fundo dos meus olhos e perguntou:

— Você consegue se transformar, papai?

Eu ri, bagunçei o cabelo dele e respondi:

— Claro que consigo.

— Então mostra!

Fiz uma careta que costumava fazer com que ele caísse na gargalhada, mas dessa vez ele permaneceu imóvel, me olhando. Parecia estranhamente decepcionado. Então me abraçou e enterrou o rosto no meu pescoço. Olhei para Heidi, que me deu um sorriso cansado.

— Acho que não tem problema para ele se os pais não se transformarem — disse ela.

Nós nos **mantínhamos estrita**mente dentro dos limites da propriedade e **tentávamos não irritar muito** uns aos outros. Mesmo sendo quatro famílias, havia mais espaço do que tínhamos na cidade, mas mesmo assim a sensação era de que o lugar fosse mais apertado. Depois do sequestro de Amy, Heidi passou a achar que tinha que manter Sam por perto o tempo todo. Ela nem sequer o deixava brincar com as outras crianças no jardim sem que ela própria estivesse próxima. Tentei convencê-la de que estávamos mais seguros ali do que em qualquer outro lugar do mundo naquele momento, mas não adiantou.

— Vamos ser atacados — disse ela um dia quando estávamos sentados no jardim vendo Sam brincar com os dois filhos de Larsen.

As minas e as armadilhas tinham sido desativadas, e as crianças podiam correr pelo jardim em total segurança. Foi um alívio ouvir as risadas despreocupadas e saber que elas realmente estavam curtindo a atmosfera de segurança que estávamos tentando encorajar a todo custo. Heidi tinha sido estuprada, mas ainda não queria falar sobre o assunto. Quando perguntei o motivo e argumentei que se abrir poderia ser bom, ela respondeu que não conseguia mesmo se lembrar de muita coisa. Havia uma garota lá, e felizmente ela tirou Sam da sala na hora, mas depois disso ela apagou tudo da mente — durante todo o estupro em si ela só pensou em Sam e Amy. Então não havia muito o que falar. Se as memórias estavam em algum lugar lá no fundo do seu inconsciente, então que ficassem por lá — o importante era que ela, como pessoa, se mantivesse funcional. Na minha cabeça, a capacidade de suprimir essas memórias tinha algo a ver com a maneira como uma grande dor pode, pelo menos por um tempo, esconder a angústia de dores menores, da mesma forma que pode amenizar o sofrimento físico. E a grande dor era a perda de Amy. Percebi que era por isso que Heidi, uma mulher forte, carinhosa e altruísta, que, em circunstâncias normais, teria automaticamente passado a agir como mãe substituta para os filhos órfãos de Larsen, agora quase os evitava. Foi a jovem esposa de Chung quem assumiu esse papel.

— Eles podem tentar — concordei. — Mas logo vão desistir e tentar ir atrás de um alvo mais fácil.

— Não as gangues. Ele. Colin. Ele vai encontrar a gente.

— Não se a gente ficar na encolha por aqui — falei, lançando um olhar preocupado para as crianças. Elas estavam brincando de cavar no jardim dos fundos do terreno, bem no lugar onde enterramos Herbert, o jovem negro morto por enforcamento. Brad disse que não sabia o sobrenome do rapaz; não que isso importasse de fato, nós não íamos usá-lo. Não havia uma cruz para marcar o local do túmulo, pois do contrário alguém poderia descobri-lo e saber que morreu linchado.

— Pais sempre encontram filhos desaparecidos — disse Heidi.

Não respondi. Porque sabia que ela estava certa.

Fui à delegacia no dia seguinte e de cara recebi boas notícias. A detetive-chefe Gardell tinha rastreado um membro da gangue, um cara chamado Kevin Wankel. Não foi muito difícil, pois ele já estava preso. Recentemente, Wankel tinha sido preso por latrocínio de um policial, contou Gardell. No depoimento, ele havia informado espontaneamente que era membro da gangue Caos. Mas, como o dinheiro que a gangue dividia não era suficiente para custear seu vício em metanfetamina, Kevin tinha saído sozinho para roubar alguém. Esperou do lado de fora de um clube de striptease, se aproximou do primeiro sujeito que saiu, apontou uma arma para a testa do cara e mandou entregar a carteira. Segundo testemunhas, o homem disse calmamente que era policial e que Kevin deveria ir embora. Ao ouvir isso, Kevin puxou o gatilho, pegou a carteira e fugiu. Foi preso na rua uma hora depois, tentando comprar metanfetamina. O julgamento já havia terminado e ele tinha sido condenado à prisão perpétua.

Gardell me mostrou a foto de Wankel, mas não reconheci o rosto. Certamente não era um dos caras que identificaram Brad como o assassino de Amy.

— Falei com ele — disse Gardell. — Ele está mais que disposto a testemunhar que foi Brad quem matou a sua filha, mas com uma condição: a gente precisa conseguir um pouco de metanfetamina para ele.

— Hã?

— Claro que eu neguei o pedido. Adele Matheson não vai mover uma ação que dependa de provas compradas com entorpecentes. Mas podemos tentar oferecer uma redução na sentença.

Olhei para a foto e balancei a cabeça.

— Ele nem estava lá.

— Hã?

Devolvi para ela a foto do fichamento do sujeito e apontei para a data.

— Isso foi tirado dois dias antes do ataque à mansão. Ele já estava preso. Tudo o que ele quer é droga. Venderia a própria mãe por um grama.

— Merda — disse Gardell. Parecia tão desapontada quanto eu.

É estranho quando lhe oferecem esperança e depois a tiram de você. Saí da delegacia da mesma forma que tinha entrado — de mãos vazias —, mas, ainda assim, agora o dia parecia pior.

*Depois que eu e Dumbo fugimos da mansão naquela noite, fomos morar com Maria.*

*Ela não ficou muito feliz por eu ter levado alguém junto, mas aceitou como parte do acordo. Porque o acordo não era só dividirmos teto, mesa e cama, ele incluía também eu garantir a nossa proteção e — quando necessário — sair para arrumar comida. Maria não perguntou como e eu nunca contei.*

*Um truque era encontrar uma estradinha tranquila e fazer Dumbo se deitar no meio. As pessoas já não paravam mais para ajudar alguém caído na estrada, mas pelo menos reduziam a velocidade para contornar o corpo. Nesse momento, eu me aproximava de moto vindo da direção oposta e bloqueava a pista. Se cronometrássemos direito, o carro pararia ao lado de Dumbo, que se levantaria, pegaria a escopeta sobre a qual estava deitado e gritaria "Mãos pro alto!" — frase que ele adorava e gostava de gritar quando e onde quer que fosse. Os motoristas não tinham como saber se eu estava junto do carinha apontando a escopeta, então não pisavam automaticamente no acelerador para passar por cima de mim, e aqueles poucos segundos de hesitação eram todo o tempo de que eu precisava para sacar a minha própria arma.*

*Naquele dia em particular, tínhamos acabado de executar esse truque. O cara estava sentado no banco do carro com as mãos para cima, a escopeta de Dumbo apontada para a testa dele, enquanto eu pegava toda a comida no carro e colocava uma mangueira de plástico no tanque de combustível do automóvel.*

*— Mãos pro alto! — gritou Dumbo pela terceira vez.*

*— Já estão para o alto — disse o motorista desesperado.*

*— Mãos pro alto!*

*— Dumbo! — gritei. — Se acalma agora!*

*Coloquei a boca na outra ponta da mangueira e comecei a chupar para fazer a gasolina subir e entrar no galão que tínhamos colocado na estrada.*

*Eu estava tão concentrada que só os ouvi chegarem quando uma voz muito familiar disse em voz alta:*

*— Não imaginava que a sapatão sabia chupar!*

*Engoli e cuspi a gasolina, me virando pronta para usar o fuzil Remington, embora soubesse que já era tarde demais.*

*Eles estavam em três. Um dos gêmeos O'Leary estava com uma arma colada na testa de Dumbo, o outro estava com um AK apontado para mim. O terceiro — que tinha falado comigo — usava uma jaqueta de couro vermelha que, eu sabia, tinha nas costas um monstro marinho bordado.*

*— Ragnar — falei. — Quanto tempo...*

*— Mas não o suficiente.*

*Ele sorriu.*

*Comecei a me levantar.*

*— De joelhos, Yvonne. Combina com você. E manda o seu anãozinho abaixar a escopeta, senão a gente mata todo mundo aqui mesmo.*

*Engoli em seco.*

*— Faz o que ele está mandando, Dumbo. Vai pegar o que conseguimos aqui?*

*Ragnar girou a corrente.*

*— Você não faria o mesmo?*

*Dei de ombros.*

*— Acho que depende.*

— E se, por exemplo, a pessoa fugisse enquanto a gangue onde ela era a segunda em comando estivesse sendo atacada?

— Você não teria feito o mesmo?

— Você deixou a gente na mão. Essa é a primeira regra da Caos: não deixa a gente na mão. Não é, galera?

— Isso — responderam os gêmeos O'Leary ao mesmo tempo.

— A batalha estava perdida — eu disse. — Não havia nada que eu pudesse fazer por vocês.

— Não? Mas você resgatou o anão. — Ragnar indicou Dumbo com um aceno de cabeça. — Você treinou ele bem, parece que ele aprendeu a ser útil. Talvez ele tenha uma serventia para a gente.

— E o que aconteceu lá em cima?

Ragnar olhou dentro da sacola de comida que eu tinha colocado na estrada.

— Lincharam Herbert e pegaram Brad. E o resto eles deixaram ir embora, aqueles idiotas.

— Então imagino que você já tenha preparado um contra-ataque.

Ragnar lançou um olhar perplexo para mim. Continuei:

— Já que eles pegaram Brad e um membro da Caos nunca abandona outro em apuros... Ele tentou resgatar Brad, não tentou, rapazes?

Dessa vez, os gêmeos O'Leary não responderam nada.

Os olhinhos de Ragnar estavam ficando ainda mais apertados. Apesar disso, não consegui me conter:

— Não? Ah, talvez seja porque você estivesse feliz por eu e Brad estarmos fora do caminho. Afinal, com isso você poderia se tornar o líder da gangue, não é?

Os nós dos dedos de Ragnar foram ficando brancos conforme ele apertava a corrente cada vez mais forte.

— Você sempre foi linguaruda, Yvonne. Ninguém nunca te disse que isso não é uma boa ideia quando tem um AK apontado para você?

Engoli em seco. Pensei naquela garota, Amy. Ninguém tinha contado isso a ela?

— Falei com o pai de Brad e contei o que aconteceu — disse Ragnar, olhando para os gêmeos como se quisesse ter certeza de que ouviram. — Ele vai resolver isso por conta própria.

— Está dizendo que encontrou o pai de Brad?

Ragnar encolheu os ombros.

— Na verdade, foi ele que encontrou a gente. Seja como for — ele tirou uma maçã do saco e deu uma mordida —, não está mais nas minhas mãos.

Ele fez cara feia e jogou a maçã fora. Ela quicou pela estrada.

— Sabia que ainda pagam para transar com anões no píer?

Não falei nada.

— Lembre-se, eu deixei você viver, Yvonne Linguaruda — disse Ragnar, então virou as costas e foi andando para a esquina, onde eles provavelmente tinham escondido as motos para nos surpreender. — E não esqueçam as bolsas! — gritou por cima do ombro.

— Pode deixar! — gritou o gêmeo que estava com a arma apontada para mim. — A gente pega as armas também?

— Pelo amor de Deus! O que você acha?

Mesmo após pegar as nossas armas, os O'Leary foram embora atrás de Ragnar ainda apontando os fuzis para Dumbo e para mim.

Ouvi a moto de Ragnar dar a partida; tinha um som rouco meio especial. Então eles viraram a esquina e ficaram de frente para nós. Levei alguns segundos para entender o que estava acontecendo, e, antes que pudesse me levantar e gritar para Dumbo sair do caminho, vi Ragnar girando o gancho. Ouvi o som de algo molhado quando a ponta atravessou a parte posterior do ombro de Dumbo e saiu do outro lado, logo abaixo da clavícula. Dumbo soltou o ar num único e prolongado suspiro enquanto era arrastado para longe da janela do carro, na qual tinha tentado se agarrar. Quicou duas, três vezes no asfalto até desaparecer na esquina, aos berros, e sumir. Dei meia--volta, pronta para subir na moto e ir atrás dele, mas então os gêmeos se aproximaram com as motos deles roncando e ouvi o som das balas metralhando a minha máquina.

E, quando eles também sumiram e a fumaça desapareceu, lá estava eu, ajoelhada junto às rodas daquela que tinha sido a minha máquina sagrada e maldita.

— *Vai uma carona?* — *perguntou o cara que tínhamos tentado assaltar, ainda dentro do carro.*

*Fechei os olhos. Senti vontade de chorar. Essa não é a cidade nem a hora de chorar. Com certeza não é. Mas chorei mesmo assim.*

Era tarde da noite e eu estava a caminho de casa após mais um dia infrutífero atrás de membros da gangue. Eu precisava de uma testemunha ocular, alguém que pudesse apontar o dedo diretamente para Brad Lowe.

Ao passar pelo prédio do Ministério Público, vi luzes acesas em alguns escritórios e, por impulso, parei o carro no estacionamento quase deserto e toquei a campainha. Pedi à voz que atendeu que ligasse para a sala de Adele Matheson. Momentos depois ela estava do outro lado do interfone.

— Eu venho tentando falar com o senhor — disse ela. — Estou fechando tudo aqui para ir para casa. Pode me esperar cinco minutinhos?

Quatro minutos depois ela saiu pela porta. A roupa que estava usando, até a blusa, era a mesma de quando nos encontramos da última vez. De imediato ela começou a andar na direção do estacionamento. A parte interna da sola dos seus sapatos estava gasta, e isso fazia suas pernas parecerem ainda mais tortas.

— Pode me ajudar a encontrar Brad Lowe? — perguntou ela.

— Mas eu disse...

— O senhor não me disse nada que eu não tivesse que saber, e sugiro que continue assim. Pode garantir que ele aparecerá no tribunal caso uma ação seja aberta? Sim ou não?

— Sim — respondi, surpreso.

— Maravilha. Os parentes próximos dele foram informados da abertura da ação, e agora o senhor também foi. Significa que o senhor e as pessoas que o ajudaram quando encontrou Amy devem estar dispostos a depor como testemunhas.

— A senhora está dizendo isso...

Paramos diante de uma Ferrari vermelha. Só acreditei que aquele carro esportivo rebaixado e sexy era dela quando ela destrancou a porta.

— Não estou prometendo nada — disse ela. — Só estou dizendo que, após fazer as devidas considerações, o Ministério Público chegou à conclusão de que há provas suficientes para acusar Brad Lowe de homicídio.

## IX

O ataque aconteceu pouco antes do amanhecer.

Eles estavam bem preparados, obviamente familiarizados com a planta da propriedade e contando com a possibilidade de serem recebidos a tiros.

Estavam usando roupas camufladas e pularam o muro com a facilidade de botos deslizando pela superfície da água.

— Esses garotos são profissionais — constatou Downing ao se recostar na cadeira e observar os monitores.

Menos de dois minutos tinham se passado desde que os alarmes silenciosos do lado externo do muro foram acionados. Downing, que estava de guarda, nos acordou, e agora estávamos reunidos no porão. As mulheres e as crianças haviam sido trancadas no quarto do pânico que ficava em frente à cela onde mantínhamos Brad preso, enquanto Downing, Chung, Larsen e eu observávamos da sala de controle, localizada do outro lado do porão. Nos monitores, nossas câmeras escondidas — câmeras comuns com visão noturna — mostravam os invasores se reunindo já na parte interna do muro e em seguida se espalhando para se aproximar da casa por diferentes lados ao mesmo tempo.

— Cerca de trinta homens — disse Downing. — Estão portando vários tipos de arma, todas leves, fuzis automáticos. Não estou vendo granadas ou lança-chamas, então parece um ataque cirúrgico. Ou seja, só vai morrer quem deve morrer.

Todos menos Brad, pensei, mas fiquei de boca fechada.

— Óculos de visão noturna, do mesmo tipo antigo que o meu. São veteranos de guerra experientes, rapazes. O pior tipo de oponente.

— São muitos — disse Larsen, a voz falhando. — Não é melhor detonar as minas agora?

— Esse é o cenário dois — respondeu Downing tamborilando os dedos na lateral do teclado. — O que significa isso, Larsen?

Larsen engoliu em seco.

— Que só vamos ativar as minas e as armadilhas quando eles começarem o ataque — sussurrou ele.

— Exato. Chung?

— Sim? — disse Chung, que tinha acabado de entrar na sala após se certificar de que todas as mulheres e crianças estavam trancadas em segurança dentro do quarto do pânico.

— Quando as minas e as armadilhas começarem a ser acionadas, ligue a corrente elétrica na parede. Não quero que nenhum deles escape.

— Certo.

— Adams, você pilota o drone e nos fornece visão aérea.

— Entendido — falei, usando o jargão militar que tínhamos acabado de adotar.

— E, Larsen, tudo pronto com as metralhadoras, certo?

— Certo — respondeu ele, se ajeitando na cadeira e segurando o joystick no controle remoto.

Todos tentamos soar um pouco mais confiantes do que nos sentíamos. Ao mesmo tempo, acho que também sentimos uma espécie de empolgação pelo fato de aquilo para o que tínhamos nos preparado enfim estar acontecendo.

— Certo, cenário dois. Quando eles começarem a avançar, farei uma contagem regressiva a partir do três e no zero nós ativamos. Perguntas?

Silêncio.

— Prontos?

Pronto em três vozes.

Muitas coisas não são como nos filmes.

Essa não foi uma delas.

Os segundos posteriores — porque a verdade é que durou apenas alguns segundos, conforme ficou claro quando vimos as gravações depois — foram mais irreais do que qualquer coisa que eu já vi na telona.

Quando eles atacaram e nós acendemos os holofotes, quando as minas começaram a explodir e partes de corpos começaram a voar pelos ares, quando as escopetas com armadilhas de gatilho derrubaram um invasor atrás do outro, quando vários deles tentaram desesperadamente recuar e escalar o muro de volta — que agora estava eletrificado — e vi pela câmera do drone os corpos caindo e se estrebuchando no chão, quando as balas das metralhadoras de Larsen os faziam se estrebuchar ainda mais, foi realmente muito difícil acreditar que tudo estava de fato acontecendo ali fora.

Então as explosões e os tiros cessaram, e de repente fez-se silêncio total.

Lá fora, alguns dos feridos começaram a gritar por socorro. Larsen — que estava sentado numa cadeira ao lado de Downing operando as metralhadoras por um joystick, como se fosse um jogo de computador — tinha parado de atirar. Olhou para os monitores, inclusive o que mostrava as imagens do meu drone. Ele usava as câmeras para mirar. Em seguida atirou apenas em rajadas curtas, e a cada rajada havia um pedido de socorro a menos.

Em pouco tempo, tudo era um silêncio mortal.

Ficamos olhando para as telas. Havia corpos por toda parte.

— Vencemos — disse Chung cautelosamente, como se não acreditasse muito no que estava falando.

— É isso aí! — gritou Larsen, erguendo os braços. Foi como se uma luz que estivesse apagada em sua cabeça por muito tempo se acendesse de repente.

Pilotei o drone por cima do muro. Cem metros morro abaixo havia três caminhões blindados parados, os motores ligados. E um SUV que reconheci.

— Eles têm mais homens lá fora — falei. — Vamos ligar os alto-falantes e dizer que vamos abrir os portões para eles poderem recolher os corpos?

— Espera aí — disse Downing. — Olha.

Ele apontou para as luzes de alarme. Uma estava acesa.

— Alguém quebrou a janela da cozinha — constatou ele.

Voltei com o drone e era verdade, o caixilho da janela da cozinha estava retorcido, provavelmente por um pé de cabra.

— Um peão passado — disse Downing, então colocou os óculos de visão noturna e pegou o fuzil. — Adams, você assume o comando aqui.

Segundos depois, ele já havia saído pela porta e desaparecido no corredor escuro.

Olhamos um para o outro. "Peão passado" era um termo que tínhamos aprendido, uma terminologia do xadrez, referindo-se a soldados operando independentemente da unidade. Sem aguardar ordens, eles podiam reagir na velocidade da luz a qualquer oportunidade que surgisse de repente. Tentamos escutar, mas não conseguimos ouvir os passos de Downing. Certa vez ele nos mostrou brevemente uma técnica ninja para andar sem fazer barulho algum, mas não havíamos tido tempo para treinar luta corpo a corpo — estávamos totalmente focados em garantir que os muros fossem intransponíveis.

Levamos um susto com um estrondo.

Então o som de um corpo caindo pela escada que dava para o porão.

Esperamos. Eu estava segurando a minha escopeta automática com tanta força que o meu antebraço doía.

Contei até dez. Como Downing não tinha batido à porta, me virei para os outros dois e disse:

— Downing está morto.

— O peão passado nunca vai conseguir invadir o quarto do pânico — disse Chung confiante.

— Verdade, mas pode resgatar Brad — falei. — Vou dar uma olhada.

— Ficou louco? — sussurrou Larsen. — O peão passado está usando óculos de visão noturna. Você não vai ter a menor chance, Will!

— Essa é justamente a minha chance — falei, verificando se a arma estava carregada e destravando-a.

— Como assim?

Apontei para o interruptor que controlava toda a iluminação da casa no painel de controle.

— Acende a luz quando eu sair, oito segundos depois apaga, depois acende e apaga a cada cinco segundos.

— Mas...

— Faz o que ele está falando — disse Chung, que tinha entendido a ideia.

Abri a porta e saí para a escuridão. A luz foi acesa. Corri para as escadas, furtivo feito um rinoceronte. Downing estava caído ao pé da escada. Os óculos de visão noturna prejudicaram a minha visão, mas pelo buraco na testa pude ver que ele estava morto. Contei os segundos em silêncio enquanto tirava os óculos de visão noturna dele. Mais do que ouvir, senti o inimigo se aproximar, torcendo para que a luz ofuscasse sua visão e o atrasasse por tempo suficiente para ele ter que parar e tirar os óculos especiais.

Seis, sete.

Eu tinha acabado de ligar a visão noturna quando a luz voltou a se apagar.

Ouvi os passos se afastando. Ele estava recuando, teve que recolocar os óculos.

Segui o som, tentando andar sem fazer barulho, mas imaginando que ele próprio não conseguia me ouvir tão bem, porque estava em movimento.

Cheguei ao entroncamento em T, com o quarto do pânico à direita e a cela de Brad à esquerda. Contei. Três, quatro. Tirei os óculos e virei à direita quando a luz se acendeu.

Nada.

Então me virei de costas e lá estava ele, a sete, oito metros de mim, em frente à porta da cela de Brad. De roupa preta, não camuflada. Ele se virou para mim, na direção da luz — claramente não conseguia enxergar nada —, e ergueu a mão para tirar os óculos de visão noturna por cima da balaclava.

Talvez a balaclava tenha facilitado — sinceramente não sei —, mas caí de joelhos no chão, mirei e atirei nele. Para minha surpresa, nenhuma bala pareceu atingi-lo. Ele jogou os óculos de visão noturna fora e disparou, os sons ecoando ensurdecedores ao ricochetear nas paredes de pedra. Não senti dor nenhuma, apenas uma pressão no ombro esquerdo, como se alguém tivesse me dado um empurrãozinho amistoso. Mas perdi toda a força no braço e a arma escorregou e caiu no chão.

O peão passado viu que eu estava indefeso, mas, em vez de disparar descontroladamente, apoiou o fuzil no ombro e mirou. A impressão foi de que ele fazia questão de derrubar o inimigo com uma bala na testa.

Ergui a palma da mão direita na direção dele, e por uma fração de segundo ele hesitou, como se esse gesto universal e atemporal de submissão tivesse provocado nele algum instinto. Porque é assim que gosto de pensar em misericórdia.

Cinco...

Tudo escuro de novo. Rolei de lado da minha posição inicial de joelhos e me joguei no chão enquanto ele atirava. Puxei os óculos de visão noturna de volta para baixo, vi o vulto na luz verde-vômito, ergui o fuzil com a mão direita e apertei o gatilho. Um disparo. Então outro. O segundo o acertou. O terceiro também. O quarto não e ricocheteou na parede atrás dele. Mas o quinto acertou, acho. E o sexto também.

As luzes se acenderam e se apagaram duas vezes antes de eu esvaziar o pente inteiro.

Só mais tarde, depois de eles terem retirado seus mortos e feridos e de eu ter tirado os óculos noturnos, que me dei conta: não estava mais com a tontura e a náusea que tinha sentido antes. Pelo contrário: nunca havia me sentido mais equilibrado, mais no controle das coisas, mais calmo.

E mais ou menos ao nascer do sol, pela primeira vez desde que Amy desapareceu, Heidi se aproximou de mim na cama e me abraçou. Eu a beijei, e então — mais cuidadosos um com o outro do que de costume — fizemos sexo.

## X

Dias depois de termos repelido o ataque, voltei à ilha dos Ratos. Novamente Colin estava esperando por mim no cais. Parecia debilitado. Não mais magro, debilitado mesmo.

Ratos corriam de um lado para outro na nossa frente enquanto seguíamos para o edifício da prisão.

— Tem mais agora — comentei, olhando para as rochas inclinadas que estavam brancas da última vez em que visitei a ilha. Agora pareciam pretas, não pelo resultado das ondas que quebravam ali, como eu tinha imaginado ao olhar do barco de pesca enquanto me aproximava, mas porque havia inúmeros ratos cobrindo a superfície das rochas.

— Acho que eles chegam nadando durante a noite — explicou Colin, notando a direção do meu olhar. — Estão com medo.

— Do quê?

— Dos outros ratos. Os que estão no continente estão ficando sem comida, então eles começaram a comer uns aos outros. Daí os ratos menores fogem para cá.

— Mas aqui eles também não vão começar a comer uns aos outros?

— No fim, vão.

Entramos numa parte do edifício que tinha sido convertida numa espécie de castelo medieval estilo mansão. Liza estava esperando no alto da escada para o segundo andar e me cumprimentou com um aperto de mão. Antigamente a gente sempre se abraçava. Esse foi mais um dos costumes que desapareceram com a pandemia, embora no nosso caso a pandemia não fosse o único motivo: a ausência de Amy e Brad fazia com que as crianças estivessem quase presentes ali de uma forma dolorosa.

Ela pediu licença, disse que tinha coisas a fazer e foi embora, abrindo caminho para Colin e eu entrarmos na sala de jantar espaçosa e com pouca mobília bem a tempo de ver um rato extraordinariamente grande desaparecer pela porta do outro lado.

— Caramba, aquele ali era enorme! — falei.

— Ainda assim é ele quem foge de nós e não nós dele — disse Colin. — Embora provavelmente isso seja apenas questão de tempo — acrescentou com um suspiro.

Nos sentamos, e dois criados se aproximaram, colocaram guardanapos brancos no nosso colo e nos serviram diretamente de uma panela fumegante.

— Não podemos nem servir a comida em pratos comuns — explicou Colin. — Eles estão por toda parte e arriscam tudo assim que sentem cheiro de comida. E eles se reproduzem mais rápido do que somos capazes de matá-los a tiros.

Olhei para os nacos de carne fibrosa no ensopado marrom diante de mim. Presumi que fosse carne de animais que estamos acostumados a comer, mas, a partir do momento em que o pensamento entra na nossa cabeça, é difícil parar de imaginar coisas.

— Que bom que você veio — disse Colin, que também não parecia estar com muito apetite —, levando toda a situação em consideração.

— Você atacou a gente. Matou um de nós.

— Você matou dezenove dos nossos e está mantendo o meu filho prisioneiro.

— Ele está sob custódia — corrigi. — Aguardando um julgamento justo. O Ministério Público disse para você que Brad seria acusado, mas mesmo assim você nos atacou. Porque sabe que ele vai ser considerado culpado.

— Você está se colocando acima da lei.

— Achei que você não acreditasse na lei.

— Não, mas você diz que acredita, Will. E uma pessoa só pode ser condenada por trair os próprios princípios, não os de outra pessoa.

— Ou por não ter nenhum princípio.

Colin abriu um sorriso amarelo. Eu sabia o motivo. Esse era o tipo de discussão que costumávamos ter quando éramos jovens, começando na época em que éramos os melhores no grupo de debates escolares e se desenvolvendo quando meu trabalho passou a ser me opor aos seus processos de pensamento por vezes apressados. Como sempre, a última palavra foi de Colin.

— Não ter princípios também é um princípio, Will. Como, por exemplo, acreditar que não se pode permitir que outros princípios atrapalhem sua sobrevivência e a sobrevivência dos seus entes queridos.

Baixei a cabeça e olhei para as minhas mãos. Costumavam tremer. Isso começou mais ou menos na pandemia. Mas agora não estavam tremendo.

— O que você quer, Colin?

— Quero Brad. E quero a mansão.

Não ri nem forcei um sorriso. Apenas coloquei o guardanapo na mesa e me levantei.

— Espere. — Colin também ficou de pé. Ergueu a mão. — Você não ouviu a minha oferta.

— Você não tem nada que eu queira, Colin. Não compreende isso?

— Talvez você não queira, mas e quanto a Heidi e ao pequeno Sam? E se eu tiver uma coisa que possa dar a eles uma vida nova e melhor, uma chance de construir uma sociedade melhor, que siga o Estado de direito? Já ouviu falar do *Nova Fronteira*? É um porta-aviões. Vai zarpar em breve. Vai ter três mil e quinhentas pessoas a bordo. Tenho três ingressos para ele. Comprei faz um tempo. Custaram uma fortuna. Não dá mais para comprar ingressos, não importa quanto a pessoa esteja disposta a pagar. Então vamos fazer o seguinte: eu te dou os meus três ingressos e, em troca, você me dá Brad e a mansão.

Balancei a cabeça.

— Guarde os seus ingressos, Colin. Deixar Brad escapar impune seria zombar da memória de Amy.

— Ah, veja como o nobre Will Adams desce ao nosso nível. De uma hora para outra a questão não é mais manter os princípios em nome de toda a humanidade. Agora virou uma questão de vingança para a filha.

— Foi um modo de falar, Colin. Independentemente do que eu possa pensar, Heidi nunca concordaria com uma troca como essa.

— Mulheres costumam ser mais pragmáticas que homens nesses assuntos. Elas veem o benefício para a comunidade e riem da nossa obsessão por orgulho e honra.

— Então vou te dar a resposta antes mesmo de ela ter a chance de se opor a mim. Não.

No caminho de volta para o barco, os ratos não saíram da nossa frente tão rápido.

— Não está com medo de eu fazer você de prisioneiro aqui e oferecer uma troca por Brad?

Balancei a cabeça.

— Todos na casa concordam que não vamos ceder a nenhuma forma de chantagem se eu não voltar. Mesmo que eu não tenha deixado instruções sobre o que fazer com Brad nesse caso, acho que nós dois sabemos o que aconteceria com ele.

— Mas com isso ele não teria o julgamento ao qual você quer submetê-lo.

É claro que ele tinha pensado nessa possibilidade.

— É por causa dos ratos que você quer sair daqui? — perguntei.

Colin fez que sim.

— Beth está doente. Estamos achando que é febre tifoide, talvez ela tenha pegado de uma mordida de rato. Tentamos de tudo para matar esses desgraçados sem nos matar junto. Sabia que o DNA de ratos e humanos é noventa e sete por cento igual? Um dia o rato-humano vai aparecer por aí. Se é que já não apareceu.

— Ela vai melhorar quando estiver a bordo do porta-aviões — falei. — Ouvi dizer que alguns dos melhores médicos do país compraram ingressos a preços promocionais.

— Pois é. Ainda assim você está disposto a privar a sua família desses ingressos por causa de um princípio que sabe que não significa nada no mundo dos ratos?

Não respondi, apenas dei um passo curto para sair do cais e colocar o pé no barco de pesca, me virei para a ilha e observei Colin diminuir cada vez mais enquanto nos afastávamos.

Mas ainda assim alguma coisa estava me incomodando. Eu conhecia Colin bem demais. Ele nunca me deixaria escapar tão fácil se não tivesse um plano B. Algum tipo de alternativa.

## XI

*É noite. Estou indo de moto para o sul, pensando no dia em que Ragnar e os gêmeos O'Leary levaram Dumbo. Em como tudo poderia ter sido diferente. Mas será que poderia mesmo? De qualquer modo, estou indo em direção ao matadouro e ao fim dessa história.*

*Atrás de mim tem um dilacerador de pneus e um cara que tentou me parar; à minha frente, a casa onde conheci Will Adams e o edifício de Lowe, que parece prestes a ser invadido pela multidão. Talvez o futuro de tudo já esteja traçado — talvez pessoas como eu estejam apenas cumprindo seu destino. O marcador de combustível está no vermelho. Tudo bem: vou deixar o destino decidir se vou ficar sem gasolina e as coisas não vão terminar do jeito que foram planejadas. Porque a verdade é que coisas inesperadas sempre acontecem. Por exemplo: Dumbo reapareceu uma semana depois de ter sumido.*

*Eu tinha perdido a esperança de rever Dumbo quando o meu telefone tocou. Maria me acordou apontando para o celular quase com medo. Não tocava fazia uns meses, porque a maioria das redes tinha caído — só uma ainda funcionava.*

*Atendi e ouvi a voz de Dumbo:*

*— Eles me deixaram fazer uma ligação.*

*Ele estava na prisão no Centro. Era a última em funcionamento, usada tanto para manter as pessoas em custódia como para presidiários cumprindo penas longas. Uma hora depois, estávamos sentados frente a frente de lados opostos de uma divisória de vidro grossa no salão de visitas, cada um segurando um telefone. Ele estava de roupa listrada. Falei que era um look retrô, o que pelo menos o fez rir, ao perceber que eu disse algo que em tese era engraçado.*

*Então, ele me contou o que tinha acontecido, e nenhum de nós estava rindo de nada.*

*Depois que sequestraram Dumbo, Ragnar e os gêmeos o levaram para a nova sede da gangue. Pela descrição de Dumbo, eu sabia que se tratava do matadouro abandonado perto do campo petrolífero, na estrada para o aeroporto. Certa noite, Ragnar levou um homem ao matadouro e ordenou que as pessoas com quem Dumbo dividia o quarto saíssem.*

*— Ragnar apontou para mim e falou que eu era perfeito — disse Dumbo. — O homem poderia ficar comigo se arranjasse um lugar decente para a turma morar, uma moto nova para Ragnar, doze AKs, cinquenta balas de bazuca e cinquenta granadas. Mais cento*

e cinquenta gramas de metanfetamina, duzentos comprimidos de Rohypnol, duzentos antabiato... não, anta...

— Antibióticos — falei.

— Isso, e...

— Tá de bom tamanho — falei. Às vezes Dumbo tinha uma memória surpreendentemente boa para detalhes, em especial se fossem insignificantes. — Mas o cara não ia pagar tudo isso só por uma noite, ia?

— Não. Pro resto da vida.

— Então ele era daquele clube nas docas.

— Não, ele disse que era da ilha dos Ratos.

— Mas e aí? Ele disse o que queria que você fizesse?

— Sim. Foi Ragnar que disse.

— O que Ragnar disse?

— Ragnar disse que a polícia ia aparecer e que eu devia dizer pra polícia que bati na cabeça daquela garota com um taco de golfe. E devia dizer a mesma coisa pro juiz.

Encarei Dumbo.

— E se você não fizesse isso?

Os grandes olhos de Dumbo se encheram de lágrimas e sua voz estremeceu.

— Ele disse que ia me dar de comer pros ratos na ilha dos Ratos.

— Então é claro que você tinha que dizer sim. Mas quando o juiz ouviu isso...

— Eu não disse sim — disse Dumbo, a voz ainda embargada. — Eu disse não. Porque se dissesse sim eu ia ter que ficar preso pro resto da vida, e eu não queria isso.

— Entendo. Mas você disse para a polícia que bateu na garota... é por isso que está aqui, não é? Isso foi muito inteligente da sua parte, porque eles não podem dar você de comer para os ratos antes de você dizer ao juiz que foi ameaçado.

— Não! — gritou Dumbo e bateu a testa na tela de vidro. Às vezes ele fazia isso quando ficava frustrado porque não conseguia pôr em palavras o que queria dizer. Vi um carcereiro se aproximar de nós.

— *Calma, Dumbo.*

— *Eles não me ameaçaram. Eles ameaçaram você! Disseram que matariam Yvonne se eu não fizesse o que eles mandaram.*

*Assimilei tudo que ele estava dizendo. Desgraçados! Eles só precisam saber o que é insubstituível para alguém. Descobrindo isso, conseguem o que querem.*

*O carcereiro tossiu atrás de mim. Coloquei a mão na divisória de vidro.*

— *Vou tirar você daqui, Dumbo. Prometo. Vou te tirar daqui. Tá bom?*

*Dumbo pressionou a mão contra a minha na parede de vidro, e lágrimas escorreram pelo seu rosto.*

— Um minuto. O helicóptero vai pousar em um minuto!

Claro que parece absurdo estar aqui, no topo de um arranha-céu, girando uma taça de champanhe enquanto abaixo de nós a civilização que conhecemos está ruindo. Em compensação, não seria muito menos absurdo sem o champanhe.

O tenente se aproxima, sussurra alguma coisa no ouvido de Colin, então corre de volta para o heliponto, onde os últimos ricos e privilegiados esperam para serem levados rumo a um novo começo a bordo do *Nova Fronteira*.

— Ele me avisou que a multidão conseguiu entrar — diz Colin. — Mas meu pessoal cortou o cabo dos elevadores, então eles vão ter que lutar para subir as escadas. A propósito, sabe por que as escadas em castelos e catedrais antigos sempre sobem no sentido horário? — Como sempre, Colin Lowe não espera por uma resposta. — Porque nesse movimento os defensores tinham vantagem sobre os agressores, por empunharem a espada com a mão direita.

— Interessante — comento. — Aliás, existe um jeito de descer daqui sem o risco de ter a cabeça decepada? Pergunto por causa dos que não vão entrar no helicóptero.

— Claro. Relaxa, vai dar tudo certo. Olha, chegou.

Um ponto de luz em movimento se aproxima de nós. Olho para a minha taça, para as bolhas liberadas do fundo que sobem para a superfície. Inexorável como uma lei da física.

— Me diz uma coisa, Colin: você foi infectado pelo medo? Como os ratos?

Colin me olha com certo ar de surpresa. Ainda não ergueu a taça para o brinde que sei que está planejando fazer. À amizade, à família, à boa vida. Os três de sempre.

— No que está pensando? — pergunta ele.

— Quando você comprou a confissão de Dumbo. Você entrou em pânico?

Colin balança a cabeça.

— Não sei até que ponto um pai é capaz de pensar racionalmente quando se trata do próprio filho ou da própria filha, mas, quando aquele tal de Ragnar entrou em contato comigo e disse que tinha uma oferta que eu não podia recusar, ele estava certo.

— E você não sentiu peso na consciência?

— Minha consciência não é tão ativa quanto a sua. Então, não, ela não fez muito estardalhaço. Segundo Ragnar, Dumbo tinha uma deficiência mental tão grave que não podia ser responsabilizado pelos próprios atos, e, por lei, não podia ser condenado.

— Não é tão simples assim, Colin. E acho que você sabe disso.

— Tem razão. Provavelmente é porque eu queria que fosse simples assim. Seja como for, me pareceu que ele merece qualquer punição que possam aplicar. Ragnar me disse que ele estuprou Heidi.

Agarro a haste da taça com tanta força que, por um instante, tenho certeza de que vou quebrá-la. Contra o céu alaranjado daquele fim de tarde vejo o helicóptero se aproximando entre os arranha-céus. Isso me faz pensar num gafanhoto. Como aquele espécime verde-ervilha adorável que eu trouxe da fazenda da minha avó para casa nas férias de verão certa vez. No caminho para casa, eu o coloquei dentro de um pote de geleia com um furo na tampa. Mas, quando chegamos, ele estava morto, e por anos meu pai relembrou o caso nas reuniões de família — como eu estava inconsolável, como enfiei um alfinete na ponta do dedo como forma de me punir. Nunca consegui entender por que os adultos riam.

— Estou pensando no que aconteceu depois — digo.

— Você sabe muito bem que eu não tive nada a ver com aquilo — diz Colin e suspira.

— Mas poderia ter evitado.

— A lista dos nossos pecados por omissão é infinitamente longa, Will. Claro que você pode me acusar de não ter imaginação suficiente para perceber o tamanho do cinismo de Ragnar. Mas, se ele tivesse perguntado, eu nunca teria permitido que acontecesse.

A essa altura ouço o helicóptero, as pás do rotor açoitando o ar, o zumbido do motor.

*Chovia no dia seguinte, quando fui ao fórum. Não recebi permissão para ver Dumbo, mas ouvi dizer que o advogado de defesa dele era um sujeito chamado Marvin Green, da firma de advocacia Amber & Doherty. Levei o restante do dia para encontrar o escritório da firma; ao que parecia, eles tinham se mudado do endereço que consegui no fórum e agora estavam localizados num prédio de escritórios coberto de pichações. Também não tive permissão para entrar, só me disseram pelo interfone instalado na porta que Green não se encontrava no momento. Quando perguntei onde poderia achá-lo, acrescentando que era urgente porque tinha informações sobre um de seus casos, a pessoa do outro lado apenas riu. Disse que ou eu encontraria Green no bar da esquina ou ele tinha ido para casa. Fui ao bar, ouvi do atendente que Green havia acabado de sair, voltei para o prédio comercial e depois de muita insistência consegui o endereço de Green. Chovia muito, e subir o morro foi como subir um rio contra a corrente.*

*O endereço não ficava longe da mansão da qual tínhamos sido expulsos. Mas a casa de Green era pequena — quase um bangalô, o tipo de lugar construído pelos artistas que se mudaram para cá muito tempo atrás. Mas tinha portões de aço e muros com caco de vidro e arame farpado.*

*Toquei a campainha.*

— Quem é? — perguntou uma voz rouca e arrastada pelo interfone na parede.

Levantei a cabeça e olhei para a câmera no pilar do portão, me apresentei e disse que tinha informações que poderiam ajudar o Sr. Green na defesa de Gabriel Norton, também conhecido como meu amigo Dumbo.

Ouvi barulho de vidro.

— Prossiga — disse ele.

— Está me convidando para entrar?

— Falei "prossiga" no sentido de "continue falando". Não deixo estranhos entrarem na minha casa.

Então eu disse o que tinha a dizer ali, de pé debaixo de chuva. Expliquei que Dumbo não havia matado Amy e era vítima de um complô para livrar o filho do ricaço Colin Lowe. Falei por um bom tempo e, como não fui interrompida nem escutei nenhum sinal de que alguém estava ouvindo, comecei a me perguntar se Green tinha desligado. Mas pelo menos ninguém apareceu no portão para me afugentar, então continuei falando. Contei que, antes mesmo de nos conhecermos, Dumbo e eu quase por acaso salvamos a vida um do outro num incêndio e desde então passamos a andar juntos. Contei que nos juntamos a uma gangue, e foi assim que conseguimos sobreviver. Falei que Dumbo devia ser culpado de um milhão de coisas, mas não do assassinato de Amy. Revelei que estava dentro da casa na hora do crime e me propus a ser álibi de Dumbo.

Quando acabei, estava tão molhada e com tanto frio que batia os dentes enquanto olhava para aquela placa de latão perfurada abaixo da campainha. Havia pensado em contar que tinha visto Brad matar Amy, mas concluí que, com o pai de Brad metido no caso, eu estaria colocando em risco não só a minha vida como a de Dumbo e de Maria. O meu objetivo era livrar Dumbo da cadeia, e o que aconteceria com Brad era indiferente para mim.

— Sr. Green? — chamei.

Silêncio. Em seguida, uma tosse carregada. E então aquela voz rouca, agora um pouco menos arrastada:

— Vou precisar do seu endereço para chamar como testemunha de defesa.

Dei o endereço onde Maria e eu morávamos, ditando o número do apartamento de forma tão lenta e cuidadosa que até um advogado de defesa bêbado que já não se importava com coisa alguma havia muito tempo seria capaz de anotar direito.

— É mais seguro se você não contar para ninguém o que sabe e não revelar para ninguém que esteve aqui — sugeriu ele. — Não entre mais em contato comigo... Pode deixar que eu vou entrar em contato com você.

Na descida do trajeto de volta, tive que parar numa curva. Tinha um coiote parado no meio da estrada, e ele ficou ali, me olhando. Os olhos dele refletiam a luz, e na hora achei que fosse um fantasma. Em geral os coiotes correm de nós, mas esse se manteve firme. Como eu. Pensei em pegar o fuzil e atirar nele — não tínhamos mais carne em casa, e talvez coiote fosse comestível se cozido por tempo suficiente —, mas então lembrei que Ragnar e os gêmeos tinham levado a minha arma. Esperei o coiote sair do caminho, mas isso não aconteceu. Pelo contrário: furtivamente outros dois se aproximaram e ficaram visíveis à luz da rua.

Nos últimos tempos eu vinha percebendo que havia mais deles nas estradas. Não só coiotes — mais animais em geral. E menos gente. À noite eu atravessava vários bairros sem ver uma pessoa sequer. Estavam todas dentro de casa, como faziam durante a pandemia. Ou será que tinham abandonado a cidade e se mudado para o campo?

Automaticamente olhei para o espelho retrovisor para ver se havia algum coiote atrás de mim também.

Não. Ainda não.

Arranquei com tudo na direção deles, buzinando alto ao mesmo tempo.

Os coiotes não pareciam ter medo. Saíram relutantemente do meu caminho. Um deles tentou me morder enquanto eu passava.

# XII

Quando voltei da ilha dos Ratos pela última vez, não disse a Heidi que tinha recusado os ingressos de Colin para o porta-aviões *Nova Fronteira*. Não que eu achasse que ela concordaria com a troca — eu estava certo de que ela estava tão determinada quanto eu a ver Brad ser julgado pelo que tinha feito. Mas, pelo menos, por não saber que havia escolha, ela foi poupada do dilema e da dúvida persistente sobre se tínhamos tomado a decisão certa ao privar Sam do que talvez fosse — aliás, talvez não, do que sem dúvida era — sua chance de ter uma vida melhor.

Ao mesmo tempo eu estava esperando Colin dar o passo seguinte. Se ele tinha outro plano para libertar Brad e desse certo, será que eu não me arrependeria amargamente de ter recusado a oferta? Ou continuaria a sentir que tinha feito a coisa certa, reagido como uma pessoa decente e correta deve reagir? Talvez eu não tivesse a satisfação de ver o assassino da minha filha receber a punição justa pelo que fez, mas pelo menos não tinha perdido a alma.

E então aconteceu. O passo seguinte de Colin.

Eu estava no jardim quando Adele Matheson me ligou e, numa ligação com áudio muito ruim, me deu a notícia: um tal Gabriel Norton, cujo apelido era Dumbo, tinha confessado o homicídio de Amy. E, a menos que a confissão fosse retratada, ou surgissem provas que inocentassem Norton, então naturalmente ela não poderia seguir em frente na ação contra Brad Lowe.

Eu disse que isso era coisa de Colin Lowe. Que ou esse Dumbo estava se sacrificando pelo grupo ou estava sendo ameaçado com algo pior que prisão perpétua.

— Não podemos excluir a possibilidade — disse Matheson. — Mas...

Ela nem precisava concluir a frase. Se não pudéssemos provar que Dumbo estava mentindo ou sendo manipulado, não havia muito que pudéssemos fazer.

Eu me apoiei numa árvore, verifiquei se Heidi e Sam estavam muito longe para ouvir e tentei organizar os pensamentos. Adele Matheson esperou pacientemente, mas tudo o que pude fazer foi abrir e fechar a boca. Nenhuma palavra saiu.

— Sinto muito — disse ela após alguns segundos. — Só nos resta esperar que esse tal Dumbo mude a história ou não consiga convencer o tribunal de que é um assassino. Ouvi um detetive dizer que o fato de Norton ser anão não bate com o ângulo entre o ponto de impacto e o taco de golfe.

— Anão?

— Desculpe, pessoa com nanismo. Ou qualquer que seja o eufemismo utilizado hoje em dia. Seja como for, evidências técnicas circunstanciais como essa não contam muito quando há uma confissão.

Eu não estava prestando muita atenção ao que ela dizia. Estava pensando. Então, quem confessou foi o garoto que tocou a campainha naquela noite com a garota. Os mesmos dois que eu havia deixado escapar na noite em que tomamos a mansão.

— Vou conversar com ele — falei.

— Claro, tente fazer isso — disse Matheson.

— É sério. Eu impedi um dos nossos homens de atirar nele e na garota quando eles fugiram de moto. Ele pode estar consciente do fato de que eu... bem, de que eu salvei a vida deles. Talvez possa fazer com que ele sinta que me deve algo em troca.

Matheson não respondeu.

— Vou mantê-la informada — continuei.

— Então até mais — despediu-se ela do jeito que se fala com alguém que provavelmente nunca mais vai ver.

## XIII

*Fui revistada antes de poder entrar no salão de visitas. Já havia quatro outros visitantes ali dentro, falando pelo telefone com os detentos atrás da divisória de vidro — foi exatamente assim quando visitei Maria no hospital durante a pandemia. O carcereiro indicou minha cadeira, número oito. Dumbo ainda não tinha chegado.*

Eu estava ansiosa para contar que havia falado com o advogado, que me convocaria como testemunha para que eu pudesse servir de álibi. Bastava dizer que estávamos juntos, e eu não tinha que dizer nada sobre ter visto Brad matar Amy pelo buraco da fechadura. Assim tudo ficaria bem. Não estaríamos mentindo, só não estaríamos contando toda a verdade.

Quando me sentei na cadeira vi um rosto familiar atrás do vidro na cabine número um, na outra ponta. Era Kevin Wankel. Então era ali que o idiota estava cumprindo a pena de prisão perpétua.

Fiquei sentada esperando Dumbo entrar pela porta.

A impressão era de que Kevin não tinha muito a dizer ao visitante. Eles estavam sentados nas respectivas cadeiras, ela arqueada, ele com aquele cabelo seboso e os dentes podres e pequenos naquela boca marcada pelo vício em metanfetamina.

Então a porta do lado dos detentos se abriu e Dumbo entrou usando a mesma roupa listrada do presídio. Ele fez cara de feliz quando me viu, e acho que eu também. O carcereiro atrás dele disse algo que não consegui ouvir através do vidro e apontou para a cadeira à minha frente.

Quando Dumbo começou a andar na minha direção, percebi uma movimentação na minha visão periférica. Não reagi de imediato; nitidamente Kevin tinha decidido acabar com a visita de repente e foi em direção à porta de saída, em direção a Dumbo. Quando se aproximou, notei que ele estava com a mão dentro da calça.

Eu me levantei pulando e gritei, mas a maldita divisória de vidro ia até o teto e abafou a maior parte do som.

Vi o brilho do aço quando Kevin tirou a mão da calça e, com um movimento de arco de baixo para cima, acertou a barriga de Dumbo e cravou a arma. O corpo de Dumbo curvou para a frente. Ele levou as mãos à barriga, e pude ver o sangue escorrendo entre seus dedos atarracados. Em seguida Kevin agarrou Dumbo pelo cabelo, puxou sua cabeça para trás, expondo o pescoço, e desferiu um corte. O sangue jorrou no chão, e Dumbo caiu para a frente. Dois carcereiros invadiram a área, e Kevin largou a arma. Parecia um pedaço *de metal achatado. Ele ergueu as mãos, se rendendo. Os carcereiros imobilizaram Kevin no chão enquanto um terceiro chegou correndo e pressionou a mão na ferida aberta no pescoço de Dumbo. Mas a pressão na fonte do sangue já tinha acabado e agora estava apenas bombeando fraco.*

*Os olhos de Dumbo apontavam para mim, mas estavam vidrados. Eu sabia que, com todo aquele sangue no chão — sangue que deveria estar circulando em seu cérebro —, ele já devia estar inconsciente, mas, de qualquer maneira, peguei o fone, coloquei a outra mão na parede de vidro e disse:*

*— Vai ficar tudo bem! Olha pra mim, Dumbo! Vai ficar tudo bem!*

*Então os olhos dele ficaram ainda mais vidrados, e tive certeza de que ele estava morto.*

Eu havia acabado de entrar e me sentar na sala de espera que ficava ao lado do salão de visita e estava esperando para conhecer Gabriel Norton, o Dumbo. Mais cedo eu tinha visto a foto dele e confirmei minha suspeita: era o garoto que eu havia visto à porta da nossa casa. Que tinha ajudado a me amarrar. Que tinha...

Eu sabia que não deveria pensar nessa outra coisa se quisesse cumprir meu objetivo: estabelecer com o garoto uma relação baseada em simpatia, compreensão mútua, humanidade, misericórdia e, o mais difícil de tudo, perdão.

Não me disseram quem era o visitante antes de mim, mas pelo menos eu sabia que não era o advogado de defesa — eles não usavam o salão de visita para falar com o cliente.

De repente, do outro lado da porta, ouvi berros e pés de cadeira arrastando no chão.

O carcereiro na sala de espera encostou no olho mágico e depois verificou se a porta estava trancada.

— O que houve? — perguntei.

— Alguém foi esfaqueado — respondeu ele sem se virar.

Um minuto depois ele destrancou a porta e os cinco visitantes saíram. Estavam pálidos e abalados, mas claramente nenhum deles tinha sido atacado.

Uma estava chorando. Ou melhor, não fazia barulho, mas lágrimas escorriam pelo seu rosto. Talvez isso tenha impedido que ela me reconhecesse.

Rapidamente liguei os pontos, e surgiu uma imagem clara.

Resolvi segui-la.

Ela só me notou quando estávamos na rua e ela já estava na moto. Parei bem na frente dela.

— Dumbo foi morto? — perguntei.

Ela automaticamente levou a mão a um alforje preso na moto, talvez buscando uma arma, mas não tinha nada ali.

— Foi você quem o matou? — perguntei.

*Fiquei olhando para ele. Porque era ele, era o pai de Amy. Ele estava me perguntando se eu tinha matado Dumbo?*

*— Não — respondi sem nenhum controle sobre a minha voz. — Mas talvez tenha sido você.*

*— Nesse caso teria sido melhor eu deixar aquele cara de cabeça raspada com o fuzil com mira a laser atirar em vocês dois na mansão.*

*Eu não sabia o que dizer. Ou sabia. Porque sim, na hora imaginei que era a voz dele que eu tinha ouvido quando alguém impediu o cara com a mira a laser de atirar em mim. Gritando que eles não eram assassinos e — pelo que pude ver — apontando a própria arma para o cara.*

*— Então quem foi? — perguntou ele.*

*— Não sei — respondi e liguei o motor.*

*— Mas você sabe que não foi Dumbo que matou a minha filha.*

*O que eu deveria dizer? Dumbo estava morto, não havia mais ninguém para salvar. Ninguém além de mim mesma.*

*— Não sei de nada — falei e aumentei o giro do motor. Ele continuava parado ali, o idiota.*

*— Você sabe que foi Brad — disse ele, então pousou as mãos no meu guidão e me encarou com um olhar em chamas, como se estivesse sob efeito de metanfetamina.*

*Não respondi.*

— Qual é? — insistiu ele. — Você não é como eles.

— Como quem?

— Como aqueles outros caras da gangue. Da Caos. Você quer algo além disso, não é?

— Quero o meu fuzil Remington de volta. Fora isso, *não dou a mínima para nada. Sai da frente, senhor.*

— Estou morando na mansão. Se assim como eu você quer justiça, vá até lá e vamos conversar. Talvez a gente possa se ajudar.

Deslizei a embreagem, e ele saiu do caminho. Acelerei e me afastei, o escapamento estourando por causa dos buracos de bala feitos pelos gêmeos O'Leary. Andei tão rápido que dava para sentir as lágrimas escorrendo horizontalmente pelo capacete e pelas têmporas.

Ragnar. Eu sabia que tinha sido Ragnar. Ele era o único capaz de levar Kevin a fazer algo assim. A única questão era: como Ragnar sabia que eu faria Dumbo voltar atrás na confissão? Bem, no fundo imaginar isso não era nada tão complicado assim.

A conexão ficou ainda mais clara quando cheguei em casa e vi a ambulância estacionada na rua. Uma parte minha ficou surpresa porque é raro ver uma ambulância hoje em dia; outra parte já meio que esperava por isso.

Saí da moto e me aproximei dos dois homens que estavam colocando uma maca na parte de trás da ambulância.

— Quem... — comecei a dizer, mas eles subiram na ambulância atrás da maca, bateram as portas na minha cara e foram embora, a sirene tocando.

Me virei e vi o rastro de sangue que ia de onde a ambulância estava até a entrada do nosso bloco. Engoli em seco. Era culpa minha. De novo.

Fui eu que dei o endereço ao advogado de defesa bêbado e corrupto de Dumbo.

É, de fato não era nada complicado.

A porta para a rua se abriu e uma garota linda saiu.

— O que aconteceu? — perguntei.

— Um cara com um capacete igual ao seu — respondeu ela.

— *Jaqueta de couro vermelha com um monstro marinho?*

— *Isso.*

— *E...?*

— *Ele usou um pé de cabra e invadiu o apartamento no fim do nosso corredor.*

— *Mas...?*

— *Mas, quando entrou, o homem que estava lá dentro estava armado com uma faca. Então o cara da moto pegou o AK e atirou nele primeiro. Falei com a esposa dele. Segundo ela, disseram que o marido vai sobreviver.*

*Ela secou uma lágrima, e eu coloquei o braço em volta do seu ombro e a puxei para perto.*

— *Estou com medo* — *confessou ela, fungando.*

— *Eu entendo, Maria.*

*Estava tudo tão silencioso que ainda dava para ouvir a ambulância, o som da sirene agudo e grave em sequência, como se procurasse a frequência certa e não conseguisse encontrar.*

*Pensei no homem. Lembrava Amy, sua filha. Pensei nele amarrado sentado na garagem, na expressão de dor ao ouvir os gritos que vinham de dentro de casa. Da dor de pensar na dor de quem se ama.*

— Então não foi você, mas Ragnar, quem montou o plano para matar Dumbo? — pergunto, erguendo a voz para me fazer ouvir em meio ao som do helicóptero que se aproximava.

— Ele só me contou isso depois, e, como eu disse, eu nunca teria permitido. Não homicídio. — Colin suspira e olha para o céu. — Mas é claro que não sou totalmente desprovido de culpa.

— É mesmo?

— Eu havia entrado em contato com Marvin Green, advogado de defesa de Dumbo. Bons advogados de defesa estão em falta hoje em dia, a maioria deixou a cidade, então as pessoas recorrem a alcoólatras como Green, que não têm dinheiro para sair da cidade. E, sim, foi muito fácil fazer com que ele virasse a casaca, e ele nem pediu muito. Ele recebeu a ordem de não se esforçar muito na defesa de Dumbo e

317

de não colocar o pobre coitado no banco de testemunhas, caso ele se confundisse na confissão. Mas então Green ligou para mim e disse que uma garota foi até a casa dele e disse que poderia dar um álibi a Dumbo. Consegui o endereço dela. — Colin respirou fundo. — Sabe de uma coisa? Antes de desligarem a energia, eu nunca tinha percebido como é lindo o céu noturno acima da cidade.

— Continue — pedi.

— Então, entrei em contato com esse tal de Ragnar de novo e disse que, para receber as armas e tudo o mais, seria preciso que Dumbo mantivesse a confissão e que Brad não fosse acusado.

— Em outras palavras, você ordenou que ele matasse Dumbo e a garota.

Colin balançou a cabeça.

— Ele só precisava ameaçar a garota para fazer com que ela ficasse quieta e Dumbo recebesse a sentença. Caso encerrado. Mas, em vez disso, Ragnar decidiu tomar uma ação drástica porque, conforme ele mesmo disse depois, mortos não falam. Apareceu todo satisfeito para me contar o que tinha feito. Não, ele não matou a garota, porque obviamente ela não confiou em Green e deu um endereço falso para ele. Mas, segundo Ragnar, isso pouco importava, porque ele tinha calado Dumbo de vez, então agora ele não podia voltar atrás na confissão. Ele não conseguia entender por que eu estava com tanta raiva...

— Você não acha que tem mais que um pouco de culpa nisso tudo, Colin?

Ele dá de ombros e faz beicinho, como sempre faz quando finge não entender o óbvio.

— Não foi escolha minha. Ele agiu por vontade própria.

— Você permitiu que a natureza maligna dele agisse livremente porque sabia qual seria o resultado. Obviamente foi você quem deu o endereço da garota para ele. Essa foi uma escolha deliberada sua, Colin.

— Achei que ele só daria uma palavrinha com ela, não que... — Ele abriu os braços. — Tá bom, talvez eu seja ingênuo, mas acredito mesmo que as pessoas são capazes de aprender. De mudar e escolher o bem.

— Bom saber.

— Bom saber o quê?

— Que você acredita que o livre-arbítrio, combinado com a experiência, pode transformar alguém que antes era mau em uma pessoa que vai escolher o bem.

— E você não acredita nisso?

— Ah, claro que acredito. Foi por isso que libertamos as pessoas que estavam na cadeia e esperamos que seja seguro. Então, por você e sua família, vamos torcer para que isso seja verdade, Colin.

— Do que você está falando, Will?

O helicóptero já está tão perto que preciso gritar para me fazer ouvir.

— Só estou dizendo que a sua sobrevivência, assim como a minha e a de todo mundo, depende, em última análise, da nossa capacidade de aprender as qualidades da misericórdia, da sabedoria e do perdão. E, em particular, depende da capacidade daqueles mais próximos de nós de aprender essas qualidades.

— Amém! — grita Colin para as estrelas e para o helicóptero que vem descendo, enquanto finalmente ergue sua taça de champanhe.

## XIV

Menos de vinte e quatro horas após conversar com Yvonne em frente à prisão onde Dumbo tinha acabado de ser assassinado, ela bateu à nossa porta.

— Obrigado por vir — falei.

Ela murmurou uma resposta apreensiva. Eu tinha percebido havia algum tempo que certas pessoas, certas camadas da população, simplesmente não estão acostumadas com outras que andam por aí agradecendo umas às outras por qualquer coisa.

Ela me disse como se chamava enquanto estávamos na sala, vendo Heidi e Sam brincarem lá fora. Heidi fazia uma voz grave e ameaçadora enquanto corria atrás de Sam, os dedos arqueados em forma de garra, como se fosse um monstro. De onde estava, eu não conseguia escutar o que ela estava falando — tudo o que atravessava o vidro da janela eram os gritinhos de alegria de Sam.

— Ele é um bom menino — comentou Yvonne. — Como... — Ela não terminou a pergunta.

— Ele parece ter esquecido tudo. Dá para entender?

Yvonne deu de ombros.

— Não sei, mas para as crianças tudo é novo e dramático, até coisas mundanas que parecem normais para nós, adultos. Por exemplo, não sei se ver alguém da própria família levar uma surra é pior do que ser picado por uma vespa ou seu ursinho de pelúcia perder um olho.

Olhei para a garota. Algo me dizia que ela estava falando por experiência própria.

— Mas então por que as crianças ficam traumatizadas quando sofrem agressão sexual, mas aparentemente não quando são circuncidadas? — perguntei.

— Também não sei. Mas acho que a dor e a humilhação são mais fáceis de suportar se, de alguma forma, parecem naturais e necessárias. As pessoas enlouquecem quando são torturadas numa guerra sem sentido, mas não quando têm um dente arrancado sem anestesia. O mesmo vale para uma mulher dando à luz.

Fiz que sim com a cabeça. Heidi tinha pegado Sam, e eles riam e rolavam na grama. A risada de Heidi — me ocorreu que esse era um som que eu não ouvia desde aquela noite terrível.

— Contexto — comentei.

— Hein?

— Li em algum lugar que algumas pessoas acreditam que a nossa mente pode lidar melhor com a dor se ela estiver dentro de um contexto e parecer justificável.

Yvonne fez que sim.

— Bom. Então alguém pôs no papel o que eu penso.

— Mas... — falei, respirando fundo e cruzando as mãos — ... a minha dor de perder Amy e a sua de perder Dumbo não são situações que podemos colocar num contexto. Então, precisamos encontrar outras maneiras de lidar com a dor, certo?

— Vingança — disse ela.

Olhei para as minhas mãos. Colin costumava dizer que eu sempre as entrelaçava antes de dizer algo importante. E que, quando um advogado está prestes a dizer algo importante, isso geralmente significa más notícias.

— Esse é um jeito — falei, por fim. — O apetite humano por vingança nos distingue dos animais, mas de uma perspectiva evolutiva ela ainda é lógica. Quando todo mundo sabe que matar uma criança provoca uma vingança, isso torna a vida da criança mais segura. Mas, quando há uma disputa sobre a culpa na morte da criança, qualquer ato de vingança pode dar origem a outro ato de vingança. O que, por sua vez, dá origem a outro. Foram espirais de vingança sanguinária como essas que dizimaram a população da Islândia, por exemplo. E a mesma coisa aconteceu na Albânia. Na Islândia, eles resolveram o problema estabelecendo um tribunal composto pelas mentes mais brilhantes da comunidade, e essas pessoas foram encarregadas da tarefa de decidir quem era culpado ou inocente e, quando necessário, dar a sentença e aplicar a punição. Com isso, eles eliminaram a necessidade de vingança. E essa ideia não é só a base do uso dos tribunais para fazer justiça, mas de toda a ideia das sociedades nas quais a lei é a mesma para todos. Isso significou o fim de um sistema tirânico em que vigorava a lei do mais forte. Porque, quando o Estado é mais forte, o tirano e o bárbaro devem se submeter ao poder da lei. Justiça, bom senso e humanidade são os princípios norteadores. E é isso que eu quero. Foi por isso que não executei Brad e, em vez disso, pretendo acusá-lo diante de um tribunal independente.

*Não tenho certeza se entendi tudo o que ele disse, mas acho que entendi o ponto.*

*Em primeiro lugar, as regras de trânsito valem para todo motorista, e, quando acontece um acidente, nem sempre o ideal é deixar que os dois cabeças-quentes envolvidos na situação resolvam o caso entre eles.*

*— É muito justo — falei. — Mas e quando se percebe que o outro lado comprou o juiz e que a lei do mais forte prevalece? Nesse caso se deve apenas seguir em frente e deixar acontecer? Ou se deve resistir e lutar?*

*Will, como ele insistiu em que eu o chamasse, olhou para mim enquanto coçava o queixo.*

*— A minha esposa e o meu filho estão chegando — disse ele. — Talvez seja melhor vocês não se encontrarem. Vem comigo.*

*Eu o segui até o porão. Vi que tinha feito algumas mudanças. Ele me levou para uma sala que parecia uma mistura de passadiço com sala de controle de estúdio de gravação.*

*— Do que você precisa? — perguntou. — Para conseguir o que quer.*

*— De uma arma — eu disse.*

*— Uma arma?*

*— Ragnar roubou o meu fuzil Remington. Mas para isso vou precisar de uma arma pesada de verdade.*

*Will fez que sim. Saiu da sala e voltou com uma metralhadora. Me mostrou como funcionava. Era capaz de aniquilar um pequeno esquadrão, mas tão leve que eu conseguia segurá-la. Colocou quatro granadas na mesa à minha frente.*

*— É suficiente? — perguntou ele.*

*— Obrigada. Por que você está me ajudando? Eu fui uma das pessoas que atacaram a sua família.*

*Ele me encarou.*

*— Em primeiro lugar, porque vou pedir que você faça algo por mim em troca. Em segundo lugar, sei que você não participou quando a minha esposa... Sei que você tirou Sam da sala antes... — A voz dele ficou embargada e ele piscou duas vezes. Dava para ouvir a mulher e o filho dele acima de nós. Ele pigarreou. — E, em terceiro lugar, porque você me lembra Amy.*

*Havia lágrimas e ternura em seus olhos, e por um instante achei que ele ia fazer carinho na minha cabeça.*

*— O mesmo espírito guerreiro — continuou. — O mesmo senso de justiça. Quando a minha geração estiver morta e for a vez de outros comandarem o mundo, espero que sejam pessoas como você que tenham o poder, Yvonne. Não pessoas como Brad e Ragnar.*

*Fiz que sim com a cabeça lentamente. Eu não tinha feito muito para impedir o estupro, mas provavelmente não faria mal nenhum se ele me considerasse uma pessoa melhor do que mereço.*

*— Vou fazer o melhor possível, Sr. Adams. O que quer que eu faça em troca?*

*Vagarosa e detalhadamente, com uma expressão de dor e desespero, ele me contou o que queria. Percebi que havia tomado uma decisão muito difícil e que ainda estava dilacerado pela dúvida. E dessa vez fui eu que quis fazer carinho na cabeça dele.*

*— Tá bom — falei, concordando.*

*Ele pareceu quase surpreso.*

*— Sério?*

*— Sério. Estou dentro.*

*Ele foi ver se a esposa e o pequeno Sam não estavam por perto, então me levou até a minha moto.*

— Não achou o plano horrível demais? — perguntei.

— Claro que é horrível — respondeu Yvonne enquanto guardava a metralhadora no alforje lateral da moto. — É um plano horrível contra gente horrível.

Ela subiu na moto.

— Não faço ideia se o seu plano vai funcionar, Will. Mas, se funcionar, provavelmente é o mais próximo a que você vai chegar de conseguir justiça sem um desses seus tribunais.

— O seu trabalho vai ser garantir que eles sejam restabelecidos quando tudo desmoronar e tiver que ser reconstruído do zero — falei.

Yvonne revirou os olhos, colocou o capacete com a imagem de Justitia executada e deu a partida na moto com um ronco bestial.

Fiquei olhando até ela virar a esquina e desaparecer.

*Não vi um único coiote enquanto descia o vale. Ouvi dizer que eles sentem cheiro de perigo. São criaturas inteligentes.*

## XV

*Um dia após a minha visita à mansão do Sr. Adams, instalei a metralhadora leve na frente da minha moto, para poder andar e atirar ao mesmo tempo. Maria me olhou de olhos arregalados e perguntou se eu estava indo para a guerra.*

*— Estou — respondi.*

*O matadouro ficava numa área industrial ao sul do Centro, num campo cercado por bombas de petróleo que pareciam formigas enormes levantando e abaixando o corpo sobre as patas. Parecia que, assim como as formigas, as velhas bombas continuavam ativas, independentemente de a raça humana estar indo para o inferno ou não.*

*O sol da tarde estava baixo no céu às minhas costas quando entrei no pátio em frente ao matadouro. Escolhi o momento com todo o cuidado. Dumbo me disse que eles se reuniam para comer no salão principal do matadouro antes de sair para atacar já no escuro. E eu precisava que todos estivessem juntos — essa seria minha única chance.*

*Ao longo daquele dia eu tinha feito um reconhecimento da área e percebido que eles não vigiavam o lugar e que uma das grandes portas de correr do salão estava sempre aberta, provavelmente porque não tinham eletricidade para ligar o ar-condicionado. Devem ter pensado que estava tudo bem; provavelmente não se sentiam muito ameaçados ali.*

*Entrei de moto no salão principal. Era uma área retangular e grande — do tamanho de uns dois campos de futebol. A luz entrava pelas claraboias. Também havia trilhos e cabos com ganchos de pendurar carne, mas claro que não havia carne pendurada neles; qualquer coisa do tipo já tinha sido consumida fazia muito tempo. O piso de concreto liso era inclinado em direção às calhas, imagino que para o sangue escorrer antes de secar no chão.*

*As motos estavam estacionadas nos fundos do salão, e a turma estava sentada no meio, a uma mesa comprida, como naquela pintura de Jesus com os discípulos. Só que Jesus não estava com eles. Levei dois segundos para contar onze. Ragnar não estava ali.*

Dois se levantaram de pronto e correram para suas motos ao me verem. Eram novos. Não sabiam quem eu era.

Abri fogo, mirando bem à frente deles para que vissem a chuva de gesso e entendessem que não teriam tempo de pegar as armas nas motos. Eles se jogaram no chão.

— Fiquem no chão! — gritei.

A minha voz ecoou nas paredes. Eles ficaram no chão.

Então avancei lentamente e parei entre dois ganchos de carne pendurados a cinco ou seis metros da mesa, a uma distância suficiente para ainda conseguir mirar em todos com a metralhadora.

— O que você quer? — perguntou um dos gêmeos O'Leary. Só dá para saber qual é qual quando eles estão em suas motos.

— O meu fuzil de volta — eu disse. — E a minha gangue.

— A sua gangue? — disse o outro gêmeo.

— A minha gangue — repeti. — Quando Brad não está, eu sou a líder da Caos.

Um cara riu alto. Outro novato.

— Cadê Ragnar? — perguntei.

Foi quando ouvi o ronco de um motor, como se fosse uma resposta. Um ronco especial e rouco. Me virei para as motos estacionadas e vi Ragnar se aproximando em sua Yamaha vermelha. Com uma das mãos guiava a moto. Com a outra, segurava o que parecia ser um AK novinho e reluzente com cabo de pistola. Como será que ele conseguiu tudo isso? Eu tinha minhas suspeitas. Ele estava a uns cinquenta metros de mim quando virei a moto na direção dele e disparei uma rajada curta.

Nenhuma das balas o acertou, mas ele freou bruscamente, só então percebendo que eu estava com uma metralhadora. E isso significava poder de fogo superior.

— Pra cima dela! — gritou ele. — Ela não vai conseguir acertar todos vocês.

— Mas vou acertar muitos — respondi num tom de voz tão baixo que só quem estava à mesa conseguiu me ouvir.

— Isso é uma ordem! — gritou Ragnar.

— A ordem é que vocês fiquem exatamente onde estão — falei. — Preciso de todos vocês vivos.

Eles me encararam. Ninguém se mexeu. Não que eles achassem que eu era a nova líder. Ainda não. Mas, por enquanto, era uma metralhadora dando as ordens, não Ragnar. E parecia que ele estava perdendo.

Mas Ragnar conhecia as regras. Abaixou o descanso da moto, saiu dela e ergueu o AK.

— Você e eu! Sem armas! — gritou, tirando o pente curvo do fuzil e jogando-o longe. O pente quicou e foi deslizando pelo chão. — Ou você não tem coragem, Srta. Kickboxer?

Claro que eu poderia ter recusado e simplesmente atirado nele ali mesmo.

Mas ao mesmo tempo eu sabia que, para a gangue aceitar uma garota como líder, eu teria que mostrar algo mais que apenas a capacidade de puxar um gatilho.

Desci da moto, peguei a metralhadora, fui até a mesa, tirei a bandoleira e a deixei cair na frente deles. Ouvi aquele ronco característico atrás de mim, me virei e vi que Ragnar tinha subido de volta na moto e estava acelerando na minha direção, girando a corrente com o gancho sobre a cabeça. Andei na direção dele, parei entre os ganchos de carne e esperei. Eu tinha visto aquele movimento inúmeras vezes. Conhecia sua técnica e, pela postura corporal dele, sabia quando estava prestes a arremessar o gancho. Quando ele fez isso, segurei a metralhadora com as duas mãos. A corrente acertou a ponta do cano e deu uma volta, e o gancho ficou preso no meio, o que me deixou com apenas um segundo para agir. Encaixei a metralhadora em dois ganchos de carne, um de cada lado do gancho de Ragnar, soltei a arma e recuei. Os trilhos e os cabos de aço ressoaram na altura da viga e vibraram até ficarem totalmente retesados, criando uma linha reta de aço que ligava a moto de Ragnar à viga. O motor da Yamaha gemeu e parou de repente, então as rodas já não tinham em que aderir. Ragnar voou por cima do guidão, fazendo um arco perfeito que o jogou dez metros à frente, e caiu no chão com um baque, bem embaixo de uma fileira de ganchos de pendurar carne.

*Fui andando até ele.*

*Ele estava de costas para mim, aparentemente desmaiado. Mas, quando me aproximei, foi como se o monstro marinho nas costas da jaqueta de couro se contraísse, e vi sua mão pegar alguma coisa no cós da calça. Corri e chutei sua mão no exato momento em que ele virou para cima. Uma pistola reluzente — parecia uma Glock cara — saiu voando. Eu poderia ter deixado que ele se levantasse, poderia ter dado um jeito nele ali mesmo, mas estava diante de uma plateia. Uma gangue se perguntando se aquela garota que disse ser a líder era fodona mesmo. Se era eficiente mesmo. Se era impiedosa mesmo. Então acertei Ragnar com um* foot jab *simples, mas muito efetivo, enquanto ele ainda estava caído. E, antes que ele pudesse se recuperar, me posicionei atrás dele e apliquei um mata-leão, o braço esquerdo em volta do pescoço, o direito servindo de trava, minha testa pressionada na parte de trás da sua cabeça, como que o confortando. Em seguida, apertei e cortei o fornecimento de sangue para o cérebro. Em dez segundos, Ragnar estava inconsciente. Então o soltei e abaixei um gancho de carne que estava acima dele. Olhei para a mesa, que estava a uns quinze metros, e vi que todos estavam assistindo. Rolei Ragnar de bruços, tirei sua jaqueta de couro vermelha e contive a vontade de vomitar enquanto enfiava o gancho na pele pálida das suas costas. Em seguida, fui até a parede e girei a manivela, então Ragnar foi içado, o sangue escorrendo uniforme e firmemente pelas costas em direção ao cós da calça. Deixei-o ali, pendurado a meio metro do chão, fui até sua moto, soltei a corrente e a usei para amarrar suas mãos nas costas. Ragnar recuperou a consciência e começou a xingar e gritar comigo, tentou se soltar, mas logo em seguida parou, provavelmente porque sentiu o gancho penetrando cada vez mais fundo nos seus músculos e tecidos.*

*Voltei para a mesa e fiquei ali, parada. Quase dava para ver as perguntas no olhar deles. Quem iria liderá-los agora? Quem iria conseguir para eles a próxima refeição, as roupas, quem lhes daria um teto e um lugar onde pudessem estar a salvo dos inimigos? Não seria aquele idiota pendurado no gancho de carne, isso era óbvio. Mas seria ela — uma garota?*

— Vocês pegaram uma coisa que me pertence — falei. — Um fuzil Remington. Quem está com ele?

Foi inevitável: todos se viraram para o cara que estava com a minha arma.

— Você — falei de frente para ele, um menino de no máximo 15 anos com o rosto cheio de espinhas vermelhas enormes. — Vai lá pegar. Agora.

Ele se levantou e foi em direção às motos.

— Anda logo!

Ele correu.

— Todos vocês, venham aqui — ordenei, então virei as costas para eles e fiquei de frente para Ragnar. Não ouvi nada atrás de mim e pensei: merda, não deu certo. Mas então ouvi os talheres tilintando e os pés das cadeiras sendo arrastados no chão.

Formamos um semicírculo ao redor de Ragnar. Ele estava ofegante, fazendo cara de dor, mas manteve a boca fechada. Embora não fosse nada parecido com quando Dumbo foi degolado, o sangue escorria sem parar das suas botas e pelo chão inclinado até a calha mais próxima, do jeito que deveria.

— Esse sujeito aqui forçou um dos nossos a confessar um assassinato que não cometeu — falei, apontando para Ragnar. — Depois disso, mandou alguém executar o cara. A gangue não tem muitas regras, mas as regras que temos são tudo o que temos. — Eu estava falando alto, mais alto do que tinha planejado, talvez para abafar o eco que fazia parecer que eu estava falando dentro de uma igreja. — Regra número um: um por todos e todos por um. Se seguirmos essa regra, somos invencíveis. Do contrário, a gangue vira história em menos de um mês.

Olhei em volta. Alguns deles fizeram que sim com a cabeça.

Ouvi passos correndo na minha direção. Me virei, e o garoto com a cara cheia de espinhas me entregou o meu Remington.

— Ragnar — falei. — Esse aqui é o seu júri. Você se declara culpado da acusação?

*Ele soltou um gemido e mexeu a perna, fazendo o corpo dar meia--volta.*

*— Não? Tudo bem — falei, em seguida carreguei o fuzil e mirei.*
*— Então...*

*Ele emitiu um som sibilante, e eu abaixei a arma.*

*— Eu fiz isso por nós — murmurou, e quase não consegui ouvir.*
*— Para a Caos. A gente não ia conseguir armas nem nada se Dumbo voltasse atrás na confissão.*

*— Quanto você teve que oferecer para Kevin matar Dumbo?*

*— Não muito — murmurou Ragnar.*

*— Imagino, porque Kevin já está cumprindo prisão perpétua, então não tinha nada a perder.*

*— "Nada a perder" — repetiu Ragnar, a cabeça pendendo.*

*— Imagino que você não tenha contado a ninguém aqui que planejava liquidar um membro da gangue, certo?*

*— Todas as armas, a comida... — Ragnar gemeu, o queixo colado no peito. — Sem mim a gente não ia ter nada.*

*— A gente ia ter Dumbo.*

*Ragnar não respondeu. O corpo tinha girado de volta à posição original.*

*— Certo — falei, dirigindo-me aos outros. — Aqueles que são contra eu sentenciar essa pessoa à morte, levantem a mão.*

*Nenhuma mão foi erguida.*

*— O condenado pode escolher. Quer ficar pendurado até morrer ou quer uma bala?*

*Ragnar ergueu ligeiramente a cabeça. As pálpebras pareciam mais pesadas. Tive que me esforçar para ouvir o que ele disse:*

*— Vou levar a bala.*

*Levantei o Remington, encostei a bochecha na coronha fria e boa do rifle. Ragnar se esforçou para erguer ligeiramente a cabeça, como se quisesse facilitar o meu trabalho. Mirei na testa dele e tive a ideia de tentar fazer o buraco da bala formar um triângulo com os olhos.*

*Então atirei.*

# XVI

Encontrei Adele Matheson e a detetive-chefe Gardell no aeroporto pela manhã. O local tinha sido fechado durante a pandemia, quando a maioria das companhias aéreas privadas faliu e nunca mais reabriu.

Estacionei na pista de decolagem e vi os carros se aproximando como fantasmas trêmulos na miragem provocada pelo calor. À medida que se aproximavam, os contornos foram ficando mais nítidos: um automóvel era uma viatura da polícia e o outro, um carro esportivo baixo e vermelho. Cada uma estacionou em um lado do meu carro, e todos saímos.

— Obrigado por virem — falei.

— Não precisa agradecer, mas não tenho muito tempo — disse Adele Matheson.

— Por que aqui? — perguntou Gardell, ainda de óculos escuros.

— A visibilidade é boa — respondi. Eu sabia que elas haviam notado o AK no banco do carona do meu carro. — Só queria avisar a vocês que a partir dessa tarde Brad Lowe vai ser um homem livre. Providenciei para um dos parentes dele buscá-lo.

Matheson fez que sim.

— A detetive-chefe Gardell e eu consideramos isso que o senhor acabou de dizer simplesmente uma informação que possui e que não implica de forma alguma envolvimento em qualquer possível caso de cárcere privado.

— Eu me expressei de forma a permitir essa interpretação — falei.

— Então não vai ter nenhum problema com nenhuma de nós — disse Adele Matheson.

— O que nos resta saber, claro, é como Brad Lowe vai interpretar isso. Se ele fizer uma queixa contra mim, vocês já sabem onde estou.

— Se isso acontecer, terei um caso no tribunal dentro de uma hora — disse Matheson.

Estendi a mão. De início Matheson apenas olhou para a minha mão como se eu tivesse feito um gesto obsceno ou, na melhor das hipóteses, antiquado. Então ela me cumprimentou com um aperto leve. Gardell permaneceu parada enquanto Matheson voltava para a Ferrari.

— Por quê? — perguntou.

— Eu já não respondi a essa pergunta antes?

— Aquele papo de respeito aos tribunais de justiça e ao Estado de direito? Não engulo esse papo. Colocando de outra forma: acho que você é tão movido pela vingança quanto o restante de nós.

— Olho por olho, dente por dente — falei, enquanto observava aquela maravilha vermelha de Matheson se tornar uma miragem trêmula no asfalto. — É da lei de Moisés, uma das primeiras coletâneas de leis que conhecemos. Diz que o perpetrador deve pagar da mesma forma pelo dano causado a outros. Mas como um perpetrador pode pagar pela morte de um membro da família de outra pessoa? O dano maior não é necessariamente para aquele cuja vida foi perdida, mas para quem perdeu alguém que ama. Quem fica tem que conviver com a perda, a dor e a culpa. O perpetrador deveria ter que viver com a mesma dor.

— Olho por olho... — disse Gardell.

— É uma boa lei — comentei.

E, assim que ela foi embora, voltei para o carro e olhei para a arma. Esperei. Observando a miragem. Esperei.

E então chegou. Um grande SUV preto, o mesmo que eu tinha visto se afastando da mansão depois do ataque. O carro de Colin Lowe.

Brad caiu em prantos quando revelei que o libertaria e que em breve alguém que eu torcia para que ele amasse viria buscá-lo.

— Eu não mereço — disse, fungando, as lágrimas pingando no colchão.

— Você está aqui há um tempo — respondi, então precisei me preparar para o que falei em seguida. — E todo mundo merece uma segunda chance.

— Quer saber, Sr. Adams? Aprendi mais com você no pouco tempo que passei aqui do que com o meu pai durante toda a minha infância. — A boca abria e fechava conforme ele chorava de soluçar. — Sinto muito pela morte de Amy. Sei que não tem nada que eu possa fazer por vocês, mas...

Coloquei a mão no ombro dele.

— Tem uma coisa que você pode fazer, sim. Chung e Larsen se mudaram daqui ontem, e preciso de um homem forte para me ajudar a trazer a munição de volta para cá.

Ele me lançou um olhar perplexo.

— Heidi e eu precisamos de algum lugar no porão para guardar comida — menti. — Aqui só vai atrair ratos pelo cano de esgoto, então vou ter que usar esse cômodo para guardar a munição.

— Vamos lá.

Brad não chegou nem a perguntar por que eu simplesmente não tapava o cano — começou a trabalhar, carregando caixas e mais caixas de balas, granadas e dinamite, além de galões de gasolina.

Quando terminamos, estávamos suados e exaustos. Talvez a ideia de que trabalho pesado cria um vínculo entre homens seja verdadeira. Ofereci uma cerveja, mas Brad recusou. Disse que sabia que cerveja era um bem escasso e perguntou se podia tomar água. Isso me fez lembrar de algo que um psiquiatra forense me disse certa vez, sobre como pessoas costumam dizer que cometeram um erro e se deixaram enganar por um homem que dedicava todo o seu tempo livre a ajudar os pobres e depois se descobria que ele abusava de crianças. Mas, segundo o psiquiatra, essas pessoas não cometeram um erro nem foram enganadas. O que havia de bom no homem realmente ajudava as pessoas. Ele não tinha ajudado ninguém para encobrir as coisas que fazia. A verdade é que as pessoas não são totalmente boas nem totalmente más. Nem Brad, nem o pai dele, nem eu.

A noite cai sobre o edifício de Lowe enquanto o helicóptero enorme, semelhante a um inseto, se prepara para pousar com um barulho ensurdecedor. Ficamos observando em silêncio enquanto o ar é cortado, e os penteados, as gravatas e os vestidos esvoaçam. Gotas de champanhe da taça de Colin acertam o meu rosto como granizo gelado, e sinto o sabor agridoce na minha boca aberta.

E então o helicóptero pousa, o motor é desligado e as pás do rotor ainda giram enquanto o som agudo perde força aos poucos, ficando mais baixo e mais grave.

Colin olha para mim. Liza e Beth estão ao lado dele.

— Último grupo, embarque imediato! — grita uma voz da porta do helicóptero.

Uma dúzia de pessoas corre em direção a ele.

Colin endireita as costas, e sinto os meus olhos se encherem de lágrimas.

Assim como tinha acontecido cinco dias atrás, quando os Larsen e os Chung pegaram seus poucos pertences e foram embora da mansão. Larsen investiu seu dinheiro numa pequena propriedade no sul, um lugar onde eles poderiam cultivar a própria comida e ser menos afetados pelo colapso do que nas cidades. Chung comprou um barco de pesca e um farol para a família morar.

Assim como tinha acontecido quando Brad saiu da mansão quatro dias atrás.

Por que essas lágrimas todas? Será porque o que é inexorável, a certeza de que a partir daqui não há mais volta, sempre toca algo profundo em nós? Sejam despedidas, mortes ou apenas a passagem do tempo, sejam acontecimentos ou a própria vida que nos separa uns dos outros.

Estendo a mão para Colin.

— Adeus — digo.

— Obrigado. — Colin pega a minha mão e me puxa para perto. — Obrigado por libertar o meu filho.

— Will! — grita Heidi, parada à porta do helicóptero segurando Sam pela mão. — Querido, vamos.

— E obrigado por deixar a mansão para mim — completa Colin.

— Sou eu quem deveria agradecer a você. Pelos ingressos — digo. — Pena que não tenha o suficiente para todos nós.

— O mais correto é nós ficarmos para trás — diz Colin. — Tenho certeza de que Brad vai voltar para nós depois que se resolver. Acho que a forma como você o tratou deu a ele muito em que pensar, Will. Na verdade, você deu a todos nós muito em que pensar.

— Will, querido, estão avisando que não dá mais para esperar!

— Estou indo! — grito em resposta enquanto olho nos olhos do meu amigo de infância.

Quando a escolha é livre, mas inexorável. Aquela falsa sensação de liberdade, contrária ao que já foi decidido. A escolha que o cérebro sempre faria, com base na soma de todas as informações e de todas as inclinações disponíveis no momento em que chega a hora de agir. A inevitabilidade absoluta do fato de que nunca mais vou ver Colin, ouvir sua risada, sentir seu cheiro, sentir o calor do seu aperto de mão ou seu abraço. Claro que posso estar errado, posso torcer para estar errado. Mas, no fundo da alma, nem espero nem acredito que vou vê-lo novamente. Mas os meus olhos estão tão marejados quanto os dele.

Quando o helicóptero decola e dá meia-volta, olho para as três pessoas ali acenando, então me viro para Sam, que, em seu assento entre mim e Heidi, puxa o meu braço e pergunta:

— Para onde a gente vai, pai?

Aponto.

— Para lá.

— Lá onde?

— Oeste.

— O que é oeste?

— O futuro.

— O que é futuro?

— É o que vai acontecer daqui a pouco. Olha... — Levanto a mão acima de Sam, imito o movimento de uma borboleta descendo e faço cócegas no pescoço dele. — Olha o futuro aqui agora! — exclamo, enquanto ele se contorce e ri. — E agora acabou! — digo e paro de fazer cócegas. Ergo a mão acima dele novamente. — Mas já, já tem mais — digo, e ele já começa a rir em antecipação. Enquanto faço cócegas em Sam, meus olhos encontram os de Heidi. O olhar dela parece triste, mas ela está sorrindo. Levanto a mão de novo.

— Pronto, acabou — digo sem tirar os olhos dos dela. — Mas já, já tem mais...

# XVII

*Encontrei um lugar à sombra, longe do sol escaldante, enquanto esperava Will Adams libertar Brad Lowe. Depois de um tempo ouvi as vozes de ambos do outro lado do muro. Descontraídos, de bom humor. Caramba, pareciam velhos amigos.*

*— Então você veio me buscar — disse Brad enquanto os portões da mansão se fechavam atrás dele. — Achei que ele estava se referindo ao meu pai.*

*Ele passou um tempo olhando para mim e para a minha moto.*

*— Você largou a gente naquela noite — disse ele.*

*— Não tinha nada que eu pudesse fazer — retruquei. — A minha única opção era sair de lá.*

*Brad pensou no que eu disse. Fez que sim.*

*— Claro. Eu provavelmente teria feito a mesma coisa. Então o que acontece agora?*

*— É isso que a gente está se perguntando.*

*— Como assim?*

*— Você é o líder da Caos. A gente está se perguntando que planos você tem para a gente.*

*Brad me encarou surpreso.*

*Indiquei a moto com a cabeça.*

*— Acho que vou na garupa, porque imagino que você vá querer guiar, certo?*

*Brad abriu um sorriso de orelha a orelha. Passou o braço pelos meus ombros.*

*— Eu sabia que podia confiar em você, Yvonne. Sabe, se você não fosse sapatão, juro que teria te tornado minha garota. Para onde a gente vai?*

*— Para o parque de diversões — respondi.*

*O pessoal não entendeu bem quando falei que estava indo buscar Brad e que dali em diante ele seria o líder. Eles disseram que estavam felizes comigo no comando e não entendiam por que eu voluntariamente abriria mão de privilégios, como usar a melhor moto e ser a primeira a escolher armas, comida, quarto e garotas.*

Mas eles obedeceram e fizeram uma faixa com o dizer BEM-VIN-DO DE VOLTA, BRAD, que estava pendurada acima do portão de entrada quando ele e eu entramos no pequeno parque de diversões abandonado que a gangue tinha invadido no dia anterior. Tínhamos dois geradores, oito quilos de carne e dez litros de bebida.

Para ser sincera, o lugar era meio assustador no escuro, mas depois do jantar acendemos todas as lâmpadas, iluminando o parque em todas as suas cores brilhantes e gloriosas, e até ligamos a música metálica do carrossel e dos carrinhos de bate-bate, o som de tiros e gritos vindos da cabine onde os garotos disparavam armas de ar comprimido contra balões, e até mesmo uma voz rouca murmurando coisas assustadoras do que restava de uma Casa dos Horrores que tinha pegado fogo. Brad e eu subimos em cavalinhos lado a lado no carrossel. Rangendo e fora de sincronia, eles subiam e desciam enquanto girávamos devagar. Nesse momento perguntei a ele novamente, quase gritando para me fazer ouvir em meio ao som dos realejos: que planos tinha para a gente?

Com os olhos revirando, a voz arrastada de tanto beber, ele respondeu:

— Vamos matar aquele merda do Will Adams e o resto daquela galera de merda dele.

— Por quê?

— Por quê? Porque ele me prendeu! Por isso!

— Não porque ele matou Herbert?

Brad resmungou alguma coisa e levou a garrafa de uísque à boca.

— Por isso também. Mas ninguém prende Brad Lowe. Ninguém fala com Brad Lowe como se fosse um garoto melequento. Ninguém age com Brad Lowe se achando superior, se achando... — Ele fez careta e gesticulou, mas não foi fácil entender o que estava tentando dizer.

— Santo? — sugeri.

— Isso. Will Adams fala como se fosse um padre, mas é só um grande... — Ele balançou a garrafa como se estivesse tentando pegar a palavra com ela.

— Hipócrita?

— Isso! — Ele teve que se agarrar no cavalo para não cair. — Ele e aqueles amiguinhos dele... Eles não só mataram, eles massacraram os caras que o meu pai enviou para me resgatar.

— Eles se defenderam? É isso que você quer dizer?

Brad fez cara feia para mim, e mordi a língua.

— Como vai matar ele? — perguntei. — Ouvi dizer que ele transformou aquele lugar numa fortaleza.

— É verdade, mas Brad Lowe tem a resposta — e bateu a boca da garrafa na têmpora — bem aqui.

— E qual é?

— Quantas balas de bazuca Ragnar ganhou do meu pai?

— Cinquenta.

— Uma. — Brad soltou uma risada estridente e jogou fora a garrafa vazia. Ouvi o som de vidro quebrando em algum lugar em meio ao breu. — A gente só precisa de uma. Disparamos por um cano de esgoto que dá para o depósito de munição dele no porão e, bum!, a casa toda... — Ele se equilibrou no cavalo enquanto demonstrava com mãos, braços e bochechas infladas.

Balancei a cabeça.

— Esse cano de esgoto é reto? Se não for, a granada vai explodir no meio do caminho.

— É o que a gente vai descobrir — respondeu Brad, já não tão confiante.

Suspirei.

— Imagino que queira dizer que eu *vou* descobrir, né?

— Você pode fazer isso?

— Quem é que sempre faz as coisas, Brad?

— Você, Yvonne — respondeu ele, e mesmo com o carrossel em movimento eu conseguia sentir o bafo fedorento de bebida no rosto. — Você faz tudo que esses outros cérebros de minhoca aqui não conseguem.

— Me dá quatro dias.

— Quatro? Por quê...?

— Porque o cara que conheço no Departamento de Mapas e Planejamento não está indo para o trabalho e só volta daqui a quatro dias. Vou ver se o cano segue em linha reta e exatamente onde ele dá para não explodir a casa errada. Tudo bem?

— O que seria de mim sem você, Yvonne?

— Não é mesmo? Mas tem certeza de que quer seguir em frente com isso?

As luzes ao nosso redor se apagaram, a música de realejo começou a baixar e se arrastar, depois ficou horrivelmente desafinada quando o carrossel desacelerou ao luar.

— Que merda é essa?

— Acabou a gasolina — respondi. — Mas eu estava perguntando... você quer mesmo matar essa família? Afinal, Adams te soltou.

— Pel'amor de Deus, Yvonne, você não entende? É exatamente isso que me irrita. Eu quero... — Brad engoliu em seco, agora deixando cair lágrimas de bêbado. — Eu quero que o meu pai saiba que dei um jeito no cara que humilhou ele. Porque, mesmo que o meu pai seja um desgraçado, eu amo ele. Eu amo a minha mãe e a minha irmã também. Mas o meu pai... eu fui uma decepção para ele. — A essa altura os cavalos já estavam completamente parados, o meu acima do de Brad, de modo que eu olhava para baixo para falar com ele. Ele endireitou as costas. — Mas, quando eu explodir aquela fortaleza e fizer o que o meu pai não foi capaz de fazer sozinho, então ele finalmente vai ver do que eu sou capaz. Entendeu?

Ouviu-se um estrondo, seguido de uma comemoração: as luzes e a música voltaram e o carrossel tornou a girar lentamente; Brad estava acima de mim mais uma vez em seu cavalo.

Naquela noite toda a turma dormiu dentro da Casa dos Horrores. Na manhã seguinte, quando eu estava ao ar livre, Brad veio até mim. Estava pálido e parecia estar com uma ressaca forte.

— Acho que me empolguei um pouco ontem à noite — disse ele, tacando pedras nos cavalos do carrossel. — A gente pode esquecer esse assunto?

— Está falando de Adams? Claro — falei, aliviada.

— Isso não. Toda aquela coisa sobre o meu pai. Esquece! É uma ordem. Só vai lá e descobre tudo o que puder sobre o cano de esgoto.

Minha moto e eu enfim saímos da cidade e aceleramos pela estrada deserta. O asfalto engole toda a luz vinda da moto e da lua. Passo pelo carro destruído e carbonizado que apareceu ali nas últimas semanas. Vários dias se passaram antes que alguém removesse os restos mortais carbonizados de trás do volante. Não sei que tipo de história levou a esse fim, mas é claro que o tanque de gasolina foi esvaziado há muito tempo. Já se passaram quatro dias desde que Brad pediu que eu fosse ver o cano de esgoto. Tudo resolvido. O indicador de combustível está bem à esquerda. Também já terminou sua história e só está esperando o motor perceber. Vejo bombas de gasolina. Desacelero. Bem acima de mim, ouço o som de um helicóptero. Olho para cima e vejo um ponto de luz no céu indo em direção à baía. Muito antes de chegar ao matadouro, ouço música. Tem uma festa acontecendo. Outra festa.

Paro em frente ao salão e vejo os gêmeos segurando Eric, o cara que estava com o meu fuzil. Eric está bêbado, mal consegue se manter de pé, mas está com a bazuca apoiada no ombro. Parece que o alvo é uma caminhonete enferrujada a cerca de duzentos metros.

Entro com a moto lentamente no salão. O único alto-falante está mais uma vez tocando "We Are the Champions" num tom estridente. Meu Deus, como eu odeio essa música. Tem pessoas sentadas ao redor da mesa cantando junto. Outras estão dançando sob os ganchos de carne.

Brad está sentado sozinho na ponta da mesa com os pés apoiados numa cadeira e um baseado enorme na mão. Ele olha para mim com ar de expectativa.

Não me apresso. Estaciono a moto. Passo a mão nas pernas para limpar a calça.

— Está atrasada — diz Brad quando me sento ao lado dele.

— Tive alguns contratempos — respondo e me lembro da sensação de passar com a moto por cima de um cara deitado de pernas *arreganhadas num dilacerador de pneus. Aceno com a cabeça para a porta. — Viu que os gêmeos e Eric...*

*— Eu deixei. E aí?*

*— Recebi as plantas do meu amigo no Departamento de Mapas.*

*Abro o zíper da jaqueta de couro e mostro os papéis que recebi de Will Adams quando estava na mansão, onde também peguei a metralhadora e respondi que aceitava fazer o que ele tinha pedido em troca da arma.*

*— O cano sobe em linha reta até a casa. É só enfiar o cano da bazuca dentro dele e puxar o gatilho. Dei uma olhada ao redor e encontrei a saída para o cano na encosta. O terreno é irregular e a gente vai ter que escalar um pouco, mas dá para chegar e sair de lá sem ser visto.*

*— Perfeito! — exclama Brad e dá risada. — E aí? O que acha?*

*— Do quê?*

*— De fazer isso.*

*Dou de ombros. Adams insistiu em que eu não deveria enganar ou tentar manipular Brad. O meu papel era manter as duas alternativas em aberto, para que a escolha de Brad fosse realmente livre. Ou, como disse Adams: tão livre quanto possível, sendo as pessoas que somos num determinado momento da nossa vida. A questão, disse Adams, é que a escolha é de Brad: ele pode ser o próprio algoz ou a própria redenção.*

*— É você quem decide — digo.*

*— Isso a gente já sabe, mas talvez você já tenha ouvido falar que bons líderes pedem conselhos. É claro que, no fim, cabe a eles aceitar ou não o conselho.*

*— Mas eu não posso dar nenhum conselho, porque nesse caso a Caos não tem nada a perder ou ganhar. Você precisa seguir o seu coração e a sua cabeça, Brad.*

*Ele parece irritado.*

*— Tá bom, então. Eu já decidi que vou fazer, só queria a sua opinião.*

*Ouvimos um estrondo vindo lá de fora, e por um instante ficamos em silêncio no salão, até o cara cantando a música dos "Champions" fica de boca fechada por alguns segundos. Vejo a luz do fogo brilhando pelas janelas e ouço a comemoração de Eric e dos gêmeos.*

*— Pensei em atacar assim que o sol nascer — diz Brad. — O que acha?*

*— Parece bom.*

*— Mas todo mundo sabe que ataques sempre acontecem nesse horário. Será que eles não vão estar em alerta?*

*— É possível.*

*— Mas mesmo assim você ainda acha que o melhor é atacar quando o sol estiver nascendo?*

*— O amanhecer é sempre o melhor horário.*

*Brad faz que sim. Me olha de cima a baixo por um bom tempo antes de se levantar e gritar:*

*— Acabou a festa, Caos! Acabem logo com as bebidas! Vamos sair uma hora antes do nascer do sol!*

*Aplausos dos membros da gangue, todos chapados. Os aplausos se transformam em coro de "Brad! Brad!", com todos batendo os pés no chão no mesmo ritmo.*

*Brad dá um sorriso largo e abre os braços num gesto que ao mesmo tempo pede para que eles parem e ao mesmo tempo aceita a homenagem. Parece feliz. Muito feliz. Foi a última vez que eu o vi desse jeito.*

Acordo. Ouço a respiração regular e tranquila de Heidi e Sam. Ainda está escuro na cabine, mas consigo ver uma faixa acinzentada ao longo da borda da cortina. Não me surpreende que, com os ingressos de Colin Lowe, tenhamos uma cabine grande com três cômodos no convés superior. Heidi chorou de alegria ao descobrir isso. Olho para o relógio. Em breve o sol vai começar sua jornada no horizonte.

Heidi se aninha em mim.

— O que foi? — sussurra ela, sonolenta.

— Tive um sonho.

— Com o quê?

— Não lembro bem — minto.

Sonhei que estava ao lado de Brad e Yvonne. Brad estava rindo e Yvonne parecia séria enquanto observávamos a mansão em chamas. Brad riu ainda mais alto quando ouviu os gritos e viu três pessoas em chamas correndo pelo jardim e descendo a encosta na nossa direção.

— Queime no inferno, Adams! — exclamou Brad, comemorando.

Me virei para ele e perguntei a Brad se não conseguia ver quem estava em chamas, mas ele não era capaz de me enxergar nem de me ouvir. As pessoas pegando fogo se aproximaram de nós, a mais alta segurando duas menores, e elas caíram de joelhos na nossa frente.

— Brad — disse o mais alto. — Queime com a gente. Queime com a gente.

Foi quando vi os olhos de Brad se arregalarem. A risada parou, a boca se abriu.

Ele se virou. Agora conseguia me ver.

— Você — disse ele. — Você fez isso.

— Não — falei. — Tudo o que eu fiz foi te dar uma escolha. E você escolheu causar um incêndio.

Brad correu. Caiu de joelhos e colocou os braços em volta dos três, como se tentasse se juntar a eles nas chamas. Mas era tarde demais. As pessoas já estavam pretas, carbonizadas, se esfarelaram em seus braços. Brad olhou para o monte de cinzas no chão. Enfiou as mãos nelas e gritou como se estivesse sentindo uma dor no fundo da alma enquanto o vento soprava as cinzas.

— Mas não consegue dizer nem se o sonho foi bom? — pergunta Heidi.

Paro e penso.

— Não — respondo, e agora estou dizendo a verdade. — Não consigo. Vem cá...

Vamos até o convés. Carrego Sam, que ainda está dormindo. Tudo é cinza, tudo é mar ou céu, não existe terra, não existe horizonte. Vida unicelular — aparentemente foi assim que tudo começou. Mas então o sol nasce por trás da borda do porta-aviões. Como que num passe de mágica as coisas adquirem forma e cor, e um novo universo ganha forma diante dos nossos olhos.

— Nosso primeiro nascer do sol — sussurro.

Heidi repete:

— Nosso primeiro nascer do sol.

# O TRITURADOR

UMA MOSCA POUSA NAS costas da minha mão. Olho para ela. A vida média de uma mosca é de vinte e oito dias. Será que ela sabe disso? Será que ela gostaria de uma vida mais longa? Se alguém lhe oferecesse uma vida mais longa em troca de apagar toda a memória dos seus entes queridos, de tudo o que ela conquistou, dos seus melhores dias e momentos, o que será que ela escolheria?

Não tenho tempo para me preocupar com isso agora. Mexo a mão e a mosca voa.

Preciso esquecer — e rápido.

Me sento à mesa de frente para o triturador. Fecho os olhos por um instante e escuto o zumbido. Pode ser o ventilador de teto. Pode estar vindo da mala. Ou podem ser as pessoas lá fora, nas ruas. Não obstante, podem ser drones espiões. Dizem que os militares ainda os usam.

Seja como for, eles estão no meu encalço há muito tempo, e sei que dessa vez não vou conseguir escapar. Tudo termina aqui, neste apartamento fedorento e quente em El Aium. No teto, entre buracos de balas e estilhaços, um ventilador gira lentamente. Movimenta um pouco esse ar escaldante do deserto depois de o siroco ter afastado os pesados tapetes berberes marroquinos pendurados na frente das janelas e da varanda.

No canto do apartamento, em frente à geladeira, há uma mala de couro marrom. É uma bomba. Quando for aberta, tudo será despedaçado, tudo o que sabemos e que não deveríamos saber desaparecerá. Mas, antes que isso aconteça, o que há dentro deve ser devorado, cada célula cerebral deve ser consumida, deve criar asas. Só então chegará a hora do grande voo. E antes disso devo esquecer tudo o que sei.

Mas, primeiro, tenho que lembrar, recobrar as memórias que precisam ser removidas.

O rosto branco na tela do triturador parece uma máscara de tragédia grega. Tento não piscar enquanto observo o meu reflexo, e movimento a cabeça para alinhar as pupilas com os buracos na máscara. Todo e qualquer traço que, direta ou indiretamente, possa levá-los à fórmula deve ser obliterado. Tento me concentrar, porque sei que só será apagado o que eu conseguir me lembrar. Todo o resto eles serão capazes de reconstruir a partir do meu cérebro, mesmo depois que eu estiver morto. Também sei que o método de eliminação mais eficiente e completo ocorre quando o triturador é alimentado com imagens da memória em ordem cronológica, porque as memórias associadas também são destruídas. "É como eviscerar um peixe", disse o sargento que estava instruindo nossa equipe de pesquisa. "Só que o peixe é *você*."

Tudo bem. Primeiro a ideia.

## A ideia

Chegou a mim no meio da noite. Acordei ao lado da minha esposa, Klara, precisando mijar. Me levantei tentando fazer o mínimo de barulho possível para não acordá-la e fui ao banheiro. Estávamos morando na Rainerstrasse, naquela parte da cidade que ainda tem eletricidade e água encanada. Chovia. Sei disso porque teria me lembrado se *não* estivesse chovendo. Ainda meio dormindo e prestes a urinar, notei que estava começando a ter uma ereção. Tentei me lembrar do que estava sonhando, mas não havia nada que pudesse ter causado a excitação sexual. Meu cérebro de pesquisador simplesmente registrou que meu corpo havia produzido óxido nítrico e norepinefrina. Entretanto, enquanto eu estava ali, meus pensamentos foram vagando, criando um novo sonho. Eu estava morto, e minha condição era o que eles chamavam de "desejo de anjo" durante os enforcamentos públicos que ocorreram logo após a Última Guerra: a ereção *post mortem*. Como estudante de medicina, aprendi que havia uma explicação fisiológica simples, não química, para o fato de algumas pessoas mortas por enforcamento terem uma ereção perceptível mesmo através das calças: a corda exerce uma pressão sobre o cerebelo, o que causa o priapismo. Quem inventou o nome "desejo de anjo" provavelmente estava brincando com a ideia de que poderia haver prazer e alegria, talvez até algum tipo de libertação, na morte. Mas só brincando. Afinal, a morte é a seriedade suprema. O inimigo que está sempre no nosso encalço, de quem passamos a vida fugindo, mas que, cedo ou tarde, nos encontrará. É só questão de tempo.

A razão pela qual, naquela noite, meus pensamentos procuraram uma conexão entre luxúria e extinção, desejo e morte, era óbvia. Já fazia um tempo que nossa equipe de pesquisa estava trabalhando para encontrar uma cura para o hadesitt, a infecção sexualmente transmissível letal que eclodiu pouco antes da guerra, dizimando a população da África antes de chegar até nós nas confederações ocidentais e orientais, como o HIV havia feito quase um século antes. Já tínhamos conseguido prolongar a vida de alguns pacientes com o medicamento HADES1 e diminuímos ligeiramente a taxa de mortalidade em outros grupos, mas ela ainda estava em noventa por cento e estávamos trabalhando no que esperávamos ser uma versão melhorada: HADES2. Além disso, estávamos pesquisando as formas como a doença se espalhava. Não ficamos surpresos ao descobrir que aqueles que faziam sexo oral constantemente e mudavam de parceiro com frequência corriam um risco bem maior de serem infectados pelo hadesitt do que os outros. Mas foi só quando comecei a analisar a segunda coluna de números que um aspecto adicional — bastante notável — do estudo me chamou a atenção.

Tínhamos coletado alguns cadáveres de prostitutas e atores pornôs, alguns dos quais haviam morrido de hadesitt, e outros, de causas diferentes, em busca de sinais de que a taxa de mortalidade e o risco de infecção tinham flutuado ao longo do tempo. O motivo disso foi o fato de o vírus hadesitt não só ter desenvolvido resistência aos medicamentos mas também outras estratégias de sobrevivência, como todo organismo vivo faz na busca compulsiva pela vida eterna. Tendo em vista que, conforme apontado anteriormente, a taxa de mortalidade do hadesitt era superior a noventa por cento, foi surpreendente notar que aqueles que faziam mais sexo que a média pareciam ter uma expectativa de vida média mais longa do que o restante da população. Considerando que esse grupo estava mais exposto ao hadesitt e considerando também o estilo de vida nada saudável de muitas prostitutas, era de esperar que elas vivessem menos, não mais.

É comum que pesquisadores enxerguem conexões e padrões místicos nos dados de suas pesquisas, muitas vezes relacionados a algo que não tem nenhuma ligação com a hipótese testada. Muitos colegas meus foram devidamente ridicularizados por fazer pesquisas do tipo. Se lançam um dado para testar a hipótese de ser possível influenciá-lo telepaticamente a dar quatro e se descobre que ele cai com uma regularidade não natural no cinco, então surge a tentação óbvia de afirmar que o teste era se o dado cairia no número pensado mais um. Claro que, do ponto de vista ético, isso é uma tremenda bobagem. A regra é: teste o que deve ser testado, responda à pergunta que foi feita. Qualquer resposta pode ser utilizada de forma incorreta caso a pergunta seja alterada para ajustá-la ao resultado, fazendo parecer que o pesquisador fez uma descoberta aparentemente sensacional num campo totalmente distinto. Foi exatamente o que aconteceu comigo naquela noite.

Pensei no óxido nítrico e na norepinefrina e, como se estivesse sonhando, mas ao mesmo tempo com clareza de visão, percebi uma conexão. Uma conexão que eu sabia que não poderia descartar, nem que isso significasse cair de cabeça na armadilha clássica. Eu também sabia que não poderia contar a ninguém sobre o pecado científico que estava prestes a cometer.

Dei descarga e fui para a sala. A luz do último poste de luz da Rainerstrasse entrava filtrada pela chuva que escorria no vidro da janela. Iluminava a foto do meu irmão Jürgen na parede, o fuzil de caça de elefante pendurado sobre a lareira e a caneta que Klara me deu de presente de aniversário certa vez. Peguei a caneta, encontrei uma folha e anotei minhas ideias malucas. Então voltei para a cama, onde Klara ainda dormia numa paz inocente. Olhei para o rosto dela — calmo e ainda lindo, mas envelhecendo rápido demais —, então mexi no despertador para acordar uma hora e meia mais cedo, como um ato simbólico.

Quando entrei no laboratório na manhã seguinte, antes que mais alguém chegasse, imediatamente comecei a estudar os números mais de perto para testar minha nova hipótese.

## A hipótese

Três meses depois da noite em que pensei pela primeira vez na ligação entre sexo e aumento da expectativa de vida, eu estava sentado no escritório do meu chefe, Ludwig Kopfer, diretor administrativo da Antoil Med. Ele havia me ouvido por cerca de duas horas, sem fazer quase nenhuma interrupção. Entrelaçou as mãos e me encarou por cima dos óculos. Eram daquele tipo sem haste, que ficam presos apenas ao nariz; acho que Sigmund Freud usava óculos desse tipo.

— Corrija-me se estiver errado — disse Kopfer, como sempre, sem dar nenhum indício de que de fato toleraria qualquer interrupção. — Em suma, você está dizendo que um composto de óxido nítrico e norepinefrina pode retardar o processo de envelhecimento e combater doenças. E que isso acontece no nível celular. Que, em teoria, esse componente pode *interromper* por completo o processo de envelhecimento.

— Sabemos que o óxido nítrico e a norepinefrina afetam os vasos sanguíneos nos genitais de homens e mulheres durante a excitação sexual, mas eles também são importantes para o sistema imunológico. É a combinação de norepinefrina e algumas outras substâncias que retarda o processo de envelhecimento. E não encontrei nenhuma razão para que a combinação certa não seja capaz de interromper esse processo por completo.

— Está falando de... — ele sussurrou a palavra — ... imortalidade? Tossi antes de responder.

— Estou falando de impedir que o corpo se deteriore com a idade e, por fim, morra de alguma doença que seria inofensiva. Existem inúmeras outras maneiras de morrer.

— Imortalidade — repetiu Kopfer, como se não tivesse me ouvido, recostando-se na cadeira de espaldar alto e olhando pensativo pela janela. — A busca pelo Santo Graal!

Ficamos um bom tempo sem falar nada. Do lado de fora, a fumaça das chaminés de fábricas de Düsseldorf subia silenciosamente no ar. Era estranho pensar em como, cinquenta anos antes, elas tinham praticamente desaparecido. Por fim, Kopfer falou.

— Você sabe o que está pedindo, *Herr* Jason?

— Sei.

— Você corre o risco de arruinar a reputação de toda a empresa.

— Estou ciente disso.

— E se eu disser não?

— Então vou dar meu aviso prévio e levar esse material para um dos nossos concorrentes.

— Você não pode fazer isso. Os dados nos quais está se baseando são de propriedade da Antoil Med, e vamos processar não só você mas também a empresa que o contratar.

— Claro que não vou usar nenhum material daqui. Vou coletar novos dados. E agora sei o que estou procurando, dados melhores. E ninguém pode tirar a ideia de mim, porque ela está aqui. — Bati o indicador na têmpora.

Kopfer murmurou alguma coisa inaudível e então suspirou alto.

— Mas *vida eterna*. Pelo amor de Deus, *Herr* Jason!

— É claro que ainda faltam anos de pesquisa antes de sabermos se estou certo. Mas estou disposto a apostar a minha reputação e a minha carreira nisso.

— Claro que está, e, se estiver certo, um Prêmio Nobel em Medicina ou em Biologia espera por você, provavelmente em ambas as áreas. Mas, se estiver errado, talvez até consiga simplesmente começar tudo de novo, partir do zero. Mas para a empresa...

— Se eu estiver certo, o valor dessa empresa não vai se multiplicar por cem. Vai se multiplicar por mil! Em outras palavras, se houver uma chance de dois por cento de eu estar correto, então, tanto racional quanto financeiramente, faz todo o sentido tentar.

— Para a família Egger e os demais acionistas, talvez. Mas colocar os meios de subsistência de nossa força de trabalho em risco assim...

— O risco para os trabalhadores daqui vai ser muito maior se um concorrente desenvolver o medicamento. Ele vai substituir entre sessenta e setenta por cento de todos os outros medicamentos. Esse ramo está vivendo uma carnificina. A única questão, *Herr* Kopfer, é: de que lado da carnificina o senhor quer estar?

Kopfer costumava esfregar as mãos no cabelo grisalho e encaracolado quando queria pensar, como se a estática ativasse seu cérebro. Foi o que ele fez nesse momento.

— Se... — Ele suspirou. — *Se* eu alocar os recursos que está pedindo, então vocês vão ter que aceitar os termos de um sigilo tal que ninguém, nem mesmo cônjuges, saiba no que estão trabalhando.

— Entendido.

— Vou conversar com Daniel Egger, e ele vai decidir se o restante do conselho deve ou não ser informado. Nesse meio-tempo, isso tem que ficar entre nós dois, Jason.

— É claro.

Quatro dias depois, fui chamado de volta à sala de Kopfer.

— Egger e eu concordamos que isso deve ser mantido em segredo por enquanto — disse ele. — Isso também vale aqui, internamente para dentro. Quanto menos gente souber de qualquer coisa, melhor. Não consigo esconder um projeto tão pesado em recursos como esse no orçamento, então vamos ter que fingir que é sobre outra coisa.

— Entendido.

— Vai parecer que é um desenvolvimento do projeto hadesitt e, por questões práticas, será realocado para a África.

— África?

— Temos um prédio em El Aium, no Saara espanhol. Longe dos holofotes. Evita olhares indiscretos de espiões industriais e da mídia. Vamos explicar que lá você vai estar mais perto da fonte.

— Entendi. Como o Projeto Manhattan: muitos cérebros isolados num deserto.

— Isso — disse ele e olhou pela janela. — Só que o Projeto Manhattan inventou uma bomba capaz de exterminar a raça humana. Enquanto isso é... — ele olhou nos meus olhos — ... exatamente o contrário, certo?

## A bomba

Entram cheiro de diesel e feixes de luz branca do sol cada vez que o vento sopra nos tapetes. Já se passaram muitos anos desde que o último carro elétrico foi parar no ferro-velho e reabriram os poços de petróleo no Saara. Em algum lugar lá fora, uma sirene toca; não sei se é uma ambulância, uma viatura ou um veículo militar de atendimento a emergências.

Dois estrondos, um depois do outro. Tiros, depois tiros de contra-ataque, ou será que foram dois ataques contra um bloqueio de estrada? Espero que tenha a ver com os comandantes coloniais perseguindo os guerrilheiros — ou vice-versa —, e não comigo.

El Aium sempre tem mais perguntas do que respostas.

Meu relógio de pulso está funcionando. Um presente que Klara me deu no dia do nosso casamento. Sei que ele é lento, mas não lento o suficiente.

Três meses após a decisão da empresa, eu, juntamente com vinte e dois pesquisadores escolhidos a dedo e três semirreboques lotados de equipamentos de laboratório, estava em El Aium. Oficialmente o projeto era conhecido como HADES2, mas internamente era chamado de Ankh. Pesquisadores estão acostumados a trabalhar com termos de confidencialidade, e ninguém sabe mais do que o necessário para fazer seu trabalho, mas eu tinha ciência de que eles sabiam que o preço que poderiam cobrar para passar informações do projeto para um dos nossos concorrentes era tentadoramente alto. Assim, junto com o presidente do conselho, Daniel Egger — um ex-coronel de cabelo grisalho que ainda tinha conexões no Exército —, adquiri um triturador de memórias que havia feito a viagem conosco até El Aium. Cada membro da equipe tinha assinado um contrato mediante o qual concordava em se submeter a ele assim que apresentasse o relatório final. O triturador de memórias foi criado durante a Grande Guerra, quando os militares receberam direitos exclusivos para desenvolver e usar tecnologia acima do terceiro grau. Era usado por militares com informações para as quais não tinham mais nenhuma utilidade, mas que poderiam ser exploradas pelo inimigo caso eles fossem feitos prisioneiros. Porque, mesmo que o militar conseguisse suportar a tortura ou seguir ordens e tirar a própria vida com a cápsula de cianureto que todos carregavam, nossos inimigos da Confederação Russo-Europeia haviam desenvolvido o Exor, capaz de extrair a memória de um cérebro morto e fisicamente destruído. Triturador de memórias *versus* Exor. Era como uma imagem da guerra tecnológica — movimento e contramovimento — que tinha conduzido o mundo a uma situação de miséria e levado à proibição da tecnologia na vida civil após a guerra. Sim, de vez em quando nós, do ramo da saúde, podemos usar o triturador de memórias para remover memórias no tratamento psiquiátrico de pacientes com trauma, mas isso só se aplica a membros da elite.

Projetos de pesquisa são como filmes ou obras: nunca terminam no prazo determinado ou dentro do orçamento.

Mas o Ankh terminou.

Isso aconteceu sobretudo porque eu, como chefe do projeto, tomei, em dois momentos críticos, decisões arriscadas sobre o caminho a seguir e concentrei todos os nossos recursos neles. Se apenas uma dessas decisões tivesse levado a um beco sem saída, o projeto inteiro morreria. Meu assistente como chefe de pesquisa, Bernard Johansson, que era o único além de mim que tinha uma visão geral suficiente para questionar minhas decisões, perguntou:

— Por que a pressa, Ralph?

Nos dois momentos fundamentais ele defendeu que deveríamos ter dividido a equipe em dois grupos, tal qual foi feito no Projeto Manhattan. E ele estava certo; tínhamos profissionais, dinheiro e tempo para isso. *Eles* tinham tempo. Mas eu não podia compartilhar com Johansson por que eu não tinha esse tempo. O que pude compartilhar com ele foi a euforia que senti quando percebemos que havíamos encontrado o medicamento supremo.

Era surpreendentemente simples, algo comum a partir do momento que se tem a resposta nos mãos. Mas ao mesmo tempo era complicado, na medida em que exigia uma nova forma de pensar. No caminho da evolução, certas espécies sobrevivem por meio da produção de indivíduos novos, mais saudáveis e mais bem-adaptados, ao passo que as variantes mais antigas são descartadas e morrem. Entretanto, se a renovação celular em um indivíduo existente é tão abrangente que a capacidade de aprender também é atualizada, então, metaforicamente falando, não há nada que impeça um indivíduo de dar à luz ele mesmo. Se normalmente um bebê precisa aprender tudo do zero, esse indivíduo renascido aparecerá completo, com experiências que lhe dão uma vantagem crucial na luta pela existência. Então, por que essa espécie ainda não existia? Talvez a resposta seja que demorou um tempo para uma espécie inteligente o suficiente se desenvolver a ponto de resolver o mistério, mas, como todos os mistérios são resolvidos mais cedo ou mais tarde, nós — ou seja, a natureza — sempre estivemos no caminho certo. A inteligência é natural, o instinto de sobrevivência é natural, logo, a vida eterna é natural.

Pelo menos era disso que eu tentava me convencer quando levantei a cabeça do microscópio às seis horas de uma manhã gelada em El Aium, olhei para Bernard Johansson e sussurrei:

— Encontramos. — E ao mesmo tempo perguntei: — O que exatamente nós fizemos?

Afastamos a cortina e olhamos para o deserto. Quando a borda avermelhada incandescente do sol surgiu no horizonte, Johansson disse que aquele era o alvorecer de um novo dia para a humanidade. Enquanto isso, eu pensava em como aquele sol provavelmente se parecia com o clarão da primeira detonação bem-sucedida de uma bomba atômica no deserto do Novo México em 1945.

— Prêmio Nobel? — respondeu Johansson, também em tom de pergunta.

Pode ser. Sem dúvida. Mas um novo alvorecer para a humanidade não era o que eu estava procurando.

Desmontamos o laboratório o mais rápido possível, deixamos pouquíssimas coisas para trás, entre elas o triturador, guardamos os camundongos e voltamos para a Europa.

## Os camundongos

— Esses — falei, de frente para a escuridão — são os vinte camundongos pigmeus africanos usados no teste.

Puxei a alavanca do projetor, e uma nova imagem apareceu na tela.

— Quando o experimento começou, todos tinham 1 ano, o que corresponde ao tempo de vida médio da espécie. Aplicamos injeções em dez deles. Dois meses depois, todos os que receberam injeções estavam vivos, ao passo que os dez que não receberam estavam mortos.

Ouvi uma tosse na escuridão. Kopfer e eu éramos os únicos na sala de reuniões da empresa, as outras onze cadeiras estavam desocupadas. Ainda assim, ele se sentou a certa distância de mim.

— Corrija-me se estiver errado, Jason, mas isso se resume a uma fórmula química. Uma fórmula química bastante longa, sem dúvida, mas, ainda assim, uma fórmula.

— A fórmula contém cento e quinze símbolos — comentei.

— E ela não está escrita em algum artigo acadêmico ou guardada num computador, está apenas... — olhando para a escuridão, percebi algum movimento; ele estava batendo o indicador na têmpora — ... na sua cabeça.

— Tudo em El Aium foi destruído, inclusive as memórias das pessoas que não tinham nível de autorização A. Ou seja, todos, exceto eu, Bernard Johansson e Melissa Worth.

— Melissa...?

— Worth. A chefe do laboratório.

— Certo. Mas espero que você entenda que o conselho não vai apostar todo o futuro da empresa no fato de você ter conseguido prolongar a vida de um punhado de ratos em alguns meses.

— Eles ainda estão vivos. Em termos humanos, hoje eles têm mais de 150 anos. Os dez.

— E eles também não vão correr o risco de ficar de mãos abanando simplesmente porque você esqueceu a fórmula ou morreu num acidente de trânsito. É altamente incomum não ter a documentação adequada do trabalho.

— Mas nós *temos*, Kopfer. Eu assinei um acordo segundo o qual, caso ocorra algum imprevisto, vocês podem usar o baixador de biomemória em mim.

Ele bufou.

— Não existe mais nenhum baixador de biomemória.

— Pelo menos um existe.

— Exor? — Ele bufou de novo. — Sabe quanto custa para usá-lo e quanto tempo leva para fazer uma busca completa em um único humano adulto?

— Sei, e sei também dos rumores de que tem um enferrujando em algum lugar das ruínas de Paris. Mas ele funciona, e o Exército tem gente com conhecimento tecnológico para operar. Então, contanto que você tenha o meu cérebro, vai encontrar minha fórmula lá. Na verdade, você nem precisa do cérebro inteiro, uma pequena parte já serve.

Ludwig Kopfer resmungou alguma coisa. Eu o vi levantar o braço e olhar para o relógio de pulso. Ele havia voltado a usar o tipo de relógio analógico com material radioativo que tinha sido proibido na década de sessenta, quando descobriram métodos melhores e menos cancerígenos de fabricar ponteiros luminosos, uma descoberta que tinha se perdido desde então.

— Vamos ver o que o conselho tem a dizer, Ralph. Ligo para você depois da reunião.

Às onze horas daquela noite, Klara e eu nos sentamos no sofá tomando vinho branco para assistir a *Titanic* na TV. É estranho pensar que um navio que naufragou há mais de cento e cinquenta anos ainda está no fundo do oceano. E que houve um tempo em que ainda era possível fazer filmes assim. Em que o progresso da tecnologia, do conhecimento e da civilização era algo dado como certo. Obviamente, a maioria das pessoas tinha esquecido a Idade Média sombria, na qual, entre outras coisas, esquecemos como fabricar concreto.

Klara secou uma lágrima, como sempre fazia toda vez que Leonardo DiCaprio dava aquele último beijo em Kate Winslet. Ela havia me contado que chorava porque eles haviam acabado de se conhecer, os amores da vida um do outro, e tinham apenas esses poucos dias e horas juntos enquanto seguiam rumo à catástrofe inevitável.

Klara entrou na minha vida e na nossa casa quando eu tinha 18 anos. Veio com meu irmão, Jürgen, três anos mais velho que eu, que orgulhosamente apresentou seu novo amor à família. Klara tinha cabelo loiro cacheado, uma personalidade alegre e um sorriso capaz de derreter uma pedra. Educada, prestativa, simpática, ótima companhia, toda a família se apaixonou por ela de cara. Mas, claro, ninguém se apaixonou como eu. Klara tinha um charme inocente, sem segundas intenções, não fazia joguinhos, mas, mesmo assim, de vez em quando eu sentia que por trás daqueles olhos azuis cintilantes havia um leve toque de paixão obscura quando ela ria para mim. Apesar disso, eu nunca ousei pensar que esse comportamento poderia estar relacionado a mim de alguma forma. Em primeiro lugar, eu era um irmão leal. Em segundo lugar, eu não era do tipo que despertava esses sentimentos nas mulheres. A exceção foram algumas colegas de trabalho que, presumo, se apaixonaram pelo que achavam ser uma certa intelectualidade aliada a uma calma agradável, talvez junto com certo grau de ironia autodepreciativa e uma tendência quase abnegada de ajudar o próximo. Seja como for, durante todo o casamento de Klara com o meu irmão, ela e eu cumprimos estritamente nossos papéis de cunhado e cunhada. Por vinte anos escondi meu amor incondicional por ela, e ela fez o mesmo. Dei minhas condolências quando descobri que ela e Jürgen não podiam ter filhos e exagerei minha preocupação quando Jürgen adoeceu. Apenas dez anos antes ainda havia medicamentos no mercado que poderiam ter salvado a vida dele, e sei que, com minhas conexões na área de pesquisa médica — ou até mesmo por algum canal ilegal —, provavelmente teria conseguido alguma coisa do estoque reservado para as figuras mais importantes dos mundos da política, da pesquisa e das forças armadas. Mas não tentei, criando para mim mesmo a desculpa de que não só me arriscaria a ser preso como também seria imoral e egoísta da minha parte privilegiar minha família, tendo em vista que havia outras pessoas precisando do mesmo medicamento e que eram muito mais importantes para o futuro da sociedade.

Nos dias, nas semanas e nos meses que se seguiram ao enterro de Jürgen, quase não saí do lado de Klara. Fizemos tudo juntos. Comemos, lemos, fomos ao cinema, passeamos. Viajamos para Viena e Budapeste, onde visitamos restaurantes, cafés e museus, incluindo os museus de tecnologia que documentavam a fé ingênua das gerações anteriores de que o futuro estava seguindo em uma única direção. À noite passeávamos pelas ruas de paralelepípedos dessas cidades decadentes, de mãos dadas, falando de tudo e de nada. Estávamos chegando perto dos 50 anos, mas, enquanto eu ainda tinha uma cabeleira cheia e castanho-escura, os cabelos de Klara tinham ganhado um tom cinza-prateado, e seu sorriso luminoso e seus olhos brilhantes estavam emoldurados por rugas profundas. Atribuí o aparecimento precoce desses sinais de envelhecimento ao luto pela perda do marido.

Foi no caminho de volta para casa de uma dessas viagens, sozinhos na proa de um barco fluvial, que contei a Klara o que sentia por ela, como sempre me senti em relação a ela. Klara revelou que sempre soube e que sentia o mesmo. Quando a beijei, trêmulo, foi com um sentimento de felicidade profundo acompanhado de uma melancolia curiosa. Melancolia porque levamos vinte anos — quase metade da expectativa de vida na Federação Russo-Europeia — para encontrar a felicidade.

Quatro anos tinham se passado desde a morte de Jürgen, mas ainda assim, por consideração à família, esperamos mais um ano para nos casar.

Eu estava tão feliz quanto um homem pode estar, ao mesmo tempo que minha pesquisa sobre telômeros — as regiões brancas na extremidade do cromossomo que parecem determinar o tempo de vida potencial máximo do ser humano — havia parado. Talvez tenha sido minha frustração trabalhando no laboratório, num contraste tão nítido com minha alegria de estar com Klara, que tenha me levado a trabalhar menos. Ou será que tive alguma premonição, que reconheci em Klara alguns dos sintomas que encontramos nas crianças com síndrome de Hutchinson-Gilford que estudamos — a chamada progéria, ou superenvelhecimento —, em conexão com a nossa pesquisa? Descartei a ideia; essa síndrome é determinada geneticamente e é descoberta no momento do nascimento.

Quando Klara começou a ter problemas nos quadris e entrou em casa dizendo que o médico que a examinou perguntou se ela tinha realmente apenas 49 anos, liguei para ele. Ele confirmou que os raios X lhe mostraram o corpo de uma pessoa de 80 anos. Providenciei para que Klara fosse a um especialista, que confirmou a síndrome de Werner, outra causa de envelhecimento precoce, mas que pode ocorrer ao longo da vida. O especialista deu a Klara mais cinco anos antes que ela morresse de velhice, com apenas 54 anos.

Klara aceitou seu destino com resignação.

Eu, não.

— Nós temos o tempo que recebemos — consolou-me ela, não que tenha feito diferença para as minhas lágrimas. — E, se não conseguimos o máximo de tempo, então, o que conseguimos é o melhor, certo?

Larguei o emprego para passar mais tempo com Klara, mas mudei de ideia meses depois. Longevidade era a minha especialidade, tinha que haver algo que pudesse fazer, além de simplesmente sentar e assistir à minha amada se esfarelar diante dos meus olhos. Então comecei a trabalhar mais horas e mais intensamente que nunca. Era caça e caçador ao mesmo tempo. Foi quando o conselho decidiu que, por causa da crise econômica, a empresa não poderia mais financiar algo que oferecesse pouca esperança de lucros a curto prazo, e fui remanejado para o programa de pesquisa sobre o hadesitt.

Eu não havia contado a Klara sobre minha descoberta. Assim como os familiares das pessoas alocadas no grupo de pesquisa, ela acreditava que eu tinha ido à África na tentativa de encontrar a cura para uma infecção sexualmente transmissível. Estava apenas feliz por me ter em casa novamente, e, enquanto estávamos sentados no sofá vendo o navio inafundável afundar, lancei um olhar furtivo para ela. Observei-a levar aos lábios a xícara de chá preparado por mim e secar as lágrimas dos seus lindos olhos azuis.

O telefone do corredor tocou.

Me levantei e fui atender.

— O conselho deu, o aval — disse Kopfer.

Soltei o ar — só então percebi que estava prendendo a respiração.

— Mas eles têm certas preocupações.

— Quais?

— Disseram que, enquanto a comissão médica não tiver a documentação por escrito do conteúdo do medicamento, o processo pode ser demorado, e pode levar vários anos até eles nos darem o aval para começar o teste em seres humanos. Tendo em conta o tamanho do investimento, as incertezas inerentes e o tempo até que o medicamento comece a gerar lucro...

— Eles querem que eu revele a fórmula?

— Isso.

Olhei para Klara sentada no sofá da sala, com o pescoço curvado para tomar o chá. Na verdade, eu estava me enganando: o fato era que eu tinha me acostumado com isso. A essa altura o pescoço de Klara estava sempre curvado — sua elegância tinha ficado no passado.

— E se já existirem provas documentais de que funciona em seres humanos? — perguntei.

— Como assim?

— E se eu já estiver em posição de provar para vocês que o composto interrompe o processo de envelhecimento em seres humanos?

Ouvi Kopfer parar de respirar do outro lado.

— Você é capaz de fazer isso?

Klara pousou a xícara. Ela adorava o chá que eu fazia, especialmente o sabor novo que eu tinha trazido da África.

— Em breve — respondi e desliguei.

Da rua lá embaixo, ouço vozes altas e furiosas. Espanhol, árabe, berbere. Mas não posso pensar nisso agora. Será que eu deveria ter trazido a arma de caçar elefante comigo, agora pendurada inutilmente sobre a lareira lá em casa? Não. Estou sozinho e não tenho chance de me defender, não tenho chance de fugir. As pessoas querem viver, custe o que custar. Pelo menos é o que elas pensam. Porque a verdade é que elas não sabem o preço, não sabem quais serão as consequências. E o zumbido da mala está cada vez mais forte, mais insistente. Tique-taque, os segundos passam, a bengala se aproxima. Tudo o que eles podem levar tem que ir embora. Tática de terra arrasada. Não só pelo bem de Klara. Ou pelo meu. Mas pelo bem da humanidade. Tenho vergonha de mim mesmo, mas esse ato de traição é a única coisa decente que já fiz na vida.

## A traição

Kopfer continuou me pressionando a revelar a fórmula, dando a desculpa de que ele próprio estava sob pressão do conselho. Apesar disso, permaneci inflexível e disse que o risco de alguém vazar a fórmula para lucrar era grande demais.

— Ralph, não cabe a você fazer essa avaliação.

— Pode ser, mas faço mesmo assim.

— Estou dizendo que não é direito *seu*. Seu dever é...

— Meu dever é para com Deus e a raça humana, Ludwig. — Vi como Kopfer quase caiu da cadeira ao me ouvir pronunciar seu primeiro nome. — Não para com a Antoil Med. Nem mesmo com o Comitê de Ética em Pesquisa. Essa descoberta é maior do que qualquer empresa ou país. O primeiro a se apoderar dessa fórmula vai tentar monopolizá-la e usá-la para ganhos políticos. O único lugar para onde eu poderia ter levado essa fórmula seria a ONU, se ela ainda existisse. Prefiro morrer a entregar a fórmula.

Kopfer me encarou por um longo tempo, então se levantou e saiu da sala.

Fiquei parado onde estava, nervoso, trêmulo.

Havia algo de triste, quase sofrido, no olhar dele. O mesmo olhar que eu tinha visto no rosto daqueles médicos, que iam até nós com amostras de sangue de seus pacientes e nos víamos obrigados a dizer a eles que tinham sido infectados por hadesitt.

Colhi amostras regulares de sangue e tecidos de Klara, mentindo para ela ao dizer que as enviava para um colega que estava trabalhando na cura da síndrome de Werner. No laboratório, pude ver que o remédio estava tendo nela o mesmo efeito que havia apresentado nos camundongos: o processo de envelhecimento não tinha sido apenas retardado — parecia ter parado por completo.

Mas o medicamento também tinha um efeito colateral que havíamos observado antes nos camundongos. Melissa relatou que os roedores que receberam a injeção apresentaram menor atividade, pararam de visitar a gaiola comunitária e pareciam letárgicos. A única reação animada deles era quando arreganhavam os dentes para os assistentes de pesquisa ao serem alimentados. Não sei até que ponto os ratos pigmeus africanos são propensos à depressão. Aliás, não sei até que ponto a própria Klara tem essa propensão. Por um tempo coloquei a culpa das suas mudanças abruptas de humor, da sua apatia e da sua falta de iniciativa na ideia que ela própria tinha de que morreria em breve. Mas eu não havia notado nada disso antes de começar a colocar o remédio no chá dela, e, se por um lado essa mudança não ocorreu exatamente da noite para o dia, por outro foi tão rápida e nítida que decidi reduzir a dosagem. Aparentemente, a redução não surtiu efeito; pelo contrário: parecia que as mudanças de humor e o pessimismo só aumentaram e que ela estava viciada no remédio. Melissa também relatou que a redução da dosagem do Ankh em dois dos camundongos — uma ordem que eu tinha dado — não surtiu nenhum efeito. O comportamento deles só mudou quando começamos a administrar antidepressivos. E, felizmente, o mesmo resultado ficou evidente em Klara depois que comecei a colocar uma mistura semelhante em seu chá.

Certo dia, Daniel Egger, presidente do conselho, foi à minha sala. A família Egger era dona de sessenta por cento das ações da Antoil Med, e eu nunca tinha visto o chefe da família usando outra coisa que não paletó de tweed, tênis e uma bengala, que eu não sabia para que servia, tendo em vista que Egger não andava em velocidade normal — ele trotava.

Egger se sentou, colocou as mãos no castão liso da bengala e apenas me encarou.

— Imagine só — disse ele após um tempo, sorrindo e exibindo uma fileira de dentes tão brancos que realmente pareciam feitos de pérolas. — No cérebro diretamente à minha frente, neste exato momento, está a solução para a pergunta que a humanidade vem se fazendo desde o início dos tempos. Como evitar a morte.

— Talvez — falei.

— Mas isso não é o mais surpreendente, *Herr* Jason. — Egger pegou um lenço e começou a polir a cabeça da bengala. — O mais surpreendente é que você, um cientista, um pesquisador, quer trair o princípio mais importante da ciência: o de que o conhecimento existe para ser compartilhado.

— O senhor acha que Oppenheimer e sua equipe de pesquisa deveriam ter compartilhado o conhecimento que tinham sobre a bomba atômica com Hitler e Stalin?

— Oppenheimer pelo menos compartilhou com seu superior, o presidente da Confederação Ocidental. E você tem a mesma obrigação, Jason. O conselho e o comandante desta empresa lhe forneceram os meios para fazer sua descoberta e pagaram seus salários. Sua descoberta é propriedade nossa.

— Minha obrigação é...

— Para com Deus e para com a raça humana. Kopfer me contou o que você disse.

— Claro que eu vou ter que revelar a fórmula antes de morrer. Quando chegar a hora.

— Essa hora — disse Egger, devolvendo o lenço ao bolso interno do paletó — talvez chegue antes do que você imagina, Jason.

Foi quando percebi dois homens parrudos em ternos pequenos demais para o corpo deles ali, parados, na entrada da minha sala.

Tossi.

— Está me ameaçando, Egger?

Ele me encarou com um olhar inexpressivo.

— De acordo com Kopfer, você está disposto a morrer para manter seu segredo.

— Naturalmente, meu medo é que essa descoberta possa fazer mais mal do que bem se cair em mãos erradas. Três guerras mundiais foram travadas por menos, *Herr* Egger. Uma única vida não é um preço tão alto.

Ele suspirou.

— Deus e mártir. Diametralmente opostos, mas ainda assim os dois papéis prediletos da humanidade. E você está tentando interpretar ambos, Jason. Isso não é correto. Se quiser bancar Deus tudo bem, mas vai ter que deixar outra pessoa bancar o mártir.

— Não entendi — falei com um mau pressentimento.

Ele sorriu.

— Acho que Klara Jason seria a mártir perfeita.

Levou apenas um segundo para eu ficar de boca seca.

— Do que está falando?

— Se o Deus anterior pôde sacrificar Seu filho para salvar a humanidade, você deveria conseguir ser capaz de sacrificar sua esposa. Certo?

— Ainda não entendi...

— Acho que entendeu, sim — retrucou Egger e apontou para o castão da bengala. — Sabe o que é isso? Não, claro que não. É osso de rinoceronte-negro. O rinoceronte-negro está...

— Vi fotos.

— ... extinto. Isto aqui é de um dos últimos espécimes. Herdei a bengala do meu avô. Ele também não tinha problemas para andar. Assim como eu, ele a usava como um lembrete de que nada tem vida eterna, tudo desaparece, para o bem e para o mal. Ou *tudo passará*, como diziam os judeus, pelo menos os que moravam nos Estados Unidos. Só que agora que a morte não é mais uma certeza, uma morte precoce é ainda mais amarga. Seja a sua, seja a de alguém com quem você gostaria de passar o resto da eternidade. — Ele me encarou, e havia gelo em seus olhos acinzentados. — Você vai me dar essa fórmula, Jason. Aqui e agora. Do contrário, quando voltar para a Rainerstrasse, não vai encontrar sua esposa. E, quando finalmente encontrá-la, isso *caso* consiga encontrá-la, ela estará crucificada. E isso não é uma metáfora. Ela vai estar suspensa numa floresta, pregada numa cruz de madeira pelas mãos e pelos pés, com uma coroa de espinhos na cabeça... a coisa toda, exceto aquele negócio de ressuscitar no terceiro dia. E então? O que você diz, Deus?

Engoli em seco. Olhei para ele como um jogador de pôquer olha para outro que foi *all-in*. Ele estava blefando? Por um lado, eu não conseguia acreditar que Daniel Egger, um dos cidadãos mais proeminentes e respeitados da cidade — um verdadeiro pilar da sociedade —, estava me ameaçando com métodos criminosos típicos de um chefão da máfia. Por outro lado, ele tinha sido um oficial durante a guerra, e não é exatamente isso que dá aos machos e fêmeas alfa da sociedade suas posições? Eles têm uma disposição para ir mais longe que os demais.

Balancei a cabeça em resignação, peguei uma folha de papel da gaveta na minha mesa e comecei a escrever.

Levei quase quatro minutos para escrever a fórmula usando os códigos químicos nos quais o mundo é reduzido a elementos, conexões moleculares, pressão e temperatura.

Entreguei a folha.

Os olhos de Egger analisaram os símbolos.

— As Sagradas Escrituras — disse ele. — Mas o que é isso? — Ele apontou para o título, um símbolo que parecia um T com um laço acima dele.

— O hieróglifo ankh. O símbolo da vida eterna no antigo Egito.

— Elegante — comentou Egger, dobrando a folha com infinito cuidado e colocando-a no bolso interno do paletó.

Fiquei observando-o desaparecer no corredor. Estava balançando a bengala e fazia um clique alegre cada vez que a batia no piso de parquete. Como o ponteiro dos segundos em um relógio.

A contagem regressiva havia começado.

Eu não sabia quanto tempo levaria para Egger descobrir que tinha sido enganado. Nem os pesquisadores da minha equipe seriam capazes de dizer que o que eu havia escrito na folha que entreguei a Egger não fazia o menor sentido, tendo em vista que o conhecimento deles era apenas parcial. Mas, com o tempo, eles naturalmente somariam dois mais dois e descobririam que a fórmula na folha não dava quatro.

Levei uma semana para encontrar um lugar para esconder Klara.

Quando era um jovem estudante de medicina, certa vez, eu e alguns colegas de turma visitamos um hospital psiquiátrico. Era um lugar cuja proximidade com o inferno só podia ser comparada aos pesadelos e às alucinações dos internados. Os corredores escuros cheiravam a esterilizantes e excremento, e de trás de portas trancadas vinham gritos e gemidos de partir o coração. Olhando pelas aberturas por onde a comida era entregue, vi rostos pálidos, vazios e aterrorizados, olhando para o nada, como que hipnotizados na escuridão e confusão das próprias almas. A pessoa que nos mostrou o lugar percebeu, pelas nossas expressões horrorizadas, o que estávamos pensando e sentindo e nos disse que as coisas nem sempre haviam sido assim e que antes da Última Guerra o Estado tinha dinheiro e tecnologia para dar uma vida mais digna às pessoas com transtornos mentais.

O lugar que encontrei para Klara parecia oferecer exatamente isso. Dignidade.

Ele se dizia uma casa de repouso e estava localizado numa encosta com vista para o mar. Ar puro da montanha, áreas espaçosas, quartos amplos e arejados, duas enfermeiras para cada paciente e conversas diárias com um psiquiatra. E o mais importante: ficava na área outrora conhecida como Suíça e havia preservado certa forma de autonomia que lhe conferia alguns privilégios. Por exemplo, o privilégio da discrição, segundo o qual eles não precisavam fornecer as identidades dos pacientes às autoridades ou a qualquer outra pessoa. Naturalmente, era um serviço projetado para a elite. E a elite era a única capaz de arcar com o preço.

Mesmo usando todas as minhas economias eu não teria condições de manter Klara lá por muito tempo. Então pensei em nossa casa na Rainerstrasse. Estava na família havia gerações, e Klara e eu simplesmente adorávamos o lugar. Mas ela era enorme e poderia, e *deveria*, ser o lar de uma família com crianças. Eu e Klara só precisávamos de dois cômodos e uma cozinha. E um do outro.

— Agora me permita mostrar a academia — continuou a superintendente.

— Obrigado, *Fru* Tsjekhov, mas já vi o suficiente — falei. — Vamos assinar os papéis, e eu a trago amanhã.

O vento do deserto sussurra um segredo, uma fórmula. Do mesmo jeito que Klara de vez em quando se inclinava para mim e sussurrava palavras proibidas, palavras apenas para os meus ouvidos, uma fórmula própria que abria os portões e fazia o óxido nítrico e a norepinefrina começarem a queimar dentro de mim. Que por um instante me davam vida eterna. Não quero pensar nessas outras palavras dela, palavras cheias de ódio que ela dirigiu a mim quando vim buscá-la. Mas *preciso*. Preciso pensar em sua raiva, em como ela cuspiu em mim, arranhou o papel de parede e gritou que tinha que sair, os olhos revirando descontroladamente. Pensar em como finalmente consegui obter sedativos suficientes para colocá-la no carro. Mas também pensar em seu rosto tranquilo, ela dormindo no banco traseiro enquanto eu dirigia noite adentro. O carro começou a superaquecer na estrada sinuosa e íngreme que levava à casa, mas conseguimos chegar. Quando fui embora, Klara estava nos degraus em frente à casa, com uma enfermeira de cada lado pronta para contê-la. Mas ela sequer se mexia. Estava com os braços abaixados, balançando. Lágrimas grandes e pesadas rolavam pela sua face enquanto ela sussurrava meu nome repetidamente — sussurro que continuei ouvindo durante todo o caminho de volta. Por duas vezes quase dei meia-volta para buscá-la.

Preciso pensar em tudo isso. Pensar para que possa ser apagado do meu cérebro, para que não restem vestígios de memória que os levem até onde Klara se encontra. E preciso pensar rápido, sem fazer divagações desnecessárias — precisa ser um pensamento completo em todos os aspectos, para que tudo, absolutamente tudo, desapareça. Porque agora meu relógio está tiquetaqueando cada vez mais alto. Tique-taque. A bengala de Daniel Egger está se aproximando. Então preciso pensar na visita.

## A visita

Tarde da noite, duas semanas após eu ter levado Klara para a Suíça, a campainha tocou. O dia já tinha sido ruim. *Fru* Tsjekhov havia ligado e explicado que os médicos queriam parar de administrar o remédio que eu, como médico de Klara, havia deixado com eles, com instruções de administrá-lo por meio de injeção toda noite. Eu tinha explicado que era para combater a síndrome de Werner, mas eles eram da opinião de que essas injeções eram a causa dos episódios psicóticos dela, e que, se não parassem de administrar o que, para eles, era um medicamento desconhecido, haveria o perigo real de que ela caísse numa vida de esquizofrenia completa.

A chuva ácida interminável desabava, cravando nas telhas, devorando nossa casa centímetro por centímetro. Eu tinha colocado o imóvel à venda — havia até uma plaquinha no gramado —, e meu primeiro pensamento, ao ouvir a campainha tocar em meio ao som da chuva tamborilando, foi de que devia ser um comprador em potencial. Que Daniel Egger não poderia ter tido tempo de descobrir que a fórmula que eu tinha lhe dado não era genuína.

Mas, quando entreabri a porta e vi Bernard Johansson, percebi que isso não era, de fato, impossível.

— Bem... — disse ele, a chuva escorrendo do seu crânio liso e estranhamente oval. — Não vai me deixar entrar?

Abri a porta e ele entrou, tirou o casaco e o sacudiu de leve. Eu observei as gotas caírem no tapete turco que Klara tinha comprado quando estávamos em Budapeste. Nos sentamos na sala, ele no sofá onde Klara e eu costumávamos nos sentar. Eu lhe ofereci chá.

— E então? Como posso ajudar? — perguntei.

Johansson deu risada.

— Meu Deus, quanta formalidade, Ralph.

— Ã-hã, mas vamos direto ao assunto, pode ser?

Ele se endireitou. É claro que poderíamos fingir que era a coisa mais natural do mundo ele simplesmente aparecer na minha casa numa sexta-feira à noite, mas, considerando que em quinze anos trabalhando juntos nunca tivemos nada parecido com uma relação pessoal ou qualquer coisa do tipo, só pude ver duas razões para sua visita. Uma era que ele — a única pessoa no mundo que em menos de três semanas poderia ter percebido que a fórmula era falsa — queria me dar um alerta. A outra era que ele queria tirar vantagem disso.

Naturalmente, era a segunda razão.

— Tenho uma proposta de negócios que pode nos deixar ricos — disse ele com um sorriso tenso, parecendo tão desconfortável quanto eu.

Johansson explicou que, quando Egger o procurou com a fórmula que eu havia escrito, de início, com base em seu conhecimento quase completo da pesquisa, ele teve certeza de que aquela era a fórmula verdadeira, e foi o que disse a Egger.

— Mas, conforme eu trabalhava nessa suposta fórmula, comecei a perceber que você tinha feito o que qualquer bom mentiroso faria: se manteve o mais próximo possível da verdade. Só que os elementos omitidos são tão cruciais para o sucesso da fórmula que apenas alguém com o meu conhecimento do material seria capaz de preencher as lacunas ou corrigir os erros propositais.

— Com todo o respeito, duvido muito, Johansson — retruquei, sem ver nenhum motivo para negar que a fórmula fosse de fato defeituosa. Afinal, química é química, e Johansson não era idiota.

Ele fez que sim lentamente.

— Se eu viajasse para Xangai e oferecesse uma versão quase completa da fórmula para a Indochina, eles não só me dariam recursos ilimitados e a melhor equipe de pesquisa do mundo como também me pagariam uma fortuna para resolver o quebra-cabeça para eles.

— Mas você não pode ter certeza de que vai conseguir.

— Com tempo, mais cedo ou mais tarde vamos conseguir. — Ele tomou um gole de chá. — Mas, com você a bordo, as coisas vão acontecer muito mais rápido, e eles vão pagar mais. Então, o que estou oferecendo a você é uma parceria. Dividimos meio a meio.

Não consegui conter a risada.

— Não ocorreu a você que, se eu quisesse ficar rico, teria feito o que está sugerindo, só que sozinho?

— Pois é. E por isso sei que a tentação não é suficiente. Também preciso usar ameaças — disse num tom de voz pesaroso e com uma expressão de cansaço, mas também de culpa.

— Ah, é?

— Se você recusar a minha oferta, primeiro vou vender o projeto para a Indochina. Eles vão tornar a informação de que estão trabalhando nele pública, para valorizar as próprias ações. Com isso, vão poder emitir mais ações e conseguir capital suficiente para financiar o projeto. Assim que isso vier a público, vou informar ao conselho da Antoil Med que foi você quem vendeu a fórmula. E, ao contrário de você, que não demonstrou nenhuma vontade de cooperar, eles vão acreditar em mim. A resposta de Egger será... — Johansson tomou outro gole de chá, não só para fazer um efeito dramático; acho que ele realmente gostou de ser tão brutal quanto a situação exigia. Por fim, pousou a xícara como se não gostasse mais do sabor. — ... rápida, mas não necessariamente indolor — concluiu.

— Você pensou em tudo minuciosamente, Johansson. Mas esqueceu uma coisa. E se eu não tiver medo de morrer? Ou, para ser mais preciso: e se o Ankh for tão importante para a humanidade quanto a fissão do plutônio cento e cinquenta anos atrás, oferecendo a chance de fazer um mundo melhor, mas também a possibilidade de destruí-lo da noite para o dia? Não existe *dreyran* suficiente no solo ou na atmosfera para produzir Ankh suficiente para todo mundo. Então, quem decide quem vai ter vida eterna? Quem aceitaria não estar entre os escolhidos? Numa população em que só se morre por acidente, suicídio ou homicídio, será necessária uma legislação draconiana que proíba o nascimento de crianças, de modo que a Terra não fique superpovoada ao longo de uma única geração. E quem deve decidir quem pode ou não pode desfrutar do privilégio de procriar? Em suma, se o Ankh não for administrado por uma autoridade global, então não será meramente confederação contra confederação, mas cada um por si, a guerra de todos contra todos em que vizinhos e famílias se voltam uns contra os outros. Minha morte é apenas uma gota de sangue no oceano. Mas, se eu liberar a fórmula, será um oceano de sangue. Então vá em frente, Johansson.

Ele fez que sim, como se já tivesse pensado em tudo isso. Ou pelo menos imaginado que *eu* já tinha pensado em tudo isso.

— Ralph, desde que te conheço você é um utilitarista. E é claro que essa ideia de o indivíduo se sacrificar *pelo bem maior*, como dizem na Confederação Ocidental, é bastante nobre. Por isso sempre admirei não só a sua inteligência mas também o seu caráter e a sua capacidade de amar os outros além de si mesmo. A propósito, onde está Klara?

Não respondi, não demonstrei qualquer reação.

— Entendo — disse ele baixinho. — Eles vão encontrá-la. E vão encontrar a fórmula. Vão usar o Exor em você. Vão aspirar o seu cérebro.

— Bobagem.

— É mesmo?

Nos segundos seguintes, tudo o que se ouvia na sala era a chuva batendo no gramado permanentemente marrom lá fora. O Exor era controlado pelo Exército. Havia rumores de que estava em um bunker onde um dia funcionou o Museu do Louvre, guardado por um esquadrão. Diziam que não precisava de um cérebro inteiro para extrair memórias, mas que, usando apenas fragmentos microscópicos, poderia interpolar seu caminho para todo o banco de memórias. Em contrapartida, esse processo pode levar mais de um ano e tem um custo igual ao de fornecer energia para uma cidade grande durante o mesmo período. No entanto, como também costumava acontecer em questões de pesquisa técnica, Johansson estava certo. Quando os generais soubessem da existência de um medicamento capaz de lhes dar vida eterna, é claro que usariam o Exor.

Meu cérebro abordou o problema da maneira prescrita por Descartes: primeiro usando a intuição, depois a dedução. A conclusão que surgiu foi desanimadora, mas, ao mesmo tempo — por mais estranho que pareça —, libertadora. Como estava claro que só havia uma solução, não havia necessidade de atormentar meu cérebro com dúvidas, deliberações e procrastinação.

— Sabe, antigamente os caçadores costumavam trazer troféus da África para casa — falei, me levantando. — Costumavam colocar cabeças de rinoceronte, de zebra, de leão e de antílope ali em cima — continuei, apontando para a parede acima da lareira. — Mas, como não existe mais nenhum grande mamífero na África, foi isso que peguei.

Tirei da parede o velho e pesado fuzil de caçar elefantes que havia comprado num bazar em Marraquexe.

— O vendedor disse que foi usado para matar o último elefante na África. E eu gostei da ironia de ter um fuzil sobre a lareira, em vez de uma cabeça de leão. Um fuzil morto que não tem mais função, que foi superado e agora está pendurado na parede, um objeto de ridicularização geral. Todos nós morremos, mas e se antes disso pudermos fazer algo de útil para todo o rebanho, para a comunidade? Sim, provavelmente sou um utilitarista. Acredito de verdade que temos o dever de realizar qualquer ato que beneficie a humanidade, e não que a prejudique, quer esta seja a nossa vontade, quer não.

Engatilhei. O mecanismo enferrujado obedeceu com uma relutância áspera. Olhei para o cano.

— Ralph — disse Johansson, inquieto. — Não seja estúpido, atirar em si mesmo não vai ajudar. Você pode achar que é um ato utilitarista, mas o Exor pode extrair dados do seu cérebro muito depois de você morrer.

— O que eu estava tentando dizer — continuei — é que a ação moral correta não precisa necessariamente ter uma motivação moral.

Esta ação, por exemplo, é motivada sobretudo pelo meu egoísmo, pelo meu amor à minha esposa e pelo meu ódio a você.

Virei o fuzil para Bernard Johansson, apontei para sua cabeça e atirei. O estrondo foi alto, mas o buraco aberto na testa dele era surpreendentemente pequeno, considerando o calibre pesado da bala.

— No entanto, do ponto de vista utilitário, está correta — completei, dando a volta no corpo e registrando o fato de que o sofá de Klara nunca mais seria o mesmo.

Foi uma longa jornada de volta ao Saara espanhol. Há vários dias ouço o som baixo e crepitante da mastigação faminta das larvas, sem saber se vinha da mala ou da minha cabeça. Mas então fez-se silêncio, como uma cafeteira pouco antes de a água começar a ferver. Em seguida, um murmúrio. Que foi aumentando. E agora finalmente está fervendo, Klara, meu amor. Ouço vozes e passos pesados e arrastados na escada. Eles não têm medo de mim, sabem que têm toda a superioridade de que precisam, mas não todo o tempo. Nenhum de nós tem. A partir do momento que nascemos, começamos a morrer.

Estes são os últimos pensamentos — são sobre a carta. Sobre os camundongos. Sobre Anton. Sobre a decisão. E então, Klara, tenho que deixar você.

## A decisão

Assim que acordei, ao raiar do dia, na cama que Klara e eu havíamos dividido, meu primeiro pensamento foi que tudo aquilo não tinha passado de um pesadelo.

Klara, contudo, não estava ali, e o corpo de Bernard Johansson jazia no sofá da sala.

Eu tinha pensado nisso a noite toda, e aos poucos comecei a me dar conta de que se livrar de um corpo não é uma tarefa nada fácil. Que na preparação para soluções óbvias, como jogar o corpo no mar ou enterrá-lo numa floresta, existe uma série de problemas logísticos e práticos que podem parecer quase triviais, mas que, juntos, impõem um risco assustadoramente alto de ser pego.

O que mais me incomodava não era a possibilidade de ser condenado por homicídio, mas a ideia de que, se não conseguissem meu cérebro, poderiam usar o Exor em Johansson. Porque, mesmo que não conseguissem a fórmula completa, eles se aproximariam tanto que — conforme apontou o próprio Johansson — cedo ou tarde encontrariam a solução.

Olhei para o relógio. Havia todos os motivos para supor que Johansson — que em muitos aspectos era um jovem pesquisador típico — tinha mantido seus planos criminosos e sua visita a mim em segredo, então provavelmente levaria um tempo até que começassem a procurá-lo.

Arrastei o corpo para o banheiro, coloquei-o dentro da banheira e o cobri com o tapete turco.

Então, fui para o trabalho.

Eu me sentei na minha sala e encarei o teclado da minha máquina de escrever. Havia alguns jornais ao lado dela, as manchetes sobre o encontro planejado entre as quatro confederações em Yalta. Claro que o pensamento havia me ocorrido. Eu o descartei, depois o considerei e em seguida o descartei de novo. E agora pensei nele mais uma vez. Tinha até colocado papel na máquina de escrever e estava pronto. Porque Egger estava certo. De fato, o pesquisador tem o instinto natural de querer compartilhar seus conhecimentos. E, se o Ankh deveria beneficiar toda a humanidade, então isso só poderia acontecer de uma maneira: se todos, absolutamente todos, recebessem a fórmula ao mesmo tempo, para que ninguém pudesse explorar esse conhecimento com o intuito de promover o próprio poder. É claro que ainda pode haver guerra pelo acesso a recursos como o *dreyran*, mas, se eu desse aos líderes mundiais a fórmula enquanto estavam reunidos em Yalta e eles percebessem que a única alternativa ao caos e à violência era chegar a um acordo, aprovar leis e garantir uma distribuição justa de recursos, então tudo ainda poderia acabar bem.

Era uma simples questão de fé na natureza humana. Como o "salto de fé" de Kierkegaard. É preciso se convencer a acreditar em algo que toda a sua experiência e a lógica lhe dizem que é impossível. Porque a verdade é que não me restava alternativa. Se eu — um pesquisador muito bom, mas não excepcional — podia encontrar por acaso a fórmula para a vida prolongada e, em tese, eterna, outra pessoa também poderia, independentemente de eu manter ou não a descoberta em segredo. É a teoria do caos. Tudo o que pode acontecer vai acontecer.

Então: um texto, quatro cópias, uma para cada líder das quatro confederações. Uma fórmula com uma explicação do que era e por que estava sendo enviada a todos. Não necessariamente elas chegariam lá rápido. As coisas não eram como costumavam ser na época em que existia internet, mas meu cabeçalho e minha assinatura, chefe de pesquisa da Antoil Med, pelo menos garantiriam que elas seriam lidas pelos especialistas das confederações. E eles se dariam conta imediatamente do que tinham nas mãos, e que aquilo seria um assunto urgente. Teria que acontecer em Yalta.

Pressionei a primeira tecla. A porta do meu escritório se abriu.

Normalmente eu teria repreendido meus subordinados por entrar sem bater, mas, quando vi a expressão angustiada no rosto de Melissa Worth, percebi que não era um simples descuido. Me preparei. O assunto só podia ser um: a misteriosa ausência de Bernard Johansson.

— Os camundongos — disse Melissa. Foi quando vi seus olhos cheios de lágrimas. — Eles... Eles estão...

— Estão o quê?

— Eles estão matando uns aos outros.

Melissa e eu corremos para o laboratório e encontramos os demais membros da equipe reunidos em volta de uma das grandes gaiolas coletivas onde havíamos permitido que os camundongos socializassem, antes de começarem a mostrar sinais de agressividade.

Seis estavam ensanguentados e sem vida na serragem e os outros quatro, trancados em suas gaiolas individuais.

— Estávamos apenas seguindo o protocolo — explicou Melissa. — Reduzimos as injeções ao mínimo, e, como os camundongos pararam de mostrar agressividade quando os alimentamos nas gaiolas individuais, abrimos as portas que davam para a gaiola coletiva, conforme todos concordamos em fazer. Mas logo em seguida eles foram direto uns para cima dos outros, todos eles, como se estivessem apenas esperando a hora. Foi tão rápido que não tivemos tempo de colocá-los de volta nas gaiolas individuais... — A voz de Melissa falhou. Ela estava no projeto desde o início, era uma das pessoas que viram o milagre acontecer, que dedicou seu tempo, toda a sua vida ao projeto.

— Tire-os de dentro da gaiola — ordenei. — Congele todos eles.

Voltei ao escritório para finalizar minha carta às confederações.

Mas em vez disso fiquei ali sentado, olhando para a folha em branco, vendo os camundongos mortos na minha mente. Eu não estava particularmente surpreso com o que havia acontecido — por quê? Uma coisa era a agressividade dos camundongos parecer ser um efeito colateral do Ankh, outra era os camundongos continuarem agressivos mesmo após a redução das doses. Seria possível a medicação causar uma mudança permanente na química do cérebro? Outras questões surgiram: entre os camundongos a escala de agressividade não é muito complexa, e a diferença entre um camundongo ameaçar outro ou matá-lo provavelmente é mínima. Que efeitos o Ankh pode ter no comportamento humano? O comportamento de Klara foi um caso isolado e pode muito bem ser o resultado de outros fatores. Ela também não tinha desenvolvido tendências homicidas. Ou será que tinha? O que teria acontecido se eu tivesse parado de lhe dar os antidepressivos junto com o Ankh?

E assim, enquanto o sol avermelhado por causa da fumaça da fábrica se punha atrás dos terraços dos prédios, eu ainda não havia começado a redigir a carta. Em vez disso, comecei a rever nosso material de pesquisa. Será que alguma coisa dentro do próprio Ankh estava causando a agressividade? Se sim, seria possível removê-la sem afetar o poder do Ankh de retardar o processo de envelhecimento?

Às dez horas daquela noite, depois que os membros da equipe foram para casa, entrei no laboratório e coletei amostras de sangue de dois dos ratos mortos. Em seguida, colhi uma amostra do meu sangue e fiz testes. Interpretei os resultados e concluí que era como eu pensava. O princípio ativo que retardou o processo de envelhecimento foi o mesmo que desencadeou a agressividade. Os dois lados da mesma moeda.

Mas a máquina de hemoanálise mostrou outra coisa também. Que o nível de Ankh no sangue dos camundongos estava mais baixo do que deveria, considerando que eles tinham recebido uma injeção no mesmo dia. Peguei uma das cápsulas da geladeira e a coloquei no microscópio. Em menos de um minuto localizei os dois orifícios na tampa, invisíveis a olho nu, mas, ao microscópio, crateras enormes. Alguém havia perfurado as cápsulas com uma agulha hipodérmica microscopicamente pequena. Por um dos buracos, retirou o Ankh da cápsula e, pelo outro, substituiu o remédio roubado por outro líquido, provavelmente água.

Como chefe de pesquisa, eu tinha acesso ao relógio de ponto da minha equipe e verifiquei para ver se havia um padrão, se a mesma pessoa vinha saindo do laboratório por último recentemente. Como o Ankh tinha uma vida útil muito curta e não era necessário ser ministrado em grandes quantidades para os camundongos pigmeus africanos, o medicamento estava em produção contínua, mas em quantidades extremamente baixas. Em outras palavras, o culpado precisaria operar da mesma forma, continuamente, e numa escala muito pequena.

Encontrei o que procurava. Um nome. Anton, um sujeito calado e tímido que, apesar de ter 39 anos, ainda era assistente de pesquisa, não sei se por falta de ambição ou porque nunca terminou a faculdade. Ou talvez fosse por motivos de saúde — nos últimos dois anos ele esteve adoentado por longos períodos. Seja como for, como tinha muito tempo na empresa e era o responsável por arrumar o laboratório no fim do dia de trabalho, ele tinha uma chave. Pelo relógio de ponto dos demais, pude ver que, ao longo do último ano, ele ficava sozinho no laboratório, no mínimo, duas noites por semana.

Refleti sobre isso por um tempo antes de ligar para Kopfer e contar o que havia descoberto.

Então apaguei a luz e fui para casa.

Duas horas depois, eu estava sentado no sofá de casa tomando cerveja e assistindo ao noticiário quando um repórter na rua, em frente a uma viatura com o giroflex azul aceso, disse que a polícia tinha tentado prender um homem de 39 anos em casa, suspeito de roubar da empresa em que trabalhava. Disse também que o suspeito havia atacado os dois policiais com uma faca, ferindo gravemente um deles. Agora o sujeito tinha se entrincheirado no apartamento. Policiais armados haviam chegado ao local e estavam tentando manter um diálogo com o homem, mas ele não parecia disposto a se comunicar ou se entregar. O empolgado repórter apontou para uma casa e explicou que o homem tinha acabado de ser visto numa janela, acenando com uma faca ensanguentada e gritando ameaças e obscenidades. Nesse momento, o âncora do estúdio interrompeu o repórter e anunciou com pesar que, de acordo com o hospital, o policial ferido havia sido declarado morto.

Encarei as imagens da TV. A polícia estava se protegendo atrás das viaturas, as armas apontadas para o apartamento de Anton. Se ainda não sabiam, logo descobririam que ele havia matado um colega de farda. Era como se eu conseguisse ver os dedos apertando os gatilhos com um pouco mais de força. Eu não precisava mais assistir, o resultado era inevitável, por isso desliguei a TV. Deixei a garrafa de cerveja vazia na mesa e olhei para a seringa que estava ali. Eu tinha levado o Ankh para casa, mas dificilmente isso seria considerado roubo. Eu havia feito isso para acelerar os testes em humanos — em Klara. E, depois que ela reagiu positivamente — embora apresentando o que poderia parecer efeitos colaterais negativos —, testei em mim mesmo. Eu estava tomando Ankh havia um mês e meio e não tinha notado nenhum sinal de pensamentos depressivos ou aumento da agressividade. Mas, claro, é sempre possível que o indivíduo envolvido não esteja ciente dos próprios sentimentos, que os racionalize e considere que a situação em si é difícil ou exige uma reação violenta, que a causa não esteja em sua própria psique ou comportamento.

Pensei no corpo na banheira.

Eu, que nunca havia encostado a mão em alguém, nem quando criança, havia matado um homem.

Ankh. Se eu não tinha visto até então, agora estava claro. O Ankh não era a receita para a vida eterna, mas para o caos e a morte. Felizmente, pelo menos por enquanto, essa receita era um segredo. A fórmula continha mais do que apenas as substâncias, também era composta pelos procedimentos corretos, as pressões e as temperaturas necessárias, e não poderia ser reproduzida com apenas uma análise simples do próprio material. Para obtê-la, eles precisariam me pegar, ou encontrar a fórmula no meu cérebro.

O triturador de memórias. Ainda estava em El Aium.

Liguei para o aeroporto e descobri que estava com sorte. Se conseguisse chegar a Viena no dia seguinte, arranjaria um lugar a bordo do voo semanal para Londres e de lá pegaria o voo para Madri, que partia em dias alternados. A partir daí eu teria que improvisar. Reservei a passagem.

Em seguida, liguei para a Suíça. Pedi desculpas a *Fru* Tsjekhov por ligar tão tarde e expliquei que Klara deveria parar completamente de tomar o remédio que eu tinha enviado. Falei que havia descoberto que ele poderia ser a causa direta da condição mental dela. E que só nos restava torcer para que o dano não fosse permanente, mas que provavelmente levaria um tempo até que ela voltasse a ser ela mesma.

Subi para o quarto e fiz uma mala. Algumas roupas, os poucos rublos que tinha e uma foto do meu casamento com Klara. Se eu dirigisse a noite toda, poderia chegar a Viena na manhã seguinte.

Quando entrei no banheiro para pegar meus produtos de higiene, fiquei olhando no espelho para a banheira atrás de mim.

Virei, puxei o tapete e olhei para Bernard Johansson. Para o buraco na testa. Para o sangue preto coagulado que escorreu e foi para o fundo da banheira. Talvez eu conseguisse deletar isso do meu cérebro, mas, quando encontrassem o corpo do meu colega de trabalho mais próximo, certamente colocariam o cérebro dele no Exor. Quanto tempo levariam para preencher o restante da fórmula? Cem anos? Dez anos? Um ano? Fosse como fosse, agora era tarde demais para esconder o corpo.

O morto parecia olhar para um ponto no teto, como se ainda esperasse que os anjos chegassem para levá-lo. Voassem de volta para o céu carregando sua alma.

Voar.

Engoli em seco.

Tinha que ser feito.

Voltei para o quarto e peguei uma velha mala de couro.

Então desci até o porão e peguei a serra.

## A viagem

Do corredor, uma voz grita o meu nome.

Alguém batendo com força à porta. Pode ser a coronha de uma arma.

A viagem. Preciso me lembrar da viagem. Viena. Londres. Madri. Em seguida, um voo para Marraquexe, de onde peguei carona em um caminhão.

O motorista falava um pouco de russo e perguntou o que eu tinha de tão fedorento dentro da mala. Respondi que era uma cabeça humana, que eu tinha quebrado o crânio com um machado e deixado ao sol por três dias para atrair moscas. Que as moscas tinham entrado em todos os orifícios e colocado ovos que se transformaram em larvas e agora estavam devorando o cérebro. O motorista riu da minha piada, mas ainda queria saber por quê.

— Para ele poder ir para o céu.

— Então o senhor é religioso?

— Ainda não. Primeiro preciso vê-lo ir para o céu.

Depois disso, o motorista não falou mais nada, mas, quando me deixou em El Aium e eu lhe dei meus últimos rublos, ele se inclinou para fora da janela e sussurrou rapidamente:

— Eles estão atrás do *señor*.

— Quem?

— Não sei. Fiquei sabendo em Marraquexe.

Então engatou a marcha no caminhão e desapareceu numa nuvem de fumaça preta de óleo diesel.

Entrei no apartamento, e o ar abafado me atingiu como se eu tivesse dado de cara com uma parede. Passei muito tempo vivendo e trabalhando ali. Havia sofrido, torcido, comemorado, chorado, tomado rumos errados e mesmo assim conseguido o milagre. Mas, acima de tudo, tinha desejado estar em casa com Klara. Abri as janelas e portas e limpei o triturador de memórias. Liguei e respirei aliviado: as baterias ainda forneciam energia. Tirei a foto do casamento da mala, coloquei-a na mesa ao lado do triturador, sentei, respirei fundo, me concentrei. O vento do deserto sacudiu os tapetes pesados na frente das janelas. Então comecei do começo.

Então é assim. A cobra morde a própria cauda e o círculo se fecha.

Fechei os olhos. Agora tudo está dentro. Tudo o que deve ser apagado, deletado. Inclusive Klara. Minha querida, querida Klara. Me perdoe.

Quando a porta se abre com um estrondo, pressiono o botão enorme com a palavra APAGAR. Depois disso não me lembrarei de nad...

Estou olhando para um grande ventilador de teto. Está girando lentamente, mas não consigo me mexer. Ouço dois sons: um zumbido baixo e um som de batida constante. Dois rostos entram no meu campo de visão. Eles estão de farda camuflada cor de areia e com submetralhadoras apontadas para mim. Tenho inúmeras perguntas, mas sei a resposta para pelo menos duas delas. O zumbido não sei do que é, mas as batidas são fáceis de reconhecer. Só podem ser da bengala de Daniel Egger, presidente do conselho da Antoil Med, empresa para a qual trabalho.

— Soltem ele — diz uma voz. E com certeza é a de Egger.

Consigo me mexer novamente, então me sento com as costas retas. Olho em volta. Estou sentado no chão, numa sala quase no breu. A luz só entra por entre os tapetes pendurados nas janelas. Onde raios estamos?

Egger se senta numa cadeira diante de mim. Está fardado, como os outros. É nova demais para ser a antiga farda de coronel dos dias antes de ele assumir o comando da empresa da família. O rosto está levemente queimado de sol. Ele pousa o queixo no castão liso e preto da bengala e aponta seu olhar frio e inteligente para mim.

— Cadê a fórmula? — pergunta ele com a voz rouca. Talvez esteja resfriado.

— Fórmula?

— Do medicamento, idiota.

Ele fala com toda a calma, como se estivesse pronunciando o meu nome. Idiota? Fiz algo errado?

— Mas está nos relatórios que enviei para Kopfer — digo.

— Que relatórios?

— Que relatórios? Os relatórios de pesquisa sobre o HADES1 são enviados semanalmente e...

— Ankh! — grita Egger, me interrompendo. — Estou falando do Ankh.

Olho para ele, olho para os homens armados na sala. O que está havendo?

— Ankh? — repito, enquanto o meu cérebro procura um lugar onde essa palavra possa ter se escondido.

Egger me encara cheio de expectativa no olhar. E então o meu cérebro encontra a palavra lá, na gaveta em que está escondida.

Uma gaveta da minha infância, quando li sobre o Egito.

— Está falando do hieróglifo da vida eterna?

O rosto queimado de sol de Egger fica ainda mais vermelho. Ele se vira para a mesa atrás dele. Tem uma máquina ali, não sei o que é. Parece um daqueles notebooks dos dias anteriores ao colapso da tecnologia civil. Egger pega alguma coisa ao lado da máquina e a segura na minha frente.

— Se não me der a fórmula, vamos encontrá-la e matá-la.

É uma foto numa moldura de madeira. Eu me reconheço, claro, mas não sei quem é a mulher. Estamos vestidos como um casal de noivos, e tento recordar a ocasião. Talvez tenha sido num carnaval, ou alguma brincadeira. Eu realmente me esforço, mas o rosto bonito, embora envelhecido, da mulher não provoca nenhuma associação.

No entanto, parece que Egger está falando sério sobre a ameaça. Me pergunto se ele não está louco.

— Sinto muito, *Herr* Egger — digo. — Mas acho que não faço ideia do que o senhor está falando.

É difícil interpretar exatamente o que vejo no olhar dele. Fúria? Ódio? Perplexidade? Medo? Como eu disse, é difícil.

— Chefe — diz alguém. Olho para o canto da sala e vejo um homem com as insígnias de sargento no peito. Ele aponta a arma para uma mala de couro surrada. — Tem um zumbido vindo dali.

Vejo os outros homens recuarem em direção às paredes.

— Brown! — grita Egger. — Veja se é uma bomba.

— *Jawohl!*

Um homem dá um passo à frente. Está segurando um objeto metálico que lembra o que as pessoas costumavam chamar de telefone celular. Aproxima o objeto da mala. Reconheço a mala. É a que herdei do meu irmão, Jürgen. Eu a trouxe para cá? E de repente me dou conta de por que não sei nada sobre nada, por que tenho essa sensação de estar olhando para um quebra-cabeça no qual faltam não só as peças individuais mas o quebra-cabeça inteiro. Porque aquele aparelho com uma tela sobre a mesa... ele não parece aquele aparelho que eu vi uma vez sendo usado num paciente que sofria de trauma, um triturador de memórias? Uma máquina que fragmenta certas partes da memória, eliminando memórias específicas conectadas por tema, mas deixando o resto intocado? Eu usei essa máquina em mim mesmo? Egger estava perguntando sobre uma fórmula. Será que eu removi uma fórmula da minha memória? Seria a fórmula para uma bomba? Tem uma bomba dentro da...?

— A mala está limpa — diz o homem com o objeto metálico.

— Abra — ordena Egger.

Os homens ao seu redor pressionam as costas nas paredes. Meu coração bate mais rápido.

— Todos nós vamos morrer se não encontrarmos a fórmula — resmunga Egger. — Abra agora!

O sargento dá um passo à frente, abre os dois fechos e parece respirar fundo antes de abrir a mala.

O zumbido fica ensurdecedor, e é como se estivéssemos olhando para uma tempestade preta, uma noite em movimento. Leva um segundo para eu entender o que é. Em seguida, sobe em direção ao teto em uma única massa densa e se divide em partes pretas que novamente se dividem em partes ainda menores. Moscas. Moscas gordas e pesadas. E, agora que estão por toda a sala, a atenção se concentra no que é revelado dentro da mala.

Uma cabeça humana.

O crânio foi partido. Olhos, lábios, bochechas, todas as partes moles se foram, provavelmente devoradas por pelo menos uma geração inteira de larvas que tinham chegado à vida adulta e se transformado em moscas. E, mesmo assim, talvez por causa do incomum formato de ovo da cabeça, tenho a impressão de reconhecer o pesquisador extremamente inteligente que certa vez contratei para ser meu adjunto e assistente, Bernard Johansson.

Um sopro de vento faz os tapetes se agitarem nas janelas, a luz do sol inunda a sala, uma lufada de ar quente acerta o meu rosto.

— As moscas! — grita Egger. — Estão indo em direção à luz! Peguem as moscas!

Os homens o encaram perplexos. Olham para cima e veem que o enxame já desapareceu, como num passe de mágica. Agora só restam algumas moscas ao redor do ventilador de teto que gira lentamente.

Um dos homens abre fogo contra elas.

— Não! — grita Egger. Ele está quase chorando.

Ninguém me impede quando decido me levantar. Vou até a janela e levanto um dos tapetes.

Estou olhando para uma encosta. Vejo telhados de um povoado abaixo de mim que seguem até um ponto em que para de repente, e a partir dali o deserto toma conta de tudo. Depois disso, só areia e um sol que está nascendo e subindo ao céu, ou se pondo e descendo — difícil dizer quando não se sabe para que direção se está olhando. É lindíssimo. E, falando do céu, penso nas moscas que estão agora, pela primeira vez em suas curtas vidas — a vida média de uma mosca é de vinte e oito dias —, livres a caminho do céu, levando o que consumiram da cabeça de Bernard Johansson. Fecho os olhos e sinto uma liberdade notável, apesar dos homens armados atrás de mim. Não sei o que é, só sinto que me livrei de alguma coisa e agora me sinto leve como... bem, como uma mosca.

Se eles não pretendem me prender, vão atirar em mim agora? Talvez, e, se isso acontecer, é por alguma coisa que esqueci, que achei necessário destruir. Pelo menos, essa é a única imagem que surge quando ligo os pontos que conectam as poucas pistas que encontro nesta sala. E, se eu tivesse que resumir os meus dias de vida aqui antes de atirarem, o que poderia dizer? Que usei a minha vida, os meus vinte e oito dias, para desenvolver o HADES1, um medicamento que pode ser o início de algo que vai reduzir o sofrimento da humanidade. Então, não: a minha vida não foi um completo desperdício. Ótimo. Não sinto falta de nada.

Mas ainda assim sinto um curioso vazio em algum lugar dentro de mim. É como se um órgão tivesse sido removido cirurgicamente — não consigo encontrar outra maneira de expressar a sensação. E ali, nesse vazio, sinto que sim, realmente existe alguma coisa que me faz falta.

Sinto falta de ter conhecido o amor. De ter tido uma mulher na minha vida.

# AS CIGARRAS

— PRONTO — FALEI.

— Preparar... — disse Peter.

— Já! — gritamos ao mesmo tempo e partimos em disparada.

A aposta era que o último a cruzar a linha de chegada imaginária entre a praia de Zurriola e a cadeira do salva-vidas, a duzentos metros de distância, teria que comprar cerveja. Mas era também um treino e um ensaio para a nossa participação na corrida de touros de Pamplona dali a dois dias.

Nos primeiros metros não me esforcei ao máximo. Não só porque podia me dar a esse luxo mas porque tinha certeza de que venceria e, ao mesmo tempo, não queria esfregar isso na cara de Peter e deixá-lo de mau humor. A herança genética de Peter Coates não lhe deu muita prática em perder. Ele vinha de uma linhagem de cientistas, modelos e empresários, todos bem-sucedidos, ricos e — pelo menos os que eu conhecia — com dentes excepcionalmente brancos. Mas a família não tinha uma capacidade atlética muito notável. Me mantive alguns metros atrás de Peter e fiquei observando seu estilo de corrida, cheio de energia, mas nada eficaz ou gracioso. Ele tinha músculos, coxas fortes e costas largas, mas, embora não estivesse acima do peso, havia algo de pesado nele, como se tivesse um campo gravitacional mais forte.

Precisei ficar atrás dele quando o caminho se estreitou entre duas espreguiçadeiras e alguns banhistas voltando das águas refrescantes do golfo da Biscaia, e a areia que os pés descalços de Peter levantaram acertou a minha barriga. Ouvimos alguns xingamentos espanhóis muito elaborados das pessoas que iam ficando para trás, mas nenhum de nós reduziu a velocidade. Me posicionei à direita de Peter, mais perto da beira da água, onde a areia era mais firme, agradável e fria. Quando planejamos a viagem, Peter me contou que não só a cidade de San Sebastián tinha alguns dos melhores restaurantes da Europa como também era conhecida por ser relativamente fria na época em que o calor do verão espanhol era mais feroz. Que San Sebastián era o lugar onde os turistas mais sofisticados, e menos amantes do sol, tiravam férias. Felizmente, as nuvens e a brisa constante que tínhamos experimentado desde a chegada, no dia anterior, vinham se mostrando um alívio muito bem-vindo ao calor sufocante de Paris e da viagem de trem até ali.

Subi uma marcha e corri ao lado de Peter. Deu para ver a expressão de vitória em seu rosto corado, com a linha de chegada a menos de cinquenta metros, e como ela deu lugar a um olhar de desespero quando me viu ao lado dele. Eu ainda tinha uma escolha, ainda podia deixá-lo vencer. Uma derrota custaria mais a ele do que uma vitória me recompensaria, ou seja, não era um jogo de soma zero, situação em que os prós e os contras se cancelam, segundo a explicação de Peter. A verdadeira questão, porém, era se ele ficaria mais chateado ainda se percebesse que o deixei vencer. Será que a respiração ofegante de Peter e o fato de ele estar dando tudo de si não me obrigavam a mostrar respeito por ele e, com isso, também dar tudo de mim? Em compensação, será que não havia uma pequena parte de mim que realmente queria esfregar a vitória na cara dele, por ser tão superior a mim em todos os outros aspectos? Trinta metros para a linha de chegada. Escolhas. Parece que temos tanta liberdade — mas temos mesmo? O que eu estava prestes a fazer já não estava escrito nas estrelas?

Dei um sprint e, segundos depois, o ultrapassei. Vi que ele tentou reagir, mas não tinha condições físicas. Sua corrida ficou cada vez mais irregular e ele perdeu o pouco ritmo que tinha. Eu só precisava manter a velocidade para não vencê-lo por muita distância, mas mesmo assim ele ficou para trás. Mais cinco ou seis passadas e atravessaríamos a linha de chegada. Foi quando senti alguma coisa bater na minha perna, perdi o equilíbrio e caí para a frente. Mal tive tempo de amortecer a queda e ver Peter me ultrapassar.

Ele voltou até onde eu estava, as mãos erguidas acima da cabeça, os dentes brancos reluzentes, e eu me sentei, ainda cuspindo areia.

— Trapaceiro!

Tossi enquanto tentava juntar mais saliva.

Peter soltou uma gargalhada.

— "Trapaceiro"?

Eu cuspia sem parar.

— Me derrubou pelas costas.

— E daí? Tinha alguma regra proibindo?

— Ah, qual é? Essa regra todo mundo conhece.

— Isso não existe, Martin. Regras são construções. E construções têm que ser construídas. Antes de isso acontecer, as capacidades de — ele levantou o punho fechado e foi erguendo um dedo de cada vez, para enfatizar cada ponto — resolver problemas, tomar decisões rápidas, pensar fora da caixa, ignorar concepções morais contraproducentes e... — ele sorriu enquanto estendia a mão para me ajudar — ... derrubar pelas costas são tão admiráveis quanto a capacidade de mover as pernas rápido.

Peguei a mão dele e me levantei. Bati a areia do corpo.

— Justo — falei. — Vou ter que me consolar com a ideia de que em um dos seus universos paralelos, nesse exato momento, fui eu que derrubei você pelas costas, fui eu que vim com esse discurso e foi você que teve que ir comprar cerveja.

Peter riu, colocou o braço em volta dos meus ombros e disse:

— Eu pago, você pega, tá bom?


— Universos paralelos existem — repetiu Peter enquanto tomava um gole da garrafa e meio que se contorcia com a toalha, afundando mais na areia.

— Tá bom — falei, realizando a difícil arte de beber deitado, e olhei para o céu cinza acima de nós. — Sei que não entendo a sua física quântica e a sua teoria da relatividade. Tenho certeza de que o que você diz está certo, sobre existir matéria escura suficiente para fazer um universo paralelo. Mas que existe um número infinito de universos... bom, nisso eu tenho problemas para acreditar.

— Em primeiro lugar, essas teorias da física não são minhas, são de Albert Einstein. E do amigo dele subestimado e quase tão inteligente quanto, Marcel Grossmann.

— Bom, Peter, eu não sou nenhum Grossmann, então, se quer me convencer, não pode usar equações e números.

— Mas o mundo *são* equações e números, Martin.

Peter abriu os olhos azuis sob a franja queimada de sol e sorriu para mim com aqueles dentes brancos. Certa vez uma garota me perguntou se eles eram reais, naturais. Não que tenha sido o cérebro científico de Peter ou seus dentes que tenham me atraído e me influenciado a ser, provavelmente, seu melhor amigo. Na verdade, não sei o que foi. Talvez tenha sido essa autoconfiança não forçada e agradável que costuma acompanhar pessoas com grandes heranças e talentos naturais. Porque Peter era um menino que sabia que atenderia a todas as expectativas sem qualquer dificuldade. Era movido pela curiosidade, não pelas ambições que a família tinha para ele. Talvez isso nos aproxime de uma explicação de por que ele escolheu um estudante de artes pobre que morava do lado errado da cidade como seu melhor amigo. Foi ele quem se sentiu atraído por mim, não o contrário. Provavelmente porque eu representava algo que lhe despertava a curiosidade, a única coisa que faltava à sua família: a mente sensível e volátil de artista que, embora muito inferior à dele em matemática e física, era capaz de transcender os limites da lógica e criar algo diferente. A música dos sentidos. Beleza. Alegria. Cordialidade. Calor. Afeto. Tudo bem, eu ainda não tinha chegado a esse patamar, mas estava trabalhando para isso.

Talvez tenha sido a curiosidade, e não o respeito, que o levou a aceitar a condição que estabeleci para fazermos essa viagem juntos: que ele não pagaria nada para mim. Ou seja: viajamos com um orçamento acessível para mim. Foi assim com as passagens de trem saindo de Berlim e atravessando toda a Europa, as noites dormidas em vagões comunitários ou em hotéis baratos e as refeições em restaurantes a preços razoáveis ou self-services. Peter abriu apenas uma exceção. Que, quando chegássemos a San Sebastián — nossa penúltima parada antes do objetivo final da viagem, as festas de são Firmino e a corrida de touros em Pamplona —, teríamos que comer no Arzak, restaurante mundialmente famoso, e ele pagaria a conta.

— Você se convenceria se eu dissesse que Stephen Hawking estava pesquisando universos paralelos quando morreu? — disse Peter. — O físico, sabe, o cara na cadeira de rodas e...

— Eu sei quem era Stephen Hawking.

— Ou melhor: quem *é* Stephen Hawking. Porque, se os cálculos estão corretos, ele ainda está vivo em um universo paralelo. Todos nós estamos. Então, na verdade, vivemos para sempre.

— Isso se *os cálculos* estiverem certos! — resmunguei. — Pelo menos no cristianismo a vida eterna depende da crença em Jesus Cristo.

— Sabe o que vai ser interessante? Dar uma conferida nesse tal de Jesus Cristo quando chegar a hora, quando pudermos nos mover de maneira controlada entre os universos.

— Hã? Isso significa que já está acontecendo de maneira descontrolada?

— Claro. Já ouviu falar de Steve Weinberg?

— Não, mas imagino que ele tenha ganhado o Nobel por alguma coisa — respondi. Minha garrafa estava vazia. Parei de olhar para a frente, para o mar de ondas preguiçosas, e olhei para trás, para o quiosque.

— Física — completou Peter. — De acordo com a teoria dele, nós, como o conjunto de átomos vibrantes que realmente somos, podemos vibrar na mesma frequência de um universo paralelo, da mesma forma que você pode estar ouvindo uma estação de rádio em uma frequência e de repente ouvir outra ao fundo. Quando isso acontece, os universos se dividem e você pode entrar em uma realidade ou na outra. Sabe quem é Michio Kaku?

Tentei passar a impressão de que conhecia o nome de algum lugar, mas estava com dificuldade para localizá-lo.

— Qual é, Martin? Aquele professor simpático que tem cara de japonês e fala na TV sobre teoria das cordas.

— O cabeludo legal?

— Hum, é, esse. Ele acredita que a sensação de déjà-vu *pode* ser resultado do fato de já termos dado uma olhada nesse universo paralelo.

— Onde estivemos no passado?

— Onde estamos *no momento*, Martin. Estamos vivendo uma infinidade de vidas paralelas. Essa realidade — ele gesticulou para guarda-sóis, espreguiçadeiras e banhistas — não é nem mais nem menos real que as outras. É por isso que a viagem no tempo é possível: não existe paradoxo a partir do momento em que existem universos paralelos.

— Mas e quanto aos paradoxos temporais, às autocontradições que impossibilitam a viagem no tempo, como, por exemplo, você poder viajar no tempo e matar a própria mãe antes de você nascer?

— Pense da seguinte maneira: se você está viajando no tempo, então, por definição, dividiu o universo em dois, e num universo paralelo, ou em algum outro universo, é possível que existam dois de você. Você pode estar morto e vivo ao mesmo tempo.

— E você entende tudo isso?

Peter refletiu sobre a minha pergunta. Então fez que sim. Não era arrogância, apenas a autoconfiança honesta dos Coates.

Tive que rir.

— E agora você vai descobrir como viajar no tempo?

— Se eu tiver sorte, sim. Mas primeiro tenho que entrar para a equipe de pesquisa do Cern.

— E o que eles vão dizer quando um moleque de 25 anos disser que quer fazer as pessoas viajarem no tempo?

Peter deu de ombros.

— Quando a Apollo 11 pousou na Lua, a idade média na sala de controle de Houston era de 28 anos.

Fiquei de pé.

— Nesse exato momento estou planejando uma viagem ao quiosque — falei. — Vou trazer mais cerveja.

— Vou com você — disse ele e se levantou.

Nesse momento alguém deu um grito, e Peter se virou com a mão protegendo os olhos do sol.

— O que houve? — perguntei.

— Parece que tem alguém com problema. Lá — disse, apontando.

Tínhamos ido a Zurriola porque era a praia de surfe de San Sebastián. Não porque nós surfamos, mas porque nela teria gente jovem, da nossa idade, o que significava quiosques de praia mais legais. E ondas maiores. Vi uma touca de natação rosa subindo e descendo entre as cristas azuis das ondas. Em seguida, ouvi uma mulher atrás de nós começar a gritar. Me virei automaticamente para o posto do salva-vidas, um banquinho sobre palafitas um pouco adiante na praia. A cadeira estava vazia, e não vi nenhum salva-vidas indo para a água. Não me lembro de ter tomado a decisão, simplesmente comecei a correr sem esperar por Peter, que, sabe-se lá por quê, não tinha aprendido a nadar.

Corri na água rasa levantando os joelhos para chegar o mais longe possível antes de começar a nadar. A última coisa que fiz antes de mergulhar — enquanto ainda tinha uma visão clara — foi direcionar o corpo para a pessoa de touca rosa. Quando voltei à superfície e comecei a fazer minha versão do nado crawl — uma técnica autodidata, mas bastante eficaz —, percebi que estava mais longe do que havia imaginado e que teria que encontrar um ritmo que me permitisse respirar entre as braçadas. A que distância ela estava? Cinquenta metros? Cem? Difícil chutar distâncias dentro da água. A cada dez braçadas eu fazia uma pausa rápida para ver se estava indo na direção certa. As ondas não eram grandes o suficiente para quebrar, e provavelmente por isso não havia surfistas na água, mas elas ainda eram grandes o suficiente para fazer a garota desaparecer — porque era uma garota, agora dava para ver — cada vez que eu mergulhava. Eu devia estar a uns dez, no máximo vinte metros agora. Ela não estava mais gritando; gritou apenas uma vez. Concluí que ou ela viu que a ajuda estava a caminho e estava poupando energia ou não tinha mais forças para gritar. Ou então ela não estava tendo problema nenhum e só gritou porque talvez um peixe tenha roçado no seu pé. Essa última possibilidade eu descartei quando fui erguido pela onda seguinte e vi a touca rosa desaparecer debaixo da água. Subiu. Desapareceu de novo. Enchi os pulmões, bati as pernas e mergulhei. Eu provavelmente conseguiria vê-la ali embaixo se o dia estivesse ensolarado e a água estivesse clara, mas, como a cidade de San Sebastián é famosa pelo tempo nublado, vi apenas bolhas e tons de verde no mar escuro. Continuei nadando. A água estava mais escura e mais fria. Não costumo pensar na morte, mas naquele momento pensei. Foi a touca de natação que me salvou. Ou salvou a garota. Se não fosse uma cor tão vibrante, era possível que eu jamais tivesse conseguido vê-la, porque seu maiô era preto e sua pele, escura. Me aproximei. Ela parecia um anjo adormecido enquanto seu corpo balançava ali, sem peso, ao som dos ecos baixos das ondas. Era um silêncio absoluto. Uma solidão sem tamanho. Só eu e ela. Segurei-a de lado, com o braço ao redor das costelas, abaixo dos seios, e nos puxei de volta para a luz. Senti seu calor no meu braço e o que acreditei ser a batida lenta do seu coração. Então aconteceu uma coisa estranha. Pouco antes de chegarmos à superfície, ela virou a cabeça para mim e me encarou com aqueles olhos grandes e escuros. Como alguém que retornou dos mortos, alguém que atravessou para um universo em que as pessoas respiravam água. No momento seguinte, enquanto nossas cabeças faziam a transição do mundo líquido para o ar, seus olhos se fecharam mais uma vez, e ela boiou nos meus braços, totalmente imóvel.

Ouvi gritos vindos da praia enquanto boiava de costas com a cabeça da garota no meu peito e batia as pernas para voltar até a areia. Quando chegamos ao raso, Peter, o salva-vidas e um homem que se dizia médico se aproximaram e a ajudaram a chegar a terra firme. Fiquei deitado no raso, tossindo água e tentando recuperar as forças.

— *S.O.S. Malibuuu!*

Abri os olhos. Um homem de barba ruiva e rosto igualmente vermelho e queimado de sol me encarava. Ele abriu um sorriso largo e grosseiro, cheio de dentes. Seu kilt estava imundo, assim como sua camisa azul, que era — se não me engano — da seleção da Escócia.

— Você é um herói de verdade — continuou ele com seu sotaque escocês arrastado, mas compreensível, enquanto me ajudava a levantar.

Quando nós dois estávamos em pé, porém, fui eu que comecei a apoiar o sujeito, que estava totalmente bêbado.

— A pergunta é: você pode me salvar, *S.O.S. Malibu*? Preciso de vinte euros para chegar a Pamplona.

— Eu até tenho, mas preciso do dinheiro — falei, e era verdade.

Olhei para a multidão mais adiante na praia e notei uma mulher de meia-idade usando uma roupa que superava a do escocês: hijab e biquíni. Estava de pé, curvada sobre o médico, e Peter, que eu mal conseguia ver no meio da multidão, estava ajoelhado ao lado da garota. A mulher ora chorava, ora dava bronca, mas ninguém parecia prestar atenção nela. Quando me virei para o escocês, ele já estava se aproximando de outros banhistas. Me juntei ao grupo.

— Como ela...?

— Está respirando — respondeu Peter sem olhar para mim. — Estamos esperando uma ambulância.

Ele fez um carinho no rosto da garota, escondendo-o parcialmente de mim, de modo que tudo o que eu conseguia ver era a testa dela. Logo abaixo da linha da testa, onde começava o cabelo preto brilhante, pequenos tufos de cabelo macio que já estavam secos se agitavam com a brisa leve.

Senti a mão de alguém se fechar em volta do meu braço, e a mulher de biquíni e hijab começou a falar comigo. Parecia árabe, ou talvez persa, ou talvez turco. Ou talvez eu só tenha pensado isso porque ela parecia ser dessa parte do mundo. Seja como for, não entendi uma palavra do que ela disse.

— Inglês, por favor — pedi.

— Russkii? — perguntou ela.

Balancei a cabeça.

— Filha — disse ela e apontou para a garota. — Miriam.

— Ambulância — falei.

Ela me olhou com cara de quem não tinha entendido, descambou a falar na mesma língua e então apertou meu braço, como se eu fosse capaz de superar a barreira do idioma se me concentrasse o suficiente.

— Hospital — falei sem convicção, e imitei alguém dirigindo, mas ela não respondeu.

Uma sirene soou ao longe e perdeu força na brisa, e apontei para a direção do som. A mulher se animou.

— Ah, hospital — falou ela, embora eu não tenha sentido diferença na forma como eu tinha acabado de dizer a mesma palavra. A mulher se afastou de mim, desapareceu e voltou carregando duas bolsas no momento em que o pessoal da ambulância chegou correndo, a maca parada em frente à fileira de quiosques na praia. O médico e a mãe da menina foram ao lado da maca. Peter e eu ficamos olhando para eles. Então, sem dizer uma palavra, Peter pegou o telefone que estava na toalha e correu até a ambulância. Para a minha enorme surpresa, ele se aproximou da mãe e começou a conversar com ela. Ele digitou alguma coisa no teclado e mostrou a ela, que fez que sim com a cabeça. Ela deu um beijo na bochecha dele e entrou na ambulância, que partiu imediatamente, dessa vez sem a sirene.

— Como você se comunicou com ela? — perguntei a Peter quando ele voltou.

— Eu escutei quando ela perguntou se você falava russo.

— E *você* fala russo?

— Um pouco. — Ele sorriu. — Disciplina opcional na minha escola.

— E você escolheu russo porque...

— Porque pelo menos metade das pesquisas realmente boas sendo feitas em física são escritas em russo.

— Ah, claro.

— Elas são do Quirguistão. Todo mundo de lá com mais de 40 anos fala um pouco de russo.

— Seja como for, ela parecia satisfeita por você saber falar russo.

— Talvez.

— Ela te deu um beijo.

Peter abriu um sorriso.

— O meu russo é pavoroso. Pelo que falei, ela teve a impressão de que fui eu que resgatei a filha dela, e eu...

— Você?

Peter sorriu de novo. Era um cara bonito, mas, ao longo da viagem — provavelmente devido ao que, para ele, era uma dieta extraordinariamente espartana —, seu rosto tinha perdido um pouco da redondeza infantil e seus músculos estavam visíveis no corpo bronzeado, que até recentemente era um pouco gordinho.

— E eu não corrigi.

— Por que não? — perguntei, embora já tivesse uma ideia da resposta.

— O rosto daquela garota — disse ele, ainda sorrindo. — E aqueles olhos. Quando ela recobrou a consciência e abriu os olhos... — A voz dele tinha um tom sonhador bem diferente do de Peter que eu conhecia e que dizia que não tinha tempo para sentimentalismo.

— Você devia ter visto os olhos dela, Martin.

— Eu vi. Ela abriu os olhos por um segundo ou dois enquanto estávamos debaixo da água.

Peter franziu a testa.

— Você acha que ela te viu? Quer dizer, acha que ela reconheceria você como a pessoa que a salvou do afogamento?

Balancei a cabeça.

— O rosto fica muito diferente debaixo da água. Nem eu sei se a reconheceria.

Peter olhou para o sol como se quisesse ofuscar a própria visão.

— Tem alguma objeção, *meu velho*?

— Em relação a quê?

— Em relação a fingirmos que fui eu que nadei até lá para salvá-la.

Não respondi, porque não sabia o que dizer.

— Como eu sou idiota — disse Peter, de olhos fechados, com aquele sorriso que parecia não querer deixar seu rosto. — Qual é o sonho de alguém que nada dia após dia, ano após ano, sabendo que nunca vai ser campeão mundial? Claro! O sonho é de um dia salvar alguém morrendo afogado e ser celebrado como herói. Talvez até receber uma medalha, para um dia poder contar essa história para os filhos. Não é?

Dei de ombros.

— Em algum lugar dentro de mim, lá no fundo, deve existir esse sonho besta, sim.

— E, quando ele finalmente se torna realidade, eu peço para levar o crédito. E tudo por causa de um lindo par de olhos. Que baita amigo eu sou! — Ele riu balançando a cabeça. — Devo estar sofrendo uma insolação. Pedi à mãe dela o número do celular para poder ligar e ter certeza de que ficaria tudo bem, como o médico disse que ficaria.

— Meu Deus. Você...

— É, Martin! Eu preciso ver aqueles olhos de novo. Aquelas sobrancelhas. Aquela testa. Aqueles lábios pálidos. E aquele corpo... Meu Deus, a garota é uma verdadeira ninfeta.

— Exato. Um pouco jovem demais para você, não acha?

— Ficou louco? A gente tem 25 anos. Nada é jovem demais para nós!

— Duvido que ela tenha mais de 16, Peter.

— No Quirguistão, elas se casam aos 14.

— Você se casaria com ela se ela tivesse 14 anos?

— Sim! — Ele colocou as mãos nos meus ombros e me sacudiu, como se fosse eu que tivesse enlouquecido. — Estou apaixonado, Martin. Sabe quantas vezes isso aconteceu comigo?

Pensei.

— Duas e meia. Isso se você sempre me contou a verdade.

— Nunca! Não que eu estivesse mentindo. Só pensei que eu sabia o que era o amor. Mas agora sei.

— Tá bom, então.

— "Tá bom" o quê?

— Tá bom, você pode ser a pessoa que salvou a garota.

— Sério?

— Sério, e podemos fechar esse acordo se você parar de me sacudir e prometer que vai deixar a garota em paz se ela tiver menos de 18 anos.

— E você jura que nunca, nunca vai contar para ela, ou para a mãe dela, ou para qualquer outra pessoa?

Dei risada.

— Nunca — falei.

Naquela noite eu tive um sonho estranho.

Peter e eu dividíamos um quarto num dos hoteizinhos da cidade velha. As vozes e as risadas vindas dos restaurantes na rua de pedestres, logo abaixo da nossa janela aberta, se misturavam aos sons externos e à respiração estável de Peter, deitado na cama do outro lado do quarto, tecendo a matéria que compõe os sonhos.

Eu estava — não surpreendentemente — debaixo da água e carregava nos braços o que achava ser uma pessoa, mas, quando abri os olhos, me vi encarando um par de olhos de peixe escuros e injetados, iguais aos que Peter estava olhando no balcão dos peixes no restaurante onde tínhamos comido mais cedo naquela noite. Peter havia me explicado que os olhos dizem quase tudo que é preciso saber sobre o peixe escolhido, mas teve o cuidado de apertar o corpo do animal para saber até que ponto estava fresco e se tinha muita gordura. Ele também arranhou as escamas, porque ao que parece as escamas caem quando se faz isso num peixe de criadouro. Peter havia me ensinado todo tipo de coisa elementar sobre comida de restaurante, como essa, e sobre vinho. Antes de conhecê-lo, eu nunca tinha me dado conta de que a minha família não era lá muito culta. Quer dizer, sabíamos muito sobre as últimas tendências em arte, música, cinema e literatura, mas, quando se tratava de clássicos e dramas — que Peter consumia desde os 12 anos —, ele estava muito à frente de mim. Era capaz de citar longas passagens de Shakespeare e Ibsen, embora às vezes demonstrasse falta de compreensão do conteúdo e do significado. Era como se ele empregasse o método científico para dissecar até os textos que provocavam as emoções mais intensas e que estavam na vanguarda estética.

Levei um susto quando vi os olhos de peixe da garota; e, quando aquele corpo escorregadio de peixe deslizou dos meus braços e ela nadou rumo à escuridão abaixo de nós, vi que a touca de natação não era rosa, mas vermelha.

\* \* \*

Acordei com uma luz que ia e vinha, como se alguém estivesse girando uma lanterna na frente das minhas pálpebras. Quando abri os olhos, vi que era o sol atravessando as cortinas que balançavam à brisa da manhã.

Me levantei, senti o frio do piso de madeira nos pés naquele quarto grande e pouco mobiliado e coloquei as calças e uma camiseta enquanto falava para as costas imóveis de Peter na outra cama.

— Hora do café da manhã. Você vem?

Ele respondeu com um resmungo, o que sugeria que ainda estava sob efeito do vinho da noite anterior. Peter não aguentava beber, ou, pelo menos, tinha menos resistência que eu.

— Quer que eu traga alguma coisa?

— Um espresso duplo — sussurrou ele, rouco. — Te amo.

Saí do albergue e fui andando pela calçada ensolarada até encontrar um restaurante aberto que, para minha surpresa, tinha um bom café da manhã, ao contrário das porcarias oferecidas em pontos turísticos.

Dei uma olhada num jornal basco que alguém havia deixado para trás, procurando, talvez, alguma menção ao heroísmo na praia no dia anterior, mas, como basco é uma língua diferente de qualquer outra, não consegui entender uma palavra sequer. Talvez o quirguiz também fosse. Porque é assim que se chama o idioma deles, não é? Quirguiz ou algo do tipo. Por sua vez, as pessoas do Paquistão são paquistanesas, não páquis. Depois de pensar em tudo isso sem chegar a conclusão alguma, tomar o meu café da manhã e pedir um espresso triplo para viagem, voltei para o albergue.

Ao entrar no quarto e colocar o copo na mesinha ao lado da cama vazia de Peter, notei que o tapete do chão tinha sumido.

— Cadê o tapete? — gritei para o banheiro, de onde ouvi o som inconfundível de Peter escovando os dentes. Imaginando que ali estivesse seu segredo para ter dentes tão brancos, certa vez pensei em fazer um estudo mais aprofundado da sua técnica de escovação.

— Tive que jogar fora, vomitei nele — ouvi do banheiro.

Peter apareceu à porta. E realmente parecia péssimo. Estava pálido, como se alguém tivesse lhe dado um banho de cloro para apagar o bronzeado, e tinha leves olheiras. Parecia dez anos mais velho que o menino eufórico que se declarou apaixonado pela primeira vez apenas um dia antes.

— Foi o vinho?

Ele balançou a cabeça.

— O peixe.

— Sério? — Parei para prestar atenção, mas a minha barriga parecia bem. — Acha que vai estar melhor hoje à noite?

— Não sei — respondeu Peter, fazendo careta.

Tínhamos reservado a mesa no Arzak havia quatro meses, numa decisão tomada de última hora. Baixamos o cardápio e, no trem atravessando a Europa, planejamos ansiosamente a refeição do início ao fim, em várias versões. Não é exagero dizer que eu estava realmente ansioso por esse momento.

— Parece que você acabou de morrer — falei. — Vamos lá, Lázaro, não deixa um pedacinho de peixe podre...

— Não é só o peixe — interrompeu Peter. — A mãe de Miriam acabou de ligar.

Sua expressão séria tirou o sorriso do meu rosto.

— Parece que as coisas não estão correndo tão bem quanto o esperado e ela pediu que eu fosse ao hospital. Ninguém lá entende uma palavra sequer de russo.

— Miriam? Ela...?

— Não sei, Martin. Mas tenho que ir para lá imediatamente.

— Eu vou junto.

— Não — disse ele com firmeza enquanto enfiava os pés numa espécie de mocassim macio que as pessoas do lado em que ele morava na cidade costumavam usar.

— Não?

— Só deixam entrar um visitante por vez, então pediram que eu fosse sozinho. Te ligo quando tiver mais informações.

Fiquei parado no meio do quarto, no retângulo pálido deixado no chão pelo tapete, me perguntando se ele estava falando mais de Miriam ou da nossa ida ao restaurante.

\* \* \*

Ao sair, vi a ponta do tapete enrolado dentro de uma lixeira no estacionamento nos fundos do albergue. Pensei no fedor de peixe vomitado e passei correndo. Andei sem rumo, vagando pelas ruas de San Sebastián. Era claramente uma cidade para gente rica. Não os russos vulgares, os árabes inoportunos, os estadunidenses barulhentos ou os *nouveaux riches* presunçosos do meu país. Era uma cidade para quem sabe que é rico e privilegiado, para quem não se orgulha nem se envergonha da posição que ocupa, para quem não sente necessidade de esconder nem de exibir o fato de ser rico. Para quem dirige um carro que parece o das outras pessoas, mas, caso se interesse em saber, custa o dobro. Em San Sebastián e em outras cidades de veraneio, essa gente vive numa espécie de elegância despojada e descontraída, morando em grandes casas escondidas atrás de sebes altas, com portões de ferro forjado enferrujados e fachadas que parecem precisar de uma demão de tinta. Suas roupas parecem confortáveis, mas, para os não iniciados, para gente comum, elas têm um estilo discreto e atemporal, compradas em lojas que Peter conhece e não consegue entender como eu não conheço e que vendem roupas que eu não tenho dinheiro para pagar. A classe alta sabe muito sobre a classe trabalhadora e os pobres e sente um fascínio profundo por eles, especialmente se puder se gabar de bisavós que começaram lá embaixo. Mas em geral não tem o menor conhecimento sobre as classes médias altas, aquelas que estão ansiosas para se firmar na escada que leva à classe alta. São como moradores da cidade que não fazem a menor ideia dos aspectos mais elementares da vida na vizinhança, mas conhecem a fundo tudo que é remoto e exótico.

Andando pelas ruas largas de San Sebastián, ouvi as vozes ao meu redor falando espanhol, basco, francês e algo que talvez fosse catalão. Mas nenhuma língua nórdica. Percorri a cidade como um forasteiro, da mesma forma que havia percorrido o círculo social de Peter. Seus amigos me tratavam com cordialidade e hospitalidade e abriam as portas para lugares que fingiam não saber que eu não tinha o direito de entrar.

— Você tem que comparecer ao nosso Baile de Outono, Martin, *todo mundo* vai estar lá!

Os primeiros sinais de "Pare" surgiram quando começaram a falar do "traje" correto. A palavra significa apenas o que se veste, mas nesse contexto não se trata de um simples smoking, mas o smoking *certo*. A forma de usá-lo e todos os outros detalhes mínimos e secretos que podem mostrar — e mostram — a todos que você é um estranho ali. A forma como os olhares das pessoas podem revelar — e de fato revelam, apesar do exterior acolhedor — o leve desprezo que sentem por forasteiros, os quais, sem pensar muito, consideram candidatos petulantes que estão tentando se juntar às suas fileiras, pressupondo automaticamente que todo mundo quer fazer parte desse grupo. Porque essas pessoas sabem qual é o seu lugar — no topo da cadeia alimentar. Ou seja, sempre existe espaço para alguém ainda mais acima, e é nisso que está o foco dessa gente, nesse próximo degrau acima.

Nesse sentido, Peter provavelmente era um pouco mais descontraído que seus amigos. Não que não fosse competitivo quando traçava um objetivo, mas ele não parecia movido por ambição social, e sim por curiosidade e entusiasmo genuínos. É claro que uma pessoa que já é automaticamente aceita sente menos necessidade de ser aceita, e acho que por isso Peter era tão elegante e fácil de gostar. Ou tão difícil de desgostar. E, como escolhido dele, um pouco disso respingava em mim.

As garotas do círculo social de Peter pareciam me adorar. O "selo de aceitação" dele funcionava como um ingresso para mim, ao mesmo tempo que eu era considerado um cara "empolgante", e até um pouco "perigoso", o que teria feito os garotos que me conheciam do meu antigo bairro caírem na gargalhada. Apesar de ter um leve sotaque, que inclusive havia perdido a força, eu ainda falava como alguém do East End, e Peter me descrevia como um artista, sem o prefixo "aspirante a", o que seria mais correto. Passei umas poucas noites com algumas dessas garotas sem partir nenhum coração. Elas pareciam tão satisfeitas com a efemeridade e a falta de compromisso quanto eu. Acho que chamavam de "ficada" quando falavam sobre isso com as amigas. Porque era exatamente isto: um pequeno desvio da realidade cotidiana. Porque, naturalmente, elas não gostariam de se envolver seriamente com alguém tão pouco sério quanto um aspirante a artista do East End, por mais fofo e legal que ele fosse.

Uma delas era uma antiga paixão de Peter, uma garota que se interessava por cavalos. Numa festa na casa de Peter, contei que costumava montar no velho cavalo na fazenda dos meus avós e ela me convidou para cavalgar com ela. Falei que primeiro teria que perguntar a Peter se não havia problema.

Peter só deu uma risada.

— Vai em frente — disse e deu um soquinho no meu antebraço.

E foi o que fiz. Talvez, em algum momento, tenha me ocorrido que transar com uma garota de classe alta usando equipamento de montaria fosse um clichê erótico, mas nem por isso foi menos legal. Na verdade, provavelmente foi mais. Contudo, assim que comecei, animado, a contar a Peter o que havia acontecido, percebi que tinha cometido um erro de cálculo. Um leve tensionamento dos músculos faciais, uma rigidez quase imperceptível no sorriso. Então menti — disse que tentei, mas não deu certo. Não sei por que isso pareceu fazer com que ele gostasse mais de mim, porque da forma como contei a história fez parecer que eu não tive nenhum escrúpulo em tentar seduzir a primeira namorada do meu melhor amigo. Só me restava torcer para que ela não contasse nada sobre a nossa "ficada". Porque naquela fração de segundo vi uma coisa, uma coisa naquele sorriso rígido, uma coisa desconhecida, mas, ainda assim, conhecida — um Peter que eu não reconheci, mas que de uma forma ou de outra eu sabia que estava lá.

Quando voltei para o albergue, vi que a lixeira no estacionamento nos fundos do terreno tinha sido esvaziada. Subi para o quarto, me deitei na cama, fechei os olhos e escutei os sons que entravam pela janela. Era uma coisa que eu tinha notado antes, a forma como os sons naturais e os ruídos das cidades podiam mudar ao longo do dia, como se seguissem ciclos regulares ordenados por rotinas, atividades comunitárias e luz do dia. Nesse momento, dava para ouvir o som estridente de um gafanhoto ou de uma cigarra causado pela vibração de uma membrana, um sinal frenético de acasalamento que o macho foi criado para fazer e, portanto, não pode deixar de fazer, escravo dos próprios instintos sexuais.

Quando acordei, o quarto estava às escuras. Eu sentia o gosto de cinzas e meu sonho escapou das garras da memória. Mas tinha alguma coisa a ver com um tapete voador.

Olhei para o relógio de pulso. Oito e meia. A mesa estava reservada para as nove. Olhei o celular. Nada de Peter. Liguei, sem resposta. Enviei uma mensagem com um simples ponto de interrogação. Esperei dez minutos, me vesti e saí.

Às nove e cinco o táxi me deixou em frente ao Arzak. Ficava no térreo do que parecia ser um prédio residencial. O nome do restaurante estava num toldo estreito e arqueado sobre a entrada. Não havia nenhuma placa luminosa, nada que remetesse às três estrelas no Guia Michelin. Mandei outra mensagem para Peter, disse que esperava que estivesse tudo bem, que eu estava em frente ao Arzak, que iria entrar e esperar à mesa caso ele estivesse a caminho.

Dessa vez a resposta chegou de bate-pronto.

*Não. Volte para o albergue agora, estou indo direto do hospital e te encontro lá. Levo você ao Arzak depois.*

Enfiei o telefone no bolso e procurei um táxi na rua, mas não vi nenhum. Resolvi entrar no famoso restaurante, explicar a situação e talvez fazer com que eles reservassem um táxi para mim. Fui recebido por um maître de colete vermelho. Pedi desculpas pelo fato de Peter Coates e sua companhia não poderem comparecer naquela noite, mas que Coates teve que fazer uma visita ao hospital. O maître olhou para o plano de mesas da noite, que estava diante dele, enquanto eu corria os olhos pelo restaurante. Era um lugar simples, mas decorado com muito bom gosto, elegante e acolhedor ao mesmo tempo. Meus pais teriam gostado do lugar se pudessem pagar, e talvez por isso eu tenha tido a estranha sensação de ter estado ali antes.

— Mas o Sr. Coates e sua companhia estão aqui, senhor — disse o maître com um forte sotaque espanhol.

Fiquei boquiaberto. Ele me encarou.

— Se houve algum mal-entendido, talvez queira falar com ele, senhor.

— Sim — falei sem pensar. — Quero, obrigado.

Assim que comecei a segui-lo me arrependi. Obviamente tudo havia sido um mal-entendido: ou o maître não enxergava bem ou alguém usou a nossa reserva. De qualquer forma, não havia nada que eu pudesse fazer. Olhei para o meu celular e reli a mensagem de Peter para ter certeza de que não havia entendido errado. Quando levantei a cabeça e a avistei, pareceu tão óbvio que fiquei surpreso por não ter me ocorrido antes, mas ao mesmo tempo foi uma surpresa total.

Peter estava sentado de costas para mim e, pela linguagem corporal, dava para ver que estava falando animadamente, sem dúvida sobre nossas concepções limitadas de espaço e tempo. Ela estava em silêncio. O olhar dela vagou por sobre o ombro dele e encontrou o meu. Foi como se um choque elétrico percorresse seu corpo. E o meu. Ela estava usando um vestido preto liso. Os olhos, ou talvez fossem apenas as pupilas, eram dois círculos pretos enormes, quase anormais, no rosto largo. A boca também era grande, com lábios generosos. Mas o restante era pequeno. O nariz, as orelhas, os ombros, e não dava para notar os seios sob o tecido do vestido. Talvez tenha sido esse corpo jovem e esguio de menina que tenha me feito supor que ela era mais jovem do que eu estava vendo que era de fato. Ela provavelmente tinha mais ou menos a mesma idade que Peter e eu.

Ela não tirou os olhos dos meus. Talvez eu tenha despertado alguma lembrança adormecida do momento em que ela me encarou debaixo da água. Ela parecia bem. Peter continuava imerso na descrição de uma realidade que ele acreditava ser mais real do que que nós três habitamos, mas eu sabia que era só questão de tempo até ele notar a expressão no rosto dela e virar para trás.

Não consigo explicar todos os pensamentos, os pensamentos pela metade e os princípios de pensamento que colidiram uns com os outros e me fizeram reagir como o fiz. Naquele momento, desviei os olhos da direção dela, deixei meu olhar vagar pelo salão como se não tivesse encontrado o que estava procurando, dei meia-volta e saí rapidamente.

Fingi que estava dormindo quando Peter entrou no nosso quarto, à meia-noite e meia.

Ele ficou parado à porta, escutando com atenção, depois tirou a roupa em silêncio e se deitou na cama sem acender a luz.

— Peter? — murmurei como se tivesse acabado de acordar.

— Foi mal. Eles não me liberavam no hospital...

— Ah... E como a garota está? Miriam, não é?

— Ainda muito fraca, mas vai ficar bem. — Na escuridão ele fez um som de bocejo. — Boa noite, Martin. Mais uma vez, mil desculpas. Vamos encontrar um bom restaurante em Pamplona.

Eu estava prestes a falar tudo. Que tinha visto os dois no restaurante. Iria expô-lo com ar triunfal, iria fazê-lo rir da situação também, iria dizer que, claro, eu entendia suas prioridades, que, naturalmente, quando conseguiu uma mesa no melhor restaurante do mundo, levou a garota com quem esperava se casar. Que provavelmente eu pensaria do mesmo jeito. Que em situações que podem mudar a vida de uma pessoa, como essa, a lealdade com os amigos tinha que ficar em segundo plano. Além do mais, esse amigo em questão não tinha demonstrado nenhum interesse especial em restaurantes gourmet quatro meses antes.

Eu teria dito isso tudo mesmo, porque Peter havia demonstrado mais consideração do que a situação exigia. Afinal, ele estava disposto a mentir para mim e me enganar, não é? Ele tinha se dado a todo esse trabalho nada agradável só para evitar me magoar, certo? Mas é claro que eu não me senti magoado! Bem, na verdade, sim, me senti um pouco magoado. Me dói pensar que ele tinha tão pouca fé na minha consideração por ele a ponto de achar que eu não entenderia totalmente que ele preferia a companhia da pessoa que poderia ser — se ele fizesse tudo certo no pouco tempo que tinha à disposição — o amor da sua vida.

Mas não falei nada. Não sei por quê. Talvez tenha sido a sensação de que era ele quem deveria falar, e não esperar que eu expusesse a mentira. Seja como for, os segundos foram se passando, e a certa altura já era tarde demais. Se eu dissesse alguma coisa o resultado não seria mais os dois caindo na gargalhada e ele morrendo de vergonha. Porque no decorrer daqueles poucos segundos eu também menti. E, ao fazer isso, fingindo não saber de nada, permiti que ele desenvolvesse a mentira e se enroscasse mais nela. Se eu o expusesse agora, criaria um ar de desconfiança entre nós.

Fechei os olhos. Foi confuso. Muito confuso.

De olhos fechados, vi os olhos dela. O que ela sabia? Sobre mim, sobre Peter? Ela havia enxergado através da ficção e sabia que fui eu quem a salvou? Ela se lembrou de mim? Foi isso que eu tinha visto no olhar dela? Se sim, por que ela não disse a ele que havia me visto no restaurante? Não. Impossível, ela não se lembraria de mim, mal chegou a estar consciente. Depois de um tempo, ouvi a respiração de Peter, profunda e uniforme. E adormeci também.

Na manhã seguinte, Peter e eu fizemos o check-out, pegamos um táxi até a estação de trem e embarcamos para Pamplona. O trem estava lotado, mas felizmente tínhamos reservado as passagens com antecedência. A viagem de subida para o interior do país levou uma hora e meia. Desembarcamos pouco depois das nove, o tempo ainda estava um pouco frio, mais que em San Sebastián, embora o céu estivesse limpo e o sol brilhasse.

Encontramos o lugar onde iríamos ficar, uma casa particular que, como tantas outras da cidade, alugava quartos para turistas durante as festas de são Firmino.

O festival oferecia uma ampla gama de atividades. Eu tinha lido que, para muitos católicos e moradores da região, as partes mais importantes eram as procissões religiosas, as danças folclóricas e as apresentações de teatro. Para os aficionados por esportes sangrentos, o importante era a *Morte ao entardecer*, de Hemingway, a tourada na Plaza de Toros de Pamplona. Para todos os outros, era a corrida dos touros que acontecia toda manhã pelas ruas estreitas de paralelepípedos da parte antiga da cidade e terminava na arena de touradas.

Peter e eu tínhamos combinado de participar da corrida de touros duas vezes durante os nove dias de festival, pois achávamos que a segunda vez seria muito diferente da primeira, tendo em vista que já saberíamos o que esperar. Ou, como disse Peter: "Serão duas primeiras vezes." Eu não tinha pensado nisso, que também existe uma primeira vez para viver algo pela segunda vez.

Depois de conhecer nossos anfitriões e nos acomodarmos nos nossos quartos pequenos, mas limpos, saímos para tomar café da manhã antes do Chupinazo, o cerimonial de lançamento de um foguete pirotécnico da sacada da prefeitura, ao meio-dia, que marca o início do festival. Estávamos na praça junto de milhares de pessoas aplaudindo e cantando, muitas com as características camisa e calça brancas e lenço vermelho que tínhamos visto nas fotos. A atmosfera era tão empolgante que por um tempo esqueci o que tinha acontecido em San Sebastián.

Nossos quartos ficavam a menos de cem metros da praça da prefeitura, mas mesmo assim levamos vinte minutos para atravessar a multidão que praticamente bloqueava as ruas estreitas. Ali, ouvimos mais línguas do que em San Sebastián. Em frente a um bar, onde a clientela se espalhava pela rua, nos ofereceram vinho pelo simples fato de termos comprado lenços vermelhos e boinas bascas de um vendedor ambulante.

— Estou feliz — disse Peter depois de bebermos a sangria doce, trocarmos promessas de amizade eterna com nossos novos amigos espanhóis e seguirmos em frente. Eu vinha notando que ele verificava o celular a cada cinco minutos desde o início da manhã, mas não falei nada. Depois de um breve cochilo no quarto, saímos de novo para comer churros e tomar conhaque. Seguimos a música, o fluxo de pessoas e tentamos falar todas as línguas que ouvimos ao nosso redor. Em dado momento, perto da meia-noite, estávamos num mercadinho a céu aberto com uma fonte onde vários jovens formavam uma pirâmide humana do topo da qual um deles saltava, cinco metros acima dos paralelepípedos, e era salvo por uma rede de segurança composta por seis ou sete outros rapazes e moças. Várias pessoas pulavam, e a multidão em volta comemorava de forma estrondosa toda vez que isso acontecia, até que de repente vi Peter lá em cima. Ele abriu os braços, pegou impulso e mergulhou. Mas, quando cruzou o próprio centro de gravidade e ainda estava com a cabeça apontada para baixo, senti como se o meu coração fosse parar de bater. A multidão que assistia suspirou. Peter desapareceu atrás da multidão à minha frente. Silêncio. E então, mais uma vez, os aplausos subiram para o céu estrelado.

— Você é maluco! — gritei quando Peter apareceu na minha frente e nos abraçamos. — Podia ter morrido!

— Peter Coates já morreu um milhão de vezes. Se morrer jovem nesse universo, ainda terá inúmeros outros em que tudo pode acabar bem para ele.

Tentei me ater a esse pensamento na manhã seguinte quando, junto de um grupo de rapazes, a maioria de branco, ficamos em frente a uma estatuazinha num nicho na parede de uma casa. Ouvimos uma oração ser oferecida à imagem, que aparentemente representava o santo padroeiro, são Firmino. Eram sete e meia, e, ao sair de casa, passamos por várias pessoas — sobretudo jovens — que apagaram no chão mesmo, após passarem a noite bebendo nas ruas de paralelepípedos, amontoadas umas sobre as outras perto das paredes das casas para se aquecer na noite fria da montanha. E agora estavam de pé, prontas para a corrida de touros do dia. A oração consistia em uma única frase em espanhol, que servia para abençoá-los e protegê-los dos touros. Peter e eu nos juntamos aos outros e rezamos o melhor que pudemos.

Ainda faltava meia hora para a corrida começar, então fomos a um bar — o Jake's — tomar um espresso e um conhaque. Em dado momento olhei para o balcão e vi um dos jornais que vários dos jovens ali carregavam enrolados na mão. Dei uma olhada por alto, tentando entender algumas palavras em basco, mas desisti e passei a prestar atenção nas fotos. A maioria parecia ser da cerimônia de abertura do dia anterior e da corrida de touros daquele dia. Entre elas estavam imagens do que presumi serem os seis touros que estariam nas ruas naquele dia, junto com estatísticas sobre eles. Eram assustadores, no mínimo. Virei a página. Passando os olhos, de repente parei numa foto em particular. Era de um tapete. Igual ao do chão do nosso quarto em San Sebastián. Notei o nome da cidade na legenda. Me virei para Peter, mas ele estava de costas indo ao banheiro. Então, me inclinei para perto do sujeito ao meu lado e perguntei educadamente e em inglês se ele poderia traduzir para mim. Ele balançou a cabeça com um sorriso e disse:

— Sou espanhol.

O barman — que estava ocupado enchendo uma taça de conhaque — provavelmente nos ouviu, virou o jornal e leu por alguns segundos.

— A polícia encontrou um corpo não identificado no lixão municipal de San Sebastián. Estava enrolado num tapete.

O barman se afastou para a outra ponta do bar e eu fiquei ali, sentado, olhando para a foto. Obviamente era um tipo de tapete muito comum, porque Peter tinha dito que, quando pagou ao proprietário, custava tão pouco que nem valia a pena tentar limpá-lo.

Quando Peter voltou, estava pálido.

— Estômago? — perguntei.

Peter fez que sim e sorriu. Estava segurando o celular. Durante a noite, nas vezes em que fui ao banheiro no corredor, ouvi a voz baixa saindo do quarto dele. Como não havia falado com alguém da família uma única vez durante a viagem, presumi que estivesse ao telefone com ela. Miriam. Foi nesse momento que tomei a decisão de falar com ele depois da corrida de touros. Falaria do jeito mais casual possível: "Aliás, ouvi você falando ontem à noite. Quem era? Miriam?" Talvez fosse suficiente para Peter começar a contar a história toda. Ou pelo menos relaxar um pouco e falar do seu jeito normal, de forma espontânea e aberta. Ele continuava amigável, como sempre. Mas agora mostrava certo ar vigilante, uma cautela. Atribuí isso ao sentimento de culpa somado ao esforço que precisava fazer para não revelar o que realmente havia acontecido. Mas ali, olhando para Peter, eu tive certeza de que não perguntaria sobre Miriam. Aliás, sobre nada.

Peter exalou longa e pesadamente, como um atleta no início de uma corrida.

— Podemos ir?

Às oito em ponto ouvimos o estrondo distante de um canhão. Era o fogo de artifício sendo disparado mais abaixo, na cidade velha, sinal de que os touros haviam sido soltos. Junto com outros cerca de cinquenta corredores, estávamos parados num local que nos disseram ser adequado para iniciantes. Era mais ou menos na metade do percurso de oitocentos metros. Agora era questão de controlar os nervos até avistarmos os touros e não começar a correr cedo demais.

Duas garotas que tinham escalado a barricada do outro lado da rua começaram a rir para nós e despejar sangria de duas garrafas de couro, nos dando um banho e manchando de vermelho nossas camisetas brancas.

— Jake's *después* — gritei, o que fez com que elas e as pessoas que estavam ao nosso redor gritassem a plenos pulmões e nos mandassem beijos.

— Hora de se concentrar — disse Peter baixinho no meu ouvido. — Presta atenção.

Ele parecia sério. Foi quando também ouvi. Um ribombo baixo, como o som de um trovão se aproximando. Alguns dos corredores ao nosso redor, provavelmente turistas de primeira viagem como nós, não conseguiram mais controlar os nervos e começaram a correr. Então avistamos os primeiros corredores dobrando a esquina a cinquenta metros de onde estávamos. E, atrás deles, os touros. Os corredores se espremiam contra as paredes das casas para deixar as grandes feras passarem. Atrás deles alguns haviam caído, e outros em cima desses, e um touro começou a chifrar a pilha de gente indefesa. Vi, mesmo de longe, os chifres brancos emergindo vermelhos, o sangue jorrando da montanha de gente, como a sangria daquelas garrafas de couro. Tinham me dito que os touros atacam qualquer coisa que se mexe deitada no chão. Então, se você cair, não pode se mexer, nem mesmo se for pisoteado.

Vi dois homens de branco começarem a correr.

— Agora! — gritei e saí em disparada.

Corri junto das paredes das casas do lado esquerdo da rua. Peter estava ao meu lado. Virei e vi um animal gigantesco com chifres enormes e percebi, pelas manchas brancas, que era só uma vaca, enviada com os touros para acalmá-los e mostrar o caminho. Mas logo atrás da vaca veio algo completamente diferente. Um colosso escuro. Senti como se o coração tivesse parado de bater, embora provavelmente fosse o contrário e estivesse batendo mais rápido que nunca. Meia tonelada de músculos, chifres, testosterona e fúria. Foi quando me ocorreu que, se eu desse um empurrão em Peter, só o suficiente para fazê-lo perder o equilíbrio, ele escorregaria nos paralelepípedos lisos, e, por mais que tentasse se fingir de morto no chão, em questão de segundos seria alvo da máquina mortífera correndo atrás de nós.

— Aqui! — gritei, apontando para a barricada do outro lado da rua, então pulei na direção da parede de madeira e me agarrei no alto. Peter fez o mesmo. Mãos ansiosas nos seguraram e nos puxaram para cima, nos ajudando a atravessar e descer do outro lado, entre os espectadores que cantavam. Alguém enfiou uma garrafa de couro cheia de vinho na minha boca, como se fossem primeiros-socorros. Vi fazerem o mesmo com Peter. Nós rimos, ofegamos, rimos e ofegamos.

Voltamos aos nossos quartos para descansar, tomar um banho e tirar do corpo a sangria grudenta, o suor e a poeira que fediam a adrenalina. No corredor a caminho do chuveiro, encontrei Peter saindo do banheiro só de toalha na cintura. Ele tinha uma tatuagenzinha no peitoral esquerdo, um M com um coração em volta.

— Epa! — falei, apontando. — Quando...?
— Em San Sebastián — foi tudo o que disse.
— Então é sério mesmo?
— É.
— Mas se a tatuagem é nova você não deveria colocar um...
— Eu não queria que parecesse nova — interrompeu ele. — Pedi para o tatuador que fizesse parecer que eu sempre tive essa tatuagem.

E olhando mais de perto vi que havia sido um ótimo trabalho e que a tatuagem parecia de fato meio desbotada.

Peter queria dormir um pouco, mas eu disse que ia sair para tomar café da manhã e ver se aquelas garotas tinham aparecido no bar. Enquanto me espremia pelas ruas estreitas, recebi a notícia de que duas pessoas, um homem e uma mulher, tinham sido feridas na corrida e estavam lutando pela vida no hospital.

Quando estava passando pelo Jake's, ouvi uma garota falar:

— *Hola*, senhor toureiro!

Protegi os olhos do sol. E, sim, ali, na escuridão do interior do bar, estavam as duas garotas da barricada. Entrei, pedi uma baguete e uma garrafa de água e escutei as duas tagarelarem ansiosamente numa mistura de espanhol e inglês. Ambas eram de um vilarejo nos arredores de Pamplona. A que falava inglês melhor, uma loira com um belo corpo e olhos simpáticos e brilhantes, estudava em Barcelona. Disse que sempre voltava para o festival, mas que muita gente em Pamplona — incluindo seus pais — estava de saco cheio de todos esses turistas, das festas com bebedeira e da arruaça e costumava deixar a cidade e ficar longe até tudo acabar.

— Na época das celebrações de são Firmino, as festas são ainda mais animadas nos vilarejos — explicou ela. — E as bebidas são muito mais baratas. Aqui o preço de uma cerveja é uma loucura na época da festa. Vem com a gente!

— Obrigado, mas hoje tenho um compromisso — respondi. — Pode ser amanhã?

Peguei o telefone da loira, comi a baguete de café da manhã e fui embora.

Na estação de trem tive que esperar uma hora. Cheguei a San Sebastián no meio da sesta, de modo que a maioria das lojas e dos lugares para comer estava fechada. Pedi ao taxista que me levasse à delegacia.

Ele me deixou à beira do rio, diante de dois prédios modernistas — ou talvez eu devesse dizer pós-modernistas — que pareciam fatias de bolo. Vinte minutos depois eu estava sentado na sala de Imma Aluariz, detetive à paisana. Ela era mais velha do que eu, tinha uns trinta e poucos anos. Baixa, um pouco atarracada e dona de um rosto sério e um par de olhos castanhos que, pela minha impressão, podiam ganhar um ar de suavidade se vissem algo que agradasse. Depois de me ouvir por dois minutos, ela ligou para um número, e imediatamente um jovem entrou e me explicou que era intérprete. Isso me pegou um pouco de surpresa, pois o inglês da detetive Aluariz tinha me parecido bom até então. Mas, como se tratava de um caso de homicídio, provavelmente eles queriam evitar qualquer possibilidade de mal-entendido.

Expliquei que o meu amigo e eu tínhamos um tapete idêntico ao do jornal, que havia sido jogado na lixeira atrás da casa de hóspedes, porque o meu amigo vomitou nele. Os dois olharam para o endereço do albergue e trocaram algumas palavras em basco. Aluariz juntou as pontas dos dedos e olhou para mim.

— Por que — disse ela, lenta e ponderadamente, como que dando a entender que a pergunta exigia uma resposta igualmente lenta e ponderada — o senhor veio até aqui?

— Porque — respondi, automaticamente imitando o ritmo lento da policial — pensei que poderia ajudar vocês na investigação.

Aluariz fez que sim lenta e seriamente, mas parecia estar reprimindo um sorriso zombeteiro.

— A maioria das pessoas não viria de Pamplona até aqui só para dizer que viu um tapete... — Ela olhou para o intérprete, que ainda estava de pé.

— Similar — disse ele.

— Similar ao da foto do jornal.

Dei de ombros.

— Também vim porque talvez vocês tivessem encontrado vômito no tapete. Ou pedaços de pele dos meus dedos dos pés, porque eu andei descalço nele. Então... — Olhei para os dois. Obviamente eles entenderam aonde eu queria chegar, mas ainda assim se recusaram a concluir o raciocínio para mim. — Talvez o DNA pudesse ter tornado a gente suspeito.

— O senhor ou o seu amigo tiveram o DNA testado pela polícia?

— Não. Quer dizer, eu não. Também duvido que o meu amigo entrou em contato com as autoridades.

Irritado, me dei conta de que falei "entrou" em vez de "tenha entrado", mantendo o tempo verbal da detetive. Em compensação, eu havia usado "autoridades", uma escolha de vocabulário mais sofisticada. Mas por que pensei nisso naquele momento? Por que estava me importando com o tipo de impressão que estava causando?

415

— Não tinha *vómito* no tapete — disse Aluariz.

— Ah... Bom, nesse caso...

— ... não existe caso — concluiu ela para mim.

O que senti nesse instante? Foi uma leve sensação de decepção? Imma Aluariz inclinou a cabeça de lado.

— Mas só para descartar o senhor, concorda em nos fornecer seu DNA, Sr. Daas?

— Claro. Se os senhores puderem me contar sobre o caso...

— Como assim?

— A vítima. É mulher ou homem? Qual a causa da morte? Algum suspeito?

— Não fazemos esse tipo de acordo, Sr. Daas.

Senti o rosto corar, e talvez ela tenha achado o meu rubor um traço simpático, porque, por alguma razão, mudou de ideia.

— Homem, vinte e poucos anos. Nu, sem marcas, sem documentos. Por isso não conseguimos identificá-lo. Golpe com força contundente na cabeça. Ainda não temos suspeitos.

— Obrigado.

— Tudo o que acabei de dizer foi noticiado.

— Em basco.

Pela primeira vez eu a vi sorrir e percebi que estava certo em relação aos olhos dela.

Era hora da sesta no Departamento de Análises Forenses, onde eu deveria fornecer minha amostra de DNA, então combinei com Aluariz de voltar no fim da tarde. Nesse meio-tempo peguei um táxi para o Hospital Universitário Donostia. Era um lugar enorme, mas a fila na recepção era curta. Mesmo assim, levei um tempo para convencer a mulher do balcão a me ajudar. Expliquei que tinha salvado uma jovem chamada Miriam de afogamento, que ela havia sido levada para o hospital e que eu a havia encontrado logo depois de ela receber alta, que ela estava viajando com a mãe, mas que tinha esquecido um anel e que eu precisava do nome completo dela e, se possível, um número de telefone. Consegui dizer que Miriam era do Quirguistão e dar a data e a hora aproximada de entrada no hospital. A recepcionista pareceu cética, mas me encaminhou para a Emergência. Ali, tive que repetir a mentira, mas dessa vez com mais convicção, agora que tinha um pouco de prática. Porém, a jovem na cabine envidraçada apenas balançou a cabeça.

— A menos que você me mostre alguma prova de parentesco, não posso dar nenhuma informação sobre a paciente.

— Mas...

— E, se não tiver mais nada a acrescentar, estamos muito ocupados aqui.

Ela estava de calça e camisa brancas, e eu conseguia imaginá-la correndo na frente dos touros. E sendo ferida por eles. Uma mulher que estava procurando alguma coisa na gaveta de um armário atrás dela, também de branco, obviamente nos ouviu. Aproximou-se da mesa, inclinou-se sobre o ombro da primeira mulher e digitou no teclado. Ambas olharam para o monitor, a luz da tela refletindo nos óculos usados pela segunda mulher.

— Parece que demos entrada numa paciente vinda da praia de Zurriola nesse momento específico, sim — disse ela. Vi que havia um "Dra." na frente do nome no cartão de identificação preso no bolso do peito do jaleco branco. — Lamento, mas nosso termo de confidencialidade é muito rigoroso. Se quiser deixar uma mensagem e seus contatos com a gente, podemos enviar uma mensagem à paciente.

— Daqui estou indo direto para Andorra, vou passar alguns dias caminhando lá, então não vai dar para me contatar por telefone ou e-mail — menti. — Acho que entre os detalhes de admissão tem a informação de que um médico espanhol a acompanhou na ambulância.

— Sim, e eu sei de quem se trata, mas ele não trabalha nesse hospital.

— Mas você pode dar para ele os dados da paciente, e ele pode decidir se vai ou não me dar. Você pode dizer para ele que fui eu que tirei a garota do mar e a levei para terra firme.

A médica hesitou, ficou me observando. Tive a sensação de que ela sabia que não se tratava só de um anel esquecido. Mas então ela pegou um telefone e digitou um número. Seguiu-se uma rápida conversa em espanhol enquanto ela continuava me observando, como se estivesse me descrevendo para a pessoa do outro lado da linha. Ela desligou, arrancou uma folha do bloquinho de notas ao lado do teclado, olhou para a tela e anotou alguma coisa. Por fim, me entregou a folha.

— *Buena suerte* — disse ela e me lançou um breve sorriso.

— Alô?

Eu nunca tinha ouvido a voz antes, mas mesmo assim sabia que era dela.

Eu estava do lado de fora do hospital, um vento quente no rosto, o celular pressionado na orelha.

— O meu nome é Martin — falei. — Sou amigo de Peter.

— É você — foi tudo o que ela disse.

— Estou em San Sebastián e tenho algumas horas antes de ir até a delegacia. Aceitaria tomar um café comigo?

— *Aceitaria?*

Ela deu risada — uma risada boa, espontânea, do tipo que se quer ouvir o tempo todo.

— Quer — falei. — Quer tomar um café comigo?

— Eu quero e aceitaria tomar um café, Martin.

— É você — disse ela de novo, meia hora depois, à mesa na calçada em frente ao bar onde eu tinha tomado café da manhã dias antes.

A rajada de vento fez seu vestido soltinho de hippie e seu cabelo preto esvoaçarem. Ela se esforçava em vão para afastar o cabelo do rosto, os fios escondendo os lábios grossos e os olhos castanho-escuros. Me levantei e estendi a mão. Ela era baixa, porém mais alta do que eu me lembrava. Enquanto a observava atravessar a praça de paralelepípedos em direção ao bar, seus passos lentos e seu balançar de quadris me fizeram pensar que talvez já tivesse trabalhado numa passarela.

— Estou muito feliz por você ter vindo — falei.

Nos sentamos. Ela suspirou, sorriu e me lançou um longo olhar, aberto e destemido. Tinha pele escura, com marcas mais claras de espinhas. Seu rosto não era tão bonito quanto eu me lembrava do restaurante, embora provavelmente ela estivesse usando maquiagem naquele dia. Mas vi o que Peter tinha visto. Os olhos. Brilhavam com uma luz tão intensa, dando a ela uma presença quase invasiva. E os dentes brancos, os dois da frente tortos. E, claro, as sobrancelhas. Pesadas, naturalmente inclinadas, como as penas de um pássaro.

— A gente já se viu antes — disse ela.

— Então você se lembra? — perguntei, fazendo sinal para o garçom.

— Você não?

Olhei para ela outra vez.

— Você parecia diferente na praia. Estava de olhos fechados.

— Não na praia — disse ela.

— *Si, señor?*

Olhei para cima e pedi dois espressos e lancei um rápido olhar na direção de Miriam para confirmar o pedido.

— Triplo — disse ela.

— O meu também.

O garçom se afastou.

— Por que esse lugar aqui em particular? — perguntou ela.

— Tomei café da manhã aqui outro dia. Peter e eu nos hospedamos ali.

Apontei para o albergue do outro lado da praça. Vi que a janela do nosso quarto, no quarto andar, estava fechada.

Miriam se virou para onde eu apontava.

— Uau, parece legal. Como foi o café da manhã?

— Café da manhã?

— Adoro cafés da manhã. Infelizmente, parece que são todos iguais na Europa, não importa onde você esteja. Pelo menos, nas cidades que a gente visitou. São caros e não têm gosto de nada.

Fiz que sim com a cabeça.

— O daqui é bom. E o café em si também é.

Ela ainda estava olhando para o albergue, o que me deu a chance de observá-la com mais atenção. O pescoço, o queixo. Os ombros, que eram ossudos e lembravam um gato magrelo.

— E foi caro ficar ali? — perguntou ela.

— Não, é barato. Pelo menos para a região. Mas os quartos são bem simples.

— Simples é bom. — Ela virou de volta para mim. — A minha mãe e eu estamos procurando um lugar mais barato do que onde a gente está hospedada agora.

É verdade, pensei. Simples é bom.

— Você é modelo? — perguntei.

— Uau — disse ela e revirou os olhos.

Eu ri.

— Pois é, eu sei que é uma cantada cafona. Quer saber por que perguntei?

— Porque eu sou magra?

— Porque você anda como modelo, e esse não é um jeito especialmente eficiente de ir do ponto A ao ponto B.

— Então parece um pouco a minha capacidade de nadar.

— E porque modelos costumam se vestir mal. Não no sentido de ter mau gosto, mas é como se elas quisessem mostrar para o mundo que não dão a mínima para aparências e superficialidade. E, além disso, claro, porque fazem roupas simples parecerem maravilhosas.

— Você está insinuando que o meu vestido é feio?

— Bom, o que você acha?

— Acho que você está se esforçando demais para me convencer de que é inteligente e interessante.

— Tirando a parte do "demais", como estou me saindo?

O sol tinha encontrado uma lacuna entre as nuvens, fazendo-a fechar os olhos e colocar um par de óculos de sol grandes.

— Quando estamos na passarela, somos obrigadas a usar tanta roupa desconfortável que no tempo livre preferimos o conforto ao fator "uau". Mas é claro que, ao mesmo tempo, queremos transformar a roupa que compramos no brechó ou pegamos do guarda-roupa da vovó na última moda.

— Boa tentativa, mas agora sei que você não é modelo.

Ela riu.

— Não sou?

420

— Você não pegou os óculos de sol para esconder que estava mentindo, mas assim que colocou aproveitou a oportunidade para mentir.

Ela apoiou os cotovelos na beirada da mesinha de metal, redonda e bamba, apoiou o queixo nas palmas das mãos e sorriu para mim.

— Agora, *sim*, você parece inteligente e interessante.

— Você mente com frequência?

Ela deu de ombros.

— Não, mas acontece de vez em quando. E você?

— Também.

— Você mente para amigos e namoradas?

— São duas perguntas diferentes.

Ela riu.

— Verdade. Então, você mente para amigos?

Pensei em Peter. No fato de ter viajado escondido para San Sebastián, entrado em contato com Miriam e estar sentado ali com ela. Se eu quisesse conhecê-la, bastava ter pedido a ele o número de telefone dela. Não que ele fosse me dar. Mas ele tinha mentido, então por que eu não poderia mentir um pouco também?

— Sempre — respondi.

— Sempre?

— Brincadeira. É um dos paradoxos de Sócrates. Sobre o homem de Creta que diz que os cretenses mentem o tempo todo. Logo, não pode ser verdade que tudo...

— Não foi Sócrates quem disse isso, foi Epimênides.

— Ahhh... Está me chamando de mentiroso?

Ela não riu, apenas soltou um gemido baixo. Senti as orelhas queimando e soube que estava ficando corado.

— Então você é o quê? — perguntei.

— Estudante.

— História? Filosofia?

— E inglês. Um pouco de tudo. E nada.

Ela suspirou, tirou um xale da bolsa e o amarrou na cabeça do jeito que a mãe usava quando eu a tinha visto, embora parecesse que Miriam estava fazendo isso para manter o cabelo sob controle.

— E refugiada.

— Do que você está fugindo?

O sol desapareceu de novo, e a rajada de vento seguinte foi imediatamente mais fria.

— De um homem — respondeu.

— Me conte essa história.

O garçom pousou as xícaras de café na nossa frente. Miriam tirou os óculos escuros, baixou a cabeça e olhou para a dela.

Miriam descreveu sua infância e a adolescência passadas com os pais em Almati, no Cazaquistão. Eu me lembro de ter ouvido o meu pai falar de Almati — ou Alma-Ata, como era chamada a cidade naquela época — e dos recordes mundiais de patinação estabelecidos graças ao ar rarefeito e ao ângulo especial no qual o vento descia das montanhas, o que dava ao patinador a vantagem de ter o vento nas costas durante toda a volta na pista. O pai de Miriam trabalhava com petróleo, e a família fazia parte da nova classe alta financeira naquela terra grande e pouco povoada.

— Corrupção e censura, um ditador que renomeia a capital com o próprio nome, o maior país do mundo sem litoral. E mesmo com tudo isso a gente era feliz lá. Até o meu pai desaparecer.

— Desaparecer?

— Ele ameaçou denunciar uns estadunidenses que subornaram servidores do governo para conseguir o direito de extrair petróleo no país. Me lembro de ouvir o meu pai dizendo que eu deveria ter cuidado com o que falava ao telefone. Até que um dia ele não voltou do trabalho. Não nos disseram nada e nunca mais ouvimos falar dele. A minha mãe percebeu que os nossos privilégios foram desaparecendo um a um, e tivemos que nos mudar da nossa casa porque disseram que o imóvel pertencia à petroleira. Quando partimos para o Quirguistão, de onde vem a família da minha mãe, achei que só íamos passar um tempo de férias, mas nunca mais voltamos para casa.

Miriam descreveu o Quirguistão como uma versão mais bonita, porém mais pobre, do Cazaquistão. E mais livre.

— Pelo menos as pessoas não tinham medo de falar mal do ditador — comentou, rindo.

Ao mesmo tempo, porém, era um país bem antiquado, mesmo na capital, Bisqueque. Por exemplo, o *ala kachuu*, sequestro de noivas, era praticado lá. Embora fosse oficialmente contra a lei, as pessoas calculavam que um terço dos casamentos no país acontecia porque o marido havia sequestrado a futura esposa e, com a ajuda da família, a forçava a se casar.

— A família da minha mãe tinha dinheiro. Não muito, mas o suficiente para me permitir estudar em Moscou. E cada vez que eu voltava para casa, para a minha mãe, a vida no Quirguistão parecia mais e mais... distante. É tão... — Ela abriu as mãos. Dedos longos e finos com unhas roídas. — Sabe, no Cazaquistão muitas pessoas querem se livrar do sufixo "istão", porque não querem ser associadas a esse tipo de terra. É como esses oligarcas que tentam disfarçar o sotaque. Bem, no Quirguistão eles nem tentam, as pessoas são presunçosas e estão satisfeitas com o que são. Eu me acostumei a ouvir um monte de comentário dos homens nas ruas. Ignorava tudo. E nem tinha notado o cara baixinho que estava ali parado, olhando enquanto eu e os meus primos bebíamos no bar de um hotel. Então, uma noite, quando estávamos entrando lá, como de costume, dois caras me agarraram e outros dois seguraram os meus primos. Fui arrastada para dentro de um carro e levada embora.

Notei que ela estava tentando me contar a história toda de forma prática, como se fosse apenas uma história curiosa e até cômica, mas era traída pelo leve tremor na voz.

— Fiquei sentada entre dois sujeitos no banco traseiro, e, quando perguntei o que estavam fazendo, eles responderam que eu ia me casar com o filho do homem sentado no banco do carona. Comecei a chorar, o homem se virou para trás e dirigiu a mim o que deveria ser um sorriso reconfortante. Estava todo arrumado para o casamento, um cara obeso que devia ter uns 50 anos, com mais dentes de ouro do que de verdade. E todo suado, porque era um dia quente. Ele disse: "Meu menino vai te amar, e você vai amar o meu menino." Simples assim.

Quando chegamos, fomos levados para um casarão. Tinha homens do lado de fora. Pareciam vigiar o local. Um deles estava segurando um fuzil. Na época eu não sabia, mas o homem no banco do carona era Kamchi Koliev, chefão da máfia dos cemitérios em Bisqueque. Se você quer uma sepultura, tem que comprar dele.

"Enfim, vi um rapaz magro parado logo na entrada. Estava de terno preto e *kalpak*, que é um chapéu tradicional que os homens de lá usam em casamentos e velórios. Parecia quase tão assustado quanto eu e se limitava a assistir à cena toda, nem se mexia. Havia uma multidão atrás dele, obviamente convidados do casamento, e uma velha, acho que avó dele, tentou colocar um xale branco em mim. Eu sabia que se permitisse estaria concordando com o casamento, porque tinha ouvido essas histórias de terror sobre *ala kachuu* antes, só nunca imaginei que poderia acontecer comigo. Mas, assim como em todas as histórias que ouvi, eu estava com tanto medo que não ousei resistir. Todos os convidados aplaudiram, me deram um copo de *arak*, que é como chamam a vodca lá, e me mandaram beber, então a cerimônia começou. Pegaram o meu celular, e havia alguém me observando o tempo todo, então eu não tinha como avisar alguém ou fugir dali. Chorei sem parar, e as mulheres tentaram me confortar. 'Vai melhorar quando você tiver filhos', disseram. 'Você vai ter outras coisas em que pensar. E a família Koliev vai cuidar de você, são pessoas boas, ricas e poderosas. Você tem mais sorte do que muitas das mulheres aqui nessa sala, então seque essas lágrimas, garota.' Fui até o rapaz com quem tinha me casado e perguntei por que eu. O rosto dele corou. 'Vi você várias vezes no bar do hotel', respondeu. 'Mas você é tão linda que não tive coragem de falar com você.' Então, quando o pai dele o obrigou a escolher uma garota com quem gostaria de se casar, ele apontou para mim, e eles fizeram uma checagem e descobriram que eu ainda não era casada. Ouvindo-o falar, senti quase tanta pena dele quanto de mim mesma. Depois de um tempo escureceu lá fora, e o meu marido e eu fomos levados para o segundo andar, para o nosso quarto, como dois prisioneiros sendo levados para a cela."

Miriam deu uma risadinha, e as duas lágrimas — uma de cada olho — que rolaram pelo seu rosto eram tão límpidas que quase não as vi.

— Nós estávamos trancados, um guarda e três mulheres, todos parentes do garoto, se sentaram do lado de fora, obviamente para acompanhar o que estava acontecendo lá dentro. Implorei que ele me deixasse em paz, mas ele me segurou no chão e tentou tirar a minha roupa. Mas não conseguiu, em parte porque era franzino e não muito mais forte do que eu, e em parte porque estava muito bêbado. Mas, quando sussurrou no meu ouvido que, se eu impedisse, ele teria que buscar ajuda, eu parei de resistir. Nos deitamos na cama e ele tentou me penetrar, mas, como falei, estava bêbado demais. Ele próprio estava quase chorando, coitado, disse que o pai o mataria. Então eu o confortei, sussurrei que não diria nada e ele me agradeceu. Em seguida soltei alguns gemidos apaixonados para as pessoas do lado de fora ouvirem, e ele começou a rir alto, então tive que colocar um travesseiro sobre o rosto dele. Quando o tirei, por um momento pensei que ele tinha sido asfixiado. Mas então começou a roncar. Esperei até ouvir as mulheres saindo da porta e então pulei da cama sem fazer barulho e coloquei o terno dele. Como eu disse, ele era pequeno. Só os sapatos ficaram muito grandes. Em seguida, abri a carteira dele e peguei alguns *soms*, o suficiente para um táxi me deixar em casa. Coloquei o *kalpak* dele, escondi o meu cabelo dentro, abri a janela, me pendurei no parapeito e me joguei no gramado do jardim. Estava escuro, tinha começado a chover e vários convidados estavam indo embora. O Quirguistão é um país muçulmano, mas a proibição de bebida alcoólica do Alcorão não é levada tão a sério quanto, por exemplo, o voto de casamento, se é que posso dizer assim. Essa foi a minha sorte. Eu simplesmente saí pelo portão no meio dos convidados e guardas bêbados e ninguém reagiu. Mais adiante na rua, fiz sinal para um táxi e fui para casa. No dia seguinte, minha mãe e eu fizemos uma mala e, com o pouco de dinheiro que tínhamos, pegamos um voo cedo para Istambul.

— Vocês fugiram?

Miriam fez que sim.

— A família Koliev jamais teria aceitado se eu não morasse com o menino com quem tinha me casado. É questão de honra e respeito. Sem respeito, até os Koliev não são nada. Eles realmente não têm escolha.

— Mas você foi sequestrada! Por que não denunciou à polícia e pediu proteção?

Miriam deu uma risada breve.

— Você vive em outro mundo, Martin. Eles são os Koliev, a minha mãe e eu somos duas mulheres sem dinheiro do Cazaquistão. Aos olhos das autoridades, eu sou uma fugitiva que se casou legalmente na presença de testemunhas no Quirguistão, e essas testemunhas diriam que eu me casei de livre e espontânea vontade. Assim, eu estaria tentando desfazer os meus votos matrimoniais.

Eu estava prestes a contra-argumentar dizendo que ela também poderia apresentar testemunhas do sequestro, mas percebi que, claro, ela estava certa: era eu que vivia em outro mundo, no mundo em que não vigora a lei do mais forte — pelo menos nem sempre.

— Tudo isso aconteceu faz quanto tempo? — perguntei.

— Três meses. Fugimos. Sobrevivemos. Nós nos mudávamos toda vez que sentíamos o pessoal de Koliev se aproximando.

— Muitas cidades?

Miriam fez que sim com um aceno de cabeça.

— E por quanto tempo vocês vão conseguir financiar essa fuga?

Ela deu de ombros.

— Deve ser um inferno — falei.

— O pior de tudo é que eu arruinei a vida da minha mãe. Pela segunda vez. Às vezes, chego a querer que ela tivesse escolhido o caminho mais fácil e me encorajado a aceitar o casamento. Pelo menos, eu poderia ter fugido por conta própria e me arriscado sozinha. Mas ela sabia que, se tivesse ficado para trás, Koliev a teria usado para chegar a mim. Seja como for, do jeito que as coisas estão, é como se eu fosse uma mó amarrada no pescoço da minha mãe. Então me sinto tão responsável por ela quanto ela por mim.

Talvez tenha sido a associação entre a pedra e o afogamento, mas me ocorreu um pensamento maluco. De que Miriam tinha entrado no mar para deixar de ser uma mó no pescoço da mãe. Mas eu não perguntaria isso a ela. Olhei para o céu. Estávamos a alguma distância do mar, mas mesmo assim o ar tinha um gosto salgado.

— Você parece chateado — disse ela, levando a xícara aos lábios.

— Espero não ter deixado você se sentindo culpado nem nada do tipo. Não era a minha intenção.

— Culpado?

— Sei que você não pode ajudar a gente. Não foi por isso que aceitei vir tomar café com você.

Claro que eu estava me sentindo culpado. Ainda que por outros motivos. Não só não contei a Peter sobre meus planos em San Sebastián como também não contaria a ele quando voltasse.

— Mas por que você aceitou, então? — perguntei.

Ela inclinou a cabeça.

— Porque você é amigo de Peter.

— E também porque você acha que Peter pode ajudar vocês, certo?

Ela fez que sim.

— Ele diz que quer — afirmei.

— Foi por isso que você foi para o Arzak com ele?

Ela fez que sim de novo.

— Não porque ele salvou você do afogamento?

Ela não respondeu, apenas tirou uma mecha de cabelo do rosto e me encarou.

— Você me reconheceu quando entrei no Arzak? — perguntei.

— De onde?

— Pois é, de onde? — perguntei.

Eu não tinha a menor intenção de quebrar a promessa feita a Peter, de deixá-lo levar o crédito de ter resgatado Miriam. Mas, se ela se lembrasse de mim, se lembrasse daqueles segundos debaixo da água em que nossos olhares se cruzaram, eu não estaria quebrando promessa nenhuma.

— Você se lembra de me ver lá? — perguntei.

— Tinha alguma coisa familiar em você. Mas era mais como...

— Um déjà-vu?

427

— Exato. Como se você fosse alguém que eu tivesse conhecido exatamente daquele jeito, só que eu nunca tinha ido àquele restaurante.

— Como um vislumbre de um universo paralelo.

— Você também se interessa por essas coisas?

Dei risada.

— Peter diz que vai estudar esse tema. Vamos ver até onde ele chega. Mas você disse uma coisa pelo telefone. Você disse: "É você." Como se estivesse esperando que eu aparecesse. Isso foi outro déjà-vu?

— Talvez. A sua voz... — Ela olhou para a praça, atenta. — Sinceramente, não sei. É muito confuso, não acha?

Peguei a minha carteira.

— Tenho que ir à delegacia — falei. — Quer ir comigo?

— Por quê?

— Para dar um...

— Não. Por que eu deveria ir com você?

Dei de ombros.

— Peter não sabe que estou aqui. A gente pode concordar em deixar assim?

— Não. Eu não minto. Pelo menos não para amigos.

— É isso que ele é? Um amigo?

— Ã-hã.

— E se ele estiver apaixonado por você?

— Aí é problema dele.

— Mas então o que você faria? Deixaria Peter ajudar você e a sua mãe de qualquer maneira?

Ela me encarou com uma mistura de indignação e surpresa.

— Acho que a gente não se conhece o suficiente para você me fazer esse tipo de pergunta cheia de insinuações, Martin.

— Você acabou de me contar a sua história pessoal mais íntima, Miriam. Se eu quiser, acho que posso vender a informação para esse Koliev por um preço muito bom. Mas você confia em mim. Você sabe por que confia em mim?

— Não — respondeu ela, afastando a cadeira da mesa como se estivesse prestes a se levantar e sair.

428

— Você não confia em mim ou não sabe por quê?

— A segunda opção — disse ela secamente.

— Instinto. Você poderia ter suspeitado que Peter me enviou aqui para descobrir quais são as suas motivações, mas você sabe que não foi por isso.

— Então por que você está aqui?

— Porque eu te amo.

Foi como se o céu tivesse desabado dentro da minha cabeça. Não porque não fosse verdade — o fato era que eu a amava desde o momento em que olhei nos seus olhos debaixo da água. Ou até antes disso. Sim, antes. Porque a verdade é que aquilo que aconteceu debaixo da água aconteceu pela segunda vez. Não consigo colocar de outra forma — aquele foi o meu déjà-vu. A razão de as nuvens, o sol e o céu de San Sebastián desabarem foi o fato de eu ter dito isso em voz alta. Foi como sair da realidade presente, como romper um teto de vidro ou um céu falso, como sair dessa realidade de *Show de Truman* para outra. Que talvez não seja mais real que a falsa — talvez esta também tenha céu falso e público oculto —, mas as duas juntas eram um pouco mais reais do que apenas uma, disso eu tinha certeza. Miriam se levantou, e, quando ergui a cabeça para olhar para o seu rosto, o sol baixo me cegou. Só voltei a enxergar quando ela já havia ido embora.

— Pronto — disse a detetive Imma Aluariz enquanto me acompanhava do laboratório forense ao longo do corredor de volta até o elevador. — Provavelmente você vai estar de volta a Pamplona antes do reinício do festival.

Fiz que sim com a cabeça. O procedimento tinha sido rápido. Um cotonete comprido manuseado por um homem de luvas de látex, um *swab* na boca, e — como a própria Aluariz havia resumido — pronto.

— Só mais uma coisa — disse ela enquanto apertava o botão do elevador. — Você perguntou quem era o falecido.

— Só estava curioso para...

— Vamos dar uma olhada nele?

As portas do elevador se abriram na nossa frente, e ela gesticulou para que eu entrasse primeiro. Ela me seguiu e apertou o botão do andar -1, subsolo.

— Os peritos estão lá, então não vai demorar muito — disse ela.

— Eu realmente não preciso...

— Só para confirmar se a vítima é alguém que você já viu antes. Seria útil para nós.

Ficamos em silêncio enquanto o elevador descia fazendo um som baixo e retumbante, o tipo de efeito sonoro que, como Peter havia apontado uma vez, as pessoas aceitam em filmes no espaço sideral, mesmo sabendo que ausência de atmosfera significa ausência de som.

No porão, seguimos por um corredor. Havia menos luz, menos gente. O teto era mais baixo, a temperatura também. E mesmo assim comecei a suar. Minhas mãos estavam úmidas, meu coração batia mais rápido.

Passamos por algumas portas, Aluariz ia aproximando o crachá pendurado no pescoço do leitor de cartões, e, de repente, chegamos a uma sala gelada. À nossa frente havia um homem vestido como um cirurgião, lançando sombra numa maca de aço com um lençol azul--claro cobrindo o que percebi ser um cadáver. A maneira como ele estava ali, parado, e o aceno rápido de cabeça que os dois trocaram sem dizer uma palavra me fizeram perceber que nossa entrada era algo que eles haviam planejado. Quando o homem puxou o lençol para o lado como se estivesse fazendo uma revelação, vi que os olhos deles não estavam no corpo, mas em mim. Em outras palavras, o plano era observar a minha reação. Talvez por ter percebido isso, consegui moderar e esconder pelo menos parte da minha surpresa.

— Você parece chocado — comentou Aluariz.

— Desculpe — falei. — É que eu nunca tinha visto um cadáver antes.

— Mas já viu essa pessoa antes?

Fingi que estava pensando. Então balancei a cabeça lentamente.

— Nunca. Sinto muito.

Saí da delegacia após dar a eles o meu endereço em Pamplona e prometer mantê-los informados sobre o meu paradeiro e se eu fosse para outra cidade nas duas semanas seguintes, até os resultados do teste de DNA chegarem. No táxi a caminho da estação de trem, olhei para as minhas mãos. Ainda tremiam.

O último trem para Pamplona já tinha partido, mas eu sabia que havia muitos ônibus para lá na época das festas de são Firmino. Entretanto, quando cheguei a um guichê de venda de passagens no terminal rodoviário, me disseram que todos estavam lotados e que o primeiro assento disponível era num ônibus de manhã cedo, no dia seguinte, saindo a tempo para o início do *el encierro*, a corrida de touros. Chamei um táxi e perguntei ao motorista quanto custava para me levar até Pamplona. O taxista respondeu um preço que estava muito além das minhas possibilidades financeiras, e, quando tentei pechinchar, ele apenas deu de ombros como que se desculpasse e disse: "São Firmino." Então, em vez disso, pedi que me levasse a algum lugar na própria cidade de San Sebastián onde pudesse passar a noite a um preço razoável, e ele esperou enquanto eu comprava uma passagem para o ônibus das cinco e meia da manhã.

Tentei conseguir um quarto em dois lugares. Ambos estavam lotados, em ambos disseram que todos os outros lugares que conheciam também estavam cheios. Então, pedi que o taxista me deixasse no lugar onde Peter e eu havíamos ficado. Embora a gente tivesse ficado num quarto duplo espaçoso, ele não tinha custado mais do que os quartos simples que eu havia acabado de olhar. Fui até o pátio dos fundos. Em certo momento, o proprietário abriu a porta de seu apartamento e me viu, mas não me reconheceu. Talvez isso seja normal para quem vê centenas de pessoas chegando todos os anos.

— Lotado — foi tudo o que ele disse.

Expliquei em qual quarto tinha ficado e que apenas uma hora antes parecia estar vago.

— Sim, mas agora hóspedes olham — disse ele num inglês ruim.

— Vou ficar com o quarto — disse uma voz familiar atrás de mim. Me virei.

Miriam estava de pé com a esposa do proprietário.

— Quanto tempo? — perguntou o proprietário.

— Indefinido — respondeu Miriam e olhou para mim.

— *Perdón?*

— Desculpe — disse ela sem tirar os olhos de mim. — Por muito tempo, acho.

— Eu não esperava te ver de novo tão cedo — disse Miriam enquanto andávamos à margem do rio largo que serpenteia pela cidade. O nome dele, ela me disse, é Urumea.

— Estava esperando me ver de novo? — perguntei.

Miriam tinha ligado para a mãe, e elas concordaram que não precisavam se mudar para o albergue até o dia seguinte, para que eu pudesse passar a noite lá.

— Bom, você diz que é o melhor amigo de Peter, então sim — disse ela.

Eu sorri.

— "Diz"? Tipo: um melhor amigo de verdade não diz para a namorada desse amigo que está apaixonado por ela?

— Peter e eu não somos namorados.

— Ou a escolhida dele.

— Não gosto de ser escolhida.

— Mas talvez elas estejam certas dessa vez, essas vozes sussurrando aí no seu ouvido dizendo que, no fundo, você *teve* sorte e não tem por que chorar. Peter é um cara bom. E é rico o suficiente para poder ajudar você e a sua mãe.

Miriam parou, se virou para o rio e olhou para o outro lado.

— Não é tão simples assim — disse.

— Sei que não. Você tem uma responsabilidade não só para com você mesma mas para com a sua mãe. É um dilema moral. Se você quer a ajuda de Peter, tem que dar a ele esperança de que pode haver algo entre vocês dois. Em outras palavras, precisa mentir.

Ela bufou.

— Por que isso é mentir? Não tenho como responder agora se consigo ou não amá-lo.

— Ah, tem, sim.

— Hã?

— Porque você me ama.

Ela riu, balançou a cabeça e continuou andando. Eu a alcancei rapidamente.

— Você ama — continuei. — Só que ainda não sabe.

— Sabe a diferença entre vocês do Ocidente e nós? Nós adoramos livros e filmes românticos, mas de onde você vem as pessoas acham que essas histórias acontecem de verdade.

— Talvez. Mas de vez em quando uma história como essa acaba sendo mesmo verdadeira. E é o nosso caso.

— Com quantas garotas você já usou essa cantada, Martin?

— Algumas. Provavelmente eu não estava mentindo, mas estava enganado, elas não eram uma dessas histórias. Mas dessa vez eu não estou enganado. *Nós* não estamos enganados.

— "Nós"? Você não sabe nada sobre mim, Martin. Sabe há quanto tempo a gente se conhece?

— Não. Já pensei nisso, mas não sei. E você?

Ela diminuiu o ritmo. Então parou.

— Como assim?

Dei de ombros.

— Desde a primeira vez que te vi, a primeira vez que falei com você, tive essa sensação constante de déjà-vu. É como se tudo o que está acontecendo já tivesse acontecido.

— Ah, é? Então, o que vai acontecer agora?

— Agora você vai me perguntar sobre isso, e eu vou responder que o meu conhecimento do futuro é curto, como quando se canta uma música mesmo sem saber a letra. Você só sabe que as palavras chegam a você antes de você chegar a elas, e você só precisa ouvir para se guiar. E um pouco antes de dizer isso eu sabia que diria isso.

— Isso é conversa mole. Não é o suficiente — disse ela com um aceno de mão. — Você está falando da boca para fora. Preciso ver alguma coisa concreta.

— A gente vai dormir junto essa noite.

— Vai sonhando! — exclamou Miriam e me deu um tapinha.

— Não, você não entendeu. De roupa. A gente nem vai se beijar.

— Exato. Mas então agora você está me dando uma desculpa para aceitar dormir com você? Obrigada, mas já conheci caras como você antes. Você é esquisito.

Meu celular vibrou no bolso e eu sabia que era Peter tentando mais uma vez entrar em contato comigo. Eu não tinha respondido, porque não sabia o que dizer, pelo menos não naquele instante, sabendo que não voltaria para Pamplona naquela noite. Antes de ir a San Sebastián, eu tinha planejado explicar minha ausência dizendo que estava vivendo *Paris é uma festa*, só que em Pamplona, e não percebi o telefone tocar.

Miriam cruzou os braços e tremeu. O vento não havia diminuído, e agora tinha ficado tão nublado que o sol estava totalmente encoberto.

— Tenho que voltar para a minha mãe — avisou.

— Tem certeza? Eu ia oferecer um jantar a você como forma de agradecer pelo quarto essa noite.

Exasperada, Miriam bufou baixo e balançou a cabeça.

— Não posso me dar ao luxo de levar você a um lugar como o Arzak — falei. — Mas, se as *tapas* daquele bar forem tão boas quanto o café da manhã, é você que sai perdendo.

Ela inclinou a cabeça, puxou o cabelo para trás a fim de afastá-lo dos lindos olhos e me encarou.

— Perdendo?

Tinha algo de diferente na maneira como ela me olhava, como se estivesse procurando alguma coisa. Ou como se tivesse reconhecido algo.

— Talvez eu esteja exagerando — admiti. — Mas provavelmente... os pratos são muito bons ali.

Ela fez que sim.

— Isso é um sim? — perguntei, com uma surpresa incrédula.

— Estou morrendo de fome — respondeu Miriam, que já tinha virado e estava a caminho do bar.

Durante o jantar, contei a ela tudo em que conseguia pensar sobre mim. Sobre como eu era pouco prático, indisciplinado, com capacidade limitada de pensamento analítico. Sobre minha imaginação um pouco vívida demais e meu desejo de ser criativo, ao mesmo tempo que duvidava de que os meus talentos artísticos correspondessem às minhas ambições. Sobre como eu era desajeitado em assuntos do coração. Sobre a minha aventura com a ex-namorada de Peter quando éramos mais jovens. Como se, para mim, fosse importante colocar tudo para fora, o bom e o ruim, enquanto tinha a oportunidade.

— Então, em poucas palavras, você é idiota e egoísta — disse ela e tomou um gole de vinho tinto.

Estava sentada com as pernas longas e finas entrelaçadas uma na outra, as costas curvadas e os ombros estreitos se projetando para a frente. Pouco antes, tive a impressão de que ela estava menos bonita do que quando a vi no Arzak. Contudo, agora estava ainda mais. Talvez fosse a iluminação do ambiente, mais suave. Talvez fosse porque ela estivesse mais relaxada. Ou talvez fosse eu.

— É, sou idiota e egocêntrico — confirmei.

— Você está dizendo isso porque acha que isso o torna mais interessante? Porque não estou vendo um bad boy aqui na minha frente, Martin.

— E está vendo o quê, então?

— Um garoto que é, na verdade, bastante agradável.

— Por que você fala de um jeito que faz parecer que é cinco anos mais velha que eu, e não o contrário?

— Nós temos a mesma idade.

— Como você sabe?

— Peter me disse que vocês dois têm a mesma idade.

— Entendi. O que mais ele falou de mim?

— Não muita coisa, na verdade. Só mencionou o seu nome quando perguntei se ele estava mesmo indo sozinho para as festas de são Firmino.

— E ele disse que estava?

— Não com todas as letras, mas foi como se quisesse me passar essa impressão. De que você não existia. Seja como for, ele evitou falar de você.

— Estranho — falei, pegando a minha taça.

— Não é estranho se ele decidiu que eu vou ser dele e se vocês dois costumam acabar gostando das mesmas mulheres.

— E você ainda acha que eu sou um cara agradável?

— Acho que você faz coisas que sabe que são erradas, mas pelo menos se sente culpado depois.

— Sim, bom... já é alguma coisa. E quanto aos seus lados ruins?

— Eu roubo — respondeu Miriam sem hesitar.

— Você rouba?

— Isso. É tipo um hábito. Não sou cleptomaníaca, mas acho que preciso dessa adrenalina. Provavelmente é por isso que roubo coisas de que não preciso.

— Como corações de garotos ingênuos?

— Que piegas! — Ela riu, e brindamos.

Tinha escurecido, e ouvíamos trovoadas pesadas e sinistras das nuvens carregadas enquanto comíamos os últimos petiscos e ela falava de si. Sobre os namorados em Moscou, sobre os planos de se mudar para Cingapura e talvez conseguir um emprego como jornalista num jornal de língua inglesa. Mas nada sobre por que ela entrou no mar e quase se afogou. A certa altura, ela pegou o telefone, a tela iluminou seu rosto no escuro e ela franziu a testa.

— Sua mãe? — perguntei enquanto ela colocava o celular de lado sem responder.

— Ã-hã — respondeu sem rodeios.

— O-ou — falei.

— O-ou?

— Você pode até ser uma boa ladra, mas mente pior que eu. Era Peter?

Ela suspirou.

— Ele deve ter mandado umas vinte mensagens desde ontem.

— E você acha exagerado?

Ela fez careta. Eu queria perguntar quantas mensagens ela havia enviado de volta, mas consegui me conter.

— Obrigada — disse ela, acenando com a cabeça para os pratos vazios. — Estava tudo ótimo.

— Quer beber mais alguma coisa?

— Sem chance. A minha mãe está me esperando.

Fiz um gesto para pedir a conta. Ela observou enquanto eu assinava o recibo do cartão de crédito.

— Christopher — falou ela.

Levantei a cabeça.

— Achei que o seu nome fosse Christopher — disse ela, sorrindo.

— Quando?

— Quando te vi.

— Peter disse...

— *S.O.S. Malibuuu!*

O homem de pernas tortas usando kilt e camisa da seleção da Escócia estava parado ao lado da nossa mesa. Cambaleou, com bafo de limpador de para-brisa.

— Meu herói! Preciso de dez euros para ir para o *encierro* amanhã. Vou tocar uma canção de amor para vocês.

— *Vete!* — rosnou o garçom, apontando para a praça.

Dei ao escocês uma nota de cinco euros, e ele saiu cambaleando e desapareceu na escuridão.

— Vamos torcer para ele ficar sóbrio antes da corrida de touros — comentei.

— Ah, impossível. Ele está sempre por aqui — disse o garçom, revirando os olhos.

Eu e Miriam nos levantamos. Ela sentiu um calafrio quando o vento aumentou de repente, e dessa vez não foi só uma rajada — o farfalhar das árvores próximas foi ficando cada vez mais alto.

— Vamos pegar um táxi — falei, então olhei para cima e vi um raio. Foi como se o céu tivesse se aberto com uma explosão: o raio parecia uma rachadura fina e brilhante que revelava algo por trás dela, outro mundo. Da fenda aberta, chuva. Caiu nos guarda-sóis, na mesa, nos paralelepípedos, e todo mundo se levantou e saiu correndo. Quando Miriam e eu encontramos abrigo, segundos depois, no acesso entre a praça e a entrada do albergue, estávamos encharcados.

— Não vamos conseguir táxi agora — falei.

— Daqui a pouco para.

Olhei para o céu.

— Pode ser. Você está tremendo.

— Você também.

Peguei a chave do quarto.

— Vem, vamos nos secar enquanto isso.

Abrimos a porta e acendi a luz. Continuava sem tapete.

— Tome um banho para se aquecer — sugeri.

Miriam fez que sim e entrou no banheiro, e eu me sentei na cama em que tinha dormido noites atrás. Os sons da chuva e do chuveiro se misturavam, tais quais meus sentimentos de felicidade e frustração. O celular tocou de novo. Era Peter. Eu sabia que tinha que ligar para ele. Havia mudado minha explicação. Agora, minha história era que eu havia ido para o vilarejo daquelas duas espanholas que tínhamos conhecido na barricada, que eu e a loira nos demos bem e parecia que eu iria passar a noite lá. Ele ia acreditar. Não ia? Pensei no cadáver no necrotério. Não tinha certeza de mais nada. Ouvi o chuveiro sendo fechado e coloquei o celular de volta no bolso. Não poderia contar a mentira para Peter com Miriam ouvindo, sabia que não seria capaz disso.

Ela saiu do banheiro enrolada numa toalha branca, correu para a outra cama e se enfiou debaixo do cobertor, tremendo de frio.

— A água quente acabou do nada — disse ela, gemendo. — Desculpa.

— Sem problema. Como já estou molhado, vou sair para comprar alguma coisa. Quer algo?

— Você vai ligar para Peter.

— Também.

— Minta — disse ela baixinho.

— Por quê? A gente não fez nada.

— Mas você vai mentir. Só estou dizendo que tudo bem por mim.

Saí do quarto e desci a escada. Parei na entrada e peguei o celular. Tinha digitado o nome de Peter e estava prestes a pressionar Ligar quando me dei conta de uma coisa. A tempestade fazia tanto barulho que Peter certamente ouviria, e não havia como ter certeza de que também estava chovendo em Pamplona. Na verdade, era improvável — antes de começarmos a viagem tínhamos lido que, mesmo com as cidades sendo tão próximas, chovia duas vezes mais em San Sebastián do que em Pamplona nessa época do ano.

Olhei para a praça. Estava deserta, mas através da chuva ouvi uma voz rouca cantando "Mull of Kintyre", a menos que estivesse muito enganado. E lá, do outro lado da praça, sozinho debaixo do toldo de uma loja fechada, estava o escocês tocando violão.

Atravessei a praça correndo e me enfiei debaixo do mesmo toldo. Ele abriu um sorriso e parou de tocar.

— *S.O.S. Malibuuu*, o que você quer ouvir?

— Sabe tocar alguma música espanhola ou basca?

Ele imediatamente começou a gritar a letra de "La Bamba".

— Continue até eu terminar a conversa no celular — falei.

Ele fez que sim. Apertei Ligar, Peter atendeu antes do segundo toque.

— Martin! Eu estava começando a achar que você tinha morrido!

— E eu achei que *você* tinha morrido — afirmei. Não consegui me conter. Mas ele ignorou e começou a falar sobre como estava preocupado. Então contei a minha história.

— Entendi — disse ele. — E parece uma baita festa mesmo! Mal consigo te ouvir.

O escocês parecia prestes a terminar, mas gesticulei para que continuasse.

— Me deseje sorte, Peter. Te vejo amanhã!

— Você não precisa de sorte, seu safado. — Ele deu uma risada rápida, mas não tão sincera quanto de costume. — E volte a tempo para a corrida de touros.

— Claro.

— Promete?

— Prometo.

Pausa. A chuva caía no chão e espirrava ao nosso redor, e só me restava torcer para que a interpretação de "La Bamba" com a voz rouca do escocês estivesse abafando o barulho.

— Você está apaixonado, Martin?

Fiquei surpreso.

— Talvez esteja — respondi, engolindo em seco.

— Porque pelo seu jeito de falar está parecendo.

— Ah, é?

— Ã-hã. Agora que sei como é estar assim, posso dizer que é como você está.

Engoli em seco novamente.

— A gente se vê — falei.

— A gente se vê.

Enfiei uma nota de dez euros toda molhada na ponta de uma das cordas saindo de uma cravelha do violão do escocês e voltei pela praça.

— O que ele falou? — perguntou Miriam assim que entrei no quarto. Estava com o cobertor até o nariz.

— Que pelo meu jeito de falar eu parecia apaixonado.

— Bom, parece que você está com frio. Vai se secar.

Fui ao banheiro, tirei a roupa e, com a última toalha, tentei em vão me esfregar para me esquentar. Ali, vi um inseto grande andando pela parede perto do vaso sanitário. Parecia machucado, mancando e arrastando uma pata. Me aproximei já pensando em acabar com o sofrimento dele, mas então vi que as patas estavam grudadas, deixando um rastro fino. Me abaixei e espiei atrás do vaso sanitário. Ali, debaixo do cano, num lugar difícil de alcançar com um pano, havia uma pocinha de uma substância escura e ressecada. Enfiei o dedo nela, já com uma boa ideia do que era. Mas por baixo dessa camada externa escurecida havia um líquido pegajoso. Ergui o dedo e analisei a substância na luz. Não restava dúvida, era sangue.

— Você está pálido — disse Miriam quando voltei para o quarto com a toalha enrolada na cintura.

— Tenho usado protetor solar fator cinquenta.

Ela deu uma risadinha e levantou o cobertor.

— Vem cá para se aquecer.

Entrei debaixo do cobertor e me aconcheguei nela.

— Olha a mão-boba — disse, virando de lado e pressionando o nariz no meu pescoço. Ela parecia um pequeno forno, e o calor que irradiava me deixava mais arrepiado que o frio lá fora.

Fiquei completamente imóvel — não ousava me mexer por medo de quebrar o encanto. Ou de acordar do sonho. Porque era o que parecia. Era como estar num sonho em parte doce e em parte pesadelo. O sangue, o tapete, o cadáver no necrotério. E tinha outra coisa.

— Olha — falei. — Sabia que Peter fez uma tatuagem no dia em que conheceu você no hospital?

— Não. Que tipo de tatuagem?

— Ele não mencionou isso?

— Não, por quê?

— Nada. Esse negócio de o meu nome ser Christopher... foi ele quem te disse isso?

— Não. Mas é?

— É o meu segundo nome.

— Ah, é? — Ela riu. — Isso é fantástico.

— É, fantástico.

Eu não sabia se era só a minha imaginação, mas parecia que Miriam havia se mexido de leve e se aproximado mais um pouco de mim. E nenhum de nós estava mais com frio. Mas não me movi. Nem ela. Lá fora, a chuva havia diminuído, de um martelar para uma garoa constante. Ainda dava para ouvir a voz rouca e sofrida do escocês — provavelmente era a única pessoa ali. Devia ser uma música com muitos versos.

— Já ouvi essa música antes — falei. — Só não consigo lembrar onde.

— Ele nos disse que era uma velha canção irlandesa — afirmou Miriam. — Sobre o *merrow* de chapéu vermelho.

— *Merrow?*

— A sereia irlandesa.

Uma sereia de chapéu vermelho. Pensei no meu sonho. Em emergir da água fria e escura até alcançar a superfície e a luz. Foi quando outra coisa também veio à tona.

— Quando você falou "ele *nos* disse", quer dizer você e a sua mãe?

— Eu e Peter. Passamos por ele enquanto ele estava tocando não muito longe do restaurante em que jantamos. Peter deu cinquenta euros para ele e pediu que cantasse "The Red Capped Merrow" de novo.

Fechei os olhos e soltei um palavrão internamente.

Mesmo não sendo um entendido de música, Peter deve ter percebido que o cara que estava cantando "La Bamba" era a mesma pessoa que ele e Miriam tinham ouvido na saída do Arzak. Tudo bem, mas, se ele tivesse percebido, talvez eu pudesse convencê-lo de que o escocês tinha ido para o vilarejo e tocado lá. De qualquer forma, se ele tivesse pescado minha mentira, já não havia o que fazer. Curiosamente, fiquei mais calmo ao pensar isso.

— Claro, cinquenta euros era exagero — disse Miriam. — Mas acho que Peter não fez isso para me impressionar. Acho que fez por... como posso descrever? Um senso de dever?

Fiz que sim e cruzei as mãos atrás da cabeça.

— Acho que você está certa. Peter entende que o dinheiro pode ajudar, que ter dinheiro é prático, mas não que o dinheiro impressione ou faça os outros se sentirem pequenos. Na verdade, ele fica envergonhado de ser tão privilegiado. E sei que às vezes ele sente isso como um fardo e uma obrigação. Certa vez ele me disse que sentia inveja de mim.

— Inveja?

— Ele não explicou, mas acho que vê em mim uma coisa que não pode ter: a inocência ingênua da pessoa comum, a liberdade de não ter dinheiro e poder suficientes para se sentir na obrigação de assumir responsabilidades. Da mesma forma que vejo nele a inocência ingênua no fato de que ele realmente acredita que tem uma responsabilidade moral pelo resto do mundo, de que ele é um dos escolhidos, de que a riqueza herdada é a prova de que existe a mão de alguém guiando o que acontece nesse mundo.

— Mas você não acredita nisso?

— Acredito no caos. E na nossa capacidade de ver conexões onde não existem, porque não suportamos o caos.

— Você não acredita em destino?

— Deveria?

— Você previu que a gente ia se deitar junto na mesma cama.

— Você ouviu a previsão, e talvez, inconscientemente, isso tenha feito você me convidar para a sua cama. Aliás, eu disse que estaríamos de roupa.

— Mas estamos de toalha. E não estamos nos beijando.

Eu estava prestes a me virar para ela, mas notei uma leve resistência em seu corpo e desisti. Em vez disso, olhei para o teto.

— Talvez a gente sempre faça esse tipo de coisa — falei. — Tentar fazer com que uma previsão em que acreditamos se torne realidade. Talvez esse seja o sentido da vida.

Ficamos em silêncio ouvindo o som cada vez mais baixo da chuva. Em pouco tempo, as pessoas estariam de volta às ruas. Os táxis estariam circulando. Miriam iria encontrar a mãe. Olhei para o relógio. Em algumas horas eu teria que levantar para pegar o ônibus, mas, tudo bem, eu não conseguiria dormir mesmo.

A chuva parou por completo. O escocês não estava mais cantando, mas dava para ouvir outras vozes vindas do outro lado da praça. Miriam mudou de posição. Pensei que ela iria se levantar, mas então ficou imóvel. Estava tão silencioso que dava para ouvir as gotas de chuva da sarjeta batendo nos paralelepípedos sob a janela aberta fazendo o som de um suspiro profundo e pesado. Tomei uma decisão.

— O que vou dizer agora não é para fazer você correr de Peter — falei. — É só uma coisa que acho que você deveria saber.

— O quê? — disse ela, como se já estivesse esperando por isso.

— Acho — falei e engoli em seco — que Peter matou uma pessoa.

— Tudo bem. Isso não o torna, necessariamente, uma pessoa ruim.

— Não? — perguntei, espantado.

— Espero que não. Porque eu também já matei uma pessoa.

Todos já tinham ido para casa, os pássaros ainda estavam dormindo e o silêncio lá fora era total quando Miriam terminou de contar sua história. Ela me disse que era verdade quando falou que não mentia para amigos.

— Você não era um amigo naquele momento, Martin. Mas agora é.

Não era verdade que o homem com quem ela havia se casado não tinha conseguido consumar o casamento. Quando ele ameaçou pedir ajuda, ela permitiu que ele a penetrasse. Estupro sem violência, foi assim que ela chamou. Ela bloqueou os detalhes da memória e se lembrou apenas do bafo de vodca do rapaz. Quando foram para a cama, ele dormiu imediatamente. O que aconteceu de verdade depois foi que ela colocou um travesseiro sobre o rosto dele. E não soltou. Ela se sentou em cima do menino franzino, prendeu os braços dele debaixo dos joelhos e continuou pressionando o travesseiro até sentir que ele parou de resistir, então continuou pressionando.

— Até toda a tensão desaparecer do corpo dele e eu ter certeza de que era viúva — disse ela.

O restante da história era verdade.

— Eu tinha certeza de que a polícia iria parar a gente no aeroporto no dia seguinte. Mas acho que a família Koliev nunca recorre à polícia. Mas, se tivéssemos demorado um pouco mais para embarcar, tenho certeza de que teriam pegado a gente.

Miriam e a mãe foram morar com amigos em Istambul.

— Até o dia em que bateram à porta e alguém perguntou pela gente. Os amigos da minha mãe sabiam que devia ser o pessoal de Koliev e disseram que não tinham mais coragem de nos esconder. Desde então, a gente viaja de um lado para outro da Europa. É caro, mas a vantagem é que, enquanto estivermos dentro da área do Acordo de Schengen, não precisamos mostrar o passaporte. Nunca entramos num avião nem em qualquer meio de transporte que faça lista de passageiros. Mas duas vezes eles apareceram nos hotéis em que estávamos morando e escapamos por pouco. Agora ficamos em hotéis baratos, que não mantêm um registro digital dos hóspedes. O problema é que é impossível não deixar nenhum rastro, então é só questão de tempo até que eles nos alcancem. A única coisa que pode impedi-los de procurar é eles perceberem que não existe mais nada para procurar. Que estou morta. E foi por isso... — Ela engoliu em seco. — Foi por isso que eu disse para a minha mãe que a gente tinha que ir à praia de Zurriola.

Foi a minha vez de engolir em seco.

— Você queria se afogar.

Miriam fez que sim lentamente.

— Para que a sua mãe ficasse livre — prossegui, a voz carregada.

Miriam olhou para mim e, pela expressão dela, percebi que tinha entendido errado.

— Era para *parecer* que eu tinha morrido afogada — explicou ela. — Eu nado bem. Era da equipe de natação da universidade em Moscou. O plano era eu fazer muito barulho para termos testemunhas de que eu estava com dificuldade e depois sumir. Eu iria nadar um longo trajeto debaixo da água. Sou boa nisso. Depois, iria continuar até a ponta leste da praia, que não tem estrada e é completamente deserta. Tinha deixado uma bolsa escondida com roupas e sapatos atrás de uma pedra naquela área. De lá, iria pegar um ônibus para Bilbau, onde tinha reservado um quarto com nome falso e passaria uma semana lá. Minha mãe iria à polícia relatar o meu desaparecimento, para que saísse nos jornais.

— E Koliev ia desistir da perseguição.

Ela fez que sim com a cabeça.

— Mas você apareceu tão rápido... Eu mergulhei e pensei: bem, agora temos pelo menos uma testemunha do afogamento. Mas então você me encontrou lá embaixo, na escuridão.

— Foi a sua touca.

— Eu não tinha certeza do que fazer. O plano tinha sido arruinado. Então achei melhor me deixar resgatar e tentar desaparecer de novo outro dia.

— Mas agora você desistiu da ideia?

Ela fez que sim com um aceno de cabeça.

— Porque agora, que tem Peter para ajudar, você não precisa mais disso.

Ela fez que sim novamente.

— E ele não sabe nada sobre os Koliev, certo?

— Eu contei para ele sobre o sequestro e o casamento forçado.

— Mas ele não sabe que você matou o seu marido.

— Não chame de meu marido!

— Tá bom. Isso significa que você sabia o tempo todo que fui eu, e não Peter, quem resgatou você.

Ela deu uma risada rápida e amargurada.

— Você não me resgatou, Martin, você estragou tudo para mim.

— Mas você fez o papel de donzela resgatada para Peter.

— *Ele* bancou o herói!

— Pois é, todo mundo está mentindo. Mas... — Senti uma mão tocando meu rosto. Pontas dos dedos nos meus lábios.

— Shhh — sussurrou ela. — A gente não pode ficar um pouco em silêncio?

Fiz que sim com a cabeça e fechei os olhos. Ela estava certa, precisávamos fazer uma pausa. Reorganizar as ideias. Como tanta coisa podia ter acontecido em tão pouco tempo? Apenas dois dias antes Peter e eu éramos amigos a caminho da corrida de touros em Pamplona, onde o pai e o tio dele também estiveram, ou seja, mesmo que ele jamais admitisse, aquela viagem era uma espécie de rito de passagem masculino na família. Para mim foi puro romance viver *O sol também se levanta*, de Hemingway, um livro que, segundo o meu pai, deve ser lido e apreciado quando se é jovem, porque Hemingway é um escritor para jovens, um escritor que tem menos apelo quanto mais você envelhece. Mas, em vez de uma corrida curta de três minutos pelas ruas de Pamplona, tive a sensação de estar correndo o tempo todo, com todas as ruas laterais bloqueadas por barricadas e os chifres dos touros cada vez mais próximos. Era como Peter dizia: tudo que pode acontecer, acontece o tempo todo, ao mesmo tempo. O tempo é e não é uma ilusão, porque em uma infinidade de realidades ele é tão irrelevante quanto todo o resto. Eu estava zonzo. Caí. Caí num abismo e nunca me senti tão feliz.

Ouvi a respiração de Miriam entrar no ritmo da minha, senti seu corpo subir e descer com o meu. Foi como se, por um instante, tivéssemos nos tornado um só, e não era mais o corpo dela dando calor ao meu ou o contrário — tínhamos nos tornado *um* só corpo. Não sei quanto tempo se passou — cinco minutos, meia hora — antes de eu voltar a falar:

— Você já desejou poder viajar de volta no tempo e mudar alguma coisa?

— Já — respondeu ela —, mas não dá para mudar nada. A gente pode até achar que tem livre-arbítrio, mas, se você for a mesma pessoa que era lá atrás, com as mesmas informações na mesma situação, tudo vai se repetir. É óbvio.

— Mas e se você pudesse viajar de volta no tempo como a pessoa que é *agora*?

— Ah. A ideia de se vingar do seu antigo professor psicopata na frente de toda a turma ou investir dinheiro onde sabe com certeza qual vai ser o resultado?

— Ou marcar o gol de pênalti que você perdeu na vida anterior — acrescentei.

— É divertido fantasiar sobre isso. Mas aí você bate de frente com o paradoxo do tempo. Ou seja, ao mudar o passado você também muda o futuro. E aí a coisa não bate.

— E se você puder voltar no tempo no mesmo universo em que vive agora, mas para um ponto específico do passado no qual decidiu entrar num universo paralelo? Ou seja, você está voltando ao passado num universo que até aquele momento é idêntico àquele em que você vive, um universo no qual você já existe como outra pessoa.

— Mas nesse caso vão existir dois de você, certo?

— Isso. Nesse caso o paradoxo do tempo não existe.

— Mas é uma realidade completamente louca.

— Toda realidade não é?

Ela riu.

— Ah, isso é verdade!

— O problema é que, se você quiser bater aquele pênalti de novo, a sua versão anterior vai estar lá, preparada para errar. Então, primeiro, você tem que tirar essa pessoa do caminho.

— Mas como?

— Se você quer tomar o lugar dessa pessoa sem ninguém perceber, o melhor jeito é fazer o que você fez. Fazer o protagonista desaparecer de vez.

— Se afogar de propósito?

— Usar um travesseiro para tapar o rosto dele enquanto ele dorme.

— Hummm, certo. Martin...

— Diga.

— Sobre o que a gente está conversando agora?

— Sobre Peter ter viajado para cá vindo de outra realidade idêntica a essa até dois dias atrás. E nessa realidade, que é aqui e agora, ele se matou enquanto eu estava tomando café da manhã.

— Aqui? Nessa cama? Com um travesseiro?

— Acho que aconteceu no banheiro, talvez enquanto o meu Peter estava tomando banho ou usando o banheiro. O Peter que acabou de chegar bateu nele com algum objeto pesado, e o meu Peter sangrou, porque tinha sangue embaixo do vaso sanitário. O Peter novo, que na verdade é mais velho, limpou o melhor que pôde, enrolou o corpo no tapete do chão e o jogou na lixeira atrás do prédio, que ele sabia que seria esvaziada naquele mesmo dia.

— Adorei! — Ela riu. — Mas por quê? Por que ele voltou?

— Para mudar alguma coisa que aconteceu no universo de onde ele veio.

— O quê?

— Ele não conseguiu você. Acho que você é o pênalti que ele perdeu.

— Que incrível! Você devia fazer um filme sobre isso — disse ela, aparentemente sem perceber que tinha pousado a mão no meu peito.

— Pode ser — falei e fechei os olhos novamente.

Estava tudo bem. Tudo bem parar por ali. Tinha voltado a chover. Miriam suspirou fundo. Sem abrir os olhos, notei a luz do celular dela.

— Preciso avisar para a minha mãe que vou passar a noite aqui — disse ela. — Tudo bem, ela só sabe que eu aluguei um quarto aqui. Não sabe que você está aqui.

Murmurei alguma coisa em resposta. De olhos fechados, vi mais uma vez aquele cadáver nu. A marca na têmpora. A pele branca e imaculada. Sem tatuagem. Peter. Que tinha acabado de se apaixonar pela primeira vez na vida. Que ainda não tinha tido tempo de cometer o primeiro erro, aquele que garantiria que ele nunca a conquistaria. Ele parecia um menino feliz dormindo.

Eu estava errado.

*Consegui* dormir.

Quando o alarme do meu celular me acordou, ainda estava escuro lá fora.

Olhei para ela, deitada de costas para mim na cama. O cabelo preto se espalhava pelo travesseiro.

— Tenho que ir — falei.

Ela não se mexeu.

— Vai dizer a Peter que a gente se encontrou?

— Não, eu prometi, lembra?

— Claro que prometeu, mas vocês são melhores amigos. Sei como funciona. De qualquer forma, a essa altura estabelecemos que nós três somos mentirosos.

Ela se virou e sorriu para mim — pelo menos vi dentes na escuridão.

— Não sei se o cara que está em Pamplona é meu amigo — falei. — Mas sei que te amo.

— Isso é o que eu chamo de demonstrar respeito pela garota de manhã — murmurou Miriam e me deu as costas novamente.

Ao sair do albergue descobri que não tinha dinheiro para o táxi, mas pelo menos, enquanto corria para a rodoviária, meu corpo acumulou calor suficiente para secar minhas roupas, que estavam úmidas e geladas quando as vesti no escuro.

A atmosfera no ônibus para Pamplona era estranha. Havia três tipos de passageiro. O primeiro era daqueles que estavam se preparando e preparando os amigos para a corrida de touros, gritando uns com os outros sentados em seus assentos, rindo alto para esconder o nervosismo, dando soquinhos nos ombros uns dos outros e já tomando sangria e conhaque. O segundo era dos que estavam dormindo — ou tentando dormir. E o terceiro era só eu, o cara solitário que estava sentado observando a paisagem, pensando. Que estava tentando entender e dar sentido a tudo isso, mas toda vez desistia e começava de novo. Por fim, meu pensamento foi interrompido por uma ligação de Peter, que não pude atender — caso contrário ele saberia que eu estava num ônibus. Ainda restava mais de uma hora até chegarmos a Pamplona, e essa demora não bateria com a história de que eu estava num ônibus local.

Só retornei a ligação quando chegamos aos arredores de Pamplona.

— E eu aqui pensando que você tinha dormido demais — disse ele.

— De jeito nenhum. A gente se encontra no Jake's em quinze minutos?

— Já estou aqui. Até daqui a pouco.

Enfiei o celular no bolso. Tinha algo de estranho na voz dele? Algo de errado, algum sinal de que ele sabia? Eu não fazia ideia. Se tivesse falado com Peter, eu saberia. Mas o homem com quem eu havia acabado de falar era um estranho. Senti como se o meu cérebro estivesse prestes a explodir.

O Jake's estava tão lotado que eu literalmente tive que abrir caminho à força entre aquele monte de homens — e algumas poucas mulheres — de vermelho e branco. Peter — ou o homem que se chamava Peter — estava sentado no bar. Devia ter começado cedo. Estava de boné e com um par de óculos de sol grandes que eu nunca tinha visto.

— Saboreie — disse ele, apontando para uma taça de conhaque.

Hesitei. Então peguei a taça e bebi numa golada só.

— Com medo?

— Estou — respondi.

Ele indicou com a cabeça o jornal no balcão.

— Os touros hoje são da Fazenda Galavanez. Dizem que os de lá são verdadeiros assassinos.

— Ah, é?

— O que eles provavelmente não sabem é que são eles que vão ser mortos. Essa tarde.

450

— Acredito que seja melhor não saber.

— Pois é.

Ele olhou para mim. Eu olhei para ele. Agora era fácil de ver. Quando Peter saiu do banheiro em San Sebastián dizendo que tinha vomitado, achei que ele havia perdido o bronzeado e parecia mais velho porque estava passando mal. De onde ele tinha vindo? De que tempo? De que lugar?

— Já está tarde — disse ele sem olhar para o relógio. — Vamos.

Ficamos no mesmo lugar do dia anterior. Este era o plano: na medida do possível, a segunda vez seria uma réplica da primeira. "Repetindo o maior número possível de variáveis", como Peter havia descrito. Isso para podermos nos concentrar na experiência em si e não gastar tempo processando tudo o que era novo e desconhecido. Vivendo a mesma situação, mas de maneira diferente. Foi isso que esse Peter tinha feito nos últimos dois dias? No universo de onde ele veio, será que ele e eu — ou o eu que eu era nesse outro universo — ficamos neste mesmo lugar esperando os touros? Claro que as coisas começaram a mudar a partir do momento em que ele entrou nesse universo, a sequência de acontecimentos parou de correr em paralelo. Mas quanto ele havia mudado? E quanto queria mudar? Era insuportável.

Ao nosso lado, um garoto começou a chorar convulsivamente. Eu o reconheci: era um dos estadunidenses barulhentos do ônibus. Isso era insuportável, e, quando me virei para Peter com a intenção de dizer que sabia quem ele era — ou, mais precisamente, quem ele *não* era —, um som nos avisou que os touros haviam sido soltos.

Senti a boca secar. Me curvei e fiquei numa espécie de posição de largada. Não sei por que os corredores não se espalhavam mais uniformemente pelo caminho, porque a verdade era que todo lugar parecia igualmente bom. Mas, em vez disso, estávamos reunidos em grupos. Talvez tenha a ver com a ideia de que, quanto mais gente junta, mais seguro se está.

— Vou correr logo atrás de você — disse Peter. — Entre você e os touros.

O barulho e os gritos se aproximaram, e parecia que eu sentia cheiro de pânico e sangue no ar, do mesmo jeito que a chuva no dia anterior havia empurrado o ar antes de cair, fazendo com que as árvores balançassem e farfalhassem numa espécie de prenúncio. Alguns turistas se destacaram do nosso grupo e partiram em disparada, como as gotas de água caindo da calha do lado de fora do quarto durante a noite.

E então eles apareceram. Dobrando a esquina. Um touro escorregou nos paralelepípedos e caiu de lado, mas se levantou. Ao cair, o touro derrubou uma pessoa na rua. Um homem de cabeça raspada e de branco correu bem na frente do touro líder, parecendo conduzi-lo com o jornal enrolado que segurava, usando-o ora para bater na testa do touro, ora para manter o equilíbrio. A multidão ao nosso redor começou a se mexer, e eu também queria correr, mas alguém me segurou pelo casaco.

— Espera — disse Peter calmamente atrás de mim.

Minha boca estava tão seca que não consegui reagir.

— Agora — disse ele.

Corri. Um pouco à esquerda do meio da rua, como no dia anterior. Concentrado no que estava à minha frente. Evitando cair. Todo o resto estava fora do meu controle. Apenas seguindo em frente. Mas não havia nada diante de mim, o medo apagou tudo. Foi então que as pernas fraquejaram. Claramente alguém me fez tropeçar. Foi tudo em que tive tempo de pensar antes de cair nos paralelepípedos.

Eu sabia que devia ficar imóvel. E sabia que havia meia tonelada de touro logo atrás de nós, por isso arrisquei rolar de lado para a esquerda. Uma sombra passou por cima de mim, algo grande, como um navio bloqueando o sol. Depois que passou, olhei para cima e vi o traseiro estreito e preto da enorme criatura.

Ele parou. E virou.

De repente, tudo ao meu redor ficou em silêncio, um silêncio tão sepulcral que o grito solitário — talvez de uma garota na barricada que viu o que estava prestes a acontecer — me gelou até os ossos.

O touro olhou para mim. Os olhos estavam mortos, não expressavam nada além do fato de ter me visto. Bufou. Raspou o casco dianteiro nos paralelepípedos e baixou os chifres. Não me mexi. Mas essa tática já não era mais a correta. Eu tinha sido visto. Destacado da multidão. Aquele trem preto de músculos se preparou e arrancou na minha direção. Eu estava morto. Fechei os olhos.

Foi quando alguém agarrou o meu pé e começou a puxar, me arrastando de lado enquanto o meu queixo quicava e raspava nos paralelepípedos. A parte de trás da minha cabeça bateu em alguma coisa, por um instante tudo ficou preto. Em seguida, abri os olhos novamente. Tinha batido na parede de uma casa. Peter estava em pé, acima de mim, ainda me segurando pelo pé. A poucos metros de nós, o homem de cabeça raspada segurando o jornal dançava em volta do touro, distraindo o animal com a ajuda de outro homem também segurando um jornal enrolado. Peter se posicionou entre mim e o touro. Uma vaca passou, o touro pareceu perder o interesse em nós e saiu atrás dela. O restante do grupo, cinco touros e vacas, passou por nós logo em seguida, mas nos ignorou. Na verdade, pareciam cansados de tudo e só queriam fugir e encontrar um lugar calmo e pacífico.

Me sentei com as costas na parede da casa, Peter se agachou ao meu lado. Respirei. O ar entrando e saindo. De novo. Entrando e saindo. Deixei o pulso desacelerar aos poucos enquanto via a rua esvaziando e as pessoas se dirigindo para a arena.

— Era esse o plano? — perguntei depois de um tempo.

— Que plano?

— Esse. Me fazer cair na frente dos touros e me resgatar. Era esse o plano o tempo todo?

Percebi que ele estava prestes a dizer algo como "Do que você está falando?" ou "Não entendi". Ou talvez ele tenha se dado conta de que eu havia entendido.

— Não — respondeu ele. — Não era esse o plano.

— Não?

— Resgatar você, não.

Ele descansou a cabeça na parede caiada da casa. Fiz o mesmo, olhando para o céu sem nuvens entre os telhados.

Nas ruas laterais ao longo da rota já haviam começado a desmontar as barricadas.

— Então você foi para San Sebastián?

— Fui — respondi.

— Por quê?

— Eu precisava descobrir o que tinha acontecido lá.

— E descobriu?

— Vi o seu corpo.

— Aquele não sou eu. Pelo menos não completamente.

— Então é o quê?

— Difícil explicar. Sou eu, mas sem o meu sentimento de ser.

— Foi por isso que você conseguiu matá-lo?

— Ã-hã. Mas não foi fácil. Foi doloroso.

— Mas não a ponto de não conseguir?

— A dor de não conseguir Miriam teria sido pior. A meu ver, foi um suicídio necessário.

— Você teve que se matar para conquistá-la?

— Lidar com dois Peters seria confuso demais, não acha?

— Tem cigarro?

Ele esticou as pernas para enfiar a mão no bolso e tirou dois cigarros do maço. Acendeu ambos.

— Qual foi o primeiro erro de Peter? — perguntei.

— Ele não percebeu que você e Miriam podem ter sido feitos um para o outro. — Deu uma tragada no cigarro. — Não, não tem nada de "podem ter sido": vocês dois *foram* feitos um para o outro. Você se encontrou com ela em San Sebastián?

— O que acha?

— Vocês são duas cigarras. É claro que se encontraram.

— Eu me encontrei com ela.

— Pois é, só o macho da cigarra canta.

Olhei para ele de novo. Parecia mais velho do que quando estávamos esperando os touros. Como se tivesse envelhecido dez anos em minutos.

— O que aconteceu? — perguntei, tragando o meu cigarro. — Você descobriu como viajar no tempo?

454

— Levei onze anos. Eu e um pequeno grupo de pesquisadores na Suíça. E não se viaja no tempo, viaja-se entre universos paralelos ou sequências de acontecimentos. Descobrimos um jeito de entrar pela porta dos fundos de um universo paralelo, mas o problema era encontrar o universo certo para entrar, já que há uma infinidade deles. A maioria são mundos mortos e frios. Não dá para mudar nada em um universo, a sequência de eventos é fixa, mas você cria universos levando alguma coisa, mesmo que seja apenas um átomo, de um universo para outro. Se descobre um universo que é, até certo ponto, idêntico àquele que você habita, por exemplo, até a manhã seguinte ao resgate de Miriam, e você se transporta para lá, cria-se um universo no qual você *sente* que mudou a sequência de acontecimentos, mas na verdade é simplesmente um universo novo. Embora talvez nem seja realmente novo, é só que você o está vivenciando pela primeira vez. Entendeu?

— Não.

— Descobri um jeito de encontrar universos parecidos com aquele em que a pessoa habita. Chamamos de habitat sincronizado. No universo de onde venho, vou receber o Prêmio Nobel por isso.

Dei risada. Não consegui evitar.

— Então você entrou nesse universo logo depois que eu salvei Miriam. Mas por que não antes?

— Porque o ponto de partida perfeito é que eu salvei a vida dela. Ou seja, que ela *acredita* que fui eu que salvei a vida dela. Então eu precisava de você primeiro. — Ele respirou fundo. — Como você sabe, não sei nadar.

Balancei a cabeça.

— Mas, meu Deus, por que você simplesmente não descobriu um universo onde conquista Miriam sem esforço algum?

— Eles também existem, é claro, mas são impossíveis de encontrar, porque um habitat sincronizado só contém outros universos semelhantes. Então, tive que entrar em um desses e começar a criar ou vivenciar um novo dentro dele, que espero ser um universo em que eu acabo conquistando Miriam.

— Você realmente dá uma dimensão totalmente nova à ideia de procurar um amor — falei e me arrependi imediatamente da minha tentativa de ser engraçado. Peter não pareceu notar.

— O amor é o que tem de melhor — foi tudo o que ele disse, acompanhando a fumaça do cigarro com os olhos. — Existe um número infinito de universos em que você e eu nos sentamos juntos e temos essa conversa, nos quais a fumaça do cigarro se dissipa exatamente dessa maneira. E mais um infinito de universos com exatamente essa mesma conversa, mas em que a fumaça se dissipa numa direção *levemente* diferente, ou em que uma determinada palavra é substituída por outra. Mas não existe espaço para esses universos no meu habitat sincronizado. Dessa forma, em todos aqueles nos quais eu consigo entrar, *você* é quem fica com Miriam. Para criar um final feliz para mim, preciso passar por eles.

— Porque o amor é o que tem de melhor?

— É melhor que tudo.

— O amor não passa de uma sensação fomentada pela evolução para garantir que a raça humana procrie e proteja seus genes e seus familiares mais próximos de maneira eficiente.

— Eu sei — disse Peter, apagando o cigarro no paralelepípedo. — Mas ao mesmo tempo é melhor que isso.

— Tão melhor que você está disposto a matar a sua versão desse universo?

— É.

— E eu, seu melhor amigo?

— Em teoria, sim. Mas, na prática, evidentemente, não.

— Primeiro você tentou me matar, depois me resgatou. Por quê?

Peter baixou os olhos para o cigarro apagado que continuava esmagando no chão.

— Como você disse. Você é o meu melhor amigo.

— Você não teve coragem de me matar.

— É uma forma de colocar. — Ele olhou para cima e sorriu. — Vamos tomar café da manhã?

\* \* \*

Fomos para o Jake's. Pedi uma omelete e Peter, presunto e café.

Provavelmente ele jogou fora os óculos escuros e o boné assim que começamos a correr. Sem eles, percebi que seu cabelo tinha um tom de loiro ligeiramente diferente, além de olheiras tão brancas quanto ovos cozidos, mas agora estavam levemente opacas e amareladas, com um fino traçado de veias. Os dentes, porém, estavam brancos como sempre.

— Então, se entendi direito, eu conquistei Miriam e você vai ser infeliz pelo resto da vida — falei.

— Isso é altamente provável, mas lembre-se de que estou experimentando um novo universo. Tudo o que sei é que a tendência é essa até o momento em que cheguei. Agora, por causa da minha transferência para cá, houve uma divisão.

— É por isso que existe uma infinidade de universos? As pessoas começaram a entrar neles, e isso fez com que começassem a se dividir e...

— Não sabemos. Mas é possível. Tudo o que pode acontecer aconteceu. Talvez originalmente houvesse apenas um ou dois universos, mas as pessoas descobriram as passagens e o processo de expansão começou.

— Nesse caso, esses universos são criações de seres humanos.

— Em oposição a...

— Criações naturais. Ou como resultado de leis da física.

— Seres humanos são criados pela natureza, que é criada por leis da física. Tudo é física, Martin.

Senti o celular vibrar no bolso, mas deixei tocar.

— E então? O que você vai fazer agora? — perguntei.

— Estou montando uma equipe de pesquisa para descobrir como mudar para outro universo. A partir de agora a pesquisa vai avançar mais rápido, pois já estou familiarizado com a maioria dos outros campos de pesquisa.

— Então você vai viajar para outro universo e tentar conquistar Miriam lá?

Ele fez que sim.

A comida chegou.

Peter pegou a faca de carne afiada, mas então apenas olhou para o presunto, sem tocar nele.

— Eu realmente espero que você fique com ela, Martin. E lamento quase ter te matado. — Com a mão livre, ele colocou um bilhete na mesa. — Agora preciso desaparecer. Boa sorte, meu amigo.

— O que você vai fazer?

— O que se faz depois de uma corrida de touros?

— Dorme.

— Então eu vou dormir. — Ele pegou a faca com a mão esquerda, se levantou e segurou a minha mão direita. — E mais uma coisa: não me acorde. Fique longe do quarto pelo menos até depois de escurecer, tá bom?

Ele apertou a minha mão, soltou-a, passou pelos outros clientes e foi embora.

— Ei!

Eu queria correr atrás dele, mas um bêbado estadunidense grande e barulhento usando chapéu-panamá bloqueou o meu caminho. Quando finalmente cheguei à rua, não avistei Peter.

*Na dúvida, vá para a esquerda.* Esse era o lema do meu pai e eu o segui. Corri esbarrando nas pessoas, gritando o nome dele. Passei pela praça do mercado onde, à noite, as pessoas pulavam do alto da estátua, e só parei quando cheguei perto do nicho da estátua de são Firmino.

Peter havia sumido.

Eu estava tão sem fôlego que precisei me apoiar na parede. Aquele desgraçado cruel. "Lamento", foi a palavra que ele usou. Ele não pediu desculpas, apenas disse *lamentar* quase ter me matado.

O telefone vibrou de novo. Peguei esperando que fosse Peter. Era um número estrangeiro. Duas mensagens.

*Você me ama mesmo?*

E: *Mesmo, mesmo?*

— *Hola*, senhor famoso!

Tirei os olhos do celular e vi as duas garotas espanholas do vilarejo de braços dados. A loira se aproximou e me beijou nas duas bochechas.

— Você deve ter morrido de medo — disse ela. — E teve muita sorte!

— Hã?

— Quando foi salvo do touro.

— Ah... Você estava lá?

— Não, não. Você está na TV. Você é famoso, Martin!

As garotas riram do meu provável olhar atônito antes de me arrastar de volta para o bar de onde eu tinha acabado de sair. Ali, a tela da TV na parede mostrava os melhores momentos da corrida de touros do dia.

— Eu nem sabia que estavam filmando — falei.

— Oficialmente, correr na frente dos touros é ilegal, mas é claro que a polícia faz vista grossa. E a TV nacional transmite a corrida. Bem-vindo à Espanha!

Elas choravam de rir e encheram as respectivas taças com uma garrafa de sangria que haviam trazido, sem nenhuma objeção do barman. Enquanto isso, eu olhava para a tela e me via correr, com Peter de óculos escuros e boné logo atrás de mim. De repente, tropecei, mas havia tanta gente na frente que não deu para ver o que tinha me feito tropeçar. A câmera estava focada no touro, e eu não estava mais na tela. Até o momento em que o touro parou. Foi quando vi dois homens escalando a barricada atrás do animal. Um deles era Peter, ainda de óculos escuros e boné. Ele pulou para o outro lado e sumiu!

Em seguida, a câmera apontou para onde o touro estava mirando: para mim. Naquele ponto, uma pessoa que estava de pé imprensada contra a parede da casa, exatamente onde eu tinha ido parar, deu um passo à frente, agarrou a minha perna com as duas mãos e — enquanto o touro corria na minha direção, os chifres baixados como se estivessem procurando alguma coisa — varreu o chão comigo e me girou num semicírculo elegante, tal qual um *matador* balançando a capa num ângulo tão agudo que o touro não teve tempo de alterar o trajeto.

Era Peter. O outro Peter. Não, o terceiro Peter. Um Peter ainda mais velho que o segundo. Enquanto eu observava o touro se afastar, distraído, e o terceiro Peter e eu sumirmos da imagem das câmeras, percebi uma coisa. A razão pela qual o terceiro Peter disse que *lamentava* — como quando se está se desculpando em nome dos outros — foi porque o segundo Peter tentou me matar, sem a menor dúvida, sem o menor arrependimento. O terceiro Peter não veio conquistar Miriam, mas me salvar.

Engoli em seco.

O barman me olhou como que perguntando o que eu ia querer.

— Conhaque — pedi.

— Cadê você? — perguntou Miriam.

— Numa festa num vilarejo — respondi, olhando para o céu. Mas o sol tinha acabado de se pôr e ainda estava muito cedo para ver as estrelas. Eu tinha pedido licença e me afastado da praça do mercado, onde uma banda local tocava. Parei ao lado de uma oliveira, com as casas e o burburinho já distantes atrás de mim, e, na minha frente, fileiras de videiras se estendendo até as montanhas. E ali, no crepúsculo, telefonei.

— Você está bêbado?

— Um pouco — respondi. — Você falou com Peter?

— Ele ligou para a minha mãe, aquele espertinho. Ela atendeu à ligação e, como eu estava sentada bem ao lado dela, me entregou o celular. Ela não sabe de nada. Só sabe que quer que Peter seja seu genro.

— E o que ele disse?

— Ele sabia que me encontrei com você em San Sebastián. Perguntou se a gente tinha se divertido. Falou que tinha perdido você de vista durante a corrida de touros e que você ainda não havia voltado para a casa onde estão hospedados. Comecei a ficar preocupada quando você não respondeu às minhas mensagens. Por isso liguei.

— Percebi.

— Por que você não retornou a ligação antes?

— Tive um... um dia agitado. Te conto tudo mais tarde, agora tem gente me esperando.

— Ah, é? Foi o que Peter disse.

— O que ele disse?

— Que você ia para uma festa com umas *chicas*. Acho que ele estava certo...

O tom de Miriam, meio divertido e meio repreendedor, me fez sorrir.

— Está com um pouco de ciúme? — perguntei.

— Para de besteira, Martin.

— Diz que está com um pouco de ciúme. Só para me fazer me sentir bem comigo mesmo.

— Você *está* bêbado.

— Diz. Por favor.

E no silêncio que se fez ali, eu escutei. O canto das cigarras tinha parado com o pôr do sol. Ou isso ou elas estavam cantando como cantam no lugar de onde venho: numa frequência tão alta que o ouvido humano não consegue captar. Pensei sobre isso, sobre vibrações, sobre tudo o que acontece ao nosso redor e que não vemos, ouvimos ou sequer sabemos.

— Estou com um pouquinho de ciúme. Só para você se sentir bem.

Fechei os olhos. Um calor — talvez fosse felicidade — percorreu o meu corpo.

— Volto para San Sebastián amanhã cedo — falei. — Café da manhã?

— Um bom café da manhã?

— Te ligo quando estiver no ônibus ou no trem.

— Certo.

— Boa noite.

— Boa noite.

— E você?

Sem resposta. Miriam tinha desligado. Mas mesmo assim falei.

— Eu te amo. Mesmo, mesmo.

Eu tinha acabado de colocar o telefone de volta no bolso quando ele tocou de novo.

— Alô — respondi, ainda sorrindo, mas em vez de Miriam era outra voz feminina.

— Sr. Daas, aqui é Imma Aluariz, da polícia de San Sebastián. Onde o senhor está agora?

Senti a língua seca e mal consegui resistir ao impulso de encerrar a ligação imediatamente.

— Em Pamplona — falei. Era uma resposta vaga o suficiente e não exatamente uma mentira.

— Eu também. Precisamos falar com o senhor.

— Sobre o quê?

— O senhor sabe.

— Eu sou... um suspeito ou algo assim?

— Onde exatamente podemos encontrá-lo, Sr. Daas?

Dois policiais — um à paisana, o outro de farda — me tiraram da viatura, passando por outros dois carros de polícia, e me levaram na direção da casa onde Peter e eu tínhamos alugado quartos. O fardado levantou a fita da cena do crime, passamos pelo portão e entramos na casa. Em vez do meu quarto, eles me levaram para o de Peter. Me pararam diante da porta. Havia um grande número de pessoas ali dentro, duas de branco da cabeça aos pés. A visão da cama estava bloqueada por uma mulher baixinha e atarracada parada ao pé dela.

O policial à paisana — que tinha se apresentado como detetive quando me buscaram mais cedo — tossiu, e a pessoa atarracada se virou para nós.

— Obrigada por ter vindo tão rápido — disse Imma Aluariz.

Tive vontade de dizer que foram *eles* que chegaram rápido, mas apenas fiz que sim com a cabeça.

— Primeiro, gostaria que identificasse o corpo, Sr. Daas.

Ela deu um passo para o lado.

Não sei se o cérebro está se protegendo ou tendo uma reação de fuga quando começa a seguir linhas de raciocínio irrelevantes em situações como essa. Porque o que pensei, ao ver o edredom e o lençol brancos contra a fronha empapada de algo vermelho que só podia ser sangue, foi que era uma combinação muito adequada para as festas de são Firmino. Da mesma forma que a faca de carne saindo de um lado do pescoço de Peter lembrava um touro com o cabo da espada do matador saindo entre as omoplatas.

— É o meu amigo — falei, a voz tremendo. — É Peter Coates.

Eu podia sentir os olhos de Aluariz em mim, mas sabia que não precisava fingir que estava chocado, porque eu *estava* chocado. Mas ainda assim não estava.

— O que aconteceu? — perguntei.

O olhar de Aluariz passou de mim para o policial à paisana. Ele fez que sim e disse algo em basco.

— O que ele disse? — perguntei.

— Que as duas garotas disseram que o senhor estava com elas desde hoje de manhã — respondeu Aluariz. Ela parecia estar refletindo sobre algo antes de continuar. — Parece que o seu amigo cometeu suicídio. Segundo o patologista, deve ter sido hoje entre as dez da manhã e o meio-dia. A proprietária o encontrou.

— Entendi — foi tudo o que eu disse. — Como vocês sabem que foi suicídio?

— Coletamos as impressões digitais do cabo da faca e a única impressão que encontramos era idêntica à dele.

Idêntica, pensei. E ainda assim não era a dele. A faca era do Jake's.

— O interessante é que ele se parece muito com o cadáver de San Sebastián. Quase poderia ser um irmão gêmeo, não acha? Se for isso mesmo, por que o senhor não disse nada?

Balancei a cabeça.

— Eu nunca ouvi falar nada sobre Peter ter um irmão gêmeo, e na verdade não acho eles tão parecidos. Quer dizer, o corpo em San Sebastián era mais jovem, dá para ver isso com os próprios olhos. E o cabelo era mais comprido e mais claro. E não tinha essa tatuagem.

Apontei para o M desbotado no peito.

— Eles podem ser gêmeos, mesmo não tendo a mesma tatuagem.

Dei de ombros.

— Entendo a senhora achar os dois parecidos. Também tenho dificuldade para distinguir um basco de outro.

Ela me lançou um olhar penetrante.

Dei de ombros.

Ela pegou um bloco de notas.

— Consegue pensar em algum motivo para o seu amigo querer tirar a própria vida?

Balancei a cabeça.

— Será que ele estava se sentindo culpado por ter matado alguém em San Sebastián? — perguntou ela.

— Essa é a sua suspeita?

— O tapete em que o corpo foi encontrado é do quarto que vocês dividiram. Encontramos o seu DNA lá.

— Nesse caso, eu também deveria ser suspeito.

— A menos que sejam totalmente loucos, assassinos não entram em contato com a polícia e fornecem provas conclusivas sem confessar o crime. E o senhor não é louco, Sr. Daas.

Ah, sim, pensei. Acontece que eu sou louco, sim. Se contasse a minha versão do que aconteceu, a senhora também acharia isso. Em universos paralelos talvez eu estivesse fazendo exatamente isso agora, e em muitos deles — na verdade, numa infinidade deles — eu estaria sendo trancafiado num hospital psiquiátrico.

— Preciso ouvir exatamente o que o senhor sabe sobre os movimentos de Peter Coates desde o momento em que chegaram a San Sebastián — disse ela.

— Se quer uma declaração minha, devo confessar que estou exausto. E no momento também não estou totalmente sóbrio. Podemos fazer isso amanhã?

Aluariz trocou olhares com o colega à paisana. Ele balançou a cabeça de leve, como se estivesse avaliando o que era melhor. Então, concordou.

— Tá bom — disse ela. — Não temos motivos para detê-lo, o senhor não é suspeito em nenhum desses casos. E, como o nosso principal suspeito está morto, não há pressa. Pode ser às dez da manhã na delegacia de San Sebastián?

— Está ótimo.

O sol brilhava, e o reflexo da água me cegou quando tirei os óculos escuros e sequei as lágrimas.

De onde eu estava sentado, no morro do pontal, dava para ver toda a praia de Zurriola. Pensei no meu melhor amigo. E na pessoa que estava nadando no mar bem abaixo de mim. A mulher que nós dois tínhamos que conquistar a qualquer custo. Talvez ele a tivesse deixado. Pelo menos em alguns universos ele teria feito isso. O mesmo vale para mim. Mas isso não importava, não agora, não neste universo, não nesta história. Então, assim que sequei as lágrimas, voltei a esta história, à *minha* história. Peguei o binóculo e localizei a touca rosa na água. Não conseguia ouvir seus gritos, mas, ao apontar o binóculo para a praia, trezentos metros adiante, pude ver a mãe — como antes — correndo de um lado para outro e alertando os banhistas para os gritos de socorro da filha. Virei o binóculo para a cadeira elevada do salva-vidas. Assim como antes, Miriam e a mãe tinham esperado para fazer o teatrinho no momento em que o salva-vidas de plantão se afastou para ir ao banheiro.

Um surfista correu para a água, deitou-se na prancha e começou a remar em direção a Miriam. Mas dessa vez ela nadou até mais longe, e ele não conseguiria chegar antes que ela desaparecesse. Dessa vez ela mergulhou e sumiu. Contei os segundos. Dez. Vinte. Trinta. Quarenta. A capacidade pulmonar de Miriam era de fato impressionante — fiquei surpreso quando repassamos toda a operação no dia anterior. O surfista chegou ao ponto em que a viu desaparecer, saiu da prancha e mergulhou. Mirei a margem logo abaixo de mim e aproximei a visão, cinquenta, sessenta metros. O mar banhava calmamente as fileiras de rochas paralelas que iam da margem deserta e pouco convidativa até a água. Miriam havia tirado a touca de natação e eu mal consegui ver de relance a cabeça com o cabelo escuro aparecendo na superfície por poucos segundos, tempo suficiente para ela respirar e desaparecer sob as ondas novamente.

Me deitei na grama. Ela chegaria em breve. Disfarçada de outra pessoa. Ainda que fosse a mesma pessoa. Tentaríamos fugir do país e entrar em outra realidade. Um novo começo, com novas oportunidades. Percebi que ainda estava contando, mas que agora a contagem era regressiva. Estava contando o tempo que restava da minha vida antiga. Um som alto e penetrante chegou aos meus ouvidos, alto demais para ser de um gafanhoto ou de um grilo. Uma cigarra solitária à procura de uma fêmea, emitindo um canto capaz de se propagar por quilômetros. Uma distância tão longa para uma criatura tão pequena, pensei.

Logo depois tive a impressão de já estar ouvindo os passos de Miriam. Fechei os olhos e, quando os abri de novo, eu a vi. Por um instante fugaz me ocorreu que eu já havia estado ali antes, exatamente daquele jeito.

# O ANTÍDOTO

DE ALGUM LUGAR VEM um grasnado rouco de uma ave. Ou talvez seja outro tipo de animal — Ken não faz ideia. Ele segura o tubo de ensaio contra o sol branco, pressiona o êmbolo para fazer a ponta da agulha atravessar a tampa de plástico e puxa o líquido límpido e amarelado para dentro da seringa. Uma gota de suor escorre por entre suas sobrancelhas cerradas, e ele xinga baixinho quando sente os olhos arderem com o sal do suor.

O zumbido constante e ensurdecedor dos insetos parece ficar cada vez mais alto. Ele olha para o pai, sentado encostado num tronco de árvore acinzentado, a pele quase se camuflando na casca. O sol brilha no rosto dele e na camisa cáqui, como se ele estivesse sentado debaixo de um globo de espelhos de discoteca em uma das boates de Londres favoritas de Ken. Mas, na verdade, o pai está sentado à margem de um rio, no leste de Botsuana, olhando para a treliça formada pelas folhas trêmulas que filtram a luz do sol através de uma *Acacia xanthophloea*, uma árvore-da-febre, porém Ken não sabe identificá-la. Ken Abbott não sabe muito sobre o mundo quente, verde e aterrorizante ao redor. Tudo o que sabe é que tem pouquíssimo tempo para salvar a vida da pessoa mais importante do mundo para ele.

Emerson Abbott nunca teve grandes ambições para o filho. Tinha visto inúmeros exemplos de tragédias causadas pela pressão da expectativa de famílias da classe alta sobre as crianças. Não precisava procurar muito. Os próprios amigos da época da escola não alcançaram o sucesso que era esperado deles, beberam até secar todas as garrafas do mundo e criar coragem para dar o grande salto, dos apartamentos de cobertura em Kensington ou Hampstead para cinco andares abaixo, onde o asfalto é tão duro quanto em Brixton e Tottenham. O próprio Archie, sobrinho dele, que Emerson tinha visto pela última vez em meio a lençóis manchados de sangue e agulhas descartáveis num quarto de hotel em Amsterdã, com a marca do beijo do anjo da morte estampada nos lábios; que havia se recusado a acompanhá-lo para casa e que sem a menor preocupação apontou um revólver para ele de um jeito que deixava claro que Archie não dava a mínima para onde a arma estava apontando ao puxar o gatilho.

Não, Emerson não precisava procurar muito. Bastava encarar um espelho.

Por quase trinta anos ele foi um editor infeliz que publicou livros escritos por idiotas, sobre idiotas e comprados por idiotas. Mas havia muitos desses idiotas por aí; portanto, ao longo da carreira profissional, Emerson conseguiu triplicar a já considerável fortuna da família, fato que dava mais prazer à esposa, Emma, do que a ele próprio. Emerson se lembrava muito bem daquele dia quente de verão na Cornualha quando se casaram, mas tinha esquecido por quê. Talvez ela estivesse no lugar certo, na hora certa e fosse da família certa, mas o fato é que em pouquíssimo tempo Emerson não sabia mais o que lhe interessava menos: o dinheiro, os livros ou a mulher. Havia insinuado a possibilidade de divórcio, e três semanas depois ela revelou, radiante, que estava grávida. Nesse momento, Emerson sentiu uma felicidade profunda e sincera que durou cerca de dez dias. Quando se sentou na sala de espera do Hospital St. Mary, já estava infeliz de novo. Era menino. Deram-lhe o nome de Ken em homenagem ao pai de Emerson, contrataram uma babá, mandaram-no para um internato e um dia ele entrou no escritório do pai perguntando se podia ter um carro.

Emerson ergueu a cabeça e olhou surpreso para o jovem parado à sua frente. Ele havia herdado as feições equinas e a boca quase sem lábios da mãe, mas o restante, sem dúvida, era dele. O nariz comprido e fino e as sobrancelhas bem unidas do pai formavam uma espécie de T no meio do rosto com um olho azul-claro de cada lado. Eles imaginavam que aos poucos o cabelo loiro de Ken ganharia o tom mais acinzentado do da mãe, mas não foi o que aconteceu. Ken já havia desenvolvido o jeito blasé e o humor pretensioso e autodepreciativo que dá aos britânicos sua reputação de um povo charmoso, e seus olhos azuis brilharam ao ver a confusão do pai.

Emerson percebeu que, embora quisesse traçar planos ambiciosos para o filho, provavelmente nunca teria tempo para realizá-los. Como o filho se tornou um adulto sem que ele percebesse? Será que estava ocupado demais sendo infeliz, sendo a pessoa que todos em seu círculo achavam que ele deveria ser? Se sim, por que esse papel não incluiu ser pai do único filho? Ficou chateado com isso. Ficou mesmo? Refletiu. Sim, ficou chateado de verdade. Ele ergueu as mãos num gesto de impotência.

Talvez Ken estivesse contando com o sentimento de culpa do pai, talvez não. De qualquer forma, conseguiu o carro.

Quando completou 20 anos, Ken já não tinha mais o carro. Havia perdido numa aposta com outro aluno para ver quem voltava mais rápido de um daqueles pubs chatos de Oxford até a faculdade. Kirk estava dirigindo um Jaguar, mas mesmo assim Ken achou que tinha chance.

No ano seguinte, perdeu o equivalente a uma bolsa anual do fundo educacional do pai ao longo de uma única noite de pôquer e bebedeira com o herdeiro da fortuna da Roland. Estava com uma trinca de valetes e achou que tinha chance.

Graças a algum milagre, ou documentos adquiridos provando que tinha algum conhecimento de literatura e história inglesa, quando Ken completou 24 anos conseguiu, sem grandes esforços, um estágio num banco inglês tradicional — ou seja, o conselho valorizava um formando de Oxford que conhecia Keats e Wilde e achava que conduzir uma avaliação de crédito de um cliente ou analisar transações financeiras eram talentos natos ou fáceis de adquirir por pessoas da origem social dele.

Ken acabou no setor de ações e foi um sucesso estrondoso. Ligava para os investidores mais importantes diariamente para contar as últimas piadas sujas, levava os mais importantes para jantar e a clubes de striptease e os mais importantes de todos para a casa de campo do pai, onde os embriagava e, depois, nas raras ocasiões em que surgia a oportunidade, comia suas esposas.

O conselho estava debatendo se deveria promovê-lo a *head trader*, quando descobriu que ele havia perdido quase 15 milhões de libras do banco em negociações não autorizadas de mercado futuro de suco de laranja. Ken foi convocado a comparecer perante o conselho, onde explicou que achou que tinha uma chance e foi imediatamente expulso do banco, do centro financeiro e de toda a vida financeira de Londres.

Ken começou a beber, mas isso não deu certo e, em vez disso, começou a apostar em corridas de galgos, embora nunca tenha tolerado cães. Foi então que o problema com jogos de azar realmente fugiu do controle. Não em questão de dinheiro, porque, apesar de ter nome, Ken não tinha mais crédito na praça — e, além de tudo, teria sido difícil superar o negócio do suco de laranja. Mas a compulsão por jogos de azar consumiu todo o seu tempo e toda a sua energia, e bem rápido ele estava mergulhando de cabeça num poço escuro, a caminho do fundo. Ou do suposto fundo. Porque até então a queda não tinha parado, e, olhando pelo lado bom, isso poderia significar que não existia fundo do poço.

Ken Abbott financiava o vício cada vez maior em jogos de azar recorrendo à única pessoa que ele conhecia e que ainda parecia não ter percebido o que estava acontecendo: o pai. Pois o filho descobriu que Emerson Abbott tinha um talento maravilhoso para o esquecimento. Cada vez que ele batia à sua porta para pedir dinheiro, o pai ficava parado, olhando para ele como se fosse a primeira vez. Na verdade, olhando para ele como se fosse a primeira vez que ele estava ali.

Ken tira a agulha pela tampa de plástico.

— Lembra como se faz? — pergunta Emerson. A essa altura, a voz do pai não passa de um sussurro rouco.

Ken tenta sorrir. Nunca suportou agulhas, do contrário não teria parado de usar cocaína e teria ido até o fim com ela. Não que quisesse se juntar ao Clube dos 27 Anos, como Jimi Hendrix, Kurt Cobain e Jim Morrison, mas, infelizmente, ele é como Oscar Wilde: é capaz de resistir a tudo, exceto às tentações. Mas agora tem que resistir ao desejo de vomitar ao ver a agulha. Não tem escolha. É questão de vida ou morte.

— Lembro bem — murmura Ken. — Mas só me diz uma coisa: eu tenho que localizar uma veia?

Seu pai balança a cabeça. Tinha subido a perna da calça e agora aponta para a perna, com dois pequenos orifícios. Tem sangue pingando de um deles.

— Esquece as veias. É só enfiar a seringa perto da mordida. Pequenas injeções, três ou quatro vezes. Depois, uma na coxa.

— Na coxa?

Apesar da sua condição, Emerson consegue lançar a Ken um daqueles olhares exasperados que o filho tanto odeia.

— É mais perto do coração do que da mordida.

— Tem certeza de que era uma naja-egípcia, pai? Será que não era uma daquelas coisinhas...

— Coisinhas?

— Sei lá... uma boomslang ou qualquer coisa do tipo.

Emerson Abbott tenta rir, mas tudo o que sai é uma tosse.

— A boomslang é uma desgraçada pequena e verde que passa o tempo todo pendurada em árvores, Ken. A que me mordeu era preta e estava se contorcendo no chão. Além do mais, a boomslang é hemotóxica, então teria sangue saindo da minha boca, dos meus ouvidos e da minha bunda agora. Já repassamos tudo isso, lembra?

— Só quero ter certeza absoluta antes de aplicar a injeção.

— Claro. Me desculpe. — Emerson fecha os olhos. — Só espero que você não ache que essas semanas foram perda de tempo.

Ken balança a cabeça e está sendo sincero. Claro, ele odiou cada segundo dos vinte e sete dias ali, odiou os longos dias escaldantes andando a esmo pela fazenda de cobras atrás do pai e do velho capataz negro de cabelo grisalho cujos pais, num momento de humor ácido, batizaram de Adolf. Todas as conversas — sobre a mamba-verde e a mamba-negra, sobre as presas na parte da frente e de trás da boca, sobre as espécies que conseguem morder mesmo quando são seguradas pela cauda, sobre quais devem ser alimentadas com ratos e quais devem ser alimentadas com pássaros — entraram por um ouvido e saíram pelo outro. Ken não dá a mínima se as cobras vêm do Egito ou de Moçambique, tudo o que sabe é que são muitas e que o pai devia estar fora de si quando comprou a fazenda.

À noite eles se sentavam na varanda na frente da casa, Emerson e Adolf fumando cachimbo e ouvindo os animais lá fora, Adolf descrevendo as lendas e as crenças relacionadas a cada um deles. Quando a lua aparecia e a risada fria das hienas fazia Ken estremecer, Adolf contava histórias sobre o povo zulu, que acreditava que as cobras eram os espíritos dos mortos e as deixavam entrar em suas casas, e sobre como as tribos do Zimbábue nunca matavam pítons porque fazer isso provocaria uma longa estiagem. Certa vez, quando Ken riu dessas superstições, o pai falou de certas regiões remotas do norte da Inglaterra, lugares onde as pessoas ainda tinham um antigo ritual envolvendo cobras: se você visse uma víbora, tinha que matá-la imediatamente, desenhar um círculo em volta dela, fazer uma cruz dentro e depois ler o Salmo 68. E, enquanto Ken observava espantado, o pai se levantou na varanda e declamou na noite escura da selva:

"Levante-se, Deus; eis que se dispersam seus inimigos, e fogem diante Dele os que O odeiam.

"Eles se dissipam como a fumaça, como a cera que se derrete ao fogo. Assim perecem os maus diante de Deus."

A ave grasna de novo. Empoleirado no topo da árvore, o pássaro branco de pernas compridas com penugem vermelha na cabeça parece um galo.

— Não é engraçado como a gente mal se conhece, Ken?

Ken leva um susto. É como se o pai pudesse ler seus pensamentos. O pai suspira.

— Acho que nunca nos conhecemos de verdade. Eu... nunca estive realmente presente, não é? É lamentável quando os pais não se fazem presentes.

A última frase fica no ar e parece exigir uma resposta, mas Ken não tem o que dizer.

— Você me odeia, Ken?

O zumbido dos insetos para de repente, como se todos estivessem prendendo a respiração.

— Não. — Ken ergue a ponta da agulha e expulsa o ar da seringa até espirrar uma gota. — Não tem nada a ver com ódio, pai.

Emerson Abbott acordou junto com o nascer do sol, olhou para a esposa adormecida como se tentasse lembrar quem era ela, se levantou e foi até a janela aberta. Ele observou as árvores do parque, cujos galhos escuros se erguiam para o céu nublado de inverno e para o asfalto lá embaixo, úmido, brilhando iluminado pelos postes, balançando ao vento.

Eram tempos difíceis, as pessoas precisavam de conforto, escapismo, mentiras baratas e sonhos, e, como ele vendia isso por um preço mais baixo, sua editora estava indo de vento em popa. Uma empresa estadunidense havia feito uma oferta. A empresa estava na família fazia três gerações. Emerson Abbott sorriu. Subiu no parapeito da janela, uma rajada de vento enrolou a cortina em seu pé e quase o fez cair dali. Ele se agarrou à calha e, tremendo, se ergueu. A chuva vinha da lateral, pinicando como unhas geladas na pele. Ele abriu a boca. Tinha gosto de cinzas. Sabia que tinha chegado a hora do grande salto. Fechou os olhos.

Quando os reabriu, estava divorciado de Emma, cujo sobrenome agora era Ives, que não era o sobrenome de solteira, mas do novo marido, que tinha ido morar com ela depois que Emerson saiu de casa, porque, pelo acordo de divórcio, a casa ficaria com ela. Os estadunidenses haviam tirado a placa com o sobrenome Abbott de cima da entrada da editora. Decidiram que usariam o nome deles, e a verdade foi que Emerson ficou feliz de saber que o nome da sua família não estava mais associado aos produtos que surgiam atrás daquela porta. Por intermédio de um amigo ele comprou uma fazenda de cobras em Tuli, leste de Botsuana. Não sabia nada sobre o negócio de criação de cobras, apenas que eles comercializavam ofídios para parques de répteis e para laboratórios que produziam soros que evitavam que pessoas morressem de mordida de cobra e que não era um negócio muito lucrativo.

Três semanas após abrir os olhos ele voltou a fechá-los com toda a força. O sol pairava como uma enorme lâmpada de leitura acima do ponto de táxi em frente ao aeroporto internacional na não tão internacional capital de Botsuana, uma cidadezinha cujo nome era, segundo a passagem de avião, Gaborone. Pegou um táxi até uma repartição pública e, depois de uma semana percorrendo os corredores da burocracia, saiu com toda a documentação necessária, as licenças, as assinaturas e os carimbos, e desde aquele dia não voltou a Gaborone. E como Gaborone tinha o único aeroporto internacional do país, isso significava que ele também não havia saído de Botsuana.

E por que sairia? Tão rápida e instintivamente quanto odiou Gaborone, ele se apaixonou por Tuli. A fazenda consistia em três prédios de tijolos antigos, mas bem conservados, onde os quatro funcionários viviam ao lado das oitocentas cobras, todas com mordidas que eram, em maior ou menor grau, letais. Os edifícios ficavam numa planície alta cercada por arbustos de buffaloberry-prateado e mongongos em encostas levemente inclinadas. O lugar raramente era visitado, exceto por elefantes que pegavam o caminho errado para a margem do rio, chacais em busca de lixo ou calçados jogados fora e o jipe que toda semana ia buscar cobras e soro antiofídico e levava suprimentos pelas estradas quase intransitáveis. Do outro lado do horizonte de bordas verdes, árvores mortas apontavam dedos escuros espectrais para o céu, mas, fora isso, não havia nada ali que o fizesse lembrar Londres.

Quando chegou a estação seca, manadas de impalas se reuniram nas planícies onde podiam ficar perto da água, junto com os companheiros de viagem, os macacos. Depois deles vieram as zebras e os antílopes cudos. Os leões caçavam dia e noite — os predadores da savana faziam a festa —, e, no breve crepúsculo, os moradores da fazenda podiam ver o sol brilhar a oeste antes de desaparecer, depois ouviam o rugido profundo dos leões ganhando a noite, enquanto as mariposas se aglomeravam ao redor das lâmpadas do lado de fora, como flocos de neve numa nevasca.

Só em um momento Emerson teve dúvida de que ali fosse o lugar — quando uma *Naja nigricollis*, uma serpente cuspideira de pescoço preto, deu à luz filhotes e ele viu o pai devorá-los vivos, um após outro, antes que conseguissem tirá-lo da gaiola. Adolf tinha lhe dito que cobras pequenas eram parte natural da dieta de uma cobra — mas os próprios filhotes? Aquilo despertou nele tamanho nojo, um desgosto tão grande pela natureza da criatura, que, por um tempo, o fez se questionar se conseguiria seguir em frente. Mas então, certa noite, Adolf lhe mostrou uma cobra-tigre morta pela mordida dos próprios filhotes e explicou que a natureza não reconhece laços de parentesco, que tudo era uma questão de devorar ou ser devorado, sempre, em todo lugar. Que não era cruel ou imoral comer a própria prole ou os pais — pelo contrário, era simplesmente viver o imperativo da natureza, e era disso que se tratava a África: sobrevivência, sobrevivência a qualquer custo. E, no devido tempo, Emerson Abbott foi capaz de aceitar e até admirar isso como parte do implacável sistema das coisas, a lógica impiedosa que mantinha a natureza em equilíbrio e dava aos animais e humanos o direito de viver. Aos poucos, ele foi redescobrindo aquilo de que sentia falta havia tanto tempo: o medo de morrer. Ou, mais precisamente: de não estar vivo.

Em seguida veio a estação chuvosa. Ele jamais esqueceria aquela primeira vez. Adormeceu assistindo à primeira chuva da noite e, quando olhou para a planície na manhã seguinte, parecia que algum pintor maluco havia enlouquecido diante da tela cinza e amarela. Em um ou dois dias a planície se transformou num campo ondulante de odores pungentes, cores psicodélicas e insetos que voavam baixo, no nível do tapete de pétalas e das águas marrons do rio.

E ele pensou: onde mais eu poderia querer estar?

Seis meses depois da sua chegada, ele mandou uma carta para Ken e, após seis meses à espera de uma resposta, uma segunda carta. Concluiu seu monólogo no ano seguinte com uma carta de Natal e, como ficou sabendo por terceiros que Ken não havia se estabelecido com nenhum trabalho razoável em Londres, uma oferta de emprego na fazenda.

Emerson não esperava uma resposta e não a obteve. Não até três anos depois.

Ken gostava de quase tudo a respeito da cocaína. Gostava do efeito que ela proporcionava a ele, as pessoas ao redor gostavam do efeito que ela proporcionava a ele, ele não tinha ressaca e não notava nenhum sinal de dependência. A única coisa de que não gostava era o preço.

Foi por isso que, após duas semanas terríveis na pista de cães que geraram uma pequena crise financeira, ele se voltou para a cocaína de pobre: metanfetamina. E ele se encontrou com Hilda Bronkenhorst, uma garota horrorosa obcecada por saúde e surpreendentemente burra com quem tinha transado algumas vezes na esperança de que ela lhe emprestasse parte do dinheiro do pai dela. Toda vez que a via abrir as pernas e exigir sexo, Ken pensava que pelo menos teria feito por merecer o dinheiro. De qualquer forma, foi ela quem disse a Ken que metanfetamina é um produto sintético. Que o corpo nunca consegue decompor por completo produtos sintéticos. Ou seja: quem usa metanfetamina alguma vez na vida terá vestígios dela no corpo para sempre. E, como havia duas palavras que deixavam Ken em pânico absoluto — "nunca" e "sempre" —, ele parou imediatamente. Jurou que a partir daquele momento nunca mais ingeriria nada além de compostos orgânicos saudáveis, como cocaína, e percebeu que precisava de dinheiro. E rápido.

A chance de Ken surgiu quando ele ligou para o escritório de um antigo colega na City de Londres com a intenção de reavivar a amizade para que, na próxima vez em que se encontrassem, ele pudesse pedir um empréstimo. Por pura diversão, o ex-colega apresentou Ken a um grupo de apostas ilegais para a final da Copa do Mundo entre Brasil e França, que alguns corretores de peso da bolsa estavam comandando em suas páginas criptografadas nas telas da Reuters. Quando seu ex-colega saiu da sala para pegar mais chá sem deslogar da página, Ken não ficou parado. Fechou os olhos, viu uma imagem das coxas grossas feito um dinossauro de Ronaldo Fenômeno, digitou seu próprio nome e endereço, navegou até a coluna de apostas, fechou os olhos de novo, viu os heróis brasileiros vestidos de dourado erguendo a taça e escreveu "1 milhão de libras esterlinas". Pressionou Enter. Prendeu a respiração enquanto esperava uma resposta — sabia que o nome dele não estava registrado, que a aposta era muito alta, mas também sabia que no mundo da Reuters a cada segundo as pessoas lidavam com obrigações dez vezes maiores sem questionar quem estava na outra ponta. Achou que tinha uma chance. E recebeu a mensagem: "APOSTA CONFIRMADA."

Se Ronaldo não tivesse sofrido um ataque epiléptico naquela noite, após passar um bom tempo jogando PlayStation, Ken talvez não precisasse se preocupar em saber como continuaria pagando seu vício em cocaína nem — à medida que a situação se desenrolava — sentiria qualquer ansiedade em relação ao próprio estado de saúde. Dois dias depois, no início da manhã — o que no caso de Ken era pouco antes das onze —, a campainha tocou. Havia um homem de terno preto e óculos escuros parado à porta. Ele segurava um taco de beisebol e explicou a Ken as consequências caso ele não pusesse as mãos em um milhão de libras em duas semanas.

Quatro dias depois, no fim de julho, Emerson Abbott recebeu um telegrama no qual o filho retribuía a carta de Natal, aceitava a oferta de emprego e pedia que o encontrasse no aeroporto de Gaborone dentro de cinco dias. Enviou também os dados bancários para o dinheiro da passagem aérea, que deveria ser transferido o mais rápido possível. Emerson ficou em êxtase com a reviravolta e irritado por ter que voltar a Gaborone.

Ken olhou para o relógio, um Raymond Weil de ouro sul-africano que marca o tempo para o Dia do Julgamento Final com uma precisão suíça.

O dia tinha começado igual aos outros vinte e seis. Ken acordou se perguntando onde tinha se metido e por quê. Se lembrou do motivo principal: dinheiro. O que deveria ter voltado seus pensamentos na direção dos credores em Londres, mas, em vez disso, os voltou para aquele pó branco, que agora era como uma mulher com quem ele não tinha mais tanta certeza de ter um relacionamento platônico e sem compromisso. Os sintomas eram clássicos, mas lhe parecia que a irritação e a sudorese excessiva eram efeitos de estar naquele lugar esquecido por Deus e cheio de bichos venenosos, insetos que estavam por toda parte e negros desrespeitosos que pareciam ter esquecido há muito tempo quem os havia colonizado e tentado civilizar aquela terra. Mas as crises de depressão eram novas. Naqueles momentos repentinos e sombrios em que ele parecia perder o controle da realidade, o chão desaparecia sob seus pés e ele caía num poço sem fundo e tudo o que podia fazer era esperar passar.

— Vamos caçar cobras — disse o pai no café da manhã.

— Maravilha — respondeu Ken.

Ken tentou mostrar interesse, tentou de verdade. Durante vinte e seis dias, sentou-se empertigado enquanto o pai ensinava. Tudo o que se deve ou não fazer ao lidar com cobras, quais cobras produziam qual veneno, as taxas de mortalidade de cada uma e os diversos sintomas. Os sintomas eram fundamentais nos casos em que a pessoa não sabia por qual espécie de cobra tinha sido mordida e se fosse necessário escolher o tipo certo de soro entre os quarenta que havia guardados na fazenda. Para ser sincero — algo que Ken tentava evitar sempre que possível —, os venenos, os soros e os sintomas se misturaram numa grande ladainha de formas terríveis de morrer, mas pelo menos ele havia entendido que os tubos de ensaio com soro tinham códigos e tampas azuis e os que continham veneno tinham códigos e tampas vermelhas. Ou era o contrário?

Quando a concentração de Ken falhava, quando seus pensamentos vagavam e sua caneta parava de anotar, seu pai se limitava a encará-lo com um olhar carrancudo.

Depois do café da manhã, eles dirigiram durante cerca de trinta minutos por algo que lembrava vagamente uma estrada, passando por arbustos verdes densos e atoleiros de meio metro de profundidade numa paisagem lunar amarelada e seca. Em dado momento — que para Ken pareceu ser escolhido de forma totalmente arbitrária —, o pai parou, saltou do carro e pegou três sacos de pano e uma vara longa com um laço de metal na ponta.

— Coloque isso — disse Emerson e jogou um par de óculos de natação para o filho.

Ken olhou perplexo.

— Cobra-cuspideira. Veneno que ataca o sistema nervoso. Ela pode acertar seu olho a oito metros de distância.

E então eles começaram a procura. Não no chão, mas nas árvores.

— Preste atenção nos pássaros — disse o pai. — Se ouvir algum chiando ou vir algum pulando de galho em galho, pode ter certeza de que tem uma boomslang ou uma mamba-verde por perto.

— Acho que não...

— Shhh! Está ouvindo esses cliques? São doninhas caçando. Vamos!

Emerson correu na direção dos sons, seguido relutantemente por Ken. De repente, parou e sinalizou para o filho se aproximar e tomar cuidado. E ali — numa grande rocha plana — havia uma criatura preta e comprida tomando sol. Ken calculou que devia ter pelo menos dois metros e, talvez, treze centímetros de comprimento. Queria poder fazer uma aposta sobre o tamanho dela. O pai deu a volta na rocha e se aproximou de fininho até ficar diretamente atrás da cobra, então ergueu a vara bem alto e desceu o laço de arame cuidadosamente sobre a pequena cabeça da serpente. Então apertou. A cobra deu um solavanco e escancarou as mandíbulas como se estivesse bocejando de uma forma incrivelmente perigosa. Ken olhou fascinado para o esôfago rosa e imediatamente se lembrou de Hilda Bronkenhorst.

— Está vendo como as presas estão localizadas na frente da boca? — perguntou seu pai, entusiasmado.

— Estou.

— E então? O que temos aqui?

— Por favor, pai, vamos acabar com isso primeiro. Está me deixando nervoso.

Ele jogou a cobra no saco que Ken segurava aberto.

— Uma mamba-negra — respondeu Emerson, fazendo sombra nos olhos enquanto olhava para as árvores.

*Tanto faz*, pensou Ken e tremeu ao sentir a cobra se contorcendo dentro do saco.

Após meia hora sob o sol escaldante, Ken se permitiu fazer uma pausa para fumar um cigarro. Encostou numa das árvores cujo nome o pai tentou lhe ensinar e pensou no fuzil no carro, que aquele provavelmente era um ótimo momento, quando de repente ouviu o grito do pai. Não foi bem um grito — estava mais para um gemido —, mas Ken soube imediatamente o que tinha acontecido. Talvez porque tivesse sonhado com isso, pensado nisso ou apenas inconscientemente estivesse torcendo para acontecer. Apagou o cigarro no tronco da árvore. Se tivesse sorte, aquilo poderia lhe poupar um monte de problema. Usou a mão para proteger os olhos do sol, e ali, na margem do rio, viu o pai de costas, curvado em meio à grama dura que ia até a cintura.

— Que inferno, Ken! Fui mordido e não vi a espécie. Me ajuda a procurar!

— Já estou procurando!

Emerson hesitou por um instante, talvez surpreso com o tom de voz do filho.

Ken se lembrou da vez em que o pai disse que, se você não sabe que espécie de cobra te mordeu e precisa escolher entre os quarenta soros antiofídicos, não adianta tentar usar todos, porque eles vão matar mais rápido que o veneno. Também se lembrou da vez em que o pai disse que, quando se caçam cobras, é preciso andar em silêncio, porque elas se afastam assim que captam vibrações através do solo. Ken bateu os pés no chão o mais forte que pôde.

— Peguei! — gritou o pai ao mergulhar na grama. Outra lição: ser mordido pela segunda vez é menos perigoso do que não saber qual espécie mordeu na primeira.

Ken xingou internamente.

Que merda, pensou Ken ao ver o pai batendo o saco com a cobra no tronco da árvore mais próxima. Mas ele não estava pensando na cobra ou mesmo no pai. A imagem do cara de terno à sua porta, segurando o taco de beisebol, apareceu nas retinas dele novamente. Como sempre, Ken Abbott estava pensando em Ken Abbott.

O pai desabou no chão perto do tronco quando Ken se aproximou. Estava ofegante e com a pele vermelha, a respiração saindo com um som rouco.

— Descubra qual foi — sussurrou e jogou o saco para Ken.

A nuvem de poeira que levantou do chão fez Ken tossir. Ele abriu o saco e cuidadosamente enfiou a mão dentro.

— Não... — foi tudo o que o pai teve tempo de dizer.

Ken sentiu a pele áspera e seca feito peixe na palma da mão. Nas últimas semanas, tinha tocado em mais dessas cobras do que gostaria de pensar. Essa não era diferente. Não até perceber que o movimento que sentiu sob as escamas era muscular e que o animal não estava morto. Longe disso. Então ele gritou, mais de medo que de dor, quando sentiu as presas penetrarem a pele do seu braço. Ele tirou o braço rapidamente do saco, viu as duas marcas circulares logo abaixo do cotovelo e gritou de novo. Então levou rápido o braço à boca e começou a chupar os buracos.

— Para com isso — disse o pai, a voz fraca e desesperada. — Já te falei que isso só funciona nos filmes de faroeste.

— Eu sei, mas...

— E a outra coisa que eu te falei foi para nunca enfiar a mão num saco de cobras, não interessa se acha que elas estão mortas ou não. O certo é virar o saco de cabeça para baixo e esvaziá-lo, tomando cuidado com as pernas. Sempre.

"Sempre" e "nunca" na mesma frase didática. Não admira Ken não ter registrado nada.

— Esvazie o saco.

A cobra caiu no chão com um baque suave e se enrolou, paralisada pela luz do sol.

— O que acha, Ken? Uma *Naja nivea*?

Ken não respondeu, apenas encarou a serpente com olhos arregalados.

— Uma sandslang? Uma víbora-do-gabão?

A serpente deslizou a língua supersensível para fora da boca, absorvendo sabores e odores de forma a lhe proporcionar, pelo menos de acordo com uma das aulas de Emerson, uma imagem completa do ambiente ao redor em um único segundo.

— Não deixe escapar, Ken.

Mas Ken a deixou escapar. Não tinha força nem coragem para tocar numa serpente novamente, muito menos uma que tinha acabado de encurtar sua vida para 27 anos.

— Droga! — disse o pai.

— Você só pode estar de sacanagem! — disse Ken. — Você viu tão claramente quanto eu e sabe reconhecer qualquer cobra desse maldito continente. Está me dizendo que não sabe...

— Claro que eu sei qual era a cobra — interrompeu Emerson, olhando para o filho de um jeito estranho e enigmático. — Por isso eu disse "droga". Corre até o meu carro e pega a bolsa marrom.

— Mas não é melhor a gente voltar para...

— Era uma naja-egípcia. O nosso sistema nervoso central vai ser paralisado antes de chegarmos à metade do caminho. Faz o que eu estou mandando.

O cérebro de Ken tentou desesperadamente avaliar a situação e as opções. Não conseguiu. Até abriu a boca para falar, mas também não ajudou. Então, fez o que o pai mandou.

— Abre — disse Emerson quando Ken voltou com a grande bolsa marrom de couro de búfalo. — Anda logo.

Seu corpo se contorcia, e ele estava de boca aberta, como se não conseguisse inspirar ar suficiente.

— Eu estou me sentindo bem, pai, por que...

— Porque eu fui mordido primeiro. Tem cinco vezes mais veneno do que na segunda vez. O que me dá mais ou menos meia hora, enquanto você tem umas duas horas e meia. O que está vendo aí dentro?

— Um monte de tubo de ensaio preso nas laterais.

— A gente sempre anda com soro antiofídico para mordidas que sabe que não vai ter tempo de voltar para casa. Achou o da naja-egípcia aí dentro?

Os olhos de Ken percorreram os rótulos nos tubos de ensaio.

— Aqui, pai.

— Preciso dele imediatamente. Espero ainda estar alerta o suficiente para mostrar o caminho quando voltarmos para a fazenda, para chegarmos lá bem antes de você começar a ter problemas. As agulhas estão no fundo da bolsa. Você sabe o que tem que fazer, filho.

Ken olha para o pai. Está claro que ele não consegue mais se mexer. Está ali, parado, com os olhos semicerrados, observando o filho. Então, Ken volta a se concentrar na agulha. Tenta ignorar a vontade de vomitar. Respira fundo. Sabe que vai se lembrar desse momento até a morte, o momento em que assumiu as rédeas da situação e salvou a vida do homem que amava acima de todos os outros. Posiciona a ponta da agulha entre os dois orifícios da mordida e vê a pele descer um pouco sob a pressão, mas logo depois ela volta ao lugar quando a agulha penetra seu próprio braço. Sente uma ardência e respira fundo pelo nariz enquanto empurra o êmbolo para baixo. Observa o nível do líquido amarelo até que restem cerca de dois terços, então puxa o êmbolo um pouco para cima, tira a agulha e repete o procedimento um pouco mais acima no braço. Um pensamento lhe ocorre: no fim das contas não vai se juntar ao Clube dos 27 Anos. Pelo contrário: vai ser rico, feliz e ter uma vida longa. Tudo graças a uma injeção. Morrer só se for de rir.

— Como está se sentindo? — pergunta ele, alegre.

— Triste — sussurra o pai, o queixo baixado, encostado no peito.

Ken tira a agulha pela segunda vez e usa um chumaço de algodão para secar a pequena gota de sangue deixada pelas agulhadas. Sem enjoo. Sem sentimento de culpa. Apenas sol e alegria. Enfim a sorte grande.

— Bom, meu querido pai. Se serve de consolo, foi bastante sofrido para mim. — Ken olha para o relógio. — Consolo para os últimos minutos da sua vida.

Com grande esforço, o pai levanta a cabeça.

— Por quê, Ken? Em nome de Deus, por quê?

Ken se senta ao lado do pai e põe o braço em volta dos ombros dele.

— Por quê? Por que você acha? Pela mesma razão pela qual tenho andado por aí com aquele fuzil só esperando surgir uma situação em que eu possa dizer que foi um acidente de caça, uma bala perdida ou qualquer coisa do tipo. Dinheiro, pai. Dinheiro.

A cabeça de Emerson cai novamente.

— Então foi por isso que você veio? Pela herança?

Com a mão livre, Ken dá um tapinha nas costas do pai. Uma dor latejante começou a se espalhar na área ao redor da mordida e das marcas da agulha no outro braço.

— Li uma matéria deprimente sobre expectativa de vida no *Guardian*. Sabe qual é a de um homem de classe média entre 50 e 55 anos que nunca teve ataque cardíaco ou câncer? Noventa e dois anos. Tenho credores que não estão dispostos a esperar tanto tempo, pai. Mas acho que eles vão ficar bem mais tranquilos quando eu voltar como único herdeiro e com sua certidão de óbito na mão.

— Você poderia simplesmente ter pedido o dinheiro.

— Um milhão de libras? Nem eu sou tão atrevido assim, pai.

Ken dá uma risada alta. De imediato a risada é respondida do outro lado do rio, onde um bando de hienas chegou e os observa com curiosidade. Ken estremece.

— De onde elas vieram?

— Elas sentem o cheiro — diz Emerson.

— Cheiro? Você ainda não começou a feder.

— Morte. Elas sentem cheiro de morte. Já vi isso antes.

— Que seja. Elas são horríveis, burras e estão do outro lado do rio. Odeio hienas.

— Isso é porque elas são moralmente superiores a nós.

Ken olha surpreso enquanto o pai continua:

— Você deve estar pensando: "Elas não têm livre-arbítrio, não têm moralidade." Mas se livre-arbítrio significa ser capaz de violar a própria natureza e moralidade é desejar a violação, então por que somos tão infelizes?

Emerson Abbott levanta a cabeça de novo, sorri com tristeza e prossegue:

— Bom, é porque nós nos enganamos pensando que poderíamos ter feito as coisas de outro jeito. Achamos que, por termos alma, somos capazes de agir de formas que não são pensadas apenas em benefício próprio. Mas não é esse o caso. E a prova é que estamos aqui, ainda existimos. Comemos nossos pais e filhos quando preciso, não por ódio, mas por amor à vida. Mas ao mesmo tempo achamos que vamos queimar no inferno por isso. E talvez seja verdade. É por isso que a cobra que escolhe comer os próprios filhotes é moralmente superior a nós. Nem sequer por um segundo ela sente vergonha, porque o pecado não existe, apenas a vontade incontrolável de viver. Entende? Você é o seu único redentor. E a redenção só vem quando você faz o que tem que fazer para sobreviver.

Quando Ken está prestes a responder, sente uma dor repentina no peito que o faz perder o fôlego.

— Algum problema? — pergunta o pai.

— Eu...

— Você está com dor no peito — completou Emerson, de repente, com a voz retornando a um tom normal. — É assim que começa.

— Começa? Do que...

— A naja-egípcia. Lembra que já repassamos tudo isso?

— Mas...

— Neurotoxina. Primeiro, dor e ardência no local da mordida. Aos poucos, elas se espalham para o resto do corpo. A pele ao redor da mordida perde a cor, os braços e as pernas incham e em seguida começa uma sensação de sonolência. Depois, taquicardia, secreções começam a sair pela boca e pelos olhos, e então você sente uma paralisia no fundo da garganta, o que dificulta a fala e a respiração. E, depois, o último estágio: a neurotoxina paralisa coração e pulmões e você morre. Pode levar horas e é extremamente doloroso.

— Pai!

— Você parece surpreso, filho. Não prestou atenção nas aulas?

— Mas você... você parece... melhor.

— Não, impossível você ter prestado atenção — diz o pai com um olhar pensativo. — Senão teria notado a diferença entre uma naja-egípcia e uma píton-africana.

— Píton... africana?

— Agressiva e bem desagradável, mas não tem veneno. — Emerson se senta e vira o pescoço. — Você tem razão, eu estou ótimo. Mas e você? Está percebendo a garganta começando a se contrair, filho? Daqui a pouquinho começam as cólicas, e elas não são nada agradáveis.

— Mas nós...

— Fomos mordidos pela mesma cobra. Misterioso, não é? Mas talvez o que está dentro de você agora seja um pouco diferente do que está dentro de mim.

Ken fica zonzo. Olha para o tubo de ensaio vazio no chão, tenta se levantar, mas suas pernas não o sustentam. Começa a sentir dor nas axilas.

— Se tivesse prestado atenção na aula, teria verificado a tampa do tubo de ensaio antes de se injetar, Ken.

Vermelho, pensou Ken. Tampa vermelha. Ele injetou veneno no próprio braço.

— Mas não tinha outros tubos de ensaio para a naja-egípcia, eu verifiquei todos. Nenhum com tampa azul, nenhum soro...

O pai dá de ombros. Ken tem dificuldade para respirar. O zumbido dos insetos se transformou numa pressão constante nos seus tímpanos.

— Você sabia o tempo todo. Você sabia... por que... eu vim.

— Não, não sabia. Mas também não sou idiota, então não excluí completamente a possibilidade. E é óbvio que eu teria impedido você se tentasse injetar o veneno em mim.

Ken não consegue sentir as lágrimas escorrendo pelo rosto.

— Pai... me leva de volta agora. O tempo está...

Mas seu pai parece não ter escutado. Está de pé, olhando para o outro lado do rio.

— Adolf diz que elas nadam bem, mas a verdade é que nunca vi com meus próprios olhos.

Ken tomba no chão e fica deitado de costas, olhando para o céu. O sol ainda está alto, acima das árvores no topo do morro, mas ele sabe que, quando derem sete da noite, vai ser como se alguém cortasse um fio invisível, o sol cairá em queda livre no horizonte e, em quinze minutos, tudo estará um breu. A ave branca grasna novamente e bate as asas para levantar voo, e dois segundos depois Ken a vê cruzando seu campo de visão. É tão linda!

— Hora de voltar — diz o pai. — Adolf vai preparar o jantar daqui a pouco.

Ken ouve o pai pegar a bolsa com soro e se afastar. Por alguns segundos faz-se silêncio. Então ele ouve sons na água. Ken Abbott sabe que não tem a menor chance.

# CAVALO PRETO

## Parte 1: Abertura

— Os seus olhos estão ficando pesados — falei.

O relógio de bolso — de fabricante desconhecido, mas com ouro suficiente para mantê-lo balançando por um tempo — estava na família desde 1870.

— A senhora está se sentindo cansada. Feche os olhos.

Silêncio total. As janelas que davam para a rua eram de vidro triplo, de modo que nem mesmo o badalar dos poderosos sinos do Duomo di Milano chegava ali. O ambiente estava tão silencioso que a ausência de tique-taque era perceptível. Os ponteiros estavam abertos, um para cada lado, desde o instante em que o relógio deu seu último suspiro. O objeto mudo não exercia mais a função básica de um relógio.

— Quando acordar, não vai lembrar que estava grávida ou que fez um aborto. A criança nunca existiu.

De repente, senti que estava à beira das lágrimas. Quando perdi meu filho, perdi também o que nós, psicólogos, chamamos de controle afetivo, o que significa que era comum eu choramingar ou até cair em prantos diante de qualquer coisinha que me lembrasse disso. Me recompus e continuei:

— Vai parecer que a senhora veio aqui para ser curada de um vício em nicotina.

Dez minutos depois acordei *Fru* Karlsson cuidadosamente de seu transe.

— Não sinto nenhum desejo de fumar — disse ela, abotoando o casaco de vison e olhando para mim.

Eu estava sentado à minha mesa, tomando notas com a caneta Montegrappa que havia encontrado muitos anos antes numa loja de antiguidades. Os pacientes gostam de ver você fazendo anotações, isso faz com que se sintam um pouco menos como algo numa esteira rolante.

— Me diz uma coisa, Dr. Meyer: hipnose é difícil?

— Depende do que se está hipnotizando. Como dizem os diretores de filmes, os mais difíceis são crianças e animais. E é mais fácil com um espírito receptivo e criativo como o seu, *signora*.

Ela deu risada.

— Existem rumores de que uma vez o senhor conseguiu hipnotizar um cachorro, Dr. Meyer. Isso é verdade?

— São só rumores. — Sorri. — E, mesmo que tivesse conseguido, tenho a obrigação de manter sigilo em relação a todos os meus pacientes.

Ela deu outra risada.

— Mas isso dá um poder enorme ao senhor!

— A verdade é que eu sou tão impotente quanto qualquer outra pessoa — falei, procurando na gaveta da escrivaninha um cartucho de tinta para substituir o da caneta, que estava vazio. O líder de um clube de xadrez local, do qual eu costumava fazer parte, me disse certa vez que a razão pela qual eu sempre perdia não era porque eu não sabia o que estava fazendo, mas porque sabotava as minhas chances de vencer por causa da minha queda pelos mais fracos. Ele suspeitava que eu preferia sacrificar uma torre em vez de um cavalo porque eu *gostava* mais do cavalo. Ou porque eu me considerava um cavaleiro.

— São só peças, Lukas — disse ele certa vez. — Peças! O cavalo é o menos valioso, e isso é um fato, não uma preferência.

— Não em todas as posições. O cavalo consegue se livrar de algumas situações bem complicadas.

— O cavalo é lento e sempre chega tarde demais para salvar alguém, Lukas.

Encontrei o cartucho de tinta, um tubo fino de metal do comprimento da caneta com uma ponta de aço tão fina quanto uma seringa hipodérmica. Percebi que aquele era o meu último cartucho — as canetas e os cartuchos Montegrappa não eram mais fabricados. Assim como tantos outros produtos de qualidade inutilmente belos, a caneta Montegrappa havia desaparecido sob a impiedosa pressão da concorrência global.

Escrevi devagar, com reverência e cuidado para não desperdiçar minhas palavras. *Fru* Karlsson voltaria a fumar e diria para todos os amigos que o Dr. Meyer não era bom, e com isso deixariam de me importunar. Ela não se lembraria de ter feito um aborto. Se isso viesse a acontecer, seria porque alguma coisa teria se sobreposto à hipnose. Uma palavra especial, um estado de espírito, um sonho, pode ser qualquer coisa. Como no meu caso. Já houve momentos em que tive vontade de apagar Benjamin e Maria da memória. Já houve momentos em que não. Enfim, já faz muito tempo que não sou mais capaz de me hipnotizar. Aprende-se muito sobre isso. Como o mágico que não consegue mais gostar de ser enganado, mesmo quando quer ser.

Depois que *Fru* Karlsson foi embora, arrumei minha linda bolsa Calvino preta de couro, que havia comprado porque compartilhava o nome com o rebelde antifascista Italo Calvino. E, claro, porque cabia no meu orçamento.

Dei um nó no meu cachecol Burberry e entrei na recepção. Linda, a recepcionista compartilhada entre mim e os outros dois psicólogos com quem eu dividia o consultório, ergueu a cabeça.

— Tenha um bom dia, Lukas — disse ela com um suspiro quase inaudível e um olhar quase imperceptível para o relógio que mostrava, como sempre, que ainda eram apenas três da tarde. Ela usava essa despedida não para de fato desejar que o meu dia fosse bom, mas para apontar a injustiça do fato de a minha jornada de trabalho ser muito mais curta que a dos meus dois colegas e, consequentemente, que a dela. Acho que Linda acreditava, ou achava que acreditava, que o fato de eu não receber mais pacientes era sinal de falta de solidariedade, mas a verdade é que ela não tinha como saber que, para mim, nos últimos anos, a prática da psicologia tinha se tornado secundária e funcionava mais ou menos como um disfarce para o meu outro trabalho, o meu trabalho de verdade: matar pessoas.

— Tenha um bom dia, Linda — falei e, ao sair do consultório, fui recebido pelo lindo sol de dezembro na rua.

Nunca consegui concluir se Milão é ou não uma cidade bonita. Já foi no passado, basta ver as fotos da época, quando Milão era uma cidade da Itália e não da Capitália, que é como chamo a situação apátrida em que o mundo se encontra hoje. É claro que antes da última das guerras mundiais físicas a cidade tinha uma beleza quase sobrenatural, mas mesmo depois dos bombardeios ela preservou uma elegância discreta, mas distinta, na qual os grandes estilistas, em particular, influenciavam o estilo e o gosto da cidade e vice-versa. Antes de os dezesseis gigantescos cartéis de negócios assumirem o controle da Europa, da América do Norte e da Ásia, as emissões de poluentes das fábricas estavam sujeitas a regulamentações da autoridade central, o que significava que mesmo em Milão, cidade com um dos piores níveis de poluição atmosférica da Europa, ainda era possível, num dia bom, ver os picos brancos das Dolomitas. Agora, porém, a poluição cobria a cidade com um véu constante e, quem não conseguia pagar pelos aparelhos de ar condicionado superfaturados, que estavam nas mãos de um monopólio, vivia uma vida curta e repleta de doenças.

A mídia, também comandada por um cartel, nos diz que as pessoas estão mais ricas do que nunca e provam isso apresentando estatísticas que mostram a renda real per capita. Mas a verdade é que os criadores e os diretores dos cartéis ganham mil vezes mais do que o trabalhador médio. Oitenta por cento dessa classe inferior tem contrato de trabalho temporário e não pode fazer planos de longo prazo. São pessoas que se veem obrigadas a morar em favelas que não param de crescer e cercam a cidade de Milão, exceto pelo norte.

Depois que Milão se tornou o centro financeiro europeu, com a Borsa Milano e a sede de sete dos cartéis, a população da cidade explodiu. Não era apenas a maior da Europa como também abrigava a terceira maior favela do mundo. Não sou socialista, mas não é preciso ser para sentir saudade da época em que os rendimentos eram mais baixos, porém distribuídos de maneira mais uniforme, e havia um Estado atuante que fazia o possível para ajudar quem passava por dificuldade.

Passei pelo Duomo di Milano. Em frente à imponente catedral, as filas de turistas e fiéis se estendiam até a grande Piazza Duomo. Na outra ponta da praça, passei pelas mesas do que nós, do ramo, chamamos de Café Morte. Os homens — só havia homens — que estavam ali sentados com jornais e celulares observavam a praça em busca de um possível trabalho. O mercado de homicídios encomendados tinha crescido exponencialmente quando os cartéis e o mercado aberto desregulamentado chegaram ao poder, e os homens que ofereciam o serviço podiam ser divididos em duas classes, um pouco como a prostituição. O Café Morte era o mercado ao ar livre, para os transeuntes. Os clientes que usam o local conseguem fechar negócio por cerca de dez mil euros. A qualidade do serviço variava, assim como o nível de discrição, mas, numa sociedade em que tanto a polícia quanto as autoridades tinham sido reduzidas de forma drástica e eram institucionalmente corruptas, o risco de ser pego era baixo e bastante aceitável. Assim, era muito comum ver familiares ou empregadores do alvo ali, negociando um assassinato por encomenda. Assim, o negócio — tal como os tráficos de armas e de drogas — estava se expandindo.

Os primeiros assassinatos de cartéis, nos quais funcionários de cartéis rivais foram mortos para enfraquecer a concorrência, foram realizados por taxistas, e em geral a população acredita que é por isso que somos chamados de "motoristas". Mas há aqueles que ficam parados esperando passageiros num ponto de táxi, como o Café Morte, e há os motoristas de limusine, os que trabalham no mercado interno, as prostitutas de luxo, aqueles com quem só se entra em contato por meio do que chamamos de agente. Esses motoristas têm uma reputação a zelar e podem custar até dez vezes mais do que o que se cobra no Café

Morte, mas, se quiser eliminar um funcionário bem protegido de um cartel, são esses que precisa contratar. Pessoas como eu.

Eu não fazia ideia de que tinha talento para esse tipo de serviço — até pensaria o contrário. Entretanto, um alto grau de empatia também pode ajudar a entender como pensa um oponente. Nos dois anos que passei no ramo do assassinato, me tornei um dos nomes mais requisitados. Minha renda como psicólogo vinha caindo desde o dia em que o meu filho completou 8 anos e morreu, e, depois que Maria se suicidou, secou por completo. Mas não foi por dinheiro que me tornei motorista. Como psicólogo, estou acostumado a deduzir as motivações simples e muitas vezes banais das pessoas, e isso inclui a minha. O meu motivo era vingança. Eu era capaz de conviver com o fato de o meu filho ter nascido mudo. Isso foi mero acaso, não foi culpa de ninguém e não estragou a felicidade de ninguém. Mas eu não conseguia conviver com o que havia tirado a vida de Benjamin: a ganância humana, empresários que descobriram que, se tomassem alguns atalhos discretos para não ter que cumprir as dispendiosas normas de segurança exigidas para seus produtos elétricos, poderiam vendê-los mais barato do que a concorrência e ainda aumentar a margem de lucro. Sei que pode parecer um pouco estranho afirmar que uma luminária de cabeceira defeituosa em chamas pode fazer com que um homem abandone sua humanidade e embarque numa carreira como disseminador da morte. E uso a palavra "disseminador" deliberadamente; como não havia um único nome no qual despejar toda a minha raiva, tive que me vingar de todos aqueles que comandavam cartéis e tomavam esse tipo de decisão, aqueles cuja adoração inescrupulosa a Mamon havia tirado Benjamin e Maria de mim. Da mesma forma que um terrorista que teve a família morta por um bombardeio sequestra um avião e o mira num arranha-céu cheio de pessoas que ele sabe que não são diretamente responsáveis por sua perda, mas ainda assim são cúmplices da morte dos seus familiares. Sim, eu sabia muito bem por que tinha me tornado um homem que assassinava membros proeminentes de cartéis. Saber, no entanto, não muda nada; insights como esse não necessariamente levam a uma mudança de comportamento. Disseminar a morte não sacia em nada a minha sede de vingança — eu tinha que seguir em frente. Claro que eu poderia ter dado fim à minha vida, mas a percepção repentina de que a vida não tem sentido não significa necessariamente que as pessoas querem parar de viver. Afinal, pessoas como Maria são exceção.

Fiz um teste que costumava fazer em intervalos regulares: deixei meu olhar percorrer as mesas da calçada em frente ao café. Nenhum dos homens que me olharam pareceu me reconhecer. Eles simplesmente registraram o fato de que eu não era cliente e me ignoraram. Ótimo.

Para continuar ganhando a vida como motorista de limusine, era fundamental que ninguém — nem mesmo o cliente — conhecesse seu rosto. Os agentes ficavam com vinte e cinco por cento do pagamento e forneciam um serviço que valia a pena, se não por outra razão, no mínimo porque podíamos nos esconder atrás deles. Entre os que eram pegos — e por "pegos" não estou falando em pegos pela polícia —, havia mais agentes que motoristas. Bastava olhar as lápides do Cimitero Maggiore para saber.

Além da minha sede insaciável de vingança, eu tinha outras vantagens como motorista. Uma delas era Judith Szabó, conhecida no ramo simplesmente como Rainha. Ela era uma das três ou quatro melhores agentes, e suas habilidades eram lendárias. Diziam que a Rainha nunca saía de uma reunião de diretoria sem um acordo, e, naquele momento, eu era o único cliente regular dela. E único amante. Acho. Claro, não tenho como ter certeza — seu antigo cliente fixo também acreditava que era o único amante dela. Outra vantagem era que, ao contrário de muitos outros motoristas, eu tinha um bom disfarce, pelo menos enquanto tivesse pacientes o bastante para não parecer estranho que eu continuasse aparecendo no consultório. Minha terceira e mais importante vantagem era que eu tinha uma arma que os outros não tinham. A hipnose.

Parei numa faixa de pedestres e esperei o sinal ficar verde, todos os sentidos em estado de alerta. Não gosto mais de ficar parado num local público sem saber quem são as pessoas ao meu redor. Um fuzil com mira telescópica e silenciador atrás de uma daquelas sacadas, uma faca nas costas quando as luzes mudam de vermelho para verde, a lâmina indo até o rim, de modo que a dor inicial é tão grande que a vítima não consegue sequer gritar — fica ali, caída, enquanto a multidão avança.

Houve uma época em que os motoristas estavam no topo da cadeia alimentar, ou pelo menos não precisavam andar temendo pela própria vida. Isso foi antes de os cartéis começarem a contratar os melhores deles de forma permanente, de modo que os próprios motoristas se tornassem funcionários-chave dos cartéis, e dessa forma também virassem alvos legítimos. Os cartéis haviam organizado uma milícia própria, que, na prática, estava acima da lei, e a competição por mercados — principalmente os de tecnologia, entretenimento e medicina — estava mais para uma reminiscência de guerras antigas do que para o capitalismo antigo. Recentemente, eu havia lido um artigo que comparava a situação com a da Guerra do Ópio de 1839, quando, com o apoio do governo britânico, a Companhia Britânica das Índias Orientais entrou em guerra contra a China para defender seu direito de exportar ópio para os chineses, com base no princípio mercantil do livre comércio. Hoje, as guerras não são mais pelo controle do ópio, mas da tecnologia, do entretenimento, de uma espécie de estimulante leve conhecido como *artstimuli* e de medicamentos que prolongam a vida. O estranho era que, embora os mercados não tivessem qualquer regulamentação e a concorrência fosse mais acirrada em todos os sentidos, o número de atores havia caído, não aumentado, e as aquisições vinham tornando os casos de monopólio e oligopólio cada vez mais comuns. Porque é como dizem no mundo dos tubarões: tamanho é tudo. Ou melhor, o tamanho não ajuda em nada se não tiver dentes. E os dentes eram os melhores cérebros, os melhores inventores, os melhores químicos, os melhores estrategistas de negócios, e com o passar do tempo eles alcançaram os mesmos status e níveis salariais dos maiores jogadores de futebol. Mas, depois de um tempo, as empresas que não tinham condições de arcar com esses salários — e eram inescrupulosas o suficiente — começaram a matar os melhores cérebros da concorrência como forma de abaixar os padrões e se tornarem mais competitivas. Entretanto, as melhores empresas tiveram que responder na mesma moeda para permanecer na liderança do mercado. Com isso, os melhores químicos, inventores e líderes foram substituídos por uma nova aristocracia: os melhores assassinos contratados. A impressão era de que, no longo prazo, as empresas com os melhores assassinos sairiam vencedoras. E foi isso que deu início ao processo de canibalização que estamos vivendo agora. As empresas contratavam assassinos para matar os melhores assassinos contratados pelos concorrentes.

E foi por isso que congelei quando ouvi a voz atrás de mim, um pouco à minha esquerda, no que é tão apropriadamente chamado de *ponto cego* do motorista. Não foi porque reconheci a voz — não reconheci —, mas, ainda assim, sabia que só podia ser ele. Em parte porque ele falava a variante napolitana do dialeto da Calábria, razão pela qual o chamavam de "il Calabrese". Em parte porque eu estava meio que esperando que ele aparecesse mais cedo ou mais tarde. Em parte porque nenhum outro motorista além de Gio Greco, il Calabrese, seria capaz de se aproximar sorrateiramente de mim assim. E em parte eu vi, refletido nos para-brisas dos carros que passavam, que o homem atrás de mim estava de terno branco, e Greco sempre usava um terno branco quando saía para matar.

— Isso, sim, é uma grande conquista — disse a voz no meu ouvido.

Tive que me controlar para não me virar. Disse a mim mesmo que não adiantaria de nada, uma vez que, se ele fosse me matar, já teria feito isso, ou então faria antes que eu conseguisse fazer alguma coisa. Porque estamos falando do melhor motorista da Europa. E não é questão de opinião. Durante muitos anos, Greco foi o motorista mais bem pago da Europa, e vivemos numa época em que o mercado sempre tem razão. Segundo Judith, quando era agente de Greco, ela recebia o dobro do que Thal, Fischer ou Alekhin recebiam.

— Você acha que é melhor que eu, Lukas?

Dei meio passo para trás quando um trailer passou zunindo na minha frente e fez o chão tremer.

— Até onde sei, você recebe três vezes mais do que eu. Então, não.

— O que faz você pensar que estou falando de trabalho, Lukas? Estou me perguntando se você acha que come ela melhor do que eu.

Engoli em seco. Ele riu. Uma risada sibilante que começou num T e depois se transformou num S longo e trêmulo.

— Brincadeira — disse ele. — Estou falando de trabalho. O homicídio do *signor* Chadaux. O conselho da empresa dele não conseguiu concluir se foi acidente de trânsito ou suicídio. Então chamaram um especialista em morte. Eu. Porque na filmagem da câmera de monitoramento de trânsito — ele apontou para a fachada do outro lado da pista, onde eu sabia que havia câmeras — dá para ver o *signor* Chadaux parado junto com outros pedestres esperando o sinal vermelho exatamente onde estamos agora. Mas, quando o sinal ficou verde para pedestres e todos começaram a atravessar a rua, o *signor* Chadaux ficou aqui sozinho. Ele parece estar dormindo em pé enquanto outra multidão de pedestres se aproxima. Mas então o sinal de pedestre fica vermelho, ele fecha os olhos e mexe os lábios, como se estivesse contando. Você viu a gravação?

Fiz que não com a cabeça.

— Viu com os próprios olhos?

Fiz que não de novo.

— Sério? Então me permita descrever o que aconteceu. Ele deu um passo e pisou na faixa de pedestres. Sabe por quantos carros ele foi atropelado antes de conseguirem parar o trânsito? Não, provavelmente você também não sabe. Então vou dizer uma coisa que não publicaram no jornal: o *signor* Chadaux teve que ser raspado do asfalto como se fosse chiclete.

— Descobriram se foi acidente ou suicídio?

Greco deu aquela risada característica, aguda e sibilante. Embora a risada tenha sido baixa, ele estava tão perto do meu ouvido que consegui ouvi-lo em meio à barulheira do trânsito.

— A empresa de Chadaux é concorrente de uma das empresas para as quais você trabalha. Você acredita em coincidências, Lukas?

— Claro. Acontecem o tempo todo.

— Não, não acredita. — Greco não estava mais rindo. — Estudei o vídeo algumas vezes, depois vim aqui dar uma olhada mais de perto. Mais especificamente, verifiquei o semáforo para o qual o *signor* Chadaux olhava fixo no vídeo.

Gio Greco apontou para o semáforo diretamente à nossa frente.

— Tem marcas de chave de fenda. E, quando conferi a câmera de segurança, descobri que ele tinha passado cerca de uma hora desligado na noite anterior e ninguém sabia explicar o motivo. Como você fez isso, Lukas? Você instalou uma tela no semáforo com a qual poderia se comunicar por meio do celular para hipnotizar o *signor* Chadaux? Você disse a ele quando andar e entrar na pista? Ou tinha um gatilho, como a luz vermelha do sinal de pedestres, por exemplo?

Mesmo no frio do inverno, eu sentia o suor brotando por todo o corpo. Só tinha falado com Greco duas vezes antes e nas duas tive medo. Não que houvesse algo a temer — essas ocasiões foram antes de os motoristas serem usados para liquidar uns aos outros. A questão era a aura dele. Ou melhor, a ausência de aura, assim como o frio é apenas a ausência de calor. A forma como o mal puro é apenas a ausência de misericórdia. A meu ver, um psicopata não é uma pessoa com uma qualidade especial, mas alguém que simplesmente carece de algo.

— Colocaram você para me pegar? — perguntei. — Digo, a empresa de Chadaux?

Nos sinais de pedestre à nossa frente, o vermelho deu lugar ao verde, e pessoas atravessavam de ambos os lados. Se eu me mexesse levaria uma bala nas costas?

— Quem sabe? Seja como for, você não parece estar com tanto medo de morrer, Lukas.

— Existem destinos piores que deixar esse vale de lágrimas — falei, observando as costas dos pedestres que nos deixaram sozinhos na calçada.

— É melhor do que ser abandonado. Acho que nisso podemos concordar, Lukas.

Naturalmente, a primeira coisa que me ocorreu foi que ele estava falando de como Judith o havia abandonado. Seria ingênuo supor que ele não descobriria, de alguma forma, que eu tinha tomado seu lugar como cliente e amante dela. Mas alguma coisa na forma como Greco falou me fez pensar que ele poderia estar se referindo a mim. Que fui eu quem foi abandonado pelo meu filho, Benjamin, e pela minha esposa. Eu não fazia ideia de como ele poderia ter obtido essa informação.

— Olá, eu sou... — disse ele em inglês. As palavras saíam devagar, ritmadas. Meu corpo travou. — Relaxa — disse ele com uma leve risada. — Não vou atirar em você aqui, na frente das câmeras de segurança.

Forcei um pé para a frente, depois o outro. Andei sem olhar para trás.

A razão mais óbvia pela qual Milão se tornou a capital dos motoristas da Europa é, obviamente, que a cidade se tornou um centro de tecnologia e inovação. Os melhores cérebros e as empresas mais ricas estão aqui. A cidade é um poço de água na savana onde se reúne todo tipo de animal; além de alguns herbívoros tão grandes que não precisam se preocupar, a maioria de nós é caçador, presa ou saprófaga. Vivemos numa relação simbiótica de medo da qual ninguém pode escapar.

Andei por uma daquelas ruas estreitas de paralelepípedo que vão fazendo uma curva suave, de modo que não dá para enxergar muito à frente. Talvez por isso eu sempre escolha esse caminho para o consultório: não preciso ver tudo o que está por vir.

Passei pelas lojinhas de moda exclusivas, por algumas das não tão exclusivas e pelas oficinas que abrigam os artesãos, que vivenciaram um renascimento após a paralisação da produção em massa de inúmeras mercadorias por causa da escassez de matérias-primas.

Meu tabuleiro de xadrez estava me esperando em casa, preparado para a minha partida favorita, Murakami contra Carlsen. Foi uma partida dos anos após o auge de Carlsen, mas muito famosa porque nos primeiros movimentos ele caiu numa armadilha tão óbvia, mas ao mesmo tempo tão astuta, que depois foi chamada de Armadilha de Murakami e se tornou tão famosa quanto a Armadilha de Lasker. Tempos depois Murakami usaria uma variação brutal dessa armadilha numa partida ainda mais celebrada de xadrez rápido contra o jovem cometa italiano Olsen, daqui mesmo de Milão.

Meu coração ainda batia forte depois do encontro com Gio Greco. Claro que eu sabia que homicídio no meio da rua não era o estilo dele — ele deixava esse tipo de coisa para os motoristas. Mas, quando ele disse "Olá, eu sou...", tive certeza de que meu tempo havia acabado e em breve me reencontraria com Benjamin e Maria. Não sei se é porque Greco é fã de Johnny Cash, mas reza a lenda que seu cartão de visitas, sua despedida das vítimas, é "Olá, eu sou Greco". Conheço algumas pessoas que dizem que ele só começou a falar isso *depois* que a lenda surgiu. Isso quando ele matava presencialmente. Porque ele também era capaz de matar de forma remota, como mostrou o caso do espetacular ataque à família Giualli no Castelo Sforzesco no ano anterior.

Eu sabia que ninguém estava me seguindo, mas mesmo assim não consegui deixar de me perguntar por que ele tinha aparecido desse modo, do nada, e falado apenas metade da sua famosa frase. Porque Greco tinha razão: eu não acreditava em coincidências. Foi uma ameaça? No entanto, por que eu deveria levar a ameaça a sério, tendo em vista que nós dois sabíamos que ele poderia ter concluído o trabalho ali mesmo, naquele momento? Seria a oportunidade perfeita. O que ele estava planejando? Talvez Greco só quisesse que eu acreditasse que ele estava planejando algo, talvez fosse apenas um velho amante querendo garantir que o novo não dormiria muito bem à noite.

Meus pensamentos foram interrompidos por vozes altas e gritos à minha frente. Havia uma multidão reunida na rua estreita, olhando para cima. Olhei para cima também. Saía fumaça preta de uma sacada no penúltimo andar. Atrás das grades da sacada vi uma coisa, um rosto pálido. Um menino. Oito anos, talvez? Dez? Era difícil saber dali de baixo.

— Pula! — gritou um dos observadores.

— Por que alguém não sobe correndo para pegar o menino? — perguntei ao homem que havia gritado.

— O portão está trancado.

Outras pessoas chegaram correndo. A multidão dobrou, triplicou de tamanho, e foi quando me dei conta de que provavelmente havia chegado logo depois de o incêndio ter sido descoberto. O menino abriu a boca, mas nenhum som saiu. Eu deveria ter percebido de imediato, talvez tenha percebido. Provavelmente não teria mudado nada, senti as lágrimas brotando por dentro.

Corri até o portão e comecei a bater com força. Consegui forçar uma pequena abertura e fiquei de frente para um rosto barbudo do outro lado.

— Incêndio no sexto andar! — falei.

— Estamos esperando os bombeiros — respondeu o sujeito, o tom de voz sugerindo uma fala já aprendida, ensaiada.

— Vai ser tarde demais, alguém tem que resgatar o menino.

— O apartamento está pegando fogo.

— Me deixa entrar — sussurrei, embora a minha vontade fosse de gritar.

O sujeito entreabriu o portão. Era alto e corpulento, com uma cabeça que parecia ter sido colocada no lugar a marretadas. Usava um uniforme comum de motorista comum: terno preto sem nada fora do normal. Então, quando entrei e passei por ele, foi porque ele permitiu.

Corri escada acima, a fumaça tóxica queimando os meus pulmões enquanto eu subia, contando cada andar que passava. Quando parei no sexto, havia duas portas. Agarrei a maçaneta da esquerda. Estava trancada, e ouvi o latido furioso de um cachorro vindo do lado de dentro. Então me dei conta de que a sacada ficava do lado direito da fachada do prédio, e segurei a maçaneta da segunda porta.

Para a minha surpresa, ela se abriu, e a fumaça invadiu o corredor. Vislumbrei o fogo atrás da parede preta. Encostei uma parte do meu casaco de lã no rosto e entrei. Não conseguia enxergar muito, mas parecia ser um apartamento pequeno. Fui na direção da sacada e bati num sofá. Gritei, mas ninguém respondeu. Tossi e segui em frente. As chamas lambiam a porta aberta de uma geladeira, e no chão em frente a ela jaziam os restos retorcidos e carbonizados de alguma coisa. Uma luminária de cabeceira?

Como eu disse, não acredito em coincidências, e aquilo era uma repetição orquestrada, organizada especificamente para mim. Mesmo assim eu tinha que fazer o que sabia que era esperado de mim — não via alternativa.

Uma rajada de vento repentina afastou a fumaça da porta da sacada por alguns segundos, e foi quando vi o menino. Estava usando um blazer sujo com um distintivo, uma camiseta manchada e surrada e calças. Ele me encarou de olhos arregalados. Tinha cabelo loiro como o de Benjamin, mas não tão cheio.

Dei dois passos rápidos à frente, segurei e levantei o garoto e senti seus dedinhos quentes agarrarem a pele da minha nuca. Corri para a porta tossindo fumaça. Precisei tatear para encontrar a parede, tentei localizar a maçaneta. Não consegui. Chutei a porta, dei uma ombrada nela, mas ela não se mexeu. Onde estava a porcaria da maçaneta?

Recebi minha resposta quando ouvi um chiado vindo da geladeira, o som de ar saindo de uma mangueira furada. O gás estava escapando, avivando as chamas e iluminando o apartamento todo.

A porta não tinha maçaneta, buraco de fechadura, nada. Direção: Gio Greco.

Sem largar o menino, corri de volta para a porta aberta da sacada estreita e me inclinei por cima das grades de ferro forjado.

— Respira — falei para o garoto, que ainda me encarava com os olhos castanhos arregalados. Ele obedeceu, mas eu sabia que, por mais que o segurasse, em pouco tempo nós dois morreríamos de intoxicação por monóxido de carbono.

Olhei para a multidão na rua, os rostos olhando para cima, boquiabertos. Alguns gritavam, mas eu não ouvia nada, as palavras eram abafadas pela fúria das chamas atrás de nós. Assim como não ouvi a sirene dos caminhões de bombeiros se aproximando. Porque não havia nenhum a caminho.

O homem que tinha aberto o portão para mim não estava apenas vestindo um terno igual ao dos que se encontravam no Café Morte, seu rosto também tinha a mesma expressão fria e fechada, tão morta quanto a das vítimas que ele assassinou.

Olhei para a direita. Tinha uma sacada, mas estava muito longe, eu não tinha como alcançá-la. Não havia sacada à esquerda, mas havia uma pequena saliência que dava para a janela mais próxima no apartamento vizinho.

Não havia tempo a perder. Segurei o menino, afastando-o um pouco de mim, e olhei nos seus olhos castanhos.

— Nós vamos para lá, então você vai ter que se agarrar nas minhas costas e segurar firme. Entendeu?

O menino não respondeu, apenas fez que sim.

Coloquei o garoto nas costas, e ele se segurou no meu pescoço e enganchou as pernas na minha barriga. Passei por cima do parapeito segurando firme as grades enquanto colocava um pé na saliência. Era tão estreita que só tinha espaço para uma pequena parte de um sapato, mas felizmente eu estava usando meus sapatos grossos de inverno, firmes o suficiente para me fornecer certo apoio. Larguei as grades e encostei a mão na parede.

As pessoas lá embaixo gritavam para nós, mas eu mal as notava — também mal percebia a que altura estávamos. Não que eu não tenha medo de altura — eu tenho. Se caíssemos, era morte certa. Contudo, como o cérebro sabia que a alternativa a se equilibrar na saliência era queimar vivo, ele não hesitou. E, como o equilíbrio exige mais concentração que reunir poderes desesperados, o cérebro bloqueou temporariamente o lado do medo, uma vez que ele não tinha nenhuma utilidade na situação. Pela minha experiência tanto como psicólogo quanto como assassino profissional, nós, seres humanos, somos surpreendentemente racionais nesse sentido.

Com extremo cuidado, soltei as grades da sacada. Eu estava de pé com o peito e a bochecha pressionados no gesso áspero e senti que tinha equilíbrio. Era como se o menino percebesse que devia ficar completamente imóvel nas minhas costas.

Não havia mais gritos vindos da rua lá embaixo, e o único som que eu ouvia era o das chamas, que agora estavam do lado de fora da sacada que tínhamos deixado para trás. Lenta e cuidadosamente comecei a avançar ao longo da saliência estreita, torcendo para que ela

504

fosse sólida. Acontece que não era. Alarmado, eu a vi se desintegrar sob o peso dos meus pés. Era como se a pressão dos sapatos criasse uma reação química, e foi quando percebi que aquele trecho da saliência tinha uma cor um pouco diferente do restante da fachada. Como não conseguia ficar no mesmo lugar por mais que alguns segundos antes de a borda começar a se esfarelar, continuei avançando. Já estávamos tão longe da sacada que não dava mais para voltar.

Quando cheguei perto o suficiente da janela do apartamento vizinho, soltei cuidadosamente meu cachecol Burberry com a mão esquerda enquanto, com a direita, me segurava numa saliência do peitoril da janela. Eu tinha ganhado o cachecol de Judith, presente de aniversário de 40 anos, junto com um cartão no qual ela havia escrito que gostava muito de mim, uma piada interna que se referia à palavra mais forte que usei para expressar meu sentimento por ela. Se eu conseguisse enrolar o cachecol na mão, poderia quebrar a vidraça, mas a ponta dele ficou presa entre o braço do menino e o meu pescoço.

O menino levou um susto e se mexeu quando soltei o cachecol com um puxão, e isso me fez perder o equilíbrio. Com a mão direita no peitoril da janela e apenas o pé direito na saliência, girei em torno do meu eixo, tal qual uma porta de celeiro com dobradiças, quase caí e, no último segundo, consegui agarrar o peitoril da janela com a outra mão.

Olhei para baixo e vi o cachecol Burberry pairando suavemente em direção ao chão. A altura. A sensação de vazio no estômago. Eu tinha que evitá-la. Ergui o punho direito nu e soquei a vidraça com todas as minhas forças, tentando dizer a mim mesmo que batendo com tanta força eu estava reduzindo o risco de cortes. O vidro quebrou e ocasionou uma chuva de cacos, e senti a dor subir pelo braço. Não foi por causa do corte, mas porque o meu punho atingiu algo duro. Agarrei essa coisa dura sem saber o que era, me inclinei e vi que o soco tinha acertado uma grade de metal. Era composta por duas folhas articuladas e estava trancada no meio com um cadeado grande. Quem coloca barras de ferro forjado numa janela no sexto andar?

A resposta era óbvia.

Por entre as barras olhei para dentro e vi um apartamento pequeno, vazio e escuro. Nenhum móvel, apenas um machado grande, daqueles usados para arrombamento, pendurado na parede de frente para mim, como se estivesse em exposição. Ou melhor, como se Greco quisesse que eu o visse de imediato.

Sons de algo arranhando, raspando. Um vulto escuro correu e se aproximou rosnando e pulando de um lado para outro. Senti as mandíbulas úmidas e os dentes nos dedos que seguravam a barra. Então caiu e começou a uivar furiosamente.

Instintivamente me inclinei para trás quando o cachorro avançou para cima de mim, e nesse momento senti as mãozinhas do menino escorregando no meu pescoço. Ele não aguentaria muito mais tempo. Tínhamos que entrar. E rápido.

O cachorro — um rottweiler — estava sentado logo abaixo da janela, babando, as mandíbulas escancaradas, os dentes brancos e reluzentes. O animal se levantou nas patas traseiras e se apoiou na parede, mas o focinho continuava encostando nas barras e não alcançava os meus dedos. Enquanto ele me encarava com um ódio frio e inexpressivo, notei uma coisa pendurada na coleira no pescoço grosso. Uma chave.

O cachorro desistiu. As patas dianteiras escorregaram parede abaixo, e ele se sentou no chão, latindo para mim.

O garoto fez força nas pernas e tentou subir mais nas minhas costas. Estava choramingando baixinho. Olhei para a chave. Para o machado. E para o cadeado.

Greco estava disposto a sacrificar uma peça.

Isso é o que fazem os grandes enxadristas. Não para dar vantagem ao oponente, mas para melhorar a própria posição no tabuleiro. Naquele momento não consegui ver qual era o plano dele, mas eu sabia que ele tinha um. Durante um torneio de xadrez em Nottingham em 1936, Emanuel Lasker, o alemão campeão mundial de xadrez, observou seu oponente refletir por meia hora antes de finalmente lhe oferecer uma peça valiosa. O alemão recusou a oferta, mas acabou vencendo a partida. Quando lhe perguntaram depois por que ele não havia capturado a peça do adversário, ele respondeu que, quando um oponente tão bom quanto o dele pensa num lance por meia hora antes de decidir que vale a pena sacrificar a peça, então ele certamente não reagiria fazendo exatamente a jogada que o oponente esperava dele.

Pensei nisso. Refleti. E fiz a jogada com a qual o meu oponente estava contando.

Passei o braço esquerdo por entre as barras. Era tão apertado que as mangas do casaco e da camisa foram arregaçadas, expondo minha pele nua e ensanguentada. Minha oferta para o cachorro. Que respondeu em silêncio e na velocidade da luz.

O animal escancarou a boca, e vi os dentes afundarem na minha axila. A dor só veio quando ele cerrou as mandíbulas. Então enfiei o braço direito por entre a grade, mas, quando estiquei a mão para tentar pegar a chave na coleira, o cachorro puxou meu braço esquerdo para baixo, numa tentativa de escapar da minha mão livre.

Não é verdade que certas raças são capazes de travar a mandíbula, mas algumas mordem com mais força que outras. E algumas são mais inteligentes que outras. Rottweilers mordem com mais força e têm um QI mais alto que a maioria dos cães. Tão mais alto que escolhi um rottweiler quando apostei com dois outros estudantes de psicologia que poderia fazer um animal realizar tarefas simples — como balançar a cabeça várias vezes, por exemplo — sob efeito da hipnose. No entanto, a única coisa que consegui foi fazê-lo ficar sentado, parado, e não havia nenhuma novidade no fato de que certas técnicas simples podem fazer com que animais — de cães e galinhas a porcos e crocodilos — fiquem imóveis e aparentemente em transe profundo. O hipnotizador só pode receber um crédito parcial por esse estado catatônico, que também se deve ao instinto de "se fingir de morto" nas situações em que é impossível fugir. O objetivo do animal que faz isso é despertar no predador a relutância em comer algo que já está morto e possivelmente podre. Mas tudo isso obviamente era novidade para meus dois amigos, que pagaram a aposta e me renderam a desmerecida reputação de grande hipnotizador de animais. E naquela fase da vida eu não podia me dar ao luxo de recusar o dinheiro e a fama.

Forcei a mão direita entre as barras até alcançar o cachorro e a deixei pousar de leve na testa do animal. Fiquei mexendo devagar e no mesmo ritmo para a frente e para trás, falando baixo ao mesmo tempo. O cachorro me olhava sem soltar a mordida. Não faço ideia do que ele estava sentindo. Não é porque o sujeito é um hipnotizador que ele é um sábio. É apenas alguém que aprendeu certas técnicas, um jogador de xadrez mediano sem grandes qualidades, que faz os gambitos iniciais que viu serem elogiados em algum livro. Mas obviamente existem hipnotizadores bons e ruins, e, no fim das contas, eu era um dos bons, talvez até um dos melhores.

Mesmo em humanos, o que a hipnose faz é pular os lentos processos cognitivos, e é por isso que ela funciona tão surpreendentemente rápido, o bastante para um homem esperando em uma faixa de pedestres ser manipulado simplesmente por estar olhando para um semáforo por alguns segundos e vendo algum gatilho previamente implantado.

Vi as pálpebras do cachorro se semicerrarem e senti as mandíbulas relaxarem. Continuei falando devagar e com calma, levei a mão direita à coleira, soltei a chave e a puxei para mim. Nesse mesmo instante senti o aperto do garoto afrouxar e o corpo dele começar a deslizar pelas minhas costas. Levei para trás a mão direita, agarrei o corpinho dele e o peguei pelo forro da calça antes que ele caísse. Segurei firme, mas sabia que não conseguiria mantê-lo naquela posição por muito tempo.

Eu havia conseguido segurar a chave enfiando o polegar dentro da argola do chaveiro, e agora eu tinha que dar um jeito de enfiá-la no cadeado no meio das grades. Não dava para fazer só com uma das mãos. A essa altura o rottweiler tinha praticamente relaxado a mordida, então, com todo o cuidado, puxei meu braço esquerdo, sentindo que ao mesmo tempo estava puxando a cabeça do cachorro. As presas de um predador são inclinadas para trás, refleti. Lógico: assim eles conseguem manter as presas no animal caçado. Então, cuidadosamente, empurrei o braço um pouco mais para dentro antes de levantá-lo, e dessa vez meu braço se soltou. O sangue começou a escorrer pelo antebraço até a palma da mão, e isso quase me fez escorregar quando agarrei uma das barras com o dedo mínimo e o anelar.

— Segura firme por dez segundos — gritei. — Conta em voz alta.

O menino não respondeu, mas voltou a se segurar com firmeza no meu pescoço.

Soltei a mão direita que estava segurando o garoto e, usando os outros três dedos da mão esquerda mais a mão direita, consegui colocar a chave no cadeado e girar. O gancho saltou. Empurrei uma folha da grade e virei o corpo de lado para que o menino saísse das minhas costas e entrasse pela janela.

Da rua subiram sons de aplausos e gritos de comemoração. Entrei no apartamento. O cachorro ficou parado, olhando para o nada ou talvez para o fundo de si mesmo, quem sabe? Não leio mais as revistas da área, mas me lembro de certa vez ver uma lista de animais que os pesquisadores acreditavam vivenciar o "eu" e ela não incluía cães.

A porta do apartamento estava revestida com uma placa de metal lisa e, assim como a porta do apartamento vizinho, não tinha maçaneta. Para ter certeza de que realmente estava trancada, dei um empurrãozinho com o pé antes de tirar o machado preso por dois ganchos na parede. Testei o peso e observei a porta.

O sangue escorria do meu braço e pingava no chão de madeira com um som profundo e triste. Ouvi outro som e me virei para a janela.

O menino estava parado bem na frente do cachorro. Fazendo carinho nele!

Vi os músculos se tensionarem sob o pelo escuro e liso do cachorro e as orelhas ficarem de pé. O transe tinha acabado. Ouvi um rosnado baixo.

— Sai de perto! — gritei, mas sabia que era tarde demais.

O menino conseguiu dar meio passo para trás antes que o rosto dele ficasse salpicado de sangue. Caiu de joelhos, um olhar de choque estampado no rosto. A lâmina do machado estava cravada no chão de madeira bem na frente dele, e entre a lâmina e o menino estava a cabeça decapitada do cachorro, a boca retorcida. O coração bombeou dois jorros finais de sangue do corpo mutilado.

Por um ou dois segundos eu simplesmente fiquei imóvel. E só então percebi que, até aquele momento, nenhum som havia saído dos lábios do menino. Me ajoelhei diante dele. Tirei o casaco e o usei para limpar o sangue do rosto dele, então coloquei a mão no seu ombro e fiz contato visual, e, na língua de sinais, perguntei:

*Você é mudo, certo?*

Ele não respondeu.

— Você é mudo? — perguntei em voz alta e clara.

O menino fez que sim.

— Também tive um filho que era mudo — falei. — Ele usava linguagem de sinais, então eu conheço também. Você sabe a linguagem de sinais?

O garoto balançou a cabeça. Abriu a boca e apontou para o vazio. Então apontou para a lâmina do machado.

— Ai, meu Deus! — falei.

O meu celular tocou.

Tirei-o do bolso do casaco. Era uma ligação no FaceTime, número desconhecido, mas eu tinha um palpite de quem era. Apertei o botão de atender, e um rosto apareceu na tela. Parecia uma máscara de Guy Fawkes, que no passado havia sido usada por revolucionários idealistas do mundo inteiro para protestar contra os poderes constituídos, o Estado-nação. Com o bigode fino, o cavanhaque e o sorriso irônico infalível que o fazia contrair os olhos, Gio Greco lembrava um porco.

— Parabéns — disse Greco. — Estou vendo que vocês chegaram à câmara de tortura.

— Pelo menos não tem fogo aqui — falei.

— Ah, quando você vir o que preparei, vai desejar ter morrido no incêndio.

— Por que você está fazendo isso, Greco?

— Porque o cartel de Abu Dhabi está me pagando dois milhões. Você deveria se sentir honrado, é um preço recorde para um motorista.

Engoli em seco. Adquirir a reputação de um dos principais motoristas tem suas consequências, para o bem ou para o mal. Para o mal porque o preço pela sua cabeça sobe; para o bem porque outros motoristas não aceitam um trabalho sabendo que existe uma boa chance de eles próprios acabarem num túmulo. Eu estava contando com esse lado bom para me dar alguma proteção.

— Na verdade, eu poderia ter pedido ainda mais — disse Greco.
— Isso se fossem eles que tivessem vindo a mim.

— Então foi você que foi atrás deles?

— Fui eu que sugeri o trabalho, sim. E eu sabia que poderia oferecer a eles um preço que não poderiam recusar.

O suor estava brotando do meu corpo inteiro, como se pensasse que se livrar do líquido assim aumentaria as minhas chances de sobrevivência.

— Mas por que... tudo isso? Você poderia simplesmente ter atirado em mim na faixa de pedestres.

— Porque tínhamos orçamento para algo um pouco mais extravagante do que uma bala, algo que viraria assunto no ramo. Afinal, criar uma reputação é...

— Por quê? — gritei e vi o menino me olhando assustado.

Houve silêncio do outro lado da linha, mas quase pude ouvir o sorriso satisfeito de Greco.

— Por quê? — repeti, me esforçando para manter um tom de voz calmo.

— Você com certeza sabe o motivo. Você é psicólogo e está comendo a Rainha.

— Ciúme? Simples assim?

— Ah, mas ciúme não é simples, Lukas. Veja bem, depois que Judith me deixou, eu mergulhei numa depressão profunda. Acabei indo a um psicólogo, e ele me disse que, além da depressão, eu sofria de narcisismo. Não sei se faz sentido dizer que alguém *sofre* por ter uma boa autoimagem, mas, seja como for, eu disse para ele que havia ido lá para que me desse uma receita e eu pudesse comprar comprimidos da felicidade, não para receber uma merda de diagnóstico sobre coisas que não tinham nada a ver.

Não falei nada, mas o que Greco havia acabado de dizer era típico de um narcisista, recusando-se a reconhecer o transtorno de personalidade ou procurar tratamento. Em geral, é por meio da depressão que nós, do ramo da saúde, conhecemos o meio por cento da população que tem esse diagnóstico.

— Mas o idiota não parou. — Greco suspirou. — Antes de eu atirar, ele conseguiu me dizer que uma característica dos narcisistas é que eles têm um senso de inveja altamente desenvolvido. Como o primeiro narcisista da literatura, Caim. Você sabe, o cara na Bíblia que matou o próprio irmão por inveja. Bom, acho que isso me resume em poucas palavras.

Eu não sabia se aquela conversa de atirar no psicólogo era uma piada e não tinha a menor intenção de perguntar. Tampouco propus apontar quão fútil era se vingar com o objetivo de tentar recuperar uma coisa que se sabe que nunca vai conseguir de volta. Talvez porque era exatamente isso que eu estava fazendo com a minha vida.

— Entendeu agora, Lukas? Sou vítima de um transtorno de personalidade que me faz querer ver você sofrer. Sinto muito. Não tem nada que eu possa fazer.

— Eu sofro todo dia, Greco. Pelo amor de Deus, me mate e solte o menino.

Ele estalou a língua três vezes, como um professor faz quando um aluno erra uma soma no quadro.

— Morrer é fácil, Lukas. E o seu sofrimento é menor agora, porque a Rainha é um bom remédio, não acha? Eu quero reabrir essa ferida. Quero ver você se contorcendo no meu garfo. Quero ver você tentando salvar o menino. E fracassando de novo. Ouvi dizer que, quando o seu filho teve intoxicação por fumaça, você o levou ao hospital, mas chegou tarde demais.

Não respondi. Quando sentimos o cheiro da fumaça no meio da noite e corremos para o quarto de Benjamin, que estava deitado ao lado da luminária fumegante, ele já havia parado de respirar. Dirigi o mais rápido que pude, mas não sou piloto de corrida, o hospital era muito longe e, como sempre, eu era um cavalo do lado errado do tabuleiro de xadrez.

— As cordas vocais do menino — falei e tive que engolir em seco. — Foi você que cortou?

— Para ficar mais parecido com o seu filho. Culpe Deus pelo fato de a sua esposa ter dado à luz um mudo.

Olhei para o menino.

Onde Greco o havia encontrado? Provavelmente numa favela na periferia da cidade, um lugar onde o súbito desaparecimento de uma criança pequena não chamaria muita atenção.

— Posso simplesmente pular da janela — falei. — E acabar com todo esse jogo.

— Se fizer isso, as tripas do menino vão ser destruídas pelo gás.

— Gás?

— Basta um toque no teclado. — Greco segurou um pequeno controle remoto na frente da câmera. — É uma invenção nova de um dos químicos do cartel. Um tipo de gás mostarda que corrói lentamente as membranas mucosas. É extremamente doloroso e pode levar várias horas. Você vomita as próprias entranhas e morre de hemorragia.

Corri os olhos pelo apartamento.

— Esquece, Lukas, vai atravessar o teto e as paredes, você não vai conseguir impedir. Em exatamente uma hora eu vou apertar o botão. Sessenta minutos, Lukas. Tique-taque.

— Os bombeiros estão a caminho e vão ouvir a gente gritando.

— O fogo já foi apagado, Lukas. Era só uma fina camada de álcool num retardante de chamas mais uma geladeira pegando fogo. Não tem ninguém indo aí. Acredite, vocês dois estão sozinhos.

Acreditei nele. Olhei para o relógio e tossi.

— Todos nós estamos sozinhos, Greco.

— Você e eu estamos sozinhos, pelo menos agora, que ela foi tirada de nós dois.

Olhei para o rosto de Guy Fawkes de novo. "Tirada de nós." O que ele quis dizer com isso?

— Até logo, Lukas.

A ligação foi interrompida e a tela do meu celular ficou branca. Lá fora estava um frio congelante, mas o que eu sentia vinha de dentro e se espalhava para fora. Será que ele teria...?

Não. Ele só queria me fazer acreditar nisso.

Mas por quê?

Será que ele queria que eu ligasse para Judith imediatamente para ver se ela estava em segurança, e então ele rastrearia o sinal até o esconderijo dela? Não, ele sabia que, assim como ele e como a própria Judith, eu tinha um celular capaz de alternar arbitrariamente entre uma rede tão grande de satélites dos cartéis e estações-base privadas que impossibilitaria rastrear o sinal.

Olhei para o teto e para as paredes. Olhei para o relógio, para o ponteiro dos segundos que avançava sem remorso.

Tentei pensar com clareza e elaborar o próximo passo. Mas era impossível saber se meu cérebro estava funcionando racionalmente, tal como acontece com os alpinistas no monte Everest, que sabem que, naquela altitude, o ar rarefeito diminui a capacidade de julgamento, mas não se beneficiam dessa informação. Confusão é confusão.

Sessenta minutos. Não. Cinquenta e nove.

Eu tinha que saber.

Liguei para ela, o coração batendo forte enquanto eu esperava.

Um toque. Dois.

Atende. Atende!

Três toques.

## Parte 2: Meio-jogo

Em outra partida de Murakami, seu oponente, Olsen, perdeu tudo no meio-jogo. Não por ter jogado mal, mas porque estava sob pressão após cair na Armadilha de Murakami na abertura. O simpático mas sempre silencioso Olsen gastou um tempo valioso tentando elaborar uma resposta, e isso fez com que ele tivesse que lutar não só contra o relógio mas também contra as peças principais de Murakami, mais bem posicionadas e em maior número. Um argumento usado frequentemente gira em torno da questão de saber se Olsen sacrificou a rainha ou se foi Murakami quem a capturou. A maioria das pessoas, inclusive eu, acha óbvio que Olsen não teria sacrificado a rainha voluntariamente e que tudo o que ele conseguiu quando Murakami capturou a peça foi adiar o inevitável. Numa partida comum, Olsen teria desistido e entregado a vitória a Murakami, mas no xadrez rápido sempre existe a chance de o oponente se estressar e cometer um erro catastrófico. Então, Olsen escolheu continuar sofrendo e se permitir mutilar pedaço por pedaço. Ao longo da partida, o cavalo preto que lhe restava saltava pelo tabuleiro feito uma galinha sem cabeça. Jogar esse jogo de novo, lance por lance, de forma dolorosa, era como assistir a uma tragédia grega. Você sabe como vai acabar; o objetivo é apenas encontrar a maneira mais bonita de chegar lá, o que os motoristas chamam de *rota cênica*.

Conheci Judith Szabó quando ela ainda era agente e namorada de Gio Greco. Foi num baile no Palácio Sforzesco, que Luca Giualli, chefe do cartel da Lombardia, havia comprado da comuna e transformado em sua fortaleza particular. Além de contratar um pequeno exército para cuidar da segurança da família, ele me contratou para procurar falhas nas rotinas de segurança e captar sinais de ataques iminentes planejados.

Eu estava ao lado do piano, no átrio, olhando para a multidão de ricos e poderosos em seus smokings e vestidos de baile. Eu a notei, embora ela tentasse se comportar como uma convidada qualquer. Não só porque estava surpreendentemente linda com um vestido vermelho vivo e os cabelos castanho-escuros e longos mas porque ela havia se mostrado incapaz de resistir a se aproximar de mim como uma profissional.

— Você não está fazendo o seu trabalho muito bem — foi a primeira coisa que ela me disse.

Ela era alguns centímetros mais alta que o meu um metro e setenta e cinco.

— Você deve ser Judith Szabó — falei.

— Viu? Melhor assim. Como chegou a essa conclusão?

— Ouço coisas. E você anda como uma rainha e observa como uma motorista. Seu nome não está na lista de convidados, então como entrou?

— Estou na lista de convidados. Anna Fogel, cartel de Tóquio. Tem um convite com esse nome. Foi muito fácil hackear o sistema, e a verificação da minha identidade falsa foi vergonhosamente fraca. — Ela me mostrou um cartão de banco.

Fiz que sim com a cabeça.

— E por que eu não soaria o alarme agora mesmo e mandaria algemar você?

Judith abriu um breve sorriso, então acenou com a cabeça na direção de Luca Giualli, que estava conversando com o prefeito de Milão, um homem que havia falado com entusiasmo em retornar ao modelo de cidade-Estado na Itália.

— Porque — disse Judith Szabó, e eu já tinha uma ideia do que ela iria dizer —, ao fazer isso, você revelaria que permitiu que uma assassina em potencial chegasse tão perto do seu patrão que se quisesse poderia tê-lo matado.

— Então por que você está aqui?

— Para lhe entregar uma mensagem. Você sabe de quem.

— O grego. Il Calabrese.

Judith deu um leve sorriso.

— Ele só quer descobrir se você é tão bom quanto dizem.

— Melhor do que ele, você quer dizer?

O sorriso dela se alargou. Seus olhos eram lindos. Frios e azuis. Na hora pensei: ela tem o ritmo cardíaco de uma psicopata, seu coração bateria devagar numa situação de vida ou morte. Tempos depois, eu descobriria que estava enganado, ela simplesmente era uma atriz fora de série. A razão pela qual era capaz de atuar tão bem, interpretando o papel de uma psicopata, era o fato de estar morando com um.

— Pelo menos agora sabemos que você não é o melhor, *Herr* Meyer.

Ela olhou nos meus olhos enquanto tirava algo da lapela do meu smoking Brioni, embora eu soubesse que não tinha nada preso nele.

— Com licença, *Herr* Meyer, tem uma pessoa me esperando.

Ela deve ter notado como olhei por cima do seu ombro e balancei a cabeça lentamente, porque ficou tensa, virou-se para trás e olhou para um dos pátios internos do átrio. Estava escuro demais para Judith enxergar se havia alguém no breu atrás da sacada, mas, quando olhou para baixo, viu o ponto vermelho de uma mira a laser se mexendo em seu vestido.

— Desde quando estou na mira? — perguntou ela.

— Vermelho sobre vermelho — falei. — Duvido que algum convidado tenha notado.

— E desde quando você sabe que Anna Vogel não existe?

— Há três dias. Pedi que todos os nomes da lista fossem verificados duas vezes, e, quando encontramos uma Anna Vogel e descobrimos que não existe ninguém com esse nome no cartel de Tóquio, naturalmente fiquei curioso sobre quem poderia ser. E parece que o meu palpite estava certo.

O sorriso dela já não estava mais tão firme.

— O que acontece agora?

— Agora você volta para a pessoa que está esperando por você e diz que foi ele que recebeu uma mensagem.

Judith Szabó ficou ali, me observando. Eu sabia o que ela estava se perguntando. Se eu tinha planejado deixá-la ir embora ou me decidido na hora.

Seja como for, eu teria motivos para me arrepender dessa decisão no espaço de duas semanas.


Quarto toque.

Ela sempre tem um telefone por perto, sempre. Por favor, Judith.

Quinto toque.

Não esteja morta.

Liguei para ela duas semanas depois daquele encontro no Palácio Sforzesco.

— Olá — foi tudo o que ela disse.

Reconheci a voz de imediato. Provavelmente porque não parava de pensar nela.

— Oi — falei. — Estou ligando porque você ligou para esse número. Posso perguntar como conseguiu?

— Não. Mas pode perguntar se estou livre para jantar hoje à noite.

— Você está?

— Estou. A mesa está reservada. Sete horas no Seta.

— Cedo. Vou sobreviver?

— Só se for pontual.

Sorri ao ouvir o que pensei ser uma piada.

Mas cheguei na hora. Ela já estava sentada à mesa. Assim como na primeira vez, fiquei impressionado com a austeridade de sua beleza. Sem nenhum traço de doçura, apenas saudável, simétrica e com boas proporções. Mas aqueles olhos. Aqueles olhos...

— Você é viúvo — disse ela, logo depois que terminamos de falar um pouco sobre trabalho sem revelar nenhum segredo.

— Por que você acha isso?

Ela indicou a minha mão com um aceno de cabeça.

— Motoristas nunca usam aliança — falou. — Isso diz algo sobre eles. Eles se tornam potencialmente vulneráveis, porque mostram que existe alguém que amam.

— Talvez eu use aliança como uma distração. Ou talvez eu tenha me divorciado.

— Pode ser, mas a dor nos seus olhos me diz outra coisa.

— Talvez seja de todas as vítimas que tenho na consciência.

— É isso?

— Não.

— E então?

— Primeiro me conte alguma coisa sobre você.

— O que quer saber?

— Provavelmente existe uma grande diferença entre o que eu quero saber e o que tenho permissão para saber. Comece por onde quiser.

Ela sorriu, provou o vinho e acenou para o *sommelier*, que, sem perguntar, sabia quem faria a degustação.

— Sou de uma família abastada. Todas as minhas necessidades materiais foram atendidas, mas nenhuma das minhas necessidades emocionais. Quem chegou mais perto disso foi o meu pai, que abusava de mim regularmente desde que eu tinha 11 anos. O que acha que um psicólogo pensaria disso, levando em conta que acabei nesse ramo?

— Me diga você.

— Tenho três diplomas universitários, não tenho filhos, morei em seis países e sempre ganhei mais do que os meus namorados e do que o meu ex-marido. Vivia eternamente entediada. Até que comecei nesse negócio. Primeiro como cliente. Então como... um pouco mais. No momento, sou namorada de Gio Greco.

— Por que não o contrário?

— Como assim?

— Por que você não diz que Gio Greco é que é seu namorado?

— Não é isso que as mulheres de homens fortes costumam fazer?

— Você não soa como alguém que se permite dominar. Quando você diz "no momento", parece que é uma situação temporária.

— E você parece uma pessoa muito preocupada com semântica.

— A boca fala do que está cheio o coração. Não é o que dizem?

Ela ergueu a taça e brindamos.

— Estou enganado? — perguntei.

Ela deu de ombros.

— Mas todos os relacionamentos não são temporários? Alguns terminam quando o amor acaba, ou o dinheiro, ou a diversão. Outros, quando não há mais vida. O que aconteceu no seu caso?

Girei a taça de vinho de bojo largo entre os dedos.

— O último.

— Motoristas "concorrentes"?

Fiz que não com a cabeça.

— Foi antes de eu entrar para o ramo. Ela tirou a própria vida. Nosso filho tinha morrido num incêndio no ano anterior.

— Luto?

— E culpa.

— E ela era? Culpada?

Fiz que não com a cabeça.

— O culpado foi o fabricante da luminária do Mickey Mouse no quarto. Era feita de um material barato e altamente inflamável para vender por um preço inferior ao da concorrência. O fabricante negou qualquer culpa. Era um dos homens mais ricos da França.

— Era?

— Morreu num incêndio.

— Por acaso estamos falando de François Augvieux, que morreu carbonizado a bordo do próprio iate no porto de Cannes?

Não respondi.

— Então foi você. Sempre nos perguntamos quem tinha sido. Não havia nenhum cliente muito óbvio. Uma estreia impressionante. Porque foi sua estreia, não foi?

— O mundo não precisa de pessoas que se recusam a fazer o bem com o poder que possuem.

Novamente ela inclinou a cabeça, como se estivesse me observando de outro ângulo.

— É por isso que você está nesse ramo? Para matar aproveitadores sem escrúpulos e vingar o seu filho e a sua esposa?

Foi a minha vez de dar de ombros.

— Essa é uma pergunta que você teria que fazer a um psicólogo. Mas me diga uma coisa: o que Greco pensaria se soubesse que você e eu estamos sentados aqui jantando essa noite?

— "Soubesse"? O que faz você pensar que ele não sabe?

— Ele sabe?

Ela sorriu rapidamente.

— Ele está fora num trabalho. E eu também estou trabalhando. Gostaria de ter você no meu estábulo.

— Você faz com que eu pareça um cavalo de corrida.

— Algo contra?

— Contra a analogia, não. Mas não preciso de agente.

— Ah, precisa, sim. É muito fácil enganar motoristas que não têm agente. Você precisa de alguém que te proteja.

— Até onde me lembro, você foi a única pessoa enganada.

— Espero que não leve isso para o lado pessoal, Lukas, mas você não deveria estar aqui agora, deveria estar com o seu cliente.

Senti o coração acelerar.

— Obrigado, Judith, mas Giualli está bem seguro na fortaleza e não há traidores na nossa equipe, isso eu garanti pessoalmente.

Judith Szabó tirou algo da bolsa Gucci e o colocou sobre a toalha de mesa na minha frente. Era um desenho ou uma impressão. Mostrava um gato correndo com algo que parecia uma carga explosiva acesa presa ao corpo. Ao fundo havia um castelo.

— Essa é uma ilustração de quinhentos anos atrás de uma tática ofensiva usada pelos alemães no século XVI. Eles capturavam um gato ou um cachorro encontrados numa daquelas pequenas rotas de fuga que os animais sempre encontram para sair de uma fortaleza ou de uma vila, amarravam uma carga explosiva no animal, levavam-no de volta para casa e torciam para que ele voltasse pelo túnel antes que o pavio queimasse.

Senti um formigamento entre as omoplatas. Eu já fazia uma boa ideia do que estava por vir. Era algo em que eu não tinha — e deveria ter — pensado.

— Gio é...

Ela parecia estar procurando as palavras. Além de não ser fraca, Judith Szabó não me pareceu uma pessoa que tivesse alguma dificuldade em encontrar as palavras que queria. Quando finalmente as encontrou, falou baixinho, e tive que me inclinar para a frente para ouvir.

— Não tenho nenhum problema com o método em si. Afinal, é o nosso trabalho, e fazemos o que tem que ser feito. Mas há limites, pelo menos para alguns de nós. Como quando aquele menino que mora com a mãe em Sforzesco, Anton...

Levei um susto ao ouvir o nome. Luca Giualli e a esposa, vinte anos mais nova que ele, eram boas pessoas, pelo menos considerando quão ricos e poderosos eram. Tinham três filhos bem-criados que me tratavam com uma cortesia distante, a qual eu retribuía. Mas a situação era um pouco diferente com Anton, filho de 5 anos da cozinheira, que morava num dos apartamentos de empregados no subsolo e era tão parecido com Benjamin que tive que fazer um esforço consciente para controlar meus sentimentos por ele. Judith Szabó parou, talvez percebendo que o menino era importante para mim. Tossiu antes de continuar.

— Então, Anton vai ser o gato — disse ela.

521

Eu já estava me levantando.

— Tarde demais, Lukas. Sente-se.

Olhei para Judith. Ela falava num tom de voz firme, mas tive impressão de ver lágrimas naqueles olhos azuis. Eu não sabia de nada — só que eu era, mais uma vez, o cavalo.

Vários dias se passariam até que o depoimento de testemunhas e as análises forenses revelassem o que havia acontecido. Os filhos dos Giualli eram acompanhados por guarda-costas aonde quer que fossem — em casa, à escola, ao balé, ao caratê, à casa de amigos —, mas o mesmo não se aplicava aos filhos dos empregados do castelo. Todos eram revistados na chegada e na saída — afinal, traição faz parte da natureza humana. Mas as chances de serem sequestrados eram consideradas remotas, especialmente porque todos haviam assinado um contrato deixando claro que, em qualquer eventualidade, o empregador estava isento de responsabilidade.

Quando Anton voltou da escola naquela tarde, uma hora depois do normal, estava exausto e contou à mãe que um homem o parou a caminho do parque Sempione e pressionou-lhe um pano contra o rosto. Então tudo ficou preto, e Anton disse que não tinha a menor ideia de quanto tempo tinha se passado antes de acordar ao pé de um arbusto do parque. Estava com dor no pescoço e na garganta, mas fora isso estava se sentindo normal. Quando solicitado a descrever o homem, tudo o que Anton conseguia se lembrar foi de que, apesar do dia quente, o sujeito estava de sobretudo.

A mãe imediatamente falou com Luca Giualli, que foi correndo ligar para a polícia e para o médico. O médico disse que as dores e o inchaço no pescoço podiam indicar que alguma coisa — ele se recusou a especular sobre o que poderia ser — tinha sido forçada goela abaixo do menino. Mas não podia dizer mais nada até dar uma olhada de perto.

De acordo com o boletim de ocorrência, quatro policiais estavam se aproximando da entrada da fortaleza quando ocorreu a explosão. A carga contida no saco de gelatina dentro do estômago do menino não teria sido forte o suficiente para matar Luca Giualli e a esposa se os dois estivessem na ala deles na fortaleza e Anton no apartamento no subsolo. Mas, como foi dito, os Giualli eram pessoas boas, e não só estavam por perto como estavam no mesmo cômodo de Anton, de modo que pouco restava do corpo deles quando a polícia e os bombeiros chegaram às ruínas.

Eu ainda não sabia desses detalhes naquela noite, enquanto estava ali, num dos melhores restaurantes de Milão, olhando nos olhos azuis de Judith Szabó. O que eu sabia com certeza era que Anton havia morrido e que, provavelmente, Luca Giualli também. Que eu tinha falhado no meu trabalho e que era tarde demais. Percebi também que Judith Szabó não estava brincando quando disse que eu poderia morrer se me atrasasse.

— No baile — falei —, eu nunca deveria ter deixado você ir embora.

— Não, não deveria. Mas você queria mandar um recado para Greco, não queria?

Ignorei o comentário.

— Você me convidou para que eu não estivesse no castelo quando o menino chegasse em casa. Por quê?

— No baile, eu me dei conta de que você era bom. Você teria sentido o cheiro do pavio e possivelmente salvado Luca Giualli.

— Foi decisão de Greco me trazer aqui para esse jantar?

— Greco toma todas as decisões operacionais.

— Mas...?

— Mas foi sugestão minha.

— Por quê? Como pode ver, vocês superestimaram a minha capacidade de farejar qualquer coisa. Quando você me convidou para vir aqui, eu pensei...

Parei de falar e pressionei os olhos com o polegar e o indicador.

— Pensou o quê? — perguntou ela em voz baixa.

Respirei pesado.

— Que você estava interessada em mim.

— Entendo — disse ela e colocou a mão sobre a minha. — Mas você não está enganado. Eu estou interessada em você.

Olhei para a mão dela.

— Hã?

— O principal motivo de eu tirar você do castelo foi porque eu não queria que você morresse também. Você me deixou ir embora da última vez que nos encontramos. Você não precisava fazer aquilo, e acho que nem foi algo planejado da sua parte. Então, foi a minha vez de mostrar um pouco de compaixão.

— Demonstrar compaixão não é a mesma coisa que estar interessada.

— Mas estou lhe dizendo que estou. Preciso de um novo cliente. Acho que acabei de perder o que tinha.

Ela olhou para baixo sem tirar a mão de cima da minha. Com a outra mão, pegou o guardanapo do colo e o ofereceu a mim.

— Você está chorando — explicou.

Foi assim que as coisas começaram entre mim e Judith. Com lágrimas. Seria assim que iriam terminar também?

Seis toques.

Sete.

Oito.

Eu estava prestes a desligar.

— Oi, meu bem. Eu estava tomando banho.

Só então soltei o ar e percebi que estava prendendo a respiração.

— E aí? — perguntou ela, preocupada, como se tivesse entendido meu silêncio.

— Estou num apartamento trancado com um garoto mudo...

— Gio — disse ela antes que eu terminasse a frase.

— É. Eu estava com medo de ele ter rastreado você também.

— Ele não consegue me encontrar aqui, já falei.

— Todo mundo pode ser encontrado, Judith.

— Onde você está?

— Não importa, não tem como você me ajudar. Eu só queria saber se você está bem.

— Lukas, me diz onde...

— Agora você sabe que ele está tentando me usar para chegar até você. Fique escondida. Eu...

Nem mesmo agora, nesta situação, eu conseguia me forçar a dizer. Te amo.

Essa era uma palavra reservada a Maria e Benjamin. Ao longo do ano em que Judith e eu estivemos juntos, me ocorreu que talvez um dia eu conseguisse dizer isso de coração. Mas, por mais que Judith me fascinasse, me interessasse e me fizesse feliz de todas as formas, essa era uma porta que parecia bloqueada.

— ... gosto muito de você, minha querida.

— Lukas!

Desliguei.

Me encostei na parede.

Olhei para o relógio. Ele estava trabalhando contra mim, isso estava claro. Mas por que Gio me deu todo esse tempo? Por que ele correria o risco de eu ligar para os meus aliados e chamá-los para me socorrer, me resgatar? Ou talvez até ligar para a polícia?

Porque ele sabia que eu não tinha aliados, ou pelo menos nenhum disposto a enfrentar alguém como Gio Greco. Quanto à polícia, quando foi a última vez que ela se envolveu num impasse entre motoristas, com ou sem um menino inocente como isca?

Dei uma pancada na parede e o menino levou um susto.

— Está tudo bem — falei. — Só estou tentando pensar.

Levei a mão à testa. Greco não era louco, não no sentido de agir irracionalmente. Só que, com seus transtornos de personalidade — um diagnóstico mais preciso provavelmente seria narcisismo *maligno*, que não está muito longe da psicopatia —, ele operava numa lógica completamente diferente das pessoas ditas normais. Para prever seu próximo movimento, eu precisava entendê-lo. Éramos vingadores, os dois, mas as semelhanças terminavam aí. Minha cruzada contra os cartéis não era apenas uma forma de limpeza espiritual, uma forma de silenciar minha dor; ela também tinha princípios: eu queria derrubar uma ordem mundial na qual os aproveitadores mais gananciosos e inescrupulosos tivessem todo o poder. Greco não queria me torturar por princípio, mas pelo prazer breve, passageiro e sádico que isso lhe proporcionava. Em busca desse prazer, ele estava pronto para sacrificar a vida de inocentes. Era isso. Só podia ser essa a razão pela qual ele não começou a me torturar ou me matou de imediato, o prazer teria sido breve *demais*. Primeiro ele queria saborear o fato de que eu sabia o que me aguardava. Isto — meu medo — era só o aperitivo.

Repassei meu raciocínio.

Alguma coisa não fazia sentido.

A direção que os meus pensamentos tomaram, de que ele só queria me ver sofrer — isso foi algo plantado por ele, era exatamente o que *queria* que eu pensasse. Era simples demais. Ele queria algo mais. O que um narcisista quer? Afirmação. Quer saber que ele é o melhor. Ou, ainda mais importante, quer que todos saibam que ele é o melhor. Claro. Ele quer mostrar para todo mundo do ramo, para todo mundo dos cartéis, que é melhor que eu.

Até então ele tinha conseguido me fazer executar tudo o que havia planejado. Eu tinha subido a escada para resgatar o menino. Tinha conseguido chegar ao outro apartamento. Tinha usado o machado como deveria. Tinha...

Travei.

Eu tinha ligado para Judith. Ele havia armado tudo para que isso acontecesse. Queria que eu ligasse para ela. Por quê? Ao contrário de antigamente, era impossível rastrear chamadas telefônicas e a localização dos aparelhos. Silêncio.

Pego o celular de novo, digito o nome dela. Encosto o aparelho no ouvido. Silêncio.

O telefone não estava tocando. Olhei para a tela. O ícone mostrava não que o sinal estava fraco, mas que não existia sinal. Fui até a janela, segurei o telefone do lado de fora. Ainda sem conexão. Estávamos no centro de Milão, não era possível. Ou melhor, claro que era possível. Se alguém instalasse um aparelho de interferência eletrônica numa sala, poderia ligar e desligar o sinal de interferência à vontade.

Olhei para as paredes procurando onde Greco poderia ter escondido a caixa. No teto, talvez? A caixa estava lá para garantir que eu não conseguisse ligar para ninguém depois de fazer o que ele esperava de mim, que era telefonar para Judith? Greco provavelmente concluiu que *poderia*, sim, existir alguém para quem eu pudesse ligar capaz de atrapalhar os planos dele.

*Aceitar.* Tive que aceitar que essa possibilidade não existia mais. E tive que parar de pensar no motivo pelo qual ele poderia querer que eu ligasse para Judith, porque não havia nada que eu pudesse fazer. Pelo menos agora ela sabia que ele estava em pé de guerra, e eu precisava confiar nela quando disse que não havia como rastreá-la pelo sinal do celular e que ele não sabia onde ficava o apartamento dela, porque nem eu sabia disso.

Olhei para o meu relógio. E para o menino.

Eu não tinha a menor dúvida de que Greco usaria gás; ele já tinha feito isso antes. Quando o inventor mais brilhante do maior dos três eletrocartéis levou seu carro para fazer reparos, Greco subornou um mecânico, entrou no local à noite e simplesmente instalou uma pastilha de gás na caixa de câmbio. Ela quebraria e seria ativada quando o inventor do eletrocartel colocasse o câmbio automático na função overdrive. Os seguranças do cartel foram buscar o carro no dia seguinte, verificaram se existia algum dispositivo explosivo e depois o dirigiram pelas ruas da cidade com tráfego intenso até a casa do inventor. Ele só foi usar a função dias depois, dirigindo numa rodovia rumo à casa de campo que ele tinha à beira do lago Como. O carro saiu da estrada perto de uma ponte, capotou e foi esmagado nos paralelepípedos da praça de um vilarejo logo abaixo da pista. A morte foi registrada como acidente de trânsito. Não que o pessoal da empresa não soubesse do gás, pois a morte de toda pessoa importante para o sucesso competitivo de uma empresa é considerada suspeita e o corpo sempre passa por necropsia. Mas, de acordo com Judith, o eletrocartel queria minimizar a vulnerabilidade de seu sistema de segurança, porque era ruim para a reputação. O irônico foi que, no mundo dos motoristas, fui eu que recebi o crédito pelo ataque, simplesmente porque em certa ocasião havia respondido a uma pergunta de outro motorista de limusine sobre como eliminar um químico protegido por um exército que raramente saía de sua fortaleza, e quando o fazia era apenas num carro à prova de balas com motorista particular e alguns guarda-costas, para esquiar nas montanhas de Bérgamo. Sugeri localizar o motorista particular e hipnotizá-lo sem que ele soubesse, preparando-o com uma palavra--gatilho que o colocaria imediatamente em transe ao ser ouvida ou lida. Nesse tipo de hipnose oculta, a pessoa parece continuar exatamente igual e se sente exatamente igual. Sugeri que a palavra-chave deveria ser o nome de um lugar que ele leria num dos trechos mais rápidos e perigosos da estrada entre Milão e Bérgamo.

Não sei se Greco ouviu falar da minha sugestão e se foi isso que o inspirou, ou o que ele pensou sobre eu receber o crédito pelo ataque. A questão é que eu jamais teria realizado tal missão, nunca executo trabalhos que coloquem em risco a vida de inocentes.

Olhei de novo para o relógio. O problema não era que o tempo estivesse passando rápido demais. Os ponteiros avançavam lentamente, mas eu estava pensando ainda mais devagar.

Eu tinha que tirar o garoto do apartamento antes que o gás fosse liberado.

Será que, se eu conseguisse pedir às pessoas lá embaixo na rua que arrancassem uma lona de proteção das lojas ali perto, poderiam usá-la como rede de proteção?

Fui até a janela e olhei para baixo.

Tinha um homem com farda da polícia. Só havia ele na rua.

— Ei! — gritei de repente. — Preciso de ajuda!

O sujeito olhou para cima. Não respondeu nem se mexeu. Embora ele estivesse longe demais para que eu pudesse ver seu rosto com clareza, notei que sua cabeça parecia ter sido colocada no lugar a marretadas. Havia fitas de isolamento bloqueando a passagem nas duas pontas da rua. Assim como a farda, provavelmente também eram falsas. Fechei os olhos e xinguei internamente. Enorme e fardado, provavelmente o sujeito não teve a menor dificuldade em mandar as pessoas saírem dali. Além do mais, o drama estava no fim; o fogo tinha sido apagado, e deviam achar que o menino e eu havíamos sido resgatados. Olhei para o outro lado da rua. Tentei calcular a distância em metros. O falso policial atravessou a rua e desapareceu no portão diretamente abaixo de mim.

Voltei para dentro e estudei o apartamento de novo. Cheguei ao mesmo resultado. Havia apenas nós dois aqui, mais as quatro paredes, o machado e o corpo decapitado do cachorro. Andei ao longo das paredes batendo nelas com o punho. Tijolo.

— Sabe escrever? — perguntei.

O menino fez que sim.

Tirei a caneta Montegrappa do bolso interno e entreguei a ele.

— Qual é o seu nome? — perguntei e puxei a manga do meu casaco para ele escrever no punho da minha camisa branca. Mas ela estava manchada do sangue que tinha escorrido da mordida, e, antes que eu pudesse puxar a outra manga, ele se virou para a parede e começou a escrever no papel de parede azul-claro.

— "Oscar, 8 anos" — li em voz alta, depois falei: — Oi, Oscar, meu nome é Lukas. E, olha, a gente vai ter que sair daqui.

Eu já tinha calculado. Eram uns dezoito metros dali até a rua. Amarrando o casaco, a camisa e a calça eu conseguiria descer Oscar uns quatro metros. Usando as roupas dele, chegaria a seis. Eu provavelmente conseguiria soltar Oscar de uma altura de quatro metros sem que ele ficasse gravemente ferido. Ainda assim, precisaria de mais oito metros. E onde encontraria isso num apartamento sem absolutamente nada?

Olhei para o cachorro. Não estudamos muito anatomia durante a faculdade de psicologia, mas uma das coisas que aprendi na época — além do fato de que o osso entre a órbita ocular e o cérebro é fino como papel — foi que o corpo humano tem cerca de oito metros de intestinos. Ou intestino. Porque do ânus à garganta corre apenas um longo tubo. Quanto peso um intestino consegue suportar? Pensei no meu tio em Munique que vendia salsichas ligadas pela pele e em como, quando criança, eu tentava separá-las com as próprias mãos. No fim, sempre tinha que usar uma faca.

Peguei o machado.

— Acha que consegue me ajudar, Oscar?

O garoto me olhou de olhos arregalados, mas fez que sim. Mostrei a ele como queria que ele segurasse o corpo do cachorro entre os joelhos e segurasse as patas dianteiras para os lados e para trás, de modo a expor a barriga do animal.

— Feche os olhos — pedi.

É notável como nós, mamíferos, somos delicados. Tudo o que eu tive que fazer foi passar o gume afiado do machado na barriga peluda, e ela se abriu e as tripas caíram. E junto veio o fedor. Tentei respirar pela boca e imediatamente comecei a puxar o intestino do animal para fora.

Era difícil enxergar em meio a todo aquele sangue e gosma, mas localizei o que pareciam ser duas pontas e as cortei. Dei um nó em cada extremidade para fechar as aberturas. Não parecia ter oito metros, nem mesmo cinco. Mas o material parecia flexível, então, talvez com um pouco de peso numa extremidade ele se esticasse e chegasse a oito metros.

Tirei minhas roupas e as amarrei com um nó direito. Demorei, porque fazia muito tempo que eu não praticava os nós que tinha aprendido com o meu pai, na época em que eu achava que iria me tornar velejador competitivo, como ele.

Após várias tentativas fracassadas, finalmente consegui, mas, quando tentei amarrar o intestino na manga do casaco, os dois não ficavam presos — a manga simplesmente escorregava pelo nó. Tentei pensar ali, sentado no chão, só de cueca, tremendo de frio com a corrente de ar que entrava pela janela. Simplesmente não funcionou. Xinguei em voz alta e olhei para o relógio. Já fazia mais de meia hora que Greco tinha começado a contagem regressiva.

Tentei de novo, agora usando uma parte mais longa da manga, mas outra vez a tripa escorregadia e viscosa simplesmente deslizava e desfazia o nó. Coloquei as tripas e o casaco de lado, me deitei no chão, pressionei minhas mãos fedorentas e ensanguentadas no rosto e senti as lágrimas brotando.

Eu estava exatamente onde ele queria.

Uma mãozinha levantou a minha do meu rosto.

Olhei para cima, e ali estava Oscar, segurando alguma coisa. A tripa e a manga do casaco. Atadas. Segurei, puxei pelas pontas e elas se mantiveram firmes. Olhei incrédulo para o nó. Só então me dei conta: era um nó de escota. Me lembrei do que o meu pai falou quando contei que Maria e eu iríamos nos casar. Que com certas mulheres o nó a se usar era um lais de guia, fácil de atar e de desatar. Mas, ao se casar, o nó a se usar era o de escota; quanto mais forte você puxa, mais apertado fica.

— Onde você aprendeu...?

Oscar levou dois dedos à testa e fez uma saudação.

— Escoteiro mirim?

Ele fez que sim.

Nesse momento, o celular — que eu tinha colocado no chão junto com minhas chaves e a carteira — começou a vibrar. Peguei. FaceTime de novo, o sinal havia voltado e estava com força total.

Pressionei Atender e outra vez o rosto de Greco encheu a tela.

— Oi, Lukas. Ela está a caminho. Olha, ela acabou de estacionar lá fora...

Ele apontou o celular para uma tela de computador. Vi uma rua, obviamente numa área residencial rica, e a porta de um Alfa Romeo se abrindo. Senti como se alguém tivesse injetado água gelada no meu peito. A mulher que saiu e atravessou a rua andava como uma profissional. E como uma rainha.

— Quando não se consegue encontrá-los, é preciso trazê-los até você — falou Greco.

Judith estava com o casaco vermelho que sempre usava quando participava de reuniões de trabalho. Quando estava indo para a guerra, como costumava dizer. Ela o tirava antes do início das reuniões e usava, por baixo, uma blusa branca como a neve. Simbolizava uma folha em branco, dizia ela. A vontade de chegar a um acordo. E, antes de colocar de volta o casaco vermelho, ela sempre conseguia um acordo para o cliente. *Sempre*. Ficou tão óbvio quando pensei nisso naquele momento — é como entender cada jogada genial de xadrez depois que ela é mostrada a você.

Gio Greco teve um relacionamento com Judith por mais tempo que eu, ele a conhecia melhor. Também era melhor enxadrista. Sabia que eu ligaria para ela quando disse: "Você e eu estamos sozinhos, pelo menos agora, que ela foi tirada de nós dois." Ele sabia o que ela faria quando percebesse que eu estava nas mãos dele — iria ao encontro dele e faria o que sabe fazer melhor: negociar um acordo.

O rosto sorridente de Greco preencheu a tela novamente.

— Parece que você percebeu o que está acontecendo, Lukas. A Rainha vai morrer. Tudo está perdido. Ou será que não? — Ele abaixou a voz num tom dramático, como um apresentador de game show de uma dessas franquias lançadas pelo cartel de Tóquio. — Talvez você possa salvá-la. Sim, quer saber? Vou te dar uma última chance de me impedir. Você pode usar a sua arma. O grande Lukas Meyer vai hipnotizar o terrível Gio Greco e salvar a pátria. Vamos lá! Você tem uns quinze segundos até ela chegar aqui.

Greco arregalou os olhos como se quisesse mostrar que estava pronto e receptivo.

Engoli em seco.

Greco ergueu uma sobrancelha fina e raspada.

— Algum problema?

— Olha só... — comecei.

— Não consegue, Lukas? — interrompeu ele. — Ansioso demais? Você também fica assim quando ela precisa transar?

Não respondi.

— Certo, isso não foi muito justo da minha parte — continuou Greco. — Veja, aquele psicólogo de quem falei sugeriu hipnose como cura para a depressão, mas, quando a gente tentou, descobri que não servia para isso. Ele disse que era por causa dos meus assim chamados "transtornos de personalidade". Sou imune à hipnose. Ou seja, ser insano tem suas vantagens.

Risada. O T e o S longo de novo, como o silvo de um pneu de bicicleta furado. Então ele sumiu da tela. O telefone parecia estar colocado em uma prateleira ou alguma coisa do tipo, e vi algo que parecia ser um saguão de entrada e uma porta de carvalho com um interfone.

Escutei um som estridente de toque de campainha. Greco reapareceu na tela de costas para mim, o terno branco impecável. Ele parecia estar segurando algo de modo que não me permitisse ver o que era. Pegou o interfone com a mão livre.

— Sim? — Pausa. Então, com uma voz surpresa: — Não! É você, querida? Que maravilha! Faz tanto tempo... Veja só... Então pelo menos você ainda se lembra de onde eu moro.

Ele apertou o botão do interfone. Ouvi um zumbido ao longe, depois o som de uma porta se abrindo. Eu estava segurando meu celular com tanta força que achei que poderia esmagá-lo. Como Judith, que era tão inteligente e conhecia Greco tão bem, não tinha conseguido perceber que ele havia me usado para tirá-la do esconderijo? A resposta veio tão rápido quanto a pergunta. Claro que ela sabia. E ainda assim ela foi até lá. Porque não havia alternativa — esta era sua única chance de me salvar.

Chorei. Não caiu nenhuma lágrima, mas o meu corpo inteiro chorava convulsivamente. Desejei ter mentido para ela. Dito que a amava. Dado isso, pelo menos isso, a ela. Porque ela iria morrer. E eu iria assistir.

Greco virou aquela cara de porco triunfante para mim. Só então consegui ver o que ele estava segurando. Uma karambit. Cabo curvo, lâmina curta e curva como uma presa. Uma faca usada para cortar, picar ou furar. E que, uma vez dentro, não sai mais.

Eu queria encerrar a ligação, mas não tinha forças para fazer isso.

Greco se virou para a porta e a abriu, segurando a faca nas costas de modo que só eu a visse. E então ela entrou. O rosto pálido, as bochechas de um rosa febril. Ela o abraçou, e Greco permitiu sem tirar a mão das costas. Os dois ficaram de perfil para mim.

— Corre! — gritei ao telefone. — Judith, ele vai te matar!

Sem resposta. Provavelmente Greco tinha colocado a ligação no mudo.

— Que maravilha — disse Greco, a voz ecoando forte e curta pelo saguão. — A que devo a visita?

— Eu me arrependi — disse Judith, sem fôlego.

— Se arrependeu?

— Eu me arrependi de ter ido embora. Pensei nisso por um bom tempo. Você me aceita de volta?

— Uau! Não vai nem tirar o casaco?

— Você me aceita?

Greco subia e descia nos calcanhares.

— Eu — começou ele, chupando o lábio superior — vou aceitar Judith Szabó de volta.

Com a respiração entrecortada, Judith encostou a mão no peito dele.

— Ah, eu estou tão feliz agora... Porque eu quero você, Greco. Agora eu sei. Acontece que demorei um tempo. E sinto muito por isso. Espero que consiga me perdoar.

— Eu te perdoo.

— Bom, estou aqui.

Ela deu um passo para perto dele, braços abertos. Greco recuou. Ela parou e olhou para ele confusa.

— Me mostra a língua — disse ele calmamente.

Por um instante, Judith pareceu ter levado um tapa na cara. Mas ela se recuperou rapidamente e sorriu.

— Mas, Greco, o que...

— A língua!

A impressão foi de que ela precisou se concentrar, como se para colocar a língua para fora fosse necessário executar uma operação locomotora extremamente complicada. Ela entreabriu a boca e então mostrou a língua vermelha pálida.

Greco sorriu. Olhou para a língua quase com tristeza.

— Você sabe muito bem que eu a teria aceitado de volta, Judith. A outra. Aquela que você era. Antes de você se transformar em outra pessoa e me trair.

A língua desapareceu.

— Greco, meu bem... — Ela estendeu a mão para ele, e ele deu outro passo para trás. — Qual o problema? Está com medo de mim? O seu pessoal me revistou na porta.

— Não é medo. Mas, se tem alguém de quem eu teria medo, seria você. Tudo o que posso fazer, por um lado, é admirar sua coragem. Por outro, você sempre defendeu quem ama. Por isso eu tinha certeza de que você viria. Afinal, esse é o seu método: *ir direto à raiz.*

— Como assim?

— Vamos lá, Judith. Você sabe atuar melhor que isso...

— Não faço ideia do que você está falando, Greco.

Mas eu sabia. Esse era o mantra dela como agente. *Ir direto à raiz.* Quando era contactada por uma comissão, o que, por motivos óbvios, quase sempre acontecia por um intermediário, ela fazia questão de saber quem era o verdadeiro cliente e visitá-lo. Era sempre arriscado. Ela corria o risco de perder a comissão ou de se expor ao perigo, mas insistia em ir *direto à raiz* para fixar um preço e chegar a um acordo sobre as condições do trabalho. Dizia que sempre conseguia um preço melhor porque trabalhava sem os intermediários que ficavam com parte do seu valor, e não restavam mal-entendidos sobre o que estava e o que não estava incluído no serviço. Eu apoiava a tática dela, porque queria saber o motivo do trabalho e qual era o resultado pretendido. Meu caminho para o céu foi pavimentado com más intenções alheias, e eu queria ter certeza de que o mal maior não venceria no fim.

— Talvez, *talvez* eu queira isso, Judith Szabó. Eu gosto da sua língua. Você veio para negociar. Então comece. O que está oferecendo para poupar a vida dele, do seu psicólogo?

Ela balançou a cabeça.

— Ele está fora da minha vida há muito tempo, Greco. Mas, sim, claro, espero que você não o machuque.

Greco jogou a cabeça para trás e soltou a risada característica de Ts e Ss até os olhos de porquinho desaparecerem atrás das bochechas redondas.

— Vamos lá, Judith, um negociador precisa mentir melhor do que isso. Sabe o que eu queria?

Estremeci quando ele ergueu a mão para acariciar a bochecha de Judith.

— Queria que você tivesse me amado o suficiente a ponto de fazer por mim o que está fazendo por ele.

Judith olhou nos olhos dele boquiaberta. Uma das mãos continuou indo em direção à bochecha dela. A outra apertou o cabo da faca nas costas. Dava para ver as lágrimas brotando nos olhos dela, a forma como seu corpo parecia desmoronar por dentro. Ela já estava erguendo as mãos para se proteger. Sabia muito bem o que estava prestes a acontecer. Sabia muito bem que este sempre foi o resultado mais provável. E que agora era tarde demais para se arrepender.

— Olá... — começou ele.

— Não! — gritou ela.

— Não! — gritei.

— ... eu sou Greco — concluiu ele.

Ele fez um movimento em arco tão rápido que a faca pareceu deixar um rastro prateado no ar.

Judith olhou para ele e para a faca. A lâmina estava limpa. Mas o pescoço dela se abriu. Depois veio o sangue. Começou a jorrar, e ela levou as mãos ao local como se quisesse evitar que caísse em seu casaco, seu presente. Mas, quando ela pressionou as mãos no pescoço, a pressão aumentou e o sangue espirrou entre seus dedos em jatos finos. Greco recuou, mas não foi rápido o suficiente e o sangue espirrou na manga do paletó branco dele. As pernas de Judith cederam e ela caiu de joelhos. Seus olhos já estavam vidrados, o oxigênio não estava mais chegando ao cérebro. As mãos largaram o pescoço sem vida, o volume de sangue já havia diminuído. Por um ou dois segundos, seu corpo se equilibrou sobre os joelhos, então ela caiu para a frente, a testa batendo no chão de pedra com um baque suave.

Gritei pelo telefone.

Greco olhou para baixo. Não para Judith, mas para a manga do paletó, tentando limpar o sangue. Então se aproximou do telefone, e eu só parei de gritar quando seu rosto de Guy Fawkes preencheu a tela. Ele me olhou sem dizer nada, com certo ar de solenidade, como se estivesse de luto. Era isso que ele estava sentindo? Ou estava apenas fingindo condolências, numa paródia da solenidade profissional do coveiro?

— Tique-taque — disse Greco. — Tique-taque.

A ligação foi encerrada.

536

Digitei o número da polícia e pressionei Ligar. Mas, claro, já era tarde demais, o sinal já tinha ido embora de novo.

Desabei no chão.

Depois de um tempo senti a mão de alguém na minha cabeça.

Estava me acariciando.

Olhei para Oscar.

Ele apontou para a parede, onde tinha escrito algumas palavras.

*Daqui a pouco vai melhorar.*

Então me abraçou. Foi tão inesperado que não tive tempo de afastá--lo. Simplesmente fechei os olhos e abracei o menino. As lágrimas voltaram, mas consegui não chorar convulsivamente.

Depois de algum tempo, eu o afastei e falei:

— Eu tive um filho igual a você, Oscar. Ele morreu. Por isso estou tão triste. Não quero que você morra também.

Oscar fez que sim, como se quisesse deixar claro que concordava ou me entendia. Olhei para ele. Para o casaco sujo, mas bonito.

Então comecei a falar de Benjamin para Oscar enquanto preparávamos cuidadosamente nossa corda de roupas e tripas. As coisas de que gostava (coisas antigas, como livros grandes ilustrados, discos de vinil com capas engraçadas, brinquedos antigos — principalmente bolinhas de gude —, natação, piadas de tiozão), as coisas de que não gostava (peixe frito, a hora de dormir, cortar o cabelo, calças que pinicavam). Oscar fazia que sim ou que não com a cabeça conforme eu percorria a lista. Na maioria das vezes, assentia. Contei a ele uma das piadas favoritas de Benjamin e ele riu. Em parte porque é estúpido não rir quando só tem duas pessoas, mas principalmente, creio eu, porque ele realmente achou a piada muito engraçada. Contei a ele quanto sentia falta do meu menino e da minha Maria. Como aquilo me deixava com raiva. O menino apenas ouvia, respondendo de vez em quando com expressões faciais, então me ocorreu que agora ele havia assumido o meu trabalho, o de psicólogo escutando tudo em silêncio.

Pedi a ele que escrevesse algo sobre si na parede enquanto eu apertava todos os nós e preparava a corda. Ele escreveu em palavras-chave.

Bréscia. Fábrica de blazers do vovô. Casa bonita, piscina. Homens com armas. Papai mamãe morreram. Corri. Sozinho. Casinha de cachorro. Comida de cachorro. Futebol. Carro preto, homem de roupa branca.

Fiz perguntas. Liguei os pontos. Ele fez que sim. Olhos grandes e brilhantes de criança. Dei um abraço. Aquele queixinho quente aninhado no meu pescoço.

Olhei para a cabeça do cachorro caída no chão atrás dele. Olhos de cachorro. Olhos de criança. Olhos de porco. Tique-taque, tique-taque. Fechei os olhos.

Abri.

— Oscar — falei —, pega a caneta. Vamos tentar uma coisa meio estranha.

Ele pegou a caneta Montegrappa. O tipo de coisa bela que não produzem mais.

## Parte 3: Fim do jogo

Assim que a rainha de Olsen saiu do tabuleiro e a decisão foi tomada, foi como se Murakami desse ao oponente um pouco de espaço para respirar. Ele podia se dar a esse luxo — era Olsen quem estava ficando sem tempo —, e parecia que, em vez de levar a situação a uma conclusão rápida com um *coup de grâce*, Murakami preferiu aproveitar a oportunidade para se exibir para o público, os últimos momentos sádicos do gato brincando com o rato. O calmo e silencioso Olsen tinha abandonado por completo sua defesa ferrenha do rei e levou o cavalo preto para o outro lado do tabuleiro, como se estivesse negando a grave realidade de sua situação, como um general jogando uma partida de golfe enquanto chovem bombas ao redor.

— Não precisa ter medo, Oscar. Você não vai cair.

Falei com calma. Estabeleci contato visual. Meu coração batia forte, provavelmente tão forte quanto o dele. As tripas do cachorro estavam amarradas ao redor do peito de Oscar com um lais de guia. O menino havia tirado parte das roupas, que amarramos na ponta da corda, e agora o corpo seminu da criança, ainda de tênis, estava pendurado acima da rua de paralelepípedos, as mãozinhas segurando firmemente as grades da sacada.

— Agora vou contar até três — falei, me esforçando para manter um tom de voz calmo. — E aí você solta no três, tá bom?

Oscar me encarou. Havia pânico nos seus olhos, mas ele fez que sim.

— Um, dois... três.

Ele soltou. Garoto corajoso. Fiquei com um pé apoiado na parede perto da janela e senti o corpo dele tensionando o intestino, que aguentou o peso. Nós tínhamos testado dentro do apartamento, e eu sabia que não havia razão para ele não aguentar agora, só porque estava uns dezoito metros acima do chão. Enrolei a tripa no pulso duas vezes para frear, mas dava para senti-la começando a escorregar. Tudo bem — a ideia era que Oscar descesse, só não podia acontecer rápido demais. Eu teria que frear quando chegasse à junção da tripa com o casaco, e, se o movimento fosse muito abrupto, o intestino inteiro poderia se partir.

Oscar foi descendo e se afastando de mim. O tempo todo mantivemos contato visual.

Na junção das tripas com o casaco, freei e vi o intestino se esticando como um elástico. Eu tinha certeza de que ele não aguentaria meus oitenta quilos, mas o menino não devia pesar mais de vinte e cinco. Prendi a respiração. O intestino balançou e esticou. Mas se manteve firme. Continuei dando corda rápido, antes que o intestino mudasse de ideia. Quando cheguei à última peça de roupa, o casaco do menino, me inclinei o máximo que pude para fora a fim de fazer com que a queda até o chão fosse o mais curta possível para Oscar, segurando a manga com uma das mãos e o parapeito com a outra.

— Um — falei em voz alta —, dois, três.

Oscar desatou o lais de guia.

Ele caiu de pé, ouvi a batida dos tênis nos paralelepípedos. Então caiu no chão. Ficou deitado por alguns segundos, como havíamos combinado, para verificar se estava ileso. Por fim, se levantou e acenou para mim.

Puxei a corda, desamarrei as roupas e as joguei para ele, que as vestiu rapidamente. Eu o vi verificando os bolsos do casaco para ver se estava tudo ali: a caneta, o dinheiro que eu tinha lhe dado e a chave do meu apartamento. Eu sabia que era uma esperança vã, mas pelo menos era isso: uma esperança.

Não durou muito.

Dois homens de terno preto de motorista saíram do portão, um deles era o sujeito parrudo sem pescoço. Eles perseguiram Oscar e o alcançaram antes que ele chegasse à fita de isolamento. Se debatendo, o garoto foi carregado até um SUV estacionado ilegalmente na calçada.

Não gritei. Apenas observei em silêncio enquanto o automóvel se afastava.

Eu tinha feito o que podia. Pelo menos o menino não morreria inalando o gás infernal de Greco. Talvez ele deixasse Oscar em paz. Por que não? Quando o rei leva o xeque-mate, as outras peças podem permanecer intactas. E motoristas — pelo menos a maioria deles — não matam só por matar.

Voltei para dentro do apartamento, desamarrei minhas roupas da tripa do cachorro e me vesti. A cabeça do cachorro olhava para mim, um olho arrancado, o outro inteiro.

Eu acreditava nisso? Que Greco teria pena de Oscar?

Não.

Olhei para o meu relógio. Faltavam doze minutos para o gás entrar no apartamento. Sentei no chão e esperei a ligação.

Lá fora, estava escurecendo.

Greco ligou dois minutos antes de o tempo acabar.

O celular provavelmente estava montado num tripé, e a tela mostrava o que parecia ser o quarto dele. Tijolos, madeira. Grandes superfícies brancas. Lá fora, num terraço espaçoso, uma árvore de Natal com as luzes acesas na escuridão da noite. À porta da sacada, dois guardas armados, músculos salientes sob ternos pretos justos de motorista. Greco estava sentado num sofá de couro branco e, ao lado dele, com as perninhas no ar sem tocar o chão, estava Oscar. O casaco do garoto estava abotoado errado e a caneta Montegrappa estava visível, presa ao bolso do peito. Ele parecia assustado e exausto de tanto chorar. Na mesinha de centro à frente deles havia um tabuleiro de xadrez que parecia estar perto do fim do jogo. Ao lado de Greco estavam a karambit e o controle remoto para a liberação do gás mostarda.

— Olá de novo, Lukas. Dia agitado, não acha? E isso provavelmente é bom, já que é o seu último.

Greco esfregou a manga do paletó com um pano. A mancha de sangue. Ele parecia não conseguir se livrar dela.

— Só espero que acabe logo — falei.

— Na verdade, pensei em colocar o nosso menino aqui num quarto com uma luminária de cabeceira e apertar o botão. Mas era... trabalho demais. E eu gosto dessa faca.

Ele esticou o braço e pegou a karambit.

— Você não entende como é doente, Greco? — falei, a voz tensa e rouca. — É uma criança. Uma criança inocente.

— Exato. É por isso que me surpreende você não ter tirado a própria vida quando teve a chance. Tudo isso — ele gesticulou abrindo os braços — teria sido completamente desnecessário se você tivesse a inteligência e a coragem de pular da janela.

— Mas você teria matado o menino de qualquer maneira.

Greco abriu um sorriso largo.

— Por que eu faria isso?

— Porque você é quem você é. Você tem que vencer. Se eu tirasse a minha própria vida e com isso salvasse o menino, a vitória não teria sido só sua, teria sido um empate.

— Isso, *sim*, é doentio. — Greco riu. — Mas a verdade é que você está absolutamente certo.

Ele pegou a faca e se virou para Oscar, que estava sentado de olhos fechados, como se a luz fosse muito forte ou para não enxergar o mundo. Greco colocou a outra mão na cabeça do menino. Um longo som de S. Então ele tossiu e começou:

— Olá... — disse, naquela voz familiar, lenta, clara e musical.

Eu me forcei a manter os olhos abertos e assistir.

Oscar sofreu um espasmo e levou a mão ao bolso do peito, tirou a caneta Montegrappa e a abriu num movimento único, fluido e treinado. Greco ficou vendo com um sorriso divertido no rosto.

— ... eu sou Greco — concluiu, enfatizando cada sílaba.

Oscar havia tirado o cartucho em forma de agulha de dentro da caneta e o segurava apontado para baixo com sua mãozinha. Tudo levou menos de três segundos, o mesmo tempo das últimas vezes que ensaiamos a sequência de movimentos. Então ele brandiu o cartucho. Era um menino inteligente e, quando terminamos, ele estava acertando o olho do cachorro todas as vezes, mesmo quando eu segurava a cabeça do animal bem acima dele e a mexia de um lado para outro. Ele acertava sempre, em sequência, calmo e controlado como um robô, tal como ficam as pessoas quando são hipnotizadas. Até que chegamos a dois segundos e meio do momento em que eu falava as palavras de gatilho — "Olá, eu sou Greco" —, ele sacava a caneta do bolso do peito, tirava o cartucho e atacava o olho.

Vi a ponta do cartucho penetrar o olho de Greco e pude sentir como ela atravessou o osso fino feito papel na parte de trás da órbita ocular e entrou no cérebro. A mãozinha cerrada de Oscar no rosto de Greco. Greco olhava com o outro olho, não para Oscar, mas para mim. Não sei o que vi. Espanto? Respeito? Medo? Dor? Ou talvez nada. Talvez aqueles espasmos musculares passando pelo rosto dele fossem causados pela ponta do cartucho cravado no cérebro, pois, segundo me lembro, na época de estudante vimos como era possível fazer sapos mortos mexerem as pernas apenas estimulando o sistema nervoso.

Então o corpo de Greco relaxou de repente, e ele soltou um longo suspiro, seu último S, e a luz no olho que restava se apagou, tal qual a luz vermelha num aparelho eletrônico com defeito de fabricação. Porque, em última análise, somos apenas isso mesmo: sapos com conduítes que transmitem impulsos elétricos. Robôs complexos. Tão avançados que temos até o poder de amar.

Olhei para Oscar.

— Oi, eu me chamo Lukas — falei.

Ele saiu imediatamente do transe, largou o cartucho e olhou para mim. Ao lado dele estava Greco, a cabeça refestelada no encosto do sofá, olhando para o teto, o cartucho de tinta saindo do olho.

— Continue olhando para mim — falei.

Vi os homens atrás de Oscar. Eles tinham erguido e apontado as submetralhadoras, mas, quando entraram e viram a cena, ficaram parados, como se estivessem congelados. Nenhum tiro havia sido disparado. Pois não existia mais nenhum perigo a evitar. Não existia mais um chefe a proteger. O cérebro estava lhes dizendo, embora eles não fossem capazes de formular o pensamento por conta própria: não havia mais ninguém para pagar por matar aquele menino, aquela criança cujo corpo os perseguiria pelo resto de suas noites, caso eles decidissem matá-lo.

— Se levanta devagar e sai daí — falei.

Oscar saiu do sofá. Pegou as duas partes da caneta Montegrappa do chão e as enfiou no bolso.

Um dos homens se aproximou por trás do sofá. Encostou dois dedos na carótida do cadáver.

Oscar se dirigiu ao hall de entrada e à porta.

Os homens trocaram olhares de curiosidade.

Um deles deu de ombros. O outro fez que sim e falou ao microfone na lapela:

— Deixe a criança sair.

Uma breve pausa enquanto ajustava o fone de ouvido.

— O chefe está morto. Hã? Isso, morto, morreu.

Greco ficou encarando o céu no qual jamais conseguiria entrar. Uma solitária lágrima vermelha escorreu por sua bochecha.

Levei quase três horas para abrir caminho na porta reforçada com metal, e no fim a lâmina do machado estava tão cega que mais funcionava como uma marreta.

Não vi ninguém na entrada nem do lado de fora ao sair para a rua. Provavelmente haviam sido informados de que a operação tinha sido cancelada e já estavam procurando outros trabalhos para outros chefes, outros cartéis.

* * *

Percorri as ruas escuras sem olhar para trás. Pensei no tabuleiro de xadrez na minha mesa em casa, onde Carlsen tinha acabado de cair na Armadilha de Murakami e dezoito lances depois iria desistir. Enquanto andava, não sabia que dali a doze anos estaria assistindo à famosa partida em que Olsen, que também caiu na Armadilha de Murakami, moveria o cavalo preto para F2 e observaria em silêncio um incrédulo e desesperado Murakami.

Chegando ao quarteirão do meu apartamento, toquei a campainha na portaria. Ouvi um clique do interfone, mas nenhuma voz.

— Sou eu, Lukas — falei.

Um zumbido. Abri a porta. Ao subir as escadas, pensei em todos os dias depois que Benjamin e Maria se foram, eu arrastando os pés, subindo aqueles degraus e sonhando que eles estariam parados me esperando com a porta aberta. Quando parei no último patamar, de repente tão exausto que era como se sentisse uma dor incapacitante no peito, olhei para cima. Ali, numa silhueta marcada pela luz que vinha de dentro do apartamento, vi aquele corpinho, vi o meu filho.

Ele apontou para os próprios olhos e me encarou. Sorri e senti aquelas lágrimas mornas e maravilhosas escorrendo pelo meu pescoço e descendo pela gola da minha camisa.

Oscar e eu andamos de mãos dadas pelas ruínas de Bréscia. Tinha sido uma cidade pobre — na verdade, uma das mais pobres da Itália —, embora, por estar numa parte rica do país, não fosse fácil perceber isso de fora. Mas o fato é que Bréscia não conseguiu sobreviver ao colapso do Estado-nação e, com o tempo, se transformou numa favela.

Ficamos parados no meio na rua, olhando através da cerca para a velha fábrica de roupas que agora não passava de um local abandonado, uma casca quebrada que parecia ser o lar de uma matilha de cães selvagens. Tive que disparar um tiro de advertência na direção deles para mantê-los afastados.

Atravessamos o portão de uma casa que claramente já havia sido linda. Não era ostensivamente grande e tinha um estilo art déco de bom gosto. As paredes externas eram brancas e tinham manchas marrons de umidade, as janelas estavam quebradas e numa delas havia um sofá atravessado até a metade. De dentro da casa vinha o eco de algo pingando, como se saísse de uma gruta. Demos a volta pelos fundos, onde ainda havia trechos com neve sobre a grama marrom, desbotada após o longo inverno.

Oscar estava na beira da piscina cheia de neve e lixo. Os azulejos estavam rachados e a borda estava imunda.

Vi os olhos de Oscar se encherem de lágrimas. Puxei-o para perto. Ouvi as fungadas entrecortadas. Em certo momento, o sol atravessou a mistura de nuvens e fumaça e aqueceu meu rosto. A primavera estava chegando. Esperei Oscar terminar de fungar, então o coloquei de frente para mim e disse, na linguagem de sinais que estávamos praticando, que o verão estava chegando e, quando chegasse, iríamos para a costa e nadaríamos no mar.

Ele fez que sim.

Não entramos na casa, mas vi a placa com o nome na porta. Olsen. Apesar da adoção, decidimos que Oscar manteria o sobrenome. No carro de volta a Milão comemos o panzerotti que eu tinha comprado no Luini e liguei o rádio. Estava tocando uma antiga música pop italiana. Oscar tamborilou animado no painel enquanto fingia cantar. Em seguida, o noticiário. Entre outras notícias, a de que Murakami, então com 40 anos, defendeu mais uma vez o título mundial. Já dava para ver os contornos de Milão à nossa frente quando Oscar se virou para mim. Tive que diminuir a velocidade para ler todos os sinais que ele estava fazendo, concentrado e cuidadoso:

— Você pode me ensinar a jogar xadrez?

Este livro foi composto na tipografia Sabon LT Std,
em corpo 11/15, e impresso em
papel off-white no Sistema Cameron da
Divisão Gráfica da Distribuidora Record.